Charles Dickens

Hard Times

•

어려운 시절

창 비 세 계 문 학

95

•

어려운 시절

•

찰스 디킨스

장남수 옮김

창비

토머스 칼라일에게 드림

차례

•

제1권 파종

제2권 수확

제3권 저장

일러두기
1. 이 책의 번역 저본은 노튼비평선집(Norton Critical Edition)으로 출판된 『어려운 시
   절』 제3판(2001)을 사용했다.
2. 본문 중의 각주는 옮긴이의 것이다.
3. 본문 중의 고딕체는 원서에서 이탤릭체나 대문자로 강조한 부분이다.

제1권
파종

1장
단 한가지 필요한 것

"자, 내가 원하는 것은 사실이오. 이 학생들에게 사실만을 가르치시오. 살아가는 데는 사실만이 필요한 거요. 사실 이외에는 어떤 것도 심지 말고 사실 이외의 모든 것을 뽑아버리시오. 사실에 기초힐 때만 이성적으로 생각하는 인간을 만들 수 있는 거요. 학생들에겐 사실 이외의 어떤 것도 전혀 도움이 되지 않소. 이것이 내가 내 자식들을 키우는 원칙이고, 이것이 내가 이 학생들을 교육시키는 원칙이오. 사실만을 고수하시오, 선생!"

장소는 아무런 장식도 없이 수수하고 단조로우며 천장이 둥근 교실이었다. 이야기하는 사람은 말을 마칠 때마다 네모진 집게손가락으로 선생의 옷소매에 줄을 그어 자기의 의견을 강조했다. 네모난 벽처럼 생긴 이마가 그의 의견을 강조하는 데 한몫했고, 눈썹은 그 벽의 기반을 이루었으며, 두 눈은 그 벽에 의해 그림자가 지는 어두운 쌍굴 속의 널찍한 지하저장고였다. 쭉 찢어지고 얄팍하면서도 꽉 다문 입이 그의 의견을 강조하는 데 일조했다. 단호하고 메마르며 명령적인 말투 또한 그런 강조에 일조했다. 대머리 가장자리에 뻣뻣하게 난, 번쩍이는 두피에 바람이 닿지 못하도록 막고 있는 전나무 인공림 같은 머리카락 역시 그의 의견을 강조하는 데 일조했다. 그의 머리는 마치 안에 저장된 사실들 때문에 공간이 부족한 양, 플럼 파이의 껍질처럼 혹으로 잔뜩 덮여 있었다. 이야기하는 사람의 고집센 태도와 네모진 코트, 네모진 다리, 네모진 어깨 모두가 ─ 심지어는 분명한 사실처럼 그의 목을 옴짝달싹 못하게 조이도록 훈련받은 듯한 넥타이까지도 ─ 그의 의견을 강조하는 데 일조했다.

"이 세상은 사실만을 원하오, 선생. 사실만을!"

이야기하던 사람과 학교 선생, 그리고 그 자리에 있던 제3의 인물이 교실 뒤편으로 약간 물러나서, 무지막지한 양의 사실들이 가득 채워질 때까지 자신들에게 쏟아부어지기를 기다리며 바로 그 순간 그곳에 경사면을 이루어 정렬해 있는 작은 그릇들[1]을 눈으로 훑어보았다.

1 아이들을 말함.

2장
순수한 아이들을 살해하다

 토머스 그래드그라인드입니다, 여러분. 현실적인 인간. 사실과 계산의 인간. 둘 더하기 둘은 넷이지 그 이상도 이하도 아니라는 원칙에 따라 살아가는 인간이며, 넷 이외의 다른 숫자를 생각하도록 설득될 수 없는 인간. 토머스 그래드그라인드입니다, 여러분—누가 뭐라 하건, 토머스—토머스 그래드그라인드. 자와 저울, 구구표를 주머니에 항상 가지고 다니면서 인간성의 어떤 쪼가리라도 무게를 달고 치수를 재고 그 결과를 여러분에게 정확히 알려줍니다. 그건 그저 숫자의 문제이고 간단한 산술의 문젭니다. 조지 그래드그라인드나 오거스터스 그래드그라인드, 존 그래드그라인드나 조지프 그래드그라인드라면(모두 다 가상적이고 존재하지 않는 인물들이죠) 다른 어떤 말도 안되는 생각을 주입시킬 수 있을지 몰라도, 토머스 그래드그라인드에게는—어림없는 이야깁니다, 여러분!

그래드그라인드 씨는 개인적으로 친분이 있는 사람을 만나든 일반대중을 만나든 마음속으로 항상 이렇게 자신을 내세웠다. '여러분' 대신에 '학생들'이라는 말을 사용해서, 토머스 그래드그라인드는 자기 앞에 있는, 사실로 한가득 채워지게 될 작은 주전자들에게 자신이 바로 토머스 그래드그라인드임을 과시한 것이다.

실제로 그가 앞서 말한 지하저장고 같은 눈으로 그들을 노려볼 때면, 그는 포구砲口까지 사실로 장전되어 그들의 유년기를 단번에 날려버릴 준비가 되어 있는 일종의 대포 같았다. 또한 그는 소탕해버려야 하는 섬세하고 참신한 상상력 대신 끔찍한 기계를 장착한 전기전도장치 같았다.

"20번 여학생," 그래드그라인드 씨는 네모진 집게손가락으로 정면을 가리키며 말했다. "모르는 학생이군. 이름이 뭔가?"

"시시 주프입니다, 선생님." 20번이 얼굴을 붉히고 일어서서 공손히 인사하며 대답했다.

"시시는 이름이 아니야." 그래드그라인드 씨가 말했다. "시시라고 부르지 마라. 세실리아라고 부르도록."

"아버지가 시시라고 부르십니다, 선생님." 어린 소녀는 떨리는 목소리로 다시 공손히 인사하며 대답했다.

"그렇다면 아버지라도 그렇게 부르면 안돼." 그래드그라인드 씨가 말했다. "그렇게 불러선 안된다고 아버지께 이르거라. 세실리아 주프. 어디 보자. 아버지는 뭘 하느냐?"

"아버지는 곡마단에 있습니다, 선생님."

그래드그라인드 씨는 얼굴을 찌푸리고는 손사래를 쳐서 그 못마땅한 직업을 떨쳐버렸다.

"우리는 여기서, 그것에 대해 조금치도 알고 싶지 않아. 여기서,

그런 얘기는 하면 안돼. 그러면 네 아버지는 말을 길들이는 거구나, 그렇지?"

"예, 선생님. 길들일 말이 있으면 곡마장에서 길들입니다."

"여기서, 곡마장에 대해 말하면 안돼. 그래, 좋아. 네 아버지를 조마사調馬師라고 하거라. 병든 말을 치료하기도 하겠구나?"

"그렇습니다, 선생님."

"그래, 좋다. 네 아버지는 수의사, 즉 말을 치료하는 사람이자 조마사다. 말에 대해 정의해보거라."

(이 요구를 받고 완전히 혼비백산하는 시시 주프.)

"20번 여학생은 말을 정의할 줄 모르는군!" 그래드그라인드 씨는 모든 작은 주전자들을 위해 말했다. "20번 여학생은 가장 흔한 동물에 대해서조차 알고 있는 사실이 전무해! 말에 대해 정의해볼 남학생. 비처, 네가 한번 해보거라."

이리저리 움직이던 네모진 손가락이 갑자기 비처에게 멈췄는데, 아마 온통 흰 칠이 된 교실의 장식 없는 유리창으로 들어와 시시를 비추던 햇살이 일직선으로 뻗어나간 지점에 마침 비처가 앉아 있었기 때문일 것이다. 남학생과 여학생들은 사이에 좁은 간격을 두고 각기 빽빽하게 무리지어 경사진 바닥에 앉아 있었다. 해가 드는 쪽 가장자리에 있는 시시가 햇살의 첫머리에 들어 있다면, 반대편 가장자리 몇줄 앞에 있는 비처는 광선의 끝머리에 들어 있었다. 그러나 눈과 머리카락이 짙은 색인 여학생은 해가 자신을 비출 때 그로부터 더 진하고 빛나는 혈색을 흡수하는 듯한 반면, 눈과 머리카락이 옅은 색인 남학생은 바로 그 햇살이 그가 지닌 약간의 혈색마저 모조리 앗아가버리는 듯했다. 그의 차가운 두 눈은, 그보다 더 창백한 피부와 직접 대비되어 눈의 형태를 드러내주는 짤막한 속눈썹이 없었다면 눈처럼 보이지도 않았을 것이다. 짧게 자른 머리카락은 이마와 얼굴에 모래처럼 박혀 있는 주근깨의 연장일 뿐인 것으로 보일지도 모를 일이었다. 피부는 병적일 정도로 천연색이 부족해서, 만약 베인다면 흰 피를 흘릴 것만 같았다.

"비처," 토머스 그래드그라인드가 말했다. "말을 정의해보아라."

"네발짐승. 초식동물. 이빨은 마흔개로 어금니 스물네개, 송곳니 네개, 그리고 앞니 열두개. 봄철에 털갈이를 하고 습지에서는 발굽갈이도 함. 발굽은 단단하지만 편자를 대어 붙여야 함. 나이는 입 안쪽의 표시로 알 수 있음." 비처는 이런 식으로 (그리고 더 많이 보태서) 말을 정의했다.

"자, 20번 여학생," 그래드그라인드 씨가 말했다. "이제 말이 어떤 동물인지 알았지."

시시는 다시 한번 공손히 인사를 하고 내내 얼굴을 붉히고 있었는데, 그보다 더 붉힐 수 있었다면 아마 그랬을 것이다. 비처는 토머스 그래드그라인드에게 두 눈을 동시에 재빨리 깜빡였는데, 떨리는 속눈썹 끝이 햇살을 받아 부지런히 움직이는 곤충의 촉수처럼 보였다. 그는 주근깨가 있는 이마에 손등을 갖다 댔다가 자리에 다시 앉았다.

그때 제3의 신사가 앞으로 한발자국 나섰다. 틀에 맞춰 박는 데 명수인 그는 정부 관리이자 그 나름으로는 (그리고 대다수의 다른 사람들에게도) 자칭 권투선수로서, 항상 훈련을 하고 항상 시민의 목구멍에 커다란 알약처럼 억지로 밀어넣을 체계를 갖고 다니며, 항상 영국 전체를 상대로 싸울 각오가 되어 있다고 그의 작은 관공서 안에서 떠벌리는 사람이었다. 계속해서 권투용어를 빌리자면 그는 어디서든, 그리고 상대가 누구든 시합에 나서고 자신이 성가신 상대임을 입증하는 데 재능이 있었다. 어떤 상대든 오른손으로 타격을 가하고 왼손으로 한번 더 일격을 가했으며, 상대방의 공격을 막고 주먹을 교환하고는 로프로 몰고 가서 (그는 언제나 올 잉글랜드 룰²에 따라 시합을 했다) 솜씨 좋게 해치우곤 했다. 반드시 상식의 명치를 강타하여 불운한 상대방이 중지를 선언하는 심판의 소리를 듣지 못하게 했다. 이 사람은 행정공무원이 다스리는 위대한 관공서의 천년왕국을 이룩할 임무를 높은 권력자로부터 위임받은 것이다.

"아주 잘했어." 이 신사는 쾌활하게 웃으며 팔짱을 끼고 말했다. "그게 바로 말이지. 자, 제군, 내가 하나 물어보겠다. 자네들은 말 그림이 그려진 벽지로 방을 도배하고 싶은가?"

잠시 침묵이 흐른 뒤 반 정도의 학생이 "예, 선생님!"이라고 일제히 소리쳤다. 신사의 얼굴을 보고 예,라는 말이 틀린 대답임을 알아차린 나머지 아이들은 일제히 "아니요, 선생님!"이라고 외쳤다─이런 식의 문답에서 으레 그러하듯이.

"물론 아니겠지. 그런데 어째서 아니라는 거지?"

잠시 침묵이 흘렀다. 숨을 색색거리는 뚱뚱하고 둔한 한 남학생이 방에 도배를 하는 대신 칠을 하고 싶기 때문이라고 대답했다.

"자네는 도배를 해야만 하는 거야." 신사가 조금 열을 내며 말했다.

"자네는 도배를 해야만 해." 토머스 그래드그라인드가 말했다. "싫든 좋든 말이지. 우리에게 도배하기 싫다고 말하면 안돼. 학생, 대체 무슨 이야기를 하는 건가?"

"그러면 내가 설명해주겠다." 또다시 음산한 침묵이 흐른 뒤 신

----

2 권투 규칙 중의 하나.

사가 입을 열었다. "말 그림이 그려진 벽지로 방을 도배해선 안되는 이유를 말이야. 자네들은 말이 벽 위로 걸어다니는 광경을 실제로──정말로 본 적이 있나? 본 적이 있냐고?"

"예!"라고 절반이 대답했고, "아니요!"라고 나머지 절반이 대답했다.

"물론 아니지." 신사는 화가 나서 틀린 절반의 학생들을 노려보며 말했다. "그러니까 실제로 보지 못하는 것은 어디서도 볼 수 없는 것이고, 실제로 갖지 못하는 것은 어디서도 가질 수 없는 것이다. 보통 안목이라고 부르는 것은 사실의 다른 이름일 뿐이야."

토머스 그래드그라인드는 고개를 끄덕여 공감을 표시했다.

"이것이야말로 새로운 원칙이자 발견이며, 위대한 발견이지." 신사가 말했다. "다시 한번 시험해보겠다. 방에 카펫을 깐다고 가정해보자. 자네들은 꽃 그림이 있는 카펫을 깔고 싶은가?"

이때쯤에는 대다수 학생이 이 신사의 질문에는 언제나 "아니요!"가 맞는 대답이라는 확신을 갖게 되어서 이구동성으로 아니요, 하는 소리가 크게 들렸다. 머리가 나쁜 몇몇 낙오자만이 예, 하고 답했는데 시시 주프도 그중 하나였다.

"20번 여학생." 신사는 그럴 줄 알았다는 듯 엷은 미소를 띠며 불렀다.

시시는 얼굴을 붉히며 일어났다.

"자네는 자네 방에──혹은 자라서 결혼한다면 자네 남편 방에──꽃 그림이 있는 카펫을 깔겠다는 거군." 신사가 말했다. "어째서 그러고 싶은가?"

"죄송하지만 선생님, 제가 꽃을 무척 좋아하거든요." 시시가 대답했다.

"그게 꽃 위에 식탁과 의자를 올려놓고 무거운 구두를 신은 사람들이 그 위를 걸어다니게 할 이유란 말이냐?"

"그것이 꽃을 상하게 하는 건 아니잖아요, 선생님. 카펫에 그려진 꽃들은 죄송하지만 으스러지거나 시들지 않으니까요, 선생님. 그것들은 아주 아름답고 유쾌한 그림인 거지요. 게다가 제가 상상하기에는―"

"아이고, 이런, 이런! 상상을 해서는 안돼." 신사는 다행히 요점으로 들어가게 되어 매우 기뻐하며 말했다. "그게 중요한 점이지! 절대로 상상을 해서는 안되는 거야."

"세실리아 주프, 조금이라도 그따위 일을 하면 안돼." 토머스 그래드그라인드가 다시 엄숙하게 말했다.

"사실, 사실, 사실만을!" 신사가 말했다. "사실, 사실, 사실만을!" 이어서 토머스 그래드그라인드가 반복했다.

"자네는 모든 면에서 통제받고 지배받아야 해." 신사가 말했다. "사실에 따라 말이야. 우리는 사람들을 사실의 인간, 사실만의 인간이 되도록 만들어줄 사실의 위원들로 구성된 사실위원회를 조만간에 갖기를 희망한다. 상상이란 단어를 완전히 버리도록. 상상과 자네는 아무 관계도 없으니까. 사용할 물건이든 장식할 물건이든 사실과 상충하는 것은 무엇이든 간직하면 안된다. 실제로 꽃 위를 걷지는 않으니까 카펫에 그려진 꽃도 밟아서는 안된다. 외국의 새나 나비가 자네 도자기에 날아와 앉지는 않으니까 외국의 새나 나비를 도자기에 그려서도 안된다. 네발짐승이 벽 위를 걸어다니지는 않으니까 벽 위에 네발짐승을 그려서도 안된다. 어떤 목적을 가졌든 증명하고 논증할 수 있는 도형의 조합과 변형을 (원색으로) 사용해야 한다. 이것이 새로운 발견이다. 이것이 사실이다. 이것이 안목이다."

시시는 공손히 인사하고 자리에 앉았다. 그녀는 아주 어렸고 세상이 부여하는 사실의 전망 때문에 겁을 먹은 것 같아 보였다.

"그런데," 신사가 말했다. "그래드그라인드 씨, 맥초컴차일드 선생이 지금 당장 첫 수업을 진행한다면 당신의 요청을 받아들여 기꺼이 그의 수업방식을 지켜보겠습니다."

그래드그라인드 씨는 크게 감사를 표했다. "맥초컴차일드 선생, 우리는 선생의 수업을 기다릴 뿐이오."

그래서 맥초컴차일드 선생은 최선을 다해 수업을 시작했다. 그와 백사십여명의 다른 선생들은 백사십여개의 피아노 다리처럼 같은 시간에 같은 공장에서 같은 원리에 따라 최근에 제조되었다. 그는 엄청나게 다양한 능력에 대해 시험을 보았고 머리를 어지럽히는 수많은 질문에 답했다. 철자법, 어원학, 구문론, 작시법, 전기傳記, 천문학, 지리학, 일반우주형상학, 복합비율학, 대수학, 토지측량학, 성악, 본떠 그리기에 두루두루 냉랭하게 정통했다. 여왕폐하 직속 추밀원에서 작성한 B안[3] 속으로 무감각하게 걸어들어갔으며, 고급수학과 고급물리학, 프랑스어, 독일어, 라틴어, 그리스어에서 생기를 빼앗았다. (그것이 무엇이든) 전세계의 모든 분수계分水界와 모든 민족의 모든 역사, 모든 하천과 모든 산의 이름, 모든 나라의 모든 산물과 풍속과 관습, 그리고 나침반의 32방향에 걸쳐 있는 모든 나라들의 모든 경계선과 위치를 두루 알고 있었다. 아, 오히려 지나쳤구나, 맥초컴차일드여. 조금 덜 배웠더라면 훨씬 잘 가르칠 수 있었을 텐데!

---

3 1846년에 작성된 교사훈련안으로 교사지망생이 이수해야 하는 과목을 명시하고 있음.

예비수업을 진행하면서 그는 '40인의 도적'에 나오는 모르지아 나[4]처럼 자기 앞에 정렬해 있는 그릇들이 무엇을 담고 있는지 알아보기 위해 하나하나 살펴보았다. 어이, 훌륭한 맥초컴차일드. 끓는 기름으로 항아리를 하나씩하나씩 가득 채워나가면, 안에 숨어 있는 상상이라는 도적을 언제나 깡그리 소탕하리라고 생각하는 건가—아니면 때로는 도적에게 상처만 입히고 모습을 일그러뜨리기만 하는 건 아닌가!

---

4 『알리바바와 40인의 도적』에서 끓는 기름을 항아리에 부어 그 안에 숨어 있는 도적들을 죽인 하녀.

3장
구멍

그래드그라인드 씨는 상당히 만족해하며 학교를 나와 집을 향해 발걸음을 옮겼다. 자신이 소유한 학교였고 그는 그곳을 모범학교로 만들 작정이었다. 그 학교의 학생도 모두 모범생으로 만들 작정이었다 — 자식들이 모두 모범생인 것처럼.

그에게는 자식이 다섯 있는데 모두가 모범생이었다. 아이들은 아주 어릴 때부터 강의를 받으며 새끼토끼처럼 한곳으로 몰이를 당했다. 혼자 뛸 수 있게 되자마자 곧바로 강의실로 뛰어가도록 훈련받았던 것이다. 아이들이 관계를 맺었거나 기억하거나 하는 최초의 대상은 냉정한 도깨비가 분필로 끔찍한 하얀 숫자를 쓰던 커다란 칠판이었다.

그렇다고 아이들이 도깨비에 대해 그 이름이나 이야기를 들은 것은 아니다. 사실이여, 당치도 않다! 나는 그저 강의용 성곽 안에 있는 괴물을 표현하기 위해 그 낱말을 사용했을 뿐이다. 그놈은 몇

개나 되는지 모르는 수많은 머리통을 하나의 머리에 구겨넣은 괴물로, 아이들을 포로로 잡고 머리채를 질질 끌어 어두운 통계학적 동굴로 데려간다.

그래드그라인드의 자식들은 달에서 사람 얼굴을 본 적이 없었다. 아이들은 똑똑하게 발음할 수 있기 전부터 달에 정통했다. 반짝반짝 작은 별 아름답게 비치네! 하는 바보같은 노래는 배운 적이 없었다. 경이로움이라는 걸 모르는 이 아이들은 다섯살 때 오언 교수[5]나 되는 것처럼 큰곰자리를 세밀히 조사하고 기관사처럼 찰스의 마차[6]를 운전했다. 이 꼬마들은 들판의 소를 보고도, 엿기름을 삼킨 쥐를 잡아먹은 고양이를 괴롭히는 개를 뒤틀린 뿔로 박아버린 그 유명한 소[7]나 엄지손가락 톰[8]을 삼켜버린 더 유명한 소를 연상하지 못했다. 그래드그라인드의 자식들은 이런 유명한 짐승들 얘기를 들어본 적이 없었고, 소라면 여러개의 위로 되새김질을 하는 초식성의 네발짐승으로 배웠을 뿐이다.

스톤 로지라고 불리는 사실의 집으로 그래드그라인드 씨는 발길음을 옮겼다. 스톤 로지를 짓기 전에 이미 철물도매업을 실질적으로 그만둔 그는 요사이 산술적인 인물로 의회에서 두각을 나타낼 적당한 기회를 찾고 있었다. 스톤 로지는 최근의 정확한 여행안내서에 코크타운이라고 기재된 커다란 도시에서 일이 마일 떨어진 들판에 자리하고 있었다.

근방에서 대단히 반듯한 집이 스톤 로지였다. 풍경 속의 이 엄연

---

5 Richard Owen, 1804~92, 영국의 동물학자.
6 북두칠성.
7 동요에 나오는 소.
8 동화에 나오는 난쟁이.

한 사실을 바꾸거나 완화해줄 치장 같은 것은 아무것도 없었다. 집 주인의 짙은 눈썹이 두 눈에 그림자를 드리우듯 육중한 주랑현관이 가운데 창들에 그림자를 드리우는 커다랗고 네모난 집이었다. 정확히 계산하고 합산한 뒤 결산하고 검산까지 마친 집이었다. 창문이 출입구 이쪽으로 여섯개, 저쪽으로 여섯개, 도합 열두개가 건물의 한쪽 날개에 나 있고, 반대쪽 날개에도 도합 열두개가 나 있었으며, 마찬가지로 건물 뒤편 양 날개에도 총 스물네개의 창문이 나 있었다. 잔디 깔린 정원이나 정문에서 현관에 이르는 작은 길 모두가 식물학적 회계장부같이 직선으로 되어 있었다. 가스설비와 통풍장치, 배수장치와 급수시설은 모두 최고급이었다. 완전히 불연성인 거멀쇠와 대들보, 비와 솔을 들고 다니는 하녀들이 사용하는 승강기 등, 사람이 바랄 수 있는 모든 것이 이 집에는 있었다.

모든 것이라고? 아마 그럴 것이다. 그래드그라인드의 자식들은 다양한 학문분야마다 작은 캐비닛을 갖고 있었다. 패류학용 캐비닛, 야금학용 캐비닛, 광물학용 캐비닛 등. 견본은 모두 이름표를 붙여 정리해놓았는데, 암석이나 광석 조각들은 바로 그 이름이라는 너무도 단단한 도구에 의해 원래의 물질에서 쪼개져나온 듯했다. 그리고 이 아이들은 들어본 적도 없는 하찮은 피터 파이퍼 동요 형식을 빌리자면, 탐욕스러운 이 아이들이 이보다 더 많이 가지려 한다면 도대체 무엇을 더 가진단 말인가![9]

이 아이들의 아버지는 희망에 부풀어서 만족스러워하며 집을 향해 걸었다. 그는 자기 나름으로는 자애로운 아버지였지만 (시시 주프처럼 정의해보라는 주문을 받는다면) 스스로를 '탁월하게 실

---

9 원문에서는 /g/음으로 두운이 맞추어져 있는데, 이는 /p/음으로 두운을 맞춘 「피터 파이퍼」 동요를 패러디한 것임.

제적인' 아버지라고 정의했을 것이다. 그는 탁월하게 실제적인,이라는 구절에 각별한 자부심을 느꼈으며 사람들은 그 구절을 특별히 그래드그라인드에게 해당하는 것으로 여겼다. 코크타운에서 어떤 대중집회가 열리든, 그리고 그 집회의 주제가 무엇이든 반드시 탁월하게 실제적인 친구인 그래드그라인드를 언급하는 사람들이 있었다. 이런 사실은 탁월하게 실제적인 그를 언제나 즐겁게 해주었다. 그래드그라인드는 이러한 평판이 자신의 몫이며, 받아들일 만한 몫이라고 생각했다.

그가 코크타운 외곽에 위치한, 시내도 시골도 아니면서 어느 쪽이라 하든 망가져 있는 중립지대에 이르렀을 때, 음악소리가 시끄럽게 들렸다. 나무로 만든 가건물에 들어앉은 곡마단 소속 악대가 종과 북을 치며 요란한 소리를 내고 있었다. 건물 꼭대기에서 나부끼는 깃발이, 사람들에게 동참을 요구하는 것이 '슬리어리 곡마단'임을 알리고 있었다. 초기 고딕양식 교회의 벽감 같은 곳에서, 팔꿈치에 돈궤를 찬 뚱뚱한 현대식 동상을 닮은 슬리어리가 입장료를 받았다. 그리고 아주 길고 폭이 좁은 광고 전단에서 선전한 대로, 조지핀 슬리어리 양이 티롤 지방에서 하는 우아한 마술馬術의 꽃 같은 묘기로써 여흥을 개시했다. 직접 봐야 믿을 수 있는, 재미있으면서도 항상 교훈적인 묘기 중 하나로 주프 씨가 오후에 "고도로 훈련된 메리렉즈라는 재주부리는 개의 기분전환용 묘기를 보여준다"고 했다. 그는 또한 "일백 웨이트[10]짜리 쇠뭉치 일흔다섯개를 손을 뒤로 돌리고 머리 위에 잇따라 던져서 공중에 쇠뭉치의 분수를 만드는 놀라운 묘기, 국내에서도 국외에서도 이전에 시도된 적이

---

10 112파운드, 50.8킬로그램.

없으며 관중으로부터 열광적인 갈채를 받았기 때문에 빠뜨릴 수 없는 묘기"를 실연할 예정이라고 했다. 또한 주프 씨는 "막간마다 품위 있는 셰익스피어적 익살과 말대꾸로 다양한 공연에 자주 활기를 불어넣어줄 예정"이라고도 했다. 마무리로는 「재봉사의 브렌트포드 여행」이라는 아주 참신하고 웃기는 마상희극"에서 그가 툴리 가(家)의 윌리엄 버튼 씨라는, 자신이 가장 좋아하는 역을 맡는다는 것이었다.

토머스 그래드그라인드는 이런 시시한 볼거리에 당연히 관심이 없었다. 그는 시끄럽게 떠드는 벌레 같은 인간들을 머릿속에서 쓸어내거나 그들을 교정원에 맡겨야 할 족속이라고 생각하면서 실제적인 사람답게 그곳을 그냥 지나쳤다. 그러다 길모퉁이를 돌아 가건물 뒤를 지나게 되었는데, 가건물 뒤쪽에서 많은 아이들이 곡마단의 숨은 자랑거리를 엿보느라고 남의 눈을 피하는 다양한 자세로 모여 있었다.

이 광경에 그는 발걸음을 멈추었다. 그리고 혼자 중얼거렸다. "이런 뜨내기 족속이 어린아이들을 모범학교 바깥으로 유인해내는군."

키 작은 풀과 마른 쓰레기가 그와 아이들 사이에 흩어져 있었기 때문에 그래드그라인드는 이름을 불러서 집으로 쫓을 수 있는 아이를 찾기 위해 조끼에서 안경을 꺼냈다. 그런데 또렷이 보이는데도 거의 믿을 수 없는 광경이 펼쳐졌으니, 야금학적인 루이자가 전나무 널빤지에 난 구멍을 통해 안을 엿보느라 온 힘을 다하고 있었고, 수학적인 토머스는 티롤 지방의 우아한 마술의 꽃 같은 묘기를 발굽이라도 조금 보고자 땅바닥에 엎드려 있었던 것이다!

놀라서 말문이 막힌 그래드그라인드 씨는 자식들이 가문에 먹칠을 하는 곳으로 건너가 비행을 저지르고 있는 아이들을 각각 붙잡고 이름을 불렀다.

"루이자!! 토머스!!"

두 아이는 얼굴을 붉히고 당황해서 어쩔 줄 몰라하며 일어섰다. 그러나 루이자는 토머스보다는 대담한 시선으로 아버지를 바라보았다. 사실 토머스는 아버지를 보지도 않고 기계처럼 집으로 끌려가리라고 포기한 상태였다.

"놀랍고 한심하고 바보같구나!" 그래드그라인드 씨는 두 아이의 손을 각각 잡아끌면서 말했다. "도대체 여기서 뭘 하는 거니?"

"어떤 곳인지 보고 싶었어요." 루이자가 퉁명스럽게 대답했다.

"어떤 곳인지 보고 싶었다고?"

"네, 아버지."

두 아이에게서 공통적으로, 특히 루이자에게서 넌더리를 내는 부루퉁한 기색이 엿보였다. 그러나 루이자에게서는 얼굴에 감도는 불만을 헤치고 머물 곳 없는 빛과 태울 것 없는 불길, 그리고 이럭저럭 생명을 유지하고 있는 굶주린 상상력이 엿보였고, 이것이 그녀의 안색을 다소나마 밝게 해주었다. 쾌활한 청춘의 자연스러운 밝음이 아니라 불안정하고 무언가에 대한 갈망과 의심에 찬 빛이 번득였고, 그 속에는 길을 더듬어가는 장님의 얼굴에 생기는 변화와 비슷한 고통이 담겨 있었다.

그녀는 이제 열대여섯살이었지만 얼마 안 가 한꺼번에 다 큰 처녀가 될 것 같았다. 루이자를 보자 그래드그라인드 씨는 그런 생각이 들었다. 그녀는 예뻤다. 이렇게 키우지 않았더라면 (그는 탁월하게 실제적인 방식으로 생각했다) 옹고집쟁이가 되었겠지.

"토머스, 너처럼 교육받고 재능 있는 아이가 누나를 이런 장소로 데리고 오다니, 눈앞에 보이는데도 믿기 어렵구나."

"제가 동생을 데려왔어요, 아버지." 루이자가 재빨리 말했다. "제가 구경가자고 한 거예요."

"그런 이야기를 들으니 유감이로구나. 정말로 유감이야. 그렇다고 해서 토머스가 착해지는 건 아니다. 너만 더욱 나빠지는 거야, 루이자."

그녀는 다시 아버지를 쳐다보았지만, 뺨에 눈물이 흐르지는 않았다.

"네가! 학문의 세계가 열려 있는 토머스와 네가, 사실로 가득 차 있다는 평을 들을 수도 있는 토머스와 네가, 정확하고 정밀하도록 교육받는 토머스와 네가, 토머스와 네가, 이런 델 오다니!" 그래드그라인드 씨가 소리쳤다. "이처럼 타락하다니! 놀랍구나."

"지쳤어요, 아버지. 오래전부터 지친걸요." 루이자가 말했다.

"지쳤다고? 무엇에 말이냐?" 아버지가 깜짝 놀라 물었다.

"무엇에 지쳤는지도 모르겠어요 ─ 제 생각에는 모든 일에 지친 것 같아요."

"다시는 그런 말 마라." 그래드그라인드 씨가 대꾸했다. "철없는 소리야. 네 말은 더이상 듣지 않겠다." 아무 말 없이 반 마일가량을 걷다가 그는 침묵을 깨고 진지하게 이야기를 시작했다. "훌륭한 네 친구들이 뭐라고 하겠니, 루이자? 너는 그들이 아무렇게나 생각해도 좋다는 거냐? 바운더비 씨가 뭐라고 하겠어?"

바운더비라는 이름이 언급되자 딸은 강렬하면서도 무언가를 알아내려는 기색이 뚜렷하게 아버지를 훔쳐보았다. 아버지는 그런 기색을 조금도 알아채지 못했다. 그가 딸을 바라보기 전에 딸이 시선을 다시 내리깔았던 것이다!

그는 곧이어 되풀이했다. "바운더비 씨가 뭐라고 하겠어!" 그래 드그라인드는 몹시 화가 나서 비행학생 둘을 스톤 로지로 데려오는 동안 내내 "바운더비 씨가 뭐라고 하겠어!"라고 가끔씩 중얼댔다 — 바운더비 씨가 그런디 부인[11]이라도 되는 것처럼.

4장
바운더비 씨

그런디 부인이 아니라면, 바운더비 씨는 도대체 어떤 사람인가?

글쎄, 감정이 전혀 없는 사람이 마찬가지로 감정이 전혀 없는 사람과 정신적 친교를 맺을 수 있는 한도 내에서 바운더비 씨는 그래드그라인드 씨의 막역한 친구에 가장 가까운 존재였다. 바운더비 씨는 그래드그라인드 씨와 그만큼 가까운 사이 ─ 또는 독자 여러분이 표현하기 따라서는 그만큼 먼 사이였다.

바운더비 씨는 부자였다. 은행가, 상인, 공장주 등등. 남을 빤히 쳐다보고 금속성 웃음소리를 내며 몸집과 목소리가 큰 사람. 조잡한 재료로 만들어지고 부피를 크게 하기 위해 잡아늘인 듯한 사람. 커다랗게 부푼 머리와 이마에 관자놀이의 혈관은 팽창해 있으며, 팽팽히 당겨진 얼굴 피부가 두 눈을 뜨게 하고 눈썹을 치켜세우게 한 듯이 보이는 사람. 전체적으로 풍선처럼 부풀어서 곧 위로 날아 올라갈 듯한 모습을 한 사람. 자신이 자수성가했음을 아무리 자랑해도 부족한 사람. 놋쇠로 된 트럼펫 같은 목소리로 옛날 자신의 무지와 가난을 항상 떠벌리고 다니는 사람. 겸손을 휘두르는 깡패 같은 사람.

바운더비 씨는 탁월하게 실제적인 자기 친구보다 한두살 어렸지만 더 늙어 보였다. 마흔일고여덟살이었는데 거기에 일고여덟살을 보태도 아무도 놀라지 않을 정도였다. 머리카락이 많지 않아서 떠벌리는 입김에 머리숱이 빠졌다는 추측을 낳음직했다. 남아 있는 머리카락도 모두 헝클어져 곤두서 있었는데, 허풍 섞인 자랑에 끊임없이 흩날려 그런 모양이 된 것이었다.

스톤 로지의 잘 정돈된 응접실에서, 바운더비 씨는 카펫을 밟고 서서 난롯불을 쬐며 그날이 자기 생일이라는 사실과 관련해 그래드그라인드 부인에게 무슨 이야기인가를 하고 있었다. 해가 비치지만 쌀쌀한 봄날 오후였기 때문에, 축축한 회반죽의 기운이 이 집의 그늘진 곳에 항상 떠돌았기 때문에, 그리고 그래드그라인드 부인을 압도하는 위치를 점할 수 있기 때문에 그는 난로 앞에 서 있었다.

"신발은 신어본 적도 없었죠. 양말이라고는 이름도 몰랐고요. 낮에는 길가 도랑에서, 밤에는 돼지우리에서 지내며 열번째 생일을 맞았습니다. 하기야 도랑에서 태어났으니까, 도랑이 내게 새로운 것은 아니었지요."

몸집이 작고 마르고 창백한 그래드그라인드 부인은 숄을 여러개 걸친 채 충혈된 눈을 반쯤 감고 있었으며, 심신은 극도로 쇠약했다. 약을 항상 복용했으나 아무 효과도 없었고, 원기를 찾은 듯하다가도 그때마다 닥쳐오는 무지막지한 사실 때문에 다시 멍해졌다. 그래드그라인드 부인은 그 도랑에 물은 없었겠지요? 하고 물었다.

"천만에요! 젖은 빵조각처럼 축축했지요. 물이 일 피트는 고여 있었는걸요." 바운더비 씨가 말했다.

"어린아이가 감기 걸리기 십상이었겠군요." 그래드그라인드 부인이 중얼거렸다.

"감기라고요? 나는 폐뿐 아니라 염증이 생길 수 있는 모든 부위에 염증을 지니고 태어난걸요." 바운더비 씨가 대꾸했다. "오랜 세월 동안, 부인, 나는 몹시 비참하고 불쌍한 아이였습니다. 너무 아파서 항상 끙끙거리는 신음소리를 냈지요. 너무 초라하고 더러워서 부인이라면 부젓가락으로도 나를 건드리지 않았을 겁니다."

그래드그라인드 부인은 모자라는 사람이 생각해낼 수 있는 최선의 반응으로 난롯가의 부젓가락을 어렴풋이 바라보았다.

"어떻게 그 어려움을 헤쳐나왔는지 지금 생각해도 모르겠습니다." 바운더비가 말했다. "아마도 단호한 결심 덕이었겠지요. 나는 자란 다음에도 단호한 성격이었고, 어릴 때도 이미 단호했던 것 같아요. 아무튼 부인, 이제 나는 성공해서 여기 이렇게 서 있지만 성공한 데 대해 내가 감사해야 할 사람은 나 외에는 아무도 없습니다."

그래드그라인드 부인은 그래도 어머니께는 —, 이라고 조용조용 희미하게 말했다.

"내 어머니한테요? 그 여자는 도망쳐버렸는데요, 부인!" 바운더비가 대꾸했다.

그래드그라인드 부인은 늘 그렇듯이 멍해졌고, 풀이 죽어 단념하고 말았다.

"어머니는 나를 할머니에게 맡겼지요. 아무리 좋게 기억하더라도 할머니는 아주 사악하고 고약한 늙은이였어요. 내가 우연히 신발이라도 얻게 되면 할머니는 그걸 빼앗아 술과 바꿨으니까요. 글쎄, 할머니가 아침식사 전에 침대에서 술을 열네잔이나 마신 적도 있는걸요!" 바운더비가 말했다.

보일 듯 말 듯 미소짓는 것 외에 활기라곤 조금도 없는 그래드그라인드 부인은 (늘 그렇듯이) 뒤에서 조명을 충분히 받지 못하는 반투명지 위에 아무렇게나 그려진 자그마한 여인상 같아 보였다.

"할머니는 식료품가게를 했는데, 나를 달걀상자에 가두어두곤 했지요." 바운더비는 말을 이어나갔다. "그게 어린 시절 나의 침대였죠, 낡은 달걀상자가 말입니다. 도망갈 수 있을 만큼 자라자 당연히 곧바로 도망쳤지요. 그후로 나이 어린 방랑자가 됐는데, 노파 하나가 나를 쥐어박고 배를 곯게 하는 대신, 노소를 불문하고 모든 사람들이 나를 쥐어박고 배를 곯게 만들더군요. 그 사람들은 정당했어요, 달리 할 이유가 없었으니까. 골칫덩어리에다 거추장스럽고 성가신 존재가 바로 나였지요. 나도 그걸 압니다, 아주 잘요."

골칫덩어리에 거추장스럽고 성가신 존재일 정도로 옛날부터 대단히 사회적으로 주목받아왔다는 데 대한 그의 자부심은 세차례나 당당하게 자랑을 반복하고 나서야 겨우 충족되었다.

"나는 이겨내게끔 되어 있었던 모양이에요, 그래드그라인드 부인. 되어 있었든 아니든, 여하튼 이겨냈습니다. 아무도 내게 밧줄을 던져주지 않았지만 이겨냈지요. 뜨내기, 심부름꾼, 방랑자, 노동자, 짐꾼, 점원, 총지배인, 소규모 동업자를 거쳐 코크타운의 조사이아 바운더비가 된 것입니다. 경로가 그렇고 결과가 그렇습니다. 코크타운의 조사이아 바운더비는 말입니다, 부인, 상점 간판을 보고 글자를 깨쳤고, 도둑이자 구제할 길 없는 떠돌이인 주정뱅이 불구자의 지도로 런던에 있는 세인트자일스 교회의 뾰족시계탑을 통해 문자반의 시간 읽는 법을 처음 배웠습니다. 코크타운의 조사이아 바운더비에게 당신네 지역학교, 당신네 모범학교, 당신네 직업학교, 당신네 온갖 골치 아픈 학교들에 대해 말해보세요. 코크타운의 조사이아 바운더비가 분명하게 대답하는데, 다 좋고 옳지만—스스로는 그런 혜택을 조금도 누리지 못했지만—아무튼 실리적이고 실제적인 인간을 만들자 이겁니다. 자신이 받은 교육이 모든 사람에게 통하는 것은 아니라는 사실을 그도 알지요—하지만 그가 받은 교육이 워낙 그렇고 그런 것이니까, 사람들이 그에게 끓는 비계를 삼키게 할 순 있어도 그가 겪은 사실을 감추도록 할 순 없을 겁니다."

이 정점에 이르러 흥분한 코크타운의 조사이아 바운더비는 말을 멈췄다. 탁월하게 실제적인 그의 친구가 어린 두 죄인을 데리고 방에 막 들어오자 말을 멈춘 것이다. 그의 탁월하게 실제적인 친구도 그를 보자마자 걸음을 멈추고 분히 '너의 바운더비를 보거라!'라고 말하듯 꾸짖는 시선을 루이자에게 던졌다.

"이런!" 바운더비 씨가 떠들썩하게 말했다. "무슨 일이야? 어린 토머스가 어째서 이렇게 우울한 거지?"

그는 어린 토머스에 대해 이야기하면서도 루이자를 보고 있었다.

"서커스를 몰래 훔쳐보다가 아버지에게 붙잡혔어요." 루이자는 눈을 내리깐 채 당돌하게 말했다.

"부인, 이 아이들이 서커스를 엿보다니, 시를 읽는 모습을 본 만큼이나 뜻밖의 일이군요." 그래드그라인드 씨가 거만한 어조로 말했다.

"맙소사!" 그래드그라인드 부인은 눈물 섞인 목소리로 하소연했다. "루이자, 토머스, 너희들이 어떻게! 놀랍구나. 가족이 있다는 사실조차 후회하게 만들 만한 일을 너희가 저지르다니. 차라리 가족이 없었으면 좋겠다는 생각마저 드는구나. 그랬더라면 너희들은 어떻게 됐을 것 같니."

그래드그라인드 씨는 이처럼 조리 있는 발언에 대해 호감을 갖는 것 같지 않았다. 그는 참을성 없게 얼굴을 찡그렸다.

"내 머리가 지끈거리는데, 서커스 말고 너희들 보라고 마련해놓은 조개껍데기나 광물이나 다른 물건을 보러 갈 순 없었다는 거지!" 그래드그라인드 부인이 말했다. "학생이 서커스 선생님을 모시거나 서커스를 캐비닛 속에 간직하거나 서커스에 대한 강의를 들을 일이 없다는 사실을 너희도 나만큼이나 잘 알고 있겠지. 그렇다면 도대체 서커스에 대해 뭘 알고 싶은 거니? 너희가 해야 할 일을 원하는 거라면 얼마든지 있으리라 생각하는데. 지금 내 머리 상태로는 너희가 유념해야만 하는 사실들의 이름을 절반도 채 기억해낼 수가 없지만 말이다."

"그게 바로 이유예요!" 루이자가 입을 삐쭉이며 말했다.

"그런 것이 이유 나부랭이가 될 순 없으니 나에게 그것이 이유라는 말은 마라." 그래드그라인드 부인이 말했다. "즉시 방으로 가서 뭔가를 공부해." 그래드그라인드 부인은 학문적인 사람이 아니었기 때문에, 보통 해야 할 공부를 하라는 막연한 명령으로 아이들을 공부방으로 보내곤 했다.

사실 그래드그라인드 부인이 아는 사실의 양이란 애처로울 만큼 빈약했지만, 그래드그라인드 씨가 결혼을 통해 그녀를 지금의 높은 지위로 올려놓은 데는 두가지 이유가 있었다. 첫째, 그녀는 만족스러울 정도로 돈이 많았고, 둘째, 그녀는 자기자신에 대해 '실없는 생각을 하지 않았다'. 그래드그라인드 씨에게 실없는 생각이란 상상을 의미하는데, 사실 이 부인은 완벽한 백치에 조금 못 미치는 사람 가운데서는 누구 못지않게 상상과 무관한 여자였을 것이다.

방에 남편과 바운더비 씨만 남았다는 그 간단한 사정도 이 훌륭한 부인을 다른 사실과의 접촉 없이도 또다시 멍하게 만들기에 충분했다. 그래서 그녀는 또다시 잠잠해졌지만, 아무도 그녀에게 주의를 기울이지 않았다.

"이보게, 바운더비," 그래드그라인드 씨가 난롯가로 의자를 끌어오면서 말했다. "자네가 내 자식들에게 —— 특히 루이자에게 —— 항상 관심을 갖고 있으니만큼, 이번 일로 내가 몹시 화가 났다는 얘기를 하는 데 대해 구차하게 사과하진 않겠네. (자네도 알다시피) 나는 가족들의 이성을 교육하는 데 체계적으로 온 힘을 기울여왔네. (자네도 잘 알겠지만) 이성이야말로 교육이 다루어야 하는 유일한 능력이지. 하지만 바운더비, 사소한 일이지만 오늘 있은 이 예기치 않은 일을 두고 보면 —— 내 생각을 달리 더 잘 표현할 수 있는 방도를 모르겠는데 —— 계발하려고 계획하지도 않았고 이성과는 아무 관련도 없는 무엇인가가 토머스와 루이자의 머리에 들어간 듯하네."

"뜨내기 무리를 흥미롭게 지켜보는 것은 분명 분별없는 짓이지." 바운더비가 말을 받았다. "나 자신이 뜨내기였을 때 나를 관심 있게 봐주는 사람은 아무도 없더군. 나는 그 사실을 잘 기억하고 있어."

"그렇다면 이런 천박한 호기심이 어디에서 생긴 것인가, 하는 문제가 대두하네." 탁월하게 실제적인 아버지가 난롯불을 바라보며 말했다.

"내가 어딘지 말해주지. 바로 쓸데없는 상상력에서 생겨난 거야."

"그렇지 않기를 바라지만 집으로 오면서 내내 그런 불길한 예감이 들었던 것이 사실이네." 탁월하게 실제적인 사람이 말했다.

"쓸데없는 상상력에서 생긴 거라니까, 그래드그라인드." 바운더비가 다시 말했다. "누구에게나 아주 나쁘지만, 특히 루이자같이 어린 소녀에게는 빌어먹게 나쁜 거지. 내가 세련된 사람이 아니라는 사실을 자네 부인이 잘 모른다면, 거친 말을 사용하는 데 대해서 자네 부인에게 양해를 구해야겠네. 나한테서 세련된 매너를 기대하는 사람은 반드시 실망할 걸세. 나는 세련된 교육을 받은 적이 없으니까."

"선생이나 하인 중에서 뭔가 암시를 준 작자가 있었을까?" 그래드그라인드 씨는 동굴처럼 움푹 들어간 두 눈을 난롯불에 고정하고 주머니에 양손을 찌른 채 생각에 잠겨 말했다. "루이자나 토머스가 그런 유의 글을 읽은 걸까? 극도로 조심했지만 쓸데없는 이야기책이 집 안으로 들어온 걸까? 어릴 때부터 규정대로 정확하게 실제적인 교육만 받은 아이가 이런 일에 관심을 갖다니, 이상하고도 이해할 수 없는 일이야."

"가만있어봐!" 처음부터 내내 난롯가에 서 있던 바운더비가 바로 그 난로를 향해 겸손을 폭발시키며 소리쳤다. "뜨내기 놀이패의 자식이 자네 학교에 다니지."

"이름이 세실리아 주프야." 그래드그라인드 씨가 다소 비탄에 잠긴 표정으로 친구를 보며 대꾸했다.

"자, 가만있어봐!" 바운더비가 다시 소리쳤다. "그 아이가 어떻게 학교에 다니게 되었나?"

"글쎄, 사실은, 나도 그 아이를, 방금 전에, 처음 보았네. 우리 도시에 정식으로 거주하는 아이가 아니어서 이 집에 와서 특별히 입학신청을 했지──그래, 자네 말이 맞네, 바운더비, 자네 말이 옳아."

"아, 가만있어보라니까!" 바운더비가 한번 더 소리쳤다. "그 아이가 집에 왔을 때 루이자가 그 애를 보지 않았나?"

"루이자가 입학신청 건을 내게 말했으니까, 루이자가 그 애를 본 것은 분명하네. 그러나 내 처와 함께 그 애를 봤으리라고 확신하네."

"제발, 그래드그라인드 부인," 바운더비가 물었다. "어떻게 된 일입니까?"

"오, 이런!" 그래드그라인드 부인이 대답했다. "그 아이는 학교에 다니기를 원했어요. 남편도 여자아이들이 학교에 다니는 걸 바랐고요. 뿐만 아니라 루이자와 토머스도 그 아이가 학교에 입학하기를 바란다고 했고, 아버지가 여자아이들이 학교에 다니기를 바란다고 말했어요. 사실이 그러한데 아이들의 의견을 어떻게 반박하겠어요!"

"어떻게 할지 내가 말해주지, 그래드그라인드!" 바운더비 씨가 말했다. "그 여자애를 쫓아내게. 그러면 만사가 해결될 걸세."

"자네 생각에 전적으로 동의하네."

"쇠뿔도 단김에 빼라는 것이 어릴 적부터 나의 좌우명일세." 바운더비가 말했다. "달걀상자와 할머니에게서 도망쳐야겠다고 생각했을 때, 나는 즉시 실행에 옮겼지. 자네도 똑같이 하게. 즉시 행동하게!"

"산책하겠나?" 그의 친구가 물었다. "그 애 아버지의 주소를 알고 있어. 함께 시내로 가보면 어떨까?"

"좋지," 바운더비 씨가 말했다. "자네가 곧바로 실행한다면!"

그래서 바운더비 씨는 모자를 던져서 쓰고──너무 바빠서 모자를 정식으로 쓸 수 없는 사람임을 과시하려는 듯 그는 항상 모자를 던져서 썼다 — 주머니에 양손을 찌른 채 현관으로 걸어나갔다. "나는 결코 장갑을 끼지 않네"라고 이야기하는 것도 그의 습관이었다. "장갑을 끼고 사다리를 오르진 않았거든. 만약 그랬다면 이만큼 높이 못 왔지."

그래드그라인드 씨가 주소를 가지러 이층으로 간 사이에 현관에서 잠깐 서성이던 바운더비는 아이들 공부방 문을 열고 바닥에 깔개가 깔린 조용한 방을 들여다보았다. 책장과 캐비닛, 그리고 다양한 학술서적과 철학서적이 있는데도 그 방은 이발하는 방 같은 따스한 분위기를 풍겼다. 토머스는 복수심에 불타서 난롯불에 코를 킁킁거리며 서 있었고, 루이자는 바깥을 향해 창틀에 기운 없이 기대 있었으나 아무것도 보고 있지 않았다. 더 어린 애덤 스미스와 맬서스는 갇혀서 수업을 받기 위해 나가고 없었다. 꼬마 제인은 석필과 눈물로 얼굴에 축축한 파이프 백토칠을 잔뜩 하고서 분수를 공부하다가 잠들어 있었다.

"이제 괜찮다, 루이자. 이젠 다 해결됐어, 토머스." 바운더비 씨가 말했다. "다시는 그런 짓 하지 마라. 아버지와는 이야기가 잘됐다는 사실을 내가 책임지마. 그러니 루이자, 키스해도 되겠지?"

"딱 한번만요, 바운더비 씨." 루이자는 쌀쌀맞게 한동안 주저하다가 천천히 방을 가로질러 와서는 다른 쪽으로 얼굴을 돌린 채 무뚝뚝하게 한쪽 뺨을 내밀었다.

"항상 내 귀염둥이. 그렇지, 루이자?" 바운더비 씨가 말했다. "잘 있어, 루이자!"

그가 떠나자 루이자는 그가 키스한 뺨이 벌겋게 될 때까지 손수건으로 문지르며 그 자리에 꼼짝않고 서 있었다. 오분이 지나도 계속 문지르고 있었다.

"뭐 해, 루?" 동생이 뚱해서 말했다. "얼굴에 구멍 나겠어."

"원한다면 주머니칼로 이 부분을 베어내도 좋아, 톰. 그래도 울지 않을 테야!"

5장
주음(主音)

　바운더비 씨와 그래드그라인드 씨가 지금 가는 곳, 코크타운은
사실의 위업이었다. 그 도시에는 그래드그라인드 부인만큼이나 상
상의 흔적이 없었다. 선율을 계속 따라가기 전에 코크타운의 주음
을 눌러보자.

　그곳은 붉은 벽돌의 도시, 만약 공장 연기와 재가 허락했다면 붉
은색이었을 벽돌로 이루어진 도시였다. 그러나 사실은 물감 칠한
야만인의 얼굴처럼 부자연스러운 붉은색과 검은색의 도시였다. 그
곳은 기계와 높은 굴뚝의 도시로, 그 높다란 굴뚝에서 연기의 뱀
이 끊임없이 기어나와서는 결코 풀어지지 않았다. 도시 안에는 검
은 운하와 악취를 풍기는 염료 때문에 자줏빛으로 흐르는 강이 있
었으며, 창들로 꽉 찬 거대한 건물더미에서는 하루종일 덜컹거리
고 덜덜 떠는 소리가 들렸고, 우울한 광증에 사로잡힌 코끼리의 머
리 같은 증기기관의 피스톤이 단조롭게 상하운동을 했다. 서로 꼭

닮은 큰길 몇개와 한층 더 닮은 작은 거리가 많이 있었으며 그 거리에는 마찬가지로 꼭 닮은 사람들이 같은 시각에 같은 포도鋪道에서 같은 소리를 내며 같은 일을 하기 위해 출퇴근하면서 살고 있었다. 그들에게 매일은 어제나 내일과 똑같았고, 매해는 작년이나 내년과 똑같았다.

코크타운의 이런 속성은 그 도시를 지탱하는 노동과 대체로 떼어놓을 수 없는 것이었다. 이런 속성은 온 세상에 퍼져 있는 생활의 이기利器들이나, 코크타운 같은 장소가 언급되는 걸 참고 들을 수 없는 귀부인의 많은 부분을 구성하는, 얼마나 많은 부분인지는 굳이 따지지 않겠는데, 우아한 물건들과 대조되게 마련이었다. 나머지 특성들은 자연발생적인 것으로, 다음과 같았다.

코크타운에서는 심하게 일하는 것 외에는 어떤 것도 볼 수 없었다. 만약 어떤 교파의 사람들이 코크타운에 예배당을 세운다면 —18개 교파 사람들이 실제로 세웠던 것처럼 —그들은 예배당을 붉은 벽돌로 지은 신성한 창고로 만들고, 때로는 (고도의 장식을 하는 경우에 해당하지만) 꼭대기의 새장 같은 작은 방에 종을 설치할 것이다. 유일한 예외가 뉴처치였는데, 그 예배당은 문 위 네모진 뾰족탑의 끄트머리가 화려한 나무장식 같은 네개의 작은 탑 모양을 한 벽토건물이었다. 도시의 모든 공식 명판은 똑같이 살벌하게 흰 바탕에 검은 글자로 씌어 있었다. 감옥이 병원일 수도, 병원이 감옥일 수도 있었으며, 시청 역시 둘 중의 하나일 수도, 둘 다일 수도 있고, 또는 다른 무엇일 수도 있었는데, 다른 무엇이더라도 안될 만한 무슨 건축상의 장점이란 아무것도 없었다. 도시의 유형적인 면 어디나 사실, 사실, 사실, 무형적인 면 어디나 사실, 사실, 사실뿐이었다. 맥초컴차일드 학교도, 디자인 학교도, 주인과 고용인 사이의 관계도 온통 사실뿐이었으며, 산부인과 병원에서 공동묘지에 이르기까지의 모든 것도 사실뿐이었다. 숫자로 서술할 수 없거나 가장 싸게 사서 가장 비싸게 팔 수 있다고 증명할 수 없는 것은 존재하지 않는 것이고, 존재해서도 안되는 것이었다, 영원무궁토록, 아멘.

사실에 바쳐졌고 사실을 그토록 의기양양하게 주장하는 이 도시는 물론 잘 굴러가겠지? 아니, 꼭 그런 것은 아니었다. 아니었다고? 맙소사!

아니었다. 코크타운은 모든 면에서 용광로의 불길을 견뎌낸 금같이 그 자체의 용광로에서 만들어진 것이 아니었다. 사람을 당황시키는 코크타운의 첫째 수수께끼는 18개 교파에 누가 속해 있느냐였다. 왜냐하면, 누가 속해 있든, 노동자들은 속하지 않았기 때문이다. 일요일 아침에 거리를 따라 걷다가, 병들고 신경 예민한 사람들을 미치게 만드는 시끄러운 종소리가 **노동자들을** 집이나 답답한 방으로부터, 그리고 길모퉁이로부터 거의 아무도 불러내지 못하는 모습을 지켜보는 것은 참으로 이상한 일이었다. 노동자들은 교회나 예배당에 가는 사람들을 자기네와는 아무 상관도 없는 양 바라보며 노곤하게 시간을 보냈는데, 이러한 사실을 목격한 사람이 방문객만은 아니었다. 왜냐하면 하원의 매 회기마다 이런 노동자들을 강제로라도 종교적으로 만들 법령의 제정을 격분하며 청원하는 사람들로 이루어진 자생적인 조직이 코크타운에 있었기 때문이다. 그리고 금주협회도 있었는데, 그들은 이 노동자들이 아무리 그러지 말라고 해도 **술에** 취하곤 한다는 사실에 불평하면서 도표로 만든 보고서를 통해 이 사실을 보여주었고, (메달을 수여하지 않고는) 인간적이든 신적이든 어떠한 방법을 써도 이 노동자들이 술에 취하는 습관을 버리도록 유도할 수 없다는 사실을 다과회를 열어

가며 증명했다. 이 노동자들이 술에 취하지 않았을 때는 아편을 피
운다는 사실을 도표로 만든 다른 보고서를 통해 보여준 약사와 약
제사도 있었다. 또한 이들이 아무리 그러지 말라고 해도 남의 눈을
피해 저속한 곳에 드나들며 저속한 노래를 듣고 저속한 춤을 보며
어쩌면 함께 어울리기도 한다는 사실을, 앞의 모든 도표로 만든 보
고서들보다 훨씬 많은 도표로 만든 보고서들을 가지고 증명해 보
인 경험 많은 교도소 목사도 있었다. 그 목사는, 돌아오는 생일에
24세가 되며 18개월 동안 독방형에 처해진 숙련된 선원이 (그가 자
신이 특별히 믿을 만한 사람이라는 사실을 증명한 적은 한번도 없
었지만) 자신은 그곳에 가지만 않았더라면 으뜸가는 도덕적 모범
이 되었을 것이라고 철석같이 확신하며 자신의 파멸은 그런 저속
한 곳에서 시작되었다고 주장했다는 사실도 덧붙였다. 그리고 이
순간에 코크타운을 걷고 있는 그래드그라인드 씨와 바운더비 씨가
있었는데, 이 탁월하게 실제적인 신사들은 필요하다면 자기들의
경험에서 끌어내고 자신들이 직접 겪고 본 사례들로 설명까지 첨
부하여 더 많은 도표로 만든 보고서들을 제출할 수 있었다. 이 보
고서를 보면, 노동자들은 전부 나쁜 작자들입니다, 선생님이 그들
을 위해 무엇을 하든 그들은 결코 감사해하지 않습니다, 그들은 잠
시도 가만히 있지 못합니다, 자기네가 무엇을 원하는지도 모릅니
다, 그리고 가장 좋은 음식을 먹고 신선한 버터만을 사고 모카커피
만 마시며 고기도 좋지 않은 부위는 쳐다보지도 않고, 그러면서도
항상 불만스러워하는 다루기 어려운 족속입니다,라는 사실들이 분
명하게 ─ 간단히 말해 이런 결론만이 이 경우에 유일하게 분명한
사실임이 ─ 나타날 것이었다. 한마디로 말하자면 오래된 동화의
교훈 그대로였다.

한 노파가 있었는데 어쨌는지 아시나요?

그 노파는 고기와 술만 먹고 살았어요.

고기와 술이 그 노파의 모든 식사였지요.

그러나 그 노파는 한시도 조용히 있으려 하지 않았답니다.

코크타운 노동자의 경우와 그래드그라인드 자식들의 경우 사이에 비슷한 면이 있을 수 있을까? 설마 정신이 멀쩡하고 숫자에 익숙한 우리 중 어느 누구도 이제 와서 코크타운 노동자들의 생활에서 가장 중요한 요소 중 하나가 수십년 동안 주도면밀하게 무시되어왔다는 이야기를 들을 일은 없지 않을까? 발작적으로 발버둥치는 대신 건강한 생명을 갖기를 요구하는 상상이 노동자들 내부에 존재한다는 이야기를 말이다. 장시간 단조로운 노동을 하는 것과 정비례하여 노동자들 내부에 모종의 육체적 휴식 ─ 마음과 기분을 유쾌하게 해주고 이것들을 발산하는 일종의 기분전환 ─ 떠들썩한 악단에 맞추어 고작 춤이나 추는 휴일이라 해도 일종의 공식적인 휴일 ─ 맥초컴차일드조차 관여할 수 없는 모종의 가벼운 소일거리 ─ 에 대한 갈망이 점점 늘어난다는 이야기, 그리고 그런 갈망은 세상 마지막 날까지 틀림없이 충족되어야 하고 충족되고자 하며, 그렇지 않으면 반드시 뭔가가 잘못될 것이라는 이야기를 말이다.

"주프의 아버지는 포즈 엔드에 사는데, 포즈 엔드가 어딘지 도대체 모르겠는걸." 그래드그라인드 씨가 말했다. "거기가 어딘가, 바운더비?"

바운더비 씨는 거기가 시내 중심가 어디라는 것은 알지만 그 이상은 모른다고 했다. 그래서 두 신사는 잠시 걸음을 멈추고 사방을 둘러보았다.

그들이 사방을 둘러보는 것과 거의 동시에 겁에 질린 여자아이 하나가 빠른 속도로 길모퉁이를 돌아 달려왔고 그래드그라인드 씨는 그 아이를 금방 알아보았다. "이봐!" 그가 말했다. "거기 서! 어디 가는 거야? 멈추라니까!" 20번 여학생은 숨을 헐떡이며 멈춰서서 공손히 인사했다.

"어째서 너는 거리를 뛰어다니는 거냐?" 그래드그라인드 씨가 말했다. "이처럼 조신하지 못하게."

"저는 — 저는 쫓기고 있습니다, 선생님." 여자아이가 숨을 헐떡이며 대답했다. "그래서 도망가는 거예요."

"쫓기고 있다고?" 그래드그라인드 씨가 다시 물었다. "누가 너 같은 애를 쫓지?"

얼굴이 창백한 비처가 예기치 않게 갑자기 이 질문에 답을 주었다. 그가 매우 빠른 속도로, 그리고 인도에서 멈춰서게 되리라고는 거의 예상치 못하고 모퉁이를 돌아 달려오다가 그래드그라인드 씨의 조끼에 부딪쳐 도로로 나가떨어진 것이다.

"학생, 무슨 일인가?" 그래드그라인드 씨가 말했다. "뭘 하는 거야? 어떻게 감히 이런 식으로 — 아무하고나 — 부딪치나?"

비처는 충돌의 충격으로 떨어진 모자를 집어 들고는 뒤로 물러서서 손등을 이마에 갖다 대며 우발적인 사건이라고 변명했다.

"이 아이가 너를 쫓아오더냐, 주프?" 그래드그라인드 씨가 물었다.

"예, 선생님." 여자아이는 마지못해 대답했다.

"아닙니다, 선생님!" 비처가 소리쳤다. "얘가 먼저 도망쳤어요.

곡마단 사람들은 아무렇게나 말하는 걸로 유명합니다. 그 사람들이 아무렇게나 말하는 걸로 유명하다는 사실이야 선생님도 아시잖아요"라고 시시를 보며 말했다. "이것은 곡마단 사람들이 구구단을 모른다는 것만큼이나 시내에 널리 알려진 사실입니다, 선생님." 비처는 이렇게 바운더비 씨에게 설명했다.

"이 학생은 저를 겁먹게 했어요." 여자아이가 말했다. "무서운 표정을 지어서요!"

"이것 참!" 비처가 소리쳤다. "오! 과연 너는 그 사람들과 한패로구나! 과연 너는 곡마단원이야! 저는 이 애 얼굴을 보지도 않았어요, 선생님. 저는 이 아이에게 내일은 말을 정의할 줄 알겠느냐고 물어보았고, 모른다면 다시 말해주려고 했는데, 이 아이가 도망가는 바람에 질문을 받으면 답할 수 있게 해주려고 쫓아온 것뿐입니다, 선생님. 만약 네가 곡마단원이 아니었다면 이처럼 못된 말을 할 마음은 먹지도 않았을 거야!"

"이 애 직업이 학생들 사이에 널리 알려진 듯하군." 바운더비 씨가 말했다. "일주일 안에 모든 학생들이 줄줄이 곡마장을 들여다보게 되겠어."

"정말이야, 내 생각도 그래." 그의 친구가 말했다. "비처는 뒤돌아서 집으로 가고 주프는 잠시 기다려라. 비처, 네가 이처럼 거리를 뛰어다닌다는 이야기가 한번만 더 들려봐라, 그러면 선생님을 통해 내 전달사항을 듣게 될 거다. 내 말 알아듣겠지. 어서 집으로 가거라."

사내아이는 눈을 빠르게 깜빡이다가 멈추고 손등을 이마에 다시 갖다 댄 뒤, 시시를 노려보다가 몸을 돌려서 돌아갔다.

"자, 얘야," 그래드그라인드 씨가 말했다. "이 신사 양반과 나를 아버지 계신 곳으로 안내해라. 우리는 거기 가는 길이다. 네가 들고 있는 병에 뭐가 들었니?"

"진이겠지." 바운더비 씨가 말했다.

"아니에요, 선생님! 아홉가지 기름입니다."

"뭐라고?" 바운더비 씨가 소리쳤다.

"아홉가지 기름요. 아버지 상처에 바르려고요." 그러자 바운더비 씨가 짧게 큰 소리로 웃으며 말했다. "도대체 어쩌자고 아홉가지 기름을 아버지에게 바르겠다는 얘기냐?"

"곡마단 사람들이 곡마장에서 상처를 입으면 언제나 바르는 약입니다, 선생님." 시시는 자기를 쫓아오던 아이가 사라졌는지 확인하기 위해 자기 어깨 너머를 살펴보며 대답했다. "그들은 때때로 심하게 다치거든요."

"게으르게 빈둥거리니 그래도 싸지." 바운더비 씨가 이렇게 말하자 시시는 놀라움과 두려움이 섞인 시선으로 그의 얼굴을 올려다보았다.

"제기랄!" 바운더비 씨가 말했다. "나는 너보다 네댓살 어렸을 때 열가지, 스무가지, 아니 마흔가지 기름으로도 치료할 수 없는 심한 상처를 입었었다. 그것도 뽐내며 재주부리다가 생긴 게 아니라 얻어맞아서 생긴 거였어. 나는 줄타기 곡예를 할 수가 없었다. 맨땅에서 춤추다가도 밧줄로 얻어맞았으니까."

그래드그라인드 씨는 충분히 엄격했지만 바운더비 씨만큼 거친 사람은 아니었다. 모든 면을 고려해보면 그의 성격은 불친절한 편이 아니었으며, 그의 성격에 균형을 잡아준 산술에서 오래전에 상당한 실수를 범하기만 했다면 그는 정말로 친절한 사람이 되었을 수도 있었다. 그들이 좁은 길을 돌 때 그는 안심시키려는 말투로 말했다. "여기가 포즈 엔드구나. 그렇지, 주프?"

"여깁니다, 선생님. 그리고 — 괜찮으시다면 — 여기가 저희 집입니다."

황혼 무렵에 시시는 안에서 빨간 불빛이 희미하게 비쳐 나오는 초라하고 작은 술집 앞에서 발을 멈췄다. 추레하고 꾀죄죄해 보이는 이 집은, 손님이 없기 때문에 술집 자체가 술에 빠져서, 주정뱅이들이 가는 길을 거쳐 이제는 갈 데까지 거의 다 간 모습이었다.

"바를 지나서 계단을 올라가신 다음에 제가 촛불을 가지고 올 때까지, 선생님, 잠시 기다려주시기만 하면 됩니다. 혹시 개 짖는 소리가 들리면, 선생님, 메리렉즈라는 갠데 그 개는 짖기만 한답니다."

"메리렉즈에 아홉가지 기름이라, 이런!" 바운더비 씨는 금속성의 웃음소리를 내고 가장 나중에 들어가면서 중얼거렸다. "잘들 노는군, 자수성가한 사람 앞에서!"

6장
슬리어리 곡마단의 마술

술집 이름은 페가수스의 문장[12]이었다. 페가수스의 다리가 좀더 적절한 것 같았으나 간판에 있는 날개 달린 말 그림 밑에 페가수스의 문장이라고 로마자로 씌어 있었다. 술집 이름 밑에는 화가가 물 흐르듯 미끈하게 써넣은 다음과 같은 구절이 있었다.

> 엿기름이 좋아야 맥주 맛이 좋지요,
> 들어오시면 맛 좋은 맥주를 드실 수 있습니다.
> 포도주가 좋아야 브랜디 맛이 좋지요,
> 방문하시면 맛 좋은 브랜디를 드실 수 있습니다.

작고 초라한 카운터 뒷벽에는 액자에 담기고 유약을 바른 또다

----

12 Pegasus's Arms. arms는 팔이라는 뜻 외에 문장(紋章)이라는 뜻도 있음.

른 페가수스가 있었다. 양 날개로는 진짜 거즈를 달았고 온통 황금빛 별을 붙여놓았으며 우아한 마구는 붉은 비단으로 만든 연극적인 모습이었다.

바깥은 이미 너무 어두워져서 간판을 볼 수 없었고 술집 안은 아직 불을 밝히지 않아서 그림을 볼 수 없었기 때문에 그래드그라인드 씨와 바운더비 씨가 이러한 상상으로부터 불쾌감을 느끼지는 않았다. 시시를 따라 모퉁이에 있는 가파른 계단을 올라가는 동안 그들은 아무도 만나지 않았으며, 그녀가 촛불을 가지러 간 동안은 어둠 속에 가만히 서 있었다. 그들은 메리렉즈가 짖는 소리를 이제나저제나 기다렸지만, 시시가 촛불을 들고 나타날 때까지 묘기를 부리도록 고도로 훈련된 그 개는 한번도 짖지 않았다.

"아버지가 방에 안 계시는데요, 선생님." 시시는 매우 놀란 얼굴로 말했다. "들어가서 기다리시면 제가 곧바로 찾아보겠습니다."

그래드그라인드 씨와 바운더비 씨가 방으로 들어갔다. 시시는 그들을 위해 의자를 두개 갖다 놓은 다음 가볍고 재빠른 발걸음으로 서둘러 나갔다. 형편없는 가구들에다 침대가 하나 있는 초라한 방이었다. 공작 깃털 두개와 똑바로 땋아 늘인 머리로 장식을 한 하얀 취침용 모자가 못에 걸려 있었는데, 주프 씨는 바로 이 모자를 쓰고 이날 오후에도 다양한 묘기의 막간마다 품위 있는 셰익스피어적 익살과 말대꾸로 흥을 북돋웠다. 그러나 방 안 어디에도 주프 씨의 옷가지나 그 자신 또는 그의 직업의 다른 흔적은 보이지 않았다. 메리렉즈로 말하자면, 페가수스의 문장 안에서 그 흔적이 보이거나 들리지 않는 것이, 그 고도로 훈련받은 동물의 훌륭한 선조가 노아의 방주에 올라타려다가 우연히 제외된 것은 아닌가 싶을 정도였다.

그들은 시시가 위층에서 이 방 저 방 다니며 아버지를 찾느라 방 문을 여닫는 소리와 놀람을 표하는 여러사람의 목소리를 연이어 들었다. 시시는 몹시 서두르며 다시 뛰어내려와서 짐승털이 남아 있는 피혁으로 겉을 싼 찌그러지고 초라한 낡은 트렁크를 열었다 가 트렁크가 빈 것을 확인하고는 두 손을 맞잡고 공포에 질린 얼굴 로 주위를 둘러보았다.

"아버지는 곡마장에 가신 것이 분명해요, 선생님. 어째서 거기 가셨는지는 모르겠지만 틀림없이 거기 계실 겁니다. 아버지를 곧 모시고 오겠습니다!" 시시는 보닛도 쓰지 않은 채 바로 집을 나섰 다. 길고 검고 귀여운 머리카락을 뒤로 흩날리며.

"무슨 말을 하는 거야!" 그래드그라인드 씨가 말했다. "곧 돌아 온다니? 일 마일 이상 떨어져 있는데."

바운더비 씨가 미처 대답하기도 전에, 어떤 젊은 남자가 문 앞에 나타나 "실례합니다, 선생님들!"이라고 말하고는 양손을 호주머 니에 찔러넣은 채 들어왔다. 수염을 짧게 자르고 야위고 창백한 이 남자의 얼굴은, 빗질을 해 머리 둘레에 말아올리고 가운데 가르마 를 낸 검고 풍성한 머리숱에 가려져 있었다. 다리는 건장했지만 적 절한 균형을 이루기에는 짤막했다. 다리가 지나치게 짧은 만큼 가 슴과 등은 지나치게 넓었다. 뉴마켓의 꼭 맞는 외투와 꼭 끼는 바 지를 입고 있었으며, 목에는 숄을 두르고 있었다. 몸에서는 기름 냄 새, 밀짚 냄새, 오렌지껍질 냄새, 말여물 냄새, 그리고 톱밥 냄새가 났으며, 마구간과 극장을 합쳐놓은 듯한 아주 희한한 켄타우로스[13] 같아 보였다. 마구간과 극장이 각각 어디서 시작해서 어디서 끝나

---

13 반인반마의 괴물.

는지 누구도 정확하게 알지 못하는 것 같았다. 이 남자는 광고 전단에서 대담한 도약 묘기로 유명한 북미 대초원의 야성적인 사냥꾼 E.W.B. 칠더스 씨라고 소개된 사람이었다. 그 인기 있는 공연에서는 지금 그를 따라들어온 노인 얼굴을 한 난쟁이 소년이 어린 자식 역할을 했다. 그 묘기는 자식이 아버지의 어깨 일 피트 위에 물구나무를 서서 두 다리를 위로 하고 정수리를 아버지의 손바닥에 잡힌 채 움직이는 것으로, 야성적인 사냥꾼이 거칠면서도 아버지다운 방식으로 자식을 어르는 모습으로 보일 수도 있었다. 곱슬머리, 화관, 날개, 하얀 창연蒼鉛, 그리고 카민으로 분장하면 이 유망한 젊은이는 여성 관객층의 가장 큰 즐거움이 될 정도로 호감이 가는 큐피드가 되어 날아올랐다. 그러나 사석에서는 조숙하게 앞자락을 비스듬히 재단한 코트와 극도로 쉰 목소리가 특징적으로 나타나 지극히 세속적인 인물로 변했다.

"실례합니다, 선생님들." E.W.B. 칠더스 씨가 방 안을 둘러보며 말했다. "주프를 만나시려는 분들이 바로 선생님들이시죠?"

"그렇소." 그래드그라인드 씨가 말했다. "그의 딸이 아버지를 부르러 떠났지만 기다릴 순 없소. 그래서 당신만 괜찮다면 그에게 전할 말을 당신에게 남기고 싶은데."

"자, 이보게." 바운더비 씨가 끼어들었다. "우리는 시간의 가치를 아는 사람들이고 자네들은 그걸 모르는 사람들 아닌가."

"선생님을 개인적으로 아는 영광이야 누리지 못하지만 — 일정한 시간에 당신이 나보다 돈을 더 많이 벌 수 있다고 말하는 거라면, 옷차림새를 보아하니 당신 말이 대충 옳은 듯하군요." 칠더스 씨는 상대방을 머리끝에서 발끝까지 훑어본 다음 대꾸했다.

"그리고 일단 번 돈은 지키기도 잘하겠지요." 큐피드가 말했다.

"키더민스터, 입 닥쳐!" 칠더스 씨가 말했다. (마스터 키더민스터는 큐피드가 속세에서 쓰는 이름이었다.)

"뭣 때문에 저 사람이 여기까지 와서 우리에게 건방진 말을 하는 거죠?" 마스터 키더민스터가 몹시 화를 내며 소리쳤다. "만일 우리에게 건방지게 굴려면 돈을 내고 들어왔더라도 갖고 꺼지시오."

"키더민스터, 주둥이 닥치라니까!" 칠더스 씨는 언성을 높였다가 그래드그라인드 씨에게 말했다. "선생님께 말하고 있는 건 접니다. (구경 오신 적이 많지 않을 테니까) 아실지 모르겠지만, 주프는 최근에 묘기를 부리다 종종 팁을 놓치곤 했죠."

"뭐라고 ─ 뭘 놓쳤다고?" 그래드그라인드 씨는 도움을 받고자 능력 있는 바운더비를 힐끔 쳐다보며 물었다.

"팁을 놓쳤다고요."

"지난밤에는 네차례나 가터[14]를 시도했지만 한차례도 성공하지 못했어요." 마스터 키더민스터가 말했다. "배너[15]에서도 팁을 놓쳤고 퐁잉[16]은 어설펐지요."

"그가 해내야 하는 묘기를 제대로 못했단 말입니다. 도약은 불충분했고 공중제비도 나빴고." 칠더스 씨가 설명했다.

"오! 그게 팁이란 말이지?" 그래드그라인드 씨가 말했다.

"일반적으로 그게 팁을 놓친 거지요." E.W.B. 칠더스 씨가 대답했다.

"아홉가지 기름에, 메리렉즈에, 팁을 놓치고, 가터에, 배너에, 퐁잉까지, 이런!" 바운더비는 큰 소리로 마음껏 웃다가 갑자기 외쳤

---

14 둥근 테를 통과하는 묘기를 의미하는 속어.
15 곡마장에 펼쳐진 기드림들을 뛰어넘는 묘기.
16 공중제비 묘기.

다. "자기 힘으로 높이 올라간 사람에게는 역시 이상한 족속들이야."

"그렇다면 내려오시죠." 큐피드가 대꾸했다. "제기랄! 선생이 혼자 힘으로 그토록 높이 올라갔으면 조금만 내려오시라니까요."

"정말 주제넘은 아이로군!" 그래드그라인드 씨가 고개를 돌려 눈살을 찌푸리며 그에게 말했다.

"선생이 온다는 사실을 미리 알았다면 접대할 젊은 신사를 준비하는 건데요." 마스터 키더민스터는 조금도 주눅들지 않고 대꾸했다. "이토록 유별나신데 특별한 공연을 보지 못하다니 유감입니다. 당신은 지금 팽팽한 제프에 몰려 있는 건가요?"

"팽팽한 제프라니, 이 버릇없는 녀석이 무슨 말을 하는 거지?" 그래드그라인드 씨는 다소 절망적으로 그를 노려보며 말했다.

"거참! 나가라니까, 나가라고!" 칠더스 씨는 젊은 친구를 다소 거칠게 방 밖으로 밀어내면서 말했다. "팽팽한 제프나 느슨한 제프나 대단한 의미가 있는 건 아닙니다. 그저 팽팽한 줄과 느슨한 줄을 말할 뿐이지요. 주프에게 전할 이야기를 저에게 하겠다고 그러셨지요?"

"그랬소."

"그렇다면," 칠더스 씨가 재빨리 말을 이었다. "제 생각엔 그가 이야기를 전달받지 못할 것 같습니다. 그에 대해 많이 아십니까?"

"직접 본 적은 한번도 없소."

"앞으로도 선생님이 그를 볼 수 있을지 의심스럽군요. 제 생각에 그는 떠난 것이 분명하니까요."

"그가 딸을 버리고 갔다는 얘기를 하는 거요?"

"그렇습니다!" 칠더스 씨는 고개를 끄덕이며 말했다. "제 말은 그가 도망갔다는 겁니다. 그는 어젯밤에도 그저께 밤에도 관객한테 야유를 받았고, 오늘밤에도 야유를 받았거든요. 최근 들어 그는 항상 야유를 받았고, 그걸 견딜 수 없었을 겁니다."

"어째서 그가 ─ 그렇게 많이 ─ 야유를 받았지?" 그래드그라인드 씨는 아주 진지하면서도 몹시 주저하며 그 말을 끄집어냈다.

"관절이 굳고 지쳤기 때문이지요." 칠더스가 말했다. "썰 푸는 데는 여전히 재주가 있지만, 그것만 가지고는 생계를 꾸릴 수가 없어요."

"썰 푸는 재주라!" 바운더비가 그 말을 받아 중얼거렸다. "이거 또 시작이군!"

"신사 양반이 이런 표현을 더 좋아하신다면, 재담이라고 해도 되겠죠." E.W.B. 칠더스 씨가 이런 말을 거만하게 던지며 긴 머리채를 한번 흔들자 ─ 머리채가 한꺼번에 모두 흔들렸다. "관객한테 야유받는다는 사실 자체보다 딸이 그 사실을 눈치챘으리라고 생각하는 것이 그 사람에게 더 쓰라린 상처였다는 건 놀라운 일이지요, 선생님."

"잘하는 짓이군!" 바운더비 씨가 끼어들었다. "잘하는 짓이야, 그래드그라인드! 딸을 그렇게도 아끼는 사람이 그래서 딸을 버리고 도망가다니! 무섭도록 잘한 짓이야! 허허! 젊은이, 내 자네에게 얘기해줌세. 내가 지금의 지위를 나서부터 누렸던 것은 아니네. 이런 일은 내가 잘 알아. 자네가 들으면 놀라겠지만 내 어머니도 나를 버리고 도망갔거든."

E.W.B. 칠더스는 그 말에 조금도 놀라지 않았다고 가시 돋친 말투로 응수했다.

"좋아." 바운더비가 말했다. "나는 길가 도랑에서 태어났고 어머니는 나를 버리고 도망쳤어. 내가 어머니를 용서하느냐고? 천만에.

나를 버리고 도망간 그 여자를 단 한번이라도 용서한 적이 있을 것 같은가? 절대로 없네. 그런 짓을 한 여자를 내가 뭐라고 생각하겠나? 그 여자는 이 세상에서 주정뱅이 할머니 다음으로 못된 여자라고 생각하네. 내게는 가문에 대한 자부심도 없고 상상으로 꾸며내어 감상적으로 기만할 것도 없네. 삽을 삽이라고 솔직하게 말하는 사람이 바로 나니까. 마찬가지로 코크타운의 조사이아 바운더비의 어머니에 대해서도, 그 여자가 다른 평범한 아무개의 어머니였더라도 내가 말해야 하는 대로 공평하게 말하는 것뿐이네. 이 사내의 경우도 마찬가지야. 그는 도망친 악당이고 뜨내기 부랑자지. 우리말로 표현하면 그는 바로 그런 작자야."

"그가 그런 사람이든 그런 사람이 아니든, 영어로 표현하든 프랑스어로 표현하든 내게는 마찬가지요." E.W.B. 칠더스 씨가 태도를 바꾸어 대꾸했다. "나는 당신 친구분에게 사실을 말하는 것뿐이니 듣기 싫으면 당신이 바깥으로 나가면 되는 거요. 당신은 하고 싶은 말을 실컷 하고 있는데, 당신 집에 가서나 맘대로 말하시오." E.W.B.는 가차 없이 비꼬며 반박했다. "이 집에 있는 동안에는 시키기 전에 맘대로 말하지 마쇼. 내 짐작에 당신은 집채깨나 있을 법하신데?"

"아마 그럴걸." 바운더비 씨는 주머니에 들어 있는 돈을 짤랑거리고 비웃으며 대답했다.

"그러면 미안하지만, 선생 집에 가서나 맘대로 말하시겠소?" 칠더스가 말했다. "이 집은 튼튼하지가 않아서 선생 같은 분이 너무 많으면 무너질 수도 있으니까!"

바운더비 씨를 머리끝에서 발끝까지 다시 훑어본 다음 칠더스는 최종적으로 결말을 지은 사람에게서 시선을 돌리듯 그에게서 그래드그라인드 씨에게로 시선을 돌렸다.

"주프가 딸을 심부름 보낸 지 한시간도 채 안됐는데, 그때쯤에 그가 모자를 눈까지 내려쓰고 손수건으로 묶은 짐꾸러미를 팔에 낀 채 살짝 나가는 모습을 제가 봤습니다. 그 아이는 아버지가 떠났다는 사실을 결코 믿지 않을 테지만, 그는 아이를 버리고 도망친 거지요."

"도대체 어째서 그 아이가 사실을 믿지 않을 거라는 얘긴가?" 그래드그라인드 씨가 물었다.

"왜냐하면 그들 둘은 한사람이었기 때문이죠. 헤어진 적이 결코 없었기 때문이고, 지금까지 그가 자식을 끔찍하게 사랑하는 것 같았기 때문이죠." 칠더스는 한두발자국 앞으로 나와서 빈 트렁크를 살펴보며 말했다. 칠더스 씨와 마스터 키더민스터가 걷는 모습은 이상했다. 그들은 보통사람보다 다리를 더 벌리고 무릎관절이 굳은 티를 매우 의식적으로 내며 걸었다. 이런 걸음걸이는 슬리어리 곡마단 남자단원들 사이에서는 일반적인 것이었으며, 그들이 항상 말을 타고 있다는 사실을 표현하는 것으로 이해할 수 있었다.

"불쌍한 시시! 주프가 그 아이에게 견습훈련을 시켰으면 좋았을 텐데." 칠더스는 텅 빈 상자에서 시선을 들어올리고 머리채를 다시 흔들며 말했다. "이제 그는 의지할 것 하나 남기지 않은 채 시시를 떠난 셈이지요."

"견습훈련이라곤 조금도 받지 못한 당신이 그런 말을 하다니 훌륭하군." 그래드그라인드 씨는 흡족해하며 말했다.

"제가 훈련을 받지 못했다고요? 일곱살 때 훈련을 시작했는데요."

"오! 그래?" 그래드그라인드 씨는 자기의 훌륭한 견해가 사취당한 것에 다소 화를 내며 말했다. "어린아이들을 훈련시키는 것이 관습인 줄은 몰랐는걸."

"게을러지도록 훈련시키는 게지." 바운더비 씨가 큰 소리로 웃으며 끼어들었다. "몰랐다고, 빌어먹을! 나도 몰랐어!"

"그 아이 아버지는 언제나 그 애가 교육이란 교육은 몽땅 받아야 한다고 생각했지요." 칠더스는 바운더비 씨의 존재를 의식하지 않는 체하며 말을 이었다. "어떻게 그런 생각이 들었는지는 모르지만, 오직 말할 수 있는 것은 그에게서 그런 생각이 떠난 적은 한번도 없었다는 겁니다. 최근 칠년 동안 그 애를 위해 여기서 읽을거리를 조금, 저기서 쓸 거리를 조금, 그리고 어딘가 다른 곳에서 계산할 거리를 조금씩 가지고 왔으니까요."

E.W.B. 칠더스 씨는 호주머니에서 한 손을 빼 얼굴과 턱을 쓰다듬고는 상당한 의심과 약간의 희망이 섞인 시선으로 그래드그라인드 씨를 바라보았다. 처음부터 그는 버림받은 시시를 위해 이 신사의 환심을 사려 했던 것이다.

"시시가 여기 학교에 입학했을 때," 그는 말을 계속했다. "그 애아버지는 펀치[17]만큼 기뻐했지요. 저 자신은, 우리는 아무 데나 왔다갔다 하는 뜨내기일 뿐이고 이곳에 오래 머물 것도 아닌데, 그가 그토록 기뻐하는 이유를 도저히 이해할 수 없었어요. 그렇지만 지금 생각하니, 이미 그는 떠날 것을 고려하고 있었고 ─ 몸이 반쯤은 망가진 상태였으니까요 ─ 그래서 아이를 대비시켜둬야겠다고 생각했던 게 아닌가 싶습니다. 만일 선생님이 조금이라도 그 애를 도와주겠노라고 말하기 위해 오늘밤 들르신 거라면," 칠더스 씨는 얼굴을 다시 쓰다듬고 의심과 희망이 뒤섞인 시선으로 그래드그라

---

17 「펀치와 주디」라는 인형극에서 항상 기쁜 표정을 짓고 있는 남자인형.

인드 씨를 다시 바라보며 말했다. "그건 매우 다행스럽고 시의적절한 일입니다. 정말로 다행스럽고 시의적절한 일이지요."

"방문한 까닭은 그 반대요." 그래드그라인드 씨가 대꾸했다. "연고자들 때문에 그 애가 학교에 다닐 만한 학생이 못 되므로, 그 애는 더이상 학교에 다녀선 안된다는 말을 그에게 하러 왔던 것이오. 그러나 그 아이의 아버지가 그 애도 모르게 정말로 떠났다면 — 바운더비, 잠깐 얘기 좀 하세."

이 말을 듣고 칠더스 씨는 문밖에 있는 층계참까지 승마하는 걸음걸이로 공손하게 가서는 얼굴을 쓰다듬고 조심스럽게 휘파람을 불며 기다렸다. 그동안 그는 "안돼. 내 말은 안된다는 거야. 그러면 안돼. 절대로 안된다니까"라고 말하는 바운더비 씨의 이야기를 엿들었다. 반면 그래드그라인드 씨가 훨씬 낮은 소리로 "하지만 천박한 호기심을 불러일으킨 이러한 일이 결국 어떻게 되고 어떻게 끝나는지, 그 본보기를 루이자에게 보여주기 위해서라도 말일세. 바운더비, 그런 각도에서 생각해보게나"라고 말하는 소리도 들었다.

그러는 사이 위층에 투숙하고 있던 슬리어리 곡마단의 여러 단원들이 점차 몰려들었고, 근처에 서서 작은 목소리로 서로서로에게 그리고 칠더스 씨에게 말을 하다가 그와 함께 슬그머니 방 안으로 들어왔다. 그중에는 잘생긴 젊은 여자 두세명과 그들의 남편 두세명, 그들의 어머니 두세명, 그리고 필요할 때 요정 연기를 해내는 여덟아홉명의 아이들이 있었다. 그중 한 가족의 아버지가 커다란 막대기 끝에 다른 가족의 아버지를 올려놓고 균형을 잡으면 세번째 가족의 아버지가 토대를 이루어 두 아버지와 함께 피라미드를 만들었고, 마스터 키더민스터가 꼭대기에 자리를 잡았다. 아버지들은 모두 구르는 통 위에서 춤을 추고, 병 위에 올라서고, 칼과

공을 받고, 세숫대야를 빙빙 돌리고, 아무것이나 올라타고, 무엇이든 뛰어넘고, 무슨 일이든 망설이지 않고 해낼 수 있었다. 어머니들은 모두 느슨한 철사와 팽팽한 밧줄 위에서 춤을 추고, 안장 없는 말 위에서 재빠른 동작을 할 수 있었고 또 그렇게 했다. 아무도 자신의 다리를 내보이는 일에 대해서 까다롭게 굴지 않았다. 그중 한 명은 새로운 마을에 도착할 때마다 혼자서 여섯필의 말이 끄는 그리스식 마차를 몰고 다녔다. 그들 모두는 대단히 방탕한 척, 세상일에 통달한 척했고, 사복 차림일 때도 그다지 단정해 보이지는 않았다. 집 안은 조금도 정돈돼 있지 않았으며 학식은 다 합해봐야 어떤 주제든 초라한 글자 하나만 나올 뿐이었다. 그러나 이 사람들에게는 놀랄 만한 부드러움과 천진함이 있었고, 어떤 종류든 약삭빠른 일을 하기에는 특별한 부적합성이 있었으며, 서로서로 돕고 동정하려는 지칠 줄 모르는 열성이 있었다. 이것은 이 세상 어떤 계층의 사람들이 지닌 일상적인 덕목만큼이나 종종 존경받을 만하고 언제나 관대하게 해석될 만한 것이었다.

마지막으로 슬리어리 씨가 들어왔는데, 앞서 말한 대로 뚱뚱한 그는 한쪽 눈이 고정되고 다른 쪽 눈만 움직였으며, 목소리 ― 그렇게 불러줄 수 있다면 ― 는 망가진 낡은 풀무가 간신히 내는 소리 같았고, 피부는 축 늘어졌으며, 머리는 완전히 깬 것도 아니고 완전히 취한 것도 아닌 몽롱한 상태였다.

"션생님!" 천식을 앓고 있어서 s 발음을 하기에는 호흡이 지나치게 탁하고 거친 슬리어리 씨가 말했다. "처음 뵙습니다! 이것은 참으로 나쁜 일입니다, 이것은요. 우리 광대와 그의 개가 도망친 것으로 추측된다는 얘기는 들으셨지요?"

그는 그래드그라인드 씨에게 말했고, 그래드그라인드 씨는 "들었소"라고 대답했다.

"자, 선생님," 그는 모자를 벗은 다음 모자 닦는 용도로 갖고 다니는 손수건으로 모자의 안감을 닦아내며 말을 이었다. "그 가엾은 여자애를 위해 뭔가를 해주쉬겠다는 게 선생님의 뜻이지요?"

"그 아이가 돌아오면 제안할 게 있긴 있소." 그래드그라인드 씨가 말했다.

"그런 말씀을 들으니 기쁘군요, 선생. 제가 그 아이를 방해하거나 쫓아내고 싶은 건 아닙니다. 그 애 나이면 이미 늦었지만 그래도 견습생으로 삼아 훈련쉬킬 마음도 있으니까요. 제 목이 좀 쉰 탓에 저를 알지 못하는 사람들은 제 말을 알아듣기가 쉽지 않습니다. 그러나 곡마장에서 몸이 쉬었다가 데워졌다가, 데워졌다가 쉬었다가, 다시 쉬었다가 데워지기를 선생님이 어렸을 때부터 저만큼 자주 반복했다면 선생님의 목소리도 제 목소리만큼이나 상하지 않을 수 없었을 겁니다."

"그렇지 않을 걸세." 그래드그라인드 씨가 말했다.

"기다리는 동안 어떻게 할까요, 선생님? 쉐리주라도 드시겠습니까? 말씀만 하십쇼, 선생님!" 슬리어리 씨는 환대하는 태도로 편안하게 말했다.

"고맙지만 사양하겠소." 그래드그라인드 씨가 말했다.

"샤양하지 마십쇼, 선생님. 친구분은 어떠십니까? 아직 쉬사 전이라면 쓴 맥주 한잔 하쉬죠?"

이때 그의 딸 조지핀 — 두살 때 이미 말에 태워졌으며, 열두살 때 이미 죽으면 두마리 얼룩조랑말에게 이끌려 무덤에 갔으면 좋겠다는 유서를 만들어서 항상 갖고 다니는, 열여덟살짜리 예쁜 금발 소녀 — 이 "아버지, 조용히 하세요! 그 애가 왔어요!" 하고 외쳤다. 그러자 시시 주프가 아까 방에서 달려나갔던 것처럼 달려들어왔다. 시시는 사람들이 모두 모여 있는 것을 보고 그들의 표정을 살피고는 아버지가 없는 것을 확인하자 아주 슬프게 흐느끼며 팽팽한 밧줄 위에서 춤을 가장 잘 추는 (임신 중인) 여자의 가슴에 안겼고, 여자는 바닥에 무릎을 꿇은 채 시시를 다독이며 함께 울었다.

"끔찍한 일이군, 정말로." 슬리어리가 말했다.

"오, 사랑하는 아버지, 착하고 친절하신 아버지, 어디 가셨어요? 아버지가 나를 잘되게 하려고 떠났다는 걸 나는 알아요! 나를 위해 떠나신 게 분명해요. 가엾고 불쌍한 아버지, 다시 만날 때까지 아버지는 나 없이 얼마나 비참하고 무력하시겠어요!" 떠나가는 아버지의 그림자라도 세우고 껴안으려는 듯 시시가 얼굴을 위로 향하고 양팔을 벌린 채 수없이 되뇌는 이런 이야기를 듣는 것은 너무나 애처로운 일이어서 차마 아무도 입을 열지 못했다. (참을성이 없어진) 바운더비 씨가 말을 꺼낼 때까지는.

"자, 여러분," 그가 말했다. "이것은 시간을 까닭 없이 낭비하는 짓이오. 이 애가 사실을 이해하도록 해줍시다. 괜찮다면 누가 도망쳤는지 내가 직접 이 아이에게 말하겠소. 자, 네 이름이 뭐더라! 네 아버지는 도망갔으니까—너를 버리고 갔으니까—평생 아버지를 다시 만나리라고 기대해선 안된다."

이 사람들은 사실이라는 것을 별로 좋아하지 않았고 더구나 그 문제를 몹시 싫어했기 때문에 바운더비의 견고한 상식에 감동받는 대신 매우 분개했다. 남자들은 "창피한 줄 알아야지!"라며 수군거렸고 여자들은 "짐승 같으니!"라고 중얼거렸다. 슬리어리는 다소 서투르며 바운더비 씨에게 따로 다음과 같이 넌지시 말했다.

"제가 말하겠습니다, 선생님. 솔직히 말하자면 당신은 말을 그만

하는 편이 나을 것 같습니다. 이 사람들은 매우 착한 심성을 지녔지만 행동은 모두 날래지요. 당신이 내 충고를 따르지 않으면, 이들이 무조건 당신을 창밖으로 집어던질 게 분명합니다."

바운더비 씨가 이런 가벼운 암시를 받고 주저하는 사이에 그래드그라인드 씨는 이 문제에 대해 탁월하게 실제적으로 설명할 기회를 잡았다.

"그 사람이 언젠가 돌아오리라고 기대할 수 있느냐 없느냐 하는 것이 중요한 문제는 아니오." 그가 말했다. "그는 떠나버렸고, 지금으로서는 그가 돌아오리라고 기대할 수 없소. 이 점에는 모든 사람이 동의하리라고 생각하는데."

"거기에는 동의합니다, 선생님. 그건 분명해요!" 슬리어리가 말했다.

"그럼 됐소. 나는 이런 직업을 가진 사람의 자식을 학교에서 받아 가르치는 데에는 여기서 상세히 이야기할 필요는 없는 실제적인 어려움이 존재하기 때문에 이 애가 더이상 학교에 다닐 수 없다는 사실을 가엾은 이 아이 주프의 아버지에게 전하러 왔지만, 사정이 바뀌었으므로 제안을 하나 하겠소. 주프, 내가 너를 기꺼이 맡아서 교육시키고 돌보마. (행실이 착해야 한다는 것 외에) 유일한 조건은, 나를 따라올지 여기에 계속 머무를지 지금 당장 결정해야 한다는 거다. 또한 지금 나를 따라오겠다면 그 결정은 여기에 있는 어떤 친구들과도 더이상 연락하지 않는다는 뜻으로 해석된다는 거다. 이상이 조건의 전부란다."

"이 애가 깃발의 양면을 똑같이 볼 수 있도록 저도 한마디 해야겠습니다, 선생님." 슬리어리가 말했다. "쉬쑐리아, 만약 네가 견습생으로 훈련받고 싶다면 너는 그 일의 성격과 같이 지낼 사람들을 이미 알고 있는 셈이다. 네가 지금 그 무릎에 누워 있는 에마 고든이 어머니가 되어줄 것이고 조지핀이 언니가 되어줄 게다. 나 자신이 천사 같은 사람인 체하지는 않겠고, 네가 묘기를 부리다 실수해도 내가 거칠게 비판하지 않고 한두 마디 욕설도 하지 않을 거라고 말하진 않겠다. 그러나 선생님, 제 이야기는, 이제까지 착해서 그랬든 못되서 그랬든 말에게도 욕설 이상으로 해를 입힌 적이 없는데, 이 나이가 돼서 말 타는 사람에게 다르게 대하리라고 볼 수는 없다는 것입니다. 제가 대단한 수다쟁이는 아니니 이쯤 하고 그만두지요, 선생님."

이 이야기의 뒷부분은 그래드그라인드 씨에게 한 것이므로, 그는 머리를 숙이고 진지하게 들은 다음 자기 생각을 말했다.

"주프, 네 결정에 영향을 미친다는 측면에서 너에게 해줄 유일한 얘기는, 건전하고 실제적인 교육을 받는 것이 매우 바람직한 일이라는 사실이고, 네 아버지조차도 (내가 이해하는 바로는) 너를 위해 그걸 뼈저리게 알고 느꼈던 것 같다는 사실이다."

마지막 대목이 아이에게 현저한 영향을 미쳤다. 시시는 격하게 울던 것을 그치고 에마 고든에게서 조금 떨어져 자신의 보호자를 정면으로 바라보았다. 사람들은 아이의 얼굴에 나타난 변화의 낌새를 감지하고 "이 애는 가겠구나!"라며 함께 한숨지었다.

"네 마음을 확실하게 살펴라, 주프." 그래드그라인드 씨가 아이에게 주의를 주었다. "더이상 다른 말은 않겠다. 네 마음을 분명하게 따져보거라!"

"아버지가 돌아왔을 때," 시시는 잠시 조용히 있다가 다시 울음을 터뜨리며 소리쳤다. "제가 떠나고 없으면 아버지가 도대체 저를 어떻게 찾아요!"

"그 문제라면 안심해도 된다." 그래드그라인드 씨가 차분하게 말했다. 그는 이 모든 문제의 결론을 내렸다. "주프, 그 문제에 대해서는 안심해도 된다. 내 생각에, 그런 경우에는 네 아버지가 반드시 이 사람을 찾아올 테니까. 이름이 ―"

"슐리어리. 그게 제 이름이지요, 션생님. 이름은 조금도 부끄럽지 않습니다. 영국 전역에 알려진 이름이고 늘 제몫을 하며 살아온 걸요."

"슐리어리 씨를 반드시 찾아올 테고, 그러면 이 사람이 네가 간 곳을 그에게 알려줄 거다. 네 아버지의 소망을 거스르면서 너를 붙잡을 힘은 내게 없을 거야. 또 네 아버지는 언제라도 코크타운의 토머스 그래드그라인드를 어렵지 않게 찾을 수 있을 거다. 나는 유명한 사람이니까."

"아주 유명하지요." 슐리어리 씨가 움직일 수 있는 눈을 굴리며 동의를 표했다. "션생님은 샤람들이 서커스에 돈을 쓰지 않도록 셜득하는 그런 양반이니까요. 그러나 지금은 그런 건 샹관없습니다."

다시 침묵이 흘렀다. 시시는 두 손에 얼굴을 파묻고 흐느끼며 소리쳤다. "아, 제 옷가지를 주세요, 옷가지를요. 가슴이 찢어지기 전에 떠나야겠어요!"

여자들은 슬픔 속에서도 서둘러 옷가지를 모아서 ― 가짓수가 많지 않았기 때문에 금방 모아졌다 ― 이동할 때 가지고 다니는 바구니에 꾸려넣었다. 그동안 내내 시시는 얼굴을 가린 채 흐느끼며 바닥에 앉아 있었다. 그래드그라인드 씨와 그의 친구 바운더비는 시시를 데려갈 준비를 하고 문 옆에 서 있었다. 슐리어리 씨는 딸 조지핀이 묘기를 부리는 동안 곡마장 가운데에 서 있던 것처럼 곡마단 남자들에 둘러싸여 방 한가운데에 서 있었다. 단지 채찍을 들지 않았을 뿐이었다.

침묵 속에서 바구니가 꾸려졌고, 여자들은 보닛을 가져와 시시의 헝클어진 머리를 매만지고 씌워주었다. 그리고 시시 주변에 몰려와 매우 자연스러운 자세로 얼굴을 숙여 키스하고 포옹했다. 그리고 자식들을 데려와 시시에게 작별인사를 하도록 시켰는데, 모두 친절하고 단순하며 볼품없는 여자들이었다.

"자, 주프," 그래드그라인드 씨가 말했다. "결심이 섰으면 가기로 하자!"

그러나 시시는 곡마단 남자들과도 작별인사를 해야 했다. 남자들은 (슬리어리가 곁에 있어서 모두 직업적인 자세를 취해야 했으므로) 모두 양팔을 벌리고 이별의 키스를 했다. 마스터 키더민스터만이 작별인사를 하지 않았다. 그의 어린 마음에는 원래 인간을 혐오하는 기색이 있었으며, 결혼에 대한 생각도 이미 굳힌 것으로 알려져 있었다. 그는 침울하게 바깥으로 나갔다. 슬리어리 씨는 마지막까지 가만히 있었다. 그는 양팔을 크게 벌려 시시의 두 손을 잡고는 아가씨들이 민첩하게 묘기를 부리다가 말에서 내렸을 때 승마 스승이 축하하는 방식대로 그녀를 번쩍 들었다가 내려놓았지만, 시시는 반동으로 팔짝 뛰는 대신 그 앞에 서서 울기만 했다.

"잘 가라, 애야!" 슬리어리가 말했다. "성공하기를 바란다. 우리 불쌍한 친구들이 너를 괴롭히는 일은 없도록 내가 보증하마. 네 아빠가 개를 데리고 가지 않았으면 좋았을 텐데. 광고 전단에서 개를 빼자니 불편하구나. 그러나 다시 생각해보면 주인 없이 개가 묘기를 부리진 않을 테니 어느 쪽이나 마찬가지긴 하지!"

이런 말을 하며 그는 고정된 눈으로는 시시를 주의 깊게 바라보고 움직이는 눈으로는 단원들을 훑어보았다. 그는 아이에게 키스하고 머리를 흔든 다음 말에 태우듯 그래드그라인드 씨에게 넘겼다.

"됐습니다, 션생님." 슬리어리는 시시가 자기 자리에 잘 앉도록 조정하는 것처럼 전문적인 눈길로 그녀를 훑어보며 말했다. "아이가 잘 해낼 겁니다. 안녕, 쉬쇨리아!"

"안녕, 세실리아!" "잘 가, 시시!" "복 받아라, 애야!" 방 안에 있던 모든 사람들이 갖가지 음성으로 인사했다.

그러나 승마 스승은 시시가 아홉가지 기름이 든 병을 가슴에 품고 있는 것을 발견하고는 "병을 두고 가거라, 애야. 갖고 다니기에 너무 크다. 이제 네게는 소용없는 병이 아니냐. 병을 내게 맡겨라!"라는 말로 끼어들었다.

"안돼요, 안돼!" 시시는 다시 울음을 터뜨리며 말했다. "오, 안돼요! 아버지가 돌아오실 때까지 제가 이 병을 갖고 있도록 해주세요! 돌아오면 이 기름이 필요할 거예요. 기름을 사오도록 내보낼 때까지는 떠날 생각이 아니었으니까요. 죄송하지만 제가 이 기름을 간직해야겠어요!"

"그렇게 하렴, 애야. (어떤지 보셨죠, 션생님!) 잘 가라, 쉬쇨리아! 너에게 해줄 마지막 말은 그래드그라인드 씨와의 약속을 명심하고, 션생님 말씀 잘 듣고, 우리를 잊으라는 거다. 그러나 커서 결혼하고 잘살게 되었을 때 곡마단을 만나거든 딱딱하게 대하거나 쉰경질을 부리지는 마라. 할 슈 있다면 곡마단원들에게 특별한 기회를 주고 그 정도는 해야 한다고 생각하거라. 샤람들은 어떻게든 오락거리를 가져야 합니다, 션생님." 이야기를 너무 많이 해서 숨이 찼지만 슬리어리는 말을 이었다. "샤람들은 항상 일만 하거나 공부만 할 수는 없습니다. 우리를 나쁘게 생각하지 말고 최대한 이용하쉽시오. 평생 곡마단으로 생계를 꾸려왔지만, 우리를 나쁘게

생각하지 말고 최대한 이용하라고 선생님에게 말했을 때, 이 문제
에 대한 철학을 제시했다는 느낌이 드는군요!"

슬리어리는 아래층으로 내려가면서 자신의 철학을 제시했다. 이
철학자의 고정된 눈 — 움직이는 눈도 역시 — 에서 세사람의 모습
과 바구니는 어두운 거리로 금방 사라졌다.

7장
스파싯 부인

바운더비 씨는 독신이기 때문에 어떤 나이 많은 부인이 연간 일정한 보수를 받고 살림을 돌보았다. 이름이 스파싯 부인인 이 여자는 바운더비 씨라는 마차가 겸손을 휘두르는 깡패를 신고 의기양양하게 굴러다닐 때 그 마차의 시중을 드는 저명한 부인이었다.

왜냐하면 스파싯 부인에게는 지금과는 전혀 다른 시절이 있었을 뿐 아니라 지체 높은 친척들이 있었기 때문이다. 스캐저스 부인이라는 대고모가 여전히 살아 있으며, 과부인 그녀의 죽은 남편 스파싯 씨의 모계 쪽은 그녀가 아직도 '파울러'라고 칭하는 가문이었다. 정보가 제한되고 이해력이 둔한 문외한은 때때로 파울러가 무엇인지, 심지어 그것이 사업체인지 정당인지 아니면 성직인지조차 몰랐다. 그러나 신분이 높은 사람들에게는 파울러 가문이 아주 오래된 명가라는 사실을 상기시켜줄 필요가 없었다. 그 가문은 아주 먼 과거까지 족보를 추적할 수 있기 때문에, 그들이 추적하다가 때때로 길을 잃는다 해도──그들은 종종 말고기나, 자기 패를 보지 않고 내기를 하는 카드놀이, 유대인과의 금전거래, 그리고 파산자 재판소에서 종종 길을 잃었다──놀라운 일은 아니었다.

모계 쪽이 파울러 가문인 고敍 스파싯 씨는 부계 쪽이 스캐저스 가문인 이 부인과 결혼했다. 스캐저스 부인(짐승고기를 지나치게 좋아하고 이상하게도 십사년 동안이나 한쪽 다리를 침대 바깥으로 내놓지 않고 있는 대단히 살찐 늙은 부인)이 중신을 섰을 때 스파싯은 결혼 적령기였는데, 길고 홀쭉한 두 다리로 빈약하게 지탱되고 따로 언급할 가치도 없는 머리가 위에 얹혀 있는 호리호리한 몸매 때문에 금방 눈에 띄었다. 그는 삼촌으로부터 상당한 유산을 상속받았지만 실제로 상속받기 전에 몽땅 빚을 졌고, 상속받은 다음에는 바로 그 두배를 써버렸다. 그래서 스물네살의 나이로 죽었을 때(죽은 장소는 깔레였고 원인은 브랜디였다) 그는 신혼여행 직후부터 별거에 들어갔던 부인에게 풍족한 재산을 남기지 못했다. 자기보다 열다섯살이나 아래인 남편과 사별한 스파싯 부인은 유일한 친척인 스캐저스 부인과 곧 심하게 다툰 다음 한편으로는 그 부인을 화나게 만들기 위해, 다른 한편으로는 생계를 꾸리기 위해 급료를 받는 직업을 구했다. 그리하여 코리올레이너스[18] 같은 코와 숱이 많고 검은 눈썹으로 스파싯을 사로잡았던 이 부인은 늘그막에 이 집에서 바운더비 씨가 아침식사를 할 때 그의 차를 만들며 지내게 된 것이다.

바운더비가 정복자이고 스파싯 부인은 그가 화려한 행렬을 이끌 때 특별한 구경거리로 데리고 다니는 포로로 잡은 공주라 하더

---

18 셰익스피어의 동명 희곡에 등장하는 거만한 로마 장군. 여기서는 로마인의 특징적인 매부리코를 가리킴.

라도 그가 그녀를 지금보다 더 잘 활용할 수는 없을 것이다. 자신의 혈통을 깎아내리는 것이 그의 자랑거리이듯, 스파싯 부인의 혈통을 치켜세우는 것도 그의 자랑거리였다. 젊은 시절의 자신에게는 단 하나의 우호적인 상황도 존재하지 않았던 것에 견주어 스파싯 부인은 젊었을 때 가능한 모든 이점을 누렸던 것으로 설명하면서, 그녀가 지나온 길에 마차 몇대분의 일찍 피는 장미를 마구 뿌리는 것이었다. "그러나 선생님, 결국 어떻게 되었습니까? 아무튼 여기 이 부인은 일년에 백 파운드(내가 백 파운드씩 주는데 이 부인은 상당한 액수라고 기뻐합니다)를 받고 코크타운의 조사이아 바운더비네 집을 돌보고 있습니다!"라고 그는 말하곤 했다.

그런데, 그가 자신을 돋보이게 하는 존재인 이 부인을 아주 널리 알려서 어떤 때는 제3자가 아주 활발하게 그 사실을 거론하기도 했다. 자신의 찬미가를 직접 부를 뿐 아니라 다른 사람들도 그 찬미가를 부르게 만든다는 점이 바운더비의 가장 짜증스러운 성격 중 하나였다. 바운더비를 실없이 치켜세우는 정신적 전염병이 퍼져 있었다. 다른 곳에서라면 겸손하게 지냈을 사람들이 코크타운에서는 식사 때 갑자기 나타나서 맹렬히 바운더비의 자랑을 늘어놓았다. 그들은 바운더비를 왕실의 문장으로, 영국 국기로, 대헌장으로, 존 불[19]로, 인신보호법으로, 권리장전으로, 영국인의 집은 그의 성곽이다로, 교회와 국가로, 그리고 이 모든 것을 합해서 신이여 여왕을 보호하소서로 만들었다. 그리고 종종 (매우 자주 있는 일인데) 이런 웅변가는 자신의 연설 말미에 다음과 같은 시구를 인용했다.

---

19 전형적인 영국인을 말함.

왕자나 영주는 번영할 수도 쇠할 수도 있나니,

숨결이 사람을 만들었던 것같이 그들을 만들 수도 있는 것이다.[20]

그러면 사람들은 그 웅변가가 스파싯 부인에 대한 이야기를 들은 것으로 짐작했다.

"바운더비 씨," 스파싯 부인이 말했다. "오늘 아침엔 식사를 유달리 천천히 하시는군요."

"글쎄요, 부인, 지금 톰 그래드그라인드의 변덕에 대해 생각하고 있소." 그는 솔직하고 독자적으로 이야기하는 티를 내기 위해 톰 그래드그라인드라고 말했는데, 마치 누군가가 늘 막대한 뇌물을 주면서 토머스라고 말하게 하려고 애쓰는데도 결코 그렇게 말하지 않으려 작정한 듯했다. "곡마단의 여자애를 키우겠다는 톰 그래드그라인드의 변덕을 생각하는 중이란 말이오, 부인."

"그 아이는 지금 곧장 학교에 가야 하는지 아니면 스톤 로지에 가야 하는지 알아보기 위해 기다리고 있어요." 스파싯 부인이 말했다.

"나도 모르니 그 애는 기다려야지요, 부인." 바운더비가 대답했다. "내 생각엔 톰 그래드그라인드가 금방 이리로 올 것 같소. 그 애가 여기에 하루이틀 더 있기를 그 친구가 바란다면 물론 더 있을 수 있을 거요."

"바운더비 씨, 당신이 원하시면 당연히 더 머물 수 있겠죠."

"그 아이가 루이자와 교제하는 것을 허락할 것인지 그가 하룻밤 자면서 생각해보도록 아이의 임시침대를 여기에 마련해주겠노라고 어젯밤에 그에게 말했었소."

---

20 올리버 골드스미스 「황폐한 마을」 53~54행.

"정말인가요, 선생님? 정말 사려 깊으시네요!"

스파싯 부인은 차를 한모금 마시면서 코리올레이너스 같은 코의 콧구멍을 약간 벌름거리고 검은 눈썹을 찌푸렸다.

"내 생각에, 이런 식의 친교가 그 귀여운 여자아이에게 그다지 득이 될 게 없다는 건 거의 명확하오." 바운더비가 말했다.

"지금 어린 그래드그라인드 양에 대해 이야기하는 건가요, 바운더비 씨?"

"그렇소, 부인, 루이자 얘기를 하는 거요."

"선생님이 그냥 '귀여운 여자아이'라고 말하시니 해당되는 여자아이가 둘이어서 누구를 지칭하는 건지 몰랐어요." 스파싯 부인이 말했다.

"루이자 말이오, 루이자, 루이자." 바운더비가 반복했다.

"선생님은 루이자에게 제2의 아버지와 마찬가지시죠." 스파싯 부인은 차를 좀더 마셨다. 그녀가 다시 찌푸린 눈썹을 김이 나는 찻잔 위로 숙이자 그 부인의 고전적인 얼굴이 지옥의 악마에게 무언가를 간구하는 것처럼 보였다.

"만약 부인이 내가 톰—내 친구 톰 그래드그라인드가 아니라 어린 톰을 말하는 건데—에게 제2의 아버지라고 말했다면 좀더 정확한 얘기일 거요. 어린 톰을 사무실에 고용할 작정이니까. 그를 데리고 있을 작정이란 말이오, 부인."

"정말이에요? 고용하기에는 너무 어리지 않나요, 선생님?" 바운더비 씨에게 말하면서 스파싯 부인이 "선생님"이라고 하는 것은 그에게 존경을 바치는 말이라기보다는 그 말을 사용함으로써 자기를 배려하도록 강요하는 의례적인 인사말이었다.

"지금 당장 고용하려는 건 아니고, 그전에 공부를 마쳐야겠지."

바운더비가 말했다. "맹세컨대 그 애는 교육을 충분히 받을 거요, 철두철미하게! 그 애만큼 어렸을 때 내 어린 밥통에 지식이 얼마나 비어 있었는지를 톰이 알게 된다면, 그 아인 눈을 뜨는 거요." 그런데 톰은 이런 이야기를 이미 충분히 자주 들었으므로 알고 있을 가능성이 높았다. "하지만 대등한 관계에서 누구와 이야기를 하든 이런 문제 때문에 내가 당혹감을 느낀다는 것은 이상한 일이오. 예를 들면 지금 나는 곡마단원에 대해 부인과 이야기하고 있소. 그런데 곡마단원에 대해 부인이 아는 게 뭐가 있소? 진흙땅에서라도 곡마단원이 된다면 내게는 뜻밖의 행운이고 복권에 당첨되는 것과 마찬가지였을 시절에 부인은 이탈리안 오페라 극장[21]에 있었소. 당신을 위해 길을 밝혀줄 횃불을 살 동전 한닢이 없었을 때도 부인은 하얀 새틴 옷과 보석으로 눈부시게 치장하고 이탈리안 오페라 극장을 드나들었단 말이오."

"아주 어렸을 때부터 내가 이탈리안 오페라 극장에 다녔던 건 분명하지요, 선생님." 스파싯 부인은 차분하면서도 슬픈 기색이 감도는 위엄을 갖추고 대답했다.

"제기랄, 부인, 나도 자주 다녔소 ― 극장 뒤쪽이라 그렇지." 바운더비가 말했다. "홍예랑虹預廊의 포도를 딱딱한 침대 삼아 자주 잤었소. 어릴 때부터 다운즈 지방의 양털로 만든 침대 위에서 잤던 부인 같은 사람들은 한번 자보지 않고는 포석이 얼마나 딱딱한지 알 턱이 없지요. 곡마단원에 대해 내가 부인에게 이야기한다는 건 정말로, 정말로 쓸데없는 짓이오. 부인에게는 외국의 무희, 런던의 웨스트엔드[22], 메이페어[23], 귀족과 귀부인, 그리고 각하들에 대해 이야기

<hr>

21 런던 헤이마켓에 있는 극장.
22 상류사회 사람들이 사는 지역.

해야 하겠죠."

"선생님이 그같은 일을 하실 필요는 없다고 생각해요." 스파싯 부인은 체념하고 점잖게 대꾸했다. "나도 운명의 변화에 적응하는 법을 배웠다고 생각하니까요. 선생님의 교훈적인 인생 경험담을 듣는 데 진작 관심을 가졌더라면 ─ 그런 얘기는 아무리 들어도 나쁘지 않으니까 ─ 좋을 걸 그랬어요. 물론 다들 그렇게 느낀다고 알고 있기에 굳이 자랑하는 건 아닙니다만."

"자, 부인," 그녀의 후견인이 말했다. "코크타운의 조사이아 바운더비가 자신이 겪은 바를 그 특유의 세련되지 못한 방식으로 이야기하는 걸 정말로 듣기 좋아한다고 기꺼이 말할 사람이 어쩌면 있을 수도 있겠지요. 그러나 당신이 사치에 파묻혀서 태어났다는 사실은 인정해야 합니다. 그렇죠, 부인, 당신이 사치에 파묻혀서 태어났다는 걸 아시죠."

"내가 그 사실을 부인하는 건 아니에요, 선생님." 스파싯 부인은 도리질을 하며 대답했다.

바운더비 씨는 상대방을 보느라 식탁에서 일어나 난로 쪽을 등지고 서야 했다. 스파싯 부인은 그 정도로 그의 지위를 올려주는 존재였던 것이다.

"그리고 부인은 일류사회에 속했어요. 대단한 상류사회에 말이오." 그는 두 다리에 난롯불을 쬐며 말했다.

"맞아요, 선생님." 스파싯 부인은 그의 겸손과 정반대되는 겸손을 가장해서 그의 겸손과 부딪칠 위험을 배제하며 대답했다.

"부인은 최고 상류사회 사람들과 사귀었죠." 바운더비 씨가 말

<hr>

23 웨스트엔드 중에서도 더욱 고급스러운 지역.

했다.

"그래요, 선생님." 스파싯 부인은 그런대로 상류사회의 과부 같은 태도로 대답했다. "틀림없는 사실입니다."

무릎을 구부린 바운더비 씨는 아주 만족하여 문자 그대로 두 다리를 붙잡고 큰 소리로 웃었다. 그때 그래드그라인드 부녀가 도착했다는 전갈이 와서 바운더비는 친구를 악수로, 루이자를 키스로 맞았다.

"주프를 지금 여기로 부를 수 있겠나, 바운더비?" 그래드그라인드 씨가 물었다.

물론 부를 수 있었다. 그래서 주프가 불려왔다. 들어오자마자 주프는 바운더비 씨와 그의 친구 톰 그래드그라인드에게, 그리고 루이자에게도 공손히 인사했다. 그러나 당황하는 통에 불운하게도 스파싯 부인에게 인사하는 것은 빼먹었다. 이것을 보고 떠벌리기 좋아하는 바운더비는 이렇게 말했다.

"내 말을 잘 들거라, 얘야. 찻주전자 옆에 계신 저 부인은 스파싯 부인이시다. 저 부인은 이 집의 여주인이고 지체 높은 친척들을 두고 있지. 따라서 네가 이 집의 어떤 방이든 다시 들어올 때 저 부인에게 가장 공손한 태도로 인사하지 않는다면 너는 이 집에 오래 머물 수 없다. 나야 지체 높은 사람인 체하지 않으니까 네가 나에게 어떻게 대하든 조금도 개의치 않는다. 나는 지체 높은 친척은커녕 일가친척이라곤 전혀 없는 최하층 출신이니까. 그러나 저 부인에 대해서는 너의 행동을 유념해 볼 테니 공손하고 예의 바르게 처신해야 한다. 그렇지 않으면 다시는 여기에 못 오게 하겠다."

"바운더비, 내 생각에는 그저 보지 못한 것 같은데." 그래드그라인드 씨가 달래는 소리로 말했다.

"스파씻 부인, 내 친구 톰 그래드그라인드는 단지 보지 못한 탓일 거라고 하는군요." 바운더비가 말했다. "그럴 수도 있겠죠. 그러나 부인, 당신도 알다시피 부인께 대해서는 못 보고 넘기는 것조차 허용하지 않을 작정입니다."

"정말 훌륭하세요, 선생님." 스파씻 부인은 의례적으로 겸손하게 머리를 끄덕이며 대답했다. "더이상 얘기할 필요는 없겠어요."

그동안 내내 눈물을 글썽이며 희미한 소리로 사과하던 시시는 집주인이 손짓을 하자 그래드그라인드 씨 쪽을 바라보았다. 그래드그라인드 씨가 말하는 동안 시시는 그를 뚫어져라 바라보며 서 있었고, 루이자는 시선을 땅에 박은 채 냉담한 태도로 곁에 서 있었다.

"주프, 너를 우리집에 데려가기로 작정했다. 그리고 네가 학교에 가지 않을 때는 환자인 집사람의 시중을 들게 하기로 했다. 루이자 ─ 이 아이가 루이자인데 ─ 에게 네가 지나온 이력의 비참하지만 당연한 귀결에 대해 이미 설명했는데, 너도 그 일은 모두 지나갔고 더이상 언급해선 안된다는 사실을 분명히 명심해야 한다. 이 순간부터 너는 새로운 삶을 시작하는 거다. 네가 현재 무지한 걸로 안다."

"네, 선생님, 정말 그렇습니다." 시시는 공손히 인사하며 대답했다.

"나는 만족스러울 정도로 네가 엄격한 교육을 받도록 할 것이고, 너는 너와 접촉할 모든 사람들에게 네가 받을 훈육의 장점을 보여주는 살아 있는 증거가 될 거다. 너는 교정 받고 새롭게 만들어지는 거야. 너는 네 아버지와, 내가 너를 보았을 때 함께 있던 그 사람들에게 책을 읽어주곤 했다고 했지?" 그래드그라인드 씨는 이 말을 하기 전에 시시를 자기에게 좀더 가까이 오도록 손짓하고 목소리를 낮추어서 말했다.

"아버지와 메리렉즈에게만 읽어주었습니다, 선생님. 아버지께만 읽어드리려 했는데 메리렉즈가 항상 곁에 있었어요."

"메리렉즈 생각은 마라, 주프." 잠시 얼굴을 찌푸리며 그래드그라인드 씨가 말했다. "개에 대해 물어보는 게 아니다. 아버지에게 책을 읽어주곤 했단 말이지?"

"그렇습니다, 선생님. 수천번 읽어드렸어요. 우리가 함께 보냈던 모든 행복한 시간 중에서 ― 가장 행복한 시간이었습니다, 선생님!"

시시의 슬픔이 터져나오는 바로 그 순간 루이자는 처음으로 그 아이를 바라보았다.

"어떤 책을 아빠에게 읽어주었니, 주프?" 그래드그라인드 씨가 한층 작은 소리로 물었다.

"요정에 대한 책입니다, 선생님, 그리고 난쟁이, 곱사등이, 정령에 대한 책도 있고요." 시시는 흐느꼈다. "그리고 또 ―"

"쉿!" 그래드그라인드 씨가 말했다. "그만 됐다. 그런 파괴적인 허튼 이야기를 다시는 입 밖에 꺼내지 마라. 바운더비, 이건 엄격한 훈육을 필요로 하는 경우이니 앞으로 주의 깊게 지켜보아야겠네."

"글쎄," 바운더비 씨가 대꾸했다. "나야 이미 내 생각을 말하지 않았나. 나라면 자네같이 행동하지 않을 걸세. 하지만 알았네, 알았어. 자네가 이미 마음을 정했으니, 알았다고!"

그렇게 그래드그라인드 씨와 그의 딸은 세실리아 주프를 데리고 스톤 로지로 출발했으며, 도중에 루이자는 한마디도 좋다거나 싫다거나 하지 않았다. 그리고 바운더비 씨는 그의 일상적인 일을 시작했다. 스파싯 부인은 자기 방 지붕창 뒤로 물러나와 그 어두운 은둔처에서 아침 내내 생각에 잠겼다.

8장
궁금해하지 말라

선율을 계속 따라가기 전에 주음을 다시 눌러보자.

루이자가 지금보다 여섯살 어렸을 때, 하루는 그녀가 "톰, 나는 궁금해"라는 서두로 동생과 이야기를 나눈 적이 있었다. 그러자 이 말을 엿들은 그래드그라인드 씨가 밝은 곳으로 나서며 말했다. "루이자, 절대 궁금해하지 마라!"

감정이나 정서를 계발하는 데에는 조금도 신경쓰지 않으면서 이성만을 교육시키는 기계적인 기술과 불가사의의 근원이 여기에 있는 것이다. 절대 궁금해하지 말라. 덧셈·뺄셈·곱셈·나눗셈으로 모든 일을 그럭저럭 해결한 다음에는 절대 궁금해하지 말라. 이제 막 걷기 시작한 저기 저 아이를 나에게 데려와라, 그러면 그 아이가 절대 궁금해하지 않도록 내가 책임지겠다,라고 맥초컴차일드는 말한다.

그런데 이제 막 걸을 수 있게 된 무수한 아이들 외에도 코크타운에는 이미 이십년, 삼십년, 사십년, 오십년, 그리고 그보다 더 오랜 동안 무한의 세계를 향해 전속력으로 걸어나간 아이들이 꽤 많이 있었다. 어떤 사회에서든 이런 경이적인 아이들이 활보하고 다니면 사람들이 불안해하기 때문에 18개 교파들은 이들을 개선시키기 위해 취할 조치를 합의하느라 끊임없이 상대방의 얼굴을 할퀴고 머리채를 잡아뜯었다 ─ 그러나 이들은 결코 합의에 이르지 못했는데, 목적을 위해 수단을 교묘하게 사용한다는 것을 참작하면 놀라운 상황이었다. 상상할 수 있는 일이든 없는 일이든 모든 일에서 (특히 상상할 수 없는 일에서) 그들은 의견을 달리했지만, 이 재수 없는 아이들이 결코 궁금해서는 안된다는 점에는 의견의 일치를 썩 잘 보았다. 제1교파는 아이들이 모든 것을 믿음에 의거해서 받아들여야 한다고 주장했다. 제2교파는 모든 것을 정치경제학에 따라 받아들여야 한다고 주장했다. 제3교파는 이들을 위해 어떻게 착한 어른아이는 반드시 저축은행에 가는지, 어떻게 못된 어른아이는 반드시 추방되는지 보여주는 무거운 소책자를 만들었다. 제4교파는 이 아이들을 교묘하게 속여서라도 빠뜨려야 할 지식의 함정을 재미있다는(실제는 아주 우울한데도) 진부한 위장으로 감추려는 아주 얕은 수를 부렸다. 그러나 이 아이들이 절대 궁금해해선 안된다는 점에는 모든 교파들이 동의했다.

코크타운에는 일반 대중이 쉽게 접근할 수 있는 도서관이 하나 있었다. 거기에서 사람들이 무엇을 읽는지가 그래드그라인드 씨의 정신을 몹시 괴롭혔다. 그것에 대해서는 도표로 만든 보고서의 작은 강이 도표로 만든 보고서의 엄청난 대양으로 주기적으로 흘러들어갔는데, 그 대양의 밑바닥에 도달했다가 제정신으로 돌아온 사람은 아무도 없었다. 도서관에 오는 이런 독자들마저 집요하게 무엇인가를 궁금해한다는 것은 낙담스러운 사정이면서 우울한 사실이었다. 그들은 인간의 본성과 인간의 정열, 인간의 희망과 공포, 그리고 평범한 보통사람들의 투쟁과 승리와 패배, 걱정과 기쁨과 슬픔, 삶과 죽음에 대해 궁금해했다! 그들은 때때로 열다섯시간을 일한 뒤에도 자기네와 비슷한 남녀들, 그리고 자기 자식들과 비슷한 아이들에 대한 단순한 이야기들을 앉아서 읽었다. 그들은 유클리드 대신에 디포[24]를 사랑했고, 대체로 코커[25]보다는 골드스미스[26]에게 더 위안을 받는 듯했다. 그래드그라인드 씨는 이 괴상한 합계를 인쇄된 형태로든 아니든 항상 따져보았으나, 어떻게 이런 납득할 수 없는 결과가 나오는지 도무지 알 수 없었다.

"사는 데 싫증이 나, 루. 사는 게 온통 싫고, 누나 외에는 모두 다 미워." 매정하고 어린 토머스 그래드그라인드가 해질녘에 이발하는 방에서 말했다.

"시시를 싫어하는 건 아니지, 톰?"

"그 애를 주프라고 불러야만 하는 게 싫어. 그리고 그 애는 나를 싫어해." 톰이 우울하게 말했다.

"아니야, 그 애가 너를 싫어하진 않아, 톰. 그건 확실해."

"분명 싫어해." 톰이 말했다. "그 애는 보나마나 우리 모두를 싫어하고 혐오할 거야. 관계를 완전히 끊기 전까지 그런 생각들이 계속 그 애를 괴롭힐 거야. 그 앤 벌써 밀랍처럼 창백해지고 나처럼 ─ 우울해져가고 있어."

어린 토머스는 난로 앞 의자에 걸터앉아서 양팔을 등 뒤로 가져

---

24 Daniel Defoe, 1660~1731, 영국의 소설가.

25 Edward Cocker, 1631~76, 영국의 수학자.

26 Oliver Goldsmith, 1730~74, 영국의 시인 겸 소설가.

갔다가 다시 뚱한 얼굴을 양팔에 파묻었다가 하며 이런 생각을 털어놓았다. 그의 누나는 난로 옆의 좀더 어두운 구석에 앉아서 동생을 보다가 난롯가에 떨어지는 빛나는 불똥을 보다가 했다.

"나로 말하자면, 나는 당나귀야. 그게 바로 나야." 톰은 뚱하게 두 손으로 머리를 마구 헝클어뜨리며 말했다. "나는 당나귀만큼 고집이 세고 당나귀보다 더 미련해. 당나귀만큼이나 쾌락을 좇고 당나귀같이 발로 차기를 좋아해."

"나를 차진 않겠지, 톰?"

"그래, 루. 누나를 해치지는 않을 거야. 처음부터 누나는 예외였어. 누나가 없었다면 이 — 대단히 오래된 — 누런 뇌옥이 어땠을지 모르겠어." 톰은 부모의 보호에 대해 충분히 경의를 표하면서도 자기 감정을 잘 나타낼 수 있는 명칭을 찾고자 말을 멈췄다가 누런 뇌옥이라는 강렬한 두운[27]으로 잠시 마음을 달래는 듯했다.

"정말이니, 톰? 정말 진심으로 그렇게 말하는 거야?"

"물론, 정말이야. 그런데 그 이야기를 이러쿵저러쿵 하는 게 무슨 소용이람!" 톰은 육체에 고통을 가해 그것을 정신과 일치시키려는 듯 소맷자락에 얼굴을 비비며 대꾸했다.

"왜냐하면 톰," 누나는 잠시 동안 말없이 불똥을 지켜보다가 말했다. "점점 나이를 먹고 어른이 되어갈수록 종종 여기 앉아서 생각에 잠기는데, 네가 집에서 잘 지내도록 도울 수 없는 것이 내게 엄청난 불행이라는 생각이 들기 때문이란다. 나는 여자아이라면 누구나 아는 것을 몰라. 너와 놀아줄 줄도, 노래를 해줄 줄도 몰라. 재미있는 광경을 보거나 재미있는 책을 읽은 적이 없으니 네가 지

---

27 jaundiced jail(누런 뇌옥)은 /dʒ/음으로 두운이 맞는다.

쳤을 때 얘기를 해서 즐거움이나 위안을 주고 마음을 편하게 해줄 수도 없지."

"글쎄, 나도 마찬가지야. 그 점에서는 나도 누나만큼이나 서툴지. 게다가 나는 노새같이 고집쟁이이기도 한데 누나는 그렇지 않잖아. 아버지가 나를 잘난 척하는 학자나 노새로 만들려고 했으니, 내가 학자가 아니라면 노새처럼 고집쟁이인 게 당연하지. 그렇고말고." 톰이 절망적으로 말했다.

"대단히 유감스럽구나." 루이자는 다시 말을 멈추었다가 어두운 구석에서 생각에 잠긴 채 말을 이었다. "정말 유감이야, 톰. 우리 둘 다 매우 불행한 거지."

"이런! 누나는 여자잖아." 톰이 말했다. "여자아이는 사내아이보다 잘 견디지. 누나에게 섭섭한 것은 조금도 없어. 누나는 내게 유일한 즐거움이고 ― 누나는 이런 집조차도 밝게 할 수 있으니까 ― 원하는 대로 언제나 나를 이끌 수 있어."

"톰, 너는 진짜 소중한 동생이야. 내가 그런 일들을 할 수 있다고 네가 생각한다면 굳이 부인하지는 않겠어. 내가 그 말을 믿을 만큼 어리석지 않은 게 유감이지만 말이야." 루이자는 다가와서 동생에게 키스하고는 어두운 구석으로 다시 돌아갔다.

"우리가 수없이 들은 모든 사실들과 모든 숫자들, 그리고 그것들을 발견해낸 모든 사람들을 한곳에 모았으면 좋겠어." 톰이 원한에 차서 이를 악물며 말했다. "그러고는 그들 밑에 천 배럴의 화약을 설치해서 모두 폭파하고 싶어! 하지만 바운더비 영감과 함께 지내게 되면 나는 내 식의 복수를 할 거야."

"네 식의 복수라고, 톰?"

"인생을 약간 즐기고, 여기저기 다니면서 직접 보고 듣고 하겠단 말이지. 이제까지 양육된 방식에 대해 스스로 보상할 거야."

"그렇다면 톰, 미리 실망하지는 마. 바운더비 씨 생각이나 아버지 생각이나 둘 다 마찬가지이지만, 그는 아버지보다 훨씬 거칠면서 아버지의 절반만큼도 친절하지 않으니까."

"응!" 톰이 웃음을 터뜨리며 말했다. "상관없어. 바운더비 영감을 어르고 다루는 방법을 잘 알게 될 테니까!"

남매의 그림자가 벽에 뚜렷하게 비치고 있었지만, 방 안에 있는 높다란 찬장들의 그림자가 벽과 천장에 뒤섞여 남매가 마치 어두운 동굴 속에 있는 것 같아 보였다. 또는 기발한 상상력을 발휘한다면 ─ 그런 반역이 일어날 수 있다면 ─ 그것은 이들의 암울한 미래와 연관된 대화의 그림자처럼 보였다.

"그를 어르고 다룰 너의 엄청난 방법이 뭐니, 톰? 비밀이니?"

"아아!" 톰이 말했다. "비밀이라 하더라도 멀리 떨어져 있지는 않아. 바로 누나니까. 누나는 그의 귀염둥이이고 그가 가장 좋아하는 사람이잖아. 누나를 위해서라면 그는 뭐든 할 거야. 나한테 듣기 싫은 말을 하면 '루 누나가 마음 상하고 실망할 거예요, 바운더비 씨. 누나는 당신이 내게 이보다는 관대하게 대해주리라 확신한다고 항상 말했거든요'라고 그에게 말할 테야. 그러면 그 늙은이의 태도가 바뀌겠지, 그래도 바뀌지 않으면 어떤 방법을 써도 바뀌지 않을 테고."

응답조로 뭔가 말해주길 기다렸으나 아무 대꾸도 없자 톰은 지쳐서 현재로 되돌아왔다. 하품을 하며 의자 가로대에 기대어 몸을 꼬고 머리카락을 점점 헝클어뜨리다가 갑자기 루이자를 올려다보더니 질문을 던졌다.

"벌써 잠들었어, 루?"

"아니야, 톰. 난롯불을 보고 있어."

"불 속에서 볼거리를 나보다 많이 찾는 것 같군." 톰이 말했다. "여자아이라는 것의 또다른 장점이겠지."

"톰," 그의 누나는 묻고자 하는 바를 난롯불 속에서 읽으려 하는데 글자가 선명하게 씌어 있지 않은 것처럼 천천히, 그리고 묘한 말투로 물었다. "너는 바운더비 씨의 은행으로 옮겨가는 것을 조금이라도 흡족해하며 기다리는 거니?"

"어쨌든 한가지는 분명히 말할 수 있는데," 톰이 의자를 밀치고 일어서며 대답했다. "그것은 집에서 떠난다는 사실이야."

"한가지는 분명히 말할 수 있는데," 루이자는 앞서의 묘한 말투로 따라했다. "그것이 집에서 떠난다는 사실이라. 맞는 말이야."

"누나와 헤어지고 싶다거나 누나를 이 집에 남겨두고 싶다는 것은 아니야, 루. 하지만 싫든 좋든 나는 가야만 해. 그러니 누나의 영향력이라는 이점이 전혀 없는 곳보다는 약간이라도 있는 곳으로 가는 게 낫겠지. 이해하지 못하겠어?"

"이해해, 톰."

대답에 망설이는 기색은 없었지만 그 대답이 나오기까지 너무 오랜 시간이 걸려서, 톰은 누나에게 가서 의자 뒤에 기대어 누나를 그토록 사로잡고 있는 난롯불을 그녀가 바라보는 각도에서 응시하며 자신이 어림할 수 있는 바를 따져보았다.

"난롯불이라는 걸 제외하면," 톰이 말했다. "내게는 다른 것과 마찬가지로 시시하고 공허하게 보이는걸. 불 속에서 뭘 보는 거지? 곡마단은 아니지?"

"특별하게 보는 것은 없어, 톰. 그러나 난롯불을 보면서 너와 내가 어른이 되면 어떨까, 하고 내내 궁금해했어."

"또 궁금해했다고!" 톰이 말했다.

"어쩔 수 없이 앞으로도 궁금해하리라는 생각이 드는걸." 그의 누나가 대꾸했다.

"루이자, 부탁한다." 남매가 듣지 못하는 사이에 문을 열고 들어와 있던 그래드그라인드 부인이 말했다. "제발 그러지 마라, 이 지각없는 아이야. 그렇지 않으면 내가 네 아버지한테서 끝없이 걱정을 듣게 될 거야. 그리고 토머스, 너처럼 양육되고 비용을 엄청나게 들여서 교육받은 아이가, 누나가 궁금해해서는 안된다는 이야기를 아버지가 분명히 했다는 사실을 알면서도 누나가 궁금해하도록 부추기는 현장을 발각당한 것은 정말 부끄러운 일이다. 더구나 내 불쌍한 머리가 끊임없이 나를 지치게 하는데 말이다."

루이자는 톰이 부추겼다는 사실을 부인했지만 어머니는 "루이자, 부추김을 받지 않고 네가 그런 짓을 한다는 것은 정신적으로나 육체적으로나 불가능한 일이니까 몸이 안 좋은 나에게 더이상 얘기하지 마라"라는 결정적인 말로 딸의 입을 막았다.

"어머니, 그저 빨간 불똥이 난로에서 떨어져 하얗게 꺼져가는 것을 보다가 그런 궁금증이 생긴 거예요. 불똥을 보다가 인생이 얼마나 짧고 평생 동안 할 수 있는 일이 얼마나 보잘것없는가, 하는 문제가 결국 생각난 거지요."

"허튼소리!" 그래드그라인드 부인이 거의 원기왕성해 보일 정도로 말했다. "허튼소리! 그런 소리가 아버지 귀에 들어가기라도 하면 내가 한정 없이 걱정을 듣게 된다는 사실을 안다면 내 면전에서 그런 부질없는 소리는 하지도 마라, 루이자. 더구나 이제까지 네게 그토록 공을 들였는데! 그렇게 수업을 듣고 실험을 한 다음에도 그따위 말을 하다니! 내 몸 오른쪽 전체가 마비됐을 때도 네가 선생님과 함께 연소, 하소, 발열 같은 온갖 종류의 작용에 대해 공부하는 걸 불쌍한 환자의 정신이 산란해질 정도로 들었는데, 불똥이나 재에 대해 이처럼 어처구니없게 이야기하는 것을 들어야 하다니!" 그래드그라인드 부인은 의자를 가져다 앉아 강경하게 말하다가 점차 사실의 단순한 그림자에 굴복해서 흐느꼈다. "가족이나 없었다면 정말 좋았을 텐데. 그러면 어미 없이 지낸다는 게 어떤 건지 너희들이 알기나 하지!"

9장
시시의 발달

시시 주프는 맥초컴차일드 선생과 그래드그라인드 부인 사이에서 편하게 지낸 것도 아니고 처음 몇달간의 교육기간 동안 도망가고자 하는 욕망이 강렬하지 않았던 것도 아니다. 교육은 사실들을 하루종일 세게 퍼붓는 것이었고, 삶 전반에 대한 전망은 정밀하게 금을 그은 산수책 같았기 때문에, 시시는 단 한가지 제한만 없었다면 틀림없이 도망쳤을 것이었다.

생각하면 통탄스러운 일이지만 그것은 어떤 산술적 계산의 결과가 아니라 모든 계산을 거부하고 스스로 부과한 제한이었으며, 전제들로부터 기록원이 끌어낼 수 있는 어떤 확률표와도 전적으로 배치되는 것이었다. 시시는 아버지가 자기를 버린 것이 아니라고 믿었으며, 언젠가는 그가 돌아오리라는 희망과 자신이 현재 있는 곳에 계속 머무르는 것이 아버지를 좀더 행복하게 해줄 것이라는 믿음 속에서 살았다.

건전한 산술에 기초해 아버지가 비정한 뜨내기라는 사실을 알아차리는 더 나은 위안을 거부하고 이런 식의 위안에 매달리는 주프의 지독한 무지에 그래드그라인드 씨는 연민을 느꼈다. 그러나 어떻게 하겠는가? 맥초컴차일드가 보고하는 바에 따르면 그 아이는 숫자를 거의 이해하지 못할 뿐 아니라 지구에 대해서도 일단 대체적인 생각을 갖게 되자 그 정확한 크기에 대해서는 조금치의 흥미도 느끼지 못했다. 또한 모종의 애처로운 사건과 연결되지 않은 날짜는 거의 기억하지 못하며, 개당 14.5펜스 하는 모슬린 모자 247개의 값을 (암산으로) 즉각 말해보라는 질문을 받자마자 눈물을 흘렸다. 학생 중에 가장 지진아였고, '정치경제학의 제1원리가 무엇인가?'라는 질문에 '남에게 대접받고자 하는 대로 남을 대접하라'라는 이상한 답변을 했는데, 8주 동안 정치경제학의 기초를 배운 뒤인 어제야 비로소 키가 삼 피트이고 혀짤배기소리를 내는 학생이 그 생각을 수정해주었다.

그래드그라인드 씨는 도리질을 하며 이 모든 것이 아주 나쁘다고 말했다. 또한 이것은 체계, 시간표, 정부보고서, 의회조사서, 그리고 처음부터 끝까지 도표로 작성한 보고서들을 지식의 방앗간에서 끊임없이 갈아대야 할 필요성을 보여주는 것이며, 주프가 "그것을 따라야 한다"고 말했다. 그래서 주프는 그것을 따르게 되었지만 의기소침해졌을 뿐 더 똑똑해지지는 않았다.

"아가씨같이 된다면 멋질 텐데요, 루이자 아가씨." 다음날 배울 골칫거리를 시시가 보다 쉽게 이해하도록 루이자가 애쓰던 어느 날 저녁 시시가 말했다.

"그렇게 생각해?"

"배워야 할 게 아주 많아요, 루이자 아가씨. 지금은 어려운 모든 것들이 그때는 아주 쉬워지겠죠."

"그런다고 해도 더 좋아지지 않을 수도 있어, 시시."

시시는 잠시 망설이다가 "더 나빠지지야 않겠지요, 아가씨." 하고 말했다. 그러자 루이자는 "잘 모르겠어."라고 대답했다.

둘 사이에 별다른 접촉이 없었기 때문에 ─ 스톤 로지에서의 생활이 인간의 간섭을 가로막는 기계장치같이 단조롭게 진행되었기 때문에, 그리고 시시의 과거 경력에 대해 이야기하는 것이 금지되었기 때문에 ─ 아직 이들은 서로를 거의 모르는 상태였다. 시시는 이상하다는 듯 검은 두 눈으로 루이자의 얼굴을 바라보며 이야기를 계속할지 조용히 할지 결정하지 못하고 있었다.

"너는 내가 할 수 있는 이상으로 어머니께 도움이 되고 어머니와 즐겁게 지내더구나." 루이자가 이야기를 다시 시작했다. "너 자신에게도 내가 나 자신에게 하는 것보다는 상냥하게 대하고."

"하지만 루이자 아가씨, 저는 ─ 오, 아주 어리석은걸요!" 시시가 호소했다.

루이자는 평상시보다 더 밝게 웃으며 차츰 똑똑해질 거라고 시시에게 말했다.

"제가 얼마나 어리석은 여자앤지 아가씨는 몰라요." 시시는 반쯤 울면서 말했다. "수업 중에도 내내 실수만 해요. 맥초컴차일드 선생님 부부가 자꾸 저를 지명하는데 그때마다 실수를 해요. 어쩔 수가 없어요. 실수하는 게 저에게는 당연한 듯싶어요."

"맥초컴차일드 부부는 절대로 실수를 하지 않을 것 같은데, 시시?"

"정말 그래요!" 시시는 열심히 대답했다. "그분들은 뭐든 아세요."

"네가 저지른 실수를 내게 말해보렴."

"너무 부끄러워요." 시시는 마지못해 말했다. "예를 들면 오늘 맥초컴차일드 선생님이 자연의(Natural) 부에 대해 설명했어요."

"내 생각엔 국가의(National) 부일 것 같은데." 루이자가 말했다.

"아, 그래요. —— 그런데 같은 얘기 아닌가요?" 아이는 겁을 집어먹고 물었다.

"선생님처럼 너도 국가의 부라고 말하는 편이 나을 거야." 루이자는 냉담하고 신중하게 대꾸했다.

"국가의 부에 대해 설명했어요. 선생님이 자, 이 학급이 하나의 국가라고 가정하자. 이 국가에 오천만 파운드의 돈이 있다면 이 국가가 부유한 나라가 아니냐? 20번 여학생, 이 국가가 부유한 나라이고 너는 부자나라에 사는 게 아니냐? 하고 물었어요."

"뭐라고 대답했니?" 루이자가 물었다.

"루이자 아가씨, 모르겠다고 했어요. 누가 돈을 갖고 있는지, 그리고 그중 얼마라도 제 돈인지 아닌지를 모른다면 부유한 나라인지 아닌지, 제가 부자나라에 사는지 아닌지 알 수 없다고 생각했으니까요. 그렇지만 그런 생각은 질문과 아무 관계도 없어요. 숫자로 계산된 생각이 아니니까요." 시시가 눈물을 닦으며 말했다.

"네가 큰 실수를 저질렀구나." 루이자가 말했다.

"그래요, 루이자 아가씨. 이제는 저도 그것이 잘못이었다는 사실을 알아요. 그러자 맥초컴차일드 선생님은 제게 다시 묻겠다고 했어요. 그리고 이 교실이 커다란 도시라고 가정하자, 시민이 백만명인데 일년에 스물다섯명만이 길에서 굶어죽는다, 그렇다면 그 비율에 대한 너의 의견은 무엇이냐? 하고 물었어요. 저는 —— 더 나은 답변이 생각나지 않기 때문에 —— 굶어죽는 사람에게는 다른 사람들이 백만명이든, 백만명의 백만배이든 마찬가지로 견디기 힘든 일이라고 말했어요. 그 답변 역시 틀린 거지요."

"물론 틀렸지."

"그러자 맥초컴차일드 선생님은 한번 더 묻겠다고 했어요. 그리고 이런 말더듬기(stutterings)가 있다고 했어요."

"통계자료(statistics)겠지." 루이자가 말했다.

"그래요, 루이자 아가씨―그 말은 항상 말더듬기를 상기시키는데, 저의 또다른 잘못이지요―해난사고에 대한 통계자료가 있다고 했어요. (맥초컴차일드 선생님의 말씀에 따르면) 일정 기간 동안 십만명의 선원이 장거리 항해를 떠났는데 그중 오백명만이 익사했거나 불에 타 죽었다는 거예요. 그리고 몇 퍼센트가 죽은 거냐고 물었어요. 그래서 아가씨, 제가 말하기를," 이때 시시는 자기의 크나큰 실수를 크게 뉘우치며 고백하는 것처럼 심하게 흐느꼈다. "그건 아무것도 아니라고 했어요."

"아무것도 아니라고, 시시?"

"죽은 사람의 친척들과 친구들에게는―아무것도 아니라고 말한 거예요, 아가씨. 저는 영영 제대로 배우지 못할 것 같아요." 시시가 말했다. "무엇보다 최악인 것은, 불쌍한 아버지는 제가 배우기를 그토록 원했고 아버지가 원했기 때문에 저 또한 배우기를 그렇게 갈망하지만 아무래도 저는 배우기를 싫어하는 것 같다는 거예요."

루이자는 시시가 부끄러움에 고개를 숙였다가 다시 고개를 들고 자신을 바라볼 때까지 그녀의 예쁘면서도 수수하게 생긴 얼굴을 바라보았다. 그리고 물었다.

"네 아버지는 워낙 아는 게 많아서 딸 역시도 제대로 교육받기를 원했던 거니, 시시?"

시시가 대답하기 전에 주저하면서 그들이 금지된 땅에 들어가고 있다는 기색을 뚜렷이 보이자 루이자는 "아무도 우리 이야기를 듣지 않아. 그리고 설령 엿듣는 사람이 있더라도 이렇게 순진하게 질문하는 데 나쁠 건 절대 없어"라고 덧붙였다.

"아니에요, 루이자 아가씨." 격려를 받자 시시는 머리를 가로저으며 대답했다. "아버지는 사실 아는 게 거의 없어요. 겨우 글자만 쓸 줄 알죠. 그리고 보통사람들은 그 글자를 알아보지 못하고요. 저는 아버지 글씨를 잘 읽지만요."

"어머니는?"

"아버지는 어머니가 상당히 학식있는 분이었다고 말씀하시곤 했어요. 어머니는 저를 낳다가 돌아가셨어요. 어머니는," 시시는 무시무시한 소식을 흥분해서 전달했다. "어머니는 무희였어요."

"아버지가 어머니를 사랑했니?" 루이자는 그녀 특유의 강렬하고 거칠며 종잡을 수 없는 호기심, 추방당한 사람처럼 길을 잃고 외딴 곳에 숨어 있는 호기심을 보이며 이렇게 물었다.

"물론이죠! 저를 사랑하듯 몹시 어머니를 사랑했어요. 아버지는 처음에 어머니 때문에 저를 사랑했던 거예요. 제가 아주 어렸을 때부터 저를 데리고 다녔고, 그후로 우리는 한번도 헤어진 적이 없어요."

"하지만 지금은 너를 떠났잖니, 시시?"

"오로지 저를 위해서지요. 아무도 저만큼 아버지를 이해하거나 알지 못해요. 아버지가 저를 위해서 떠날 때 —자신을 위해 저를 버리고 떠났을 리가 없어요— 아픔 때문에 가슴이 찢어졌으리라는 사실을 저는 알아요. 다시 만날 때까지 아버지는 단 한순간도 행복하지 않을 거예요."

"아버지에 대해 좀더 얘기해보렴." 루이자가 말했다. "다시는 물어보지 않을게. 어디에서 살았니?"

"우리는 이곳저곳 돌아다녔고 한곳에 계속 머물러 살지 않았어요. 아버지는," 시시는 무서운 단어를 속삭였다. "광대거든요."

"사람들을 웃기는 광대 말이지?" 루이자는 알겠다는 듯 고개를 한번 끄덕이며 말했다.

"그래요. 그렇지만 가끔 사람들이 웃지 않을 때도 있었고, 그러면 아버지는 슬피 울었지요. 최근에는 관객들이 웃지 않는 경우가 자주 있었고 아버지는 그때마다 절망해서 집에 돌아왔어요. 아버지는 다른 사람들과 달랐어요. 저만큼 아버지를 알지 못하고 저만큼 아버지를 사랑하지 않는 사람들은 아버지가 뭔가 잘못되었다고 생각했을 수도 있지요. 때때로 그들은 아버지에게 장난을 쳤어요. 하지만 그들은 아버지가 저와 단둘이 있을 때 그 장난을 어떻게 받아들이고 얼마나 움츠러드는지 몰랐어요. 아버지는 그들이 생각하는 것보다 훨씬, 훨씬 더 소심한 분이세요!"

"너는 어떤 일이 있든 아버지에게 위안을 줬니?"

시시는 양 뺨 위로 눈물을 흘리며 고개를 끄덕였다. "그랬다고 생각해요. 아버지도 제가 위안을 준다고 말했고요. 제가 많이 배워서 자신과는 다른 사람이 되기를 아버지가 그토록 원한 것은 아버지가 점점 겁먹고 떨게 되었기 때문이고, 또 자신이 가난하고 약하며 무식하고 무능한 사람 — 아버지가 자주 했던 말들이에요 — 이라고 느꼈기 때문이에요. 저는 아버지의 용기를 북돋우기 위해 책을 읽어드리곤 했는데, 아버지는 그걸 아주 좋아했어요. 그건 나쁜 책들이었지만 — 여기서는 그걸 말하면 안돼요 — 우리는 그 책들이 해롭다는 사실을 몰랐어요."

"아버지가 그 책들을 좋아하셨니?" 루이자는 시종일관 탐색조로 시시를 응시하며 말했다.

"굉장히 좋아했어요! 실제 해를 끼치는 것들로부터 책이 아버지를 지켜준 적도 여러번 있는걸요. 밤마다 자주자주, 왕비[28]가 이야기를 계속하도록 술탄이 그냥 둘지, 이야기를 마치기 전에 참수형에 처할지 궁금해하느라 당신의 모든 고민을 잊어버리곤 했으니까요."

"그리고 네 아버지는 언제나 친절하셨니? 마지막까지도?" 루이자는 대원칙을 어기고 몹시 궁금해하면서 물었다.

"항상, 언제나 친절하셨어요!" 시시는 자신의 두 손을 꼭 쥐며 대답했다. "말로 다 할 수 없을 정도로 친절했지요. 딱 하룻밤 화낸 적이 있는데, 저에게 화낸 게 아니라 메리렉즈에게 화가 났었죠. 메리렉즈는," 그녀는 무서운 사실을 속삭였다. "묘기를 부리는 개의 이름이에요."

"어째서 개한테 화가 났지?" 루이자가 물었다.

"곡마장에서 집에 오자마자 아버지는 메리렉즈에게 두 의자의 등받이 위로 뛰어올라가서 서라고 ─ 그 개가 부리는 묘기 중 하나랍니다 ─ 명령했어요. 그런데 그 개가 아버지를 바라보기만 하고 움직이지를 않았어요. 그날 밤 아버지는 온통 실수만 하고 관객을 조금도 재미있게 해주지 못했었나봐요. 아버지는 그 개가 자신이 실수했다는 사실을 알면서도 조금도 동정하지 않는다고 소리쳤어요. 그러고는 개를 때렸어요. 저는 깜짝 놀라서 '아버지, 아버지! 아버지를 좋아하는 이 개를 제발 해치지 마세요! 오 하느님. 아버지, 그만요!' 하며 애원했어요. 그제야 아버지는 때리기를 멈추고

---

28 『아라비안 나이트』에 나오는 셰헤라자드.

피투성이가 된 개를 끌어안은 채 마루에 쓰러져 울었고, 개는 아버지의 얼굴을 핥았지요."

루이자는 시시가 흐느끼는 것을 보고는 다가가서 키스한 다음 손을 잡고 그 옆에 앉았다.

"끝으로 아버지가 너를 어떻게 떠났는지 말해주렴, 시시. 지금까지 너무 많이 물었는데 마지막을 말해줘야지. 책임이 있다면 내 책임이지 네 책임은 아니야."

"루이자 아가씨," 시시는 두 눈을 가린 채 여전히 흐느끼며 말했다. "그날 오후에 학교를 마치고 집에 갔다가 가엾은 아버지도 곡마장에서 방금 돌아온 것을 알았어요. 그런데 아버지는 고통스러운 듯 불을 쬐며 흔들의자에 앉아 있었어요. 그래서 제가 '아버지, 어디 다치셨어요?'(다른 곡마단원들처럼 아버지도 가끔씩 다치셨거든요) 하고 물으니까 아버지는 '조금, 아가야'라고 말했어요. 허리를 굽혀 얼굴을 보고는 아버지가 울고 있었다는 사실을 알아챘지요. 말을 걸면 걸수록 아버지는 더욱 얼굴을 숨기셨어요. 처음에 아버지는 온몸을 떨며 '내 귀염둥이!' '내 새끼!'라는 말씀만 하셨어요."

이때 톰이 어슬렁어슬렁 들어와서는 자신 이외의 다른 것에 딱히 관심을 두는 기색 없이, 그리고 당장 그마저도 별로 없이 냉담하게 둘을 바라보았다.

"시시에게 몇가지 물어보는 중이야, 톰." 그의 누나가 말했다. "돌아갈 필요는 없지만 잠시 동안만 방해하지 마."

"으응, 알았어!" 톰이 대꾸했다. "나는 다만 아버지가 바운더비 영감을 데리고 왔으니 누나가 응접실로 갔으면 할 뿐이야. 누나가 나타나면 바운더비 영감이 나를 저녁식사에 초대할 가능성이 많아지고 나타나지 않으면 가능성이 없어지는 거지."

"곧바로 갈게."

"여기서 기다리겠어." 톰이 말했다. "확실히 하기 위해서."

시시는 한층 작은 소리로 이야기를 다시 시작했다. "한참 만에 불쌍한 아버지는, 전에도 관객에게 만족을 주지 못했고 그날도 만족을 주지 못했다고 했어요. 자신은 창피하고 치욕스러운 존재이고, 자기가 없었다면 저한테 더 좋았을 거라고도 했고요. 제가 생각나는 다정한 말들을 모조리 해드리자 아버지는 금방 잠잠해졌어요. 저는 그 옆에 앉아서 학교에 대해, 그리고 학교에서 듣고 배운 바를 전부 이야기했지요. 이야기를 마치자 아버지는 제 목을 껴안고 수없이 키스했어요. 그러고는 작은 상처에 바르던 약을, 거기서는 도시 반대편에 있는 가장 좋은 상점에서 사오라고 시켰어요. 그리고 다시 키스한 다음에 출발하라고 했어요. 저는 아래층으로 내려갔다가 아버지와 좀더 같이 있을 작정으로 되돌아와서 문 안을 들여다보며 '아버지, 메리렉스를 데리고 가도 되나요?' 하고 물었지요. 아버지는 머리를 가로저으며 '안된다, 시시, 절대로 안돼. 내것은 뭐든 갖고 가지 마라, 아가'라고 하시더군요. 제가 떠날 때 아버지는 난로 옆에 앉아 계셨어요. 바로 그때 저를 위해 뭔가를 하려면 떠나야 한다는 생각을 한 게 분명해요, 불쌍하고 가엾은 아버지! 돌아와보니 아버지는 이미 떠나고 안 계셨으니까요."

"바운더비 영감 잊지 마, 루!" 톰이 채근했다.

"루이자 아가씨, 더이상 할 이야기는 없어요. 저는 아버지를 위해 지금도 아홉가지 기름을 간직하고 있고 장차 아버지가 돌아오리라고 믿어요. 그래드그라인드 씨 손에 편지가 들려 있는 것을 볼 때마다, 그게 아버지가 보낸 편지이거나 아버지에 관해 슬리어리 씨가 보낸 편지일지 모른다는 생각이 들어서 깜짝 놀라고 눈앞이 캄캄해지는걸요. 슬리어리 씨는 아버지 소식을 듣자마자 편지를 쓰겠다고 약속했거든요. 그리고 저는 그가 약속을 지키리라고 믿고요."

"바운더비 영감이 기다린다니까, 누나!" 톰이 조바심이 나서 휘파람을 불며 말했다. "서두르지 않으면 그가 곧 떠난단 말이야!"

이런 일이 있은 후로, 가족이 모여 있을 때 시시가 그래드그라인드 씨에게 공손히 인사하며 떨리는 목소리로 "귀찮게 해서 죄송합니다, 선생님 — 하지만 — 제게 온 편지가 있습니까?" 하고 물어볼 때마다 루이자는 어떤 일이든 그 순간에 하던 일을 멈추고 시시만큼 진지하게 답변을 기다렸다. 그래드그라인드 씨가 어김없이 "아니, 주프. 그런 건 없다"라고 대답하면 루이자의 입술도 시시의 입술을 따라 떨렸고, 두 눈은 문으로 가는 시시를 측은하게 바라보았다. 시시가 나가면 그래드그라인드 씨는 그 기회를 이용해, 주프가 어렸을 때부터 제대로 교육받았다면 이런 헛된 희망이 근거 없는 것이라는 사실을 견고한 원칙에 의거해 스스로에게 명확히할 수 있을 텐데,라고 말하곤 했다. 그러나 허황된 희망도 사실만큼이나 강력하게 사람을 사로잡을 수 있는 듯했다(그래드그라인드 씨는 그런 경우를 보지 못했으므로 그런 생각을 하지 않겠지만).

이런 관찰은 그의 딸 루이자에게만 국한되어야 한다. 톰으로 말하자면, 그는 보통 자기자신을 위해서만 작동하는, 선례가 없지 않은 그런 계산의 승리에 익숙해지고 있었다. 그래드그라인드 부인으로 말하자면, 그녀가 이 문제에 대해 의견을 말한다면 암쥐같이 웃웃을 조금 벗고 나서서 다음과 같이 말할 것이다.

"맙소사, 저 여자애 주프가 그 넌더리나는 편지에 대해 끈질기게 자꾸만 자꾸만 물어보니 내 가엾은 머리가 몹시도 어지럽고 괴롭군! 명예를 걸고 단언하건대, 나는 언제까지나 끊이지 않는 잔소리 한복판에서 살 운명이고 숙명이고 팔자야. 내가 뭐든 끝없이 잔소리를 들어야 한다는 건 정말 아주 이상한 일이야!"

이쯤 되면 그래드그라인드 씨의 눈길이 부인에게 향했다. 그러면 그 겨울같이 차가운 사실의 영향을 받아 부인은 다시 얼어붙곤 했다.

10장
스티븐 블랙풀

　나는 영국민이 태양 아래 어느 민족 못지않게 혹사당하는 민족이라는 근거 없는 생각을 갖고 있다. 이런 터무니없는 말을 구실 삼아 영국민에게 유희거리를 좀더 제공하고자 한다.

　코크타운에서 가장 부지런히 일하는 구역에, 살인적인 공기와 가스가 들어오는 만큼 자연은 강력하게 배제된 그 추악한 벽돌 성채에서도 가장 안쪽에 있는 요새에, 골목골목이 어떤 한사람의 용도에 따라 몹시 급하게 하나씩 생겨나 구역 전체가 서로 어깨를 부딪치고 짓밟고 눌러서 상대방을 죽이는 비정한 가족이 되어버린, 좁은 샛길과 좁은 거리로 이루어진 미로 한가운데에, 집집마다 그곳에서 태어나리라고 예상되는 사람의 부류를 나타내는 표지를 내밀듯 다양한 굴뚝들이 통풍할 공기가 부족해 왜소하고 굽은 모양으로 세워져 있는, 이 낡아빠진 커다란 그릇의 바람조차 통하지 않는 마지막 구석에, 통칭하여 '일손들'[29] ─ 하느님이 그들을 손으로

만, 또는 바닷가에 사는 하등동물처럼 손과 위장으로만 이루어진 존재로 만드는 것이 적절하다고 생각했더라면 차라리 어떤 사람들의 눈에 더 들었을 종족 ── 이라고 불리는 코크타운의 대중 가운데 나이가 마흔살쯤 되는 스티븐 블랙풀이라는 사람이 살고 있었다.

스티븐은 나이보다 늙어 보였고 힘든 삶을 살아왔다. 일반적으로 모든 인생에는 제각각의 장미와 가시가 있다고 하지만, 스티븐의 경우에는 누군가 그의 장미를 가로채가고 그 자신은 자기의 가시에다 그 누군가의 가시마저 보태서 갖는 불운과 잘못을 겪은 듯했다. 그의 표현대로라면 그는 엄청난 고생을 했는데, 이 사실에 거칠게나마 경의를 표하고자 사람들은 보통 그를 스티븐 영감이라고 불렀다.

다소 구부정한 등에 주름진 이마와 생각에 잠긴 듯한 얼굴 표정, 길고 성긴 철회색 머리카락과 충분히 크고 단단해 보이는 머리통을 지닌 스티븐 영감은 그의 신분에서는 특별히 지적인 사람으로 통할 수도 있을 듯했다. 그러나 사실은 전혀 그렇지 않았다. 그는 여러해에 걸쳐 자투리 여가시간을 이어붙여 어려운 학문을 습득하고 그들에게 어울리지 않는 사물들에 대한 지식을 지닌 비범한 '일손' 중 하나는 아니었다. 연설하고 토론할 수 있는 일손 중 하나도 아니었다. 언제라도 그보다 말을 잘할 수 있는 동료는 수천명씩 있었다. 스티븐은 훌륭한 기계식 직조기 직공으로 대단히 성실한 사람이었다. 그밖에 그가 어떠한 사람인지 혹은 이것 외에 어떤 다른 특성이 있는지는, 만약 그런 것이 있다면 그 스스로 보여주도록 하자.

....
29 hands.

불이 켜져 있으면 — 또는 급행열차를 타고 스쳐가는 여행자의 얘기에 따르면 — 요정의 궁궐 같아 보이는 커다란 공장의 등불이 모두 꺼졌다. 작업종료 종이 울렸다 멈추자 남자와 여자, 소년과 소녀 일손들이 와자지껄 떠들며 집으로 향했다. 스티븐 영감은 기계가 갑자기 멈추면 항상 드는 이상한 기분 — 기계가 그의 머리 안에서 작동하다가 멈춘 듯한 — 을 느끼며 길에 서 있었다.

"레이첼을 만나지 못했어, 아직!" 그가 중얼거렸다.

비가 내리는 밤이었다. 숄을 맨머리 위까지 끌어올려 비가 들지 않도록 턱 밑에서 졸라맨 젊은 여성들 여러 무리가 그의 곁을 지나갔다. 레이첼을 잘 알고 있으므로 이 무리들을 한번 보는 것만으로 그녀가 거기에 없다는 사실을 충분히 알 수 있었다. 마침내 아무도 지나가지 않게 되자 그는 실망스러운 어조로 "이런, 그렇다면 그녀를 놓쳤단 말인가!" 하고 중얼대며 돌아섰다.

그러나 세 블록도 채 가기 전에 숄을 두른 다른 여자가 앞에 가는 것이 보였다. 그 모습을 뚫어지게 지켜본 스티븐은 젖은 포도에 희미하게 반사되는 그림자만 보고도 — 가로등을 연이어 지나감에 따라 그 모습이 밝게 보였다 희미하게 보였다 하지 않더라도 — 그 여자가 누구인지 충분히 알 수 있을 것 같았다. 스티븐은 발걸음을 더 빠르고 조용히 해서 그 여자 가까이 다가간 다음 다시 이전의 발걸음으로 걸으며 "레이첼!" 하고 불렀다.

여자는 때마침 가로등이 밝게 비추는 곳에 서서 고개를 돌렸다. 숄을 조금 올리자 가무잡잡하고 다소 섬세하고 얌전한 달걀 모양 얼굴이 나타났는데, 그 얼굴은 한쌍의 부드러운 눈으로 빛났으며 단정하게 빗은 빛나는 검은 머리카락으로 돋보였다. 나이가 서른다섯이어서 청춘으로 빛나는 얼굴은 아니었다.

“아, 당신이군요! 그렇죠?” 상냥한 두 눈 외에는 아무것도 보이지 않았지만 그녀는 감정이 제법 나타나는 미소를 띠고 이렇게 말한 다음 숄을 다시 쓰고 스티븐과 함께 걸었다.

“나보다 뒤에 처진 줄 알았는데, 레이첼?”

“아뇨.”

“오늘은 일을 일찍 마쳤나보군요?”

“일이 일찍 끝날 때도 있어요, 스티븐! 조금 늦을 때도 있지만요. 귀가시간은 대중없어요.”

“다른 길로 가지 않겠소, 레이첼?”

“싫어요, 스티븐.”

스티븐은 상당히 실망하는 기색이었지만 그녀가 하는 일은 무엇이든 항상 옳다는 정중하고 참을성 있는 확신으로 상대를 바라보았다. 레이첼은 그 표정을 놓치지 않고 감사하다는 듯 잠시 자신의 손을 그의 손 위에 가볍게 포갰다.

“스티븐, 우리는 진정한 친구이고 정말 오래된 사이인데 이제는 늙어가는군요.”

“아니오, 레이첼, 당신은 아직도 옛날만큼 젊어요.”

“우리가 둘 다 살아 있는데 한명은 그냥 있고 다른 한명만 늙어간다면 당혹스러울 거예요, 스티븐.” 그녀가 웃으며 대답했다. “그러나 아무튼, 오래된 친구 사이에 솔직하고 진실된 말을 한마디라도 숨긴다면 잘못이고 유감스러운 일이겠죠. 함께 너무 많이 걷지는 않는 게 좋겠어요. 때로는 말이에요, 그래요! 전혀 함께 걷지 않는다면 정말 힘든 일이겠지만요.” 그녀는 그에게 명랑한 기색을 전달하려고 애쓰며 말했다.

“어차피 힘들어요, 레이첼.”

"그렇지 않다고 생각하려고 노력하세요. 그러면 더 좋아질 거예요."

"오랫동안 노력해봤지만 더 좋아지진 않았소. 그래도 당신이 옳아요. 남이 보면 당신마저 구설수에 오를 수 있으니까. 레이첼, 당신은 오랫동안 나의 친구였소. 많은 도움을 주었을 뿐 아니라 나를 응원하고 격려해주었기 때문에 당신 말이 내겐 법과 마찬가지요. 아, 빛나는 좋은 법! 진짜 법보다 더 좋은 법이지요."

"법에 대해 안달하지 마세요, 스티븐." 그녀는 그의 얼굴을 근심스레 바라보며 재빨리 말했다. "법은 개의치 마세요."

"그러죠." 그는 고개를 천천히 한두번 끄덕이며 말했다. "법에 상관 말라. 모든 것을 가만 내버려두고 간섭 말라. 엉망이야, 그것뿐이야."

"항상 엉망이라고요?" 생각에 잠긴 채 느슨해진 목도리의 긴 쪽 끄트머리를 씹으면서 걷고 있는 스티븐을 깨우려는 듯 레이첼이 그의 팔을 다시 부드럽게 건드리며 말했다. 즉시 효과가 나타났다. 스티븐은 씹던 것을 떨어뜨리고 웃는 얼굴로 상대를 바라보고는 쾌활하게 웃으며 말했다. "그래요, 레이첼. 항상 엉망진창이오. 내가 거기 묶여 있는 거요. 진창에 여러차례 다가갔지만 매번 건너지 못해요."

그들은 상당한 거리를 걸어서 집 가까이에 이르렀다. 여자의 집에 먼저 도착했다. 그 집은 사람들이 자주 찾는 장의사가(이 사람은 이웃의 슬프고 끔찍한 장례의식에서 상당한 수익을 챙겼다) 검은 사다리를 준비해놓고 있는 수많은 작은 골목 중 한곳에 있었다. 그 사다리는 좁은 계단을 매일 더듬거리며 오르락내리락하던 노동자들이 창문을 통해 노동의 세계에서 미끄러져나와 저승으로 갈 수 있게끔 하는 데 쓰이는 것이었다. 그녀는 모퉁이에서 발걸음을 멈추고 그의 손에 자기 손을 포개고는 잘 가라는 작별인사를 했다.

"안녕, 레이첼. 잘 자요!"

모습이 말쑥하고 걸음걸이는 여성스럽고 차분한 레이첼이 어두운 거리를 내려갔고, 스티븐은 그녀가 작은 집 안으로 사라질 때까지 뒷모습을 바라보았다. 조잡한 숄이 펄럭이는 모양 하나하나가 그에게는 관심거리였으며, 그녀 목소리의 음조 하나하나가 그의 내밀한 가슴에 울림을 일으켰다.

레이첼이 시야에서 사라지자 그는 구름이 빠르고 사납게 흘러가는 하늘을 가끔씩 올려다보면서 집으로 향했다. 그러나 이제 구름이 걷히고 빗방울이 그쳐 있었다. 달은 깊은 용광로 위에 높다랗게 솟은 코크타운의 굴뚝을 내려다보면서, 그리고 정지한 증기기관의 커다란 그림자를 그것이 설치된 공장 벽에 드리우면서 빛났다. 밤이 깊어감에 따라 걸어가는 사내는 명랑해지는 듯했다.

작은 상점 위층에 있는 그의 집은 앞서 말한 골목보다 좁다는 점을 제외하면 똑같은 모양을 한 골목에 자리잡고 있었다. 어떻게 누군가가 싸구려 신문이나 돼지고기(내일 밤에 추첨해서 넘길 다리가 하나 있었다)와 뒤섞여 진열장에 놓인 조잡하고 작은 장난감들을 사거나 팔 만한 가치가 있다고 생각하게 되었는가 하는 문제는 여기에서 조금도 중요하지 않다. 스티븐은 작은 방에서 잠든 여주인을 깨우지 않고 선반에서 자기 초 동강이를 집어 들어 카운터에 있는 다른 초를 이용해 불을 붙인 다음 위층 자기 셋방으로 올라갔다.

그의 방은 여러 세입자들이 검은 사다리를 통해 죽어나간 방이었으나 현재는 아주 말끔하게 정돈되어 있었다. 귀퉁이에 있는 오래된 책상 위에는 몇권의 책과 서류가 놓여 있었고 가구는 쓸 만하면서도 충분했다. 공기는 더러웠지만 방은 깨끗했다.

스티븐은 난로 쪽에 있는, 다리가 셋 달린 둥근 탁자에 초를 내려놓으려고 그쪽으로 가다가 무엇인가에 걸려 비틀거렸다. 주춤하며 내려다보니 그것이 일어나는데, 앉아 있는 여자의 형체였다.

"맙소사, 여자잖아!" 그는 그 형체에서 멀리 떨어지며 소리쳤다. "또 돌아왔어!"

여자라니! 불구에 주정뱅이이고, 더러운 한쪽 손을 바닥에 짚고 균형을 잡아 가까스로 앉은 자세를 유지하면서, 다른 손으로는 엉킨 머리카락을 얼굴에서 떼어내려고 무의미하게 애쓰지만 손에 묻은 오물 때문에 얼굴만 더욱 더러워질 뿐인 여자였다. 누더기 차림에 얼룩과 흙탕물이 묻은 이 여자는 보기에도 워낙 불결했지만 도덕적인 오명은 그 이상으로 불결해서 그녀를 보는 것조차 창피한 일이었다.

욕설을 한두 마디 조급하게 내뱉고 자신을 지탱하는 데 필요하지 않은 손으로 스스로를 어리석게 할퀸 다음에야 그녀는 머리카락을 두 눈에서 치우고 그를 바라보았다. 그러고는 바닥에 앉은 채 몸을 앞뒤로 흔들며 힘없는 팔로 이런저런 손짓을 했는데, 얼굴은 졸린 양 무표정했지만 그 동작은 마치 발작적인 한바탕 웃음에 대한 반주인 듯했다.

"어이, 당신이야? 거기 당신이지?" 이렇게 말하려던 듯한 목쉰 소리가 마침내 여자에게서 비웃는 듯 새어나왔고, 여자는 머리를 가슴까지 수그렸다.

"또 왔냐고?" 잠시 후 그녀는 마치 그 순간 그가 그렇게 말한 것처럼 소리를 질렀다. "그래! 또 왔다. 앞으로도 계속, 자주 올 거야. 또 왔냐고? 그래, 또 왔다. 왜, 안돼?"

이런 말을 부질없이 난폭하게 외치다가 흥분한 그녀는 벽을 더듬으며 일어나 양 어깨를 벽에 기대고 섰다. 그리고 한 손으로 오물투성이 보닛 끈을 대롱대롱 잡아흔들며 그를 경멸하듯 바라보려 애썼다.

"당신을 다시 팔아치우겠어, 다시 팔아치우겠다고. 스무번이라도 당신을 팔아치울 거야!" 그녀는 무시무시한 협박과 도전적인 춤을 추려는 노력의 중간쯤 되는 몸짓으로 외쳤다. "그 침대에서 비켜!" 그는 두 손에 얼굴을 파묻고 침대 가장자리에 앉아 있었다. "침대에서 비키라고. 그 침대는 내 거야, 내 물건이란 말이야!"

그녀가 비틀거리며 침대로 다가오자 그는 몸서리를 치며 상대방을 피해 — 여전히 얼굴을 파묻은 채 — 방 반대편으로 갔다. 침대에 몸을 무겁게 던지자마자 그녀는 심하게 코를 골기 시작했다. 그는 의자에 털썩 주저앉아서 밤새 딱 한번 움직였다. 그것도 어둠 속에서조차 손만 가지고는 그 여자를 가릴 수 없다는 듯 여자 위에 담요를 던지기 위해서였다.

11장
출구 없음

　희미하게 먼동이 트고 괴물 같은 연기의 뱀이 코크타운 위로 길게 꼬리를 뻗은 모습이 드러나기 전부터 요정의 궁궐은 밝게 빛났다. 나막신을 신고 포도를 달려가는 소리와 종이 빠르게 울리는 소리가 들렸고, 단조로운 일과를 위해 닦고 기름칠한, 우울한 광증에 사로잡힌 모든 코끼리들이 다시 힘겹게 움직였다.

　스티븐은 조용하고 조심스럽고 차분하게 직조기 위로 몸을 굽혔다. 그가 일하는 직조기의 숲에 있는 모든 노동자들이 그러하듯, 그 모습은 부수고 분쇄하고 찢는 기계장치와 특별한 대조를 이루었다. 걱정 많은 선량한 사람들아, 기술이 자연을 망각에 맡길까 두려워 말라. 조물주의 작품과 인간의 작품을 어디에든 나란히 놓고 보면 전자가 비록 아주 보잘것없는 일손의 무리라 해도 그 비교에 의해 존엄함을 획득하게 될 것이다.

　이 공장에는 수많은 일손과 수많은 동력이 있다. 엔진이 할 수 있는 일은 일 파운드의 힘까지 잘 알려져 있지만, 국채國債를 계산하는 사람들이라도 모두가 침착한 얼굴로 규율 잡힌 행동을 하는 이들, 그 엔진의 조용한 하인들의 영혼에서 단 한순간이라도 선이나 악의 능력, 사랑이나 증오의 능력, 애국이나 불만의 능력, 미덕의 악덕으로의 부패 혹은 그 역의 능력이 어떠한지를 내게 말해줄 수는 없다. 엔진에는 신비가 없지만 일손들은 가장 보잘것없는 사람에게도 헤아릴 수 없는 신비가 존재한다, 영원히. ── 만약 우리가 계산을 물질적 대상을 위해서 떼어놓고 이 끔찍한 미지의 다수는 다른 방법으로 다룬다면 말이다!

햇빛이 강렬해져서 공장 안의 빛나는 등불에 비해서도 환하게 비쳤다. 공장 등이 꺼지고 작업이 계속되었다. 비가 내리자 모든 종족의 저주를 받은 연기의 뱀은 대지 위를 기어갔다. 공장 바깥 쓰레기장에는 배출 파이프에서 나오는 증기, 흐트러진 원통과 고철덩이, 빛나는 석탄더미, 그리고 사방에 널린 재가 안개와 비의 베일로 덮여 있었다.

정오의 식사 종이 울릴 때까지 작업은 계속되었다. 포도 위를 달려가는 소리가 더 많이 들렸다. 직조기와 기계바퀴 그리고 일손들이 한시간 동안 모두 작동을 멈추었다.

무더운 공장에서 지쳐 초췌해진 스티븐은 축축한 바람이 부는 서늘하고 젖은 거리로 나왔다. 그는 동료들과 일터에서 벗어나 고작 작은 빵 하나를 먹으며 고용주가 사는 언덕을 향해 걸어갔다. 바깥쪽엔 검은 덧문이, 안쪽엔 초록 차양이 달리고 정문이 검은색인 빨간색 집의 두단짜리 하얀 층계를 올라가면 (주인을 빼닮은 글자로) 바운더비라고 쓴 놋쇠 명패가 나타나고, 명패 아래에는 놋쇠로 만든 둥근 손잡이가 놋쇠 마침표처럼 달려 있었다.

바운더비 씨는 식사 중이었다. 스티븐도 그러리라 예상했었다. 일손 중 하나가 말씀을 청한다고 좀 전해주시겠습니까? 돌아온 답은 이름을 묻는 것이었다. 스티븐 블랙풀입니다. 스티븐 블랙풀은 성가신 노동자가 아니었다. 네, 들어오라고 하십니다.

스티븐 블랙풀은 현관에서 기다렸다. 바운더비 씨는 (그가 한눈에 알아보았는데) 고기조각과 셰리주로 점심식사를 하는 중이었다. 스파싯 부인은 무명으로 만든 등자鐙子에 한쪽 발을 집어넣은 채 여성용 곁안장에 앉은 자세로 난롯가에서 바느질을 하고 있었다. 점심식사를 하지 않는 것이 스파싯 부인의 위엄이자 봉사의 일부였다. 직무상 식사를 관리했지만 자신처럼 품위 있는 사람은 점심식사하는 것을 단점으로 생각한다고 넌지시 암시한 적이 있었다.

"그래, 스티븐, 자네가 무슨 일인가?" 바운더비 씨가 물었다.

스티븐은 공손히 인사했다. 노예같이 비굴한 인사는 아니었다 — 일손들은 절대 그렇게 인사하지 않는다! 이런, 선생, 일손들이 비굴하게 인사하는 모습은 절대 보지 못할 거요, 그들과 이십년을 같이 지내도! — 그리고 스티븐은 스파싯 부인에게 경의를 표하는 몸단장으로 목도리 끝을 조끼 속에 쑤셔넣었다.

"음," 바운더비 씨는 셰리주를 조금 마시며 말했다. "우리는 자네 때문에 어려움을 겪은 적이 없을 뿐 아니라 자네야 비합리적인 일손도 아니지. 자네가 다른 녀석들처럼 여섯필의 말이 끄는 마차를 타기 원한다거나 황금수저로 자라수프와 사슴고기 먹기를 바라는 건 아니렷다!" 바운더비 씨는 이것이 조금이라도 불만을 지닌 모든 일손의 유일하고 즉각적이며 직접적인 목적이라고 항상 떠벌렸다. "그런고로 자네가 불평하러 온 게 아니라는 사실은 내가 이미 알고 있네. 자, 어떤가, 그 점을 미리 확실하게 해두세."

"아닙니다, 사장님. 그런 일로 온 건 분명히 아닙니다."

바운더비 씨는 이전의 강력한 확신에도 불구하고 기분 좋게 놀라는 듯했다. "좋아," 그가 말했다. "자네야 착실한 일손이지. 내 생각이 틀리지는 않았군. 그럼 도대체 무슨 일로 왔는지 들어나 보세. 그런 일이 아니라니까 무슨 일인가 들어보잔 말일세. 무슨 말을 하러 왔나? 말해보게, 어서!"

스티븐은 우연히 스파싯 부인을 보았다. "바운더비 씨, 원하신다면 자리를 비키지요." 자기희생적인 부인이 등자에서 발을 빼는 시늉을 하며 말했다.

바운더비 씨는 삼키기 전의 고기를 한입 가득 물고는 왼손을 내저으며 부인을 제지했다. 그러고는 손을 내리고 입에 가득 든 고기를 삼킨 후에 스티븐에게 말했다.

"자네도 알다시피 이 훌륭하신 부인은 타고난 귀부인이고 지체 높은 부인이시네. 이 부인이 나를 위해 집안살림을 꾸려간다고 해서 신분이 낮다고 생각하면 안되네 —사실은 아주 지체 높은 부인이시지! 귀부인 앞에서는 할 수 없는 이야기라면 부인이 자리를 비킬 것이고, 귀부인 앞에서도 할 수 있는 이야기라면 부인은 방에 계속 있을 걸세."

"사장님, 저 자신도 태어난 김에야 마나님으로 태어나신 부인이 들으시기에 적합하지 않은 거라면 할 이야기가 아예 없었으면 좋겠습니다." 스티븐은 얼굴을 약간 붉히며 대답했다.

"좋았어." 바운더비 씨는 접시를 밀어내고 뒤로 기대며 말했다. "얘기해봐!"

"사장님의 충고를 듣고자 찾아왔습니다." 스티븐은 잠시 생각한 다음 바닥에서 시선을 들어올리며 말했다. "저에게는 충고가 정말 필요합니다. 저는 십구년 전 부활절 월요일에 결혼했는데, 그 이후는 길고도 지루한 나날이었습니다. 처 되는 여자는 평판도 좋을 뿐 아니라 ─ 젊고 ─ 꽤 예뻤습니다. 음! 그런데 그 여자는 타락했습니다 ─ 결혼하자마자 곧바로. 저 때문은 아닙니다. 제가 그 여자에게 불친절한 남편이 아니었다는 사실은 하느님이 아실 겁니다."

"이런 이야기는 전에도 들었어." 바운더비 씨가 말했다. "마누라가 술에 빠져서 가사를 팽개치고 가구를 팔고 옷가지를 저당잡히고 만사를 엉망으로 만들었다는 거겠지."

"저는 끈질기게 참았습니다."

("그러니 더 바보라고 생각하네." 바운더비 씨는 술잔에다 대고 은밀하게 속삭였다.)

"저는 끈질기게 인내했습니다. 그 여자가 그런 버릇을 버리도록 거듭거듭 애썼지요. 이런저런 방법을 다 동원해봤습니다. 공장에서 집에 돌아가면 제가 가진 모든 재산이 사라지고 자기자신을 저주할 의식조차 남지 않은 그 여자가 맨땅에 쓰러져 있는 것을 발견한 적이 수없이 많았습니다. 한두번 겪은 일이 아니에요 ─ 스무번은 겪었을 겁니다!"

그가 말하는 동안 얼굴의 모든 주름이 깊어지면서 그가 겪은 고통의 애처로운 증거를 보여주었다.

"타락한 데서 더 타락해갔고 마침내는 최악이 되었습니다. 그러고는 저를 떠났어요. 어떻게 보나 지독하게 망신스러운 처신이지요. 그런데 그런 여자가 돌아왔어요, 되돌아왔어요, 정말로 돌아왔어요. 그 여자를 막으려면 어떻게 해야 합니까? 집에 돌아가기 전에 밤새도록 거리를 걸어다닌 적이 수없이 많습니다. 강물에 빠질 작정을 하고 다리까지 간 적도 있지만 정작 뛰어내릴 수는 없었습니다. 고생을 너무 해서 젊었을 때에도 늙어 보일 정도였지요."

스파싯 부인은 바느질용 바늘을 들고 천천히 어슬렁거리다가 반원형의 눈썹을 치켜세우고는 '보잘것없는 사람이나 훌륭한 사람이나 나름대로 골칫거리가 있지. 그러니 자네의 보잘것없는 눈으로 나를 보게나'라고 말하는 것처럼 머리를 가로저었다.

"그 여자를 떼어내기 위해 돈도 주었습니다. 최근 오년 동안 계속해서 주었으니까요. 값싸지만 쓸 만한 세간도 다시 샀습니다. 힘들고 슬펐지만 한순간도 부끄럽거나 두렵지는 않게 살아왔습니다. 그런데 간밤에 집에 가보니 바로 그 여자가 난롯가에 누워 있었습니다! 그 여자가 집에 있더란 말입니다!"

자신의 불행과 곤경에 힘입어 스티븐은 마치 자랑하는 사람처럼 한동안 이야기를 퍼부었다. 그리고 다음 순간, 다시 늘 그랬던 것처럼 서서는 — 보통 때와 마찬가지로 허리를 굽히고 매우 어려운 문제를 푸는 데 온 정신이 쏠린 양 반은 기민하고 반은 당황한 묘한 표정을 지은 채 바운더비 씨 쪽으로 생각에 잠긴 얼굴을 돌렸다. 엉덩이에 닿은 왼손은 모자를 움켜쥐고 있었으며, 오른손은 그 손을 움직이는 기세와 예의범절에 어긋난 움직임이 그가 호소하는 바를 진정으로 강조했다. 특히 말을 멈출 때도 그 손을 약간 구부린 채로 가만히 멈추고 거두지 않는 경우 더 그러했다.

"나는 한가지를 제외하고는 오래전부터 이런 일에 대해 잘 알고 있네." 바운더비 씨가 말했다. "결혼은 안 좋은 거야, 정말 그래. 자네는 옛날 생활에 만족하고 결혼하지 않는 게 나을 뻔했어. 그러나 이제는 말해봤자 벌써 늦었지."

"선생님, 나이 차이가 많이 나는 결혼이었나요?" 스파싯 부인이 물었다.

"자네도 이 부인이 묻는 말을 들었겠지. 자네의 불행한 결혼이 나이라는 면에서 볼 때 차이 나는 결혼이었나?" 바운더비 씨가 말했다.

"절대 그렇지 않습니다. 제가 스물한살이었고 그 여자가 스무살 가량이었으니까요."

"정말요?" 스파싯 부인은 아주 침착하게 자기 주인에게 말했다. "불행한 결혼이었다는 얘기를 듣고 나이 차가 심할 거라고 추측했어요."

바운더비 씨는 이상하게 당황한 표정으로 훌륭하신 그 마나님을 곁눈질로 노려보다가 셰리주를 좀더 마시고 기운을 북돋웠다.

"그래서? 어째서 이야기를 계속하지 않나?" 스티븐 블랙풀에게 약간 짜증을 내며 그가 물었다.

"그 여자를 떼어버릴 방법을 물어보려고 왔습니다, 사장님." 스티븐은 여러가지가 뒤섞인 조심스러운 표정에다 한결 진지한 기색을 덧붙였다. 스파싯 부인은 정신적 충격을 받은 것처럼 가볍게 탄식했다.

"무슨 얘기야?" 바운더비는 일어나서 벽난로 선반에 등을 기대며 말했다. "무슨 얘길 하는 건가? 좋을 때나 궂을 때나 아내로 맞은 거잖아."

"그 여자를 떼어내야겠어요. 더이상 견딜 수가 없습니다. 이런 상황에서 오랫동안 살았고, 그것에 대해 정말 좋은 사람의 동정과 위로를 받고 있습니다. 그녀가 없었다면 아마 저는 홀딱 미쳐버렸을 겁니다."

"이 사람은 지금 말하는 여자와 결혼하기 위해 자유롭기를 원하나보군요, 선생님." 스파싯 부인이 작은 소리로, 그리고 노동자들의 부도덕성에 크게 낙담하며 말했다.

"정말로 그렇습니다. 부인의 말씀이 맞습니다. 그렇습니다. 이제 말하겠습니다. 신문에서 읽은 바에 따르면 지체 높은 분들은 (그분들에게 행운이 깃드소서! 그분들이 해를 입지 않기를!) 좋을 때나 궂을 때나 변치 않고 굳게 결혼생활을 하는 것이 아니라 그들의 불행한 결혼에서 벗어나 재혼할 수 있다고 했습니다. 성격이 맞지 않아서 서로 화합하지 못하는 경우, 집마다 이러저러한 방이 있으므로 각방거처를 할 수도 있다고 읽었습니다. 저희 같은 노동자들이야 방이 하나뿐이어서 그럴 수 없는 처지지만요. 그것으로도 해결되지 않으면 그분들은 황금이나 현금이 있으니까 '이 돈은 내가, 저 돈은 네가 갖자'고 약속하고 각자 살 수도 있다고 읽었습니다. 저희는 그럴 형편이 못 됩니다. 그럼에도 불구하고 그분들은 저보다 훨씬 덜한 경우에도 헤어질 수 있더군요. 아무튼 그 여자를 떼어버려야겠으니 어떻게 하면 되겠습니까?"

"방법은 없어." 바운더비 씨가 대꾸했다.

"그 여자에게 조금이라도 해를 끼치면 저를 처벌할 법규가 있습니까, 사장님?"

"물론."

"그 여자에게서 도망쳐도 처벌하는 법이 있습니까?"

"물론이지."

"만약 다른 여자와 결혼한다면 저를 처벌할 법규가 있습니까?"

"물론 있어."

"사랑하는 여자와 결혼하지 않고 동거만 해도 ─ 그런 일은 그녀가 워낙 착해서 있을 수도 없고 있기도 어렵지만 만약 그런 일이 벌어진다면 ─ 죄 없는 제 자식이 하나씩 생길 때마다 저를 처벌하는 법규가 있습니까?"

"물론 있다니까."

"제발 제게 도움이 될 수 있는 법을 좀 일러주십시오!" 스티븐 블랙풀이 말했다.

"흠! 부부 사이에는 신성한 의무가 있고 그리고 — 그리고 — 그것은 지켜야만 하지." 바운더비 씨가 말했다.

"안됩니다, 안돼요. 그런 말씀 마세요, 사장님. 그건 지키지 못합니다. 그렇게는 안된단 말입니다. 지키지 못한다니까요. 어릴 때부터 지금까지 공장에서 직공으로 일했지만 저에게도 보는 눈과 듣는 귀가 있습니다. 어떤 조건으로든, 어떤 비용으로든 서로 갈라설 수 있는 가능성이 절대 없다는 법률이 이 나라에 얼마나 많은 피를 불러오고, 얼마나 수많은 평범한 부부들을 전쟁과 살인과 갑작스러운 죽음으로 몰아가는가에 대한 기사를 법정이 열릴 때마다 신문에서 읽고 있습니다 — 사장님도 물론 읽으시겠지요, 망연자실해서 — 그 점은 제가 잘 알지요! 이 점이 정확히 이해되었으면 합니다. 제 처지가 너무 괴로우니까 — 사장님이 정말 친절하시다면 — 도움이 될 법률을 알고 싶은 겁니다."

"정 그렇다면 말해주지!" 바운더비 씨가 주머니에 양손을 넣으며 말했다. "그런 법이 있긴 있네."

스티븐은 다시 조용한 태도로 돌아가서 주의를 흐트러뜨리지 않고 고개를 끄덕였다.

"그러나 그 법이 자네를 위해 존재하는 건 절대 아니야. 비용이 드네. 막대한 돈이 든다네."

비용이 얼마나 드는지, 스티븐은 침착하게 물었다.

"글쎄, 소송을 제기해서 민법박사회관[30]에 가야 하고, 관습법재

판소에 가야 하고, 상원에도 가야 하고, 재혼을 허용하는 의회제정 법률이 있어야 하니까, 어림잡아 (아주 간단한 경우라 해도) 천 내지 천오백 파운드는 들겠지." 바운더비 씨가 말했다. "어쩌면 두 곱절 들 수도 있고."

"다른 법은 없나요?"

"전혀 없어."

"이런, 사장님, 엉망이군요." 하얗게 질려서 모든 것을 사방에 뿌리듯 오른손을 내저으며 스티븐이 말했다. "완전히 엉망이에요, 그냥 제가 빨리 죽을수록 좋겠네요."

(노동자들의 경건하지 못한 언행에 다시 한번 실망하는 스파싯 부인.)

"허, 허어!" 바운더비 씨가 말했다. "이봐, 알지도 못하는 일에 대해 허튼소리를 늘어놓지 말고 조국의 제도가 엉망이라고 하지도 말게. 그렇지 않으면 자네가 조만간에 실제로 엉망이 될 테니까. 조국의 제도야 자네가 만드는 게 아니고, 자네가 할 일은 맡은 일에나 신경쓰는 거야. 부인과 결혼할 때 엉터리로 되는대로 한 게 아니라 좋을 때나 궂을 때나 함께하기로 했던 거잖나. 자네 부인이 더 나빠졌다면 ─ 그럼 우리가 해줄 말은 더 좋아질 수도 있었다는 거지."

"엉망이군, 엉망이야!" 스티븐은 도리질을 하고 문 쪽으로 가면서 중얼거렸다.

"자, 내 말 들어봐!" 바운더비 씨는 작별조로 말을 시작했다. "불경스러운 생각이라고 규정할 수밖에 없는 자네의 의견 탓에 이 부

─────────────────
30 이혼 문제를 다루는 재판소.

120

인이 아주 놀랐네. 이 부인은 이미 말했다시피 타고난 귀부인이고, 아직 말하지는 않았지만 불행한 결혼 탓에 수만 파운드를 낭비했네 ─수만 파운드를 말이야!"(그는 몹시 만족해하며 그 액수를 다시 반복했다.) "그런데 지금까지 자네는 언제나 성실하게 일해 왔지만, 내 생각을 솔직하게 말하자면, 요사이 잘못된 길로 빠져들고 있어. 최근에 자네가 이런저런 사악한 외지인들 ─ 그런 부류야 주변에 항상 있는 법이거든 ─ 의 이야기를 경청하던데, 거기서 빠져나오는 게 상책일세. 나는 어느 누구 못지않게 사태를 간파하는 능력이 있네." 이 말을 할 때 그의 표정은 놀랄 정도로 예리해졌다. "젊었을 때 워낙 고생을 많이 해서 아마 대부분의 사람들보다는 정확히 볼 걸세. 이번 일에는 자라수프와 사슴고기, 그리고 황금수저의 흔적이 보여. 그래, 정말 보여!" 바운더비 씨는 감당할 수 없을 만큼 교활하게 머리를 끄덕이며 소리쳤다. "제기랄, 정말 보여!"

머리를 전혀 다르게 가로젓고 한숨을 크게 쉬며 "감사합니다, 사장님, 안녕히 계세요"라고 스티븐이 말했다. 벽에 걸린 자기 초상화를 보고 터질 듯 감정이 북받쳐오른 바운더비 씨, 그리고 노동자들의 사악함 때문에 몹시 낙담하여 등자에 발을 넣고 여전히 어슬렁거리는 스파싯 부인과 그는 그렇게 헤어졌다.

12장
노파

    스티븐 영감은 마침표같이 생긴 놋쇠 손잡이를 돌려서 놋쇠로 만든 명패가 달린 검은 문을 닫은 후 두단짜리 하얀 층계를 내려갔다. 내려가기 전에 그는 자신의 손에 난 땀이 손잡이를 더럽힌 것을 보고 코트 소맷자락으로 닦았다. 시선을 땅에 고정한 채 길을 건너 슬프게 걸어가는데, 스티븐은 누군가 자기 팔을 건드리는 느낌을 받았다.

    그 순간에 그가 가장 필요로 하는 접촉 ─ 최고로 숭고한 사랑과 인내로 들어올린 손이 광란하는 바다를 누그러뜨렸던 것처럼[31] 그의 영혼의 사나운 바다를 잠잠하게 할 수 있는 접촉 ─ 은 아니었으나 여자의 손이긴 했다. 스티븐이 발걸음을 멈추고 돌아서서 보니 세월에 시들었지만 키가 크고 여전히 균형잡힌 몸매를 지닌 노

---

31 예수가 폭풍으로 거칠어진 바다를 꾸짖어서 잠잠하게 만든 이적을 말함.

파였다. 옷차림은 아주 깨끗하고 수수했으며, 신발에 진흙이 묻은 것이 시골에서 방금 도착한 모습이었다. 거리의 낯선 소음 속에서 안절부절못하는 태도, 접지 않은 채 팔에 걸친 빈약한 숄, 무거운 우산과 작은 바구니, 손에 익숙하지 않은 헐렁하고 손가락이 긴 장갑, 이 모두가 수수한 나들이옷을 입고 시골에서 올라온 이 노파가 모처럼 볼일을 보러 코크타운에 온 것임을 말해주었다. 노동자계급 특유의 재빠른 관찰력으로 이러한 사실을 한눈에 알아차린 스티븐 블랙풀은 노파가 묻는 말을 더 잘 듣기 위해 얼굴 ─ 많은 동료 노동자들의 얼굴과 마찬가지로 엄청난 소음 속에서 눈과 손을 써서 장기간 일했기 때문에 귀머거리에게서 흔히 볼 수 있는 집중하는 표정을 지니게 된 얼굴 ─ 을 주의 깊게 숙였다.

"이봐요, 저 신사 집에서 나온 사람이 당신이지요?" 노파는 바운더비 씨의 집을 가리키며 물었다. "불운하게 뒷사람과 혼동한 게 아니라면 바로 당신이라고 생각하는데."

"맞습니다, 할머니." 스티븐이 대답했다. "바로 접니다."

"당신이 ─늙은이의 호기심을 용서하시게 ─ 당신이 그 신사를 직접 만났나요?"

"그렇습니다만."

"그 신사가 어떻던가요? 당당하고 대담하며 솔직하고 친절하던가요?" 노파가 몸을 곧게 펴고 자신의 말에 행동을 맞추느라 머리를 쳐들었을 때, 노파를 전에 본 적이 있으며 마음에 들지는 않았었다는 생각이 스티븐을 스쳐갔다.

"맞아요, 그랬어요." 그는 노파를 좀더 주의 깊게 관찰하며 대답했다.

"그리고 상쾌한 바람같이 건강하던가요?" 노파가 또 물었다.

"네," 스티븐이 대답했다. "뙹벌같이 많이, 그리고 요란하게 — 먹고 마셨어요."

"고마워요! 정말 고마워요!" 노파는 대단히 만족해하며 말했다.

전에 이 노파를 본 적이 없는 것이 분명했다. 그런데도 이 노파와 비슷한 사람을 꿈에서 여러차례 본 듯한 기억이 흐릿하게 났다.

노파는 그의 곁에서 걸었다. 스티븐은 친절하게 노파의 기분에 자신을 맞추면서 물었다. 코크타운이 번화하지요, 그렇지 않나요? 질문을 받자 노파가 대답했다. "그래요! 무서울 정도로 번화해요!" 그는 다시 물었다. 시골에서 오신 걸로 보이는데요? 노파는 그렇다고 대답했다.

"오늘 아침에 3등 할인열차로 왔다오. 아침에 할인열차를 타고 사십 마일을 달려왔고 오후에 다시 사십 마일을 달려 돌아갈 예정이지요. 새벽에 역까지 구 마일을 걸었는데 돌아가는 길에 마차를 태워주는 사람이 없으면 밤에도 집까지 구 마일을 걸어야지요. 젊은 양반, 그 정도야 내 나이에 괜찮은 거리잖소!" 기뻐서 눈을 빛내며 노파가 수다스럽게 말했다.

"정말 그렇긴 하지요. 하지만 너무 자주 여행하지는 마세요, 할머니."

"물론, 물론이지. 일년에 한번뿐이니까." 노파는 머리를 끄덕이며 말했다. "저축한 돈을 해마다 한번씩 이런 식으로 쓰지요. 정기적으로 이 도시에 와서 거리를 걷기도 하고 사람들을 보기도 하고."

"단지 사람들을 보러 온단 말인가요?" 스티븐이 되물었다.

"나에겐 그것으로 충분해요." 노파는 아주 진지하고 흥미로운 태도로 대답했다. "더이상은 원하지도 않아요! 그 신사가 집 바깥으로 나오는 것을 보려고 길 이쪽에서 서성이고 있었지요." 노파는 바운더비 씨의 집 쪽으로 다시 고개를 돌렸다. "하지만 올해는 그가 늦는 통에 아직 보지 못했어요. 대신 당신이 걸어나왔지요. 그를 보지 못하고 돌아간다 해도—한번 보기를 원할 뿐인데—어쩔 수 없지요! 내가 당신을 보았고 당신이 그를 보았으니 그것으로 대신할밖에요." 노파는 그렇게 말하여 그의 모습을 기억에 담아두려는 듯 스티븐을 바라보았는데 두 눈이 좀전같이 빛나지는 않았다.

서로의 상이한 취향과 코크타운의 높으신 양반에 대한 복종심을 참작하더라고 이것이 그렇게까지 수고를 할 만큼 비상하게 흥미 있는 일일까 싶어서 스티븐은 당혹스러웠다. 하여간 그때 그들은 교회 옆을 지나는 중이었고, 시계를 본 스티븐은 발걸음을 재촉했다.

노파는 별로 힘들이지 않고 덩달아 발걸음을 빨리하며 물었다. 공장에 가나요? 예, 점심시간이 거의 끝나가고 있거든요. 그가 일하는 공장을 말하자 노파는 더 이상해졌다.

"행복하지 않나요?" 노파가 스티븐에게 물었다.

"글쎄요 ─나름대로 골칫거리가 없는 사람은 거의 없지요, 할머니." 노파는 그가 당연히 매우 행복할 거라고 여기는 듯했고, 그도 상대방을 실망시키고 싶지 않아 애매모호하게 대답했다. 그는 세상에 골칫거리가 너무 많다고 생각했다. 그러나 노파가 그토록 오래 살았으면서도 그에게 골칫거리가 거의 없으리라고 기대할 수 있다면, 물론 노파에겐 그만큼 좋은 일이고 그에게도 나쁠 게 없는 일이었다.

"그래요, 그래! 집에 골칫거리가 있다는 말이겠죠?" 노파가 말했다.

"가끔씩 있죠. 때때로요." 그는 희미하게 대꾸했다.

"그래도 그런 신사 밑에서 일하는데 공장까지 골칫거리가 따라오지야 않겠죠?"

그럼요, 그럼. 공장까지 따라오지야 않죠,라고 스티븐이 말했다. 공장에서는 모든 일이 정확하게 진행되거든요. 거기선 모든 게 조화롭지요. (스티븐은 신권神權이라고 할 만한 힘이 공장에 존재한다는 얘기까지는 노파의 기분을 생각해서 하지 않았다. 그러나 최근에 나는 그것과 유사하게 당당한 요구들을 하는 경우가 있다는 얘기를 들었다.)

그들은 이제 공장 근처 검은 샛길까지 왔다. 일손들이 안으로 몰려들어가고 있었다. 종이 울리자 연기가 똬리를 여러겹 튼 뱀 모양으로 하늘로 올라갔고 코끼리 같은 증기기관이 작업 준비를 마쳤다. 이상한 노파는 종소리를 듣고 기뻐했다. 자신이 이제까지 들은 소리 중에서 가장 아름답고 장엄하다는 것이었다.

스티븐이 공장으로 들어가기 전에 악수를 하려고 친절하게 발걸음을 멈추자 노파가 그에게 물었다. 공장에서 얼마나 일했나요?

"십이년요." 그가 말했다.

"이 멋진 공장에서 십이년이나 일한 손에 키스해야겠군!" 노파가 말했다. 스티븐은 제지하려고 했지만 노파는 그의 손을 들어서 자기 입에 댔다. 나이와 소박함 외에 어떤 조화가 노파를 감싸고 있는지 스티븐은 알 수 없었지만, 이런 황당한 행동을 할 때조차도 시간과 장소에 어긋나지 않는 그 무엇인가가 있었다. 다른 사람이라면 이렇게 진지하고 자연스럽고 감동적인 태도로 할 수는 없을 것 같은 무엇인가가 노파에게는 있었다.

스티븐은 노파를 생각하며 꼬박 반시간을 직조기에 매달려 일했다. 그가 기계를 조정하기 위해 주위를 둘러보다가 자기 쪽 모퉁이에 있는 창문을 통해 바깥을 보았을 때도 노파는 감탄에 잠긴 채 여전히 건물더미를 올려다보고 있었다. 노파는 연기와 진흙과 습기, 그리고 집에 돌아가기까지 남아 있는 두번의 장거리여행에 신경쓰지 않고, 마치 여러층에서 새어나오는 묵직한 소리를 자랑스러운 음악으로 여기는 듯 건물을 바라보고 있었다.

잠시 후에 노파의 모습이 사라지자 날이 저물고 등불이 다시 켜졌다. 근처 아치 위로 질주하는 급행열차의 모습이 요정의 궁궐에서 뚜렷하게 보였다. 그러나 기계장치가 진동하는 가운데서는 열차에 대해 별로 느낄 수가 없었으며, 덜컥거리는 기계의 소음 속에서는 열차 소리를 들을 수도 없었다. 한참 전부터 스티븐의 생각은 작은 상점 위층에 있는 자신의 쓸쓸한 방과, 침대에 무겁게 그러나 그의 가슴속에는 더 무겁게 누워 있는 괘씸한 여자에게 가 있었다.

기계장치가 서서히 속도를 늦추다가 희미한 맥박처럼 약하게 움직이더니 끝내 멈추었다. 종이 울리자 눈부신 빛과 열이 사방으로 흩어지고 공장은 어둡고 축축한 밤에 육중한 모습을 드러냈다ㅡ 공장의 높은 굴뚝들이 서로 경쟁하는 바벨의 탑들처럼 공중으로 솟아 있었다.

스티븐이 레이첼과 이야기를 나누고 함께 걸은 것이 고작 어젯밤인 것은 맞지만, 레이첼 이외의 다른 사람은 잠시라도 덜어줄 수 없는 불행이 그에게 새로 닥쳤다. 그래서 위로를 받기 위해, 또 레이첼의 목소리만이 자신의 화를 누그러뜨릴 수 있으며 그게 필요하다는 생각에 스티븐은 그녀를 기다리는 문제에 대해 그녀가 한 말을 무시해야겠다고 생각했다. 그는 레이첼을 기다렸지만 그녀는 벌써 그를 피해 가버린 뒤였다. 그녀는 이미 가버렸다. 레이첼의 참을성 있는 얼굴이 그토록 기다려졌던 밤은 일년 중 다시 없었다.

아! 집을 가지고도 이런 이유 때문에 집에 가기를 두려워하느니 누울 집이 애당초 없는 편이 낫겠다. 그는 지쳐서 먹고 마셨다 — 그러나 무엇을 먹고 마시는지 거의 의식하지 못했고 신경도 쓰지 않았다. 스티븐은 생각에 생각을, 궁리에 궁리를 거듭하며 차가운 비를 맞고 이리저리 돌아다녔다.

스티븐과 레이첼 사이에 재혼 이야기가 오간 적은 한번도 없었다. 그러나 레이첼은 오래전부터 그를 매우 동정했고 스티븐도 그녀에게만은 자신의 비참한 처지에 대한 속마음을 털어놓고 지냈다. 그리고 그는 청혼할 수 있을 만큼 자신이 자유로워진다면 그녀가 청혼을 받아줄 것이라는 사실을 잘 알고 있었다. 스티븐은 그때 자기가 즐겁고 자랑스럽게 찾아갈 수 있을 집과, 지금과 다른 자신의 모습, 지금은 무겁게 눌려 있는 가슴에 깃들게 될 쾌활함, 그리고 지금은 모두 갈가리 찢겼지만 그때는 회복되어 있을 명예와 자존심과 마음의 평정을 생각해보았다. 또한 자기가 인생의 황금기를 낭비했으며 그 결과 자신의 성격이 매일매일 나쁘게 바뀌었다는 사실을, 그리고 죽은 여자에게 손발이 묶인 채 그 여자의 모습을 한 악마에게 괴롭힘을 받고 있는 끔찍한 자신의 생활을 생각해보았다. 레이첼에 대해서는, 이런 처지에서 처음 만났을 때 그녀가 얼마나 젊었는지를, 지금은 얼마나 나이를 먹었고 장차 얼마나 빨리 늙어갈 것인지를 생각해보았다. 그리고 결혼하는 다른 여자들을 그녀가 얼마나 많이 지켜보았을지, 아이를 가진 가정이 성장해가는 모습을 주위에서 얼마나 많이 보았을지를, 그리고 그녀가 외롭고 적적한 길을 만족해하며 — 그를 위해 — 걸어온 사실을, 그리고 때때로 그녀의 행복한 얼굴에 우울의 그림자가 깃드는 모습을 그가 지켜보았던 순간들을 생각해보았다. 이런 생각이 후회와 절망으로 스티븐의 마음을 괴롭혔다. 어젯밤의 수치스러운 영상 옆에 레이첼의 모습을 대보고, 상냥하고 착하고 이타적인 사람의 인생 전체가 그처럼 악한 여자에게 지배받는 것에 대해 생각해보았다. 그럴 수 있는 것인가!

이런 생각에 빠져서 ─ 너무나 깊이 빠져서 그는 자신이 점점 비대해지고 있으며, 스쳐가는 사물들과 모종의 새롭고 병든 관계를 맺고 있고, 안개에 싸인 모든 등불 주위의 무지개가 빨간색으로 변하는 모습을 바라보고 있다는 불건전한 기분을 느꼈다 ─ 스티븐은 잠자리를 찾아 집으로 갔다.

13장
레이첼

근면하게 살아가는 부인과 굶주린 자식들에게 이 세상에서 가장 소중한 사람이 미끄러져나가도록 검은 사다리가 종종 걸쳐지던 창에 촛불 하나가 희미하게 비치고 있었다. 스티븐은 이러저러한 생각에 더해 이 세상의 모든 재난 중에서 죽음만큼 불공평한 것은 없다는 무시무시한 생각을 했다. 출생의 불공평도 그것에 비하면 사소한 것이었다. 왕의 자식과 직공의 자식이 오늘밤 같은 순간에 태어났다고 해도, 그 파렴치한 여자는 여전히 살아 있는데 다른 사람에게 도움이 될 수도 있고 사랑받을 수도 있는 사람은 죽는 것에 비하면 그런 출생의 차이가 대체 무엇이란 말인가!

스티븐은 숨을 멈추고 천천히 걸으며 바깥에서 집 안으로 우울하게 들어갔다. 그는 자기 방으로 올라가 문을 열고 안으로 들어갔다.

고요와 평화가 거기에 있었다. 레이첼이 거기에, 침대 곁에 앉아 있었던 것이다.

레이첼이 고개를 돌리자 그녀 얼굴의 빛이 한밤중 같은 그의 마음에 쏟아졌다. 레이첼은 그의 아내를 돌보고 간호하며 침대 곁에 앉아 있었다. 말하자면 누군가 침대에 누워 있는 것을 보았는데 그게 자기 아내임이 틀림없다는 사실을 스티븐은 너무나 잘 알고 있었다. 그러나 레이첼의 두 손이 장막을 쳐서 그 여자의 모습은 가려져 있었다. 그 여자의 남부끄러운 옷은 치워지고 대신 레이첼의 옷 몇가지가 방에 있었다. 방 안의 모든 것은 그가 늘 정리해두던 대로 제자리에 가지런히 있었고 작은 난롯불은 새로이 손질되어 있었으며 난롯가도 새로 청소되어 있었다. 그는 다른 것을 보지 않아도 레이첼의 얼굴에서 이 모든 것을 보는 듯했다. 두 눈에 고이는 눈물로 시야가 점차 흐려졌다. 스티븐은 레이첼이 자기를 아주 진지하게 바라보고 있으며 그녀의 눈에도 눈물이 고여 있다는 사실을 알아차렸다.

레이첼은 다시 침대 쪽으로 시선을 돌려서 그쪽이 조용한 것을 확인한 다음 작고 침착하면서도 명랑한 소리로 말했다.

"당신이 마침내 돌아와서 기뻐요, 스티븐. 상당히 늦었네요."

"거리를 이리저리 걸어다녔소."

"그러리라 생각했지만 걷기에는 너무 나쁜 날씨예요. 비가 심하게 내리고 바람도 부니까요."

바람이 분다고? 사실이었다. 심하게 불고 있었다. 굴뚝 안에서 울리는 천둥소리와 들끓는 소리를 들어보라! 바람이 이처럼 심하게 부는 바깥에 있으면서도 바람이 분다는 사실조차 몰랐다니!

"아까도 한번 왔었어요, 스티븐. 저녁때 집주인이 찾아와서 간호받아야 할 사람이 있다고 하더군요. 와보니 정말 그랬어요. 헛소리를 심하게 하고 정신을 완전히 잃었을 뿐 아니라 상처도 있고 멍도 들었더군요."

스티븐은 천천히 의자 쪽으로 가서 머리를 숙인 채 그녀 앞에 앉았다.

"내가 할 수 있는 작은 일이나마 하기 위해 달려온 거예요, 스티븐. 첫째는 우리가 어렸을 때 이 여자와 내가 같이 일했기 때문이고, 둘째는 내가 이 여자의 친구였을 때 당신이 이 여자에게 구혼해서 결혼했기 때문이지요——"

그는 낮은 신음소리를 내며 주름진 이마를 손으로 감쌌다.

"그다음으로는, 내가 당신의 마음씨를 아는데, 당신이 너무 착해서 이 여자가 도움도 못 받고 죽거나 고통받도록 내버려두진 않을 거라는 절대적인 확신이 들었기 때문이에요. '너희들 가운데 죄 없는 사람이 먼저 저 여자에게 돌을 던져라'는 말씀을 누가 했는지 당신도 알겠죠. 돌을 던지려는 사람은 너무 많아요. 이 여자가 아무리 타락하더라도 스티븐, 당신은 결코 돌을 던질 사람이 아니지만요."

"오 레이첼, 레이첼!"

"당신은 끔찍이도 고통을 겪어왔으니, 하늘이여 보상하소서!" 레이첼이 동정 섞인 어조로 말했다. "나는 마음으로부터 진심으로 당신의 친구로 남을 거예요."

레이첼이 말한 상처는 스스로 부랑자가 된 그 여자의 목 근처에 있는 듯했다. 레이첼은 그 여자를 여전히 가린 채 상처를 치료했는데, 병에 담긴 액체를 부은 대야에 아마포 조각을 담갔다가 상처 부위에 부드럽게 붙였다. 삼발 탁자가 침대 가까이에 당겨져 있고 그 위에 병이 두개 있었다. 액체가 담긴 병은 그중 하나였다.

병이 그다지 멀리 있지 않았으므로 눈으로 레이첼의 손길을 좇던 스티븐은 병에 크게 인쇄된 글자를 읽을 수 있었다. 스티븐은 사색이 되면서 갑작스레 공포에 사로잡히는 듯했다.

"종이 세번 칠 때까지 여기에 있겠어요, 스티븐." 다시 조용히 앉으며 레이첼이 말했다. "세시에 상처를 다시 손봐야 하고, 그다음에는 아침까지 그냥 둬도 될 거예요."

"하지만 내일 일하려면 휴식이 필요할 텐데."

"간밤에 잘 잤어요. 그래야만 할 때는 몇밤을 자지 않고도 견딜 수 있지요. 휴식이 필요한 사람은 오히려 — 창백하고 지친 걸 보니 — 당신이군요. 내가 지킬 동안 저쪽 의자에서 눈을 붙이도록 하세요. 어젯밤에 보나마나 한잠도 못 잤겠죠. 나보다는 당신에게 내일 작업이 고될 거예요."

그는 바깥의 천둥소리와 비바람소리를 들으며 좀전의 화난 감정이 다시 자신을 사로잡으려 하는 느낌을 받았다. 아까까지 레이첼이 그런 기분을 씻어주었으니 앞으로도 그렇겠지. 그는 그녀가 그 자신으로부터 그를 보호해줄 거라고 믿었다.

"이 여자가 나를 못 알아봐요, 스티븐. 그저 졸리는 듯 중얼거리고 빤히 쳐다보기만 해요. 몇번이고 말을 걸었지만 알아보지 못하는군요! 내내 그래요. 다시 제정신이 돌아오면 내가 할 수 있는 바를 다 해보겠지만 더 나아지지는 않을 것 같아요."

"레이첼, 이 여자가 얼마 동안이나 이런 상태일 것 같소?"

"의사 선생님은 내일이면 정신이 돌아올 것 같다고 했어요."

스티븐은 병을 다시 보았고, 온몸이 떨리는 전율이 그를 스쳐갔다. 레이첼은 그가 젖어서 추운 거라고 짐작했다. "아니, 그 때문이 아니오." 그가 말했다. "무서워서 그렇소."

"무섭다고요?"

"그래요, 그래! 또 시작이군. 걸을 때나 생각할 때나, 그리고 또

내가 — ” 그는 다시 온몸을 떨었다. 스티븐은 중풍에 걸린 것처럼 떨리는 손으로 젖어서 차가워진 머리를 아래로 눌러 짜면서 난로 선반을 잡고 일어섰다.

“스티븐!”

그녀가 다가왔지만 그는 손을 내밀어 제지했다.

“오지 마요! 오지 말라니까요, 가까이 오지 마요! 당신이 침대 곁에 앉아 있는 모습을 그냥 보게 해줘요. 정말 착하고, 정말 관대한 당신의 모습을 그냥 보도록 해줘요. 방에 들어올 때 보았던 그대로 보게 해줘요. 그것보다 당신을 더 잘 볼 수 있는 방법은 없으니까. 절대로, 절대로, 절대로!”

그는 발작적으로 심하게 몸을 떨고는 의자에 주저앉았다. 잠시 후 스티븐은 정신을 가다듬었고, 팔꿈치를 무릎에 괴고 그 손에 머리를 기댄 채 레이첼 쪽을 볼 수 있게 되었다. 눈물 젖은 눈으로 희미한 촛불을 통해 보니 그녀의 머리 주위에서 후광이 빛나는 것 같았다. 그녀에게 후광이 있다고 믿을 수도 있었다. 밖의 비바람소리가 창문을 흔들고 아래층 문을 덜컹거리게 하고 집 주위를 포효하며 슬픈 듯 스쳐갈 때, 그는 정말로 그렇게 믿었다.

“스티븐, 이 여자가 몸이 좋아지면 당신 일에 간섭하지 않고 더 이상 해를 끼치지 않으리라고 기대해도 될 거예요. 아무튼 현재로서는 그렇게 되기를 바라야지요. 당신이 잤으면 좋겠으니 이젠 조용히 있을게요.”

그는 두 눈을 감았는데 그것은 지친 머리를 쉬기 위해서라기보다는 그녀를 기쁘게 하기 위해서였다. 그러나 시끄러운 바람소리를 듣고 있노라니 조금씩 그 소리가 들리지 않게 되었다. 또는 직조기가 움직이는 소리나, 낮에 실제로 했던 이야기들을 (자신의 소리를 포함하여) 중얼거리는 소리로 바뀌었다. 마침내는 이런 불완전한 의식조차 사라지고 스티븐은 어수선한 꿈을 길게 꾸었다.

오랫동안 마음에 두고 있던 여자 ─ 하지만 그 여자는 레이첼이 아니어서 꿈속의 행복 중에도 그를 놀라게 했다 ─ 와 결혼식을 올리기 위해 교회에 서 있는 꿈이었다. 예식이 진행되고 하객 중에서 산 사람으로 알고 있는 몇몇과 이미 죽은 사람으로 알고 있는 다수를 그가 알아보고 인사하는 동안 어둠이 몰려왔다가 아주 밝은 빛이 일었다. 그 빛은 제단에 있는 율법 석판의 한 줄에서 뻗어나와 건물 전체를 말씀으로 빛나게 했다. 이글거리는 글자에 목소리가 있는 양 말씀이 교회 전체에 울려퍼졌다. 그 순간 그의 앞과 주위에 있던 모든 것이 변하여 그 자신과 목사 외에 원래대로 있는 것은 아무것도 없었다. 그들은 아주 많은 군중 앞에서 햇빛을 받으며 서 있었는데, 세상 사람들이 모두 한곳에 모인다 해도 이보다 많아 보이지는 않을 거라고 그는 생각했다. 모인 군중은 한결같이 그를 혐오했고 그의 얼굴에 박히는 수백만의 시선 중에서 연민에 차 있거나 우호적인 시선은 하나도 없었다. 그 자신은 돋우어올린 무대에 서 있었고 머리 위로는 그의 직조기가 매달려 있었다. 직조기의 모습을 올려다보고 뚜렷하게 낭독되는 조사弔詞를 들으며 그는 자신이 그곳에서 죽을 운명임을 깨달았다. 일순간에 그가 디디고 섰던 발판이 아래로 떨어졌고 그는 죽었다.

어떤 신비한 경로를 통해 일상생활로, 익히 알고 있는 장소로 돌아오게 되었는지 그로선 알 수가 없었다. 하여간에 모종의 경로를 통해 익히 아는 장소로 돌아왔는데, 이승에서건 저승에서건 영원무궁토록 레이첼의 얼굴을 볼 수도, 목소리를 들을 수도 없다는 저주를 안은 채였다. 아무 희망도 없이, 무엇인지도 모르는 것을 찾아

(그는 자신이 그것을 찾아야 하는 운명이라는 사실밖에 몰랐다) 끊임없이 왔다갔다 하다가 형언할 수 없는 무서운 공포를, 즉 모든 것이 취하는 특정한 한가지 형태의 끔찍한 두려움을 맛보게 되었다. 그가 바라보는 것은 무엇이든 조만간에 그 형태로 변화했다. 그의 비참한 삶의 목적은 그가 만나는 많은 사람들 중 누구도 그것을 알아채지 못하게 하는 것이었다. 쓸데없는 노력일 뿐! 사람들을 그 물건이 놓여 있는 방에서 바깥으로 끌고 나와도, 그것이 들어 있는 서랍과 옷장을 닫아걸어도, 호기심 강한 사람들을 그 물건이 감춰진 곳으로 알고 있는 장소에서 끌어내 거리로 데리고 나와도, 바로 그 공장굴뚝들이 그 형태를 취했고, 그 주변에는 인쇄된 글자가 붙어 있었다.

바람이 다시 불고 빗방울이 지붕을 두들겼다. 그가 헤매다녔던 넓은 공간이 수축해 방의 네 벽이 되었다. 난롯불이 꺼진 것을 제외하면 방 안은 그가 잠들 때와 마찬가지였다. 레이첼은 침대 곁에 있는 의자에서 잠깐 졸고 있는 듯했다. 그녀는 숄을 두른 채 아주 조용히 앉아 있었다. 탁자는 침대 가까이 아까와 같은 장소에 있었고, 그 위에는 꿈에서 그토록 자주 나타났던 형태가 실제의 크기와 모양 그대로 놓여 있었다.

커튼이 움직이는 것을 보았다는 생각이 들었다. 다시 보고 분명히 움직였다는 사실을 확인했다. 스티븐은 손이 하나 나와서 약간 더듬는 것을 보았다. 커튼이 좀더 눈에 띄게 움직이더니 침대에 누워 있던 여자가 커튼을 걷고 일어나 앉았다.

그 여자는 초췌하고 풀리고 무겁고 커다란 눈으로 애처롭게 방 안을 구석구석 더듬었다. 그녀의 눈은 그가 의자에 앉아 잠들었던 구석을 지나쳤다가 되돌아갔다. 구석을 살피는 동안 그녀는 차양

삼아 눈 위에 손을 댔다. 다시 방 안을 살피는데 레이첼에게는 거의 주의를 기울이지 않고 구석을 다시 살폈다. 그 여자가 다시 한번 손으로 차양을 만들었을 때 — 그를 보는 것이 아니라 그가 거기에 있으리라는 동물적 직감에 따라 그를 찾는 것이었다 — 그 타락한 모습이나 그 모습과 병행하는 마음씨에는 십팔년 전에 자기가 결혼했던 여성의 흔적은 조금도 남아 있지 않다고 스티븐은 생각했다. 그 여자가 지금의 모습에 조금씩 가까워지는 과정을 보지 못했다면 그로서는 그녀가 그때 그 사람이라는 사실을 결코 믿을 수 없었을 것이다.

스티븐은 내내 주문에 걸린 양, 여자를 관찰하는 이외에는 손끝 하나 움직일 힘이 없었다.

멍청하게 졸고 있는지 아니면 자신의 파산한 자아와 아무것도 아닌 것을 놓고 상의하는지 모르겠으나, 여자는 두 손을 양쪽 귀에 대고 머리를 받친 채로 잠시 그냥 앉아 있었다. 그러다 바로 방 안을 다시 둘러보기 시작했다. 그리고 드디어 처음으로 두개의 병이 놓인 탁자에 시선을 멈추었다.

그녀는 곧바로 지난밤처럼 도전적인 기색으로 그가 있는 쪽을 살핀 뒤 아주 조심스럽게 살금살금 움직여서 탐욕스러운 손을 내밀었다. 그녀는 큰 잔을 침대로 가져와서 두 병 중에 어느 것을 선택할지 망설이며 잠시 앉아 있었다. 마침내 그녀는 빠르고 확실하게 죽을 수 있는 액체가 든 병을 무감각하게 택한 후 그가 보는 앞에서 이로 코르크마개를 뽑았다.

꿈인지 현실인지 그는 목소리가 나오지 않고 움직일 힘도 없었다. 이게 현실이고 저 여자가 죽을 시간이 아직 닥치지 않았다면, 일어나, 레이첼, 일어나라니까!

여자도 그런 생각을 하는 듯했다. 그녀는 레이첼을 보았다. 그리고 매우 천천히 조심스럽게 병 안의 액체를 컵에 부었다. 컵이 여자의 입술에 닿았다. 잠시 후면 세상 전체가 깨어나서 최고의 힘을 가져온다 해도 이 여자에게는 조금의 도움도 되지 못할 것이다. 그러나 그 순간 레이첼이 억눌린 비명을 지르며 놀라서 일어났다. 여자는 몸부림치며 레이첼을 때리고 머리채를 잡았지만 레이첼이 컵을 가져갔다.

스티븐이 의자에서 벌떡 일어섰다. "레이첼, 이 끔찍한 밤에 내가 깨어 있는 거요, 꿈꾸고 있는 거요?"

"이제 다 괜찮아요, 스티븐. 깜박 잠이 들었어요. 세시가 거의 됐을 거예요. 쉿! 종소리가 들리네요."

교회의 시계소리가 바람에 실려 창가로 왔다. 가만히 들으니 세시를 쳤다. 스티븐은 레이첼을 보고 그녀의 창백해진 안색과 헝클어진 머리카락, 그리고 이마에 빨갛게 생긴 손톱자국을 살폈다. 그리고 자신의 시각과 청각이 깨어 있었다는 사실을 확신했다. 레이첼은 아직도 손에 컵을 들고 있었다.

"세시가 거의 다 된 게 분명해요." 레이첼은 차분하게 컵에 든 액체를 대야에 따라서 전처럼 아마포 조각을 적시며 말했다. "내가 있었던 게 다행이네요! 이것만 붙이면 끝나요. 자 됐어요! 이 여자가 다시 조용해졌네요. 대야에 남은 몇방울은 버려야겠어요. 아무리 적은 양이라도 내버려두기에는 위험하니까요." 레이첼은 이런 말과 함께 난롯재에 대야를 비우고 병은 난로 바닥에 던져서 깨뜨렸다.

이제 레이첼은 비바람 부는 바깥으로 나가기 전에 숄로 몸을 감싸는 일만 남았다.

"이 시간에는 함께 걸어도 되겠죠, 레이첼?"

"안돼요, 스티븐. 일분만 걸으면 집인걸요."

"나를 저 여자와 단둘이 있게 돼도 괜찮나보죠!" 함께 바깥으로 나가면서 스티븐이 작은 소리로 말했다.

레이첼이 그를 보면서 "스티븐?"이라고 질책하자 그는 보잘것 없는 초라한 층계에서 그녀 앞에 무릎을 꿇고 그녀가 두른 숄의 끄트머리를 자기 입술에 댔다.

"당신은 천사요. 신의 축복이 있기를, 신의 축복이!"

"스티븐, 아까 당신에게 말한 대로 나는 당신의 부족한 친구일 따름이에요. 천사가 나 같지는 않을 테지요. 천사와 결점투성이 여성노동자 사이에는 커다란 간격이 놓여 있으니까요. 여동생은 천사가 됐겠지만 벌써 죽었죠."

레이첼은 이런 이야기를 하면서 잠시 하늘을 올려다보다가 아주 친절하고 부드러운 시선으로 다시 스티븐을 보았다.

"당신은 사악한 나를 착한 사람으로 바꾸었소. 당신은 내가 좀더 당신을 닮기를 겸손하게 바라고 또한 이 생명이 끝나 모든 혼란이 걷힐 때에도 당신을 잃는 것을 두려워하도록 만들었소. 그대는 천사요. 그대가 내 영혼을 살린 것인지도 모르겠소!"

여전히 숄을 쥔 채 발치에 무릎을 꿇고 있는 그를 레이첼이 바라보았다. 그의 얼굴이 씰룩이는 것을 보자 그녀 입가에 떠돌던 책망조의 기색이 사라졌다.

"나는 절망해서 집에 왔소. 아무 희망도 없이, 그리고 불평 한마디라도 늘어놓으면 비합리적인 일손으로 몰린다는 생각에 화가 나서 집에 왔던 거요. 무서웠다는 얘기는 이미 했지요. 탁자에 있던 것은 독약이 든 병이었소. 이제까지 생물 하나 다치게 한 적이 없었는데 우연히 그걸 보고 갑자기 '나 자신에게나 저 여자에게나 아니면 둘 다에게 어떤 짓을 할지 모르겠군!'이라는 생각이 들었던 거요."

레이첼은 공포에 질린 얼굴로 그가 이야기를 계속하지 못하도록 두 손을 그의 입에 댔다. 스티븐은 숄을 쥐지 않은 빈손으로 그녀의 두 손을 잡고 숄의 끄트머리도 여전히 움켜쥔 채 서둘러 말했다.

"그러나 레이첼, 당신이 침대 곁에 앉아 있는 것을 보았소. 밤새도록 그대를 지켜보았지요. 어지러운 꿈을 꾸면서도 당신이 여전히 거기에 있다는 사실을 느꼈던 거요. 앞으로도 항상 거기에 있는 당신을 그려볼 거요. 그 여자를 보거나 생각할 때마다 당신이 항상 그 옆자리에 있을 것이오. 무엇이든 나를 화나게 하는 것을 보거나 생각할 때마다 나보다 훨씬 착한 당신이 항상 그 옆에 있을 거란 말이오. 그렇게 그대와 내가 심연을 건너 마침내 당신 동생이 잠들어 있는 천국을 함께 걷게 될 순간을 고대하고, 또한 그 순간에 의지하고자 노력할 거요."

스티븐은 숄 끄트머리에 다시 입맞추고 레이첼을 보냈다. 레이첼은 갈라진 목소리로 작별인사를 한 뒤 거리로 나섰다.

태양이 곧 떠오를 방향에서 바람이 여전히 강하게 불어오고 있었다. 바람이 불어 구름이 걷혔고, 비는 다 쏟아졌거나 다른 곳으로 이동했으며, 별이 밝게 빛났다. 스티븐은 모자도 쓰지 않은 채 거리에 서서 그녀가 빠르게 사라지는 모습을 지켜보았다. 스티븐의 거친 상상 속에서, 레이첼과 그의 삶의 일상적 경험과의 관계는 빛나는 별과 창가의 희미한 촛불의 관계와 마찬가지였다.

14장
위대한 공장주

코크타운에서 시간은 그 도시의 기계장치처럼 정확하게 흘러갔다. 많은 원료를 가공하고 그만큼 많은 연료를 소비하며 그만큼 많은 동력을 쓰고 그만큼 많은 돈을 벌었다. 그러나 시간은 철이나 강철, 놋쇠만큼 냉혹하지는 않아서, 연기와 벽돌만 있는 그 황량한 장소에도 시간의 변화는 어김없이 사계절을 가져오며 그 장소의 무시무시한 획일성에 유일하게 저항했다.

"루이자가 이제는 거의 숙녀가 되었군." 그래드그라인드 씨가 중얼거렸다.

무한한 마력馬力을 지닌 시간은 사람들이 뭐라든 개의치 않고 계속 일해서 젊은 토머스의 키를 그의 아버지가 마지막으로 주목했을 때보다도 일 피트나 더 키워놓았다.

"토머스도 이젠 거의 청년이 되었어." 그래드그라인드 씨가 중얼거렸다.

아버지가 곰곰이 생각하는 사이에 시간은 자신의 공장에서 토머스를 성장시켰다. 이제 그는 자락이 긴 상의와 깃이 빳빳한 셔츠를 입고 다녔다.

"토머스가 바운더비에게 가서 일을 배울 때가 정말로 왔군." 그래드그라인드 씨가 중얼거렸다.

시간이 지나 토머스는 바운더비의 은행에서 일하며 그 집에서 살게 되었고 처음으로 면도칼을 사야 했으며 자신의 이해에 관한 계산을 부지런히 하게 되었다.

발전의 매 단계마다 항상 대단히 다양한 일거리가 있는 이 위대한 공장주는 시시를 자기 공장에서 키워서 정말 아름다운 제품으로 만들어냈다.

"주프, 내 생각엔 네가 학교에서 공부를 계속해도 소용이 없을 것 같구나." 그래드그라인드 씨가 말했다.

"그럴 것 같아서 저도 걱정이에요, 선생님." 시시는 공손히 인사하며 대답했다.

"네가 학교에서 공부한 결과가 나를 실망시켰다는 사실을, 몹시 실망시켰다는 사실을 숨길 수가 없다, 주프." 그래드그라인드 씨는 이맛살을 찌푸리며 말했다. "맥초컴차일드 선생 부부의 지도를 받고도 내가 기대했던 정도의 정확한 지식은 조금도 습득하지 못했어. 사실에 대한 이해가 엄청나게 부족하고 숫자에 대한 지식이 매우 모자라. 완전히 지진아이고 평균 이하지."

"죄송합니다, 선생님." 시시가 대답했다. "사실이 그렇다는 건 알지만 저도 힘껏 노력한걸요, 선생님."

"그래, 그래. 나도 네가 열심히 노력했다고는 생각한다." 그래드그라인드 씨가 말했다. "너를 계속 관찰했는데 그 점에 대해선 흠을 잡을 수 없더구나."

"감사합니다, 선생님. 가끔씩 생각하기에," 여기서 시시는 매우 주저했다. "너무 많이 배우려고 노력하는 것인지도 모르니 사정을 해서 조금 덜 배워도 된다면, 어쩌면—"

"아니다, 주프, 그렇지 않아." 그래드그라인드 씨는 아주 심오하고 아주 탁월하게 실제적인 태도로 머리를 가로저으며 말했다. "절대 그렇지 않다. 네가 배우는 과정은 체계—체계—에 따라 배우는 것인데 그것에 대해선 더이상 왈가왈부할 게 없다. 다만 어렸을 때 너의 생활환경이 이성적인 사고력을 키우기에는 지나치게 불리했고, 우리가 교육을 너무 늦게 시작했다는 생각이 드는구나. 그래도 앞서 말한 대로 실망했다."

"요구할 권리가 전혀 없는 가난하고 외로운 여자애에게 베풀어주신 친절에 대해, 그리고 돌보아주신 데 대해 감사의 뜻을 더 잘 표할 수 있으면 좋겠습니다, 선생님."

"울지 마라." 그래드그라인드 씨가 말했다. "울지 마. 네게 불만이 있는 건 아니다. 너는 따뜻하고 성실하고 착한 여성이니까— 그러니 우리는 그걸로 만족해야지."

"정말로 감사합니다, 선생님." 시시는 감사의 인사를 하며 말했다.

"너는 내 처에게 도움이 될 뿐 아니라 (전반적으로) 아이들에게도 도움이 되고 있다. 루이자에게 그렇게 들었고 사실 나도 그렇게 보았다. 그래서 나는 네가 그런 관계에서 행복을 느꼈으면 한다." 그래드그라인드 씨가 말했다.

"바랄 게 전혀 없겠어요, 선생님, 만약—"

"무슨 말인지 안다." 그래드그라인드 씨가 말했다. "아직도 아버지 얘기를 하는구나. 그 병을 아직도 갖고 있다고 루이자에게 들었다. 글쎄! 정확한 결과에 도달하는 공부를 성공적으로 마쳤다면 이 문제에 대해서 네가 좀더 현명해질 수 있었을 텐데. 더이상 길게 말하진 않겠다."

그는 정말로 시시를 아주 좋아했고 조금도 경멸하지 않았다. 그렇지 않았다면 시시의 계산능력을 아주 낮게 평가해서 틀림없이 그녀를 경멸했을 것이다. 그는 도표 형식으로 설명할 수 없는 무엇인가가 이 아이에게 존재한다는 생각을 이럭저럭 갖게 되었다. 사물을 정의하는 시시의 능력은 형편없고 수학적 지식은 무에 가깝다고 쉽게 말할 수 있었지만, 예를 들어 의회보고서에 이 아이의 장점과 단점을 나누어 표시하도록 요구받았을 때 어떻게 구분할지 확신이 서 있다고 자신할 수 없었다.

인간이라는 직물을 만드는 어떤 단계에서는 시간의 경과가 매우 빠르다. 어린 토머스와 시시가 둘 다 그러한 성숙의 단계에 있었기에 이러한 변화는 일이년 사이에 일어났다. 반면에 그래드그라인드 씨 자신은 정지해 있어서 어떠한 변화도 겪지 않은 듯했다.

한가지가 예외였는데, 그것은 시간의 공장에서의 필연적인 과정과는 무관한 것이었다. 시간은 그래드그라인드 씨를 구석에 있는 조금 시끄럽고 다소 더러운 기계장치에 밀어넣어 코크타운을 대표하는 국회의원으로 만들었다. 다른 무엇보다도 파운드법 도량형을 대표하는 존경받는 의원, 곱셈표를 대표하는 의원, 귀머거리 의원, 벙어리 의원, 장님 의원, 절름발이 의원, 죽은 의원 중 하나로 만든 것이었다. 그렇지 않았으면 주님 오신 지 천팔백여년이 지났는데 어째서 우리가 기독교 나라에 살고 있겠는가?

그동안 내내 루이자는 어스름 무렵 밝게 빛나는 재가 난로 받침쇠에 떨어졌다가 꺼져가는 모습을 정신없이 지켜보며 조용하고 내

성적으로 지냈다. 그래서 루이자는 그녀가 거의 숙녀가 되었다고 아버지가 말한 이후로 — 겨우 어제였던 듯한데 — 그의 관심을 다시 끌지 못했다. 그래드그라인드 씨는 딸이 완전한 숙녀가 되었다는 사실을 이제야 비로소 알아차렸다.

"완전한 숙녀로군, 이런!" 그래드그라인드 씨가 생각에 잠긴 채 중얼거렸다.

이 사실을 발견한 직후부터 며칠 동안 그는 평상시보다 더 깊은 생각에 잠겼고, 한가지 문제에 사로잡힌 듯 보였다. 외출하려는 그에게 인사하러 — 그가 늦게 귀가할 예정이어서 아침까지는 보지 못할 것이기 때문에 — 루이자가 다가온 어느날 밤 그는 딸을 껴안고 아주 다정하게 바라보며 말했다.

"루이자야, 어엿한 숙녀가 되었구나!"

루이자는 서커스를 엿보다가 발각되었던 밤과 마찬가지로 노련하고 재빠르며 무엇인가를 알아내려는 눈빛으로 아버지를 마주보다가 시선을 아래로 떨어뜨렸다. "네, 아버지."

"얘야, 너와 단둘이 진지하게 이야기해야겠으니 내일 아침식사 후에 내 방으로 오겠니?" 그래드그라인드 씨가 말했다.

"네, 아버지."

"손이 좀 차갑구나, 루이자. 몸이 안 좋니?"

"좋아요, 아버지."

"기분도 좋니?"

그녀는 아버지를 다시 바라보며 기묘한 미소를 지었다. "평상시 만큼, 늘 그랬던 만큼은 좋아요, 아버지."

"그럼 됐다." 그래드그라인드 씨는 이렇게 말한 다음 딸에게 키스하고 외출했다. 루이자는 이발소 같은 조용한 방으로 돌아와서

한 손으로 다른 손 팔꿈치를 받친 채 잠시 반짝했다가 금방 재로 사그라지는 불꽃을 다시 바라보았다.

"거기 있어, 루?" 동생이 안을 들여다보면서 말했다. 그는 상당한 난봉꾼이 되었지만 그다지 매력적인 인물은 아니었다.

"톰," 그녀는 일어나서 그를 껴안으며 대꾸했다. "나를 보러 온 게 얼마 만이야?"

"그렇게 됐어, 저녁나절엔 다른 일이 있었어. 낮에는 바운더비 영감이 나를 붙잡았고. 하지만 그가 너무 강하게 나오면 누나 이야기를 해서 그를 살짝 건드렸지. 우린 그런 식으로 이해를 유지해나가니까. 누나! 오늘이나 어제 아버지가 특별히 한 말 없었어?"

"없어, 톰. 하지만 내일 아침에 긴히 이야기할 게 있다고 오늘밤에 말씀하셨어."

"아! 내 말이 그거야. 오늘밤에 아버지가 어디 갔는지 알아?" 톰이 물었다 ─ 아주 진지한 표정으로.

"몰라."

"그렇다면 내가 말해줄게. 아버지는 바운더비 영감과 같이 있어. 그들은 은행에서 만나 정기적으로 이야기를 나누지. 은행에서 만나는 이유가 뭐라고 생각해? 음, 내가 다시 말해주겠어. 내 짐작에는 가능한 한 스파싯 부인이 듣지 못하게 하기 위해서야."

루이자는 동생의 어깨에 손을 걸친 채 여전히 난롯불을 보고 서 있었다. 동생은 평상시보다 더욱 관심 깊게 누나의 얼굴을 바라보다가 누나의 허리에 팔을 둘러서 달래듯이 자기 쪽으로 당겼다.

"루, 나를 정말로 좋아하지?"

"그래, 톰, 네가 오랫동안 보러 오지 않았지만 말이야."

"음, 누나. 누나가 그렇게 말하니까 내 생각에 가까워지는걸." 톰이 말했다. "우리가 훨씬 자주 함께 있을 수 있어 ─ 그렇지 않을까? 거의 항상 함께 말이야 ─ 그렇지 않겠어? 만일 누나가 내 생각대로 결심해준다면 나한텐 대단히 좋은 일이야, 루. 나한테는 굉장한 일이 될 거야. 특별히 즐거운 일이 되겠지!"

루이자가 생각에 잠기자 그가 교활하게 살펴보았으나 헛수고였다. 그녀의 표정을 이해할 수 없었다. 톰은 누나를 더 힘껏 껴안고 뺨에 키스했다. 루이자도 답례로 동생에게 키스했지만 눈으론 여전히 난롯불을 보고 있었다.

"이봐, 루! 집에 와서 진행되고 있는 일에 대해 귀띔이라도 해주어야겠다고 생각했어. 누나가 정확히는 몰라도 대략은 짐작하고 있으리라 추측했지만 말이야. 오늘밤 친구들과 약속이 있어서 계속 머물 수는 없어. 누나가 나를 얼마나 좋아하는지를 잊지 않을 거지?"

"그래, 톰. 잊지 않을 거야."

"누나는 멋진 여자야. 안녕, 루." 톰이 말했다.

루이자는 동생에게 따뜻한 작별인사를 하고 함께 문까지 걸어나왔다. 코크타운의 불빛이 멀리까지 붉게 물들이는 것이 보였다. 그녀는 그곳에 서서 불빛 쪽에 시선을 고정한 채 멀어져가는 동생의 발소리를 들었다. 발소리는 스톤 로지와 멀어지는 것이 기쁘다는 듯 빨리 사라졌다. 동생이 가버리고 주위가 조용해졌을 때도 그녀는 여전히 그 자리에 서 있었다. 마치 처음에는 집 안의 난롯불에서, 그리고 지금은 바깥의 타는 듯한 안개 속에서, 가장 위대하고 가장 오래된 만물의 방적공인 그 나이 많은 시간이 이미 여성으로 자아놓은 실을 가지고 어떤 직물을 다시 짜려 하는지 알아내기 위해 애쓰는 것 같았다. 그러나 시간의 공장은 비밀스러운 장소였고 그 작업은 조용히 이루어졌으며 시간의 일손들은 말 못하는 벙어리였다.

15장
아버지와 딸

그래드그라인드 씨가 푸른 수염의 사내[32]를 닮진 않았지만 그의 방은 푸른 표지의 의회보고서들로 가득 찬 푸른 방이었다. 무엇을 증명하는 것이건 (사람들이 원하는 것은 보통 무엇이든 증명하는데) 그것들은 신병의 도착으로 끊임없이 강해지는 군대 같았다. 마술에 걸린 바로 이 방에서 가장 복잡한 사회문제가 계산되고 정확한 합계가 나오며 최종적으로 해결되었다 ─ 실제로 관련된 사람들이 이 장면을 볼 수 있기만 했다면 어떻게 되었을까. 마치 천체 관측소가 창문 하나 없이도 이루어질 수 있다는 듯이, 그리고 그 안의 천문학자는 별이 총총한 우주를 펜과 잉크와 종이만으로 배열할 수 있다는 듯이, 그래드그라인드 씨는 자신의 관측소 안에서 (이런 관측소는 실제로 많이 있다) 자기 주변에 들끓는 수많은 사

─────────────

32 프랑스 민화에 등장하는 인물.

람들에게 눈길 한번 던질 필요 없이 그들의 운명을 석판 위에서 결정짓고, 작고 더러운 스펀지 조각 하나로 그들의 모든 눈물을 닦아낼 수 있었다.

이런 관측소에, 관 뚜껑을 똑똑 두드리는 듯한 소리로 매초를 측정하는 치명적인 통계학적 시계가 있는 이 황량한 방에, 루이자는 약속한 아침에 갔다. 창문이 코크타운 쪽으로 하나 나 있었다. 그녀는 아버지의 책상 가까이에 앉아서 멀리 높게 솟은 굴뚝과 길게 꼬리를 늘어뜨린 연기가 우울하고 음산하게 떠 있는 모습을 바라보았다.

"루이자야," 그녀의 아버지가 말했다. "어젯밤에 미리 일러놓은 것은 지금부터 우리가 나눌 대화에 네가 진지하게 주목하도록 하기 위해서였다. 이제까지 너는 교육을 잘 받았고 그에 맞게 행동했으므로 — 이런 말을 할 수 있어서 행복하구나 — 너의 양식을 전적으로 믿는다. 너는 충동적이거나 낭만적이지 않고, 만사를 이성과 계산이라는 튼튼하고 냉정한 토대 위에서 판단하는 습관을 지녔으니, 그런 기초 위에서만 내가 이제부터 하려는 말을 바라보고 생각하리라 믿는다."

그는 딸이 무슨 말이든 하면 기쁘겠다는 듯 기다렸다. 그러나 루이자는 한마디도 하지 않았다.

"루이자, 아가, 너를 대상으로 하는 청혼이 내게 들어왔단다."

그가 다시 대답을 기다렸지만 루이자는 또다시 아무 말도 하지 않았다. 그는 아주 놀라서 "청혼 말이다, 얘야" 하고 부드럽게 반복했다. 이 말에 루이자는 감정을 조금도 내보이지 않고 대답했다.

"듣고 있어요, 아버지, 정말로 주의해서 듣고 있어요."

"으음!" 그래드그라인드 씨는 잠시 당황해서 어쩔 줄 몰라하다가 갑자기 미소를 지어 보이며 말했다. "내가 예상했던 이상으로 침착하구나, 루이자. 아니면 혹시 전달할 책임이 내게 있는 이 이야기를 들을 준비가 아직 안돼 있는 건 아니냐?"

"무슨 얘긴지 들을 때까진 뭐라 말할 수 없어요, 아버지. 제가 준비가 돼 있든 안돼 있든 아버지께 전부 직접 듣고 싶어요. 아버지가 직접 하시는 말씀을 듣고 싶은 거예요."

이상한 말이지만 그 순간에 그래드그라인드 씨는 딸만큼도 침착하지 못했다. 이야기를 어떻게 이어갈지 궁리하며 종이 자르는 칼을 손에 쥐고 뒤집었다 내려놓았다 다시 집었다 하다가 심지어는 칼날을 살펴보기도 했다.

"루이자야, 네 말이 전적으로 타당하구나. 그렇다면, 내가 너에게 알리려고 한 것은 ─ 간단히 말해서 바운더비 씨가 오랫동안 특별한 관심과 기쁨을 가지고 너의 성장을 지켜보았으며 너에게 마침내 청혼할 때가 오기를 오랫동안 기다렸노라고 내게 말하더구나. 그가 그토록 오래, 그리고 분명히 아주 일관되게 고대했던 때가 이제 온 거지. 바운더비 씨가 내게 청혼하면서, 그 사실을 너에게 알리고 네가 호의적으로 생각하기를 희망한다고 전해달라더구나."

부녀 사이에 흐르는 침묵. 치명적인 통계학적 시계가 내는 공허한 소리. 멀리 보이는 매우 검고 우중충한 연기.

"아버지, 제가 바운더비 씨를 사랑한다고 생각하세요?" 루이자가 물었다.

그래드그라인드 씨는 예상치 못한 이런 질문을 받고 몹시 당황했다. "글쎄, 애야, 내가 ─ 정말 ─ 뭐라 말할 수 없구나." 그가 응답했다.

"아버지, 제게 바운더비 씨를 사랑하라고 요구하시는 건가요?"

루이자는 앞서와 똑같은 목소리로 계속 물었다.

"루이자, 아니다. 아니야. 아무것도 요구하지 않는다."

"아버지, 바운더비 씨가 자기를 사랑하라고 제게 요구하는 건가요?" 루이자는 계속 물었다.

"얘야, 네 질문에 답하기가 정말 어렵구나." 그래드그라인드 씨가 말했다.

"질문에 그렇다, 아니다로 답변하기가 어렵다는 건가요, 아버지?"

"그렇단다, 얘야. 왜냐하면," 증명할 것이 생겨서 그가 다시 힘을 냈다. "왜냐하면 우리가 그 표현을 어떤 의미로 사용하는가에 따라 답변이 크게 달라지기 때문이다. 바운더비 씨는 상상적이거나 환상적이거나 (같은 말을 하고 있지만) 감상적인 것을 요구하는 잘못을 네게도 그 자신에게도 범하는 것이 아니다. 만일 그가 그따위 근거에서 네게 청혼할 정도로 너의 양식에, 그의 양식은 제쳐놓더라도, 합당한 대우를 잊고 있다면, 바운더비 씨가 너의 성장과정을 직접 지켜보았어도 아주 보람 없이 지켜본 거다. 따라서 그런 표현 자체가 — 얘야, 그저 네게 말해보는 거란다 — 다소 잘못된 것인지도 모르겠다."

"그 대신에 무슨 표현을 권하고 싶으세요, 아버지?"

"그야 물론, 루이자야," 이때쯤 그래드그라인드 씨는 완전히 정신을 차리고 말했다. "(네가 물어보니) 말하겠는데 다른 문제처럼 이 문제도 명백한 사실의 문제로만 생각하도록 권하는 거다. 무식하고 경박한 사람들은 이런 문제를 아무 상관도 없는 상상이나, 제대로 파악하면 존재하지도 않는 — 정말 실체도 없는 — 기괴한 생각들로 혼란스럽게 만들겠지만, 네가 그런 바보짓은 하지 않으리라고 말하는 게 그저 입에 발린 칭찬은 아니다. 그렇다면 이런 경우에 사실은 무엇이냐? 어림잡아서 너는 스무살이고 바운더비 씨는 쉰살이니까 나이 차이야 약간 있지만 재산이나 사회적 지위로 보면 차이가 전혀 없고 오히려 아주 적합한 거란다. 그래서 나이 차라는 단 하나의 문제가 결혼에 장애가 될 수 있는가, 하는 문제가 대두하게 된다. 이런 문제를 따질 때는 영국과 웨일즈에서 이제까지 모인 결혼통계자료를 고려하는 게 중요하단다. 나는 숫자상으로 볼 때 상당수의 결혼이 나이 차이가 많은 두 당사자 사이에 이루어졌으며, 양측 중에 연장자는 사분의 삼 이상이 신랑 쪽이라는 사실을 알게 되었다. 영국령 인도의 토착민이나 중국의 많은 지역에서 그리고 타타르 지방의 칼미크인 사이에서도, 여행자들이 우리에게 알려주는 최선의 계산자료가 비슷한 결과를 낳는다는 사실은 이것이 널리 퍼져 있는 풍습임을 보여주기에 주목할 만하다. 따라서 앞서 말한 나이 차는 더이상 차이가 되지 않으며 (실질적으로는) 거의 사라지는 셈이란다."

"아버진 무엇을 권하시는 건가요?" 루이자는 이런 만족스러운 결론을 듣고도 그 조용하고 침착한 태도에 아무런 변화도 없이 물었다. "제가 좀전에 사용한 말을 대신할 낱말로요. 잘못 사용한 표현 대신에 말이에요."

"루이자야," 아버지가 대답했다. "내 생각에 이보다 더 단순한 일은 없을 듯하다. 엄격하게 사실에만 국한하면 네가 스스로에게 물어야 할 사실의 문제는 다음과 같다. 바운더비 씨가 나에게 청혼했는가? 그래, 그는 청혼했어. 그렇다면 유일하게 남는 문제는 내가 그와 결혼할 것인가,라는 게 아니겠니? 내 생각에 이보다 더 단순한 문제는 있을 수 없을 것 같다."

"그와 결혼할 것인가?" 루이자는 아주 신중하게 질문을 반복했다.

"그렇지. 네가 그 문제를 생각할 때 많은 젊은 여성들이 지닌 마음가짐이나 생활습관에 따라 생각하지는 않을 거라고 확신하니, 네 아비로서 마음이 놓이는구나, 루이자야."

"그래요, 아버지, 그러지는 않을 거예요." 루이자가 대답했다.

"이제 스스로 결정하도록 네게 맡기겠다." 그래드그라인드 씨가 말했다. "나는 실제적인 정신을 가진 사람들 사이에서 이런 문제가 보통 이야기되는 방식대로 너에게 말한 것이고, 네 어머니와 내가 결혼하는 문제를 놓고 사람들이 그때 이야기했던 대로 말한 거란다. 루이자야, 나머지는 네가 결정해야 한다."

처음부터 루이자는 그를 뚫어져라 바라보며 앉아 있었다. 그는 의자에 기대앉아 움푹 들어간 눈으로 딸을 마주보고 있었는데, 루이자가 그의 가슴에 안겨서 눌러왔던 속마음을 털어놓고 싶은 충동을 느꼈을 때, 어쩌면 그는 딸이 흔들리는 순간을 볼 수 있었을지도 모른다. 그러나 그 순간을 보기 위해서는, 종말의 트럼펫이 울려 대수학마저 파괴될 때까지 최대한의 대수학 능력을 동원해도 파악할 수 없는 인간성의 모든 미묘한 본질과 그 자신 사이에 오랫동안 세워진 인위적 장벽들을 단번에 뛰어넘어야만 했다. 그러나 그 장벽들은 너무 많고 너무 높아서 단번에 뛰어넘을 수 없었다. 그래드그라인드 씨는 단호하고 공리적이며 사실적인 얼굴로 딸을 다시 무감각하게 만들었고, 그 순간은 깊이를 알 수 없는 과거의 심연 속으로 들어가 그곳에 잠겨 있는 모든 잃어버린 기회들과 뒤섞여버렸다.

루이자가 시선을 돌려 도시 쪽을 바라보며 오래도록 말없이 앉아만 있자 그래드그라인드 씨가 마침내 먼저 말을 꺼냈다. "코크타운 공장의 굴뚝들과 상의하는 거냐, 루이자?"

"저기엔 나른하고 단조로운 연기만 있는 것 같아요. 하지만 밤이 되면 갑자기 불이 켜지지요, 아버지!" 그녀는 재빨리 시선을 돌리며 대답했다.

"나도 물론 그렇다는 것은 알고 있다, 루이자. 그런데 그 말의 의미를 잘 모르겠구나." 공정하게 말하자면 그는 전혀 몰랐다.

루이자는 손을 조금 움직여서 그 화제를 떨치고는 아버지에게 다시 주목하며 말했다. "아버지, 인생이 아주 짧다는 생각이 자주 들었어요."—이것은 분명히 그가 즐겨 이야기하는 화제였기 때문에 그가 끼어들었다.

"얘야, 인생은 정말 짧은 거란다. 그러나 최근엔 평균수명이 증가했음이 입증되었단다. 잘못될 리가 없는 계산 중에서도 여러 생명보험회사와 연금회사의 계산이 그 사실을 입증하고 있다."

"아버지, 저는 제 인생에 대해 얘기하는 거예요."

"오, 그래?" 그래드그라인드 씨가 말했다. "하지만 루이자, 그것 역시 수명을 전체적으로 지배하는 법칙에 의해 지배받는다는 사실은 지적할 필요도 없는 게 아니냐."

"살아 있는 동안 제가 할 수 있는 작은 일, 그리고 제게 적합한 일을 하고 싶어요. 그게 뭐든 상관없어요!"

그래드그라인드 씨는 마지막 말을 이해하느라 다소 쩔쩔매며 "무슨 말이니? 상관없다니, 얘야?" 하고 반문했다.

"바운더비 씨가 제게 청혼했어요." 루이자는 개의치 않고 차분하고 직설적인 태도로 말을 이었다. "제가 스스로에게 물어야 하는 문제는 그와 결혼할 것인가, 하는 점이죠? 맞죠, 아버지, 그렇지 않은가요? 아버지가 제게 그렇게 말씀하셨어요. 그러지 않았나요?"

"분명히 그랬다, 얘야."

"그렇게 하지요. 바운더비 씨가 저를 아내로 삼고 싶어 하니까 기꺼이 그의 청혼을 받아들이겠어요. 아버지, 가능한 한 빨리 그에게 저의 대답이 그러하다고 전하세요. 제가 뭐라고 했는지 그가 알았으면 좋겠으니까, 가능하다면 한마디 한마디 그대로 전하세요."

"정확한 게 좋겠지." 그녀의 아버지가 찬성조로 대답했다. "너의 지극히 타당한 부탁을 따르도록 하마. 결혼 시기에 대해 특별히 원하는 게 있니, 아가?"

"없어요, 아버지. 언제 하든 상관없어요!"

그래드그라인드 씨는 의자를 딸에게 좀더 가까이 가져가서 딸의 손을 잡았다. 루이자가 자꾸 이런 말을 반복하는 것이 듣기에 다소 거슬리는 듯했다. 그는 주저하며 딸을 바라보다가 여전히 손을 잡은 채 말했다.

"루이자, 네게 한가지 물어보는 게 이제까지는 중요하지 않다고 생각했는데, 그건 그 질문에 포함된 가능성이 너무 희박하다고 여겼기 때문이란다. 하지만 물어봐야 할 것 같구나. 은밀하게 다른 청혼을 받은 건 아니지?"

"아버지," 루이자는 거의 냉소적인 태도로 대꾸했다. "저에게도 다른 청혼이 들어올 수 있나요? 제가 누구를 만난 적이 있나요? 어디를 간 적이 있나요? 제가 가슴으로 겪은 경험이 있기나 한가요?"

"루이자야, 네가 내 잘못을 정확히 지적하는구나. 나는 그저 의무를 다하고 싶었을 뿐이란다." 그래드그라인드 씨는 안심하고 만족해하며 말했다.

"아버지, 제가 취향이나 상상에 대해 아는 게 있나요?" 루이자는 조용하게 말했다. "열망이나 애정에 대해, 그리고 그런 부드러운 감정들이 자랐을 수도 있는 제 성격에 대해 아는 게 있나요? 입증할 수 있는 문제나 파악할 수 있는 현실에서 제가 한번이라도 벗어 난 적이 있나요?" 그녀는 이런 말을 하면서 딱딱한 물체를 잡듯이 무의식적으로 손을 쥐었다가 먼지나 재를 떨려는 듯이 천천히 손 을 폈다.

"애야, 맞는 말이다, 맞는 말이야." 탁월하게 실제적인 아버지가 동의를 표했다.

"아버진 정말 이상한 질문을 제게 하시는군요!" 루이자는 말을 계속했다. "아이들이 보통 지니고 있다고 저도 들은 적이 있는 아 이다운 선호의 감정이 제 가슴에 천진하게 깃들었던 적은 한번도 없어요. 아주 조심스럽게 저를 키우셔서 저는 아이의 마음을 가져 본 적이 없어요. 아주 잘 교육시키셔서 아이의 꿈을 꿔본 적도 없 어요. 어릴 때부터 지금까지 아주 현명하게 저를 다루셔서 아이다 운 믿음이나 두려움을 간직했던 적이 한번도 없는걸요."

그래드그라인드 씨는 자신의 성공과 성공에 대한 증거를 보고 크게 감동했다. "루이자야, 너는 나의 관심에 충분히 보답하는구 나. 키스해주겠니, 아가."

그래서 그의 딸은 그에게 키스를 했다. 그는 딸을 껴안은 채 말 했다. "아가, 이제 너에게 말할 수 있는데, 네가 도달한 올바른 결 정을 들으니 행복해지는구나. 바운더비 씨는 정말로 훌륭한 사람 이란다. 그리고 둘 사이에 존재한다고 할 수도 있는 사소한 차이 는—조금이라도 존재한다면—너의 지적 수준으로 상쇄하고도 남을 게다. 네가 어렸을 때에도 (내 생각을 이런 식으로 표현해도 된다면) 어떤 나이에도 어울리는 사람이 되도록 너를 교육하는 것 이 언제나 나의 목적이었단다. 한번 더 키스해주겠니, 루이자. 이제 네 어머니를 만나보도록 하자."

그래서 그들은 응접실로 내려갔는데, 자신에 대해 실없는 생각을 하지 않는 그 훌륭한 부인은 평상시와 마찬가지로 기대어 앉아 있었고 시시는 그 옆에서 일하고 있었다. 그들이 들어오자 부인은 생기가 돌아오는 기색을 살짝 보였다가 곧바로 흐릿한 투명체라는 사실을 앉은 자세에서 드러냈다.

　"부인, 당신에게 바운더비 부인을 소개하고자 하오." 다소 조바심을 내며 부인이 일어나 앉기를 고대하던 남편이 말했다.

　"아! 당신이 마침내 해냈군요!" 그래드그라인드 부인이 말했다. "루이자, 네가 건강하기를 정말로 바란다. 모든 여자아이들과 마찬가지로 사람들이 너를 부러워하리라고 여기는 너의 생각을 내가 분명히 짐작하지만, 내가 그랬던 것처럼 결혼하자마자 머리가 아프기 시작하면 네가 부러움의 대상이 되리라고는 생각할 수 없기 때문이란다. 하지만 얘야, 정말 축하한다 ── 그리고 이제까지 배운 모든 학문을 잘 이용하기 바란다, 정녕 바란단다! 루이자, 네게 축하의 키스를 해야겠다. 하지만 오른쪽 어깨는 건드리지 마라. 하루 종일 무언가가 그리로 달려내려가는 느낌이야." 그래드그라인드 부인은 다정하게 의식을 치른 다음 숄을 매만지며 중얼거렸다. "그리고 이제 그를 어떻게 부를지 생각하느라 아침, 점심, 저녁 내내 걱정하게 되겠구나!"

　"부인, 무슨 말을 하는 거요?" 남편이 진지하게 물었다.

　"여보, 그가 루이자와 결혼하면 그를 뭐라고 부르든 하여간 불러야 하잖아요." 그래드그라인드 부인은 예의 바람과 짜증을 뒤섞어서 말했다. "그에게 끊임없이 이야기하면서 그를 부르지 않는 것은 불가능해요. 조사이아란 이름은 견딜 수가 없기 때문에 그를 조사이아라고 부를 수는 없어요. 당신도 분명 조라는 이름을 듣고 싶진 않을 테지요. 여보, 내 사위를 선생님이라고 불러야 할까요? 친척들이 환자인 나를 짓밟을 때까지는 그렇게 부를 필요가 없겠지요. 그럼 그를 어떻게 부르나!"

그 자리에 있는 어느 누구도 이런 긴급한 사태에서 떠오르는 생각이 없었다. 그래드그라인드 부인은 이미 했던 말에 다음과 같은 이야기를 부록 삼아 덧붙이고 잠시 의식을 잃었다.

"루이자, 결혼식에 대해 내가 할 말은—불규칙한 심장고동이 실제로 발바닥까지 미치는 것을 느끼면서 하는 말인데—일찍 하라는 거다. 그렇지 않으면 언제까지나 끊이지 않고 계속 이야깃거리가 된다는 것을 난 알지."

그래드그라인드 씨가 바운더비 부인을 소개했을 때 시시는 놀람과 연민과 슬픔과 의심 등등 여러 복잡한 감정을 느끼며 갑자기 고개를 돌려 루이자를 보았다. 루이자는 시시를 보지 않고도 그것을 느꼈고, 알았다. 그 순간부터 루이자는 냉정하고 거만하며 쌀쌀맞은 여자가 되어서—시시와 거리를 유지했고—시시에 대한 태도를 완전히 바꾸었다.

16장
남편과 아내

바운더비 씨가 행복한 소식을 듣고 처음으로 한 걱정은 그 소식을 스파싯 부인에게 알려야 할 필요성 때문에 생겨났다. 어떻게 알릴지, 또는 그 조치의 결과가 어떠할지 그로서는 결론을 내릴 수 없었다. 부인이 소지품을 몽땅 정리하여 스캐저스 부인에게 바로 갈지 아니면 집에서 한 발짝이라도 움직이기를 단호하게 거부할지, 구슬프게 하소연할지 아니면 욕설을 할지, 슬퍼서 눈물을 흘릴지 아니면 뭔가를 쥐어뜯을지, 부인의 가슴이 부서질지 아니면 거울이 부서질지, 바운더비 씨는 전혀 예상할 수 없었다. 그러나 알려야만 했기 때문에 그로서는 다른 방도가 없었다. 그래서 편지를 몇 통이나 쓰다가 모두 실패한 다음에는 말로 하기로 작정했다.

이 중대한 일을 끝맺음하기 위해 일부러 별러둔 저녁에 그는 집으로 돌아오다가 만일의 경우에 대비하여 약국에 들러 아주 고약한 냄새가 나는 스멜링솔트[33]를 한병 샀다. "제기랄!" 바운더비 씨가 중얼거렸다. "그 여자가 졸도하다가도 이 냄새를 맡으면 코 가죽이 벗겨질걸, 좌우간에!" 이렇게 미리 무장을 했지만 그는 용기라곤 하나도 없이 집으로 들어가서는 자신의 불안의 대상 앞에, 식료품 저장실에서 방금 나온 사실을 의식하고 있는 개처럼 섰다.

"지금 오세요, 바운더비 씨!"

"그렇소, 부인, 잘 있었소." 그가 의자를 당기자 스파싯 부인은 '선생님이 난로 곁에 앉으셔야지요. 저는 거리낌 없이 그걸 인정합니다. 지당하다고 여기시면 선생님이 난로를 전부 차지하셔야죠'라고 말하는 듯 자기 의자를 뒤로 뺐다.

"너무 추운 데로 가지 마시오, 부인!" 바운더비 씨가 말했다.

"감사합니다, 선생님"이라고 말하며 스파싯 부인은 의자를 다시 당겼지만 처음 위치까지 오지는 않았다.

부인이 알 수 없는 모종의 장식을 만들 셈으로 빡빡하고 날카로운 가위 끝으로 하얀 아마포 조각에 구멍을 뚫는 동안 바운더비 씨는 상대를 바라보았다. 숱이 많은 눈썹과 매부리코와 연결해서 생각하면, 다루기 힘든 작은 새의 두 눈을 주시하고 있는 매의 모습을 생생하게 연상시키는 동작이었다. 스파싯 부인은 일에 몰두하다가 한참 만에야 시선을 들어올렸다. 그러자 바운더비 씨는 갑자기 고갯짓을 해서 상대방의 주의를 끌었다.

"스파싯 부인," 바운더비 씨는 양손을 주머니에 넣고 오른손으로 언제라도 코르크 병마개를 열 태세를 갖추고 말했다. "당신이야말로 진짜 귀부인일 뿐 아니라 아주 현명한 사람이라는 사실은 새삼 이야기할 필요도 없겠지요."

---

33 냄새를 통해 정신을 차리게 하는 자극제.

"나를 좋게 평해주시는 유사한 말씀으로 전에도 영광을 베푸신 적인 있습니다, 선생님." 스파싯 부인이 말을 받았다.

"스파싯 부인, 부인이 깜짝 놀랄 소식을 전하려고 합니다." 바운 더비 씨가 말했다.

"그러세요, 선생님?" 스파싯 부인은 질문조로, 그리고 가능한 한 최고로 침착하게 말을 받았다. 대개 장갑을 끼고 있는 이 부인은 이제 일감을 내려놓고 장갑을 매만졌다.

"톰 그래드그라인드의 딸과 결혼할 작정이오, 부인." 바운더비 가 말했다.

"그러세요, 선생님?" 스파싯 부인이 대꾸했다. "행복하시기를 바랍니다, 바운더비 씨. 아, 행복하시기를 진심으로 바랍니다, 선생 님!" 스파싯 부인이 그를 아주 측은히 여기며 굽어보는 태도로 이런 말을 해서 바운더비는 — 부인이 반짇고리를 거울에 던지거나 졸도하여 바닥에 넘어진 것보다 훨씬 당황했다 — 주머니에 든 스 멜링솔트의 코르크 병마개를 세게 누르며 생각했다. '빌어먹을, 이 여자가 이런 식으로 나올지 누가 짐작이나 했겠어!'

"진심으로 선생님이 모든 면에서 행복하시기를 바랍니다." 스파 싯 부인이 아주 거만한 태도로 말했다. 어찌된 일인지 부인은 삽시 간에 앞으로 영원히 그를 동정해도 되는 권리를 획득한 듯했다.

"그래요, 부인," 바운더비는 불쾌감이 약간 섞인 목소리로 대꾸 했는데 자신도 모르는 사이에 목소리가 현저하게 작아졌다. "고맙 소. 나도 앞으로 행복하기를 바라오."

"그래요, 선생님!" 스파싯 부인이 아주 상냥하게 말했다. "당연히 그러시겠죠. 물론 그러셔야지요."

바운더비 씨 쪽에 매우 어색한 침묵이 흘렀다. 스파싯 부인은 침착한 태도로 다시 일을 시작했다. 가끔씩 잔기침을 했는데 그 기침은 의식적으로 힘을 내고 인내하는 소리로 들렸다.

"그런데, 부인," 바운더비가 다시 말을 시작했다. "이런 상황에서 이 집에 계속 머무르는 것이 당신 같은 성격에는 유쾌한 일이 아닐 거라고 생각되는데요? 계속 있겠다면 물론 환영이지만요."

"오, 천만에요, 선생님. 절대로 그렇게 생각하지 않습니다!" 스파싯 부인은 여전히 예의 몹시 거만한 태도로 고개를 저었다. 잔기침 소리가 조금 변했는데 — 예언의 정신이 솟아났지만 기침을 해서 억누르는 편이 좋겠다는 듯 기침을 해대는 것이었다.

"하지만, 부인," 바운더비가 말했다. "은행에 방이 딸려 있는데 진짜 귀부인이 관리인으로 있어준다면 그러지 않는 것보다 이익이 될 겁니다. 그리고 만약 동일한 조건이 —"

"죄송합니다, 선생님. 앞으로는 매년 전하는 감사의 표시라는 말을 사용하겠다고 약속해주셨으면 합니다."

"그래요, 부인, 매년 전하는 감사의 표시라고 하지요. 거기에 있어도 매년 동일한 감사의 표시를 받을 수 있다면 글쎄요, 부인이 갈라서지 않는 한 우리가 헤어질 이유야 없겠지요."

"선생님," 스파싯 부인이 대답했다. "선생님다운 제안이군요. 은행에서 내가 맡을 지위가 사회적 신분이 더이상 하락하지 않고도 가능한 일이라면 —"

"물론이지요." 바운더비가 말했다. "그렇지 않다면, 부인, 부인처럼 상류사회에 출입하던 사람에게 내가 그런 자리를 권하지야 않을 테지요. 내가 상류사회를 좋아하는 것은 아닙니다! 부인이야 그 사회가 좋겠지만요."

"바운더비 씨, 정말로 사려 깊으세요."

"독방과 전용 석탄, 전용 양초 등등을 가지게 될 것이고 시중드는 하녀가 있을 겁니다. 그리고 가벼운 일을 담당하며 부인을 보호해드리는 심부름꾼도 있을 겁니다. 부인이 아주 편안할 거라고 생각합니다." 바운더비가 말했다.

"선생님, 그만하세요." 스파짓 부인이 대꾸했다. "이 집에서의 의무를 벗는다 해도 당신에게 기대어 빵을 해결해야 하는 필요성에서 해방되지는 못하니까요." 그녀는 자신이 가장 좋아하는 식사가 맛 좋은 갈색소스를 친 송아지가슴샘 요리였기 때문에 하마터면 빵 대신에 송아지가슴샘 요리라고 말할 뻔했다. "다른 사람에게 기대느니 차라리 선생님의 도움을 받겠습니다. 그래서 선생님의 제안을 고맙게 받아들이고 그동안의 호의에 대해서도 정말 감사합니다. 그리고 선생님," 스파짓 부인은 인상적일 정도로 동정하는 태도로 말을 맺었다. "그래드그라인드 양이 선생님이 바라는, 그리고 선생님에게 합당한 배필이 되기를 어리석지만 기대합니다!"

어떤 방법도 스파짓 부인이 동정하는 태도를 버리도록 만들지는 못했다. 바운더비가 아무리 격정적으로 소리지르고 우겨도 소용없었다. 스파짓 부인은 그를 희생자로 여기고 동정하기로 작정한 것이었다. 부인은 예의 바르고 친절하며 명랑하고 기대에 차 있었지만, 그러면 그럴수록, 그리고 모범적이 되면 될수록 바운더비는 더욱더 외로운 희생양이요 희생자가 되었다. 부인이 그의 슬픈 운명에 몹시 신경을 써주어서 부인이 그를 볼 때마다 바운더비의 커다랗고 붉은 얼굴에서는 식은땀이 났다.

그사이 결혼식은 8주 후에 올리기로 약정이 되어 바운더비 씨는 약혼자로서 저녁마다 스톤 로지를 방문했다. 그럴 때 그는 사랑의 표시로 팔찌를 선물했고, 약혼기간 동안 항상 뭔가를 만들어다 주었다. 결혼예복과 보석류, 케이크와 장갑, 그리고 신혼살림집이 마련되었으며 모든 계약을 사실적으로 처리하는 것이 적절한 명예가 되었다. 처음부터 끝까지 모든 일이 사실적으로 이루어졌다. 결혼식까지의 시간은 어리석은 시인들이 말하는 것처럼 장밋빛으로 흘러가지 않았고, 시간이 다른 때보다 더 빠르게 가거나 더 느리게 가거나 하지도 않았다. 그래드그라인드 관측소에 있는 치명적인 통계학적 시계는 일초 일초가 생겨날 때마다 소리를 냈다가, 늘 그러했듯 그 시간을 묻어버렸다.

　이성에만 의지하는 사람들에게 여느 다른 날이 오듯이 결혼식날이 왔다. 그날이 오자 화려한 나무장식이 달린 인기 있는 건축양식의 교회에서 코크타운의 조사이아 바운더비 님이 그 지역 국회의원인 스톤 로지의 토머스 그래드그라인드 님의 장녀 루이자와 결혼식을 거행했다. 성스러운 결혼식으로 그들이 하나가 되자 사람들은 아침을 먹기 위해 앞서 말한 스톤 로지로 갔다.

　이 경사스러운 날을 맞이하여 사람들이 스톤 로지에 모였는데, 이들 중에 자기들이 먹고 마시는 모든 것이 무엇으로 만들어졌는지, 그리고 그것이 얼마만큼의 양으로 어떤 배를 — 자국 배든 외국 배든 — 이용하여 어떻게 수입되고 수출되는지 등등을 모르는 사람은 아무도 없었다. 어린 제인 그래드그라인드를 포함한 신부들러리들도 지적으로 볼 때는 계산의 천재소년[34]에 어울리는 배우자였고, 모인 무리 중에 시시한 소리를 늘어놓는 사람은 아무도 없었다.

　식사를 마친 다음 신랑이 다음과 같이 인사했다.

---

34 뛰어난 암산 능력으로 유명했던 영국의 기술자 George Parker Bidder(1806~78)를 지칭.

"신사 숙녀 여러분, 본인은 코크타운의 조사이아 바운더비입니다. 여러분이 내 아내와 나의 건강과 행복을 위해 영광스럽게도 건배를 해주었기 때문에 나도 똑같은 답례를 해야 하리라고 생각합니다. 그러나 여러분 모두가 나와 나의 직업, 그리고 나의 출생신분을 잘 알기 때문에, 기둥을 보고 '저것은 기둥이다'라고 말하고 펌프를 보고 '저것은 펌프다'라고 말하지 기둥을 펌프라고 부르거나 펌프를 기둥이라고 부르거나 혹은 그것들을 이쑤시개라고 부르지는 않는 사람에게서 연설을 기대하지는 않으리라 믿습니다. 오늘 아침에 연설을 기대한다면, 본인의 친구이자 장인인 톰 그래드그라인드가 국회의원이니 어디에 기대해야 할지 알리라 생각합니다. 저는 적합한 인물이 못 되니까요. 그러나 오늘 이 자리를 둘러보면서 본인이 약간의 자립심을 느낀다 해도, 펌프에서가 아니면 얼굴조차 씻지 못하고 그것도 이주일에 한번꼴로밖에 씻지 못하면서 누더기를 걸치고 돌아다니는 거지였을 때, 내가 톰 그래드그라인드의 딸과 결혼하리라는 생각은 꿈에도 해보지 못했다는 사실을 회상한다 해도 여러분이 용서해주리라고 기대합니다. 그렇게, 여러분이 나의 자립심을 마음에 들어하기를 바랍니다. 마음에 들지 않아도 어쩔 수 없지만요. 하여간 이제 나는 자립했다고 느끼고 있습니다. 오늘 본인이 톰 그래드그라인드의 딸과 결혼했다는 사실은 여러분이나 내가 이미 말한 대로입니다. 그의 딸과 결혼해서 매우 기쁩니다. 그렇게 하는 것이 오랫동안 저의 소망이었지요. 본인은 그녀가 성장하는 모습을 계속 지켜보았기 때문에 그녀가 나에게 알맞은 여자라고 확신합니다. 또한 동시에 ── 여러분을 속이지 않기 위해서는 ── 본인이 그녀에게 적합한 상대라고 스스로 생각한다는 이야기도 덧붙여야겠지요. 양쪽 집을 대표하여 여러분이 그동안 베풀어주신 호의에 감사드립니다. 그리고 이 자리에 모인 하객 중 아직 미혼인 분들에게 내가 바라는 최선의 소망은 이것입니다. 즉 모든 총각이 본인만큼 훌륭한 신부를 만나고 모든 처녀가 내 아내만큼 훌륭한 신랑을 만나기를 바랍니다."

리용에서는 일손들이 어떻게 지내는지, 그들도 음식을 황금수저로 먹어야겠다고 요구하는지 관찰할 기회를 갖고자 바운더비 씨가 신혼여행의 행선지를 리용으로 정했기 때문에, 연설이 끝나자 행복한 신혼부부는 즉시 기차역으로 떠나야 했다. 여행복으로 갈아입고 아래층으로 내려오던 신부는 톰이 기다리고 있는 것을 발견했는데, 그는 감정 때문인지 아니면 아침식사 때 포도주를 마셨기 때문인지 얼굴이 붉었다.

"누나야말로 멋져, 최고야, 루!" 톰이 속삭였다.

루이자는 그날 훨씬 더 착한 사람을 껴안았어야 했는데도 톰을 껴안았고, 그녀의 침착한 태도는 처음으로 조금 흔들렸다.

"바운더비 영감이 준비를 마쳤어." 톰이 말했다. "시간이 됐어. 잘 다녀와! 누나가 돌아오면 내가 누나를 돌볼게. 사랑하는 루! 정말 유난히 좋잖아!"

제2권
수확

1장
은행의 재산

화창한 한여름날이었다. 코크타운에도 때로는 이런 날이 있었다. 이런 날 멀리서 보면 코크타운은 태양광선도 투과할 수 없을 듯한 연기에 덮여 있었다. 도시가 없다면 우중충한 얼룩이 보일 리 없다는 사실을 알기 때문에 거기에 도시가 있으리라고 짐작할 뿐이었다. 바람이 일었다가 잠잠해지거나 방향을 바꿈에 따라 더러운 연기와 검댕이 혼란스럽게 이쪽으로 왔다가 저쪽으로 갔다가 하늘 높이 올라갔다가 땅 위를 자욱하게 미끄러져갔다가 했다. 형태도 없는 자욱한 연기 사이로 교차광선이 퍼져서 어둠의 덩어리들만 보였다 —멀리서는 코크타운의 벽돌 한장 보이지 않았지만 코크타운은 이렇듯 자신의 존재를 상기시키고 있었다.

놀라운 일은 코크타운이 하여간 여전히 거기에 존재한다는 사실이었다. 너무나 자주 파산했던지라, 코크타운이 그렇게 많은 충격을 견뎌냈다는 것이 놀라운 일이었다. 코크타운의 공장주들만큼 연약한 자기로 만들어진 제품은 분명 없었다. 그들은 아무리 살살 다루어도 쉽사리 산산조각나서 전부터 이미 금이 가 있었던 게 아닌가 하는 의심이 들 정도였다. 그들은 일하는 아이들을 공부시키라는 요구를 받았을 때도 파산했고, 작업장을 조사하기 위해 감독관이 지명되었을 때도 파산했으며, 그 감독관이 노동자들을 기계로 다치게 하는 일이 과연 정당한지 의심스럽다고 말했을 때도 파산했다. 항상 그렇게 많은 연기를 내뿜을 필요는 없을 것 같다는 암시를 받았을 때는 완전히 파산했다. 코크타운에는 일반적으로 받아들여지는 바운더비 씨의 황금수저 이야기 외에도 또다른 허구가 광범위하게 퍼져 있었는데, 그것은 협박의 형식을 띠고 있었다. 부당한 간섭을 받는다고 느낄 때마다 — 즉 완전히 자유방임으로 놓아두지 않고 행동의 결과에 대해 책임을 묻겠다는 이야기가 나올 때마다 — 공장주는 반드시 "차라리 재산을 대서양에 처넣겠다"는 끔찍한 협박을 가했다. 이런 협박이 내무장관을 거의 죽게 할 정도로 오싹하게 만든 적이 한두번이 아니었다.

그렇지만 코크타운의 공장주들은 결국엔 너무도 애국적이어서 재산을 대서양에 처넣은 적은 아직까지 한번도 없었을 뿐 아니라, 반대로 너무나 친절하게도 자기 재산을 대단히 잘 돌보았다. 그래서 저 연기 너머 코크타운이 여전히 존재하고 나날이 번창하는 것이었다.

여름날의 거리는 뜨겁고 먼지가 일었다. 햇빛은 아주 밝아서 코크타운 위에 드리워진 음산한 연기조차 뚫고 비쳤으며, 그 빛을 계속 바라볼 수가 없을 정도였다. 화부들은 지하의 낮은 입구에서 공장 마당으로 나와 층계나 기둥이나 말뚝에 걸터앉아 더러운 얼굴을 문지르며 석탄더미를 바라보았다. 도시 전체가 기름 속에서 끓는 듯했으며 질식할 듯한 뜨거운 기름 냄새가 도처에서 풍겨나왔다. 증기기관은 기름이 묻어 번들거렸고, 일손들의 옷도 기름 때문에 더러워졌으며, 공장에서는 층층마다 기름이 흘러나오기도 하고 뚝뚝 떨어지기도 했다. 요정의 궁궐에는 사막의 모래열풍이 부는 듯했고, 그 궁궐에서 사는 주민들은 열 때문에 야위어가며 사막에서 기운 없이 일했다. 그러나 우울한 광증에 사로잡힌 코끼리는 더위 때문에 더 미치거나 제정신이 들거나 하는 법이 없었다. 코끼리의 지친 머리는 더운 날이든 추운 날이든, 습한 날이든 건조한 날이든, 좋은 날씨든 나쁜 날씨든 같은 속도로 상하운동을 반복했다. 규칙적으로 움직이는 증기기관이 벽에 비추는 그림자야말로 코크타운이 바스락거리는 숲의 그림자 대신 보여주는 광경이었다. 코크타운은 또한 여름에 곤충들이 윙윙거리는 소리 대신 일년 내내 월요일 새벽부터 토요일 밤까지 굴대와 바퀴가 윙 — 하고 도는 소리를 제공할 수 있었다.

굴대와 바퀴는 이런 화창한 날 하루종일 졸린 듯 윙윙거렸고, 여행자가 공장 벽을 지나갈 때 그를 더욱 졸리고 덥게 만들었다. 차양을 치고 물을 뿌려서 대로와 상점은 조금 식었지만 공장과 뒷골목과 소로는 뜨거운 열 때문에 구워졌다. 염료로 검고 탁해진 강 위에서 한가한 몇몇 아이들이 — 이 도시에서는 드문 광경인데 — 보트를 열심히 젓고 있었고, 보트는 미끄러져갈 때마다 강물에 거품자국을 만들고 노를 저을 때마다 악취를 진동시켰다. 그렇지만 태양 자체는 일반적으로는 아무리 자비롭다 해도 코크타운 사람들에게는 혹독한 추위보다 덜 친절했으며, 바람도 안 통하는 숨 막히는 구역을 열심히 비추며 생명보다는 죽음을 더 많이 낳았다. 그래서 힘없고 불결한 일손들이 태양과 태양이 축복하기 위해 비추는 사물들 사이에 놓이게 되면 하늘 자체가 사악한 눈이 되는 것이다.

스파싯 부인은 은행에서 자신이 오후에 사용하는 방에 앉아 있었고, 그 방은 끓는 거리의 응달쪽에 위치했다. 근무시간은 끝났으며, 무더운 날 그 시간 무렵이면 대개 그녀는 은행 위층에 있는 중역실을 훌륭한 집안에서 태어난 자신이 사용함으로써 장식했다. 그녀가 전용으로 사용하는 거실은 한층 위에 있었는데, 그녀는 아침마다 그 방 창가에서 바운더비 씨가 거리를 건너오는 것을 관찰하면서 희생자에게 적합한 동정조의 인사로 그를 맞이할 준비를 했다. 바운더비 씨가 결혼한 지 일년이 지났건만 스파싯 부인은 스스로 작정한 동정심에서 그를 잠시도 놓아주지 않았던 것이다.

은행 건물은 도시의 건전한 단조로움을 위반하지 않았다. 은행 역시 바깥에는 검은색 덧문이, 안쪽에는 초록색 차양이 있는 빨간색 벽돌 건물이었으며 두개의 하얀 층계를 올라가면 검은색 정문이 나오고 그 문에는 놋쇠로 만든 문패와 마침표 모양을 한 놋쇠 손잡이가 달려 있었다. 그 건물은 다른 집들보다 두배 내지 여섯배는 큰 바운더비 씨의 집보다도 두 곱절 큰 규모였으며, 모든 세부 사항에서는 고정된 틀을 엄격히 따랐다.

스파싯 부인은 자신이 저녁때 책상과 필기도구가 있는 이 방에 오는 것이 귀족적이라고까지는 할 수 없어도 여성적인 우아함을 사무실에 부여하는 것이라고 생각했다. 그녀는 바느질감이나 뜨개질 도구를 가지고 창가에 앉아서 귀부인다운 자신의 거동이 그 장소의 거친 사업적 면모를 교정하는 것이라는 우쭐한 생각을 했다. 이처럼 흥미로운 성격을 스스로에게 부여함으로써 스파싯 부인은 자신이 말하자면 은행의 요정이라고 여기는 것이었다. 창가에 앉아 있는 이 부인을 오다가다 본 코크타운 사람들은 부인을 광산의 보물을 지키는 은행의 용이라고 생각했다.

그 보물이 무엇인지는 스파싯 부인도 다른 사람들만큼이나 몰랐다. 이 부인이 관념적으로 작성한 목록에서는 금화와 은화, 중요한 문서, 만약 누설되면 불특정한 사람들에게 (그러나 대략은 그녀가 싫어하는 사람들에게) 구체적 내용은 알 수 없는 파멸을 안겨주는 비밀들이 주요한 품목이었다. 그밖에 그녀는 근무시간이 지나면 사무실의 모든 집기와 자물쇠 세개로 채우는 철제 금고실을 자신이 통치한다는 사실을 알고 있었다. 가벼운 일을 담당하는 심부름꾼이 매일 밤 그 금고실 문에 머리를 댄 채 바퀴 달린 간이침대 위에서 잤고, 새벽이 되면 그 침대를 치웠다. 게다가 이 부인은 약탈하려 드는 외부세계와의 접촉을 완전히 차단한 지하의 몇몇 방들, 그리고 잉크자국, 닳아빠진 펜, 봉함지封緘紙 조각들, 아주 잘게 찢어서 아무리 애써도 재미있는 이야기를 읽어낼 수 없는 종이 쪼가리 등으로 이루어진 하루 일과의 흔적 위에 군림하는 마나님이었다. 마지막으로 그녀는 공무용 벽난로 위에 복수심에 차 가지런히 놓여 있는 단검과 카빈총 등의 무기들을 지켰을 뿐 아니라, 부자임을 내세우는 사업장과 분리할 수 없는 그 훌륭한 전통 — 일렬로 놓인 소화 양동이들 — 즉 어떤 경우에도 실질적인 효용은 없는 것으로 계산되지만 보는 사람들에게 금괴에 맞먹는 훌륭한 정신적 영향력을 미치는 것으로 여겨지는 양동이들을 지키고 있었다.

귀머거리 하녀와 가벼운 일을 담당하는 심부름꾼이 스파싯 부인의 제국을 완성했다. 귀머거리 하녀는 부자라는 소문이 있었고, 그 돈 때문에 언젠가는 은행이 문을 닫은 밤중에 살해될 거라는 말이 코크타운의 하층민 사이에 오래전부터 떠돌았다. 사실 이 하녀에 대해서는 그녀가 죽을 때가 벌써 지났고 오래전에 죽었어야 했는데 많은 분노와 실망을 불러일으키는 돼먹지 않은 고집으로 목숨과 일자리를 지켜왔다고 생각하는 사람들이 많았다.

뒷부분을 깎아 없앤 다리가 셋 달린 작고 멋진 상 위에 스파싯 부인의 차가 방금 차려졌다. 그녀는 일과 후에 그 작은 상을 방 한 가운데에 버티고 있는, 표면에 가죽을 씌운 엄숙하고 긴 식탁 옆으로 옮겨놓았다. 가벼운 일을 하는 심부름꾼은 상 위에 찻쟁반을 놓고 존경의 표시로 이마에 손등을 갖다 댔다.

"고맙다, 비처." 스파싯 부인이 말했다.

"감사합니다, 부인." 심부름꾼이 대답했다. 그는 아주 민첩한 심부름꾼이었다. 20번 여학생을 위해 눈을 깜박이며 말에 대해 정의하던 시절만큼이나 민첩했다.

"문은 다 닫았겠지, 비처?" 스파싯 부인이 물었다.

"모두 닫았습니다, 부인."

"오늘의 새로운 소식은 무엇이지? 특별한 게 있나?" 스파싯 부인이 차를 따르며 물었다.

"글쎄요, 부인, 특별한 것은 없습니다. 대중은 참 못된 족속이지만 그것이 새로운 소식은 아니지요, 불행하게도."

"잠시도 가만있지 못하는 녀석들이 요새는 무엇을 하고 있지?" 스파싯 부인이 물었다.

"그저 늘 하던 대로 지냅니다, 부인. 단결하고 동맹을 맺고 서로 도와주기로 약속하고 말입니다."

"공장주들이 단결하고도 그따위 계급 결속을 허용하다니 몹시 유감이군." 스파싯 부인이 이렇게 말하면서 엄한 기색을 띠는 바람에 그녀의 코는 더욱 매부리코가 되었고 눈썹은 더욱 코리올레이너스 같아졌다.

"그렇습니다, 부인." 비처가 말했다.

"공장주들도 단결했으니, 다른 자와 결속한 자를 고용하는 것에 대해 너나 할 것 없이 모두 단호히 반대해야지." 스파싯 부인이 말했다.

"그렇게 해왔지만 오히려 실패했지요, 부인." 비처가 대답했다.

"이런 일에 대해 아는 체하진 않으마." 스파싯 부인이 위엄 있게 말했다. "나는 원래 전혀 다른 계급에 속했고, 파울러 가문 사람인 스파싯 씨 역시 이런 갈등과는 전혀 상관없는 양반이었으니까. 다만 이런 자들은 제압되어야 하고, 이 일을 딱 부러지게 수행할 때가 도래했다는 사실만은 알고 있지."

"맞습니다, 부인." 비처는 스파싯 부인의 예언자적인 권위에 상당한 존경심을 표하며 대답했다. "사태를 이보다 더 명확하게 표현할 수는 없다고 확신합니다, 부인."

비처에게는 보통 이 시간이 스파싯 부인과 은밀한 이야기를 나누는 시간이었다. 비처는 이미 눈빛을 보고 그녀가 뭔가 자신에게 물어보려 한다는 사실을 눈치챘기 때문에, 스파싯 부인이 차를 마시며 열린 창을 통해 거리를 내려다보는 동안 자와 잉크스탠드 따위를 정리하는 체했다.

"하루종일 바빴니, 비처?" 스파싯 부인이 물었다.

"아주 바쁘지는 않았습니다, 마님. 여느 날과 비슷했으니까요." 그는 스파싯 부인의 인간적 위엄과 존경받을 권리를 본능적으로 인정한다는 듯 부인 대신에 마님이라는 경칭을 때때로 슬쩍 사용했다.

"행원들은 물론 믿을 만하고 시간을 잘 지키고 열심이겠지?" 거의 눈에 띄지 않는 버터 바른 빵 부스러기를 왼손에 낀 장갑에서 꼼꼼히 털어내며 스파싯 부인이 말했다.

"그렇습니다, 부인. 으레 예외가 있긴 하지만 상당히 괜찮습니다."

비처는 일반적인 밀정 겸 밀고자로서 은행에서 상당한 역할을 하고 있었는데, 자진해서 맡은 이 일에 대한 답례로 주급 외에 크리스마스 때가 되면 선물을 받았다. 그는 두뇌가 아주 명석하고 신중하며 사려 깊은 젊은이로 성장했고 반드시 출세할 인물이었다. 마음은 정확하게 조절되어서 애정이나 정념은 조금도 갖고 있지 않았다. 그의 모든 행동은 대단히 꼼꼼하고 냉철한 계산의 결과였으니, 자기가 이제까지 본 젊은이들 중에서 가장 확고한 원칙을 지닌 젊은이라고 스파싯 부인이 항상 판단하는 것도 근거가 없지는 않았다. 아버지가 사망한 뒤 어머니가 코크타운에 거주할 권리가 있다는 사실을 확인한 이 훌륭한 젊은 경제학자는 그 경우에 대한 원칙을 완강하게 고수하며 어머니의 권리를 주장했고, 결국 그후 그의 어머니는 구빈원에 수용되었다. 그는 어머니에게 매년 반 파운드의 차를 주었는데, 그것은 그의 나약한 일면이라는 사실을 인정해야 한다. 왜냐하면 첫째, 모든 선물은 받는 사람을 반드시 더욱 가난하게 만드는 경향을 지녔기 때문이고, 둘째, 차에 대해 그에게 합리적인 거래란 가능한 한 싼값에 사서 가능한 한 비싼 값에 파는 것뿐이었기 때문이다. 철학자들은 인간의 모든 일이 — 인간이 하는 일의 일부분도 아니고 전부가 — 이 원칙으로 이루어져 있다고 분명하게 주장했다.

"으레 예외가 있긴 하지만 상당히 괜찮습니다, 부인." 비처가 다시 말했다.

"아 — 아!" 스파싯 부인은 찻잔을 보고 도리질을 하며 중얼거리고는 차 한모금을 오랫동안 마셨다.

"토머스 씨 말입니다, 토머스 씨가 대단히 의심스럽습니다, 부인. 그가 일하는 방식이 못마땅해요."

"비처, 이름에 대해 내가 했던 말 생각나나?" 스파싯 부인이 매우 강력하게 말했다.

"죄송합니다, 부인. 이름을 직접 말하는 것에 부인이 반대하셨다는 것은 전적으로 사실입니다. 거명하는 것은 항상 피하는 게 좋겠네요."

"여기를 책임지고 있는 사람이 나라는 사실을 항상 명심하도록." 스파싯 부인이 당당하게 말했다. "바운더비 씨 밑에서 내가 관리하는 거다, 비처. 그가 나의 후원자가 돼서 매년 감사의 표시를 하는 것이 예전에는 도저히 있을 수 없는 일이라고 둘 다 생각했지만, 지금은 바운더비 씨를 후원자로 여길 수밖에 없구나. 나는 바운더비 씨로부터 내 사회적 지위나 가문에 대한 인정을 기대할 수 있는 최대로 받고 있단다. 아니, 기대 이상으로 받고 있지. 따라서 후원자에게 나는 빈틈없이 충실할 것이다. 불행하게도 — 아주 불행하게도 — 의심할 여지도 없지 — 그와 인척이 되는 사람의 이름이 이 집에서 언급되는 걸 허용한다면, 그에게 빈틈없이 충실한 것이라고는 생각하지 않고, 앞으로도 생각하지 않을 것이며, 생각할 수도 없는 것이다." 스파싯 부인은 자신이 지닌 명예심과 도덕성을 풍부히 과시하며 말했다.

비처는 이마에 손등을 가져다 대며 거듭 용서를 빌었다.

"그러면 안된다, 비처." 스파싯 부인이 이야기를 계속했다. "어떤 사람이라고 하면 네 이야기를 들을 것이고, 토머스 씨라고 지목하면 너는 내게 사과해야 하는 거다."

"한사람을 제외하고는 말입니다, 부인." 비처가 되돌아가서 말했다.

"아—아!" 스파싯 부인은 중단되었던 곳에서 이야기를 다시 시작하려는 듯, 동일한 감탄사를 내뱉고 찻잔을 보면서 도리질을 하고 차 한모금을 오랫동안 마시는 행위를 반복했다.

"그 사람은 이곳에 처음 온 날부터 자신이 해야 할 일을 한번도 한 적이 없습니다, 부인." 비처가 말했다. "방탕한 생활을 하며 돈을 헤프게 쓰는 게으름뱅이일 뿐이지요. 월급값을 못해요. 임원회에 후원자 겸 친척이 없다면 그것도 받지 못할 겁니다, 부인."

"아—아!" 스파싯 부인은 한번 더 우울하게 도리질을 하며 중얼거렸다.

"그의 후원자 겸 친척이 그가 그런 식으로 행동할 돈을 대주지 않기를 희망할 뿐입니다. 그렇지 않으면 부인, 그 돈이 누구 주머니에서 나오겠습니까." 비처는 이야기를 계속했다.

"아—아!" 스파싯 부인은 또다시 우울하게 도리질을 하며 한숨을 내쉬었다.

"그는 동정받아야 합니다. 방금 제가 얘기한 그런 부류는 동정을 받아야지요, 부인." 비처가 말했다.

"맞다, 비처." 스파싯 부인이 말했다. "나는 항상 착각을 동정했어, 항상 말이야."

"그 사람에 대해 얘기하자면 부인, 그는 이 도시의 어느 누구보다도 앞날을 생각하지 않는 사람입니다." 비처는 목소리를 낮추고 의자를 더욱 가까이 당기며 말했다. "부인도 일손들이 얼마나 앞날을 생각하지 않는지 잘 아실 겁니다. 부인처럼 훌륭하신 마님보다 그 사실을 더 잘 알리라고 기대할 수 있는 분은 없으니까요."

"일손들이 비처, 너를 모범으로 삼으면 좋을 텐데." 스파싯 부인이 말을 받았다.

"감사합니다, 부인. 이왕 저를 언급하셨으니 제 얘기를 좀 하겠습니다. 저는 이미 약간의 돈을 저축해두었습니다. 크리스마스 때 제가 받는 선물에는 손도 대지 않습니다. 주급이 많은 것은 아니지만 그 주급도 다 쓰지는 않습니다. 제가 해온 대로 어째서 그들은 할 수 없을까요, 부인? 한사람이 할 수 있는 것은 다른 사람도 할 수 있는 법인데 말입니다."

이것 역시 코크타운이 꾸며낸 허구 중 하나였다. 육 펜스로 육만 파운드를 번 코크타운의 자본가는 누구나, 육만에 가까운 일손들 각자가 육 펜스로 육만 파운드를 벌지 못하는 이유가 궁금하다고 항상 이야기하며, 이런 사소한 일도 하지 못한다고 일손들 모두를 대체로 비난했다. 내가 한 일은 너희들도 할 수 있다. 어째서 하지 못하느냐?

"그들이 휴식을 원하는 것도 부인, 쓸데없는 얘깁니다." 비처가 말했다. "전 휴식을 원하지 않습니다. 옛날에도 원하지 않았고 앞으로도 원하지 않을 겁니다. 휴식을 싫어하니까요. 그들이 뭉치는 것만 해도 그렇습니다. 서로서로 감시하고 밀고해서 돈이든 호의든 때마다 약간씩 벌고, 그래서 생활을 향상시킬 수 있는 사람이 그들 중에는 분명히 많이 있습니다. 그런데 그들은 어째서 생활을 향상시키지 않을까요, 부인? 이성을 가진 사람이면 생활의 향상을 우선적으로 바라기 마련이고, 그들도 그것을 원하는 체하면서 말입니다."

"맞아, 정말 원하는 체하지!" 스파싯 부인이 말했다.

"그들은 자신들의 아내와 식솔에 대해서도 구역질 날 정도로 쉴 새 없이 이야기하지요." 비처가 말했다. "저를 보세요! 저는 아내나

식솔을 원하지 않아요. 그들은 어째서 원하죠?"

"그야 그들이 앞날을 생각하지 않기 때문이지." 스파싯 부인이 말했다.

"맞습니다, 부인, 그게 이유지요." 비처가 말을 받았다. "만약 그들이 좀더 사려 깊고 덜 비뚤어졌다면 어찌했을까요? 그들은 — 남자든 여자든 — '딸린 식솔이 없는 한 먹여 살려야 할 사람은 하나뿐이고 그 사람이야 내가 가장 먹여 살리고 싶은 사람이지'라고 말할 겁니다."

"분명 그럴 테지." 스파싯 부인은 머핀을 먹으며 말했다.

"감사합니다, 부인." 이야기를 잘 받아주는 스파싯 부인의 호의에 대한 답례로 비처는 이마에 손등을 갖다 대고 말했다. "뜨거운 물을 좀더 원하십니까, 부인? 아니면 다른 것을 갖다드릴까요?"

"지금은 필요없다, 비처."

"감사합니다, 부인. 식사 중에는, 부인께서 차를 좋아하시니까 특히 차를 마시는 동안은 방해하고 싶지 않습니다." 비처는 서 있는 자리에서 거리를 내다보기 위해 목을 조금 빼며 말했다. "하지만 어떤 신사분이 일분가량 계속해서 여기를 올려다보고 계세요. 노크하려는 듯 길을 건너오는군요. 이 소리는 틀림없이 그 신사가 두드리는 소리일 겁니다."

그는 창 쪽으로 가서 바깥을 내다본 후 머리를 다시 안으로 넣고 "맞습니다, 부인. 그 신사를 안으로 모실까요?" 하고 물었다.

"누군지 모르겠네." 스파싯 부인은 입을 닦고 장갑을 끼며 말했다.

"분명히 처음 보는 분입니다, 부인."

"너무 늦었지만 모종의 용무가 있어서 온 게 아니라면 이 저녁에 낯선 사람이 은행에 들어오려 할 까닭이 없겠지." 스파싯 부인이 말했다. "나는 바운더비 씨로부터 은행을 관리할 책임을 맡았고 그 책임을 회피하지는 않겠어. 그를 만나는 일이 내가 수락한 책임의 일부라면 그를 만나야겠지. 알아서 해, 비처."

이때, 스파싯 부인의 관대한 말을 조금도 알지 못하는 방문객이 더 크게 노크를 해대는 바람에 가벼운 일을 담당하는 심부름꾼은 문을 열기 위해 서둘러 내려갔다. 그사이에 스파싯 부인은 찻잔이 그대로 놓인 작은 상을 찬장에 조심스레 숨긴 다음, 필요하다면 더 위엄 있게 나타나기 위해 위층으로 서둘러 올라갔다.

"죄송하지만 부인, 신사분이 만나뵙기를 청합니다." 비처는 옅은 색의 눈을 스파싯 부인이 있는 방의 열쇠구멍에 대고 말했다. 그러자 그사이에 실내용 모자를 매만진 스파싯 부인이 아래층으로 우아하게 내려와서는, 침입해온 적장과 담판을 짓기 위해 도시의 성곽 밖으로 나서는 로마의 귀부인[35]같이 중역실로 들어왔다.

찾아온 신사는 창가로 가서 태평스레 바깥을 내다보는 데 정신을 팔고 있었기 때문에 부인이 이처럼 인상 깊게 들어왔는데도 전혀 감동을 받지 않았다. 여전히 모자를 쓴 채로, 그리고 지나치게 더운 여름 날씨와 지나치게 신사 티를 내는 데서 기인한 피로감에 전 채로 그 신사는 휘파람을 불며 아주 차분하게 서 있었다. 그가 그 시대의 모범에 따라 교육받은 신사이며, 모든 일에 싫증을 느끼고 루시퍼[36]만큼이나 아무것도 믿지 않는 완벽한 신사라는 사실은 한눈에도 알 수 있었다.

....

35 셰익스피어 『코리올레이너스』에서 코리올레이너스의 어머니 볼럼니아는 로마를 침입해온 코리올레이너스의 진영에 찾아가 로마를 약탈하지 말라고 아들에게 호소한다.
36 하늘에서 쫓겨난 사탄의 우두머리.

"선생님이 나를 만나고자 하셨다면서요." 스파싯 부인이 말했다.

"죄송합니다, 용서를 바랍니다." 신사는 몸을 돌리고 모자를 벗으며 말했다.

"흐음!" 스파싯 부인은 품위 있게 인사를 하며 생각했다. '나이는 35세 정도일 테고, 잘생겼고, 외모나 치아나 목소리나 모두 훌륭하고, 예절을 잘 익혔고, 옷도 잘 입었고, 검은 머리에, 두 눈의 윤곽이 뚜렷하군.' 이 모든 사항을 스파싯 부인은 귀부인답게 — 머리를 물동이에 담갔다가 다시 드는 순간 그것만으로 세상사에 정통하게 된 술탄처럼 — 단번에 알아차렸다.

"앉으시지요, 선생님." 스파싯 부인이 말했다.

"감사합니다. 괜찮습니다." 그는 부인에게 의자를 권하고 자신은 책상에 태평스레 기대섰다. "하인은 짐을 찾도록 역에 남겨두고 — 육중한 열차이고 수하물 칸에는 짐이 아주 많더군요 — 저는 주위를 둘러보며 천천히 걸었습니다. 아주 이상한 도시더군요. 항상 이렇게 검은색인지 물어봐도 되겠습니까?"

"보통은 더 시꺼멓지요." 스파싯 부인이 예의 단호한 태도로 대답했다.

"그럴 수가! 죄송합니다만 부인은 이곳에서 태어난 것 같지 않은데요?"

"그래요, 선생님." 스파싯 부인이 대꾸했다. "과부가 되기 전에는 전혀 다른 사회에 출입했다는 것이 내겐 행운일 수도 있고 불운일 수도 있지요. 남편은 파울러 가문 사람이었답니다."

"죄송합니다, 참으로!" 낯선 사람이 말했다. "무슨 가문이라고요?"

"파울러 가문입니다." 스파싯 부인이 다시 말했다.

"파울러 가문이라." 낯선 사람이 잠시 생각에 잠겼다가 중얼거렸다. 스파싯 부인은 그렇다는 뜻을 표시했다. 그는 조금 전보다 한층 더 지친 듯했다.

"부인은 이곳에서 매우 지루하겠군요?" 그가 이야기를 듣고 끌어낸 결론이었다.

"상황의 지배를 받게 되지요." 스파싯 부인이 말했다. "그리고 나는 내 삶을 지배하는 힘에 나 자신을 오랫동안 적응시켜왔습니다."

"매우 철학적이고 모범적이며 칭송할 만하군요. 그리고 ─" 낯선 사람은 말을 잇다가 이야기를 마무리할 가치가 없는 듯하자 지루하게 시곗줄을 가지고 놀았다.

"무슨 일로 이처럼 찾아왔는지 물어도 되겠습니까, 선생님?" 스파싯 부인이 말했다.

"상기시켜주셔서 정말 감사합니다." 낯선 사람이 말했다. "은행가 바운더비 씨에게 전할 소개장을 갖고 왔습니다. 호텔에서 식사를 준비하는 동안 이 대단히 시꺼먼 도시를 걷다가 우연히 마주친 사람에게 물어보았지요. 그 사람은 노동자였는데 아직 가공하지 않은 원료로 짐작되는 보풀 같은 것으로 샤워한 듯했습니다."

스파싯 부인은 고개를 숙였다.

"원료로 샤워한 듯한 사람에게 ─ 은행가 바운더비 씨가 사는 곳을 물어보았습니다. 질문을 받자, 틀림없이 은행가라는 말에 착각을 해서 그는 내게 은행을 가르쳐주었습니다. 그러나 내가 영광스럽게 이런 설명을 하고 있는 이곳에 대은행가 바운더비 씨가 실제로 살지는 않으리라고 짐작합니다만?"

"그래요, 그가 여기에 살지는 않아요." 스파싯 부인이 대꾸했다.

"감사합니다. 당장 소개장을 전할 마음은 애초에 없었고 지금도 없습니다. 시간을 보내기 위해 은행 쪽으로 천천히 걸어오다가 창가에서 매우 훌륭하고 마음에 드는 귀부인을 운 좋게 보고는, 실례지만 대은행가 바운더비 씨가 사는 곳을 저 부인에게 물어보는 게 가장 낫겠다는 생각이 들었던 겁니다." 그는 창 쪽을 향해 기운 없이 손짓을 하다가 머리를 약간 숙였다. "그래서 죄송하지만 물어보게 된 것입니다."

스파싯 부인은 이 신사의 부주의하고 게으른 태도가 자신에게 존경을 표하는 느긋하고 정중한 행동에 의해 충분히 완화된다고 여겼다. 예를 들면 그 순간에 그는 책상에 거의 걸터앉아 있으면서도, 그녀를 —그 나름으로— 매혹적으로 만드는 매력을 인정한다는 듯 부인 쪽으로 나른하게 몸을 숙이고 있었던 것이다.

"내가 알기로 은행은 항상 의심을 품는데, 직무상 그럴 수밖에 없기도 하겠지요." 낯선 사람이 말했다. 이 사람의 재치있고 막힘이 없는 말씨는 듣기에 유쾌할 뿐 아니라 실제 담고 있는 내용보다 훨씬 현명하고 재미있는 말을 하는 것으로 여겨지게 했다. 이러한 말솜씨는 이 수많은 자손을 둔 일파의 시조가 —그 위대한 사람이 누구든 간에— 갖고 있는 약삭빠른 재주의 하나였다. "그러니 내가 런던에서 즐겁게 사귀었던 이 지방 출신 국회의원이 —그래드그라인드가— 내 소개장을 —여기 가져왔는데— 썼다고 말해도 괜찮겠지요."

스파싯 부인은 필적을 보고 확인이 불필요하다고 말한 다음, 바운더비 씨의 주소와 함께 그 집에 가는 데 필요한 모든 단서와 도움이 될 사항을 알려주었다.

"대단히 감사합니다." 낯선 사람이 말했다. "부인도 그 은행가를 물론 잘 아시겠지요?"

"잘 알지요." 스파싯 부인이 대답했다. "그에게 의지한 지 십년이 되었어요."

"아주 오랜 시간이군요! 그가 그래드그라인드의 딸과 결혼했다면서요?"

"그렇습니다. 그가 그런 — 영예를 누렸지요." 스파싯 부인은 갑자기 입을 오므리며 말했다.

"그 부인이 상당한 철학자라면서요?"

"그래, 정말 **그렇답니까?**" 스파싯 부인이 말했다.

"무례한 호기심을 용서하시기 바랍니다." 낯선 사람은 스파싯 부인의 눈썹을 보고 안절부절못하며 달래는 투로 말을 이었다. "하지만 부인은 그 가족을 알고 세상물정을 아시지 않습니까. 나는 그 집 사람들과 접촉하게 될 테고 그들과 여러 일을 함께 하게 될지도 모릅니다. 그 부인이 그토록 놀라운 여성입니까? 그래드그라인드 씨가 그 부인에게 놀랄 정도로 빈틈없는 교육을 시켰다는 소문을 들어 사실을 몹시 알고 싶습니다. 그 부인이 완벽하게 쌀쌀한가요? 질리고 기막힐 정도로 영리한가요? 부인의 의미 있는 미소를 보니 부인은 그렇게 생각하지 않는다는 사실을 알겠습니다. 부인은 나의 초조한 영혼에다 기름을 붓는군요. 나이는 어떻게 됩니까? 마흔쯤! 서른다섯인가요?"

스파싯 부인은 노골적으로 웃었다. "어린애지요. 결혼했을 때 스무살도 안되었으니까요."

"파울러 부인, 명예를 걸고 말하건대 내 평생 이토록 놀란 적은 없었습니다!" 낯선 사람이 책상에서 일어나면서 대꾸했다.

그 이야기는 놀랄 수 있는 그의 능력이 닿는 한 최대한으로 그를 놀라게 한 듯했다. 그는 그 정보를 전한 상대방을 꼬박 십오초간 바라보았는데 그동안 내내 놀라움을 속으로 되새기는 것 같았다. "파울러 부인, 사실을 말하면 나는 그 아버지의 태도를 보고서 요지부동이고 냉혹한 어른을 만날 각오를 했었습니다." 그는 몹시 지친 태도로 말했다. "무엇보다도 그처럼 어처구니없는 착각을 교정해주셔서 감사합니다. 무례한 방문을 용서하시기 바랍니다. 정말 감사합니다. 안녕히 계십시오!"

신사가 인사를 하고 나갔다. 스파싯 부인은 창문 커튼에 숨은 채 그가 온 도시의 시선을 받으며 응달진 쪽으로 힘없이 거리를 내려가는 모습을 지켜보았다.

"저 신사를 어떻게 생각하니, 비처?" 가벼운 일을 담당하는 심부름꾼이 상을 내가기 위해 들어오자 스파싯 부인이 물었다.

"옷 입는 데 많은 돈을 들였더군요, 부인."

"멋있는 옷이라는 사실은 인정해야겠지." 스파싯 부인이 말했다.

"그 일이 돈을 쓸 가치가 있다면 그렇지요, 부인." 비처가 대답했다.

"그 외에도 제가 보기에는, 도박을 하는 사람 같았습니다." 비처는 상을 닦다가 다시 말했다.

"도박은 부도덕한 짓이지." 스파싯 부인이 말했다.

"도박꾼에겐 승산이 적으니까 우스꽝스러운 짓이기도 하지요." 비처가 말했다.

더위 때문에 일을 할 수 없어서 그랬는지 일이 손에 잡히지 않아서 그랬는지 몰라도 스파싯 부인은 그날 밤 일을 하지 않았다. 태양이 연기 너머로 지기 시작할 때 창가에 앉아, 연기가 붉게 타오르다가 붉은색이 차츰 사라지고 어둠이 서서히 땅에서 밀려와 위로, 위로, 지붕까지 올라간 다음 교회의 뾰족탑과 높다란 공장굴뚝과 그리고 하늘을 덮을 때까지 그 자리에 그냥 앉아 있었다. 스파 싯 부인은 촛불 하나 켜지 않은 방에서 양손을 앞에 모으고 저녁의 소리들을─아이들이 떠드는 소리, 개들이 짖는 소리, 바퀴가 구르는 소리, 보행자들의 발소리와 말소리, 거리에서 날카롭게 외치는 소리, 퇴근할 시간이 되어 포도 위를 지나가는 나막신 소리, 가게 셔터를 닫는 소리 등을─별로 의식하지 못한 채 창가에 앉아 있었다. 심부름꾼이 밤참으로 송아지가슴샘 요리를 준비했다고 알렸을 때에야 스파싯 부인은 몽상에서 깨어나 짙은 검은색 눈썹을─이때쯤에는 생각하느라 주름살이 잡혀서 다림질로 펴야 할 것 같은 눈썹을─들어 위층을 바라보았다.

스파싯 부인은 혼자서 밤참을 먹다가 "이런, 이 바보!" 하고 중얼거렸다. 누구에게 한 말인지 부인 자신도 몰랐으나, 송아지가슴 샘 요리를 염두에 두고 한 말은 아니었을 것이다.

2장
제임스 하트하우스 씨

그래드그라인드 일파는 세 자매 여신[37]을 제거하는 데 도움이 필요했다. 그들은 신참자를 모집하러 다녔는데, 모든 것이 무가치하다고 생각하면서도 또한 무슨 일이든 할 준비가 되어 있는 가문 좋은 신사들 말고 어디에서 신참자를 모집할 수 있겠는가?

게다가 이렇게 높은 신분에까지 오른 건강한 사람들은 그래드그라인드 일파의 많은 사람들에게 매력적으로 보였다. 그들은 가문 좋은 신사를 좋아했다. 좋아하지 않는 체했지만 사실은 좋아했다. 그들은 신사 양반을 모방하느라 지쳤고 이야기할 때도 신사같이 꾸며서 말했다. 그리고 그들은 정치경제학이라는 소량의 곰팡내나는 양식을 기운 없이 나누어주어 제자들을 먹였다. 이와 같이 만들어진 신기한 잡종을 지구상에서 전에는 결코 볼 수 없었다.

---

37 그리스신화에서 예술을 즐기고 삶을 향유하는 것과 관련된 세 여신.

그래드그라인드 일파에 정식으로 속하지 않은 신사 양반 중에 좋은 가문 출신에 외모도 훌륭하고 멋진 유머감각을 지닌 신사가 하나 있었다. 이 신사는 하원에서 어떤 철도사고에 대한 자신의 (그리고 이사회의) 견해를 엄청나게 피력해서 하원을 즐겁게 해주었다. 그 견해에 따르면 아주 관대한 경영자에게 고용된, 전체가 최상급으로 잘 짜여 움직이는 일류 기계장치를 운전하는 아주 조심스러운 기관사가 다섯명을 죽이고 서른두명을 부상당하게 했는데, 그 사고가 없었다면 탁월한 철도체계 전체가 분명히 불완전한 채로 남아 있었으리라는 것이었다. 죽은 동물 가운데는 암소가 한마리 있었고 주인이 밝혀지지 않은 채 흩어져 있던 물건 중에는 과부의 모자가 하나 있었다. 이 의원 나리가 그 암소에게 과부의 모자를 씌워서 (섬세한 유머 감각을 지닌) 의회를 웃겼기 때문에, 의회는 검시 결과가 진지하게 언급되는 것을 참고 듣지 못하고 환호를 지르고 웃으며 철도 사건을 마무리했다.

그런데 이 신사에게는 그보다 잘생긴 동생이 하나 있었다. 그 동생은 기병대 장교로 근무하다가 싫증을 느껴서 해외주재 영국 공사의 수행원으로 따라갔는데 그 일에도 염증을 느껴 그만두었다. 그다음에는 예루살렘으로 구경을 갔는데 거기서도 싫증을 느꼈고, 요트를 타고 세상 구경을 나섰다가도 어디를 가든 지루하다고 여겼다. 그에게 이 훌륭하고 익살맞은 의원 나리가 어느 날 "젬, 분명한 사실의 친구들 사이에 좋은 자리가 하나 나와서 그들이 사람을 원해. 네가 통계분야에 끼어들어보는 게 어떨까"하고 형답게 말했다. 변화가 없어 쩔쩔매던 젬은 그 신선한 생각에 약간은 사로잡혀 통계분야든 어떤 분야든 가리지 않고 '끼어들어볼' 마음이 생겼다. 그래서 그는 끼어들었다. 그는 한두개의 의회보고서로 시험

준비를 했고, 형은 이 사실을 분명한 사실의 친구들 사이에 퍼뜨리며 "만약 당신들이 끝내주게 멋진 연설을 할 줄 아는 훌륭한 사내를 어떤 직책으로든 고용하고자 한다면 내 동생 젬이 적합한 인물이니까 그를 한번 살펴보시오"라고 말했다. 공공집회에서 하는 식으로 몇차례 연설을 하자 그래드그라인드 씨와 정치원로회는 젬을 채용하기로 수락했으며, 그를 코크타운으로 내려보내 그 도시와 그 근방에 알리기로 결정했다. 그래서 어젯밤에 젬이 스파싯 부인에게 보여주었고 지금은 바운더비 씨가 손에 쥐고 있는 편지에는 다음과 같이 씌어 있었다. "코크타운의 은행가 조사이아 바운더비 귀하. 특별히 제임스 하트하우스 님을 소개하고자 함. 토머스 그래드그라인드."

제임스 하트하우스 씨의 명함과 함께 이 편지를 받은 바운더비 씨는 한시간 이내에 모자를 쓰고 호텔로 갔다. 그곳에서 제임스 하트하우스 씨를 만났는데, 그는 너무 적적해서 다른 일거리에 '끼어들어볼까' 하는 마음을 이미 반쯤 먹은 채 창밖을 내다보고 있었다.

"코크타운의 조사이아 바운더비입니다." 그를 찾아온 사람이 말했다.

제임스 하트하우스 씨는 자신이 오랫동안 고대하던 기쁜 만남을 갖게 되어서 (그렇게 보이지는 않았지만) 정말로 매우 행복했다.

"코크타운은 선생이 익히 아는 곳과는 다른 곳입니다." 바운더비는 악착같이 의자에 앉으며 말했다. "따라서 허락하신다면— 선생이 허락하든 말든 나는 솔직한 사람이니까— 우선 이 도시에 대해 몇 마디 해드리겠습니다."

하트하우스 씨는 이 도시에 매혹되었다고 했다.

"너무 확신하지 마세요." 바운더비가 말했다. "나도 확언하지 못하니까. 우선, 이 도시의 연기를 봤겠지요. 우리에겐 연기가 더할 나위 없는 즐거움이고 어느 면으로 보나 세상에서 가장 건강에 좋은 겁니다. 특히 폐에 좋아요. 선생도 우리가 연기를 몽땅 태웠으면 하고 바라는 사람들과 같은 의견이라면 내 생각과는 배치되는 겁니다. 영국과 아일랜드에 나도는 거짓된 생각에도 불구하고 보일러 바닥을 지금보다 더 빨리 닳게 할 수는 없으니까요."

하트하우스 씨는 최대한 '끼어들' 작정으로 대꾸했다. "바운더비 씨, 분명히 나도 전적으로 완벽하게 당신 생각과 같습니다. 확신합니다."

"그 말을 들으니 기쁘군요." 바운더비가 말했다. "틀림없이 공장 작업에 대한 이야기를 많이 들었을 겁니다. 그렇죠? 좋습니다. 선생께 사실대로 말하지요. 공장 작업은 세상에서 가장 즐겁고, 가장 쉽고, 보수도 가장 좋은 일입니다. 터키산 카펫을 바닥에 깔지 않는 한 공장을 지금 이상으로 개선시킬 수는 없을 텐데, 그렇게 하지는 않을 겁니다."

"바운더비 씨, 아주 지당한 얘기군요."

"마지막으로 일손들에 대해 얘기하겠습니다." 바운더비가 말했다. "이 도시에서 일하는 일손들이라면, 남자든 여자든 어린아이든 할 것 없이 인생의 궁극적인 목적을 한가지 갖고 있습니다. 바로 황금수저로 자라수프와 사슴고기를 먹는 것이지요. 그런데 그들은 절대 황금수저로 자라수프와 사슴고기를 먹을 수 없습니다—그들 중 어느 누구도 결코 먹을 수 없단 말입니다. 이제 이 도시에 대해 알 만큼 아신 겁니다."

하트하우스 씨는 코크타운의 모든 문제를 이처럼 간추려 요약해주니 자신이 아주 많은 정보를 얻었고 속이 시원해졌다고 고백했다.

"그건 그렇고 어떤 사람을, 특히 훌륭한 공공인사를 새로 사귈 때는 그 사람과 충분한 이해를 공유하는 것이 내 성격에 맞습니다." 바운더비 씨가 말을 받았다. "하트하우스 씨, 내 친구 톰 그래드그라인드의 소개장을 내 부족한 능력이 닿는 데까지 최대한 즐겁게 받아들이겠다고 확답하기 전에, 딱 한가지 더 말할 게 있습니다. 선생이 훌륭한 가문 출신이라고 해서 내가 좋은 가문 출신일 거라는 착각은 잠시도 하지 마십쇼. 나는 더러운 하층민이고 정말 쓰레기 같은 천민이니까요."

만약 바운더비 씨에 대해 젬의 관심을 불러일으킨 것이 있었다면 그것은 바로 바운더비의 출생에 관한 사실이었을 것이다. 아니, 젬이 바운더비에게 그렇게 말했다.

"이제는 대등하게 악수할 수 있겠군요." 바운더비가 말했다. "대등하게라고 말하는 까닭은, 나 자신이 현재의 내 신분과 내가 빠져나온 길가 도랑의 정확한 깊이를 어느 누구보다도 잘 알지만 지금은 선생만큼 자랑할 것이 있기 때문입니다. 지금은 나도 선생만큼 자랑스럽습니다. 자수성가한 내 모습을 적절히 밝혔기 때문에 이제는 선생이 어떻게 지내는지 알고 싶고, 또한 선생이 아주 건강하기를 바랍니다."

하트하우스 씨는 코크타운의 몸에 좋은 공기 덕분에 더욱 잘 지낸다는 투로 악수를 했고 바운더비 씨는 그 반응을 호의적으로 받아들였다.

"내 아내가 톰 그래드그라인드의 딸이라는 사실을 선생이 아는지 모르겠군요." 그가 말했다. "달리 일이 없어서 나와 시내까지 함께 간다면 기꺼이 톰 그래드그라인드의 딸을 소개하지요."

"바운더비 씨, 당신은 나의 간절한 소망을 이미 알고 있군요." 젬이 말했다.

그들은 더이상의 이야기 없이 밖으로 나섰다. 바운더비 씨는 자신과 엄청나게 대조되는 새로 사귄 신사 양반을, 바깥쪽으로는 검은 덧문이 안쪽으로는 초록색 차양이 달리고 두 단짜리 하얀 층계를 올라가면 검은색 정문이 나오는 자신의 빨간 벽돌집으로 안내했다. 그 저택의 응접실에 안내되자마자 제임스 하트하우스 씨가 이제까지 본 여자 중에서 가장 눈길을 끄는 소녀가 나타났다. 그 소녀는 아주 경직되어 있으면서도 매우 무심했고, 아주 수줍어하면서도 경계를 게을리하지 않았으며, 아주 차갑고 거만하면서도 자기 남편의 과장기 섞인 겸손을 매우 부끄럽게 여겨서 ─ 남편이 겸손을 가장할 때마다 칼에 베였거나 주먹에 맞은 것처럼 몸을 움츠렸다 ─ 이런 여자를 본다는 것 자체가 그로선 아주 새로운 느낌이었다. 그녀는 태도뿐 아니라 얼굴도 두드러졌다. 이목구비는 잘생겼지만 타고난 표정이 워낙 숨겨져 있어서 진짜 표정을 짐작하기가 불가능할 듯했다. 몸은 그들과 함께 있지만 마음은 오롯이 홀로인 그녀는 완전히 무관심하고 철저하게 자립적이며 결코 당황하지 않지만 절대로 편하지도 않은 표정이었다 ─ 잠시라도 그 소녀를 이해하려고 '끼어드는' 게 부질없는 노릇인 까닭은 그녀를 꿰뚫어보는 것이 불가능했기 때문이다.

방문객은 집의 안주인을 보다가 이제는 집을 구경했다. 방에는 여자가 살고 있는 흔적이 전혀 없었다. 아무리 사소한 것이라도 작고 우아한 장식이나 작고 환상적인 장치 하나 없었고, 어디에도 안주인의 손이 닿은 흔적은 없었다. 음산하고 쓸쓸하게, 부자라는 사실을 자랑스럽고 고집 세게 과시하는 그 방은 여자가 사용한다는 최소한의 흔적에 의해 부드러워지거나 완화되지 않은 채로 지금 방 안에 있는 사람들을 노려보고 있었다. 바운더비 씨가 가정 수호신들의 한가운데 서 있는 것같이 무자비한 수호신들이 그의 주위에 자리잡고 있었는데, 이들은 서로 잘, 그것도 썩 잘 어울렸다.

"선생, 이 사람이 내 아내 바운더비 부인, 즉 톰 그래드그라인드의 맏딸이오." 바운더비가 말했다. "루, 제임스 하트하우스 씨야. 하트하우스 씨는 최근에 당신 부친과 한편이 됐지. 이분이 톰 그래드그라인드의 동업자가 아니더라도 인근 지역과 관련해서 이 신사에 대한 소문은 최소한 듣게 되었을 거야. 하트하우스 씨, 당신도 보다시피 집사람은 나보다 어려요. 나한테 무엇이 있기에 이 사람이 나와 결혼했는지 모르겠지만 무엇인가 있긴 있나보다고 짐작하겠지요. 그렇지 않다면 이 사람이 나와 결혼하진 않았을 테니까요. 집사람은 정치적인 문제뿐 아니라 다른 문제에 대해서도 값비싼 지식을 많이 지니고 있답니다. 당신이 어떤 문제든 배우고자 한다면 나로선 루 바운더비보다 훌륭한 선생을 추천할 수가 없군요."

하트하우스 씨의 선생으로 루보다 더 그의 마음에 들거나 루 이외에 달리 그가 배우고 싶은 사람은 없었을 것이다.

"자!" 집주인이 말했다. "만일 당신에게 찬사를 늘어놓는 장기가 있다면 여기에서 성공할 수 있을 겁니다. 왜냐하면 경쟁상대가 없을 테니까요. 나야 치켜세우는 말을 배운 적도 없고 칭찬하는 기술을 알지도 못하지요. 사실 나는 칭찬을 경멸합니다. 선생이 받은 교육은 나와는 전혀 달라요. 하지만 내가 받은 교육도 진짭니다, 정말로! 선생은 신사 양반이지만 나는 신사인 체하지 않아요. 나는 코크타운의 조사이아 바운더비일 뿐이고 그것으로 족하지요. 하지만 나는 신사들의 생활양식이나 지위에 영향을 받지 않아도 루 바운더비는 받을지 모르겠군요. 집사람에게는 내가 가진 강점이 — 선생은 그것을 약점이라고 부르고 싶겠지만 나는 강점이라고 부르겠습니다 — 없으므로 어쩌면 선생이 힘을 낭비하지는 않을 듯도 하군요."

"바운더비 씨야말로 나같이 틀에 박힌 사람이 벗어나지 못하는 속박을 떨쳐버리고 상대적으로 자연적인 상태에 있는 고상한 사람이군요." 젬은 미소를 띠고 루이자를 바라보며 말했다.

"당신은 남편을 대단히 존경하는군요. 당신으로선 당연한 일이지요." 루는 침착하게 대꾸했다.

그는 세상 경험을 많이 한 신사인데도 망신스럽게 당황해서 '이런, 이 말을 어떻게 받아들여야 하지?' 하고 생각했다.

"남편이 지금까지 한 말로 짐작해보면 당신은 조국을 위해 봉사하는 데 헌신하겠군요. 조국이 처한 어려움을 헤쳐나갈 방도를 제시하기로 결심했고요." 루이자는 처음처럼 여전히 그의 앞에 선 채 — 침착하고도 뚜렷이 불편해하는 태도로 독특한 대조를 이루면서 — 말했다.

"바운더비 부인, 맹세코 아닙니다." 하트하우스 씨는 웃으며 대답했다. "부인에게 그런 체하지는 않을 겁니다. 여기저기 왔다갔다 하면서 세상 구경을 조금 하긴 했지만 다른 사람들처럼 나도 만사가 시시하다는 생각뿐이었지요. 시시하게 생각한다는 사실을 인정하는 사람도 있고 인정하지 않는 사람도 있긴 하지만요. 훌륭하신 당신 부친의 지론에 끼어드는 것도 — 사실은 별다른 의견이 없고 뭐든 마찬가지이기 때문입니다."

"당신 나름의 의견은 조금도 없나요?" 루이자가 물었다.

"아무리 사소한 것이라도 더 좋아하는 게 없습니다. 어떤 의견이든 조금치의 중요성도 부여하지 않는다고 확언합니다. 이제까지 다양한 권태를 겪은 결과, 어떠한 의견이든 다른 의견과 마찬가지로 좋을 수도 있고 나쁠 수도 있다는 확신(확신이란 단어가 이런 문제에 대해 내가 품고 있는 게으른 감정에 비해 지나치게 부지런한 느낌을 주는 단어가 아니라면 말입니다)을 갖게 되었습니다. 될 대로 되라는 멋진 이탈리아 표어를 가훈으로 삼고 있는 영국인 집안[38]이 있습니다. 그 말이 유일한 진리지요!"

불성실을 솔직함으로 가장하는 이 사악함이 — 아주 위험하고 치명적이면서도 널리 퍼져 있는 사악함인데 — 그녀를 자기에게 다소 호의적으로 만드는 것 같다고 그는 생각했다. 그는 이점을 좇아서 최고로 사근사근한 태도로 — 루이자가 의미를 부여할 수도 있고 그러지 않을 수도 있는 태도로 — 말했다. "바운더비 부인, 어떤 것이든 열개, 백개, 천개 단위로 나누어서 증명할 수 있는 편이 나에게는 재미도 있고 성공의 기회를 보장하는 듯하더군요. 나는 그런 사실을 믿기라도 하는 것처럼 그 편을 좋아합니다. 믿는 양 그 편에 끼어들 각오도 되어 있어요. 실제 믿는다 해도 도대체 그 이상 무엇을 할 수 있을까요!"

"당신은 독특한 정치가로군요." 루이자가 말했다.

"죄송하지만 내게는 그런 장점조차도 없습니다. 만약 우리가 우리와 연합한 계층에서 모두 떨어져나와 우리 세력을 재검토한다면 분명히 이 나라에서 가장 큰 집단일 겁니다, 바운더비 부인."

침묵을 지키느라 폭발할 뻔했던 바운더비 씨가 이때 끼어들어서 식사를 여섯시 반으로 연기하고 그사이에 제임스 하트하우스 씨와 함께 코크타운과 그 근방의, 투표권이 있고 재미있는 저명인

---

38 이탈리아어로는 Che sarà, sarà. 실제로 19세기 중엽 영국 수상을 지낸 존 러셀 경 집안의 가훈이었다고 함.

사들을 한번 찾아가보자고 제안했다. 그 저명인사 방문에서 제임스 하트하우스 씨는 의회보고서를 통해 학습한 내용을 신중하게 사용했고, 권태감이 현저하게 몰려왔지만 의기양양해서 돌아왔다.

저녁때 4인분의 식사가 준비되었으나 세명만이 식탁에 앉았다. 바운더비 씨로서는 여덟살 때 거리에서 사먹었던 반 페니어치의 끓인 뱀장어 맛과 그 음식을 씻는 데, 특히 먼지를 가라앉히는 데 사용했던 열악한 물맛에 대해 이야기할 좋은 기회였다. 또한 그는 자신이 젊었을 때 맛 좋은 소시지라고 생각하며 적어도 말 세마리를 먹어치웠다는 계산을 해내서 수프와 생선을 먹고 있는 손님을 즐겁게 했다. 젬은 이런 이야기를 들으며 나른한 태도로 때때로 "멋지군요!"라고 응대했는데, 만약 그가 루이자에 대해 관심이 없었다면 다음날 아침 다시 예루살렘에 '끼어들어보기로' 작정했을 것이다.

"저 얼굴을 움직일 게 없을까, 정말 없을까?" 식탁 머리에 앉은 부인을 보면서 그는 생각했다. 젊은 부인의 작고 호리호리하지만 매우 우아한 용모는 식탁에 잘못 놓인 것으로 여겨질 만큼 아름다워 보였다.

있긴 있다! 그렇고말고, 그녀의 얼굴을 움직일 것이 있었는데 그것은 예기치 않은 모습으로 나타났다! 톰이 나타난 것이다. 문이 열리자 그녀는 안색이 변하면서 환한 미소를 지었다.

정말 아름다운 미소였다. 제임스 하트하우스 씨가 그녀의 무표정한 얼굴에 대해 오랫동안 생각하지 않았다면 그 미소를 그토록 높이 평가하지는 않았을지도 모른다. 루이자는 손을 내밀었다── 작고 아름답고 부드러운 손이었다. 그리고 동생의 손을 자기 입술에 갖다 대려는 듯이 꼭 잡았다.

'그런가? 이 부인이 관심을 갖는 유일한 사람은 이 건달뿐이군. 그렇군, 그래!' 방문자는 생각했다.

건달이 소개되고 자리에 앉았다. 건달이란 호칭이 기분 좋은 것은 아니었지만 부당한 것도 아니었다.

"처남, 내가 처남만했을 때 나는 시간을 잘 지켰어. 그렇지 않으면 밥도 못 먹었지!" 바운더비가 말했다.

"매형이 내 나이였을 땐 바로잡을 일이나 나중에 매만질 일이 없었겠지요." 톰이 응수했다.

"지금은 그런 얘기는 그만하지." 바운더비가 말했다.

"좋아요." 톰이 투덜거렸다. "나한테 먼저 시비 걸지 말라니까요."

"바운더비 부인," 작은 소리로 계속되는 이런 이야기를 빼놓지 않고 듣고 있던 하트하우스가 말했다. "동생분의 얼굴이 상당히 낯익군요. 외국이나 아니면 혹시 사립학교에서 보았을까요?"

"아니에요. 동생은 아직 외국에 가본 적이 없고 학교도 여기서 다녔는걸요." 그녀는 상당히 흥미있어하며 대답했다. "톰, 하트하우스 씨에게 너를 외국에서 보았을 리가 없다는 이야기를 하는 중이야."

"선생님, 그런 행운은 없었어요." 톰이 말했다.

사실 톰은 뚱한 청년이고 누나에게도 버릇없이 굴기 때문에 그를 보고 그녀가 얼굴을 환하게 펼 이유는 별로 없었다. 그러니까 그녀가 느끼는 쓸쓸함이 더욱더 컸고 애정을 쏟을 누군가가 더욱더 필요했다는 이야기였다. '그렇다면 이 부인이 관심을 가지는 유일한 대상은 더욱더 이 애송이뿐이군.' 제임스 하트하우스 씨는 거듭거듭 곰곰이 생각했다. '더욱더 그래. 더욱더 그런 거야.'

이 건달은 자수성가한 바운더비 씨가 눈치채지 못하게 할 수 있을 때면 누나가 방에 있건 없건 상관하지 않고 얼굴을 찡그리거나 한쪽 눈을 감거나 해서 그에 대한 경멸을 거리낌 없이 드러냈다. 이런 전보식의 짤막한 의사표현을 보지 못한 체하며 하트하우스 씨는 저녁 내내 톰을 부추기고 이례적인 호감을 나타냈다. 마침내 그가 호텔로 돌아가려고 일어서서 밤에도 길을 알 수 있을지 다소 미심쩍어하자 건달이 즉각 안내자를 자원해 하트하우스 씨를 호텔까지 안내하기 위해 함께 밖으로 나섰다.

3장
건달

부자연스러운 억제의 체계 속에서 꾸준하게 성장한 젊은 신사
가 위선자가 된다는 것은 희한한 일이었지만 톰의 경우에는 분명
한 사실이었다. 스스로 알아서 하도록 오분 이상 맡겨진 적이 없는
젊은 신사가 결국 자신도 조절하지 못한다는 것은 이상한 일이었
지만 톰에게는 사실이었다. 어릴 때 이미 상상력이 말살되어버린
젊은 신사가 천박한 관능의 형태를 한 상상력의 그림자 때문에 여
전히 불편을 느낀다는 사실도 납득할 수 없는 일이었지만 톰은 분
명히 그런 괴짜였다.

"담배 피우겠어?" 호텔에 도착하자 제임스 하트하우스 씨가 물
었다.

"하자는 대로 하겠어요!" 톰이 말했다.

그는 톰에게 올라가자고 제안할 수밖에 없었고 톰도 따라갈 수
밖에 없었다. 날씨에 맞게 차게 했지만 차가운 만큼 약하지는 않은

술을 마신데다가 그 지방에서 쉽게 구입할 수 없는 희귀한 담배를 피웠기 때문에 소파 끄트머리에 걸터앉은 톰은 곧 매우 활달해졌고, 반대편에 앉은 새로 사귄 친구를 전보다 더욱 훌륭하게 여기는 마음이 생겼다.

톰은 잠시 담배를 피운 뒤 연기를 옆으로 불고는 상대방을 관찰하며 생각했다. '이 사람은 옷차림에 신경쓰는 것 같지도 않은데 멋지게 입었군. 정말로 느긋한 멋쟁이야!'

제임스 하트하우스 씨는 톰의 눈길을 알아채고는 자신은 술을 마시지 않겠다며 아무렇게나 그의 잔을 채웠다.

"고맙습니다." 톰이 말했다. "고마워요. 그런데 하트하우스 씨, 당신은 오늘밤 바운더비 영감 맛을 좀 보았을 것 같은데요." 톰은 한쪽 눈을 다시 찡긋하고 자기를 대접해주는 사람을 술잔 너머로 약삭빠르게 바라보며 이런 말을 했다.

"정말로 좋은 사람이더군!" 제임스 하트하우스 씨가 대꾸했다.

"그렇게 생각하시나요?" 톰이 말했다. 그리고 한쪽 눈을 다시 찡긋거렸다.

제임스 하트하우스 씨는 미소를 띠고 소파 끄트머리에서 일어나 벽난로 선반에 등을 기댄 채 서성였다. 그는 담배를 피우며 텅 빈 난로의 쇠살대 앞에 서서 톰을 내려다보다가 말했다.

"자넨 정말로 재미있는 처남이군!"

"바운더비 영감이 정말로 재미있는 자형이란 말을 하는 거겠죠." 톰이 말했다.

"자네는 잘도 빈정대는군, 톰." 제임스 하트하우스 씨가 응수했다.

조끼를 입은 신사와 친해지고, 다정한 목소리로 친밀하게 톰이라 불리며, 구레나룻이 난 신사와 금세 스스럼없는 사이가 된다는 것은 아주 유쾌한 일이므로 톰은 대단히 기분이 좋아졌다.

"아! 바운더비 영감 얘기를 하는 거라면 나는 그 영감을 싫어해요." 톰이 말했다. "그 사람에 대해 이야기할 때마다 바운더비 영감이라고 부르는데 실제 생각도 마찬가지지요. 이제 와서 바운더비 영감에게 예의를 갖추지는 않을 거예요. 그러기에는 좀 늦었어요."

"내 말에 신경쓸 건 없네." 제임스가 대꾸했다. "하지만 그의 부인이 옆에 있을 때는 조심하란 말이네."

"그의 부인이라고요?" 톰이 말했다. "루 누나 말이죠? 아, 알았어요!" 톰은 웃음을 터뜨리고 차게 한 술을 좀더 마셨다.

제임스 하트하우스는 같은 장소에서 같은 태도로 방 안을 어슬렁거리며 예의 느긋한 태도로 담배를 피우다가, 자기가 무슨 상냥한 악마라도 되어서 톰 근처를 서성이기만 하면 요구할 때마다 그가 영혼을 통째로 바쳐야 한다는 듯 건달을 유쾌하게 바라보았다. 건달은 실제로 이러한 영향을 받은 듯했다. 톰은 상대방을 은밀하게 바라보기도 하고, 존경하는 눈초리로 바라보기도 하고, 대담하게 바라보기도 하다가 한쪽 다리를 소파 위에 올려놓았다.

"루 누나 말이죠?" 톰이 말했다. "누나는 바운더비 영감을 한번도 좋아하지 않았어요."

"그건 과거시제잖아, 톰." 제임스 하트하우스 씨는 새끼손가락으로 담뱃재를 떨면서 대꾸했다. "지금 우리는 현재시제 얘기를 하는 거야."

"자동사, 싫어하다. 직설법에 현재시제. 일인칭 단수, 나는 싫어한다. 이인칭 단수, 당신은 싫어한다. 삼인칭 단수, 누나는 싫어한다." 톰이 응수했다.

"좋군! 아주 별나!" 그의 친구가 말했다. "하지만 실제로 그렇다는 건 아니겠지."

"정말 그런 뜻으로 말한 거예요." 톰이 소리쳤다. "맹세코! 아니, 하트하우스 씨, 루 누나가 바운더비 영감을 좋아하는 걸로 생각한다는 말을 하려는 건 아니죠?"

"이보게, 결혼한 두 사람이 다정하고 행복하게 사는 모습을 보았는데 무슨 생각을 해야겠나?" 상대방이 대꾸했다.

톰은 이미 양다리를 소파 위에 올려놓은 상태였다. 하트하우스 씨가 이보게, 하고 불렀을 때 다른 쪽 다리마저 소파 위에 올려져 있지 않았다면, 그는 이야기를 하는 그 순간에라도 다리를 올려놓았을 것이다. 무슨 일이든 할 필요가 있다고 여긴 톰은, 길게 누워서 뒷머리를 소파 끝에 대고 아주 무관심한 태도로 담배를 피우며, 태평하게 그러나 뚫어져라 자신을 내려다보는 상대를 향해 평범하게 생긴 얼굴과 술에 취한 시선을 돌렸다.

"하트하우스 씨, 당신도 우리 아버지를 아시잖아요." 톰이 말했다. "그러니 루가 바운더비 영감과 결혼했다고 해서 놀랄 필요야 없는 거지요. 누나는 애인이라고는 없었기 때문에 아버지가 바운더비 영감을 남편감으로 추천하자 그와 결혼한 거예요." 톰이 말했다.

"자네의 재미있는 누나는 참으로 순종적이군." 제임스 하트하우스 씨가 말했다.

"그래요, 하지만 내가 없었다면 누나가 그토록 순종적이지는 않았을 테고 일이 쉽게 이루어졌을 리도 없지요." 건달이 응수했다.

악마가 눈썹을 치켜세웠을 뿐인데도 건달은 이야기를 계속할 수밖에 없었다.

"내가 누나를 설득했어요." 톰은 거만하게 훈도하는 태도로 말했다. "나는 (있고 싶지도 않은) 바운더비 영감의 은행에서 일하도록 꼼짝 못 하게 잡혔는데 누나가 그 영감의 희망을 꺾는다면 나만 더욱 궁지에 몰릴 거라고 생각했어요. 그래서 누나에게 내 소망을 말했고 누나가 그것을 받아들인 거지요. 누나는 나를 위해서라면 무슨 일이든 했을 거예요. 누나가 참 대단하죠?"

"멋지군, 톰!"

"나한테만큼 누나에게도 그게 아주 중요한 일이었다는 얘기는 아니에요." 톰은 차갑게 이야기를 계속했다. "내 경우엔 자유와 안락, 어쩌면 성공마저도 그것에 달려 있었지만 누나에겐 달리 사랑하는 남자도 없고 집에 있어봤자—특히 내가 없을 때는—감옥에 있는 것과 마찬가지였으니까요. 바운더비 영감과 결혼하느라 사랑하는 사람을 버린 것은 아니지만, 하여튼 누나가 착하긴 했지요."

"정말 훌륭한 일이군. 그리고 그녀가 그토록 평온하게 살고 있다니."

"아, 누나는 진짜 여자예요." 톰은 경멸조로 생색을 내며 대꾸했다. "여자는 어디서든 잘 지내지요. 누나는 그 삶에 정착했어요. 그리고 누나는 상관하지 않아요. 뭐든 마찬가지니까요. 더욱이 루는 여자지만 평범한 여자가 아니에요. 누나는 아무 말도 않고 가만히 앉아서—루가 앉아서 난롯불을 바라보는 모습을 내가 종종 보았거든요—한시간 이상씩 생각에 잠길 때도 있답니다."

"그래? 나름대로의 심심풀이가 있나보군." 하트하우스는 조용히 담배를 피우며 말했다.

"당신이 생각하는 만큼은 없을 거예요." 톰이 말을 받았다. "아버지가 온갖 말라빠진 뼛조각과 톱밥을 누나에게 억지로 채워넣었으니까요. 그게 아버지의 체계지요."

"자기 딸을 자신의 틀에 맞춰 만들었단 말인가?" 하트하우스가 물었다.

"자기 딸이라고요? 아! 다른 사람도 마찬가지예요. 나도 그런 식
으로 만들었으니까요." 톰이 말했다.

"말도 안돼!"

"하지만 그랬어요." 톰은 도리질하며 말했다. "내가 말하려는 바
는, 하트하우스 씨, 처음 집을 떠나 바운더비 영감의 은행에 갔을
때 나는 임시고용인만큼이나 미숙하고 인생에 대해서 하나도 몰랐
다는 거예요."

"이봐, 톰! 믿을 수 없어. 농담 그만해."

"정말이에요!" 건달이 말했다. "진지하게 말하는 겁니다, 정말이
라고요!" 그는 잠시 동안 아주 차분하고 위엄 있게 담배를 피우다
가 매우 만족한 투로 덧붙였다. "아! 그 뒤로 인생에 대해 조금 배
우긴 했지요. 그 사실을 부인하지는 않겠어요. 하지만 나 혼자 배운
거니까 아버지에게 감사할 건 없어요."

"그러면 자네의 지적인 누나는 어떤가?"

"내 지적인 누나는 옛날 그대로지요. 누나는 여자들이 흔히 의지
하는 대상이 자신에겐 없다고 자주 불평했어요. 그후로 누나가 어
떻게 그것을 극복할 수 있었는지는 모르죠. 하지만 누나야 걱정할
게 없잖아요." 그는 담배를 다시 피우며 현자인 척 덧붙였다. "여자
들은 항상 어떻게든 살아갈 수 있으니까요."

"어제 저녁에 바운더비 씨의 주소를 알아보러 은행에 들렀다가
거기서 나이 많은 부인을 만났는데, 그 부인은 자네 누이를 상당히
존경하는 듯했어." 제임스 하트하우스 씨는 막 다 피운 담배꽁초를
집어던지며 말했다.

"스파싯 아줌마를요?" 톰이 소리쳤다. "이봐요! 벌써 그 아줌마

를 만났어요?"

그의 친구는 고개를 끄덕였다. 톰은 입에서 담배를 빼들고 의미심장한 표정으로 (다소 다루기 힘들어진) 한쪽 눈을 찡긋하고 나서 손가락으로 코를 몇번 톡톡 두드렸다.

"루에 대한 스파싯 아줌마의 감정은 존경 이상이라고 생각해야겠지요. 오히려 사랑 내지는 헌신이라고 해야 할 겁니다." 톰이 말했다. "그 아줌마는 바운더비가 독신이었을 때도 그를 유혹해서 결혼하려 들지 않았으니까요. 절대 유혹하지 않았어요!"

이것이 건달이 마지막으로 한 말이었고 이내 어질어질한 졸음이 몰려와 그는 완전히 잠에 빠졌다. 누군가 발을 흔들며 "자, 늦었네. 그만 가게!"라고 말하는 소리를 뒤숭숭한 꿈결에 듣고서야 톰은 잠을 깼다.

"이런!" 그는 소파에서 서둘러 일어나며 말했다. "역시 가야겠어요. 이봐요. 맛이 지나치게 순하긴 하지만 당신 담배는 참 좋군요."

"맞아, 너무 순하지." 그를 대접한 사람이 대답했다.

"담배 맛이 — 터무니없이 순해요." 톰이 말했다. "어디로 나가죠? 편히 주무세요!"

톰은 웨이터가 안개 속으로 자신을 끌고 가는 이상한 꿈을 다시 꾸었다. 안개는 그에게 약간의 문제와 어려움을 안겨준 뒤 큰길로 변했으며, 그는 길에 혼자 서 있었다. 새로 알게 된 친구가 그 자리에 있으면서 영향을 미친다는 느낌에서 — 마치 그 친구가 느긋한 태도로 공중 어딘가를 거닐며 역시 느긋한 표정으로 자신을 바라보고 있는 것 같은 느낌에서 — 완전히 벗어나지는 못했지만, 톰은 아주 편히 집으로 걸어갔다.

건달은 집에 가서 잠을 잤다. 만약 그에게 자신이 그날 밤 한 일에 대해 약간이나마 느끼는 바가 있고, 건달기가 좀 적고 남매의 우애가 다소나마 있었다면, 그는 도중에 방향을 돌려 검게 물든 악취 나는 강으로 가서 그 강물 속에 아주 들어가 그 더러운 강물로 영원히 머리를 덮었을 것이다.

4장
노동자 형제들

　"오, 나의 동지들이여, 코크타운의 짓밟힌 노동자들이여! 오, 나의 동료들이여, 동포들이여, 압제하고 갈아대는 폭정의 노예들이여! 오, 나의 친구들이여, 동료 수난자들이여, 동료 노동자들이여, 동료 인간들이여! 우리 모두가 하나의 단결된 힘으로 뭉쳐, 우리 가족에게서 빼앗은 것과, 우리 이마의 땀과, 우리 손의 노동과, 우리 근육의 힘과, 인류의 천부적인 위대한 권리와, 조합의 성스럽고 항구적인 특권을 너무 오랫동안 뜯어먹고 지낸 압제자들을 부수고 가루로 만들 시기가 마침내 왔노라고 말하는 바입니다!"

　"좋아!" "옳소, 옳소, 옳소!" "만세!" 등등의 외침이 사람들이 빽빽이 들어차 질식할 듯 비좁은 강당 여기저기서 울려왔다. 연단에 자리 잡은 연설자는 이런 이야기와 속에 있던 다른 모든 거품과 연기를 토해냈다. 그는 열변을 토하느라 몹시 더웠고 더운 만큼 목도 쉬었다. 너울대는 가스불빛 아래에서 목청껏 고함을 지르고, 주먹을 쥐고, 이맛살을 찌푸리고, 이를 악물고, 주먹으로 탁자를 치느라 너무 진을 뺀 연설자는 잠시 말을 멈추고 물을 한잔 청했다.

연단에 선 연설자가 물을 마시며 불타는 듯한 얼굴을 가라앉히려 애쓸 때 그와 그에게 주목하고 있는 청중을 대조해보는 것은 연설자에게 매우 불리한 일이었다. 됨됨이로 따지자면 그가 연단에 서 있다는 것 외에 대중보다 위에 서는 점은 거의 없었다. 여러 중요한 면에서 그는 대중보다 본질적으로 뒤떨어졌다. 그는 그다지 정직하지 않고 그다지 사내답지 않았으며 그다지 상냥하지도 않았다. 그에게는 대중의 소박함 대신에 교활함이, 대중의 안전하고 견실한 양식 대신에 격정이 있었다. 못생겼고, 어깨가 올라갔으며, 찌푸린 눈썹에, 습관적으로 언짢은 표정을 짓는 그는 알록달록한 옷을 입었어도 소박한 작업복을 걸친 청중보다 훨씬 못했다. 귀족이든 평민이든 모종의 자기만족에 사로잡힌 사람 — 모인 사람들이 어떤 수단을 쓰더라도 어리석음의 진창에서부터 자신들의 사분의 삼이 지닌 지적 수준에까지 끌어올릴 수 없는 사람 — 의 따분한 연설에 집회에 모인 사람들이 잠자코 귀를 기울이는 것은 언제나 이상한 일이지만, 편견에서 자유로운 식견 있는 관찰자라면 그 정직성을 대체로 의심할 수 없는 대중이 이따위 지도자의 말에 진지한 얼굴을 하고 그토록 흥분하는 모습을 본다는 것은 특별히 이상한 일이고 심지어는 유별나게 가슴 아픈 일이었다.

좋아! 옳소, 옳소! 만세! 청중의 얼굴에서 드러나는 열렬한 관심과 의지는 아주 인상적인 장면을 이루었다. 부주의나 나른함, 쓸데없는 호기심이 없었고 어떤 집회에서나 볼 수 있는 다양한 무관심의 흔적 역시 일순간도 찾아볼 수 없었다. 모든 사람이 자기 처지가 왜인지 예상했던 것보다도 궁핍하다고 느낀다는 사실, 모든 사람이 자기 처지를 향상시키기 위해서는 다른 사람과 뭉쳐야 한다고 여긴다는 사실, 모든 사람이 유일한 희망은 자기 주위의 동료들과 단결하는 것이라고 느낀다는 사실, 그리고 모든 군중이 옳든 그르든 (불행하게도 그 당시는 틀린 생각이었지만) 이러한 믿음을 진심으로 진지하고 철저하게 갖고 있다는 사실은, 있는 그대로를 보고자 하는 사람에게는 천장에 노출된 대들보나 하얗게 칠한 벽돌벽만큼이나 분명한 사항이었다. 또한 그런 관찰자는 이 사람들이 그들의 미망 가운데서도 가장 적절하고 훌륭하게 사용될 수 있는 뛰어난 자질들을 드러내고 있다는 사실을 마음으로부터 수긍하지 않을 수 없었다. 뿐만 아니라 그들이 아무 이유 없이, 오직 자신들의 비이성적인 의지로 인해 잘못되어간다고 (아무리 틀에 박힌 것이라 할지라도 어디에나 적용될 수 있는 공리를 믿고서) 주장하는 것은 불 없이 연기가 날 수 있다거나, 태어나지 않고도 죽을 수 있다거나, 씨 뿌리지 않고도 추수할 수 있다거나, 무에서 어떤 것이든 무엇이든 만들어낼 수 있다고 주장하는 것과 마찬가지라는 사실을 모를 수 없었다.

연설자는 원기를 회복한 다음 패드 모양으로 접은 손수건으로 주름진 앞이마를 왼쪽에서 오른쪽으로 여러차례 문지르고는, 회복된 힘을 끌어모아서 몹시 경멸하고 빈정대는 냉소를 지었다.

"하지만, 오, 나의 동료여, 형제여! 오, 사람들이여, 영국인들이여, 코크타운의 짓밟힌 노동자들이여! 저 사람 —노동자라는 그 영광스러운 이름을 더럽힐 것이 분명한 저 노동자 —에 대해 우리가 무엇이라 해야겠습니까? 이 땅의 상처입은 근간인 여러분이 겪는 슬픔과 학대를 실제적으로 잘 알고 있으면서도, 여러분이 압제자들을 떨게 할 만큼 고상하고 당당하게 노동자총연맹에 기금을

낼 것을 만장일치로 결정하고 그 단체가 여러분의 이익을 위해 내리는 명령은 어떠한 것이든 지키겠다고 맹세하는 소리를 들었으면서도, 그런 순간에 자기 자리를 떠나 깃발을 팔아넘기고 투항하겠다는 저 노동자 — 저 사람이 노동자라는 사실을 인정해야만 하기 때문에 그렇게 불러주는 거지만 — 에 대해서 여러분은 무엇이라고 할 것인지 묻는 겁니다. 그런 순간에 배반자, 비겁자, 겁쟁이가 된 저 노동자에 대해서, 그리고 그런 순간에 자기만 따로 떨어져나와, 자유와 정의를 위해 용감하게 싸우겠다고 단결한 우리의 일원이 되지 않겠다는 나약하고 굴욕적인 말을 부끄러운 줄 모르고 여러분에게 내뱉은 저 노동자에 대해서 무엇이라 하겠습니까?"

이 문제에 대해 청중은 두 편으로 갈렸다. 불평이나 야유가 약간은 있었지만 당사자의 얘기를 들어보지도 않고 비난하기에는 사람들의 명예심이 너무 강했다. "슬랙브리지, 당신 말이 전적으로 옳소!" "그 사람을 보여주시오!" "그 사람 얘기도 들어봅시다!" 이런 말들이 사방에서 들렸다. 마침내 어떤 사람이 큰 목소리로 말했다. "그 사람이 여기 있소? 그 사람이 여기 있으면 슬랙브리지, 당신 말고 그 사람이 말하는 것 좀 들어봅시다." 이 제안은 박수갈채로 채택되었다.

연설자 슬랙브리지는 상대방을 움츠러들게 하는 미소를 띠고 주위를 둘러보다가, 천둥치는 바다를 잠잠하게 하기 위해 (슬랙브리지 유의 사람들이 흔히 하듯) 오른팔을 쭉 뻗고는 고요한 침묵이 자리잡을 때까지 기다렸다.

"오, 나의 친구여, 동료여!" 슬랙브리지는 몹시 경멸하는 투로 도리질을 하며 말했다. "노동에 지친 여러분이 그런 사람이 존재한다는 사실을 의심하는 것은 당연합니다. 그러나 팥죽 한 그릇에 장자의 권리를 팔아넘긴 자[39]가 존재하고, 유다 이스가리옷[40]이 존재하고, 카슬레이[41]가 존재하듯 이 사람도 존재하는 겁니다!"

연단 근처에서 잠시 밀치고 웅성거리는 혼란이 있은 후 그 사람이 군중을 마주보고 연설자 옆에 섰다. 그는 얼굴이 창백하고 약간 흥분한 표정이었는데 — 입술을 보면 특히 그러했다. 그러나 그는 왼손을 턱에 댄 채 조용해지기를 기다리며 침착하게 서 있었다. 진행절차를 조정하는 의장이 있어서 그가 이 문제를 맡았다.

"여러분, 본인은 의장이라는 직책에 힘입어 이 사람 스티븐 블랙풀이 말하는 동안, 이 문제에 대해 다소 지나치게 화가 났을 수도 있는 우리 친구 슬랙브리지에게 자리에 앉으라고 부탁하는 바입니다. 여러분 모두가 이 사람 스티븐 블랙풀을 알 겁니다. 그의 불행과 훌륭한 평판 때문에 스티븐을 아는 거지요." 의장이 말했다.

이런 말을 한 후에 의장은 거리낌 없이 그와 악수를 나누고 자리에 앉았다. 슬랙브리지도 열이 나는 앞이마를 문지르며 — 항상 왼쪽에서 오른쪽으로 문지르지 반대로 문지르는 법은 없었다 — 자기 자리에 앉았다.

"여러분," 쥐죽은 듯 조용한 가운데 스티븐이 입을 열었다. "나에 대한 이야기를 처음부터 들었지만 그중에서 수정할 부분은 없는 것 같습니다. 그렇지만 나는 여러분이 나에 대한 사실을 다른 사람 입을 통하지 않고 내 입을 통해 직접 듣기를 바랍니다. 많은 사람 앞에서 말하려면 언제나 당황하고 멍청해지긴 하지만 말입니다."

<hr>

39 성경에 나오는 에서.

40 예수를 팔아넘긴 유다를 말함.

41 Robert Stewart, 1769~1822, 흔히 카슬레이 경이라고 불린 영국의 정치가. 피털루 대학살(1819) 때의 역할 때문에 노동자들로부터 포악한 반동분자로 여겨짐.

슬랙브리지는 떨쳐버리고 싶다는 듯 도리질을 하며 비통해했다.

"바운더비 공장에서 일하는 노동자 중 제안된 규약에 동참하지 않는 유일한 노동자가 바로 납니다. 나는 가담할 수 없습니다. 규약이 여러분에게 조금이라도 도움이 될지 나로선 의심스럽습니다. 오히려 해를 끼칠 가능성이 많은 듯합니다."

슬랙브리지는 웃으며 팔짱을 끼었다가 빈정대듯 인상을 찌푸렸다.

"하지만 내가 가담하지 않는 것은 그 이유 때문이 아닙니다. 그 이유가 전부라면 나도 다른 사람들과 같이 동참하겠습니다. 그러나 나에게는 가담하지 못하는 개인적인 이유가 — 여러분이 알다시피 — 있습니다. 지금뿐만 아니라 항상 — 언제나 — 평생토록 있을 테지요!"

슬랙브리지가 자리에서 벌떡 일어나 이를 갈고 눈물을 흘리며 스티븐 옆에 섰다. "오 동지들, 이런 말 외에 내가 어떤 말을 하겠습니까? 오 동포들이여, 이런 경고 외에 내가 어떤 경고를 하겠습니까? 부당한 법률 때문에 옛날부터 모질게 시달리는 것으로 알려진 이 사람이 어떻게 이런 겁먹은 태도를 보이는 겁니까? 오 여러 영국인들이여, 본인은 같은 노동자인 여러분 중의 한명이 어떻게 이렇듯 매수당할 수 있는지, 그리고 그렇게 매수당함으로써 스스로를 파멸시키고 여러분을 파멸시키며, 더 나아가 여러분의 자식들과 그 자식들의 자식들까지 파멸시키는 데 어떻게 동조할 수 있는지 묻고자 합니다."

박수를 치는 사람과 그 노동자를 비난하는 사람이 약간씩 있었지만 대부분의 청중은 조용히 있었다. 그들은 스티븐의 지친 얼굴을 보고 거기에 드러난 꾸밈없는 감정으로 인해 좀더 감상적이 되었다. 그들의 착한 심성에 비추어보아 그들은 화가 났다기보다 유감으로 여기는 것이었다.

"연설하는 게 이 대표자의 직업이지요." 스티븐이 말했다. "연설을 해야 돈을 받으니 자기가 해야 하는 일을 잘 아는 거지요. 그러니 이 사람이 자기 일에만 집착하고 내가 감당해야 하는 몫에는 신경쓰지 않아도 별 수 없습니다. 그의 몫은 아니니까요. 그것은 내 몫일 따름입니다."

스티븐의 이런 이야기에는, 위엄이라고까지는 할 수 없어도 청중을 더욱 조용하고 주목하도록 만드는 타당성이 있었다. "슬랙브리지, 그 사람 말을 들어보자니까, 당신은 조용히 있고!"라고 앞서 말했던 사람이 크게 소리쳤다. 그러자 집회장소가 놀랄 정도로 조용해졌다.

"형제이자 동료인 노동자 여러분 — 내가 아는 한 여기에 있는 이 대표자에게는 그렇지 않겠지만, 나에게는 여러분이 형제이자 동료와도 같은 존재입니다 — 내가 할 말은 한마디뿐이고 새벽녘까지 이야기한다 해도 더이상 말할 것은 없습니다." 스티븐의 목소리는 작지만 뚜렷이 들렸다. "나는 내 앞에 닥친 사태를 잘 알고 있습니다. 여러분 모두가 이번에 함께 행동하지 않는 사람과는 더이상 관계를 유지하지 않기로 결정했다는 사실도 알고 있습니다. 설령 내가 길에서 죽어간다 해도 여러분은 외국인이나 낯선 사람을 지나치듯이 나를 그냥 지나치는 게 옳다고 생각하리라는 사실도 잘 압니다. 스스로 자초한 셈이니까, 최대한 잘 견뎌야지요."

"스티븐 블랙풀," 의장이 일어서면서 말했다. "다시 생각해보게. 옛날부터 알고 지내던 모든 친구들이 자네를 피하기 전에 한번만 더 생각해보게, 이 사람아."

분명하게 말하는 사람은 하나도 없었지만 같은 취지로 웅성대는 소리가 여기저기서 들렸다. 모두가 스티븐의 얼굴을 뚫어져라 쳐다보았다. 스티븐이 자신의 결정을 후회하면 모두의 가슴에서 짐을 덜게 되는 셈이었다. 그는 주위를 둘러보며 그런 상황임을 알아차렸다. 스티븐에게는 그들에 대한 분노의 감정이 티끌만큼도 없었다. 스티븐은 동료 노동자 이외에는 어느 누구도 알 수 없을, 겉으로 보이는 그들의 약점과 오해 이면에 숨어 있는 그들의 본심을 잘 알고 있었던 것이다.

　"이 문제를 적잖이 생각해보았습니다, 의장님. 아무래도 가담할 순 없어요. 내 앞에 놓인 길을 가야만 하겠습니다. 여기 모인 모든 친구들과는 작별할 수밖에 없겠네요."

　그는 양손을 치켜들어 사람들에게 일종의 인사를 했다. 그리고 그들이 그의 곁에서 서서히 빠져나갈 때까지 말없이 그런 자세로 서 있었다.

　"내가 젊고 지금보다 근심이 없었을 때 여기 있는 몇몇 사람들과 재미있는 이야기를 많이 했었는데, 지금도 옛날 그 친구들이 많이 보이는군요. 같은 노동자들과 싸운 적은 태어나서 한번도 없습니다. 지금도 나 스스로 만든 불화거리가 없다는 사실은 하느님이 아실 겁니다. 당신은 나를 배반자 등등으로 불렀는데 —— 내 말은 당신이 그렇게 불렀다는 건데," 스티븐은 슬랙브리지를 가리키며 말했다. "사실 이해하기보다 배반자라고 부르는 게 더 쉽지요. 그러니 그냥 내버려두겠소."

　스티븐은 연단에서 내려오려 한두발자국 움직이다가 미처 하지 못한 말이 생각나서 다시 돌아섰다.

　"아마," 스티븐은 가까이도 있고 멀리도 있는 모든 청중에게, 말하자면 개인적으로 이야기하듯 하기 위해 주름진 얼굴을 이리저리 천천히 돌리며 말했다. "이 문제를 택해 토론한 후에 내가 여러분과 함께 일하려 하면, 아마 나를 내쫓겠다는 위협이 가해지겠지요. 그런 순간이 닥치기 전에 죽거나, 그런 순간이 닥치지 않으면 여러분 속에서 외롭더라도 계속 일할 수 있기를 바랍니다—사실, 나는 여러분과 맞서기 위해서가 아니라 먹고살기 위해서 일해야 합니다. 달리는 먹고살 방도가 없습니다. 아주 어릴 때부터 여기 코크타운에서 일했던 내가 대체 어디로 가겠습니까? 앞으로 계속 벽만 보고 있어야 하고 버림받고 감시당해도 불평하지는 않겠습니다. 그저 계속 일할 수 있기를 바랄 뿐입니다. 나에게 권리란 것이 조금이나마 있다면 여러분, 그것은 바로 여기서 계속 일할 수 있는 권리이리라 생각합니다."

대꾸하는 사람은 아무도 없었다. 교제를 금하기로 한 사람이 퇴장할 길을 내주기 위해 조금 떨어져서 강당 가운데로 움직이는 노동자들이 약간씩 내는 소리 외에는 어떤 소리도 들리지 않았다. 스티븐 영감은 아무도 쳐다보지 않고 주장하거나 찾는 것 없이, 골칫거리만 잔뜩 안은 채 초라하고 침착하게 그 장소를 떠났다.

그가 나가는 동안 무한한 염려와 놀라운 정신력으로 수많은 사람들의 흥분한 감정을 억제하는 듯이 연설가다운 팔을 뻗고 있었던 슬랙브리지는 노동자들의 기운을 북돋는 데 전념했다. 오, 영국인들이여, 로마의 브루투스[42]는 자기 자식을 사형시키지 않았습니까? 오, 승리를 눈앞에 둔 친구들이여, 스파르타의 어머니들은 도망가는 자식들을 적군의 칼끝으로 내몰지 않았습니까? 그렇다면

---

42 로마를 배반한 두 자식을 사형에 처한 루키우스 브루투스를 말함.

조상님들과 찬양하는 동료들과 그리고 앞으로 태어날 후손들까지 있는 우리가, 신성하고 거룩한 명분을 좇아 세운 텐트 바깥으로 배반자들을 집어던지는 것이 코크타운 노동자들의 신성한 사명 아니겠습니까? 공중의 바람도 그렇다고 대답하고 그 대답을 동서남북 사방으로 퍼뜨리고 있습니다. 그러니 노동자총연맹을 위해 만세삼창을 합시다!

슬랙브리지는 향도병 역할을 하며 잠시 기다렸다. 다소 양심에 찔려서 애매모호한 표정을 짓고 있던 많은 사람들이 그 소리를 듣고 환한 표정을 지으며 만세삼창을 했다. 개인적 감정은 공통의 대의에 밀려나게 마련이다. 만세! 군중이 흩어진 후에도 지붕은 여전히 갈채로 진동했다.

이렇듯 쉽게 스티븐 블랙풀은 가장 고독한 삶, 즉 익히 아는 대중 속에서 외로운 삶을 살아갈 운명으로 전락했다. 한때는 친한 동료였지만 지금은 모른 체하며 얼굴을 돌리는 열명을 매일 만나는 그와 비교하면, 어떤 지방에 처음 가서 만명의 얼굴에서 응답하는 표정을 찾지만 결국 찾지 못하는 이방인이 오히려 우호적인 환경에 사는 셈이다. 깨어 있는 매 순간, 즉 작업장에서나 작업장에 출근하는 길에서나 퇴근하는 길에서나 현관에서나 창문에서나 어디서나 이제 스티븐의 경험은 그런 것이 되었다. 모두 동의한 듯, 노동자들은 심지어 스티븐이 늘 걸어다니는 한쪽 보도를 피해다녀서 모든 노동자 중에서 스티븐만이 그쪽 보도로 다녔다.

오랫동안 다른 사람과 별로 사귀지 않고 자기 생각만 골똘히 해온 스티븐은 원래 조용하고 과묵한 사람이었다. 그러나 이런 처지에 놓이기 전까지는 자신이 고갯짓이나 눈짓 하나, 그리고 한마디의 말로라도 자주 아는 체해주기를 바란다는 사실을 몰랐을 뿐 아니라 그런 사소한 인사가 자신의 가슴에 조금씩 부어주는 막대한 안도감도 몰랐다. 모든 친구들이 자기를 버렸다는 사실과 근거없이 느끼는 수치심이나 굴욕감을 의식 속에서 분리하는 일이 스티븐에게는 생각했던 이상으로 힘들었다.

참고 보낸 처음 나흘이 너무나 길고 힘들어서 스티븐은 자기 앞에 놓인 미래를 생각할 때마다 몸서리를 치기 시작했다. 그동안 내내 레이첼을 보지 못했을 뿐 아니라 그녀를 만날 기회도 그 스스로 피해다녔다. 아직까지는 공장에서 일하는 여공들까지 자기와 만나는 것이 공식적으로 금지되지는 않았다는 사실을 알고 있었지만, 알고 지내던 몇몇 여공의 태도가 바뀐 것을 눈치채고는 다른 여공들과 접촉하기가 두려워졌고, 레이첼이 자기와 함께 있는 모습이 목격되면 그녀마저 따돌림당할까 두려웠기 때문이다. 그래서 스티븐은 나흘 동안 혼자 지내며 누구와도 이야기를 나누지 못했다. 나흘째 되는 날 밤에 공장을 막 나서는데, 매우 창백한 얼굴을 한 젊은이가 거리에서 그에게 말을 걸어왔다.

"당신이 블랙풀 맞지요?" 그 젊은이가 물었다.

스티븐은 말을 걸어준 게 고마워서, 혹은 갑작스러워서, 아니면 두가지 모두 때문에 얼굴을 붉히며 모자를 손에 든 채 멈춰섰다. 그는 모자의 안감을 매만지는 체하며 대답했다. "그렇습니다만."

"내 말은, 사람들이 따돌리는 일손이 당신입니까?" 바로 그 창백한 얼굴의 젊은이 비처가 물었다.

스티븐은 다시 "그렇습니다만"이라고 대꾸했다.

"일손들이 모두 당신을 멀리하는 듯해서 당신일 거라고 짐작했지요. 바운더비 씨가 당신과 얘기하고 싶어하십니다. 그 집을 아시죠?"

스티븐은 다시 "그렇습니다만"이라고 말했다.

"그러면 곧장 그리로 가시겠습니까?" 비처가 말했다. "당신을 기다리고 있으니, 하인에게 당신이라는 말만 하면 됩니다. 나는 은행에서 일하는데, 당신이 나 없이도 곧장 그 집으로 가준다면 (당신을 불러오라는 심부름을 받았거든요) 나로서는 걷는 걸 절약하는 셈이 되지요."

스티븐의 집은 반대쪽이었지만 그는 방향을 돌려 의무에 매인 것처럼 거인 바운더비가 사는 붉은 벽돌 성으로 갔다.

5장
노동자와 고용주

"자, 스티븐," 바운더비가 예의 수다스러운 태도로 말했다. "내가 들은 이 이야기가 무슨 말인가? 대지의 해충들이 자네에게 무슨 짓을 저질렀나? 들어와서 말해보게."

그가 그렇게 불려간 곳은 응접실이었다. 찻상이 차려져 있었고 바운더비 씨의 젊은 부인과 그녀의 동생과 런던에서 온 훌륭한 신사가 함께 있었다. 스티븐은 그들에게 인사한 뒤 문을 닫고 모자를 손에 든 채 문 가까이에 섰다.

"내가 말했던 일손이 이 사람이오, 하트하우스." 바운더비 씨가 입을 열었다. 그가 말을 건 신사는 소파에 앉아서 바운더비 부인과 이야기를 나누고 있다가 게으르게 "아 정말입니까?" 하고 일어서더니 바운더비 씨가 서 있는 난로 쪽으로 천천히 갔다.

"자, 말해보게!" 바운더비가 말했다.

외롭게 나흘을 보낸 뒤였지만 스티븐에게 이 말은 무례하고 거슬리게 들렸다. 그 말은 그의 상처입은 마음을 거칠게 다루는 것일 뿐 아니라 슬랙브리지가 불렀던 대로 그를 정말 이기적인 배반자로 여기는 듯했다.

"저한테서 알고자 하시는 게 뭔가요, 사장님?" 스티븐이 물었다.

"그야, 벌써 얘기하지 않았나." 바운더비가 대꾸했다. "자네도 사내니까 사내답게 자네 자신과 그 조직에 대해 말해보라는 거지."

"죄송합니다만 사장님, 그 문제에 대해서라면 말씀드릴 게 없습니다." 스티븐 블랙풀이 말했다.

항상 바람의 신과도 같은 바운더비 씨는 여기서 무엇인가 장애물을 발견하고는 그것에 정면으로 바람을 보내기 시작했다.

"자, 여기를 보시오, 하트하우스." 바운더비가 떠들기 시작했다. "여기에 일손들의 대표적인 사례가 있소. 이 사내가 전에 한번 왔을 때, 항상 주변에 떠도는 ─ 그리고 어디서 발견되든 교수형에 처해야 하는 ─ 사악한 외지인들에 대해 내가 주의를 주면서 이 사람에게 잘못된 길을 가고 있다고 말했었소. 그래, 그들이 이 사람에게 이기적인 배반자라는 낙인을 찍었는데도 여전히 그들에게 노예처럼 매여서 그들에 대해 입 열기를 두려워한다는 사실이 믿기기나 합니까?"

"할 말이 없기 때문에 없다고 말한 겁니다, 사장님. 입 열기가 두렵기 때문이 아니고요."

"말을 했다고. 아! 무엇을 말했는지 나는 알겠어. 아니, 그 이상이야, 속뜻이 무엇인지도 알겠어. 두가지가 항상 같은 건 아니니까, 제기랄! 서로 완전히 달라. 사람들에게 반란을 일으키도록 선동하는 슬랙브리지라는 녀석이 이 도시에 살지 않으며 그가 자격을 갖춘 정식 지도자가 아니라는 사실을, 즉 아주 지독한 악당이라는 사실을 즉시 말하는 편이 나을 걸세. 즉시 그렇게 말하는 게 낫지, 나를 속일 수야 없으니까. 우리에게 그렇게 말하고 싶을 거야. 그런데 왜 얘길 안 하나?"

"사람들의 지도자가 형편없어서 사장님만큼 저도 유감입니다." 스티븐이 도리질하며 말했다. "그들이야 주어진 대로 받아들이는 거지요. 그들이 더 나은 지도자를 가질 수 없다는 게 작은 불행은 아닐 겁니다."

바람이 거칠어지기 시작했다.

"한데, 하트하우스, 당신은 이게 상당한 경우라고 생각할 테지요." 바운더비 씨가 말했다. "이 사내가 꽤 센 경우라고 생각할 거요. 단연코 이 경우가 내 동료들이 상대해야 하는 문제의 적절한 예라고 하겠지요. 하지만 이건 아무것도 아니오, 선생! 내가 이 사내에게 질문을 하나 할 테니 들어보시오. 이봐, 블랙풀 씨,"—바람이 매우 세차게 일었다—"자네가 어쩌다 그 조직에 가입하기를 거부했는지 그 연유를 물어도 되겠나?"

"어떻게 된 일이냐고요?"

"아!" 바운더비 씨가 양손 엄지손가락을 옷소매에 넣은 채 맞은편 벽과 비밀을 속삭이듯 고개를 홱 돌리고 두 눈을 감으며 말했다. "어떻게 된 일이냐고."

"그 얘긴 하고 싶지 않습니다, 사장님. 하지만 사장님이 자꾸 물으시고 — 버릇없이 굴고 싶지도 않으니 — 말씀드리지요. 약속을 했습니다."

"나한테 약속한 것은 아니잖나." 바운더비가 말했다. (돌풍이 부는 날씨가 거짓 고요와 병존했다. 지금은 후자가 우세한 상태였다.)

"아, 아닙니다, 사장님. 사장님께 약속한 것은 아닙니다."

"다른 사람이면 몰라도 나를 생각해주는 건 그 약속과 아무런 관계도 없는 거야." 바운더비는 여전히 맞은편 벽과 비밀을 속삭이듯 말했다. "만약 코크타운의 조사이아 바운더비만이 문제였다면 자네는 꺼리지 않고 가입했을 테지?"

"그렇습니다, 사장님. 맞는 말씀입니다."

"악당과 반란자 무리인 그들에겐 유배형도 너무 약하다는 사실을 이 사내가 알면서도 말입니다!" 바운더비 씨는 이제 강풍을 불게 하며 말했다. "자, 하트하우스 씨, 이전에 선생은 세상을 이리저리 좀 돌아다녔잖소. 이 축복받은 나라에서 이같은 사내를 전에도 만난 적이 있습니까?" 그리고 바운더비 씨는 화를 내며 스티븐을 조사하듯 손가락으로 가리켰다.

"아닙니다, 마님." 스티븐 블랙풀은 자신에게 가해진 비판을 완강하게 부인하며 루이자의 얼굴을 힐끔 보고는 본능적으로 그녀에게 말했다. "악당도 반란자도 아닙니다. 그런 부류가 아닙니다, 마님, 아니라고요. 제가 기억하고 아는 한 그들이 저에게 친절을 베푼 적은 없습니다, 마님. 하지만 그들 중 다른 동료와 자신을 위해 의무를 다하지 않았다고 생각할 사람은 열두명도 채 안됩니다 — 열두명이라고요? 여섯명도 채 안됩니다 — 마님. 그들이 나에게 어떤 행동을 했든, 평생 그들을 알아왔고 그들을 경험한 내가 — 그들과 같이 먹고 마셨고, 그들과 같이 앉아서 일했고, 그들을 사랑한 내가 — 진실로 그들을 지지하지 않는다는 것은 절대 있을 수 없는 일이지요!"

그는 자기 지위와 성격에 걸맞게 투박하지만 진지하게 — 동료들의 그 모든 불신에도 불구하고 자신의 계급에 충실하다는 자부심을 의식해서인지 목소리를 굵게 하고 — 말했다. 그러나 자신이 있는 곳을 잘 알았기에 목소리를 높이지는 않았다.

"절대 없습니다, 마님, 절대로. 그들은 죽는 순간까지도 서로에게 진실하고 성실하고 다정하지요. 그들과 함께 지내다가 가난해지거나 병든다면, 또는 가난한 사람들에게 슬픔을 안겨주는 수많은 이유 중 하나라도 닥쳐서 슬픔을 겪는다면, 그들은 상대방을 친절하고 부드럽게 대하고 위로할 뿐 아니라 같이 세례도 받을 겁니다. 분명합니다, 마님. 그들은 산산이 쪼개졌으면 쪼개졌지 변하지는 않을 겁니다."

"간단히 말하면," 바운더비 씨가 말했다. "그들이 자네를 내쫓은 이유는 그들에게 미덕이 너무 많아서라는 거군. 이왕 말한 김에 끝까지 다 말해보게. 말하라니까."

"우리 노동자들의 가장 훌륭한 측면이 어째서 우리를 주로 골칫거리와 불행과 실수로 이끄는 건지 모르겠습니다, 마님." 스티븐은 여전히 루이자의 얼굴에서 천연의 피난처를 찾는 듯이 다시 말을 시작했다. "하지만 사실이 그런걸요. 연기 너머 내 위로는 하늘이 있다는 사실을 아는 것처럼 저는 그 사실을 분명하게 알고 있습니다. 우리는 인내심도 강하고 보통 올바른 일을 하고자 합니다. 그리고 잘못이 모두 우리 탓이라고는 생각할 수 없습니다."

"그런데, 이봐," 스티븐은 조금도 의식하지 못하고 한 행동이었지만 그가 다른 사람에게 호소하는 것 같아 화가 날 대로 난 바운더비 씨가 말했다. "잠시만 내게 주목해준다면 자네와 한두 마디 나누고 싶네. 자네는 방금 이 문제에 대해서는 이야기할 게 없다고 말했네. 이야기를 계속하기 전에, 그 점은 확실한 건가?"

"확실합니다, 사장님."

"런던에서 온 신사 한분이 여기 계시네." 바운더비 씨는 엄지손가락을 어깨 위로 올려 뒤에 있는 제임스 하트하우스 씨를 가리켰다. "의회에서 보낸 신사분일세. 이 양반이 자네와 내가 주고받는 대화의 요지만을 받아들이거나 ─ 나야 그 요지가 무엇일지 이미 잘 알고 있으니까, 누구보다도 잘 알지, 명심하게! ─ 내가 전달하는 이야기를 그대로 믿거나 하지 말고 우리 둘 사이의 대화를 조금이라도 직접 들었으면 좋겠네."

스티븐은 런던에서 왔다는 신사에게 고개를 숙였는데 평상시보다 좀더 불안해하는 기색이 엿보였다. 그는 무의식적으로 앞서의 피난처로 시선을 돌렸다가, 거기에서 (순간적이지만 의미심장한) 어떤 표정을 대하고는 바운더비 씨의 얼굴에 시선을 고정했다.

"그런데, 자넨 무엇이 불만인가?" 바운더비 씨가 물었다.

"불평하러 온 게 아닙니다, 사장님." 스티븐이 그에게 상기시켰다. "찾으신다기에 온 겁니다."

"자네 같은 일손들이 보통 불만으로 삼는 것이 무엇인가?" 바운더비 씨는 팔짱을 끼고 다시 물었다.

스티븐은 다소 마음을 정하지 못한 채 잠시 그를 바라보다가 이내 결심한 듯 말했다.

"사장님, 저는 저 나름대로 문제를 느껴왔지만 그것을 설명하는 데는 유능하지 못합니다. 사실 우리는 엉망진창입니다. 도시를 둘러보세요 ─ 부자이지요 ─ 그다음에는 여기서 살도록 끌려와서 실을 짜거나 보풀을 뜯거나 태어나서 죽을 때까지 일평생 같은 일만 하면서 겨우겨우 생계를 이어가는 수많은 사람들을 한번 보세요. 우리가 어떻게 살아가는지, 어떤 집에서 지내는지, 얼마나 많은 사람이 모여서, 어떤 가능성을 안고, 얼마나 똑같이 살아가는지 한번 보세요. 그리고 공장이 매일 어떻게 굴러가는지, 공장이 우리를 어떻게 혹사시켜서 멀리 있는 목적지 — 거의 항상 죽음이지요 — 에 이르게 하는지 보세요. 사장님들이 우리에 대해 어떻게 생각하고, 어떻게 쓰고, 어떻게 이야기하는지, 대표자들을 통해서 우리에 대해 장관님들에게 어떻게 말하는지, 어떻게 사장님들은 항상 옳고 우리는 항상 그를 뿐 아니라 태어날 때부터 이성이라곤 조금도 없다는 것인지 한번 따져보세요. 해를 거듭하고 세대가 바뀔수록 어떻게 이런 일이 점점 커지고 광범위해지고 악화되었는지 생각해보세요, 사장님. 이걸 보고서도 엉망진창이 아니라고 분명히 말할 수 있는 사람이 있을까요, 사장님?"

"물론 있다마다." 바운더비 씨가 말했다. "이제 이 엉망진창을 (자네가 그렇게 부르기를 워낙 좋아하니까) 어떻게 바로잡고 싶은 지 이 신사께 알려주겠나."

"모르겠습니다, 사장님. 저로서는 짐작할 수도 없습니다. 그걸 찾아야 하는 사람은 제가 아닙니다. 저와 우리 모두의 위에 군림하는 분들입니다. 그분들은 그 일이 아니면 무슨 일을 하겠습니까, 사장님?"

"하여간 내가 해결책을 좀 제시하겠어." 바운더비 씨가 대꾸했다. "슬랙브리지 같은 놈 여섯 정도를 본보기로 삼는 거야. 그 악당들을 중죄로 기소해서 외국의 유배지로 보내버리는 거지."

스티븐은 진지하게 고개를 가로저었다.

"이봐, 우리가 하지 못할 거라고 말하진 말게." 이번에는 폭풍이 불게 하며 바운더비 씨가 말했다. "분명히 말하지만 그렇게 할 거라는 얘기니까!"

"사장님," 스티븐이 절대적으로 분명한 사실을 차분하게 확신하는 투로 대꾸했다. "슬랙브리지 같은 사람을 백명 — 있는 족족, 그리고 그 열 곱절을 — 잡아서, 각각 자루에 담아 그 구멍을 기워서 막고, 육지가 생기기도 전에 만들어진 깊은 대양에 집어넣는다 해도 혼란은 지금 그대로일 겁니다. 사악한 외지인들이라니요!" 스티븐은 근심스러운 미소를 띠고 말했다. "우리가 기억할 수 있는 한 언제 우리가 사악한 외지인들에 대한 이야기를 듣지 않고 산 적이 있었나요! 문제를 만든 것은 **그들**이 아닙니다, 사장님. **그들**로부터 시작할 게 아니에요. 제가 그들을 좋아하는 것은 아니지만 — 그들을 좋아할 이유가 하나도 없습니다 — 그들에게서 일을 빼앗지 않고, 일에서 그들을 빼앗으려고 꿈꾼다는 건 쓸데없고 무망한 노릇입니다! 지금 이 방에 있는 모든 물건들은 제가 들어오기 전부터 여기에 있었고 제가 나간 뒤에도 계속 있는 겁니다. 저 시계를 배에 실어서 노포크 섬[43]에 보내도 시간은 똑같이 흘러가는 겁니다. 슬랙브리지도 어느 모로 보나 마찬가지지요."

잠시 앞서의 피난처로 시선을 돌렸다가 스티븐은 루이자의 눈길이 경고하듯 문 쪽으로 향하는 것을 보았다. 그는 뒤로 물러나 자물쇠에 손을 댔다. 하지만 이제까지 그가 스스로 원해서 자기 의사로 이야기한 것은 아니었으며, 그는 자신을 거부한 동료들에게 마지막까지 충실한 것이 방금 전의 부당한 대접을 고상하게 갚는 길이라는 느낌이 들었다. 스티븐은 마음속에 있는 생각을 마저 이야기하기 위해 멈춰섰다.

"사장님, 무식하고 천한 제가 이 모든 것을 개선할 방도를 이 신사분께 말씀드릴 순 없지만 — 저보다 똑똑한 이 도시의 몇몇 노동자들은 말할 수 있을 겁니다 — 무엇이 개선할 수 없는지는 말씀드

---

43 죄수들을 유배 보내던 섬으로 오스트레일리아와 뉴질랜드 사이에 있음.

릴 수 있습니다. 강경수단이 개선하지는 못합니다. 승리를 거두고 정복해서는 개선하지 못합니다. 한쪽은 이상하게 항상 영원히 옳다 하고, 다른 한쪽은 이상하게 항상 영원히 틀리다 해서는 결코, 결단코 개선하지 못합니다. 또한 내버려둔다고 나아지지도 않을 겁니다. 모두 같은 생활을 하고 똑같이 엉망진창에 빠져 있는 수백만의 사람들을 내버려둔다면, 그들은 그들이고 사장님은 사장님으로 그 사이에는 건널 수 없는 암흑세계가 놓이게 되며, 그 세계는 이같은 불행이 지속되는 만큼 길게 존재할 수도 짧게 존재할 수도 있습니다. 많은 문제를 안고 있으면서도 서로에게 가까이 다가가고, 많은 고통을 안고 있으면서도 자기네들이 필요로 하는 것으로 서로를 감싸주는 사람들에게 — 제 좁은 소견으로는 이 신사분이 여행하면서 본 사람들은 그렇지 못했을 것 같습니다만 — 친절하고 인내심 있게 그리고 유쾌하게 다가가지 않으면, 태양이 얼음으로 바뀌더라도 상황은 나아지지 않을 겁니다. 무엇보다도 그들을 얼마만큼의 동력인지로만 평가하고, 그들이 사랑하거나 좋아하는 것도 없고 추억이나 취향도 없고 지치거나 희망을 품을 영혼도 없는 합계 속의 숫자나 기계인 것처럼 통제해서는 — 만사가 조용히 진행되면 이런 것이 전혀 없는 양 그들을 부려먹고, 시끄러워지면 양반님들과 접촉하는 데 인간적인 감정이 부족하다고 그들을 비난해서는 — 세상이 끝나더라도 상황은 절대 나아질 수 없습니다, 사장님."

스티븐은 열린 문을 잡고 선 채로 바운더비 씨가 자기 이야기를 더 듣고자 하는지 알아보기 위해 기다렸다.

"잠시 기다리게." 얼굴이 아주 빨개진 바운더비 씨가 말했다. "자네가 불만을 가지고 찾아왔던 지난번에 내가 자네에게 방향을 돌려서 빠져나오는 게 나을 거라고 충고했었네. 또한 자네가 기억한다면 나는 황금수저로 세상을 조망할 수 있다고도 말했었네."

"저 자신은 그렇지 않습니다, 사장님. 정말입니다."

"자네가 항상 불만을 가지고 있는 그런 부류라는 사실이 내겐 분명해졌어." 바운더비 씨가 말했다. "불평을 심고 수확하며 돌아다니는군. 그것이 자네의 평생 일이야, 이 사람아."

스티븐은 열심히 해야 할 일은 사실 따로 있다고 속으로 반박하며 도리질을 했다.

"자네가 지독히 까다롭고 안달맞고 심술궂은 사내니까, 알겠나." 바운더비 씨가 말했다. "자네를 잘 아는 사람들인 조합에서조차 관계를 끊은 거야. 그 친구들이 어떤 일이든 올바른 판단을 하리라고는 생각도 못했어. 내 생각을 말하겠네! 신기한 존재여서 이제까지 그들을 멀리했는데, 앞으로는 자네와도 관계를 끊어야겠네."

스티븐은 재빨리 고개를 들어 상대방의 얼굴을 보았다.

"지금 하고 있는 일까지는 마무리해도 좋아." 바운더비 씨는 의미심장하게 고개를 끄덕이며 말했다. "그다음에는 다른 데로 가보게."

"여기서 일자리를 얻지 못하면 다른 데서도 일자리를 얻을 수 없다는 사실은 사장님이 잘 아시잖습니까." 스티븐이 호소조로 말했다.

돌아온 답변은 "내가 아는 바는 내가 아는 것이고, 자네가 아는 바는 자네가 아는 것이지. 더이상 할 말이 없네"라는 것이었다.

스티븐은 루이자를 다시 보았지만 그녀는 더이상 눈을 들어 그를 바라보지 않았다. 그래서 그는 한숨을 내쉬고 들릴락말락하게 "하느님, 우리를 도와주소서!"라고 중얼거리며 그 집을 나왔다.

6장
떠남

스티븐이 바운더비 씨의 집을 나섰을 때는 땅거미가 지고 있었다. 어둠의 그림자가 재빨리 몰려와 있어서 그는 문을 닫은 다음 주위를 둘러보지도 않고 길을 따라 곧장 걸었다. 전에 이 집을 찾아왔을 때 우연히 만난 이상한 노파를 스티븐은 꿈에도 생각하지 않았는데, 귀에 익은 발소리가 들려와서 뒤를 돌아보니 그 노파가 레이첼과 함께 있었다.

레이첼의 발소리만 들었기 때문에 그는 레이첼을 먼저 알아보았다.

"아, 레이첼, 당신이군! 할머니도 같이 계시네요!"

"그런데 젊은 양반이 정말 깜짝 놀라는군요, 무리도 아니겠지." 노파가 말을 받았다. "내가 다시 왔어요, 보다시피."

"그런데 어떻게 레이첼과 같이 있나요?" 스티븐이 노파와 레이첼 사이에 끼어들어 보조를 맞추며 함께 걷다가 둘을 번갈아 보며 물었다.

"그야, 저번에 내가 당신과 동행하게 된 것과 마찬가지로 오늘은 이 착한 아가씨와 동행하게 된 거지요." 노파가 답변을 맡아서 쾌활하게 대답했다. "숨이 가빠 힘들어서 날씨가 개고 따뜻해질 때까지 방문을 미루다가 올해는 예년에 비해 늦었어요. 같은 이유로 여행을 하루에 마치지 않고 이틀로 나눴지. 오늘밤에는 철도역 아래쪽에 있는 여행자 커피하우스에서(깨끗하고 좋은 집이지) 묵고, 내일 아침 여섯시에 3등 할인열차로 돌아갈 예정이라오. 하지만 그 일이 이 착한 아가씨와 무슨 관계냐고 묻는 거겠지? 이제 막 말하려던 참이에요. 바운더비 씨가 결혼했단 이야기를 들었어요. 신문에서 읽었는데 대단해 보이더군요—아, 멋졌어!" 노파는 이상하게 들떠서 그 말을 강조했다. "그의 부인을 보고 싶어요. 아직 그 부인을 보지 못했단 말이야. 그런데 내 말을 믿는다면, 그녀가 오늘 정오 이후로는 한번도 바깥에 나오지 않더군요. 쉽사리 단념하기가 뭐해서 근처에서 마지막으로 좀더 기다리다가 이 착한 아가씨 곁을 두번인가 세번인가 지나갔지요. 그런데 얼굴이 하도 친절해 보여서 먼저 말을 걸었더니 대답을 했어요. 그렇게 된 거지! 이제 그다음 사정이야 당신도 추측할 수 있겠죠, 아마 내가 할 수 있는 것보다는 훨씬 부족하겠지만!" 노파가 스티븐에게 말했다.

노파의 태도는 더할 나위 없이 진지하고 소박했지만, 스티븐은 이 노파를 싫어하려는 본능적인 마음을 한번 더 억눌러야만 했다. 레이첼이 그러하듯 그 또한 본성이 친절한 사람이었으므로 스티븐은 노년의 그녀가 흥미를 보이는 문제를 계속 이야기했다.

"그런데, 할머니, 내가 그 부인을 직접 봤는데 젊고 아름다웠어요." 그가 말했다. "섬세하고 생각에 잠긴 듯한 검은 눈과 조용한 자태는, 그같은 사람을 이제까지 본 적이 없을 정도였소, 레이첼."

"젊고 아름답다고. 그럴 거예요!" 노파는 아주 기뻐하며 소리쳤다. "장미같이 곱겠지! 그 부인은 얼마나 행복할까!"

"그래요, 할머니. 나도 그러리라고 생각해요." 스티븐이 레이첼에게 이상하다는 시선을 던지며 말했다.

"그러리라고 생각한다고? 틀림없이 행복할 거예요. 게다가 그 부인은 당신 사장님의 부인이잖아요." 노파가 말을 받았다.

스티븐은 고개를 끄덕여서 동의했다. "그러나 사장 얘기라면, 더 이상 나의 사장은 아니에요. 그와 나 사이는 끝났어요." 그는 다시 레이첼을 바라보며 말했다.

"공장을 그만두었나요, 스티븐?" 레이첼이 걱정하며 재빨리 물었다.

"그래요, 레이첼," 스티븐이 대꾸했다. "내가 공장을 떠났든, 공장이 나를 떠났든 마찬가지요. 그의 공장과 나는 헤어졌소. 그러니 마찬가지지 — 당신이 나 때문에 구설수에 오를 것을 생각하면 더 잘된 일이오. 공장에 계속 있으면 문제만 자꾸 생길 거요. 내가 그만두는 게 어쩌면 많은 사람들에게 잘된 일인지도 모르겠소. 나에게도 잘된 일인지 모르고. 아무튼 그만둘 수밖에 없었소. 당분간 코크타운을 떠나, 새롭게 시작해서 길을 찾아봐야지요."

"어디로 갈 건가요, 스티븐?"

"아직은 모르겠소." 그는 모자를 벗고 성긴 머리카락을 손바닥으로 매만지며 말했다. "하지만 오늘이나 내일 사이에 가진 않을 거요, 레이첼. 어디로 갈지 정하는 게 쉬운 일은 아니지만 용기를 내야지요."

여기서도 남을 먼저 생각하는 바로 그 태도가 스티븐에게 도움이 되었다. 바운더비 씨 집 문을 미처 닫기도 전에, 스티븐은 떠날 수밖에 없는 자기 처지가 자기와의 교제를 끊지 않는다는 이유로 레이첼이 곤경에 빠질 가능성에서 그녀를 구해줄 테니 최소한 그녀에게는 잘된 일이라고 생각했다. 레이첼과 헤어지는 것이 그에게는 몹시 고통스러운 일이었고 비난이 따라오지 않을 곳이 딱히 생각나는 것도 아니었지만, 최근 나흘을 견디다보니 미지의 곤경과 고난이라 해도 낯선 장소로 밀려나는 게 오히려 안심이 될 것 같았다.

그래서 그는 진심으로 "레이첼, 내 마음은 지금 믿을 수 없을 정도로 가벼워요"라고 말했다. 그의 짐을 더 무겁게 하는 것이 레이첼의 역할은 아니었다. 레이첼은 상대방을 편하게 해주는 미소로 답했고, 세 사람은 함께 걸었다.

노인은, 특히 자립해서 기운차게 살려는 노인의 경우에는 가난한 사람들의 많은 배려를 받는다. 노파는 전에 스티븐을 만났을 때보다 병색이 깊어지긴 했지만 자신의 병을 하찮게 여길 뿐 아니라 워낙 점잖고 만족해서 두 사람은 노파에게 관심을 갖게 되었다. 노파가 아주 정정했기 때문에 둘이 발걸음을 늦춰줄 필요는 없었다. 노파는 말을 걸어주는 것을 매우 고마워했고 끝없이 이야기하고 싶어했다. 그래서 시내의 그들 지역에 도착했을 때 노파는 이전보다 더욱 활발하고 명랑해졌다.

"할머니, 누추하지만 들어가서 차나 한잔 하시지요." 스티븐이 말했다. "레이첼도 들어올 거예요. 나중에 여행자숙소까지 안전하게 모셔다드릴게요. 레이첼, 당신과 함께 있을 기회를 다시 가지려면 오랜 시간이 흘러야 될지 모르겠소."

그들은 동의하고 스티븐이 사는 집 쪽으로 갔다. 좁은 골목으로 들어서자 스티븐은 자신의 쓸쓸한 집에 늘 따라다니는 두려움을 느끼며 창문을 보았다. 그러나 창문은 그가 집을 나설 때와 마찬가지로 열려 있었고, 집에는 아무도 없었다. 그의 삶에 깃든 악령이 몇달 전에 다시 날아간 뒤로 스티븐은 그녀의 소식을 더이상 듣지 못했다. 그녀가 최근에 다녀갔다는 유일한 증거는 방에 가구가 많이 없어지고 스티븐의 머리에 백발이 늘었다는 사실뿐이었다.

그는 촛불을 켜고 작은 찻쟁반을 내놓고 아래층에서 뜨거운 물을 가져오고 근처 가게에서 소량의 차와 설탕, 빵 한 덩어리와 약간의 버터를 사왔다. 빵은 방금 구워서 바삭바삭하고 버터는 신선했으며 설탕은 물론 각설탕이어서[44] — 이들은 왕자처럼 지냅니다, 라는 코크타운 유력자들의 일반적인 증언을 만족시켰다. 레이첼이 차를 끓였고 (이처럼 많은 일행이 차를 마시려니 찻잔을 하나 빌려와야만 했다) 노파는 대단히 맛있게 마셨다. 스티븐에게는 오랜만에 갖는 사교모임이었다. 그 역시, 광대한 황야 같은 세계를 앞에 두고, 맛있게 먹었다 — 이 또한 이들은 장래에 대한 계산이 전혀 없습니다,라는 유력자들의 증언을 확증하는 것이었다.

"할머니, 아직까지 이름을 여쭤볼 생각도 못했군요." 스티븐이 말했다.

노파는 자기 이름이 '페글러 부인'이라고 했다.

"혼자 사시나봐요?" 스티븐이 물었다.

"그래요, 오래전에 혼자됐지!" 페글러 부인의 계산대로라면 스티븐이 태어났을 때 (역사상 가장 훌륭한 남편 중 한사람인) 그녀의 남편은 벌써 사망했던 것이다.

----

44 각설탕은 설탕 중에서 가장 비쌌다.

"그렇게 훌륭한 남편을 잃는다는 건 안된 일이에요." 스티븐이 말했다. "아이들은 있습니까?"

페글러 부인이 손에 쥔 찻잔이 받침접시에 부딪쳐 덜그럭거리는 소리가 이 노파가 약간 흥분했음을 나타냈다. "없어요." 노파가 말했다. "지금은 없어, 지금은 없단 말이야."

"죽었단 말인가봐요, 스티븐." 레이첼이 넌지시 말했다.

"그 이야기를 꺼내서 죄송합니다." 스티븐이 말했다. "아픈 곳을 건드릴지 모른다는 생각을 했어야 하는데. 제가 ─ 제가 잘못했습니다."

그가 사과하는 동안 노파가 쥔 찻잔이 점점 더 덜그럭덜그럭 소리를 냈다. "자식이 하나 있었는데 훌륭했어요, 놀랄 정도로 훌륭했지." 노파는 흔히 볼 수 있는 슬픈 표정과는 달리 이상하게 괴로워하며 말했다. "하지만 그 아이 이야기는 제발 말았으면 좋겠어요. 그 아이는 ─" 노파는 찻잔을 내려놓고는 '죽었어요!'라고 덧붙이려는 듯이 두 손을 움직였다. 그러고는 큰 소리로 말했다. "아이를 잃었단 말이에요."

스티븐이 노파에게 고통을 안겨주었다는 생각을 미처 떨치기도 전에, 집주인이 좁은 계단을 엎어질 듯이 올라와서는 그를 문가로 불러내 그의 귀에 속삭였다. 페글러 부인은 귀머거리는 아니어서 때마침 한마디를 알아들었다.

"바운더비라고!" 노파가 식탁에서 벌떡 일어나며 억눌린 목소리로 외쳤다. "앗, 나를 숨겨줘요! 절대 눈에 띄지 않게 해줘요! 내가 나갈 때까지 그가 올라오지 못하게 해요. 제발, 제발!" 노파는 몸을 떨며 극도로 흥분했다. 레이첼이 진정시키려 하자 노파는 그녀 뒤로 숨었는데 자신이 무엇을 하고 있는지도 모르는 듯했다.

"하지만 잘 들어보세요, 할머니, 잘 들어보세요." 스티븐이 놀라서 말했다. "바운더비 씨가 아니라 그의 부인이 온 거예요. 그 부인이 두려운 건 아니잖아요. 불과 한시간 전만 해도 바운더비 부인을 무척 보고 싶어하셨잖아요."

"하지만 그 신사가 아니라 그 부인이 확실한가요?" 노파가 여전히 몸을 떨며 물었다.

"분명히 확실해요!"

"휴, 그렇다면 내게 말을 걸거나 신경쓰지 마세요." 노파가 말했다. "이쪽 구석에 혼자 있게 내버려둬요."

스티븐은 고개를 끄덕이며 무슨 일이냐는 듯이 레이첼을 보았지만 그녀도 까닭을 설명할 수는 없었다. 스티븐은 촛불을 들고 아래층으로 내려갔다가 잠시 후 루이자를 방으로 안내하며 돌아왔다. 루이자 뒤로 건달이 따라왔다.

이 방문에 매우 놀란 스티븐이 식탁 위에 촛불을 올려놓았을 때, 레이첼은 이미 자리에서 일어나 숄과 보닛을 들고 한쪽에 비켜서 있었다. 스티븐도 주먹 쥔 손을 식탁에 올려놓고 이야기를 기다렸다.

루이자는 코크타운 일손의 집에 들어온 것이 생전 처음이었다. 일손 일개인과 직접 대면한 것도 생전 처음이었다. 그녀는 일손들의 존재를 수백명, 수천명 단위로 알고 있었다. 그녀는 일정한 수의 일손들이 일정한 시간에 공장에서 어떠한 성과를 생산해내는지 알고 있었다. 또한 그들이 개미나 딱정벌레같이 떼를 지어서 둥지에서 출근했다 둥지로 퇴근하는 것을 알고 있었다. 그러나 루이자는 열심히 일하는 이들 일손들의 습관보다 열심히 일하는 곤충들의 습관을 책을 읽어서 더 잘 알았다.

얼마만큼 일하고 얼마만큼 보수를 받으면 거기서 끝인 존재, 수

요공급의 법칙에 의해 정확하게 결정되는 존재, 이 법칙에 걸려서 머뭇거리다가 곤란에 빠지는 존재, 밀이 비쌀 때는 약간 쪼들리다가 밀이 쌀 때는 과식하는 존재, 일정 비율로 숫자가 늘어나면 또한 일정 비율로 범죄를 낳고 또다시 일정 비율로 빈곤을 낳는 존재, 도매로 취급되며 그로부터 막대한 재산을 벌 수 있는 존재, 때때로 바다같이 일어났다가 (주로 자신에게) 해악과 손해를 입히고는 다시 가라앉는 존재, 루이자는 코크타운의 일손들이 바로 이런 존재라고 알고 있었다. 그러나 바다를 각각의 물방울로 나눌 생각은 하지 않았던 것과 마찬가지로 그들을 각각의 단위로 나누어볼 생각은 하지 않았던 것이다.

루이자는 잠시 방 안을 둘러보며 서 있었다. 몇개의 의자와 책, 평범한 인쇄물과 침대를 보다가 두 여자에게, 그리고 스티븐에게 시선을 돌렸다.

"조금 전에 들었던 이야기 때문에 당신과 이야기하러 왔어요. 괜찮다면 당신을 돕고 싶어요. 이 사람이 부인인가요?"

레이첼은 눈을 들어 아니라는 뜻을 충분히 전하고는 시선을 다시 내렸다.

"그때는 세세한 이야기에 귀를 기울이지 않았지만 당신이 가정적 불행에 대해 말하는 것을 들은 기억이 이제 나는군요." 실수 때문에 얼굴을 붉히며 루이자가 말했다. "여기 있는 누구에게든 고통을 줄 수 있는 질문을 던질 생각은 없었어요. 그런 결과를 낳는 질문을 또 하더라도 부디 어떻게 물어야 하는지를 모르는 탓이라고 믿어주길 바랍니다."

조금 전에 스티븐이 본능적으로 루이자를 향해 이야기했던 것과 마찬가지로 이제는 루이자가 본능적으로 레이첼을 향해 이야기했다. 루이자의 태도는 무뚝뚝하고 퉁명스러웠지만 한편으론 더듬거리고 머뭇머뭇했다.

"저 사람이 자신과 내 남편 사이에 오갔던 이야기를 당신에게 했겠죠? 내 생각엔 그가 가장 의지하는 사람이 당신 같은데요?"

"저는 결론을 들었을 뿐입니다, 마님." 레이첼이 말했다.

"한 고용주에게 쫓겨나면 십중팔구 다른 고용주에게도 고용되지 않을 거라는 말로 이해했어요? 저 사람이 그렇게 말했다고 생각하는데?"

"고용주에게 악평을 받은 사람에게 가능성은 매우 적습니다, 마님─거의 없는 셈이지요."

"당신이 말하는 악평이란 게 무슨 뜻인가요?"

"골칫거리로 찍힌단 말입니다."

"그렇다면 저 사람은 자기가 속한 계급의 편견과 다른 계급의 편견 둘 다에 의해 희생된단 말인가요? 이 도시의 두 계급은 철저하게 갈라서서 둘 사이에 성실한 노동자가 살 공간은 조금도 없는 건가요?"

레이첼은 조용히 고개를 가로저었다.

"그는 동료 직공들과 같은 편에 서지 않겠다는 맹세를 해서 의심을 사게 되었다고 해요." 루이자가 말했다. "내 생각엔 그 맹세를 틀림없이 당신에게 한 것 같은데, 그가 왜 그랬는지 물어도 될까요?"

레이첼은 눈물을 터뜨렸다. "제가 불쌍한 그에게 요구한 건 아닙니다. 저 때문에 그 지경이 되리라고는 생각도 못하고, 그 자신을 위해 문제를 일으키지 말라고 부탁했어요. 하지만 그는 약속을 저버리느니 백번이라도 죽을 사람이지요. 저는 그의 그런 점을 너무나 잘 압니다."

스티븐은 그동안 손을 턱에 댄 채 보통 때처럼 생각에 잠긴 태도로 조용히 주의 깊게 듣고 있었다. 그가 평상시만큼 차분하지는 않은 어조로 말문을 열었다.

"제가 어떤 이유로 얼마나 레이첼을 신뢰하고 사랑하고 존경하는지 저 이외엔 아무도 모릅니다. 그 약속을 했을 때는 진심으로 그녀가 제 인생의 천사라고 말했습니다. 진지한 약속이었지요. 제가 약속한 겁니다, 영원히."

루이자는 스티븐에게 시선을 돌리고 새로운 감정인 존경심이 일어서 머리를 숙였다. 다시 레이첼에게 시선을 돌렸을 때는 표정이 누그러져 있었다. "어떻게 할 작정인가요?" 루이자가 스티븐에게 물었다. 목소리도 한결 부드러워졌다.

"글쎄요, 마님." 스티븐은 애써 참고 미소를 지으며 말했다. "일을 마무리한 다음에 여기를 떠나 다른 곳을 알아봐야지요. 행운인지 불행인지 몰라도 사람은 그저 노력할 뿐입니다. 노력하지 않고는 —누워서 죽는 것 외에는— 되는 일이 없으니까요."

"어떻게 갈 작정인가요?"

"걸어서 가야지요, 친절하신 마님, 걸어서요."

루이자가 얼굴을 붉히며 지갑을 꺼냈다. 바삭거리는 소리를 내며 그녀가 지폐를 한장 펴서 상 위에 놓았다.

"레이첼, 이 돈은 그가 길을 가는 데 도움이 되도록 마음대로 써도 되는 돈이라고 —당신만이 저 사람의 기분을 건드리지 않고 말하는 방법을 알 테니까— 말해주겠어요? 이 돈을 받으라고 권해주겠어요?"

"그렇게 할 순 없습니다, 마님." 레이첼은 고개를 돌려 외면하며 대답했다. "불쌍한 스티븐을 이토록 친절하게 생각해주시니 정말 감사합니다. 하지만 자신이 원하는 바를 분간하고 그것에 따라 옳은 바를 택하는 것은 그의 몫입니다."

이야기를 나누는 동안 솔직하고 침착하게 자제심을 발휘하던 스티븐이 한순간에 평정을 잃고 손으로 얼굴을 가리자, 루이자는 의아하기도 하고 놀랍기도 하고 곧바로 생겨난 동정심에 압도되는 것 같기도 했다. 루이자는 그를 어루만지려는 듯 손을 내밀었다가 스스로를 억제하고 가만히 있었다.

"레이첼이라도 이렇게 친절한 제의를 할 수는 없을 겁니다." 스티븐은 얼굴에서 손을 떼고 말했다. "제가 이성도 없고 감사할 줄도 모르는 사람은 아니라는 사실을 보여드리기 위해 이 파운드를 받겠습니다. 빌린 거니까 갚겠습니다. 지금의 이 호의에 대해 영원히 감사할 거라는 마음을 다시 한번 표하는 것이 가장 좋겠군요."

루이자는 어쩔 수 없이 지폐를 집어넣고 그가 말한 훨씬 적은 액수를 꺼냈다. 어느 모로 보아도 그가 정중하거나 잘생기거나 멋지게 생긴 것은 아니었다. 그러나 그가 그 돈을 받는 태도나 더이상의 구구한 말 없이 감사를 표하는 태도에는 체스터필드 경[45]이 한 세기를 들여도 자기 자식에게 가르칠 수 없는 품위가 깃들어 있었다.

톰은 이 정도로 상황이 진행될 때까지 침대에 걸터앉은 채 아주 무관심하게 한쪽 발을 흔들며 자기 지팡이를 빨고 있었다. 누나가 떠나려는 걸 보고는 그가 다소 서두르며 일어나서 한마디 했다.

"잠깐 기다려, 루! 가기 전에 저 사람과 잠시 할 이야기가 있어. 어떤 생각이 떠올랐단 말이야. 블랙풀, 자네가 계단으로 나오면 이야기하지. 촛불엔 신경쓰지 말게!" 스티븐이 초를 가지러 찬장 쪽

---

45 Philip Chesterfield, 1694~1773, 영국의 정치가이자 문필가. 귀족 남성이 지켜야 하는 예의범절을 설명한 『아들에게 쓴 편지』의 저자.

으로 가는 것을 톰은 이상할 정도로 참지 못했다. "촛불은 필요없다니까."

스티븐이 그를 따라 밖으로 나오자 톰이 방문을 닫고 자물쇠를 붙잡았다.

"이봐!" 그가 속삭였다. "내 생각엔 내가 자네에게 좋은 일을 해줄 수 있을 것 같아. 유야무야될 수도 있으니 무슨 일인지는 묻지 말게. 하지만 시도해봐서 손해 볼 건 없지."

톰의 숨결이 스티븐의 귀에 불꽃처럼 와 닿아서 뜨거웠다.

"오늘밤 자네에게 전갈을 전한 사람은 은행에 근무하면서 가벼운 일을 담당하는 우리 심부름꾼이네." 톰이 말했다. "나도 은행에 근무하기 때문에 그를 우리 심부름꾼이라고 하는 거야."

스티븐은 '이 양반이 몹시 서두르는군!' 하고 생각했다. 톰의 이야기는 심하게 뒤죽박죽이었다.

"그런데! 이봐! 언제 떠날 건가?" 톰이 물었다.

"오늘이 월요일이니까," 스티븐이 생각을 하며 대답했다. "글쎄요, 선생님, 금요일이나 토요일 무렵에 떠날 겁니다."

"금요일이나 토요일이라." 톰이 말했다. "자 이봐! 내가 원하는 대로 자네에게 좋은 일이 될지 확신은 못하지만 ─ 자네 방에 있는 저 사람이 내 누나이네 ─ 어쩌면 그럴 수도 있을 걸세. 그리고 설령 그렇지 못하더라도 해가 될 건 없지. 그러니 생각을 말하겠네. 우리 심부름꾼을 다시 봐도 알아볼 수 있겠나?"

"그럼요." 스티븐이 말했다.

"좋아." 톰이 대꾸했다. "오늘부터 떠날 때까지 밤근무를 마친 뒤 한시간 남짓 은행 주위를 그냥 서성이게, 알았나? 심부름꾼이 자네가 서성이는 걸 보더라도 특별한 용무가 있는 척하지는 말게.

내가 원하는 대로 자네를 도울 수 있는 방안을 찾지 못하면 그가 자네에게 말을 걸게 하지 않을 테니까. 도와줄 방도를 찾으면 그가 자네에게 편지나 쪽지를 전할 것이고, 그렇지 않으면 전할 것도 없는 거지. 자 이봐! 분명히 알아들었지.”

어둠 속에서 그는 스티븐의 상의 단춧구멍에 자기 손가락을 살살 밀어넣고는 이상하게 그쪽 귀퉁이를 빙 둘러가며 심하게 돌돌 말았다.

“알겠습니다, 선생님.” 스티븐이 대답했다.

“자, 이봐!” 톰이 다시 말했다. “분명히 실수 없도록 하고 잊지 말게. 집에 가면서 내가 생각하는 바를 누나에게 말하면 누나도 분명 찬성할 걸세. 이봐! 괜찮나? 완전히 알아들었지? 그럼 됐어. 가자, 누나!”

그는 문을 열고 루이자를 불렀지만 안으로 들어가지는 않았고 좁은 계단에 촛불을 비출 때까지 기다리지도 않았다. 루이자가 내려오기 시작할 때 그는 벌써 계단 아래편에 있었기 때문에 그녀는 길에 나와서야 동생의 팔을 잡을 수 있었다.

남매가 떠나고 스티븐이 촛불을 들고 돌아올 때까지 페글러 부인은 구석에 그대로 있었다. 노파는 바운더비 부인에 대해 이루 말할 수 없을 정도로 감탄했으며, 종잡을 수 없는 노파답게 “바운더비 부인이 너무 사랑스럽다”며 울었다. 그러나 페글러 부인은 감탄의 대상인 그 부인이 우연히 다시 돌아오거나 아니면 다른 사람이라도 들어올까봐 허둥대다가 그날 밤의 쾌활함을 잃었다. 뿐만 아니라 일찍 일어나고 열심히 일하는 사람들에게는 잘 시간이 벌써 지났기 때문에 일행은 헤어져야 했다. 스티븐과 레이첼은 이상한 노파를 여행자 커피하우스의 문 앞까지 바래다주고 노파와 헤어졌다.

그들은 레이첼이 사는 거리의 모퉁이까지 함께 걸었는데, 거기에 가까이 갈수록 침묵이 그들을 감쌌다. 가끔 만났을 때 헤어지던 곳인 어두운 모퉁이에 이르렀을 때도 그들은 이야기하기를 두려워하는 것처럼 여전히 침묵을 지키고 가만히 있었다.

"떠나기 전에 다시 보도록 애는 써보겠소, 레이첼. 하지만 만나지 못해도——"

"스티븐, 당신이 그러지 않으리라는 걸 알아요. 서로에게 솔직한 편이 낫겠어요."

"당신이 항상 옳소. 그것이 더 분명하고 좋겠소. 그렇다면 레이첼, 하루이틀밖에 남지 않았으니까 그대가 나와 같이 있는 모습을 남들에게 보이지 않는 편이 좋을 거라고 생각하오. 아무 이득도 없이 당신마저 문제에 휩쓸릴 수 있으니까."

"내가 신경쓰는 건 그 때문이 아니에요, 스티븐. 당신도 우리의 옛 약속을 기억하겠죠. 그것 때문이에요."

"글쎄요, 글쎄." 그가 말했다. "아무튼 그게 좋겠소."

"편지를 써서 당신에게 닥치는 일을 모두 알려주겠죠, 스티븐?"

"그럼요. 하늘이 당신과 함께하고, 당신을 축복해주고, 당신에게 사례하고 보답해주기를 바란다는 말 외에 지금 무슨 말을 하겠소!"

"당신이 어디를 가든 하늘이 당신을 축복해주고 끝내는 평화와 휴식을 주었으면 해요, 스티븐!"

"그대에게 이미 말했소," 스티븐 블랙풀이 말했다——"그날 밤에——나보다 훨씬 착한 당신이 곤란을 겪는다는 사실만큼 나를 화나게 하는 일은 없다고 말이오. 지금도 당신은 곤란을 겪고 있소. 당신 덕에 그 문제를 훨씬 잘 파악하게 됐소. 신의 가호가 있기를. 잘 자요. 안녕!"

평범한 길에서 서둘러 헤어지는 것뿐이었지만 이들 평범한 두 사람에게는 신성한 기억이었다. 공리주의 경제학자들, 해골 같은 학교 선생들, 사실의 위원들, 점잔 빼는 기진한 이교도들, 모서리가 접혀올라간 하찮은 신조들을 수다스럽게 떠벌리는 수다쟁이들아, 너희들 곁에는 가난한 사람들이 항상 있으리라. 아직 시간이 있을 때 가난한 사람들이 장식을 매우 필요로 하는 그들의 삶을 꾸밀 수 있게끔 상상과 애정으로 이루어진 최고의 매력을 그들에게 장려하라. 그렇지 않으면 너희들이 승리하는 순간에, 즉 그들의 영혼에서 로맨스가 완전히 쫓겨나고 그들이 빠듯한 삶과 직면하는 순간에 현실이 늑대로 변해 너희들을 끝장낼 것이니!

스티븐은 다음날과 그 다음날 공장에서 일했지만 어느 누구도 그에게 말 한마디 건네지 않았고 출퇴근 때는 모두가 그를 피해다녔다. 둘째 날이 끝났을 때 그는 육지를 보았고[46], 셋째 날이 끝났을 때에는 그의 직조기가 비어 있었다.

그는 처음 이틀 저녁을 은행 바깥 길에서 정해진 시간보다 오래 머물렀으나 좋은 일이든 나쁜 일이든 어떤 일도 일어나지 않았다. 약속에 태만하지 않기 위해 그는 세번째이자 마지막인 이날 밤에는 두시간을 꼬박 기다리기로 작정했다.

한때 바운더비 씨의 집을 관리했던 부인이 스티븐이 전에 보았던 대로 은행 이층 창가에 앉아 있었다. 가벼운 일을 담당하는 심부름꾼은 때로는 부인과 이야기를 나누고, 때로는 그 아래 은행이라는 간판이 걸려 있는 차양 너머를 내다보기도 하고, 때로는 신선한 공기를 마시기 위해 현관 쪽으로 나와 계단에 서 있기도 했다.

---

46 육지가 보이면 항해가 끝나가는 것처럼 스티븐이 공장에서 일할 날이 끝나간다는 의미임.

그가 처음 바깥에 나왔을 때 스티븐은 그가 자신을 찾고 있을지도 모른다는 생각이 들어서 가까이 지나갔지만 심부름꾼은 그에게 윙크만 살짝 던지고 아무 말도 하지 않았다.

장시간의 하루 노동을 마치고 나서 서성이기에는 두시간은 너무 길었다. 스티븐은 현관 계단에 앉기도 하고, 아치 길 밑의 벽에 기대기도 하고, 길을 위아래로 서성이기도 하고, 성당의 시계소리를 듣기도 하고, 가만히 서서 아이들이 길에서 노는 모습을 지켜보기도 했다. 각자 이러저러한 목적을 가지고 생활하는 것이 당연하므로 일없이 서성이는 사람은 으레 이상하게 보이고 또 그렇게 여겨지는 법이다. 한시간이 지나자 스티븐은 잠시 꼴사나운 사람이 되었다는 불편한 느낌마저 들었다.

그때 가로등 점등부가 지나갔고, 길게 늘어진 두개의 빛줄기가 길 아래로 길게 뻗어나가 저편에서 서로 섞였다가 없어졌다. 스파싯 부인은 이층 창문을 닫고 차양을 내리고 삼층으로 올라갔다. 불빛이 곧 현관문 채광창과 계단에 있는 두개의 창문을 지나서 부인을 따라 위층으로 사라졌다. 머지않아 스파싯 부인의 눈이 거기에 있는 듯 삼층에 있는 차양의 한쪽 모서리가 움직였고, 심부름꾼의 눈이 있는 듯한 다른 쪽 모서리도 움직였다. 그러나 스티븐에게는 아무런 말도 없었다. 마침내 두시간이 지나자 스티븐은 크게 안심하고 오랫동안 서성인 데 대한 보상처럼 빠른 걸음으로 그 자리를 떠났다.

내일 떠나기 위해 짐을 벌써 싸고 모든 준비를 마친 다음이었기 때문에 그는 집주인에게 작별인사를 하고 방바닥에 마련한 임시침상에 누울 수밖에 없었다. 스티븐은 일손들이 거리에 나서기 전에 아주 일찍 도시를 떠날 작정이었다.

스티븐이 마지막으로 방을 둘러보고 자신이 그 방을 다시 볼 수 나 있을지 슬픔에 잠겨 생각하다가 바깥으로 나섰을 때는 먼동이 막 트려는 순간이었다. 도시는 완전히 유기되었으니, 마치 도시에 사는 모든 사람들이 그와 이야기를 주고받으니 차라리 도시를 버 린 것 같았다. 그 시각엔 모든 것이 창백하게 보였다. 떠오르는 태 양조차 하늘에다 칙칙한 바다 같은 창백한 황야를 만들 뿐이었다.

가는 길은 아니었지만 레이첼이 사는 지역을 지나서, 빨간 벽돌 로 된 거리를 지나서, 아직은 덜컹거리지 않는 커다랗고 조용한 공 장들을 지나서, 점점 강해지는 햇살 속에 경고등이 희미해져가는 기차역을 지나서, 역 근처에 반 정도는 무너져내리고 반 정도는 남 아 있는 무너질 듯한 건물들을 지나서, 코담배를 피우는 단정치 못 한 흡연자처럼 연기에 그을린 상록수들이 더러운 가루를 뒤집어쓰 고 있고 빨간 벽돌 저택이 군데군데 서 있는 구역을 지나서, 석탄 가루가 쌓인 길과 갖가지 보기 흉한 것들을 지나서, 스티븐은 언덕 위로 올라가 뒤를 돌아보았다.

그즈음 시내에는 햇살이 눈부시게 빛나고 종소리가 출근을 재 촉하고 있었다. 가정집의 화덕은 아직 불을 때지 않아 공장의 높다 란 굴뚝이 하늘을 독차지하고 있었다. 굴뚝이 유독한 연기를 대량 으로 내뿜어 머지않아 하늘을 가릴 테지만, 반시간가량은 많은 창 들이 황금빛으로 빛났다. 그을린 유리창을 통해 태양을 보는 코크 타운 사람들에게는 태양이 항상 일식 상태인 것으로 보였다.

굴뚝을 보다가 새들을 보는 것은 아주 이상했다. 발등에 석탄가 루가 아니라 흙먼지가 묻는 것도 아주 이상했다. 이 나이가 되도록 살아왔는데 이 여름날 아침에 소년같이 새로 시작한다는 것도 아 주 이상했다! 마음속으로 이런 생각을 하며 겨드랑이에는 꾸러미를 낀 채 스티븐은 큰길을 따라 조심스레 걸었다. 나무들이 스티븐 위로 아치를 이루며 그가 진실로 사랑하는 사람을 남겨둔 채 떠난 다고 속삭였다.

7장
화약

    제임스 하트하우스 씨는 자신을 택한 일파를 위해 '타석에 들어서서' 금세 득점을 올리기 시작했다. 정치지도자들에게는 좀더 조언을 해서, 보통사람들에게는 좀더 점잖은 체하며 무관심을 가장해서, 그리고 상류사회의 칠대죄악 중 최고로 효과적이고 최고로 장려되는 불성실을 솔직함으로 꽤 잘 가장해서 하트하우스 씨는 금세 대단히 전도유망한 신사로 부각되었다. 진지함이라는 것에 신경쓰지 않는 태도가 그에게 결정적으로 유리한 점이었다. 그 덕분에 하트하우스는 분명한 사실만을 좇는 친구들과 마치 날 때부터 같은 종족인 듯이 기꺼이 어울릴 수 있었으며, 다른 종족들은 모두 의식적인 위선자로 간주해서 배 바깥으로 집어던질 수 있었다.

    "우리가 믿지 못하는 무리들과 스스로를 믿지 못하는 무리들이 있지요, 바운더비 부인. 우리 같은 사람들과 미덕이나 자선이나 박애를―명칭에는 신경쓰지 마십시오―공언하는 사람들 사이의 유일한 차이는, 우리는 그런 것이 모두 무의미하다는 사실을 알고 그렇게 말하는 반면에 그들은 마찬가지로 그 사실을 알면서도 그렇게 말하지 않는다는 점입니다."

이런 말을 여러차례 듣는다고 해서 루이자가 충격을 받거나 경계할 까닭이 어디 있겠는가? 그것은 그녀를 깜짝 놀라게 할 만큼 그녀 아버지의 원칙이나 그녀가 어릴 적에 배운 교육과 그렇게 다르지는 않았던 것이다. 양쪽 모두 루이자를 물질적인 현실에만 붙잡아매고 다른 것에 대한 믿음은 조금도 고취하지 않는데 두 학파 사이에 커다란 차이가 어디 있겠는가? 순결한 상태였을 때부터 토머스 그래드그라인드가 키웠던 그녀의 영혼 어디에 제임스 하트하우스가 파괴할 것이 남아 있겠는가!

루이자의 마음속에서 — 탁월하게 실제적인 아버지가 다듬기도 전에 거기 심어져 있던 것으로서 — 그녀가 이제까지 들은 것보다 더 폭넓고 고귀한 인간성을 믿고자 애쓰는 경향이 항상 의심 내지 불쾌감과 실랑이를 벌인 것은 이 상태에서 루이자에게 한층 더 불행한 일이었다. 의심과 실랑이한 것은 그런 열망이 어렸을 때 아주 파괴되었기 때문이고, 불쾌감과 실랑이한 것은 그 열망이 약간의 진실을 담고 있는 것이 사실이라 해도 그녀에게 가해져왔던 잘못된 교육 때문이었다. 그렇게 찢기고 분열된 채 스스로를 억압하는 데 오랫동안 익숙해진 본성에 하트하우스의 철학은 일종의 위안 겸 정당화의 구실로 느껴졌다. 모든 일이 공허하고 무가치하다면 루이자는 잃은 것도 희생한 것도 없는 셈이었다. 아버지가 남편감을 추천했을 때 그녀는 그게 뭐든 상관없어요,라고 말했었는데 여전히 같은 생각이었다. 냉소로 가득한 자립심으로, 루이자는 뭐든 무슨 상관이겠어,라고 자문하며 — 계속 나아갔다.

어디를 향해 가는가? 어떤 종착점을 향해 한걸음 한걸음씩, 때로는 오르막길을 때로는 내리막길을 걸어갔지만 아주 서서히 나아갔기 때문에 루이자는 자신이 정지해 있다고 여겼다. 하트하우스 씨로 말하면, 그는 자신이 어디로 가는지 생각하지도 염려하지도 않았다. 앞날에 대한 특별한 구상이나 계획도 없었으며 정력적인 사악함이 그의 권태를 뒤흔드는 법도 없었다. 현재 그는 가문 좋은 신사에게 어울릴 정도로만 흥겨워하고 관심을 갖고 있었는데, 어쩌면 그렇다고 고백하는 것이 평판과 어울리지 않을 정도로 흥겨워하고 관심을 갖고 있었는지도 모른다. 그는 도착 직후에 훌륭하고 익살맞은 국회의원인 형에게 께느른하게 편지를 써서 바운더비 부부가 "아주 재미있으며," 더욱이 바운더비 부인은 자신이 예상했던 고르곤[47]이 아니라 젊고 아주 예쁘더라고 했다. 그후에는 이들 부부에 대해 더이상 편지를 쓰지 않았고 남는 시간을 주로 바운더비 부부의 집에서 보냈다. 코크타운 지역을 방문할 때마다 그 집에 자주 갔으며, 바운더비 씨가 찾아오라고 많이 권하기도 했다. 스스로는 당신의 지체 높은 친척들에 별로 관심이 없지만 그래드그라인드의 딸인 아내가 흥미를 느낀다면 그들과 맘대로 어울려도 좋다고 떠벌리는 것은 돌풍을 불게 하는 바운더비 씨의 버릇에 딱 어울리는 행동이었다.

제임스 하트하우스 씨는 건달을 보면 그토록 아름답게 변하는 부인의 얼굴이 자기 때문에도 아름답게 변한다면 새로운 느낌일 거라는 생각을 하기 시작했다.

그는 눈치가 빠르고 관찰력이 제법 있을뿐더러 기억력마저 좋

---

47 자신을 보는 사람을 돌로 변하게 하는 신화 속의 괴물.

아서 부인의 동생이 털어놓는 말을 한마디도 놓치지 않았다. 하트 하우스는 자신이 파악한 모든 사실들과 전해들은 말들을 섞어 짜서 바운더비 부인을 이해하기 시작했다. 바다와 마찬가지로 사람의 본성에도 깊은 인품끼리만 응답하는 부분이 있으므로 그 부인의 성격 중 더 훌륭하고 더 심오한 부분은 그의 인식범위 바깥에 있는 것이 분명했지만, 그는 즉시 그 나머지 부분을 꼼꼼하게 관찰하기 시작했다.

바운더비 씨는 시내에서 십오 마일 남짓 떨어진 곳에 마당 딸린 집을 차지하고 있었다. 그 집은 또한, 버려진 탄갱으로 훼손되었을 뿐 아니라 밤이 되면 탄갱 입구에 장치된 엔진의 불길과 검은 형체들로 얼룩지는 황량한 시골 이곳저곳에 놓인 아치들을 통과하는 철도에서부터 일이 마일 떨어져 있었다. 바운더비 씨의 별장에 가까이 올수록 황량함은 점차 가셔서, 그 집에 이르면 봄철에는 황금빛 히스와 눈처럼 하얀 산사나무가 가득하고 여름철에는 무성한 잎과 그 그늘이 흔들리는 아름다운 전원 풍경이 되었다. 코크타운의 한 유력자가 이처럼 유쾌하게 위치한 저택에 저당권을 설정했다가 은행이 유질 처분을 했는데, 그가 통상보다 쉬운 방법으로 막대한 재산을 벌려다가 이십만 파운드 정도를 투기로 날린 것이었다. 코크타운에서 관리가 가장 잘되는 가문에서도 이런 사고가 심심찮게 일어났지만, 그 파산자는 앞날을 생각하지 않는 계급의 사람들과는 하등의 관계도 없었다.

이 아담하고 작은 집에 살면서 겸손을 과시하듯 화단에 양배추를 키우는 것이 바운더비 씨에게는 대단한 만족을 주었다. 그는 우아한 가구에 둘러싸여 병영식으로 살기를 좋아했으며, 그림을 볼 때마다 자신의 출신을 들먹였다. "글쎄요, 선생님," 그는 방문자에게 말하곤 했다. "전 주인인 니키츠가 저 해변 그림을 칠백 파운드에 샀다고 들었습니다만, 솔직히 말해서 한번에 백 파운드씩 치고 평생 동안 일곱번이라도 볼 수 있으면 그게 내가 볼 수 있는 최대한일 겁니다. 그만큼 볼 수 없을 겁니다, 절대! 내가 코크타운의 조사이아 바운더비라는 사실을 나는 절대 잊지 않으니까요. 오랫동안 내가 갖고 있던 유일한 그림은, 혹은 훔치지 않고 수중에 넣을 수 있었던 유일한 그림은 구두를 닦는 데 쓰게 되어서 미칠 듯이 기뻐했던 구두약병에 붙은 판화였습니다. 그 판화는 구두를 거울 삼아 면도하는 남자의 그림이었는데, 구두약을 다 쓴 후 병 하나에 일 파딩48을 받고 기쁘게 팔았지요!"

그는 하트하우스 씨에게도 같은 식으로 말하곤 했다.

"하트하우스, 당신은 이 집에 말을 두필 갖고 왔지만 원한다면 여섯필을 더 갖고 와도 공간은 충분합니다. 열두필 정도는 들어갈 마구간이 있으니까요. 니키츠가 거짓말을 한 게 아니라면 그는 열두마리를 다 갖고 있었다더군요. 꼭 한 다스였답니다, 선생. 어렸을 때 그 사람은 웨스트민스터 학교에 다녔다더군요. 내가 주로 쓰레기를 먹으며 시장바구니에서 잠잘 때 왕실장학생으로 웨스트민스터 학교에 다녔단 말입니다. 글쎄요, 설령 내가 말 열두필을 키우고 싶다 하더라도 — 한필이면 족하기 때문에 원하지도 않는 일이지만 — 말들이 여기 축사에서 편하게 지내는 모습을 참고 볼 순 없을 겁니다. 내가 옛날에 어디서 잤었나를 생각하면 말입니다. 말들을 보면 내쫓지 않을 수 없단 말입니다, 선생. 하지만 사정이 완전히 바뀌었어요. 이 집을 보면 여기가 어떤 곳인지 당신은 알 겁

---

48 4분의 1 페니.

니다. 영국에서든 어디에서든 ─ 어디든 상관없는데 ─ 이만한 규모치고 더 완벽한 집은 없다는 사실을 아시겠지요. 그런데 여기 이 집 한복판에, 구더기가 견과 속에 들어가듯 조사이아 바운더비가 들어왔단 말입니다. 그 반면에 (어제 어떤 사람이 내 사무실에 찾아와서 전해준 바에 따르면) 웨스트민스터 학교에서 라틴어 연극에 출연하여 대심원 판사와 이 나라 귀족들로부터 얼굴이 질릴 때까지 박수갈채를 받았던 니키츠는 지금 앤트워프의 좁고 어두운 뒷골목에 위치한 집 육층에서 침을 흘리고 있답니다 ─ 침을 흘린단 말입니다, 선생!"

길고 무더운 여름날, 무성한 나뭇잎 때문에 그늘이 지는 바로 이 집에서 하트하우스 씨는 처음 보았을 때 자신을 감탄하게 했던 루이자의 얼굴을 살피면서 그 얼굴이 자기 때문에도 변할 수 있는지 시험하기 시작했다.

"바운더비 부인, 부인 혼자 여기에 있을 때 만난 것이 아주 운 좋은 우연이라고 생각합니다. 당신과 이야기하고 싶은 특별한 소망을 나는 진작부터 가지고 있었습니다."

그 시간은 루이자가 항상 혼자 있을 때였고 장소도 그녀가 가장 좋아하는 곳이었으므로 그가 루이자를 만난 것이 놀라운 우연은 아니었다. 나무가 몇그루 쓰러져 있는 어두운 숲속의 공터였는데, 루이자는 친정집에서 떨어지는 난롯재를 보던 것처럼 작년에 떨어진 낙엽을 지켜보며 앉아 있었다.

그는 루이자의 얼굴을 흘긋 쳐다보면서 그 옆에 앉았다.

"당신의 동생이자 내 친구인 톰이 ─"

얼굴빛이 밝아지면서 루이자가 관심 있는 표정으로 그를 보았다. '내 평생 저 얼굴이 환해지는 것같이 놀랍고 매혹적인 모습은 본

적이 없어!'라고 그는 생각했다. 그의 얼굴에 이런 생각이 드러났
다 — 이것을 본심이 드러났다고 할 수는 없을 것이다. 일부러 그런
표정을 지으려 한 것일 수 있으니까.

"죄송합니다만, 누나다운 관심을 보이는 표정이 너무 아름답습
니다 — 톰이 자랑으로 여겨야 합니다 — 변명이 되지 않는다는 사
실은 알지만 감탄할 수밖에 없군요."

"몹시 충동적이시군요." 루이자가 침착하게 대답했다.

"바운더비 부인, 그렇지 않습니다. 겉치레로 하는 말이 아니라는
사실은 부인도 알 겁니다. 언제라도 가격만 맞으면 스스로를 기꺼
이 팔아넘길 위인이고, 순수한 행동은 조금도 할 줄 모르는 지저분
한 인간성의 소유자가 바로 나란 사실을 아시잖아요."

"선생님이 내 동생에 대해 좀더 이야기하기를 기다리고 있습니
다." 루이자가 대꾸했다.

"나한테는 엄격하시군요. 자업자득이지요. 거짓말하는 게 아니
라는 사실만 제외하면 — 거짓말을 하진 않습니다 — 나는 부인이
생각하는 대로 쓸모없는 사내니까요. 하지만 나를 경악시키고 놀
라게 해서 이야기의 주제였던 당신 동생에게서 멀어지게 만든 사
람은 당신입니다. 나는 그에게 관심이 있습니다."

"당신에게도 관심 있는 대상이 있긴 있나요, 하트하우스 씨?" 루
이자는 한편으론 못 미더워하고 또 한편으론 감사해하며 물었다.

"내가 처음 여기 왔을 때 물었다면 없다고 대답했겠지요. 그러나
지금은 — 거짓말하는 것처럼 보일 테니 부인의 의심이 정당함에
도 불구하고 — 있다고 말해야겠습니다."

루이자는 말을 하려는 듯 조금 움직였지만 소리를 낼 수 없었다.
그러다가 겨우 말했다. "하트하우스 씨, 내 동생에게 관심이 있다

고 믿겠습니다."

"감사합니다. 믿어도 된다고 주장합니다. 부인은 내가 얼마나 그런 주장을 안 하는지 잘 알 겁니다. 그러나 그 정도는 해야겠습니다. 부인은 동생을 위해 온갖 노력을 기울여왔고 동생을 대단히 좋아하지요. 바운더비 부인, 부인은 평생 동생을 위해 매력적으로 헌신해왔습니다 ─ 다시 한번 용서를 빕니다 ─ 주제에서 너무 비켜났군요. 내가 그에게 관심을 가지는 것은 그를 위해섭니다."

루이자는 급히 일어나서 가려는 듯이 아주 작은 동작을 취했다. 그 순간 그가 이야기의 방향을 바꾸었고, 루이자는 자리에 머물렀다.

"바운더비 부인," 그가 전보다 쾌활하게 말문을 열었는데, 쾌활함을 애써 가장하는 것이 조금 전까지 말하던 방식보다 한층 더 의미심장했다. "동생 나이 정도의 젊은이가 경솔하고 성급하고 사치스럽다 해도 ─ 보통 하는 말로 약간 방탕하다 해도 ─ 그것이 돌이킬 수 없는 잘못은 아니에요. 그가 그런 건 사실이죠?"

"예."

"숨김없이 말하겠습니다. 그가 도박하는 것을 알고 있습니까?"

"동생이 내기는 하는 것 같아요." 이 말이 상대방의 대답 전부는 아닐 것이라는 듯 하트하우스 씨가 계속 기다리자 그녀는 "그가 도박하는 것을 알고 있어요"라고 덧붙였다.

"물론 그가 잃겠죠?"

"그래요."

"내기하는 사람은 누구나 잃습니다. 그가 도박을 할 수 있도록 부인이 가끔씩 돈을 대줄 것 같은데요?"

루이자는 시선을 아래로 하고 앉아 있었다. 그러나 이런 질문을 받자 날카롭게, 그리고 약간 화를 내며 시선을 들어올렸다.

"무례한 호기심을 용서하시기 바랍니다, 바운더비 부인. 톰이 점점 문제에 빠져든다는 생각이 들어서, 못된 경험의 밑바닥에서 배운 도움의 손길을 그에게 내밀고자 하는 겁니다 — 그를 위해 이러는 거라고 다시 한번 말할까요? 그게 꼭 필요합니까?"

루이자는 대답하려고 애쓰는 듯했으나 아무 말도 하지 못했다.

"생각나는 대로 솔직하게 말하면, 과연 그에게 유리한 점이 많은지 의심스럽습니다." 제임스 하트하우스는 다시 한번 애써 좀더 쾌활한 기색을 가장하며 말했다. "솔직하게 말하는 것을 용서하십시오 — 그와 최고로 훌륭한 그의 부친 사이에 상당한 정도의 신뢰가 형성될 수 있었는지 의심스럽습니다."

"그랬을 것 같지는 않다고 생각합니다." 그쪽으로 스스로 생각나는 바가 있어 루이자는 얼굴을 붉히며 대답했다.

"또는 그와 — 내 말뜻을 부인이 충분히 이해하리라고 기대합니다만 — 매우 존경받는 매부 사이는 어떻습니까?"

루이자의 얼굴이 점점 더 붉어졌다. 한층 더 희미한 소리로 "역시 그럴 것 같지 않습니다."라고 답했을 때 그녀의 얼굴은 새빨갛게 달아올랐다.

"바운더비 부인," 하트하우스는 잠시 침묵을 지키다가 말했다. "부인과 나 사이에 좀더 터놓고 이야기를 해도 괜찮겠지요? 톰이 부인에게서 상당한 돈을 빌려갔죠?"

"하트하우스 씨, 선생님도 이해하실 겁니다." 루이자는 약간 망설이다가 대답했다. 루이자는 이야기하는 내내 다소 확신이 없어 불안해하면서도 대체로 침착함을 유지했다. "선생님이 알고자 재촉하는 바를 내가 말씀드려도 그것이 불평이나 후회 때문이 아니라는 사실은 이해하시겠지요. 나는 어떤 일에도 불평을 품지 않고

256

이미 한 일에 대해선 결코 후회하지도 않는답니다."

'역시 기백이 대단하군!' 제임스 하트하우스가 생각했다.

"결혼하고 나서 동생이 이미 상당한 빚을 지고 있다는 사실을 알았습니다. 내 말은 동생이 갚기에는 버거운 액수란 말이지요. 너무 버거운 액수여서 나는 보석 같은 장신구를 팔 수밖에 없었습니다. 기꺼이 팔았으니 희생이랄 것도 없지요. 그것들에 어떠한 가치도 부여하지 않았으니까요. 나에게 그것들은 아주 무가치한 것이랍니다."

그녀가 남편의 결혼선물 중 일부에 대해 얘기하는 거라고 그가 눈치챘다는 사실을 그의 얼굴에서 읽었거나, 그가 아는 것이 마음에 걸렸거나 둘 중 하나였다. 루이자는 말을 멈추고 다시 얼굴을 붉혔다. 그가 전에는 그 사실을 몰랐어도, 그리고 그가 실제보다 훨씬 둔한 사람이라 해도 이제는 그 사실을 알게 되었을 것이었다.

"그후 여러차례 내줄 수 있는 돈을 전부, 즉 가진 돈을 전부 동생에게 주었습니다. 선생님이 동생에게 관심이 있다고 고백한 바를 믿고 털어놓자면, 중간에 그만두지는 않을 작정입니다. 선생님이 여기를 자주 방문하게 된 뒤에도 동생은 도합 백 파운드나 되는 돈을 원했지만 그만한 돈을 줄 수가 없었습니다. 동생이 그토록 말려드는 것의 결과에 대해 내내 불안했지만 지금까지 비밀로 해오다가 이제 선생님을 믿고 털어놓는 겁니다. 그동안 누구에게도 속내를 이야기하지 않았는데 왜냐하면 — 이젠 선생님도 그 이유를 짐작하시겠지요." 루이자는 갑자기 말을 끊었다.

그는 눈치빠른 사람이었으므로 그녀의 동생으로 살짝 위장하여 이 순간에 그녀 자신의 모습을 그녀에게 보여줄 기회를 엿보다가 그 기회를 포착했다.

"바운더비 부인, 비록 내가 버릇없고 세속적이지만 부인이 내게 해준 말에 아주 커다란 흥미를 느낀다는 것은 사실입니다. 내가 부인의 동생을 매몰차게 대할 수는 절대로 없지요. 동생의 잘못을 대하는 부인의 현명한 생각을 이해하고 공감합니다. 그래드그라인드 씨와 바운더비 씨 두 분 모두 아주 존경하지만 톰의 교육이 다행스러운 것이었다고는 생각하지 않습니다. 그는 자신이 해야 하는 역할이 있는 사회에서 불리한 입장에 서게끔 교육받은 탓에 오랫동안 강요받은 ― 좋은 의도로 그랬다는 사실은 의심하지 않아요 ― 한쪽 극단에서 반대쪽 극단으로 혼자서 치달은 겁니다. 바운더비 씨의 멋지고 솔직한 영국인다운 독립심이 아무리 매력적인 특징이라 해도 ― 우리가 동의했던 대로 ― 속내 이야기를 털어놓도록 유도하지는 않으니까요. 오해한 청춘과 잘못 잉태된 인격과 오도된 재능이 도움과 안내를 받고자 의지하고 싶어하는 섬세함이 부족한 것이 영국인의 독립심이라는 사실을 내가 과감하게 지적한다면, 그 점에 대해 생각나는 바를 말한 것입니다."

루이자가 풀밭 위의 빛이 그 너머 숲의 어두움으로 변하는 것을 정면으로 응시하고 앉아 있을 때, 하트하우스는 자신이 아주 분명하게 한 이야기를 곰곰이 생각하는 기색을 그녀의 얼굴에서 엿보았다.

"모든 사항을 참작해야겠지요." 그가 이야기를 계속했다. "하지만 톰에겐 커다란 잘못이 하나 있는데 나로서는 그 잘못을 용서할 수 없으니 그 점만은 무겁게 책임을 지도록 해야겠습니다."

루이자는 그에게 시선을 돌리며 그것이 어떤 잘못인지 물었다.

"이제까지 충분하게 말한 듯합니다." 그가 말을 받았다. "그것에 대해 언급하지 않는 편이 대체로 좋을 뻔했습니다."

"당신은 나를 놀라게 하는군요, 하트하우스 씨. 무엇인지 말해주시기 바랍니다."

"불필요한 걱정을 덜어드리기 위해 ─ 그리고 내가 분명히 무엇보다도 소중하게 여기는 바인 동생에 대한 부인의 속내 이야기가 우리 사이에 있었기 때문에 ─ 말하겠습니다. 그가 말 한마디, 표정 하나, 행동 하나에서 자기 최고의 친구인 누나의 애정과 헌신, 이타심과 희생을 좀더 깨닫고 그것에 감사하지 않는 점을 용서할 수가 없습니다. 내가 관찰하는 한에서는 그가 누나에게 보답하는 게 아주 보잘것없더라는 겁니다. 누나가 자기에게 해준 것을 갚으려면 찌무룩함과 변덕이 아니라 꾸준한 사랑과 감사가 필요한데 말입니다. 내가 아무리 무심하다 해도 당신 동생의 이러한 결함을 개의치 않거나 사소한 잘못으로 생각할 만큼 무관심하지는 않습니다, 바운더비 부인."

두 눈에 눈물이 고여서 루이자 앞의 숲이 일렁였다. 그 눈물은 오랫동안 감춰져 있다가 깊은 샘에서 솟아오른 것이었고, 눈물을 흘린다고 완화될 리 없는 격렬한 고통이 루이자의 가슴을 가득 채우고 있었다.

"간단히 말해서 내가 바라는 바는 동생의 그 점을 고치는 겁니다, 바운더비 부인. 그의 처지에 관해 내가 더 잘 아는 바와 거기에서 빠져나오도록 내가 줄 수 있는 지도와 충고가 ─ 훨씬 큰 말썽꾸러기가 주는 충고이므로 오히려 가치가 있으리라고 생각하는데 ─ 그에 대한 약간의 영향력을 나에게 줄 테고, 그 영향력은 모두 다 분명히 그 목적을 위해서만 사용할 작정입니다. 충분히, 어쩌면 그 이상으로 말을 한 것 같군요. 내가 스스로 좋은 사람이라고 주장하는 것 같지만 맹세컨대 그런 취지로 주장할 의도는 전혀 없으며 나는 그런 사람이 아니라고 솔직하게 말하겠습니다. 저기 숲에 부인의 동생이 왔어요, 틀림없이 방금 왔을 겁니다." 그가 눈을 들어서 주위를 둘러본 뒤 덧붙였다. 그는 이제까지 루이자만 관찰하고 있었던 것이다. "그가 이쪽으로 어슬렁어슬렁 오는 듯하니 우리가 그쪽으로 가서 도중에 그를 만나도 상관없겠지요. 최근에 그는 아주 조용하고 수심에 잠겨 있더군요. 동생다운 양심이 — 양심 같은 것이 존재한다면 — 움직였나보지요. 양심에 대한 이야기를 너무 자주 들어서 양심이란 걸 믿을 수가 없긴 하지만요."

그는 루이자가 일어나도록 팔을 내밀어 도와주었고 둘은 건달을 만나러 다가갔다. 톰은 천천히 걸어오면서 쓸데없이 나뭇가지를 툭툭 치거나 허리를 굽히고 심술궂게 나무에 긴 이끼를 지팡이로 떼어내거나 하고 있었다. 후자에 열중하고 있을 때 그들이 다가오자 톰은 깜짝 놀라며 안색이 변했다.

"이봐요!" 그는 말을 더듬었다. "당신이 여기에 있는 줄은 몰랐는데요."

"나무에 누구 이름을 새기고 있었어, 톰?" 하트하우스 씨가 물었다. 그가 톰의 어깨에 손을 올리고 그를 돌려세워서 셋은 집 쪽으로 함께 걸어갔다.

"누구 이름이라뇨?" 톰이 대꾸했다. "아! 어떤 여자애냔 말이죠?"

"나무껍질에 수상쩍게 어떤 미인의 이름을 새기는 것 같던데, 톰."

"하트하우스 씨, 맘대로 처분할 수 있는 막대한 재산을 가진 미인이 나를 좋아하지 않는 한 당치도 않을 소리군요. 그 여자가 부자인 만큼이나 못생겼어도 나와 헤어지는 것을 두려워할 필요는 없을 거예요. 상대방이 원하는 만큼 그녀의 이름을 새겨줄 테니까요."

"자네가 돈을 너무 좋아해서 걱정이네, 톰."

"돈을 너무 좋아한다." 톰이 그 말을 따라했다. "돈을 싫어하는 사람이 있나요? 누나에게 물어보세요."

"네 말은 그게 나의 단점이라는 거니, 톰?" 루이자는 동생의 불만과 심술을 별달리 의식하지 않는 기색으로 말했다.

"내 말이 맞는지 안 맞는지는 누나가 알잖아, 루." 동생이 뚱하게 응수했다. "내 말이 맞으면 받아들여."

"권태에 빠진 사람들이 가끔씩 그러하듯 톰이 오늘은 사람을 싫어하는군요." 하트하우스 씨가 말했다. "톰의 이야기를 믿지 마세요, 바운더비 부인. 톰도 그만한 분별은 있으니까요. 동생이 조금이라도 부드럽게 나오지 않으면 부인에 대해 나한테만 했던 이야기를 내가 밝힐 겁니다."

"하트하우스 씨, 어찌됐든 누나가 돈을 좋아한다고 내가 칭찬했다고는 할 수 없겠죠." 톰은 자기 후원자를 존중하는 마음에서 부드럽게 나오면서도 뚱하게 도리질을 하며 말했다. "그 반대 이유로 누나를 칭찬했을 수는 있지요. 그리고 합당한 이유만 있으면 지금도 다시 칭찬해야지요. 하지만 지금은 이런 문제에 신경쓰지 맙시다. 당신에게도 그다지 재미있지는 않을 테고 나도 신물이 나니까요."

그들은 집으로 계속 걸었다. 집 앞에 이르자 루이자는 하트하우스의 팔에서 손을 떼고 안으로 들어갔다. 그는 루이자가 계단을 올라가 현관문 안의 어두운 곳으로 들어가는 동안 그 뒷모습을 보고 있다가, 톰의 어깨에 다시 손을 얹고 은밀하게 고갯짓을 해서 함께 정원을 걷자고 제안했다.

"이보게 톰, 자네와 이야기할 게 있어."

그들은 장미가 어지럽게 널려 있는 곳에서 — 니키츠의 장미밭을 작은 규모로 유지하는 것도 바운더비 씨가 겸손을 과시하는 방법의 일부였다 ─ 발걸음을 멈췄다. 톰이 테라스 난간에 앉아 꽃봉오리를 따서 꽃잎을 뜯는 동안 그의 강력한 악마 친구는 한쪽 발을 난간에 올리고 그쪽 무릎에 팔을 기대서 자기 몸을 편하게 의지한 채 톰을 지켜보았다. 그들은 마침 루이자의 방 창문에서 보이는 곳에 있었다. 어쩌면 루이자가 그들을 보고 있었을지도 몰랐다.

"톰, 무슨 일이야?"

"아이고! 하트하우스 씨." 톰이 앓는 소리를 했다. "돈도 궁하고 짜증나 죽겠어요."

"이 친구야, 나도 그래."

"당신이요!" 톰이 대꾸했다. "당신은 독립심의 화신이잖아요. 하트하우스 씨, 나는 끔찍한 궁지에 빠졌어요. 내가 어떤 처지에 빠졌는지 ─ 누나가 그 일을 해주기만 했어도 빠져나올 수 있었는데 ─ 당신은 짐작도 못할 겁니다."

그는 이제 장미봉오리를 물어뜯고 허약한 노인의 손같이 떨리는 손으로 그것들을 이에서 떼어내는 데 몰두했다. 하트하우스는 상대방을 과도할 정도로 찬찬히 살핀 뒤 다시 최고로 쾌활한 기색을 띠었다.

"톰, 자네는 생각이 부족해. 누나에게 너무 많은 것을 바라고 있어. 누나한테 돈을 받다니, 망나니같이, 자네도 그 사실은 인정하겠지."

"그래요, 하트하우스 씨, 인정해요. 하지만 달리 어떻게 돈이 생기겠어요? 바운더비 영감은 자기가 나만했을 땐 한달에 이 펜스 남짓으로 살았다느니 하는 얘기를 항상 떠벌려요. 아버지는 이른바 선이라는 것을 긋고는 어릴 때부터 나를 완전히 거기다 묶어두었어요. 어머니는 지병 말고는 가진 것이 하나도 없는 처지고요. 이런 상황에서 돈을 얻으려면 어떻게 해야 하고, 누나에게 기대지 않으면 내가 어디서 돈을 얻겠어요?"

톰은 거의 울부짖으며 장미봉오리를 십여개씩 사방으로 흩뿌렸다. 하트하우스 씨는 설득조로 그의 옷을 잡았다.

"하지만 이보게 톰, 만약 자네 누나에게 돈이 없다면 ─ "

"돈이 없다고요, 하트하우스 씨? 나도 누나에게 돈이 있다고 말하는 건 아니에요. 누나가 갖고 있을 액수 이상을 원했을 수도 있지요. 하지만 그렇다면 누나는 그 돈을 수중에 넣어야지요. 누나는 그럴 수 있어요. 당신에게 이미 사실을 말했는데 이제 와서 숨기려는 건 소용없는 짓이지요. 당신이 알다시피 누나가 바운더비 영감과 결혼한 것은 자기자신이나 그를 위해서가 아니라 나를 위해섭니다. 그렇다면 어째서 누나는 내가 원하는 돈을 그에게서 빼내지 않는 거죠? 그 돈으로 무엇을 하려는지 그에게 말할 필요도 없는데 말이에요. 누나는 충분히 영리하니까 원하기만 하면 그 영감을 구슬려서 돈을 빼낼 수 있어요. 누나에게 그게 얼마나 중요한지 말해주었는데, 어쩌자고 누나는 그렇게 하지 않는 건가요? 누나는 애쓰지도 않았어요. 그와 같이 있을 때 사근사근하게 굴어서 돈을 쉽게 받아내지 않고 돌처럼 가만히 앉아만 있었단 말입니다. 당신이 어떻게 생각할지 모르겠지만, 나는 그것을 몰인정한 행위라고 생각합니다."

맞은편 난간 바로 아래로 장식용 냇물이 흐르고 있었는데, 명예가 손상된 코크타운의 공장주들이 재산을 대서양에 처넣겠다고 위협하는 것처럼 제임스 하트하우스 씨는 토머스 그래드그라인드 2세를 그 냇물에 처넣고 싶은 기분을 강하게 느꼈다. 그러나 그는 느긋한 태도를 유지했고, 작은 섬을 이루어 수면 위를 떠내려가는 장미봉오리 더미보다 더 단단한 물체가 석조난간을 통과하지는 않았다.

"이봐 톰." 하트하우스가 말했다. "내가 자네의 물주가 되어주지."

"제발 물주 얘기는 꺼내지도 마세요!" 톰이 갑작스레 대꾸했다. 그는 장미와 대조되게 아주 창백했다. 지독하게 창백했다.

교육을 잘 받고 자란 사람으로서 상류사회에 익숙한 하트하우스 씨가 깜짝 놀라서는 안되었지만 —차라리 놀라는 편이 나을 수도 있었다— 약간 놀라는 바람에 눈꺼풀이 올라가는 것처럼 그는 눈꺼풀을 살짝 쳐들었다. 비록 놀라는 것이 그래드그라인드 학파의 원칙에 어긋나는 것과 마찬가지로 하트하우스 학파의 가르침에도 어긋나는 일이긴 했지만 말이다.

"지금 얼마가 필요한가, 톰? 세 자리 숫자야? 털어놔봐. 얼만지 말하라니까."

"하트하우스 씨," 톰은 정말로 울먹이며 대답했다. 그가 아무리 불쌍해 보이더라도 남에게 피해를 입히는 것보다는 그 자신이 눈물을 흘리는 게 나았다. "너무 늦었어요. 돈은 이제 소용없어요. 도움이 되려면 진작 있었어야지요. 하지만 대단히 감사합니다. 당신은 진정한 친구군요."

진정한 친구라! 하트하우스 씨는 나른하게 '건달, 건달 같으니!'라고 생각했다. '네놈은 정말 바보야!'

"그리고 당신의 제의를 대단히 친절한 것이라고 생각합니다." 톰은 상대방의 손을 잡으며 말했다. "친절하다고 말입니다, 하트하우스 씨."

"글쎄," 상대방이 응수했다. "머지않아 좀더 소용이 될 수도 있겠지. 그리고 이 친구야, 골칫거리가 몰려오면 나한테 말해. 자네가 혼자 찾는 것보다는 나은 탈출구를 제시할 수도 있으니까."

"고맙습니다." 톰은 우울하게 도리질하고 장미봉오리를 씹으며 말했다. "당신을 좀더 일찍 알았으면 좋았을 텐데요, 하트하우스 씨."

"자, 알았지, 톰," 하트하우스 씨는 본토의 일부가 되려는 듯 끊임없이 벽 쪽으로 흘러가는 장미꽃 섬을 더 넓힐 심산인 양 장미를 한두송이 집어던지며 결론 삼아 말했다. "누구나 자기가 하는 일에 대해선 이기적이지, 나도 다른 사람과 마찬가지고. 나는 누나에 대한 자네의 태도를 누그러뜨리고 — 자네는 응당 그래야지 — 자네가 좀더 사랑스럽고 상냥한 동생이 되기를 — 자네는 응당 그렇게 되어야지 — 간절히 열망하고 있네." 나른하지만 간절한 그의 태도는 아주 열렬했다.

"그러겠어요, 하트하우스 씨."

"바로 지금이 가장 좋은 때라네, 톰. 당장 시작하게."

"반드시 그러겠어요. 루 누나도 그렇게 말하겠지요."

"일단 거래를 했으니 톰, 찢어졌다가 저녁때 만나세." 하트하우스가 톰의 어깨를 다시 치며 말했다. 톰은 그가 어깨를 치는 기색으로 미루어 자신의 의무감을 줄여주고자 하는 하트하우스의 무심하고 착한 본성 때문에 그 거래조건이 부과된 것이라고 제멋대로 — 이 불쌍한 바보가 전에 그랬듯이 — 추측해버렸다.

저녁 전에 도착한 톰은 마음은 무거웠지만 몸은 바짝 곤두서 있었다. 그는 바운더비 씨보다 빨리 방에 들어왔다. "성마르게 굴 생각은 없었어, 루." 그는 루이자에게 손을 내밀고 키스하며 말했다. "누나가 나를 좋아한다는 사실은 알고 있어. 누나도 내가 좋아한다는 사실을 알겠지."

이 일이 있은 뒤, 그날 루이자의 얼굴에는 다른 사람을 향한 미소가 감돌았다. 슬프게도, 다른 사람을 향해!

　제임스 하트하우스는 '이 부인이 마음을 쓰는 사람이 이제 건달만은 아니구나'라고 생각하며 루이자의 아름다운 얼굴을 처음 알아보았던 날의 생각을 번복했다. '건달만은 아니야, 아니고말고.'

8장
폭발

늦잠을 자기에는 너무 화창한 다음날 아침, 제임스 하트하우스는 일찍 일어나 젊은 친구에게 건전한 영향을 미쳤던 진기한 담배를 피우며 화장실 퇴창에 유쾌하게 앉아 있었다. 그는 햇볕을 쬐며 여름 냄새와 섞여 풍요롭고 부드럽게 느껴지는 동양산 담배 향기를 맡고 담배 연기가 꿈처럼 공중으로 사라지는 것을 보다가, 할일 없는 승자가 벌어들인 수익금을 계산하듯 자신에게 유리한 점들을 하나하나 세어나갔다. 그동안은 조금도 싫증이 나지 않아서 그 일에 집중할 수 있었다.

남편을 배제한 신뢰가 그와 루이자 사이에 형성되었다. 그 신뢰는 전적으로 남편에 대한 그녀의 무관심에, 그리고 이들 부부 사이에 조금이라도 합치되는 바가 현재뿐 아니라 앞으로도 언제까지나부재할 것이라는 사실에 따른 것이었다. 그는 루이자에게 자신이그녀의 마음속 가장 미묘한 구석까지도 알고 있다는 사실을 교묘하지만 분명하게 확신시켰다. 그녀의 애정을 이용하여 가까이 다가갔고, 자신과 그 감정을 관련시켰기 때문에 그녀가 그 뒤에 숨어지내던 장벽이 녹아 없어진 것이었다. 만사가 아주 이상하면서도 아주 만족스럽지 않은가!

그러나 아직은 하트하우스가 진지하게 사악한 목적을 품고 있는 것은 아니었다. 그와 그의 동료들이 무관심하거나 목적 없이 지내는 것보다는 계획적으로 악하게 구는 것이 공적으로나 사적으로나 그가 살고 있는 시대를 위해 훨씬 좋은 일일 것이다. 배를 난파시키는 것도 조류가 흐르는 대로 어디로나 흘러다니는 유빙인 것이다.

악마가 포효하는 사자같이 돌아다니면 그는 야만인이나 사냥꾼 이외엔 매혹될 사람이 별로 없는 모습으로 돌아다니는 것이다. 그러나 악마가 유행에 따라 치장을 하고 매만지고 모양새를 꾸미면, 그가 악에도 미덕에도 싫증을 내고 유황[49]에도 천국의 기쁨에도 지겨워한다면, 그때는 그가 빨간 끈[50]을 나눠주는 데 몰두하건 빨간 불꽃을 태우는 데 몰두하건, 그가 진짜 악마인 것이다.

제임스 하트하우스는 퇴창에 기댄 채 게으르게 담배를 피우기도 하고 자신이 걷게 된 길에서 이제까지 취한 조치들을 하나하나 세어보기도 했다. 길의 종착점은 그에게 아주 분명했으나 종착점에 대한 이런저런 계산으로 걱정하지는 않았다. 될 대로 되라지.

그날 가야 할 길이 다소 멀었기 때문에 ─ 조금 멀리 가서 '처리할' 공적인 일이 있는데 그래드그라인드 일파를 위해 타석에 들어설 괜찮은 기회였다 ─ 하트하우스는 일찍 옷을 갈아입고 아침식

---

49 지옥의 불.
50 관청의 관료주의, 형식주의, 비능률을 상징함.

사를 하러 아래층으로 내려갔다. 밤사이에 루이자가 원래의 무관심한 상태로 되돌아갔는지 알고 싶었다. 아니었다. 그는 그가 떠났던 곳에서 다시 시작했다. 그에게 다시 관심을 보이는 기색이 있었다.

그는 고된 상황 하에서 예상했던 만큼 만족스럽게 (또는 불만족스럽게) 하루를 보낸 후 여섯시에 말을 타고 집으로 출발했다. 그곳에서 집까지 오는 데는 반 마일 남짓 굽이진 길을 지나야 했다. 한때 니키츠의 소유였던 매끄러운 자갈길을 보통 속도로 말을 타고 오고 있을 때, 바운더비 씨가 관목숲에서 갑자기 나타나는 바람에 말이 뒷걸음치며 길 반대편으로 갔다.

"하트하우스!" 바운더비 씨가 소리쳤다. "소식 들었나?"

"무슨 소식 말인가요?" 하트하우스는 말을 달래고 속으로는 바운더비 씨의 불행을 빌며 말했다.

"그렇다면 듣지 못한 게로군!"

"나나 이 말은 당신 소리는 들었지만 다른 소리는 듣지 못했는데요."

얼굴이 달아오르고 흥분한 바운더비 씨는 깜짝 놀랄 소식을 더 효과적으로 터뜨리기 위해 말의 머리를 막고 길 한가운데 섰다.

"은행에 도둑이 들었어!"

"농담이겠죠!"

"간밤에 도둑이 들었단 말이오. 여벌열쇠로 따고 들어온 놈에게 이상하게 도둑을 맞았소."

"많이 털렸나요?"

최대한 과장해서 말하려는 욕망을 지닌 바운더비 씨는 "글쎄, 많은 액수는 아니오. 하지만 많은 액수일 수도 있었지"라고 답변해야만 하는 것을 정말로 분하게 여기는 듯했다.

"얼마나 털렸는데요?"

"아! 도합 — 당신이 총액에만 신경을 쓴다면 — 백오십 파운드가 안되는 액수요." 바운더비가 애가 타서 말했다. "하지만 문제는 액수가 아니라 그 사실이오. 중요한 건 은행에 도둑이 들었다는 사실이란 말이오. 당신이 그걸 모르다니 놀랍군."

"바운더비 씨," 제임스는 말에서 내려 고삐를 하인에게 주며 말했다. "나도 압니다. 그리고 그 광경을 상상만 해도 당신이 원하는 이상으로 숨이 막혀요. 하지만 더 큰 손해를 입지 않은 것에 대해 축하해도 — 정말 진심으로 축하하는 겁니다 — 괜찮겠지요."

"고맙소." 바운더비는 쌀쌀맞고 무뚝뚝하게 대답했다. "하지만 이거 봐요. 이만 파운드를 도둑맞았을 수도 있었단 말이오."

"그랬을 수도 있겠다고 생각합니다."

"그랬을 수도 있겠다고 생각한다! 정말, 당신이야 그렇게 생각할 수도 있겠지, 참말로!" 바운더비 씨는 위협조로 고개를 끄떡이기도 하고 도리질하기도 하며 말했다. "이만 파운드의 곱절일 수도 있었던 거요. 사람들이 불안해한다는 사실 외에 실제로 얼마를 도둑맞을 수 있었을지는 알 길이 없으니까."

이제는 루이자와 스파싯 부인, 그리고 비처도 와 있었다.

"당신은 모른다 해도 여기 있는 톰 그래드그라인드의 딸은 얼마를 도둑맞을 수 있었는지 잘 알지." 바운더비가 소리쳤다. "내가 그 이야기를 하니까, 선생, 총에라도 맞은 것같이 쓰러지더란 말이오! 그녀가 그러리라곤 전에는 생각도 안 했소. 내 생각에는 그 상황에서 명예롭게 행동한 것이오!"

루이자는 여전히 힘이 없고 창백해 보였다. 제임스 하트하우스는 자기 팔을 잡으라고 말하고, 일행이 천천히 움직이자 그녀에게

270

도둑이 어떻게 들었는지 물었다.

"이런, 막 말하려던 참이오." 바운더비는 스파싯 부인에게 성마르게 팔을 내밀며 말했다. "당신이 금액에 대해 그토록 까다롭게 굴지 않았으면 벌써 자초지종을 말했을 거요. 선생은 귀부인(이 부인이 귀부인이니까) 스파싯 부인을 알죠?"

"이미 그런 영광을 누렸습니다 ─"

"좋소. 그리고 이 젊은이, 비처도 같이 만났죠?" 하트하우스 씨는 그렇다는 뜻으로 머리를 숙였고 비처는 이마에 손등을 갖다 댔다.

"됐소. 이들은 은행에서 지내요. 선생도 이들이 은행에서 지낸다는 사실은 알죠, 아마? 잘됐소. 어제 저녁에도 영업시간이 끝난 뒤 평상시와 마찬가지로 모든 것을 치웠소. 이 젊은 친구가 바로 그 밖에서 자는 철제 금고실에 얼마가 들어 있었는지는 신경쓰지 마시오. 젊은 톰의 방에 있는 작은 금고에는 ─ 자잘한 용도에 쓰는 금고인데 ─ 백오십 파운드 남짓한 돈이 있었소."

"백오십사 파운드 칠 실링 일 페니예요." 비처가 말했다.

"이봐!" 바운더비는 말을 중단하고 비처에게 방향을 돌려 쏘아붙였다. "자네는 끼어들지 마. 한 주에 칠 파운드씩 네차례에 걸쳐 받는 월급으로는 사태를 바로잡지 않아도 되는 자네가 너무 편해서 조는 동안 도둑맞아도 싸지 싸. 나는 자네만했을 때 졸지 않았어. 졸 만큼 먹지도 못했고. 칠 파운드씩 네차례에 걸쳐 받지도 못했지. 설령 그만한 액수를 받았다 해도 졸지는 않았을 거야."

비처는 굽실거리면서 이마에 손등을 다시 갖다 댔고, 바운더비 씨가 방금 말한 도덕적 절제의 예 때문에 특별히 감동을 받으면서도 동시에 낙담하는 듯했다.

"백오십 파운드 남짓한 금액이 들어 있었소." 바운더비 씨가 다시 말을 시작했다. "그만한 액수를 젊은 톰이 자기 금고에 넣고 자물쇠를 채워두었는데, 튼튼한 금고는 아니지만 지금 그게 문제는 아니오. 다른 것은 무사히 그대로 있었으니까. 이 젊은 친구가 코를 골며 자던 밤중 언젠가에 ─ 스파싯 부인, 이 친구가 코 고는 소리를 들었다고 했죠?"

"선생님," 스파싯 부인이 대답했다. "틀림없이 코 고는 소리를 들었다고 할 순 없으니 그렇게 말하면 안되지요. 하지만 겨울날 저녁에 그가 책상에 엎드려 잠들었을 때 숨이 막혀서 내는 소리였다고 말하는 편이 나을 그런 소리는 들었습니다. 그럴 때마다 독일제 시계가 내는 소리와 유사한 소리를 들었단 말입니다." 스파싯 부인은 정확한 증거를 대고 있다는 당당한 느낌으로 말했다. "그의 도덕성을 조금이라도 비난하고자 하는 건 아닙니다. 그런 건 전혀 아닙니다. 나는 비처야말로 최고로 올바른 원칙을 갖고 살아가는 젊은이라고 항상 생각해왔습니다. 내 이야기가 그 사실을 입증했으면 좋겠습니다."

"글쎄!" 화가 난 바운더비가 말했다. "그가 코를 고는 동안, 또는 숨이 막히는 동안, 또는 독일제 시계 소리를 내는 동안, 아니면 무엇인가 다른 소리를 내는 동안 ─ 요컨대 그가 잠들어 있는 동안 ─ 미리부터 은행 안에 숨어 있었는지 어쨌는지는 차차 밝혀지겠지만, 놈들이 젊은 톰의 금고에 어떻게 어떻게 와서 금고문을 억지로 열고는 안에 들어 있던 돈을 훔친 거요. 그러고 나서 불안한 마음이 든 녀석들이 서둘러 도망쳤고, 현관문으로 나오면서 여벌열쇠를 이용해서 그 문을 이중으로 잠근 거지요. (문은 이중으로 잠그는데 열쇠는 스파싯 부인의 베개 밑에 둡니다.) 그 여벌열쇠가 오늘 정오 무렵에 은행 근처 길에서 발견되었소. 이 친구 비처가 오늘 아침에 일어나서 문을 열고 영업 준비를 할 때까지도 경보기는 울리지 않았소. 그가 톰의 금고를 보고서야 문이 열려 있는 사실을 알았고, 자물쇠가 억지로 열려 있고 돈이 없어진 것을 발견한 거요."

"말이 났으니 말인데 톰은 어디에 있나요?" 하트하우스가 두리번거리며 물었다.

"경찰의 수사를 돕느라 은행에 남아 있소." 바운더비가 대답했다. "내가 톰의 나이만했을 때 그 녀석들이 나를 털려고 했으면 좋았을 텐데. 그 일에 십팔 펜스를 투자했어도 놈들은 손해만 보았을 거란 말이오."

"용의선상에 오른 사람이 있나요?"

"용의선상이라고? 의심가는 데가 있긴 있소. 제기랄!" 바운더비는 스파싯 부인의 팔을 잡았던 손을 놓고 뜨거워진 이마를 닦으며 말했다. "코크타운의 조사이아 바운더비가 도둑을 맞았는데 의심가는 녀석이 없어서야 말이 안되지. 그럼, 안되고말고!"

하트하우스 씨가 물었다. 용의선상에 오른 사람이 누굽니까?

"자," 바운더비는 발걸음을 멈추고 얼굴을 돌려서 모든 사람을 정면으로 마주보았다. "내가 말해주겠소. 어디 가서 말하지 마시오. 은행을 턴 악당들이 (그들은 한패요) 경계를 늦추도록 하기 위해서는 다른 데 가서 발설하면 안된단 말이오. 그러니 비밀로 해두시오. 가만있어봐." 바운더비 씨는 이마를 다시 닦았다. "일손이 하나 관계되어 있다면 뭐라고 하겠소?" 그는 감정을 격하게 폭발시켰다.

"우리 친구인 블랙폿은 아니었으면 좋겠는데요?" 하트하우스가 나른하게 말했다.

"폿 말고 풀이라고 하시오, 선생." 바운더비가 대꾸했다. "그 친구가 바로 용의자요."

루이자는 믿을 수 없고 뜻밖이라는 투로 들릴락말락하게 무슨 말인가를 했다.

"아 그렇지! 내가 알아!" 그 소리를 듣자마자 바운더비가 말했다. "내가 알아! 그 문제라면 내가 익숙하니까, 훤히 알고 있지. 그 녀석들은 세상에서 가장 멋진 놈들이야, 말재주도 있고. 자기네 말로는 자신들의 권리를 스스로에게 명확히하기를 원할 뿐이라고 하지. 하지만 잘 들어보시오. 불만을 가진 일손을 나에게 데려만 오면 그 녀석이 어떤 못된 짓이라도 — 그게 뭐든 상관없지 — 능히 해치울 수 있는 놈이라는 사실을 보여주겠소."

코크타운에 널리 퍼져 있는 또다른 허구였는데, 이 허구를 퍼뜨리기 위해 상당한 노력이 기울여졌으며 — 이를 실제로 믿는 사람도 상당수 있었다.

"하지만 그 녀석들은 내가 잘 알아." 바운더비가 말했다. "책을 읽는 것처럼 그들의 마음을 읽을 수 있으니까. 스파싯 부인, 말 좀 해보시오. 그 친구가 종교를 때려눕히고 국교를 쓰러뜨릴 방도를 알아내려는 명백한 목적을 가지고 처음 집에 찾아왔을 때 내가 그에게 뭐라고 경고했나요? 스파싯 부인, 지체 높은 인척관계로 보자면 부인은 귀족계급과 같은 수준이지요 — 그 친구에게 내가 '자네는 진실을 숨길 수 없어. 자네는 내가 좋아하는 부류가 아니야. 자네는 좋은 결과를 못 볼 걸세'라고 말했나요, 안 했나요?"

"분명히 했습니다, 선생님." 스파싯 부인이 대답했다. "아주 감동적으로 그런 경고를 했지요."

"그게 그 친구가 부인에게 충격을 주었을 때, 즉 부인의 감정에 충격을 주었을 때죠?" 바운더비가 물었다.

"그래요, 선생님. 분명히 충격을 주었어요." 스파싯 부인은 유순하게 머리를 끄덕이며 대답했다. "하지만 처음부터 지금 같은 처지에 있었다면 그런 문제에 대해 내 감정이 더 약했을 수 있다는—이런 표현이 더 어울린다면, 더 바보같을 수 있다는—얘기를 하려는 건 아닙니다."

바운더비 씨는 하트하우스 씨를 향해서 '이 부인의 임자가 난데 자네가 이 부인에게 관심을 기울일 가치가 있다고 생각해'라고 말하듯이 그를 폭발적으로 거만하게 바라보았다. 그러다가 이야기를 이어나갔다.

"하트하우스, 당신이 그와 있었을 때 내가 했던 말을 이제는 기억할 수 있을 거요. 나는 그에게 꾸밈없이 솔직하게 말했었소. 나는 일손들에게 완곡하게 말하는 사람이 아니란 말이오. 나는 그들을 알아요, 잘 알지요, 선생. 그로부터 삼일 후에 그가 도망쳤소. 어릴 때 내 어머니가 도망쳤던 것처럼 아무도 모르는 곳으로 가버렸단 말이오—차이가 있다면 그가 내 어머니보다도 나쁜 작자란 거요, 그럴 수 있다면 말이오. 도망가기 전에 그가 어떤 짓을 했는지 아시오?" 바운더비 씨는 모자를 손에 들고 말이 조금씩 끝날 때마다 그것이 탬버린인 양 모자 꼭대기를 두드렸다. "그 친구가—매일 밤—은행을 지켜보는 모습이 목격되었던 것에 대해 어찌 생각하시오?—어두워진 후에—남의 눈을 피해 근처를 숨어다녔던 것에 대해서는요?—그것이 스파싯 부인에게—그가 쓸데없이 근처에 숨어 있다는 느낌을 주었던 것에 대해서는요?—스파싯 부인이 비처의 주의를 환기시켜서 둘이 함께 그 친구를 살폈던 것에 대해—그리고 이웃들도 그 친구를 주목하고 있었다는 사실이—오늘 조사한 결과 드러났다는 사실에 대해 어찌 생각하시오?" 이야기가 절정에 이르자 바운더비 씨는 동양의 댄서처럼 탬 버린으로 머리를 두드렸다.

"분명 의심이 가는군요." 제임스 하트하우스가 말했다.

"내 생각도 그렇소, 선생." 바운더비는 도전적으로 고개를 끄덕 이며 말했다. "나도 그렇게 생각하오. 그런데 가담한 사람이 더 있 소. 노파가 하나 있단 말이오. 문제가 생긴 뒤에야 소식을 듣는 법 이고, 말을 도둑맞은 뒤에야 외양간 문이 망가져 있었다는 사실을 알게 되는 법인가보오. 노파가 한명 이제 나타난 거요. 이따금 빗자 루를 타고 시내로 날아오는 듯한 노파가 있소. 그 노파가 그 친구에 앞서 하루종일 은행을 지켜보다가, 당신이 그를 보았던 날에 그와 함께 몰래 사라져서 그와 회의를 했던 거요 — 비번이라는 점을 보 고한 것이라고 생각하는데, 빌어먹을 노파 같으니."

그날 밤 그 방에 그런 노파가 있었는데 남의 눈에 띄는 것을 피 했었지, 하고 루이자는 생각했다.

"우리가 그들을 이미 알고 있다 해도 이것이 전부는 아니오." 바 운더비는 숨긴 얘기가 있는 듯 고개를 여러차례 끄덕이며 말했다. "하지만 현재로서는 이 정도면 충분히 얘기한 거요. 이 사실을 비 밀로 하고 아무에게도 발설하지 않았으면 좋겠소. 시간은 걸리겠 지만 그들을 잡게 될 거요. 얼마간 그들을 자유롭게 놔두고자 하는 데 여기에 이의를 제기하지는 않으리라 믿소."

"물론입니다. 공고문에 따라 그들을 바르게 다루겠지만 법의 테 두리 내에서 최고로 엄격한 처벌을 해야 합니다." 제임스 하트하우 스가 대답했다. "은행을 턴 자들은 결과에 대한 책임을 져야지요. 책임이 없다면 우리도 모두 은행을 털려 할 테니까요." 그는 루이 자의 손에서 부드럽게 양산을 빼앗아 자신이 받쳐주었고, 그녀는 햇살이 비치지 않는데도 양산 밑으로 걸었다.

"루 바운더비, 당분간 스파싯 부인을 돌봐드려야겠소." 그녀의 남편이 말했다. "이번 일 때문에 이 부인의 신경이 영향을 받았을 테니 여기에서 하루이틀 쉬어야 할 거요. 그러니 이 부인을 편하게 해주시오."

"대단히 감사합니다, 선생님." 그 분별있는 부인이 말했다. "하지만 나를 편하게 해주려고 신경쓰지 마세요. 아무래도 좋으니까요."

스파싯 부인에게 그 집안과 관련해서 단점이 있다면, 그것은 자신의 문제엔 폐가 될 정도로 지나치게 무관심하고 다른 사람의 문제엔 폐가 될 정도로 과도하게 신경쓰는 것이라는 사실이 곧 드러났다. 기거할 방을 보자마자 부인은 세탁실에 있는 압착롤러 위에서 자는 것을 더 좋아한다고 추측하게 할 정도로 방에 있는 이기利器들에 민감한 반응을 보였다. 파울러 가와 스캐저스 가 사람들은 화려한 생활에 익숙한 것이 사실인데도 스파싯 부인은, 특히 하인이라도 곁에 있으면 "하지만 현재의 내 처지가 더이상 과거와 같지 않다는 걸 기억하는 게 내 의무지"라며 고상하고 우아하게 말하기를 즐겨했다. "스파싯 씨가 파울러 가 사람이라는 기억이나 내가 스캐저스 집안과 친척 간이라는 기억을 완전히 지울 수만 있다면, 또는 그 사실을 무효로 해서 나 자신이 평범한 가문 출신에 평범한 친척관계를 지닌 사람이 될 수만 있다면 기꺼이 그렇게 하겠어. 지금 처지에서는 그렇게 하는 게 올바르다고 생각해"라고도 말했다. 은둔자 같은 이러한 마음가짐으로 저녁때 모듬요리와 포도주를 한사코 사양해서 바운더비 씨가 부인에게 요리를 들라고 어지간히 권해야 했다. 그러자 부인은 "정말로 친절하시군요, 선생님"이라고 말한 뒤 다소 공식적이고 공개적으로 선언했던 결심을 철회하고 "수수한 양고기 요리를 먹겠어요"라고 했다. 또한 소금을 청하면서도 깊이 사과했고, 친절하게도 바운더비 씨가 자신의 신경쇠약에 대해 했던 말을 최대한 입증해야 한다는 의무감을 느끼고 가끔씩 의자에 깊숙이 앉아 말없이 눈물을 흘렸다. 그때마다 수정 귀고리 같은 커다란 눈물이 스파싯 부인의 매부리코 밑으로 미끄러져내리는 모습을 볼 수 있었다. (정확히 말하면, 사람들이 그 눈물에 주목해야 했으므로 그 모습을 보아야만 했다.)

그러나 전체적으로 볼 때 스파싯 부인의 두드러진 요점은 바운더비 씨를 불쌍히 여기겠다는 결심이었다. 그를 보다가 "아 불쌍한 요릭!"[51]이라고 말하는 것처럼 부인이 무의식적으로 도리질하는 때가 있었다. 감정을 나타내는 이런 증거들을 보인 뒤에도 그녀는 부드럽게 빛나는 명랑을 짜내고 발작적으로 즐거운 체하면서 "선생님이 여전히 원기가 넘치시니 감사합니다"라며 바운더비 씨가 기운을 잃지 않고 견디는 것을 신성한 하늘의 섭리로 반기는 듯했다. 그 부인에게는 종종 그 때문에 사과하게 되는 특이한 버릇이 한가지 있었고 그 버릇을 극복하기가 너무나 어려웠다. 그녀는 바운더비 부인을 '그래드그라인드 양'이라고 부르는 이상한 버릇이 있어서 하룻저녁에도 예순번 내지 여든번씩 그 버릇에 빠졌다. 이런 실수를 반복하다보니 스파싯 부인은 다소 혼란스러워졌다. 그녀의 말인즉슨, 정말이지 그래드그라인드 양이라고 부르는 게 너무 자연스러우며, 어릴 때부터 알아오던 젊은 숙녀가 정말로, 참으로 바운더비 부인이라고 생각하기는 거의 불가능하다는 거였다. 그녀가 이 문제를 골똘히 생각할수록 더욱더 불가능하게 여긴다는 사실이

---

51 『햄릿』 5막 1장에서 햄릿이 요릭의 해골을 보며 하는 대사.

이 특이한 경우의 한층 더 괴이한 일이었다. 스파싯 부인은 "차이가 워낙 커서"라고 변명했다.

바운더비 씨는 식사 후 응접실에 앉아 도난 사건을 따져보았다. 증인을 검토하고 증거를 기록해서 용의자가 유죄라고 판단한 뒤 그들에게 법이 허용하는 최대의 중벌을 선고했다. 그러고 나서 비처를 시내로 보내 톰에게 우편열차로 집에 오라는 지시를 전하도록 했다.

촛불을 들여왔을 때 스파싯 부인은 "침울해하지 마세요, 선생님. 옛날처럼 명랑한 모습을 보여주세요"라고 속삭였다. 이런 위로를 받자 바운더비 씨는 완고하고 어색하게 감상적으로 변하기 시작해 커다란 바다짐승처럼 한숨을 쉬었다. "선생님의 이런 모습을 차마 볼 수가 없어요." 스파싯 부인이 말했다. "내가 영광스럽게 선생님과 같은 지붕 밑에서 살았을 때 하셨던 대로 주사위놀이를 해보시지요." "그 이후로는 주사위놀이를 해본 적이 없습니다, 부인." 바운더비 씨가 말했다. "그러시겠죠, 선생님." 스파싯 부인이 달래듯 말했다. "그 놀이를 한 적이 없다는 사실을 알고 있습니다. 내가 기억하기에 그래드그라인드 양이 그 놀이에 관심을 보인 적은 한번도 없으니까요. 하지만 선생님이 스스로를 낮추셔서 그 놀이를 한 번 해보신다면 기쁘겠습니다."

그들은 정원으로 통하는 창가에 앉아서 주사위놀이를 했다. 달빛이 비치지는 않았지만 무더우면서도 향기로운 멋진 밤이었다. 루이자와 하트하우스 씨는 정원으로 산책을 나가 있었다. 그들이 나누는 이야기의 내용은 들리지 않았지만 사방이 조용해서 그들의 목소리는 들을 수 있었다. 스파싯 부인은 주사위놀이를 하면서도 바깥쪽의 어둠을 꿰뚫어보기 위해 계속해서 눈에 힘을 주었다. "무슨 일이죠, 부인?" 바운더비 씨가 물었다. "어디서 불이 난 건 아니겠죠?" "원, 천만에요, 선생님." 스파싯 부인이 대꾸했다. "이슬에 대해 생각하고 있었습니다." "부인이 이슬과 무슨 관계죠?" 바운더비 씨가 물었다. "내가 아니에요. 선생님." 스파싯 부인이 대답했다. "그래드그라인드 양이 감기에 걸릴까 걱정입니다." "그녀는 절대로 감기에 걸리지 않습니다." 바운더비 씨가 말했다. "정말인가요, 선생님?" 스파싯 부인이 물었다. 그리고 헛기침을 했다.

자러 갈 시간이 다가오자 바운더비 씨는 물을 한잔 마셨다. "어머나, 선생님?" 스파싯 부인이 말했다. "레몬 껍질과 육두구 씨를 넣고 따끈하게 데운 셰리주를 마시지 않나요?" "글쎄요, 요새는 셰리주 마시는 습관이 없어져서요." 바운더비 씨가 말했다. "더욱더 안됐군요, 선생님." 스파싯 부인이 대꾸했다. "옛날의 좋은 습관이 다 없어지다니. 힘내세요, 선생님! 그래드그라인드 양이 허락한다면 옛날에 했던 대로 내가 만들어드리겠습니다."

그래드그라인드 양이 하고 싶은 대로 무엇이든 하라고 기꺼이 허락하자, 사려 깊은 그 부인은 셰리주를 만들어 바운더비 씨에게 주었다. "몸에 좋을 겁니다, 선생님. 가슴을 데워줄 테니 선생님께 필요한 거고 마셔야만 하는 술이지요." 바운더비 씨가 "부인의 건강을 위하여!"라고 말하자, 스파싯 부인은 매우 감동하여 "감사합니다, 선생님. 건강과 행복이 함께하시기를!"이라고 화답했다. 마지막으로 부인은 크나큰 연민을 느끼며 잘 주무시라고 인사했다. 바운더비 씨는 결코 말로 할 수는 없지만 무엇인가 미묘한 문제에서 방해를 받고 있다는 감상적인 생각을 품고 자리에 들었다.

루이자는 옷을 벗고 잠자리에 누운 다음에도 한동안 자지 않고 동생이 돌아오기를 기다렸다. 새벽 한시나 돼야 동생이 돌아올 거라는 사실을 알고 있었다. 그러나 시골의 조용함은 불안한 생각을 진정시켜주지 못했으며 시간만 지루하고 더디게 갔다. 어둠과 고요함이 여러시간 지속되어 더욱 어둡고 고요해진 듯했을 때 마침내 벨이 울리는 소리가 들렸다. 루이자는 먼동이 틀 때까지 벨이 계속 울리면 좋겠다고 느꼈지만, 벨소리는 그쳤고 마지막 소리의 파장이 대기 속에 점점 희미하고 넓게 퍼져나갔다가 다시 쥐죽은 듯 조용해졌다.

루이자는 결심하기까지 십오분 남짓 머뭇거렸다. 그러다가 일어나서 헐거운 옷을 걸치고 어둠 속에서 방을 나와 동생 방이 있는 위층으로 올라갔다. 방문이 닫혀 있어서 루이자는 조용히 문을 연 다음에 발소리를 죽여 침대로 다가가 그에게 말을 걸었다.

루이자는 침대 곁에 꿇어앉아 팔로 톰의 목을 감싸고 그의 얼굴을 자기 얼굴에 가까이 댔다. 동생이 잠든 체할 뿐이라는 사실을 알았지만 그녀는 아무 말도 하지 않았다.

잠시 후 그는 막 깨어났다는 듯 깜짝 놀라며 누구냐고, 그리고 무슨 일이냐고 물었다.

"톰, 나한테 할 말이 있니? 나를 사랑한 적이 있고 다른 사람에게 숨기는 일이 있다면 그걸 지금 말해."

"무슨 얘기야, 루. 꿈을 꾸고 있군."

"톰," 루이자는 톰의 베개에 머리를 내려놓았다. 그녀의 머리카락이 동생의 얼굴 위로 드리워졌는데, 마치 자신 이외의 모든 사람으로부터 동생을 숨기려는 것 같았다. "나에게 해야 할 얘기가 없니? 하고자 한다면 나에게 해줄 이야기가 없냐고? 네가 어떤 말을 해도 나는 변하지 않아. 오, 톰, 사실대로 말해!"

"무슨 말을 하는지 모르겠군!"

"톰, 만약에 나마저, 살아 있더라도 너를 떠나버리는 날에는, 네가 이 밤에 침울하게 여기 혼자 누워 있듯이 어느 날 밤 어딘가에 혼자 누워 있어야 할 거야. 나 역시 지금 맨발로 옷도 안 입은 채 어둠 속에서 분간할 수 없이 네 곁에 누워 있는 것처럼, 언젠가 죽은 다음에는 먼지가 될 때까지 부식이 진행되는 온 밤 내내 누워 있어야겠지. 그 순간에 대고 맹세코, 톰, 사실을 말해봐!"

"알고 싶은 게 뭔데?"

"내가 비난하지 않을 거라는 사실을 확신해도 좋아." 루이자는 사랑의 힘으로, 톰을 마치 어린아이인 양 가슴에 껴안았다. "내가 너를 가엾게 여기고 너에게 충실할 거라는 사실을 확신해도 좋아. 어떤 희생을 치르더라도 너를 지켜줄 거라는 사실 역시 확신해도 좋아. 오, 톰, 나에게 할 말이 없니? 부드럽게 속삭여봐. 그저 '그렇다'고만 해, 그러면 이해할게!"

루이자는 그의 입술에 귀를 갖다 댔지만 톰은 고집스레 침묵을 지켰다.

"한마디도 할 말이 없니, 톰?"

"누나가 무슨 말을 하는지 모르겠는데 어떻게 그렇다고 하거나 아니라고 하겠어? 루, 누나는 멋지고 착해. 그리고 나보다 더 좋은 동생을 가질 자격이 있다는 생각이 들어. 하지만 더이상 할 말은 없어. 가서 자, 자라니까."

"너 피곤하구나." 루이자는 곧 좀더 평상시에 가까운 말투로 속삭였다.

"그래, 완전히 지쳤어."

"오늘은 하루종일 허둥대고 불안했겠구나. 새로 알아낸 사실이 있니?"

"누나가 벌써 들은 내용뿐이야 ─ 그 사람에게서."

"톰, 우리가 그 사람들을 방문했고 셋이 함께 있는 것을 보았다는 얘기를 누구한테든 했니?"

"아니. 누나가 같이 가자고 말하면서 비밀로 하라고 특별히 부탁했잖아?"

"그랬지. 하지만 그때는 무슨 일이 벌어질지 몰랐으니까."

"나도 몰랐어. 내가 어떻게 알았겠어?"

톰이 루이자에게 재빨리 이렇게 대꾸했다.

"일이 이렇게 벌어졌으니 내가 전에 찾아갔었단 얘길 해야만 하나?" 그의 누나가 침대 곁에 서서 말했다 ─ 루이자는 그전에 침대에서 점차 물러나서 이미 일어나 있었다. "그 말을 해야 하니? 이야기를 해야겠지?"

"세상에, 루," 동생이 대꾸했다. "누나가 내 충고를 구한 적은 한 번도 없잖아. 맘대로 해. 누나가 비밀로 한다면 나도 비밀로 하겠어. 누나가 발설한다면 그것으로 끝이지."

너무 어두워서 서로 얼굴을 볼 수 없었다. 그러나 각자 온 정신을 집중하고 신중하게 생각한 후에 말하는 것 같았다.

"톰, 내가 돈을 주었던 그 사람이 정말로 범죄에 관련되었다고 생각하니?"

"모르겠어. 관련되지 않았을 이유도 없잖아."

"내가 보기엔 정직한 사람 같던데."

"누나에게 부정직해 보이는 사람이 사실은 그렇지 않을 수도 있는 거니까."

그가 머뭇거리다 말을 멈춰서 잠시 침묵이 흘렀다.

"간단히 말해서," 톰이 결심한 듯 말을 이었다. "누나가 그런 생각이었다 해도 나는 그를 조금도 좋게 보지 않았기 때문에 조용히 얘기하기 위해 문밖으로 데리고 나갔던 거야. 누나에게서 얻은 횡재 때문에 그가 스스로를 부자라고 생각할지도 모른다는 염려가 들었어. 그래서 그 돈을 잘 사용하면 좋겠다는 얘기를 한 거야. 누나도 내가 그를 바깥으로 데리고 나갔는지, 안 나갔는지 기억할 거야. 그 사람에게 해가 될 이야기는 한마디도 하지 않았어. 잘은 모르지만 그가 착한 사람일 수도 있겠지. 또한 그러기를 바라고."

"네가 한 말에 그가 화를 냈니?"

"아니. 그는 내 말을 잘 받아들였고 아주 예의 발랐어. 어디에 있어, 루?" 그는 침대에서 일어나 앉아 누나에게 키스했다. "잘 자, 누나, 안녕!"

"더 이상 할 말은 없니?"

"없어. 무슨 말이 있겠어? 누나에게 거짓말하라는 건 아니잖아?"

"네 평생의 모든 밤 중에서 특히 오늘밤은 톰, 네가 거짓말하지 않았으면 좋겠다. 앞으로 더욱더 행복하기를 빌게."

"고마워, 누나. 너무 피곤해서, 가서 자라는 말도 하기가 힘들어. 가서 자, 가서 자라고."

누나에게 다시 키스한 후, 그는 돌아누워서 머리 위까지 이불을 끌어당기고 루이자가 그에게 호소하러 왔던 때와 마찬가지로 가만히 누워 있었다. 루이자는 잠시 침대 곁에 서 있다가 천천히 물러났다. 문간에서 발걸음을 멈추고 문을 연 후 뒤돌아보며 자기를 불렀느냐고 물었다. 그러나 그가 가만히 누워 있기만 해서 그녀는 문을 살짝 닫고 자기 방으로 돌아갔다.

그러자 그 가증스러운 청년은 조심스레 고개를 들어서 루이자가 간 것을 확인한 다음 침대 바깥으로 기어나와 문을 잠갔다. 그리고 다시 베개 위에 몸을 던지고는 자기 머리카락을 쥐어뜯고, 슬프게 울고, 원한을 품은 채 누나를 사랑하고, 증오에 차서 그러나 뉘우치지는 않은 채 자기자신을 경멸하고, 그에 못지않게 증오에 차서 쓸데없이 세상의 모든 착한 사람들을 경멸했다.

9장
임종 소식을 듣다

신경쇠약을 정상으로 회복하기 위해 바운더비 씨의 별장에서 쉬고 있는 스파싯 부인이 코리올레이너스 같은 눈썹을 하고 밤낮으로 주위를 경계했기 때문에, 차분한 태도만 아니었다면 그녀의 두 눈은 바위 많은 해변의 쌍 등대처럼 신중한 선원들에게 가파른 바위를 닮은 매부리코와 근처의 어두운 바위투성이 지역에 접근하지 말라고 경고하는 것처럼 보였을지도 모른다. 스파싯 부인이 밤에 정말로 잔다고 믿기는 어려웠다. 부인의 고전적인 두 눈은 완전히 깨어 있었을 뿐 아니라 완고한 코가 나른한 잠에 굴복한다는 것은 불가능해 보였다. 그러나 모래처럼 깔깔하다고 할 정도는 아니어도 끼기에 불편한 장갑(그 장갑은 고기 두는 찬장같이 촘촘한 쇠그물로 서늘하게 만든 것인데)을 매만지며 앉아 있는 태도나 무명으로 만든 등자에 발을 넣은 채 미지의 목적지로 천천히 걸어가는 태도가 워낙 평온해 보여서, 대부분의 관찰자는 그 부인을 비둘기가 자연의 어떤 변덕 탓에 부리가 갈고리 모양인 새의 형상을 입은 것으로 생각하지 않을 수 없었다.

스파싯 부인은 집 안을 이리저리 돌아다니는 면에서 아주 놀라웠다. 한층에서 다른 층으로 어떻게 다니는지는 풀 수 없는 불가사의였다. 품위 있고 지체 높은 친척을 둔 귀부인이 난간을 뛰어넘거나 미끄러져 내려오리라고는 생각할 수 없었지만, 비상하게 돌아다니는 솜씨는 이런 터무니없는 생각이 들게끔 했다. 스파싯 부인의 또다른 두드러진 점은 결코 서두르지 않는다는 것이었다. 맨 위층에서부터 엄청나게 빠른 속도로 내려가면서도 현관에 도착할 때는 완전히 평상시의 호흡과 위엄을 유지하고 있었다. 더욱이 그 부인이 엄청난 속도로 다니는 것을 본 사람은 아무도 없었다.

그 부인은 하트하우스 씨에게 매우 친절했으며 이곳에 온 직후부터 그와 유쾌하게 이야기를 나누었다. 하루는 아침을 들기 전에 정원에서 스파싯 부인이 그에게 품위 있게 인사했다.

"당신이 바운더비 씨의 주소를 알고자 몸소 은행을 찾아왔던 때가 겨우 어제처럼 여겨지는군요, 선생님." 스파싯 부인이 말했다.

"정말 평생 잊지 못할 일입니다." 하트하우스 씨는 스파싯 부인 쪽으로 아주 게으르게 머리를 숙이며 말했다.

"우리는 이상한 세계에 살고 있지요, 선생님." 스파싯 부인이 말했다.

"그토록 경구적으로 표현하지는 못했지만, 영광스럽게도 비슷한 취지의 말을 내가 했던 적이 있는데 부인도 같은 말씀을 하시니 자랑스럽습니다."

"내 말은, 한때는 전혀 몰랐던 사람들과 어느 한순간에 친해지는 것이 이상한 세계란 겁니다." 스파싯 부인은 목소리의 음조가 상쾌한 것에 비해 그리 부드럽지 않은 표정 속의 검은 눈썹을 내리깔아서 칭찬에 감사를 표한 후 말을 이어나갔다. "내 기억으로는 그때 당신이 그래드그라인드 양을 정말로 염려한다고까지 말했어요."

"부인의 기억력이 비천한 저에게 합당한 이상으로 면목을 세워주시는군요. 소심함을 바로잡기 위해 부인의 친절한 지적을 이용하기까지 했는데 그 지적이 전적으로 정확하다는 얘기를 덧붙일 필요야 없겠지요. 강한 정신이 ─ 가문에 대한 자부심과 ─ 합해져서 사실상 정확성을 요구하는 모든 일에 대한 ─ 부인의 재능이 체질적으로 발달해 있기 때문에 어떠한 의문도 허용하지 않는군요." 그는 이런 칭찬을 늘어놓다가 거의 잠들 지경이었는데, 이야기를 마치기까지 오래 걸렸고 이야기를 하는 동안에도 정신이 오락가락했다.

"그래드그라인드 양이 ─ 바운더비 부인이라는 호칭이 어색해서 정말 그녀를 그렇게 부를 수가 없습니다 ─ 내가 설명했던 대로 젊다는 사실을 알았겠죠?" 스파싯 부인이 상냥하게 물었다.

"부인의 설명은 완벽했습니다." 하트하우스 씨가 말했다. "아주 꼭 닮은 이미지를 제시했으니까요."

"아주 매력적이죠, 선생님." 스파싯 부인은 장갑을 천천히 마주 돌리며 말했다.

"그렇더군요."

"사람들이 그래드그라인드 양에게는 활기가 부족하다고 생각하곤 했지만, 고백건대 그 면에선 상당하고 현저하게 나아진 것 같더군요." 스파싯 부인이 말했다. "아, 바운더비 씨가 이리로 오십니다!" 스파싯 부인은 마치 바로 그 사람에 대해 말하고 생각했던 것처럼 여러차례 머리를 끄덕이며 외쳤다. "오늘 아침엔 기분이 어떠십니까, 선생님? 제발 명랑한 기색을 보여주세요."

그의 불행을 완화시키고 그의 짐을 덜어주려는 스파싯 부인의 일관된 노력이 점차 바운더비 씨로 하여금 그 부인에 대해서는 평상시보다 부드럽게 대하고 자기 아내를 포함한 다른 사람에 대해서는 평상시보다 엄격하게 대하게 했다. 그래서 스파싯 부인이 억지로 쾌활한 체하며 "아침을 드셔야죠, 선생님, 하지만 그래드그라인드 양이 곧 나와서 안주인 역할을 할 겁니다"라고 말하자 바운더비 씨는 "내가 마누라 시중 받기를 기다린다면 세상 끝나는 날까지 기다려야 한다는 사실을 부인이 잘 알리라고 생각합니다. 그러니 번거롭겠지만 부인이 차를 끓여주세요"라고 대답했다. 스파싯 부인은 승낙하고 식탁에서 자신이 옛날에 앉던 자리에 앉았다.

이 일은 훌륭한 부인을 다시금 매우 감상적으로 만들었다. 게다가 부인은 아주 겸손해서, 루이자가 들어서자 자리에서 일어서며 그래드그라인드 부인이 — 스파싯 부인은 용서를 빌며 바운더비 양이라고 말하려 했다고 변명했고 — 용서를 청하며 머지않아 익숙해지리라고 믿지만 아직은 잘되지 않는다고 했다 — 결혼하기 전에는 자신이 바운더비 씨의 아침을 준비하는 영광을 종종 누렸지만 지금 상황에서 그 일을 다시 하리라고 생각할 수는 없다고 했다. 그의 요청에 마음대로 응한 것은 단지 그래드그라인드 양이 우연히 늦게 나타났는데 바운더비 씨의 시간은 아주 소중한 것이어서 자신은 그가 제시간에 식사하는 것을 예전부터 아주 중요하게 여겼기 때문이라고 변명했다. 그리고 오랫동안 자신에게는 그의 의사가 법과 마찬가지였다고도 했다.

"자! 그만해요, 부인." 바운더비 씨가 말했다. "그만요! 내 아내는 일을 덜어서 아주 기쁠 겁니다."

"바운더비 부인에게 너무 몰인정하니 그런 말은 마세요, 선생님." 스파싯 부인이 다소 엄하게 말했다. "그리고 몰인정한 것은 선생님답지 않아요."

"안심하셔도 됩니다, 부인 ─ 루, 당신이야 아주 평온하게 받아들일 수 있잖아?" 바운더비 씨가 바람이 거세게 몰아치듯 자기 아내에게 말했다.

"물론이에요. 중요한 일도 아닌데요. 그 일이 어째서 내게 중요한 문제여야 하죠?"

"스파싯 부인, 누군가에겐 그 일이 어째서 중요한 문제여야 하오?" 바운더비 씨는 모욕감으로 감정이 북받쳐 말했다. "당신은 이런 일들을 지나치게 중시하는 거요, 부인. 제기랄, 지금 갖고 있는 몇몇 생각들은 부패한 거고 부인은 구식이오. 톰 그래드그라인드의 자식들보다 시대에 뒤처졌단 말이오."

"무슨 일이죠?" 루이자가 냉담하게 놀라며 물었다. "무엇 때문에 화를 내죠?"

"화를 낸다고!" 바운더비가 그 말을 되풀이했다. "그러면 화나는 일이 닥쳤는데도 내가 직접 말해서 고치도록 요구하지 않으리라고 생각하는 거요? 나는 내가 솔직한 사람이라고 생각하오. 옆바람을 찾아서 이리저리 다니지는 않소."

"당신이 지나치게 소심하거나 지나치게 섬세하다고 생각할 만한 사람은 없으리라고 짐작하는데요." 루이자가 침착하게 답변했다. "어릴 때나 자라서나 당신에게 그런 이의를 제기한 적은 없어요. 당신에게 그럴 까닭이 있는지는 모르지만요."

"그럴 까닭이 있냐고?" 바운더비 씨가 대꾸했다. "없어. 만약 있다면 내가, 코크타운의 조사이아 바운더비가 그렇다는 사실을 루 바운더비 당신이 잘 알지 않겠소?"

그가 식탁을 쳐서 찻잔이 서로 부딪쳐 덜그럭거리는데도 루이자가 전과는 달리 당당한 안색으로 그를 바라본다고 하트하우스 씨는 생각했다. "오늘 아침엔 당신을 이해할 수가 없군요." 루이자가 말했다. "제발 해명하느라 더이상 애쓰지 마세요. 무슨 말인지 알고 싶지 않으니까요. 그게 뭐가 중요하단 거예요!"

이 문제에 대해 어떠한 말도 더이상 오가지 않았고, 하트하우스 씨는 아무래도 좋은 문제에 대해 곧 한가하고 쾌활한 태도를 취했다. 그러나 그날 이후로 바운더비 씨에 대한 스파싯 부인의 행동은 루이자가 제임스 하트하우스와 더욱 가까이 지내게 만들었고 남편과의 위험한 단절감 및 남편에게 반발하여 다른 사람과 쌓아가는 신뢰를 강화시켰다. 루이자가 그런 상태로 워낙 미세하게 단계적으로 멀어졌기 때문에 되돌아가려고 해도 그럴 수 없었다. 그러나 그녀가 되돌아가려고 노력했는지 아닌지는 그녀 자신만이 아는 문제였다.

이 일에 상당한 감명을 받은 스파싯 부인은 식사 후 바운더비 씨가 모자를 쓰도록 도와주고 현관에 그와 단둘이 있게 되자 "나의 은인!"이라고 속삭이며 그의 손에 순결한 키스를 하고 슬픔에 잠겨서 돌아섰다. 그러나 바운더비가 바로 그 모자를 쓰고 집을 나선 지 오분도 채 되지 않아, 스캐저스 가의 후손이고 결혼을 통해 파울러 가와도 관계를 맺게 된 바로 그 부인이 바운더비 씨의 초상화를 향해 오른손 장갑을 흔들며 경멸하듯 얼굴을 찡그리고 "이 바보 녀석아, 거참 잘됐다, 기분이 후련하네!"라고 말했다는 것도 이 이야기의 범위 내에서는 명백한 사실이다.

바운더비 씨는 얼마 가지 않아서 비처를 만났다. 비처는 폐광과 채굴 중인 탄갱이 흩어져 있는 황량한 시골 여기저기에 놓인 긴 아치 철로를 따라 날카로운 소리를 내며 덜컹거리는 열차를 타고서, 스톤 로지에서 보낸 속달을 가지고 달려온 것이었다. 그래드그라인드 부인이 위독하다는 사실을 루이자에게 알리는 급한 편지였다. 딸이 아는 한 어머니가 건강했던 적은 한번도 없었지만, 지난 며칠 동안 어머니의 건강이 급속히 나빠졌고 밤사이 계속 악화되어서 이제는 회복하고자 하는 의지조차 제한적일 정도로 거의 죽은 상태라는 것이었다.

루이자는 그래드그라인드 부인이 죽음의 문을 두드릴 때 그 문을 지키기에 적합할 정도로 핏기 없는 하인인 가장 창백한 심부름꾼을 대동하고 덜컹거리는 열차를 타고 폐광과 채굴 중인 탄갱을 지나 코크타운의 연기 자욱한 입구로 서둘러 갔다. 루이자는 심부름꾼을 자기 좋을 대로 하게 떠나보낸 뒤 마차를 타고 옛집으로 갔다.

결혼한 이후로 루이자가 집을 찾아간 적은 거의 없었다. 그녀의 아버지는 대개 런던에 있는 의회의 잿더미를 체로 거르는 일을 하고 또 했는데 (쓰레기 속에서 귀중품을 찾아내는 것을 직접 본 사람은 없었다) 요사이에도 국립 쓰레기장에서 열심히 체질을 하며 지냈다. 그녀의 어머니는 의자에 기대서 쉴 때 누구든 찾아오는 것을 오히려 방해받는 것으로 여겼으며 루이자는 자신이 어린 동생들과는 도무지 어울리지 않는다고 느꼈다. 떠돌이 곡마단원의 자식 주제에 눈을 치켜뜨고 바운더비 씨의 약혼자를 쳐다보았던 그날 밤 이후로 시시에 대한 루이자의 감정은 다시 누그러지지 않았다. 간단히 말해 루이자에게는 친정에 가도록 유인하는 것이 없었고, 간 적도 별로 없었던 것이다.

루이자가 옛집에 다가갔는데도 옛집에 대한 최상의 감화는 조금도 다가오지 않았다. 어린 시절의 꿈들 ──그 시절의 환상적인 이야기, 내세에 대한 우아하고 아름답고 친절하며 믿을 수 없는 장식들, 아담의 후손들이 처세술을 발휘하는 대신 소박하게 믿으며 좀더 자주 일광욕을 하는 편이 나은 자갈길 같은 이 세상에서 어린 아이들을 사랑으로 품어주고 순수한 그들이 두 손으로 정원을 일구도록 하여 아무리 하찮은 꿈이라도 가슴속에서 커다란 사랑으로 성장하는, 어린 시절에 믿기에 너무 좋고 자라서 추억하기에 너무 좋은 꿈들 ──루이자가 이런 꿈들과 무슨 관계였는가? 자신과 수백만의 순진한 아이들이 희망을 품고 상상했던 매혹적인 경로를 통해 현재의 미미한 지식이나마 얻게 된 과정에 대한 기억들, 처음에는 상상이라는 부드러운 빛을 통해 이성理性과 만났다가, 이성만큼이나 훌륭한 다른 신들을 따르게 되면서, 잔인하고 냉정하게 제물의 손발을 결박하고 계산상 엄청난 톤수의 지레장치에 의해서만 움직일 수 있는, 앞 못 보고 말 못하는 커다란 형체로 버티고 선 무서운 우상이 아니라 인정 많은 신으로 이성을 보게 된 과정에 대한 기억들 ──루이자가 이런 기억들과 무슨 관계였는가? 루이자가 집과 어린 시절에 대해 갖고 있는 기억이란 어린 가슴에 품고 있던 샘과 수원이 솟을 때마다 그것들이 말라붙었다는 기억뿐이었다. 거기에는 황금의 샘이 흐르지 않았다. 황금의 샘은 가시나무에서 포도를 따고 엉겅퀴에서 무화과를 따는 땅을 비옥하게 살찌우기 위해 흐르는 것이었다.

　루이자는 무겁고 단단해진 슬픔을 안고 집에, 그리고 어머니의 방에 들어갔다. 루이자가 집을 떠난 이후 시시는 나머지 가족들과 대등하게 지내왔다. 어머니 곁에는 시시가 있었으며 이제 열 내지 열두살 난 동생 제인도 함께 있었다.

장녀가 찾아왔다는 사실을 그래드그라인드 부인에게 알리기 위해서는 엄청난 노력이 필요했다. 부인은 그저 습관대로 소파에 기댄 채 누워 있었다. 무력한 존재가 견딜 수 있는 한에서 원래 흔히 취하던 자세와 유사한 자세였다. 침대에 눕는 것은 한사코 거부했는데, 만약 침대에 누우면 끝없이 사람들 입에 오르내리게 된다는 것이 이유였다.

숄을 여러장 걸치고 있어서 그래드그라인드 부인의 가냘픈 목소리는 아주 멀리서 들리는 듯했고, 그녀에게 이야기하는 다른 사람의 목소리가 그 귀에 닿기까지도 아주 오랜 시간이 걸리는 듯했다. 그래서 부인은 마치 우물 바닥에 누워 있는 것 같았다. 그 사실과 관련해서, 불쌍한 부인은 이전 어느 때보다도 진실에 근접해 있었다.[52]

바운더비 부인이 도착했다는 이야기를 듣자 그래드그라인드 부인은 동문서답 격으로, 그가 루이자와 결혼한 뒤로 자신은 그를 그렇게 부른 적이 없고 흠잡을 데 없는 호칭이 생각날 때까지는 제이(J)라고 불러왔는데, 영구적으로 대용할 마땅한 호칭이 아직 떠오르진 않았지만 이제 와서 그 규칙을 버릴 수는 없노라고 말했다. 루이자가 그녀 곁에 앉아서 얼마동안 자꾸 이야기를 건 뒤에야 그래드그라인드 부인은 상대방이 누구인지 분명히 알아보게 되었다. 그녀는 전부 한꺼번에 알아본 것 같았다.

"이런, 얘야." 그래드그라인드 부인이 말했다. "네가 만족스럽게 살고 있기를 바란다. 모두 네 아버지가 한 일이야. 아버지가 너를 결혼시키기로 정했거든. 그러니 아버지가 결과를 알아야지."

---

52 그리스 철학자 데모크리토스는 진실은 발견하기 어렵다는 뜻으로 "진실은 우물 바닥에 있다"라고 했다.

"어머니, 저에 대한 이야기 말고 어머니에 대한 얘기를 듣고 싶어요."

"네가 내 이야기를 듣고 싶다고? 내 이야기를 원하는 사람이 있다니 정말 새로운 일이구나. 별로 좋진 않단다, 루이자. 힘이 하나도 없고 어지러워."

"많이 아프세요, 어머니?"

"방 안 어딘가에 아픔이 있긴 하지만 내가 아프다고는 단언할 수 없구나." 그래드그라인드 부인이 말했다.

이런 이상한 말을 한 다음 부인은 잠시 침묵을 지켰다. 루이자는 어머니의 손을 잡았지만 맥박을 느낄 수가 없었다. 그러나 손에 키스를 하자 아주 가느다란 생명줄이 파닥거리는 것을 느낄 수 있었다.

"동생을 거의 보지 못했겠구나." 그래드그라인드 부인이 말했다. "동생도 너같이 자랐단다. 네가 동생을 만나보면 좋겠다. 시시, 그 아이 좀 데려와."

여동생이 이끌려와서 언니에게 손을 잡힌 채 섰다. 루이자는 동생이 시시의 목에 팔을 감고 있는 모습을 보았기 때문에 이 접근의 차이를 느꼈다.

"닮은 점을 알겠니, 루이자?"

"예, 어머니. 동생이 나와 닮았다고 생각해야겠지요. 하지만 —"

"뭐라고? 그래, 내가 항상 그렇다고 말했지." 그래드그라인드 부인이 갑작스레 조급하게 소리쳤다. "그리고 생각나는 게 있어. 내가 — 너와 이야기하고 싶다, 애야. 시시, 잠시 자리 좀 비켜다오."

루이자는 잡고 있던 손을 놓으며 동생의 얼굴이 옛날의 자기 얼굴보다 좋고 밝다고 생각했다. 그 순간 그 장소에서조차 억울한 감정이 이는 것을 느끼며, 루이자는 동생의 얼굴에서 그 방에 있던 또다른 사람의 온화한 표정을 읽었다. 간병이나 동정 때문이라기보다 탐스러운 검은 머리카락 때문에 한결 창백해 보이는, 신뢰의 눈빛을 담은 부드러운 표정이었다.

어머니와 단둘이 남은 루이자는 어머니의 얼굴에 지독한 고요가 깃들어 있는 것을 보았다. 어머니는 모든 저항을 포기한 채 물결을 따라 기꺼이 떠내려가는, 바다 위를 표류하는 사람 같았다. 루이자는 다시 어머니의 입술에 손을 살짝 대서 어머니가 정신을 차리도록 했다.

"어머니가 하실 말씀이 있다고 했잖아요."

"뭐라고? 그래, 그랬지, 애야. 아버지가 요새는 거의 밖에서 지내기 때문에 내가 그 문제에 대해 편지를 써야만 하겠구나."

"무슨 문제 말인데요, 어머니? 괴로워 마세요. 무슨 문제예요?"

"애야, 내가 어떤 문제에 대해 무슨 말이든 할 때마다 끝없이 사람들 입에 오르내리게 되기 때문에 이야기하는 것 자체를 그만둔지가 오래되었다는 사실은 너도 기억해야 한다."

"알아들을 수 있어요, 어머니." 그러나 어머니가 희미하게 띄엄띄엄 말하는 소리를 서로 의미가 통하게 연결지을 수 있었던 것은 루이자가 귀기울여 들었을 뿐 아니라 어머니의 입술 움직임을 주의 깊게 관찰했기 때문이었다.

"루이자, 너는 공부를 많이 했다. 네 동생 톰도 마찬가지고. 아침부터 밤까지 모든 종류의 학學을 공부했으니까. 이 집에서 아직 누더기가 되지 않은 무슨 학이 어떤 종류든 남아 있다면, 내가 말할 수 있는 건, 앞으로 그 명칭을 듣지 않았으면 좋겠다는 거다."

"어머니께서 이야기를 계속할 힘이 있는 한 나도 계속 들을 수 있어요." 이 말은 어머니가 다른 곳으로 떠내려가는 것을 막기 위한 것이었다.

"하지만 루이자, 네 아버지가 깜빡했거나 잊어버린 것이 — 무슨 학은 결코 아닌데 — 있단다. 나도 그게 무엇인지는 몰라. 시시와 함께 앉아서 자주 생각했지만 그것을 뭐라고 해야 할지 모르겠다. 하지만 네 아버지는 아실지 모르지. 그 생각만 하면 가만히 있을 수가 없어. 그에게 편지를 써서 그게 무엇인지 알아내고 싶어. 나에게 펜을 다오, 펜을."

안절부절못할 힘마저 불쌍한 머리에만 남고 완전히 사라졌는데, 그나마도 좌우로 약간씩 돌릴 수 있을 뿐이었다.

그러나 그래드그라인드 부인은 자신의 청이 받아들여졌으며, 가져다준들 쥘 수도 없었겠지만, 펜을 손에 쥐고 있다고 상상했다. 그녀가 입고 있는 옷 위에 그리기 시작한 이상하고 무의미한 그림들이 무엇인지는 그다지 중요하지 않다. 그림을 그리던 그녀의 손이 곧 멈추고 병약한 투명함 뒤에 항상 희미하고 흐리게 감돌던 빛이 사라졌다. 사람이 그 안에서 돌아다니며 헛되이 조바심하는 현세의 그림자에서 벗어나자, 그래드그라인드 부인조차도 현인들과 족장들처럼 경외심을 일으키는 장엄함을 지니게 되었다.

10장
스파싯 부인의 계단

스파싯 부인의 신경이 더디게 회복되었기 때문에 훌륭한 그 부인은 바운더비 씨의 별장에서 몇주 동안 계속 머물렀다. 바뀐 위치를 의식하는 데서 생겨나는 은둔자 같은 마음가짐에도 불구하고 그 부인은 호화로운 곳에서 살고 땅의 기름진 것을 먹는다고 할 수 있는 삶에 고상하고 의연하게 몸을 맡겼다. 이처럼 은행을 수호하는 직책에서 물러나 있는 동안도 스파싯 부인은 일관성의 모범이었으니, 바운더비 씨의 면전에서는 남자에겐 좀처럼 표하지 않는 동정을 표하고, 그의 초상화 앞에서는 아주 신랄하게 그리고 경멸조로 바보 천치라고 부르는 일관성을 보였던 것이다.

바운더비는 당연한 응보로서 막연하지만 고난을(그게 무엇인지는 그가 확정하지 않았기 때문에) 당해야 한다고 짐작할 정도로 스파싯 부인이 뛰어난 여성이며, 루이자가 그가 하기로 작정한 모든 일에 반대해야 한다는 그의 위대함에 부합한다면 그녀가 그 부인의 잦은 방문을 싫어하리라는 사실을 눈치채고는, 그의 격정적인 기질대로 스파싯 부인을 쉽게 보내지는 않기로 작정했다. 그래서 다시 송아지가슴샘 요리를 혼자 먹을 수 있을 정도로 부인의 신경이 회복되어서 떠나기로 예정한 전날 저녁식사를 하면서 그는 "말이죠, 부인, 부인께서 날씨가 좋은 동안은 토요일에 와서 월요일까지 여기에 머물러야 합니다"라고 스파싯 부인에게 말했다. 그 말을 듣자 스파싯 부인은 이슬람교도가 아니면서도 "들은 대로 따르지요"라는 취지로 대꾸했다.

스파싯 부인은 시적인 여성이 아니었지만 우의적인 상상의 성질을 띤 생각을 한가지 하게 되었다. 루이자를 오랫동안 감시하고 그 결과로서 그녀의 이해할 수 없는 행동을 많이 관찰한 덕에 스파싯 부인의 칼날이 예리하게 연마되어, 말하자면 영감이라는 면에서 고양된 것이 분명했다. 스파싯 부인은 가장 아랫단에 수치와 파멸이라는 어두운 구덩이가 있는 거대한 계단을 마음속에 세우고 그 계단 아래로 루이자가 매일 매시간 점점 내려가는 모습을 지켜보았다.

자신의 계단을 주시하면서 루이자가 아래로 내려가는 모습을 지켜보는 것이 스파싯 부인에게는 아주 중요한 일이 되었다. 때로는 천천히, 때로는 빨리, 때로는 한걸음에 몇계단씩 내려가고 때로는 멈추기도 했지만 거꾸로 올라오는 법은 결코 없었다. 루이자가 계단을 한번이라도 거꾸로 올라왔다면 스파싯 부인은 원한과 슬픔에 싸여 죽어갔을 것이다.

앞서 기록한 대로 바운더비 씨가 스파싯 부인에게 매주 오라는 초대를 한 그날도 루이자는 꾸준하게 내려가고 있었다. 스파싯 부인은 기분이 좋아서 이야기할 마음이 절로 났다.

"그런데 선생님," 부인이 말했다. "실례지만 선생님이 침묵하는 문제에 대해 질문을 하자면 ─ 선생님이 어떤 일을 하든 그럴 만한 이유가 있다는 사실을 잘 알기 때문에 정말 무모한 질문이지만 ─ 도난 사건에 대한 정보가 있습니까?"

"글쎄요, 부인, 없습니다. 아직은 없어요. 이런 상황에서는 아직 기대하지 않습니다. 로마가 하루아침에 세워진 것은 아니니까요."

"그렇긴 하지요, 선생님." 스파싯 부인은 도리질을 하며 말했다.

"일주일 만에 세워진 것도 아니고요, 부인."

"정말 그래요, 선생님." 스파싯 부인은 약간의 우울을 느끼며 대꾸했다.

"마찬가지로 부인, 나는 기다릴 수 있습니다." 바운더비가 말했다. "로물루스와 레무스[53]가 기다릴 수 있었다면 조사이아 바운더비도 기다릴 수 있어야지요. 그러나 어렸을 적에 그들은 나보다 형편이 좋았습니다. 그들은 유모로 암컷 늑대가 있었지만 나는 할머니라는 암컷 늑대만 있었으니까요. 할머니는 우유를 조금도 주지 않았습니다, 부인. 때리기만 했지요. 더구나 할머니는 진짜 올더니 종 젖소[54]였습니다."

"아!" 스파싯 부인은 한숨을 지으며 몸서리쳤다.

"없습니다, 부인." 바운더비가 말을 이었다. "그 문제에 대해서는 더이상 들은 소식이 없어요. 하지만 현재 조사중입니다. 그리고 지금 젊은 톰이 그 일에 매달려 ─ 내가 받았던 조련을 받지는 못했기 때문에 그에겐 새로운 경험일 겁니다 ─ 돕고 있습니다. 내 명

---

53 로마의 전설적인 건국자. 늑대의 젖을 먹고 자랐다고 함.
54 올더니 섬 원산의 젖소로 왕성한 식욕에 비해 젖을 조금 만들어내는 것으로 유명함.

령은 조용히 하고 그 문제가 잊혀진 것처럼 하라는 거지요. 하고 싶은 대로 하되 비밀리에 하고 무슨 일을 하고 있는지 표내지 말라는 겁니다. 그렇지 않으면 오십명가량의 녀석들이 합세해서 도망친 그 녀석을 영원히 손이 닿지 않을 곳에다 보내버릴 테니까요. 조용히 하면 도둑들이 조금씩 자신감을 갖게 될 것이고 우리는 녀석들을 잡게 될 겁니다."

"정말 현명하십니다, 선생님." 스파싯 부인이 말했다. "아주 재미있어요. 저번에 언급하셨던 노파는, 선생님 —"

"전에 말했던 노파는, 부인," 자랑거리가 아니기 때문에 바운더비가 이야기를 가로막았다. "아직 잡히지 않았습니다. 하지만 그 노파의 악당 같은 마음이 동한다면 돌아오겠다는 약속을 지킬지도 모르지요. 그동안은 부인, 내 의견을 묻는다면, 노파 얘기를 덜 할수록 좋겠다는 겁니다."

바로 그날 저녁, 스파싯 부인은 짐을 꾸리는 도중에 휴식을 취하다가 자기 방 창을 통해서 커다란 계단과 루이자가 그 계단을 여전히 내려가는 모습을 지켜보았다.

루이자는 정원에 있는 정자에서 하트하우스 씨 곁에 앉아 매우 작은 소리로 얘기하고 있었다. 서로 속삭이느라 하트하우스가 루이자 위로 상체를 구부린 채 서 있어서 얼굴이 그녀의 머리카락에 거의 닿을 정도였다. 스파싯 부인은 매처럼 날카로운 눈을 최대한 긴장시켜 바라보면서 "닿은 거나 마찬가지군!" 하고 중얼댔다. 그 부인은 너무 떨어져 있었기 때문에 그들이 나누는 대화를 들을 수 없었다. 또한 표정 말고 다른 방도로는 그들이 다정하게 얘기하고 있다는 사실조차 알 수가 없었다. 그러나 그들이 나눈 얘기는 다음과 같았다.

"하트하우스 씨, 당신도 그 사람이 생각나나요?"

"아, 완벽하게요!"

"그의 얼굴과 태도, 그리고 그가 했던 말까지요?"

"완전히요. 내가 느끼기에는 대단히 따분한 사람 같았어요. 극도로 말이 많고 지루한 사람 말입니다. 겸양을 미덕으로 삼는 웅변학교에서 열변을 토한다는 것은 똑똑한 체하는 일이지요. 그 당시 내가 '이봐, 자네는 이런 점이 지나쳐!'라고 생각했다는 것은 정말입니다."

"그 사람을 나쁘게 생각한다는 것이 나로선 퍽 어려운 일인데요."

"사랑하는 루이자 — 톰이 하는 식으로 말하는 거예요." 이전에는 그가 루이자라고 부른 적이 없었다. "당신이 그 친구를 좋게 생각하는 것은 아니겠죠?"

"예, 분명히요."

"그런 부류의 다른 녀석들에 대해서도 마찬가지죠?"

"남자든 여자든 그들에 대해 아무것도 모르는데 어떻게 좋게 생각하겠어요?" 최근 어느 때보다도 처음 보았을 때의 냉담한 태도에 가깝게 루이자가 대답했다.

"사랑하는 루이자, 그렇다면 그의 탁월한 동료들의 다양한 유형에 대해 어느정도 알고 있는 당신의 성실한 친구가 온순하게 설명하는 바를 믿으세요 — 가질 수 있는 것은 항상 맘대로 갖는 작은 결점들이야 있지만 그들이 탁월하다는 점은 기꺼이 믿습니다. 그런 녀석은 말을 잘합니다. 이거 원, 모두 잘도 떠벌리지요. 그는 도덕성을 내세웁니다. 이거 원, 사기꾼은 모두 도덕성을 내세우는 법이죠. 우리 같은 사람들을 제외하곤 하원에서부터 교정원에 이르기까지 모두들 도덕성을 내세웁니다. 바로 그런 예외가 우리들의 기운을 상당히 북돋워주는 겁니다. 당신도 그런 경우를 벌써 보고 들은 겁니다. 존경받는 내 친구 바운더비 씨가—우리가 알다시피 그는 거친 일손을 부드럽게 만들 수 있는 섬세함을 지니지는 못했지요—매우 퉁명스럽게 비난했던 어리석은 계층 중 한명이 바로 그런 사냅니다. 그 사내는 모욕을 받고 화가 나서 투덜거리며 집을 떠났어요. 그런데 은행을 털어서 한몫 잡는 일에 가담하라고 제안하는 사람을 만나 가담했고, 전에는 아무것도 없던 주머니에 뭔가를 집어넣으니 아주 안심이 된 거지요. 그 친구가 그런 기회를 움켜쥐지 않았다면 정말로 평범한 사람이 아니라 비범한 사람일 겁니다. 혹 그가 영리하다면 그 계획을 전부 직접 꾸몄을 수도 있겠죠."

"당신 생각에 기꺼이 동의하고 그 말을 듣고서 마음의 부담을 던다면 내가 못된 거라는 느낌이 드는군요." 루이자가 잠시 생각에 잠겼다가 대답했다.

"나는 그저 합리적인 이야기를 했을 뿐이지 그 이상 나쁜 의도는 없어요. 친구인 톰과 그 문제를 여러차례 이야기했는데—톰과는 물론 전적으로 믿고 지내는 사이예요—그와 나는 전적으로 같은 생각입니다. 좀 걸으시겠습니까?"

그들은 황혼 속에서 점점 희미해져가는 오솔길 사이로—루이자가 그의 팔에 기댄 채—걸었다. 그리고 루이자는 자신이 스파싯 부인의 계단 아래로, 아래로, 아래로 내려가고 있다는 사실을 별로 의식하지 못했다.

스파싯 부인은 밤낮으로 계단을 세워놓았다. 루이자가 밑바닥에 닿아서 소용돌이 속으로 사라지는 날이 언젠가 닥치겠지만 그때까지는 부인의 눈앞에 그것이, 커다란 계단이 서 있어야만 했다. 루이자는 항상 계단 위에 있었다. 그리고 언제나 미끄러져 내려갔다. 아래로, 아래로, 아래로!

스파싯 부인은 제임스 하트하우스가 오고 가는 것을 감시했고, 여기저기서 그에 대한 소식을 들었으며, 그가 면밀히 관찰했던 얼굴이 변하는 기색을 주시했다. 그 부인 또한 루이자의 얼굴이 언제 어떻게 어두워지고 언제 어떻게 밝아지는지를 꼼꼼하게 주목했다. 동정심이나 양심의 가책은 조금도 느끼지 않고 이기심에 온통 사로잡혀서 검은 두 눈을 크게 부릅뜨고 있었으니, 루이자가 가로막는 손길 없이 이 새로운 '거인의 계단' 밑바닥에 가까이, 가까이 다가가는 모습을 지켜보기 위해서였던 것이다.

스파싯 부인은 바운더비 씨의 초상화와는 구분해서 바운더비 씨 자체는 존경하면서도, 루이자가 계단을 내려가는 것을 막을 의사는 조금도 없었다. 그 일이 달성되는 것을 보고 싶어 안달이 났지만 참을성 있게 인내하며, 그녀는 희망이라는 수확물이 충실하게 익기를 기다리듯이 마지막 추락을 기다렸다. 스파싯 부인은 기대감 속에서 입을 다물고 계단을 신중하게 지켜보았지만, 계단을 내려가는 그 인물에 대해서만큼은 (손에 낀) 오른쪽 장갑을 험악하게 흔들지 않았다.

11장
점점 아래로

　그 인물은 커다란 계단을 꾸준히, 꾸준히 내려갔다. 깊은 물속의 추처럼 언제나 밑바닥의 검은 소용돌이를 향했다.

　부인의 사망 사실을 통지받은 그래드그라인드 씨는 런던에서 서둘러 돌아와 사무적으로 시신을 매장했다. 그런 다음 국립 잿더미로 서둘러 돌아가서 원하는 잡동사니를 찾기 위해 체질을 하고, 잡동사니를 찾는 다른 사람들을 속이는 일을 다시 시작했다 ── 요컨대 의회 일을 다시 시작한 것이었다.

　그사이에도 스파싯 부인은 빈틈없는 감시를 계속했다. 코크타운과 시골 저택 사이에 놓인 철도 구간의 길이만큼 한 주 내내 계단에서 떨어져 지냈지만, 루이자의 남편과 동생, 제임스 하트하우스, 편지와 소포의 겉면, 그리고 언제라도 계단에 근접해오는 모든 생물체와 무생물체를 통해서 부인은 고양이같이 루이자를 감시했다. 스파싯 부인은 위협조로 장갑을 휘둘러 계단을 내려오는 인물을 부르며 "부인, 마지막 단을 디디고 있군요. 모든 기술을 동원해도 내 눈을 가리지는 못할 거요"라고 중얼거렸다.

그러나 기술인지 자연인지, 루이자 성격의 원줄기가 그런지 아니면 거기에 상황을 접붙여서 그런지는 모르겠지만 ── 루이자의 이상한 침묵은 스파싯 부인같이 영리한 사람을 자극하면서도 좌절시켰다. 제임스 하트하우스 씨도 루이자에 대해 기연미연하는 때가 있었다. 오랫동안 주시해왔으면서도 표정을 읽어낼 수 없는 순간이, 시중드는 종자들로 둘러싸여 있는 세상의 어떤 여성보다도 이 외로운 소녀가 불가사의하게 여겨지는 순간이 가끔씩 있었던 것이다.

시간은 그렇게 흘러갔다. 그러다가 바운더비 씨가 사나흘 동안 다른 곳에 가봐야 할 용무 때문에 집을 비울 일이 생겼다. 금요일에 바운더비는 은행에서 스파싯 부인에게 이런 사실을 알리면서 "하지만 부인은 내일도 똑같이 가면 됩니다. 내가 있는 것처럼 가면 된단 말이죠. 부인에게는 차이가 없을 겁니다"라고 덧붙였다.

"제발, 선생님," 스파싯 부인이 질책조로 대꾸했다. "그런 말씀은 말아주십사 부탁드립니다. 선생님이 매우 잘 아시리라 생각하지만, 선생님이 안 계신 것은 나에게 커다란 차이니까요."

"이거 참, 부인. 내가 없어도 할 수 있는 한 잘 지내셔야죠." 바운더비는 노여워하지 않고 말했다.

"바운더비 씨," 스파싯 부인이 말을 받았다. "선생님의 의사가 내게는 곧 법입니다. 법만 아니라면, 나를 맞이하는 게 선생님의 후한 환대엔 유쾌한 일이어도 그래드그라인드 양에겐 그다지 유쾌한 일이 아닐 거라고 확신하기 때문에, 친절한 분부를 거부하고 싶은 마음입니다. 하지만 더이상 말하지 않아도 됩니다. 선생님의 초대에 따라서 내가 갈 거니까요."

"이런, 내가 부인을 초대할 땐 다른 사람의 초대는 굳이 필요 없는 겁니다." 바운더비가 눈을 크게 뜨며 말했다.

"예, 선생님." 스파싯 부인이 대답했다. "필요 없는 거지요. 더이상 거론하지 마세요. 선생님이 다시 명랑해진 모습을 볼 수 있으면 좋겠습니다."

"무슨 말입니까, 부인?" 바운더비가 소리쳤다.

"요새 보이지 않아서 몹시 아쉽게 생각하는 쾌활함이 예전의 선생님께는 늘 있었습니다. 기운을 내세요, 선생님!" 스파싯 부인이 대답했다.

부인의 동정어린 시선과 더불어 이 어려운 청을 받은 바운더비 씨는 저능아같이 우스꽝스럽게 머리만 긁적거렸다. 그후 아침 내내 하찮은 일을 가지고 야단법석을 떨어서 자신의 존재를 과시하는 소리가 멀리서 들렸다.

"비처, 젊은 토머스 씨에게 안부를 전하고, 호두 케첩을 바른 양고기와 인도산 맥주를 맛보러 오지 않겠느냐고 물어보렴." 그날 오후 후원자가 여행을 떠나고 은행 문을 닫을 시간이 되어 스파싯 부인이 말했다. 젊은 토머스 씨는 보통 그런 일이라면 무엇이든 기꺼이 응하므로 정중하게 응답한 후 곧바로 뒤따라왔다. "토머스 씨, 이런 담백한 음식에 구미가 동하리라고 생각해서 초대했어요." 스파싯 부인이 말했다. "감사합니다, 스파싯 부인"이라고 말하고 건달은 어두운 표정으로 먹기 시작했다.

"하트하우스 씨는 요새 어떠신가요, 톰 씨?" 스파싯 부인이 물었다.

"아, 잘 있습니다." 톰이 말했다.

"지금은 어디에 있을까요?" 스파싯 부인은 말을 아끼는 건달을 속으로 저주하며 가볍게 이야기하듯 물었다.

"지금 요크셔에서 사냥하고 있습니다. 어제는 교회의 절반만한 크기의 바구니를 루에게 보냈더군요." 톰이 말했다.

"사격의 명수라는 점에 내기를 걸 수도 있는 신사군요!" 스파싯 부인이 부드럽게 말했다.

"일급이지요." 톰이 말했다.

톰은 옛날부터 시선을 아래로 내리까는 버릇이 있었지만 최근에는 이런 특성이 더욱 강해져서 누구든 삼초 이상 바라보는 법이 없었다. 그래서 스파싯 부인으로서는 원한다면 그의 표정을 관찰할 방법이 충분했다.

"많은 사람들이 하트하우스 씨를 좋아하던데 나도 정말 그를 좋아합니다. 조만간에 그를 다시 볼 수 있을까요, 톰 씨?" 스파싯 부인이 물었다.

"물론이죠. 내일 그를 만나기로 했어요." 건달이 대답했다.

"좋은 소식이군요!" 스파싯 부인이 부드럽게 외쳤다.

"저녁때 여기 역에서 만나기로 약속했습니다. 그후에 식사를 함께 하리라고 생각합니다." 톰이 말했다. "그는 다른 곳에 갈 예정이기 때문에 한 주 남짓 시골 저택에 가지 못할 겁니다. 적어도 얘기는 그런 식으로 했지요. 하지만 그가 일요일까지 이곳에 머무르며 샛길로 들어서더라도 나는 놀라지 않을 겁니다."

"그러니 생각이 나는군!" 스파싯 부인이 말했다. "톰 씨, 당신에게 부탁하면 누나에게 소식을 전할 수 있겠죠?"

"글쎄요? 한번 해보지요, 긴 소식이 아니라면." 건달이 마지못해 응낙했다.

"단순한 안부인사입니다." 스파싯 부인이 말했다. "아직 신경이 다소 예민하고 혼자 있는 게 좋을 듯도 해서 이번 주에는 당신의 누나께 가지 못할 것 같다는 거죠."

"아! 그게 전부라면 설령 내가 잊는다 해도 그다지 상관없겠네요. 부인을 만나지 않는 한 루가 먼저 부인 생각을 할 것 같지는 않으니까요." 톰이 말했다.

톰은 자신을 대접해준 데 대해 이런 듣기 좋은 말로 보답이라는 걸 하고는, 꺼림칙한 데가 있는 듯 침묵을 지킨 채 인도산 맥주가 없어질 때까지 마시기만 하다가 맥주가 동나자 "이런, 스파싯 부인, 가봐야겠어요!"라고 말한 뒤 은행을 나섰다.

다음날은 토요일이었다. 스파싯 부인은 하루종일 창가에 앉아서 손님들이 드나드는 것을 보고 우편배달부를 관찰하고 거리의 전반적인 교통을 주시하고 마음속으로 여러가지 생각을 했지만, 무엇보다도 자신의 계단에 주의를 기울였다. 저녁이 되자 부인은 보닛과 숄을 걸치고 조용히 밖으로 나섰으니, 그것은 요크셔에서 여행자들이 도착하는 기차역 주변을 은밀히 돌아다니면서, 근처를 드러내놓고 다니기보다 기둥이나 구석진 곳에 숨어서 또는 여성 대합실 창을 통해서 안을 살펴보고 싶은 그녀 나름의 이유가 있기 때문이었다.

톰은 역에 나와서 기다리는 열차가 도착할 때까지 서성였지만 하트하우스 씨는 오지 않았다. 그는 군중이 흩어지고 웅성거림이 끝날 때까지 기다리다가 벽에 게시된 열차운행표를 확인하고는 짐꾼들과 이야기를 나누었다. 그런 다음 그는 게으르게 걸어나와 길 한가운데 서서 길 위아래를 살펴보기도 하고, 모자를 벗었다가 다시 쓰기도 하고, 하품을 하고 기지개를 켜기도 하면서, 한시간 사십분 후에 다음 열차가 도착할 때까지 여전히 기다려야만 하는 작자에게서 예상할 수 있는 지긋지긋한 권태의 온갖 증상들을 보여주었다.

"이건 그를 따돌리기 위한 술책이야." 스파싯 부인은 톰을 마지막으로 바라보았던 사무실의 흐릿한 창가를 떠나며 혼자 중얼거렸다. "하트하우스는 지금 그의 누이와 같이 있는 거야!"

영감을 받은 한순간에 이런 생각이 번쩍 든 부인은 해답을 얻기 위해 최대한 신속하게 떠났다. 시골 저택으로 가는 열차의 역은 시내 반대편에 있었는데 시간도 별로 없고 도로도 평탄하지 않았다. 그러나 부인은 빈 마차에 재빨리 타고 재빨리 뛰어내렸고, 서둘러 돈을 꺼내 표를 받아쥔 다음 기차에 뛰어들었다. 스파싯 부인이 워낙 서둘러서, 그녀가 폐광과 채굴 중인 탄갱지역에 걸려 있는 아치를 지나가는 모습은 마치 구름에 실려서 회오리바람에 빨려가는 것 같았다.

스파싯 부인은 열차를 타고 가는 동안 내내, 저녁 하늘에 커다란 오선지를 긋는 전선이 육체의 검은 두 눈에 분명히 보이는 것과 마찬가지로, 계단에 서 있는 인물이 움직이진 않지만 뒤로 물러나지도 않는 모습을 마음의 검은 두 눈으로 똑똑하게 보았다. 스파싯 부인이 계단을 보니 그 인물은 아래로 내려가고 있었다. 이제는 밑바닥에 아주 가까이 있었다. 심연에 빠지기 직전이었던 것이다.

구름 덮인 9월의 어느 날 저녁 막 어두워질 무렵, 스파싯 부인은 기차에서 미끄러지듯 내려 작은 기차역의 나무계단을 지나서 돌멩이가 많은 길로 나섰다. 그리고 길을 가로질러 녹색의 오솔길로 들어갔고 여름내 자란 잎과 가지에 가려 보이지 않게 되었다. 둥지에서 졸린 듯 찍찍거리는 새 한두마리, 부인 곁을 힘에 겨운 듯 날아다니는 박쥐 한마리, 그리고 벨벳같이 느껴지는 두껍게 쌓인 먼지를 밟을 때 연기같이 피어오르는 고운 흙먼지, 이런 것들이 스파싯 부인이 쪽문을 살짝 닫을 때까지 듣거나 본 전부였다.

그녀는 관목숲에 몸을 숨긴 채 집으로 다가가 나뭇잎 사이로 아래쪽 창들을 바라보며 집 둘레를 한바퀴 돌았다. 대부분의 창은 따뜻한 날에 으레 그렇듯 열려 있었지만 아직 불빛이 보이지는 않았고 사방이 조용했다. 정원을 살펴보았지만 특별한 것은 없었다. 숲이 생각났다. 그래서 길게 자란 풀과 가시덤불, 벌레와 달팽이와 괄태충, 그리고 땅에 기어다니는 온갖 것들을 무시한 채 그쪽으로 살금살금 다가갔다. 검은 두 눈과 매부리코로 신중하게 전방을 경계하며 빽빽하게 자란 덤불을 밟고 조용하게 나아갔는데, 목표물에 너무나 열중해서 만약 그 숲에 독사가 들끓었다 해도 그녀는 마찬가지로 행동했을 것이다.

들어라!

스파싯 부인이 발걸음을 멈추고 귀를 기울였을 때 어둠 속에서 부인의 반짝이는 두 눈에 홀린 작은 새들이 둥지에서 굴러떨어졌는지도 모른다.

작은 목소리들이 바로 가까이에서 들렸다. 그 남자와 그 여자다. 약속이란 것은 동생을 따돌리기 위한 술책이었군! 그들이 저쪽에, 쓰러진 나무 옆에 있구나.

이슬에 젖은 풀 사이로 몸을 숙인 채 스파싯 부인은 그들 가까이 다가갔다. 그녀는 몸을 일으켜 미개인들을 공격하기 위해 매복한 로빈슨 크루소같이 나무 뒤에 숨었다. 워낙 가까이에 숨었기 때문에 한번 뛰기만 하면 많이 뛰지 않더라도 그들 둘에게 닿을 수 있을 것 같았다. 그는 남몰래 와서 집에는 얼굴조차 비치지 않았던 것이다. 그의 말이 몇발자국 떨어진 목초지 쪽 울타리에 매여 있는 걸로 보아 그는 말을 타고 근처 들판을 지나온 것이 분명했다.

"내 사랑," 그가 말했다. "내가 무엇을 할 수 있겠소? 당신이 혼자 있는 줄 알면서도 내가 떨어져 있을 수 있을 것 같소?"

'더 예쁘게 보이려고 고개를 숙일 수도 있겠지. 네가 고개를 들면 사람들이 너한테서 무엇을 보는지 나는 모르겠더라고.' 스파싯 부인이 생각했다. '하지만 이봐, 누가 너를 보고 있는지 너는 상상도 못할 거야!'

루이자가 고개를 숙이고 있는 것은 분명했다. 그녀는 하트하우스에게 가라고 재촉하고 요구하면서도 얼굴을 상대방 쪽으로 돌리거나 들어올리지는 않았다. 그러나 숨어서 관찰하는 그 마음씨 고운 부인이 예전에 보았던 자세 그대로 루이자가 가만히 앉아 있다는 것은 놀라운 일이었다. 그녀는 동상처럼 두 손을 포개고 있었으며 서두르는 말투도 아니었다.

"내 사랑," 하트하우스가 말했다. 스파싯 부인은 그가 루이자를 껴안는 모습을 기쁘게 바라보았다. "잠시라도 나와 함께 있는 걸 견딜 수 없단 말이오?"

"여기서는 안돼요."

"그럼 어디면 되겠소, 루이자?"

"하여간 여기선 안돼요."

"하지만 우리에겐 이용할 수 있는 시간이 별로 없어요. 게다가 나는 먼 데서 달려왔고 당신을 전적으로 열렬히 사랑하며 당신 때문에 미칠 지경이라오. 주인에게 이토록 헌신적이면서도 바로 그 주인에게 이토록 학대받는 노예는 일찍이 없었을 거요. 내게 생기를 주었던 당신의 환한 대접을 기대했다가 얼음장같이 차가운 대

312

접을 받으니 가슴이 찢어지려고 하는군요."

"나를 여기에 혼자 내버려두라고 다시 말해야 하나요?"

"하지만 우리는 만나야 해요, 루이자. 어디서 만날까요?"

두 사람은 걷기 시작했다. 엿듣던 사람도 숲속에 엿듣는 이가 하나 더 있다는 생각에 죄의식을 느끼며 따라 걸었다. 비가 조금씩 내리다가 커다란 빗방울이 빨리 퍼붓기 시작했다.

"몇분 있다가 말을 타고, 주인이 집에 있고 기쁘게 나를 맞이하리라고 순진하게 믿는 체하면서 집으로 갈까요?"

"안돼요!"

"당신의 명령이 잔인하지만 절대적으로 순종해야겠지요. 다른 여자들에게 냉담하게 대하다가 세상에서 가장 아름답고 가장 매력적이며 최고로 거만한 당신의 발 아래 마침내 넙적 엎드리다니, 나야말로 가장 불행한 녀석이지만 말이오. 내 사랑 루이자, 당신이 당신의 힘을 이처럼 가혹하게 쓰니 나 스스로 가기도 뭐하고 당신을 그냥 보내기도 주저되는군요."

스파싯 부인은 그가 루이자를 껴안고 놓아주지 않는 것을 보았다. 또한 바로 그때 거기서, 그녀가 (스파싯 부인이) 게걸스럽게 듣는 곳에서, 그가 루이자를 얼마나 사랑하는지, 그리고 그가 가진 모든 것을 걸고 커다란 도박을 하고 싶은 열망이 들게 한 사람이 바로 루이자라고 고백하는 소리를 들었다. 그가 최근에 쫓아다니던 것들은 루이자에 비하면 하찮은 것들이고, 거의 움켜쥐었던 성공도 루이자와 비교하니 쓰레기 같아서 집어던졌다고 했다. 그러나 그 성공이 루이자와 가까이 있게 한다면 그것을 추구할 것이고 멀어지게 한다면 포기할 것이며, 루이자가 함께 간다면 도망갈 것이고 명령하면 비밀로 할 것이며, 어느 운명이든 어떠한 숙명이든 루이자가 자기에게 충실하기만 하다면 그에게는 모두 똑같다고 했다—요컨대 자신이야말로 그녀가 얼마나 표류하는 존재인지 알고 있고, 처음 만났을 때는 상상도 할 수 없었던 존경과 관심을 그녀가 자신에게 불러일으켰으며, 그녀가 자기를 믿고 속내를 털어놓았을 뿐 아니라 자기는 그녀를 사랑하고 아주 좋아한다는 것이었다. 하트하우스와 루이자가 둘 다 서두르는 가운데, 스파싯 부인이 자신의 악의가 달성되어서 혼란스럽고 발각될까 두렵기도 한 가운데, 또한 나뭇잎 사이로 떨어지는 폭우가 점점 시끄러운 소리를 내고 천둥이 요란하게 울리는 가운데, 이 모든 이야기와 그리고 다른 이야기까지—스파싯 부인은 기억에 담았지만 피할 수 없는 혼란과 불분명함이 두드러지게 어른거렸다. 그래서 하트하우스가 마침내 울타리를 넘어 말을 타고 사라졌을 때도 부인은 그들이 그날 밤이라고 말한 것 이외에는 언제 어디서 만나기로 했는지 자신할 수가 없었다.

그러나 둘 중 한명은 어둠 속에서 부인 앞에 아직 남아 있었고, 그 뒤를 쫓는 한 틀림없는 것이었다. '아, 이봐, 네가 얼마나 감시받고 있는지 너는 상상도 못할 테지!' 스파싯 부인은 생각했다.

스파싯 부인은 루이자가 숲을 나와서 집으로 들어가는 것을 지켜보았다. 다음엔 어떻게 하지? 비가 호우가 되어서 퍼부었다. 스파싯 부인의 흰 양말은 초록색이 두드러진 여러 색깔로 얼룩졌고, 가시처럼 찌르는 것들이 신발에 들어갔으며, 모충毛蟲들이 스스로 그물침대를 만들어 그녀의 옷 여기저기에 매달렸고, 보닛과 매부리코에서는 빗물이 실개천을 이루어 흘러내렸다. 이런 상태로 스파싯 부인은 빽빽한 관목숲에 숨어서 생각했다. 다음에 어떻게 하지?

봐, 루이자가 집에서 나오잖아! 서둘러 외투를 입고 목도리로 감싼 채 몰래 도망가는군. 눈이 맞아 달아나는 거야! 맨 아랫단에서 떨어져 소용돌이에 휩쓸리는군!

루이자는 비를 개의치 않고 단호한 걸음걸이로 재빨리 걸어서 숲속의 승마도로와 나란히 난 샛길로 갔다. 그늘진 어둠 속으로 재빨리 움직이는 사람을 놓치지 않기가 쉬운 일은 아니었기 때문에, 스파싯 부인은 나무그늘에 숨어 아주 가까운 거리를 유지한 채 뒤쫓았다.

쪽문을 소리 없이 닫기 위해 루이자가 발걸음을 멈추면 스파싯 부인도 멈춰섰고, 루이자가 계속 걸으면 부인도 계속 걸었다. 루이자는 스파싯 부인이 아까 지나왔던 길로 해서 숲속의 오솔길을 나왔고, 돌멩이가 많은 길을 건넌 뒤 나무로 만든 계단을 올라 기차역에 도착했다. 코크타운으로 가는 열차가 곧 도착할 것이라는 사실을 스파싯 부인은 알고 있었다. 그래서 코크타운이 루이자의 첫 번째 목적지라고 판단했다.

축 늘어지고 빗물이 흘러내리는 상태에서 평상시의 모습을 숨기는 데 많은 주의가 필요한 것은 아니었지만 스파싯 부인은 역사 담장에 숨어서 숄을 새로운 모양으로 엉클어뜨려 보닛 위에 둘렀다. 그렇게 변장을 해서 발각될 염려를 없앤 다음 스파싯 부인은 역 계단을 올라가 작은 매표소에서 요금을 지불했다. 루이자는 한쪽 모퉁이에 앉아서 기다렸고 부인은 반대편 모퉁이에 앉아서 기다렸다. 두 사람 모두 크게 울리는 천둥소리와 지붕을 씻어내며 아치 난간 위를 후드득 때리는 빗소리를 들었다. 두세개의 등이 비 때문에 망가져서 불이 들어오지 않았다. 그래서 번개가 흔들리며 철로 위에 지그재그로 떨어질 때면 그 빛을 더욱 잘 볼 수 있었다.

발작적인 떨림이 점차 악화되어 심장병처럼 역을 엄습했을 때

열차가 도착했다. 불길과 증기, 연기, 빨간 등불이 보였고 쉿 하는 소리, 부딪치는 소리, 종소리, 날카로운 소리가 들렸다. 루이자와 스파싯 부인은 각기 다른 객차에 올라탔다. 뇌우 속에서 작은 정거장은 황량한 얼룩 같았다.

비에 젖고 추워서 이빨이 딱딱 부딪쳤지만 스파싯 부인은 매우 기뻤다. 계단을 내려가던 인물이 벼랑 아래로 추락했고, 그녀는 말하자면 시체를 돌보는 느낌이었던 것이다. 장례식의 승리를 준비하는 데 그토록 열심이었던 그녀가 크게 기뻐하지 않을 수 있었겠는가? '하트하우스의 말이 그다지 좋지 않다 하더라도 루이자가 그보다 훨씬 앞서 코크타운에 도착하겠지. 그녀가 어디에서 그를 기다릴까? 그리고 그들은 함께 어디로 갈까? 참고 기다리자. 조만간에 알게 되겠지'라고 스파싯 부인은 생각했다.

열차가 목적지에 도착했을 때 엄청난 빗줄기가 커다란 혼란을 일으켰다. 홈통과 관이 터지고 배수로가 넘쳐흘러 거리의 물에 잠겼다. 스파싯 부인은 열차에서 내리자마자 사람들이 여기저기서 부르는 마차 쪽으로 심란한 눈길을 돌렸다. '내가 다른 마차로 쫓아가기 전에 그녀는 마차를 잡어타고 사라질 거야. 마차에 치일 위험을 무릅쓰고라도 마차 번호를 보고 마부에게 명령하는 소리를 들어야겠어'라고 부인은 생각했다.

그러나 스파싯 부인의 계산은 틀렸다. 루이자는 마차에 타지 않았고 벌써 사라졌던 것이다. 그녀는 루이자가 타고 온 객차를 검은 두 눈으로 살펴보았지만 그때는 이미 너무 늦은 상태였다. 몇분이 지나도 객차 문이 열리지 않아서 그 주위를 왔다갔다 했지만 아무것도 볼 수 없었고, 안을 들여다보고는 텅 비어 있다는 사실을 알았다. 몸이 완전히 젖고, 두 발은 움직일 때마다 신발 안에서 철벅

철벅하는 소리를 내며 짓눌리고, 고전적인 얼굴에는 빗방울이 묻고, 보닛은 너무 익은 무화과 열매 같으며, 옷이란 옷은 모조리 더러워졌고, 모든 단추와 끈과 후크 단추의 축축한 자국이 지체 높은 친척을 둔 부인의 등에 나 있고, 곁에는 곰팡내 나는 오솔길의 낡은 공원 울타리에 쌓이는 것과 같은 생기 잃은 풀을 온통 묻힌 스파싯 부인은 비통한 눈물을 터뜨리며 "놓쳤구나!"라고 소리칠 수밖에 없었다.

12장
추락

국립 쓰레기청소부들이 자기네들끼리 시끄럽고 자잘한 싸움을 수없이 벌여서 서로를 즐겁게 한 뒤 당분간 흩어지기로 해서, 그래드그라인드 씨는 휴회기 동안 집에 와 있었다.

그는 치명적인 통계학적 시계가 있는 방에 앉아서 뭔가를 틀림없이 증명하며 글을 쓰고 있었다 — 대체로 선한 사마리아인이 서투른 경제학자라는 사실을 증명하고 있었을 것이다. 빗소리가 그를 많이 방해하지는 않았지만 폭풍우에게 오히려 항의하는 것처럼 때때로 고개를 들게 할 정도로는 그의 주의를 끌었다. 천둥이 아주 크게 울리자 그래드그라인드 씨는 코크타운의 높이 솟은 몇몇 굴뚝이 번개에 맞을지도 모른다는 생각을 하며 그쪽을 바라보았다.

천둥이 멀리까지 울리고 비가 호우처럼 퍼붓는데 그의 방문이 열렸다. 그는 책상 위의 등불을 살피다가 만딸의 모습을 보고는 깜짝 놀랐다.

"루이자!"

"아버지, 얘기할 게 있어요."

"무슨 일이니? 참으로 이상해 보이는구나! 맙소사," 그래드그라인드 씨는 점점 더 의아하게 여기며 말했다. "이 폭우를 맞으며 온 거니?"

루이자는 별로 의식하지 못했다는 듯이 자신의 옷을 만져보았다. "그래요." 그러고는 머리를 감쌌던 것을 풀고 외투와 숄을 되는 대로 바닥에 떨어뜨리고는 아버지를 마주보고 섰다. 안색은 아주 창백하고 머리는 헝클어졌으며 반항적이고 절망적인 태도였기 때문에 그는 딸이 걱정스러웠다.

"무슨 일이니? 루이자, 무슨 일인지 제발 말 좀 해라."

루이자는 아버지 앞에 놓인 의자에 털썩 주저앉아 차가운 손으로 그의 팔을 잡았다.

"아버지, 아버지가 저를 어릴 때부터 교육시키셨죠."

"그래, 루이자."

"저는 그런 운명을 지고 태어난 시간을 저주해요."

그는 의심과 두려움이 섞인 시선으로 딸을 바라보며 "그 시간을 저주한다니? 그 시간을 저주한다니?"라고 공허하게 되뇌었다.

"저에게 생명을 주고서도, 죽음과 같은 상태에서 저를 건져줄 사소한 것들은 어쩌자고 몽땅 빼앗으셨나요? 제 영혼의 은총은 어디에 있고 제 가슴의 감정은 어디에 있나요? 오 아버지, 여기 이 커다란 황야에서 꽃을 피웠어야 할 정원에다 무슨 일을 하신 거예요! 무엇을 한 건가요!"

루이자는 두 손으로 자신의 가슴을 두들겼다.

"정원이 있었다면 그 재만 가지고도 일생이 진공으로 변하는 데에서 저를 구할 수 있었을 텐데요. 이런 이야기를 하려고 했던 건 아니에요. 하지만 아버지, 우리가 이 방에서 마지막으로 이야기를 나눴던 때를 기억하시죠?"

그는 지금 듣고 있는 이야기를 들을 준비가 조금도 되어있지 않았기 때문에 "기억한다, 루이자"라고 어렵사리 대답했다.

"그때 아버지가 잠깐만 저를 도와주셨어도 지금 하고 있는 이야기를 할 수 있었을 거예요. 아버지를 비난하려는 건 아니에요. 저한테 가르치지 못한 걸 아버지가 스스로에게 가르치지는 못했을 테니까요. 하지만 아! 아버지가 오래전에 그러기만 했어도, 아니면 그냥 저를 내버려두기만 했어도 오늘 저는 얼마나 훌륭하고 행복한 사람이 되어 있을까요!"

한껏 돌봐준 뒤에 이런 이야기를 듣자 그는 머리를 숙여 손으로 감싸고 크게 신음소리를 냈다.

"아버지, 우리가 마지막으로 이 방에 함께 있었을 때 제가 싸우면서도 — 어릴 때부터 마음속에 생겨나는 모든 자연적인 자극과 싸우는 것이 저의 임무였기 때문에 — 두려워했던 바를 아버지가 아셨다면, 그리고 인간이 이제까지 해온 온갖 계산을 거부하는, 인간의 산술로는 창조주만큼이나 짐작할 수 없는, 강점으로 품을 수도 있는 약점과 감수성과 애정이 저의 가슴에 꾸물거리고 남아 있다는 사실을 아버지가 아셨다면 — 이제는 제가 분명히 증오하는 남편에게 저를 맡기셨겠어요?"

그래드그라인드 씨가 말했다. "아니. 그럴 리 없지, 가엾은 아이야."

"저를 무감각하게 만들고 망쳐놓는 혹한과 마름병을 제가 아무 때나 겪도록 만들 작정이셨나요? 저한테서 — 아무도 풍요롭게 하지 못하면서 — 단지 이 세상을 좀더 황량하게 만들 작정으로 —
인생의 손에 잡히지 않는 부분, 즉 생각의 봄과 여름에 해당하는
것이자 주위에 실재하는 더럽고 나쁜 것으로부터의 피난처에 해당
하는 것을 빼앗아가고, 좀더 겸손하게 주위의 것들을 신뢰하는 법
을 배우며 개인적인 영역에서나마 주위의 것들을 개선시키기를 바
라는 법을 배웠어야 하는 학교를 빼앗아갈 작정이셨나요?"

"오 아니다, 아니야. 그렇지 않다, 루이자."

"하지만 아버지, 제 눈이 완전히 멀었다면, 촉각에 의지해 더듬으
며 길을 갔다면, 그리고 사물의 형태와 외양을 알고 있으니까 그것
들과 관련해서 다소 자유롭게 상상력을 발휘할 수 있었다면, 두 눈
으로 볼 수 있는 지금의 상태보다 백만배는 더 현명하고 더 행복하
며, 더 사랑하고 더 만족스럽게 지내고, 모든 면에서 백만배는 더 순
수하고 인간적일 수 있었을 거예요. 이제 제 말씀을 좀 들어보세요."

그래드그라인드 씨는 루이자를 팔로 부축하려고 일어섰다. 아
버지가 일어서자 루이자도 일어나 둘은 서로 가까이 섰다. 루이자
가 아버지의 어깨에 한 손을 얹고 그의 얼굴을 뚫어져라 바라보는
채로.

"아버지, 한편으로는 잠시도 충족된 적이 없는 굶주림이나 갈증
과, 다른 한편으로는 자와 숫자와 정의가 완전히 절대적이진 않은
영역에 대한 열렬한 갈망과 순간순간 싸우며 저는 자랐어요."

"네가 불행한 줄은 꿈에도 몰랐구나, 아가."

"아버지, 저는 항상 불행했어요. 싸울 때마다 착한 천사를 퇴짜
놓고 으깨어서 악마로 만들었으니까요. 제가 배운 지식은 배우지
않은 것을 의심하고 불신하고 경멸하고 유감으로 여기도록 만드는
것이었지요. 인생은 곧 끝날 것이고 인생의 어떤 것도 다투는 수고

와 노력을 들일 가치는 없다고 생각하는 것이 저의 참담한 마지막 수단이었어요."

"이렇게 젊은 네가, 루이자!" 그는 불쌍히 여기며 말했다.

"그래요, 아주 젊어요. 이런 상태에 있는데 — 평상시 저의 무감각한 정신상태를 제가 아는 그대로 공평하게 알려드리는 거예요 — 아버지가 저에게 남편감을 추천했고 제가 응낙했던 거예요. 그에게나 아버지에게나 그를 사랑하는 체한 적은 한번도 없었어요. 제가 사랑하지 않는다는 사실은 저도 알고 아버지도 알고 그도 알았지요. 저도 완전히 무관심했던 건 아니에요, 톰에게 싹싹하게 대하고 보탬이 되고자 하는 소망이 있었으니까요. 제가 비현실적인 데로 무모하게 도망갔던 것이고 그게 얼마나 무모한 짓이었는가를 서서히 알게 된 거죠. 하지만 제 인생에서 톰은 제가 그나마 온갖 애정을 쏟는 유일한 대상이었어요. 제가 워낙 불쌍히 여기니까 동생이 그렇게 된 것인지도 모르겠어요. 그의 잘못에 대해 아버지가 좀더 너그럽게 생각할 마음이 들게 할지 모른다는 것 외에는 지금 그것이 중요한 건 아니지만요."

아버지가 루이자를 껴안자 루이자는 다른 손을 그의 다른 어깨에 올리고 여전히 그의 얼굴을 뚫어져라 쳐다보면서 말을 이었다.

"돌이킬 수 없이 결혼한 다음에는 옛날부터의 갈등이 결혼이라는 끈을 끊고 반란을 일으켰어요. 두 사람의 성격 차이에서 생긴 불화이고, 해부학자에게 제 영혼의 비밀스러운 곳 어디를 메스로 잘라보라고 지시할 수 있다면 모를까 그렇지 않으면 어떤 일반적 법칙을 가지고 그리거나 명시할 수는 없는 원인들 때문에 생긴 불화이니만큼 갈등이 더욱 악화되었던 거지요, 아버지."

"루이자!" 전에 얘기할 때 주고받았던 이야기를 잘 기억하고 있기 때문에 그가 애원조로 불렀다.

"아버지를 비난하는 것은 아니에요. 불평하는 것도 아니고요. 다른 목적이 있어서 온 거예요."

"어떻게 해줄까, 아가? 원하는 것을 요구하렴."

"지금 말하려고 해요. 아버지, 그때 우연히 새로운 사람을 알게 됐어요. 전에는 듣도보도 못한 부류의 남잔데, 세상 물정에 밝고 경쾌하고 세련되고 느긋한 사람이었어요. 허세를 부리지 않으며, 만사에 대해 저로선 남몰래 하기도 약간은 두려운 저급한 평가를 공언하고, 만나자마자 거의 곧바로 저를 이해하고 제 생각을 안다는 느낌을 준 ― 어떻게 그리고 어떤 단계를 거쳐 주었는지는 모르겠지만 ― 사람이었어요. 저보다 나쁜 사람 같지는 않았고, 우리 둘 사이엔 비슷한 점이 있는 듯도 했어요. 단지 제가 궁금해했던 바는, 다른 일에는 조금도 흥미를 보이지 않는 그가 저한테 그토록 흥미를 보이는 것이 그에게 가치 있는 일인가 하는 점이었지요."

"너에게 흥미를 보인다고, 루이자!"

루이자에게서 점차 힘이 빠지는 것을 느끼지 못했고 자신을 뚫어져라 응시하는 눈에서 거친 불길이 점차 커지는 것을 보지 못했다면, 아버지는 껴안은 손길을 본능적으로 풀었을지도 몰랐다.

"그가 나의 신뢰를 요구하면서 간청했던 것에 대해선 말하지 않겠어요. 그가 어떻게 그것을 얻었는가는 중요하지 않으니까요. 아버지, 하여간 그는 저의 신뢰를 얻었어요. 저의 결혼에 대해 아버지가 이제야 알게 된 이야기를 그는 금세 똑같이 알아차렸으니까요."

아버지는 얼굴이 잿빛으로 창백해지며 루이자를 양팔로 꼭 껴안았다.

"제가 그 이상 나쁜 짓을 하지는 않았어요. 아버지의 이름을 더럽히지도 않았고요. 하지만 제가 그를 사랑했는지 또는 지금도 사랑하고 있는지 아버지가 묻는다면, 솔직히 말해서 그런지도 모르겠어요. 잘 모르겠어요!"

루이자는 아버지의 어깨에서 갑자기 두 손을 떼어내 자기 옆구리에 댔다. 그사이 평상시와 다른 루이자의 얼굴에 — 그리고 말해야만 하는 바를 죽을 힘을 다해 마무리하기로 결심해 가슴을 펴고 똑바로 선 그 모습에서 — 오랫동안 억눌려 있던 감정이 드러났다.

"오늘밤 남편이 집을 비운 사이에 그가 찾아와서 저를 사랑한다고 말했어요. 다른 방법으로는 제가 그에게서 벗어날 수 없기 때문에, 이 순간에도 그는 저를 기다리고 있을 거예요. 제가 후회를 하는지, 수치를 느끼는지, 스스로에 대한 존중을 잃었는지 잘 모르겠어요. 제가 아는 바는 그저 아버지의 철학과 교육이 저를 구해주지는 못할 거라는 거예요. 자, 아버지, 아버지가 저를 이 지경으로 끌고 왔어요. 다른 방법으로 절 구해주세요!"

그는 딸이 방바닥에 쓰러지는 것을 막으려 때맞춰 루이자를 꼭 붙잡았지만 그녀는 무서운 소리로 외쳤다. "절 붙잡으면 죽어버리겠어요! 바닥에 고꾸라지게 내버려두세요!" 그래서 그는 루이자를 방바닥에 내버려두었고, 자기 마음의 자부심이자 체계의 승리가 무감각한 덩어리로 발치에 쓰러져 있는 것을 보았다.

제3권
저장

1장
또 한가지 필요한 것

기절했다가 깨어난 루이자가 힘없이 주위를 둘러보자 예전에 집에서 쓰던 침대와 방이 시야에 들어왔다. 이런 사물들을 늘 보던 시절 이후에 벌어진 일들이 처음에는 모두 꿈속의 환영같이 여겨졌지만 사물들이 차츰 분명하게 보임에 따라 사건들도 뚜렷이 기억났다.

머리는 아프고 무거워서 거의 움직일 수 없었고 두 눈은 피로하고 쓰라렸으며 기운이 하나도 없었다. 묘한 수동적 무심함에 사로잡혀서 여동생이 방 안에 있는데도 얼마간 주의를 기울이지 못했다. 자매의 시선이 서로 마주치고 동생이 침대 곁으로 다가와서도 루이자는 몇분 동안 말없이 바라보기만 했고, 동생이 주저하면서 자신의 반응 없는 손을 잡도록 놓아두었다가 잠시 후에야 물었다.

"언제 내가 이 방으로 옮겨졌니?"

"어젯밤에, 언니."

"나를 이리로 데리고 온 게 누구니?"

"시시일 거야."

"어째서 그렇게 생각하지?"

"왜냐하면 아침에 이 방에서 시시를 봤으니까. 평상시에 하던 대로 나를 깨우러 침대로 오지 않아서 내가 찾아나섰거든. 시시는 자기 방에도 없었어. 그래서 집 전체를 찾아다니다가, 여기서 언니를 돌보고 언니 머리를 식혀주고 있는 걸 발견했어. 아버지를 오시라고 할까? 언니가 깨면 아버지에게 알려야 한다고 시시가 말했어."

"얼굴이 참 밝구나, 제인!" 동생이 — 여전히 주저하면서 — 키스하기 위해 머리를 숙였을 때 루이자가 말했다.

"정말이야? 언니가 그렇게 생각해주니 기분 좋은걸. 틀림없이 시시 덕분일 거야."

루이자가 동생의 목에 감으려던 팔을 곧게 폈다. "아버지께 알리려면.알려도 좋아." 그러고는 동생을 잠시 더 있게 하고 물었다. "내 방을 이토록 밝게 꾸미면서 다정한 모습으로 만든 게 너니?"

"아, 아니야, 언니. 내가 오기 전에 벌써 꾸며져 있었어. 이 방은 —"

루이자는 베개에 머리를 파묻고 더이상 듣지 않았다. 동생이 방을 나가자 루이자는 머리를 다시 돌리고 얼굴을 문 쪽으로 향한 채 누웠다. 곧 문이 열리고 아버지가 들어왔다.

아버지는 지치고 근심스러운 표정이었으며 평소에는 침착하던 손이 루이자의 손을 잡자 떨렸다. 그는 침대 곁에 앉아서 몸이 괜찮은지 다정하게 물었고, 지난밤에 그토록 흥분하고 폭풍우를 맞았으니 휴식이 필요하다는 사실을 강조했다. 평상시의 명령적인 말투와는 판이하게 부드럽고 당황한 음성으로 이야기했으며, 종종

할 말을 찾느라 쩔쩔매기도 했다.

"내 귀여운 루이자, 가엾은 것." 그 지점에서 그는 어찌할 바를 몰라 말을 완전히 중단했다가 다시 시도했다.

"불쌍한 아가야." 그 지점을 넘기기가 너무 어려워서 그는 다시 시도했다.

"루이자, 어젯밤에 분명해진 사실 때문에 내가 얼마나 당황했고 지금도 얼마나 당황하고 있는지 말하려고 해봤자 쓸모없을 것 같다. 내가 디디고 선 땅이 발밑에서 요동치는구나. 그 튼튼함을 의심한다는 것이 불가능한 일 같았고 지금도 그런 느낌이긴 한데, 내가 의지했던 유일한 버팀목이 한순간에 무너져내렸어. 이런 사실들을 알게 되어서 어리벙벙하단다. 이런 이야기를 이기적인 마음에서 하는 건 아니다. 그러나 지난밤의 일로 해서 나는 정말 대단한 충격을 받았단다."

루이자는 이 점에 대해 아버지를 위로할 수 없었다. 그녀야말로 자신의 인생이 송두리째 암초에 부딪혀 난파되는 고통을 겪었던 것이다.

"루이자, 이전에 네가 요행으로라도 나의 잘못을 깨우쳐 주었더라면 너의 평화를 위해서나 나의 평화를 위해서나 둘 다에게 좋았을 거란 얘기는 못하겠구나. 내 체계가 그런 종류의 속내 이야기를 유도하는 것이 아니었으리라는 사실은 알고 있으니까. 내가 내 — 내 체계를 스스로에게 시험해왔고 엄격하게 집행해왔으니 실패의 책임도 당연히 내가 져야지. 단지 너에게 간청하는 바는 아가, 나도 잘하려고 그랬다는 점을 믿어달라는 거다."

그래드그라인드 씨는 진지하게 이야기했는데, 공정하게 말해서 그의 의도는 실제로 잘해보려는 것이었다. 자신의 작고 보잘것없는 측량용 막대로 헤아릴 수 없이 깊은 바다를 재고, 녹슬어서 잘 돌아가지 않는 컴퍼스로 우주를 갈지자로 다니면서 그는 큰일을 하려고 했던 것이었다. 그는 함께 어울리는 많은 뻔뻔스러운 사람들보다 훨씬 더 단호한 목적을 가지고 꽃 같은 인생들을 파괴하며 자신의 짧은 한계 내에서 허둥지둥했던 것이다.

"아버지, 아버지 말씀은 다 사실이에요. 아버지가 가장 귀여워한 자식이 저라는 것도, 아버지의 의도가 절 행복하게 만드는 것이었다는 점도 말이에요. 아버지를 비난한 적은 한번도 없었고 앞으로도 없을 거예요."

그는 딸이 내민 손을 쥔 채로 있었다.

"얘야, 나는 밤새도록 책상에 앉아서 우리가 고통스럽게 주고받았던 이야기를 곰곰 되씹었단다. 너의 성격과, 몇시간 전에 내가 알게 된 사실을 네가 몇년 동안 숨기고 있었다는 점, 그리고 네가 얼마나 절박했기에 그 사실을 마침내 털어놓을 수밖에 없었을까를 생각하니 나 자신을 믿지 못하겠다는 결론에 다다르게 되더구나."

그가 자신을 주시하고 있는 얼굴을 보았을 때 그는 그 이상의 말을 덧붙인 것인지도 모른다. 그가 딸의 앞이마에 흘러내린 머리카락을 손으로 부드럽게 치워주었을 때 실제로 그 이상의 말을 덧붙인 셈이었다. 이런 작은 행동은 다른 사람이 했다면 사소한 일이었겠지만 그로선 매우 눈에 띄는 것이었고, 루이자도 그 행동을 참회의 말인 것처럼 받아들였다.

"하지만 루이자," 그래드그라인드 씨는 처참한 무력감을 느끼고 주저하며 천천히 입을 열었다. "과거의 나 자신을 불신할 이유가 있다면 현재의 나나 미래의 나도 불신할 수밖에 없겠지. 솔직하게 말하면 나는 나 자신을 불신하고 있다. 어제 이맘때만 해도 전혀 다른 느낌이었지만 이제는 네가 나에게 부여하는 신뢰를 나 자신이 받을 만한지, 네가 집에 와서 호소한 바에 대해 내가 응할 방도를 아는지, 너를 도와주고 바로잡아줄 올바른 본능이 — 필요한 것이 그런 성질의 것이라고 일단 가정하는데 — 내게 있는지 조금도 자신할 수 없단다, 아가."

루이자가 얼굴을 베개 쪽으로 돌려 팔에 묻었기 때문에 그는 딸의 얼굴을 볼 수 없었다. 그녀의 흥분과 격정은 모두 가라앉았다. 루이자는 마음이 누그러졌지만 눈물을 흘리지는 않았다. 아버지의 가장 달라진 점은 차라리 딸이 우는 모습을 보고 싶어한다는 사실이었다.

"머리의 지혜와 가슴의 지혜가 각각 존재한다고 믿는 사람들이 있지만 나는 그렇게 생각하지 않았다." 그는 여전히 주저하며 말을 이었다. "하지만 이미 말한 대로 이제는 나 자신을 믿을 수가 없구나. 옛날에는 머리의 지혜면 충분하다고 여겼는데 그렇지 않을 수도 있는 거겠지. 오늘 아침에 내가 어떻게 감히 머리의 지혜면 충분하다고 말할 수 있겠니! 만일에 바로 그 다른 종류의 지혜가 이제까지 내가 무시했던 것이고 지금 절실하게 요구되는 본능이라면, 루이자 —"

그는 지금도 그 사실을 별로 인정하고 싶지 않다는 듯 매우 모호하게 말했다. 루이자는 지난밤에 방바닥에 쓰러졌던 모습 거의 그대로 옷을 어중간하게 입은 채 침대에 누워서 말이 없었다.

"루이자," 그는 딸의 머리카락을 다시 매만졌다. "최근에 나는 상당 기간 집을 비웠단다. 네 동생도 — 체계에 따라 교육을 받았지만," 그는 체계란 말을 늘 몹시 꺼려하며 사용하는 것 같았다. "그 아이의 경우는 어린 나이부터 시작된 다른 일상적 접촉으로 그

내용도 바뀔 수밖에 없었겠지. 애야 ― 내가 알지 못해서 겸손하게 묻는 건데 ― 좋은 방향으로 변한 거겠지?"

"아버지," 루이자는 꼼짝도 않고 대답했다. "제 경우에는 불화가 생길 때까지 침묵했지만, 그 애의 어린 마음에 무언가 조화가 생겼다면, 저처럼 되지 않은 걸 천만다행으로 여기고 하늘에 감사하며 행복하게 지내도록 내버려두세요."

"오 아가, 아가!" 그는 쓸쓸하게 말했다. "너의 이런 상태를 보다니 나야말로 불행하구나! 내가 이토록 자책하는데 네가 나를 탓하지 않은들 무엇 하겠니!" 그는 머리를 숙이고 딸에게 작은 소리로 말했다. "루이자, 단지 사랑과 감사에 의해 집안에 모종의 변화가 서서히 일어나고 있었는지도 모르고, 머리가 하지 않았고 할 수도 없었던 일을 가슴이 소리 없이 해내고 있었는지도 모른다는 불안한 짐작이 드는구나. 그럴 수 있는 거니?"

루이자는 대답을 하지 않았다.

"내가 그걸 못 믿을 정도로 오만하진 않단다, 루이자. 내가 어떻게 거만할 수 있겠니, 네가 내 앞에 이런 모습으로 있는데! 그럴 수 있는 거니? 그러니, 애야?"

그는 난파한 채 누워 있는 딸을 다시 한번 바라보고는 더이상의 말없이 방에서 나갔다. 그가 나간 지 얼마 되지 않아 루이자는 문간에서 가벼운 발소리가 나는 것을 들었고 누군가 자기 곁에 서 있는 것을 느꼈다.

루이자는 머리를 들지 않았다. 괴로워하는 모습을 들켰고 옛날에 그토록 불쾌하게 여겼던 시시의 무의식적인 표정이 이렇게 적중하고 말았다는 은근한 부아가 해로운 불길처럼 속에서 천천히 타올랐다. 답답하게 가둬놓은 힘은 쥐어뜯고 파괴하게 마련이다.

대지에 유익한 공기나 대지를 비옥하게 하는 물, 성숙시키는 열 모두가 가두어두면 오히려 대지를 균열시키는 법이다. 지금 루이자의 가슴속도 그랬다. 그녀가 지니고 있는 훌륭한 자질조차 오랫동안 스스로에게 향해 있었기 때문에 친구에게 반발하는 고집덩어리로 바뀐 것이다.

부드러운 손길이 목덜미에 와닿고 상대방이 자신이 잠든 것으로 여긴다는 느낌을 갖는 것이 나은 일이었다. 동정심 어린 손길이 불쾌감을 일으키지는 않았다. 손을 거기 그냥 둬, 그냥 두라고.

목덜미에 닿은 손길이 좀더 부드러운 여러 생각을 불러일으켰고 루이자는 누워서 쉬었다. 편안함과 누군가 지켜보고 있다는 의식 때문에 마음이 누그러지면서 눈에 눈물이 고였다. 상대방의 얼굴이 그녀 얼굴에 닿았고, 그녀는 그 얼굴에도 눈물이 흐르고 있으며 그것이 자기 때문에 흘리는 눈물임을 알아차렸다.

루이자가 잠에서 깬 체하며 일어나 앉자 시시는 뒤로 물러나 침대 곁에 조용히 섰다.

"제가 잠을 깨운 게 아니면 좋겠네요. 함께 있는 걸 허락할지 물어보러 왔어요."

"왜 나와 같이 있으려고 하지? 동생이 몹시 찾을 텐데. 동생에겐 네가 전부잖아."

"제가요?" 시시는 도리질을 하며 응답했다. "할 수 있다면 당신에게 가치 있는 사람이 되고 싶어요."

"뭐라고?" 루이자는 거의 엄격하게 말했다.

"할 수만 있다면 당신이 원하는 어떤 사람이든 되고 싶어요. 아무튼 최선을 다해 그런 사람과 가깝게 되려고 노력하고 싶어요. 그리고 아무리 멀리 있어도 지치지 않고 노력할 거예요. 허락하는 건가요?"

"아버지가 나에게 물어보도록 보냈나보구나."

"절대 그렇지 않아요." 시시가 대답했다. "지금은 제가 들어가도 된다고 말씀하셨지만 오늘 아침에는 방에서 내보내신걸요 — 아니면 적어도 —" 시시는 주저하다가 입을 다물었다.

"적어도 어쨌단 말이지?" 루이자가 시시를 탐색하듯 바라보며 말했다.

"제가 방에 있는 걸 아가씨가 좋아할지 전혀 자신이 없어서 나가는 게 좋겠다고 스스로 생각했어요."

"이제까지 내가 너를 그토록 미워했니?"

"항상 아가씨를 사랑했고 아가씨가 그 사실을 깨닫기를 바랐으니까 미워하지 않았기를 바랍니다. 하지만 결혼하고 집을 떠나기 직전부터 저에 대한 아가씨의 태도가 약간 변했어요. 그 사실을 제가 이상하게 여기는 건 아니에요. 아가씨는 아는 게 많은데 저는 너무 모를 뿐 아니라 다른 사람들 틈에 들어가는 아가씨로선 여러모로 당연한 처사였으니까, 제가 불평을 한다거나 마음이 상했다는 건 아니지요."

시시가 이런 말을 서둘러 겸손하게 하는 동안 그녀의 볼이 붉어졌다. 루이자는 애정을 갖고 하는 얘기임을 알아차리고는 가슴이 아팠다.

"아가씨를 위해 노력해도 될까요?" 눈에 띄지 않을 만큼 살짝 자기 쪽으로 숙인 목에다 용기를 내어 손을 올리며 시시가 물었다.

루이자는 금방이라도 자신을 껴안을 듯한 그 손을 내려서 마주잡고 대답했다.

"우선, 시시, 너는 내가 어떤 사람인지 아니? 누구에게나, 심지어는 나 자신에게도 거만하고 냉담하고 뒤죽박죽이고 뒤숭숭하고 화 잘 내고, 부당한 생각에 차서 만사가 사납고 어둡고 사악하게 여겨질 뿐인 사람이 바로 나란다. 그래도 불쾌하지 않니?"

"예!"

"나는 아주 불행해. 그리고 나를 행복하게 만들어야 했을 것들은 완전히 파괴되었어. 나는 아직까지도 분별이 없고 네가 생각하는 만큼 배웠기는커녕 가장 단순한 사실부터 새로이 배워야만 해. 지금 내가 조금도 지니지 못한 평화와 만족과 명예 등 온갖 좋은 것들로 이끄는 인도자를 지금보다 더 비참하게 원할 수는 없을 거야. 그래도 불쾌하지 않니?"

"예!"

당당한 애정의 순결함과 예전부터 지니고 있던 헌신적인 정신이 넘쳐흐르는 가운데, 한때 버림받았던 이 소녀는 상대방의 암흑을 비추는 아름다운 빛처럼 빛났다.

루이자는 시시가 자기 목을 안아 깍지 끼도록 그녀의 손을 들어 올렸다. 그러고는 무릎을 꿇고 이 순회곡마단원의 자식에게 매달린 채 존경에 가까운 시선으로 올려다보았다.

"나를 용서해줘, 불쌍히 여기고 도와줘! 나의 절박한 궁지를 측은히 여기고 사랑이 깃든 이 가슴에 내 머리를 기대고 있게 해줘!"

"오 여기에 기대세요!" 시시가 외쳤다. "여기 기대세요, 아가씨."

2장
아주 우스꽝스러운 일

제임스 하트하우스 씨가 하루 밤낮을 몹시 서두르며 보냈기 때문에, 최고급 외알 안경을 낀 상류사회 사람들도 그가 제정신이 아닌 동안에는 그를 훌륭하고 익살스러운 국회의원의 동생 젬이라고 알아볼 수 없었을 것이었다. 그는 명백하게 흥분해 있었다. 천한 사람들이 하는 식과 유사하게 강조하며 같은 말을 되풀이했고, 아무 목표도 없는 사람처럼 이상하게 들락날락했으며, 노상강도같이 말을 몰았다. 간단히 말하면, 그는 현재의 상황에 몹시 싫증이 나서 당국이 정한 방식에 따라 권태에 종사하는 법을 잊어버렸던 것이다.

그는 폭풍우를 뚫고 코크타운까지, 마치 그것이 한번 뛰는 거리밖에 안된다는 듯이 말을 타고 가서 밤새 기다렸다. 기다리는 동안 가끔씩 격노하여 종을 울리기도 하고, 당직을 서는 심부름꾼이 그에게 반드시 맡겨졌을 편지나 쪽지를 직무태만으로 전하지 않는다고 책망하며 그 자리에서 내놓으라고 요구하기도 했다. 새벽이 되고 아침이 되고 한낮이 되도록 쪽지든 편지든 오지 않자 그는 시골 저택으로 가보았다. 거기서도 바운더비 씨는 집에 없고 바운더비 부인은 시내에 있다는 소식뿐이었다. 부인은 어제 저녁에 갑자기 시내로 떠났으며, 당분간 기다리지 말라는 투의 전갈을 받을 때까지는 그녀가 갔다는 사실조차 몰랐다는 것이었다.

이런 상황에서 그로서는 바운더비 부인을 좇아 시내로 가는 것밖에 다른 도리가 없었다. 그는 시내에 있는 집으로 갔다. 바운더비 부인은 없었다. 은행에 가보았다. 바운더비 씨도 없고 스파싯 부인도 없었다. 스파싯 부인이 없다고? 그리핀[55]과 함께 다니는 뜻밖의 궁지에 몰릴 사람이 누가 있겠는가!

"글쎄요! 모르겠네요." 그것에 대해 나름대로 불안해할 이유가 있는 톰이 말했다. "오늘 아침 동틀 녘에 어딘가로 떠났어요. 그 여자는 항상 종잡을 수 없어서 나는 그 여자가 싫어요. 창백한 그 친구도 마찬가지고요. 그는 항상 눈을 깜박이며 사람을 감시하거든요."

"어젯밤에 어디에 있었어, 톰?"

"어디에 있었느냐니!" 톰이 대꾸했다. "이봐요! 말 한번 잘하시는군. 나는 예전에 본 적도 없는 폭우가 쏟아지는데도 하트하우스 씨, 당신을 기다렸단 말이에요. 내가 어디에 있었느냐는 말은 당신이 어디에 있었느냐는 말이겠죠!"

"나는 올 수가 없었어 ─ 붙들려서."

"붙들렸다!" 톰이 중얼거렸다. "우리 둘 다 붙들렸군요. 우편열차를 제외한 모든 열차를 놓칠 때까지 당신을 기다리느라 나도 붙들려 있었으니까요. 그처럼 폭풍우가 몰아치는 밤에 우편열차를

---

55 그리스신화에서 몸통은 사자이고 머리와 날개는 독수리인 괴물.

타고 내려갔다가 늦을 지나 집까지 걸어가야 한다면 유쾌한 일이 겠지요. 결국 시내에서 잘 수밖에 없었어요."

"시내 어디서?"

"어디라뇨? 그야 물론 바운더비 은행에 있는 내 침대에서죠."

"누나를 봤니?"

"누나는 십오 마일 떨어진 곳에 있었는데 도대체 어떻게 볼 수 있었겠어요?" 톰은 상대방을 뚫어지게 바라보며 대답했다.

진정한 친구로 지냈던 젊은 신사의 성마른 대꾸를 저주하며, 하트하우스 씨는 최소한의 인사치레로 그와의 대화를 끊고 도대체 어찌된 영문인지 백번도 넘게 곰곰이 생각해보았다. 딱 한가지는 분명했다. 그것은 그녀가 시내에 있든 시외에 있든, 이해하기 어려운 그녀에 대해 자신이 서둘렀든 아니든, 그녀가 용기를 잃었든 아니든, 둘이 발각이 되었든 아니든, 지금으로선 이해할 수 없는 모종의 불행이나 실수가 있었든 아니든 간에, 자신은 어떤 운명이든 그것과 맞닥뜨릴 수밖에 없다는 사실이었다. 그 암흑의 지역에 머물라는 선고를 받았을 때부터 그가 지내는 곳으로 알려진 호텔이 그가 묶여 있는 말뚝이었다. 나머지 모든 것에 대해선 — 될 대로 되라지.

"그렇다면 내가 적대적인 소식, 밀회의 약속, 참회조의 항의, 친구 바운더비와의 즉흥적인 랭커셔식 레슬링[56] — 현재 상태에서는 다른 것에 못지않게 이것도 가능성이 많을 법한데 — 이중에서 어느 것을 기다리고 있든, 식사부터 해야겠군"이라고 제임스 하트하우스 씨는 중얼거렸다. "몸무게에서는 바운더비가 유리하지만 영

---

56 다양한 잡기가 허용되는 레슬링의 한 방식.

국적인 무엇이 실행된다면 훈련을 해놓는 편이 나을 거야."

그래서 그는 소파 위에 되는대로 앉은 뒤에 종을 울려서 "저녁을 여섯시에 ― 비프스테이크를 포함해서 가져오도록" 주문하고 그때까지의 시간을 할 수 있는 한 잘 보냈다. 특별히 잘 보낸 건 아니었는데, 왜냐하면 그가 최고로 혼란에 빠져 있었기 때문이다. 그리고 시간이 갔지만 어떤 식으로도 설명할 수가 없어서 혼란만 복리로 증가했다.

하지만 그는 사람이 견딜 수 있는 한도 내에서 냉정하게 사태를 수용하여 레슬링 훈련을 하는 우스꽝스러운 생각도 여러차례 해보았다. 한번은 "웨이터에게 오 실링을 주고 그를 내던져보는 것도 나쁘진 않겠지"라고 하품하면서 중얼거렸고, 그다음에는 '아니면 십삼 내지 십사 스톤[57] 정도의 연습상대를 시간 단위로 고용할 수도 있지'라는 생각이 떠오르기도 했다. 그러나 마음 졸이는 오후 시간에 이런 식의 농담이 큰 영향을 미치지는 못했다. 오히려 사실을 말하자면, 시간과 걱정은 둘 다 몹시 더디게 갔다.

저녁 전에도, 창밖을 보거나 발소리를 들으려고 문에 귀를 기울이거나 가끔 방 가까이에서 사람 기척이 나면 다소 흥분하거나 하면서 카펫 무늬를 따라 자주 방 안을 서성거릴 수밖에 없었다. 저녁식사가 끝나고 날이 저물어 땅거미가 깔렸다가 밤이 되어도 여전히 소식이 없자, 그 자신의 표현을 빌리면 '종교재판소의 더딘 고문' 같은 느낌이 들기 시작했다. 그러나 무관심이야말로 상류계급의 진정한 예의범절이라는 믿음에(그가 가진 유일한 믿음인데) 충실하게, 그는 이런 중대국면에서도 양초와 신문을 주문했다.

---

[57] 1스톤은 14파운드, 곧 6.35킬로그램.

신문을 읽으려는 헛수고를 반시간가량 하고 있을 때, 웨이터가 와서는 이상하게 그리고 사과하는 투로 말했다.

"실례합니다, 선생님. 누군가 선생님을 찾으십니다."

찾는다는 말은 경찰이 신사 차림의 소매치기에게 사용하는 말이라는 막연한 생각이 들어 하트하우스 씨는 웨이터에게 벌컥 화를 내며 '찾는다'니 도대체 무슨 얘기냐고 반문했다.

"죄송합니다, 선생님. 바깥에서 젊은 여성이 선생님을 뵙고자 합니다."

"바깥에서? 어디?"

"이 문 바깥입니다, 선생님."

악마에게나 넘겨줄 멍청이라고 속으로 웨이터를 욕하면서 하트하우스 씨는 서둘러 복도로 나갔다. 한번도 본 적 없는 젊은 여자가 거기에 서 있었다. 소박한 옷차림에 무척 차분하면서도 아름다웠다. 그녀를 안으로 안내하고 의자를 권하면서 촛불에 의지해서 보니 처음에 생각했던 이상으로 미인이었다. 얼굴은 순진하고 발랄했으며 표정은 매우 상냥했다. 그녀는 그를 두려워하지 않았고 조금도 불안해하지 않았다. 방문한 이유에만 전적으로 마음을 쏟는 듯, 자기자신보다는 그 목적을 먼저 생각하는 것 같았다.

"하트하우스 씬가요?" 단둘이 있게 되자 그녀가 물었다.

"그렇소." 그는 속으로 '당신은 내가 이제까지 본 중에서 가장 신뢰하는 눈빛으로, 그리고 내가 들은 중에서 (아주 조용하지만) 가장 진지한 음성으로 말하는군'이라고 생각했다.

"신사로서의 명예가 다른 일에선 선생님께 어떤 의무를 지우는지 제가 이해하지 못한다 해도 ─ 실제로 이해하지 못하고 있습니다만, 선생님," ─ 그녀가 이런 말로 시작하자 그의 안색이 붉어졌다. "제가 방문한 사실과 이제부터 하려는 이야기를 비밀로 해주실 것을 믿어도 좋겠다는 확신이 드는군요. 그 정도는 믿어도 좋다고 말씀해주시면 믿겠습니다 ─ " 시시가 말했다.

"믿어도 돼요, 약속하지요."

"선생님이 보시다시피 저는 나이도 어리고 혼자 왔습니다. 선생님께 오기로 작정했을 때 저 자신의 희망 외에 다른 충고나 격려가 있었던 건 아닙니다."

그는 상대방이 순간적으로 올려다보는 눈길을 좇으면서 '희망이라니 야무지기도 하군'이라고 생각했다. 더하여 '아주 이상하게 말을 시작하는군. 무슨 말을 나누게 될지 짐작도 못하겠는걸' 하고 생각했다.

"제가 방금 누구를 떠나왔을지 선생님이 이미 짐작했을 것 같은데요?" 시시가 말했다.

"지난 이십사시간 동안(나에게는 이십사년같이 여겨졌는데) 어떤 부인 때문에 나는 몹시 걱정스럽고 불안했소. 당신이 그 부인에게서 왔을 거라는 희망을 품게 되었는데 그 희망이 나를 기만할 것 같지는 않군, 확신컨대." 그가 대답했다.

"한시간 전에 그 부인과 헤어졌습니다."

"어디 ─ ?"

"그 부인의 친정집에서요."

하트하우스 씨는 침착함을 유지했지만 언짢은 표정을 지었고 당혹감이 커졌다. '그렇다면 앞으로 무슨 말을 나누게 될지 정말 모르겠는걸' 하고 그는 생각했다.

"어젯밤에 부인이 허겁지겁 왔어요. 몹시 흥분한 상태였고 밤새도록 인사불성이었지요. 저는 지금 그녀의 친정집에서 살고 있고 전에는 함께 살았던 적도 있습니다. 선생님은 평생토록 그 부인을 다시는 만나지 못하리라고 생각하셔도 됩니다, 선생님."

하트하우스 씨는 숨을 깊이 들이마셨다. 그리고 사람이 어떤 말을 해야 할지 모르는 처지에 빠진다면 자신이 바로 그런 궁지에 처한 것이라는 사실을 분명히 알게 되었다. 그를 찾아온 사람의 어린 아이같이 순진하게 말하는 모습, 겸손하지만 두려움을 모르는 자세, 모든 술책을 제쳐두는 정직함, 찾아온 목적에 진지하고 조용하게 매달리면서 자신은 전혀 돌보지 않는 태도, 이 모든 것이 그가 쉽사리 한 약속—그 자체로도 그는 창피했다—을 대하는 그녀의 믿음과 합해져서, 그로서는 경험해본 적도 없으며 보통 사용하는 무기는 통할 것 같지도 않은 무언가를 만들어냈다. 그래서 그는 자신을 궁지에서 건져줄 말을 한마디도 할 수 없었다.

마침내 그가 입을 열었다.

"이토록 놀라운 소식을 이처럼 대담하게, 그것도 당신 같은 사람의 입에서 듣다니 정말 극도로 당황스럽군. 우리가 말하는 그 부인이 이런 절망적인 말로 그 소식을 전하라는 임무를 당신에게 부여했는지 물어도 되겠소?"

"부인에게서 지시받은 바는 없습니다."

"물에 빠진 사람은 지푸라기라도 잡는 법이오. 당신의 판단을 무시하거나 당신의 정직함을 의심하는 것은 아니지만, 그 부인에게서 영원한 추방령을 받은 건 아니니까 아직 희망이 있다는 믿음을 내가 간직하겠다고 말해도 용서하시오."

"희망은 조금도 없습니다. 제가 여기에 온 첫번째 목적은 선생님이 부인과 다시 이야기를 나눌 희망은 전혀 없다는 사실을 확실히 믿으시도록 하기 위해섭니다. 부인이 어젯밤에 집에 와서 죽었다면 희망이 없는 것과 마찬가지로 말입니다."

"믿어야 한다고? 하지만 믿을 수 없다면 ─ 또는 천성이 우유부단해서 고치기 힘들다면 ─ 그리고 믿지 못하겠다면 ─"

"아무래도 마찬가지예요. 희망은 조금도 없습니다."

제임스 하트하우스는 입가에 의심하는 듯한 미소를 띠고 시시를 쳐다보았다. 그러나 그녀의 마음은 그를 건너서 그 너머를 바라보았기 때문에 그 미소는 완전한 낭비가 되었다.

그는 입술을 깨물며 잠시 생각에 잠겼다.

"글쎄! 내 쪽에서 보자면 충분한 노력과 의무를 다한 뒤에 이처럼 쫓겨나는 쓸쓸한 입장에 처하게 된 것이 불행으로 여겨지지만, 앞으로 그 부인을 괴롭히는 일은 없을 것이오." 그가 말했다. "그러나 당신이 그녀에게 위임받은 건 없다고 했지요?"

"부인에 대한 저의 사랑과 저에 대한 부인의 사랑이라는 위임만 받았습니다. 부인이 집에 온 이후 저와 같이 지냈고 저를 믿어주었다는 사실 외에 달리 믿는 바가 있는 건 아닙니다. 제가 부인의 성격과 결혼에 대해 다소 아는 바가 있다는 점 외에 추가로 믿는 게 있는 것도 아니고요. 오, 하트하우스 씨, 당신도 그런 신뢰를 받았으리라고 생각합니다만!"

그의 가슴이 있어야 할 구멍에 ─ 하늘의 새들이 호각소리에 날아가지 않았다면 그 새들이 살았을지도 모르지만 지금은 썩은 알만 있는 둥지에 ─ 이런 열렬한 비난이 와서 닿았다.

"나는 도덕적인 인간이 아니고 그런 인격의 소유자인 체한 적도 없소." 그가 말했다. "나는 필요한 만큼 비도덕적이오. 그래도 지금 나누는 대화의 대상인 그 부인에게 곤란을 안겨주었다는 점에, 어떤 식으로든 불행하게도 부인의 명예를 실추시켰다는 점에, 가정의 화목과 완벽하게 일치할 수는 없는──사실 일치할 수 없는 거지만──감정을 나 자신이 부인에게 표현했다는 점에, 또는 부친이 기계 같은 사람이고 동생은 건달이며 남편은 곰 같은 사람이라는 사실을 조금이라도 이용했다는 점에, 부탁이지만 특별히 악한 의도는 없었다는 점을 믿어줬으면 좋겠소. 철저하게 악마같이 한 단계에서 또다른 단계로 매끈하게 미끄러진 탓에 막상 목록을 넘겨보기 전까지는 그 길이가 절반도 채 안되리라고 생각했던 거요. 그런데 그 목록이 사실은 여러권 분량이라는 것을 알게 된 거지요." 제임스 하트하우스 씨가 결론 삼아 말했다.

그는 이런 모든 얘기를 예의 경박한 태도로 말했지만, 그 순간만은 추악한 표면이라도 의식적으로 닦는 것 같은 태도였다. 잠시 침묵을 지키다가 그는 한층 더 침착하게 말을 이었다. 비록 닦아도 없어지지 않는 분노와 실망의 흔적이 엿보이긴 했지만.

"방금 의심할 수 없게끔 이야기를 들었기 때문에──내가 이처럼 순순히 받아들일 사람은 달리 또 없을 텐데──조금 전에 내세운 신뢰를 받고 있는 당신에게는 그 부인을 앞으로 만날 가능성을 (아무리 예기치 않은 방식으로라도) 기대하지 않는다고 말해야겠지. 일이 이렇게 된 것은 전적으로 내 탓이오──그래도──그래도," 그는 총괄적으로 맺을 말이 궁해서 약간 쩔쩔매다가 덧붙였다. "내가 도덕적인 인간이 되리라고 조금이라도 낙천적으로 기대한다거나 어떤 부류든 도덕적인 인간을 조금이라도 믿는다는 말은 못하겠소."

그에게 청할 것이 아직 남았다는 사실을 시시의 얼굴이 웅변하고 있었다.

"찾아온 첫번째 목적은 말했지만 두번째 목적은 아직 말하지 않은 것 같은데?" 시시가 다시 올려다보자 그가 말을 이었다.

"그렇습니다."

"그것도 마저 말하시지?"

"하트하우스 씨," 그를 완전히 패배시키는 부드러움과 확고함을 섞어서, 그리고 묘하게 그를 불리한 입장에 서게 만드는 요인인 바 자신이 요구하는 것을 그가 하게끔 되어 있다는 소박한 확신을 갖고 시시가 말했다. "선생님이 할 수 있는 유일한 배상은 즉각 이곳을 떠나 되돌아오지 않는 겁니다. 선생님이 저지른 잘못과 해악을 경감할 수 있는 다른 방도는 없다고 절대 확신합니다. 또한 그것이 선생님의 능력으로 할 수 있는 유일한 보상이라고 절대 확신합니다. 그게 대단하다거나 충분하다는 것이 아니라, 약간의 가치는 있으며 필요한 일이라는 거지요. 따라서 제가 선생님께 이미 제시한 권한 외에 다른 권한이 있는 것은 아니고 선생님과 저 외에 다른 사람이 이 사실을 아는 것도 아니지만, 오늘밤 여기를 떠나서 절대 돌아오지 마시라고 부탁하는 바입니다."

시시가 자기 말의 진실과 올바름에 대한 소박한 믿음 이상의 영향력을 주장했다면, 그녀가 최소한의 의심이나 우유부단을 숨기거나 좋은 뜻으로라도 어떤 수줍음이나 겉치레를 품었다면, 그녀가 그의 조소나 놀람, 또는 있을 수 있는 반발에 대해 조금이라도 신경쓰는 기색을 보였거나 느꼈다면, 그는 그것을 빌미로 반발했을지도 모른다. 하지만 그가 깜짝 놀라 맑은 하늘을 바라본다고 해서 그것을 변화시킬 수 없듯이, 시시에게 영향을 미칠 수는 없었다.

"하지만 당신이 요구하는 정도를 알기나 하오?" 그는 몹시 당황해하며 물었다. "그 자체로는 터무니없을 수 있지만, 내가 끼어들었고 맹세했으며 필사적으로 헌신하도록 되어 있는 공적인 용무

때문에 내가 여기에 온 거라는 사실을 당신이 모르나보군? 당신은
그 점을 모를 수도 있겠지만 그건 분명한 사실이란 말이오."

사실이든 아니든 시시에게는 아무런 효과가 없었다.

"그 외에도," 하트하우스 씨는 마음을 정하지 못하고 방 안을 한
두 차례 왔다갔다 하다가 말했다. "그것은 놀랄 만큼 웃기는 일이
오. 그 친구들에게 끼어들었다가 납득할 수 없는 이유로 손을 뗀다
면 사람 꼴만 우습게 되지."

"그것이 선생님이 할 수 있는 유일한 보상이라고 굳게 믿습니
다." 시시가 다시 반복했다. "굳게 믿지 않았다면 여기에 오지도 않
았을 겁니다."

그는 시시의 얼굴을 보고 다시 방 안을 서성였다. "정말 무슨 말
을 해야 할지 모르겠군. 말도 안돼!"

조건으로서 비밀을 지키라고 요구하는 것이 이제는 그의 몫이
되었다.

"내가 그처럼 매우 우스꽝스러운 짓을 한다면, 그건 절대 비밀을
깨지 않는 조건으로만이오." 그는 즉시 발걸음을 멈추고 벽난로 선
반에 몸을 기댄 채 말했다.

"저는 선생님을 믿습니다." 시시가 말을 받았다. "그리고 선생님
도 저를 믿으세요."

벽난로 선반에 기대 있으려니 하트하우스는 건달과 보낸 밤이
생각났다. 바로 그 벽난로 선반인데, 어찌된 영문인지 오늘밤엔 자
신이 건달이 된 느낌이었다. 그로서는 도저히 어쩔 수가 없었다.

"나보다 더 우스꽝스러운 처지에 빠진 사람은 없으리라는 생각
이 드는군." 그는 아래를 보다가 위를 보고, 웃다가 얼굴을 찡그리
고, 앞으로 걷다가 뒤돌아오면서 말했다. "하지만 다른 방책이 떠

오르지 않아. 될 대로 되라지. 이번 일도 어떻게 되겠지. 떠나야겠다는 생각이 드는군 ─ 간단히 말해서, 그러겠다고 약속하겠소."

시시가 일어났다. 그 결과에 시시는 놀라지 않고 다만 행복해했으며 얼굴이 환하게 빛났다.

"다른 사람이 ─ 남자든 여자든 ─ 대사로 와서 말을 했더라도 마찬가지로 성공했을 거라고 생각하지 않는다는 말은 해도 되겠지." 제임스 하트하우스 씨가 말을 이었다. "내가 아주 웃기는 처지에 빠졌을 뿐 아니라 모든 점에서 완패했다는 생각이 드는군. 적의 이름을 기억하는 특권을 내게 허락하겠소?"

"제 이름요?" 여대사가 말했다.

"오늘밤에 알고 싶은 유일한 이름이오."

"시시 주프입니다."

"헤어지면서 보이는 나의 호기심을 용서하시오. 그 가족과는 친척이오?"

"저는 불쌍한 여자애일 뿐입니다." 시시가 대답했다. "아버지와 헤어졌는데 ─ 아버지는 그저 순회곡마단원이지요 ─ 그래드그라인드 씨가 저를 불쌍히 여겨 그 집에서 함께 살고 있습니다."

시시는 떠났다.

"패배를 마무리하기 위해서는 아직 할 일이 남아 있어." 제임스 하트하우스 씨는 잠시 꼼짝않고 서 있다가 체념한 듯 소파에 풀썩 주저앉으며 말했다. "패배가 이제 완전히 마무리된 셈이군. 고작 불쌍한 여자애가 ─ 고작 순회곡마단원이 ─ 유일무이한 제임스 하트하우스를 하찮게 보다니 ─ 유일무이한 제임스 하트하우스가 실패의 거대한 피라미드가 되어버렸군."

거대한 피라미드라는 단어가 나일강을 올라가볼 생각이 들게끔

했다. 그는 즉시 펜을 꺼내 형에게 다음과 같은 편지를 (그에게 고유한 상형문자로) 썼다.

잭에게. 코크타운에서의 일은 다 끝났음. 진저리가 나서 낙타나 탈까 함. 사랑하는 젬이.

그는 종을 울렸다.
"하인을 보내주게."
"자고 있습니다, 선생님."
"그에게 일어나서 짐을 꾸리라고 전하게."
그는 편지를 두 통 더 썼다. 하나는 바운더비 씨에게 보내는 것으로 코크타운을 떠나겠다는 사실과 자신이 앞으로 두주 동안 있을 장소를 알리는 내용이었고, 다른 하나는 비슷한 내용으로 그래드그라인드 씨에게 보내는 편지였다. 수취인의 주소와 성명을 쓴 잉크가 마르자마자 그는 코크타운의 높다란 굴뚝을 뒤로하고 떠났다. 그리고 기차에 올라 눈물을 흘리며 어두운 풍경을 노려보았다.
도덕적인 인간이라면 제임스 하트하우스 씨가 자기가 한 일에 대해 조금이나마 보상하는 몇몇 행동 중 하나로, 또한 최악의 일은 피했다는 표시로, 재빨리 떠난 것을 나중에라도 기분 좋게 여기리라고 생각할지 모르지만 사실은 절대 그렇지 않았다. 실패했고 우스꽝스럽게 됐다는 은밀한 감정 — 비슷한 일에 끼어든 다른 친구들이 그 사실을 안다면 그에 대해 뭐라고 험담할까 하는 두려움 — 이 워낙 그를 압박해서, 그의 생애 중 최고의 순간에 해당하는 것이 절대 인정하고 싶지 않은 순간이자 그 자신을 부끄럽게 만든 유일한 순간으로 여겨졌다.

3장
단호한 결심

지칠 줄 모르는 스파씻 부인은, 심한 감기 때문에 목소리는 속삭이는 듯했고 계속되는 재채기에 품위 있는 몸집이 워낙 시달려서 해체될 지경에 이른 듯했지만, 후원자를 쫓아 런던까지 갔다. 그녀는 런던 세인트제임스 가의 호텔에 있는 그를 위엄 있게 급습해서 자신에게 장전되어 있는 가연성 물질을 그에게 터뜨리고 폭발시켰다. 자신의 사명을 아주 만족스럽게 완수한 다음 이 고결한 부인은 바운더비 씨의 상의 깃을 잡고 졸도했다.

바운더비 씨의 처음 조치는 스파씻 부인을 떼어내고 부인이 바닥에 쓰러진 채 여러 단계의 고통을 거치도록 내버려두는 일이었다. 다음에 그는 환자의 엄지손가락을 비틀고 두 손을 세게 때리고 얼굴에 물을 잔뜩 끼얹고 입에 소금을 집어넣는 따위의 강력한 회복요법을 시행했다. 이러한 배려 덕에 부인의 정신이 돌아오자 (아주 빨리 돌아왔는데) 그는 기운을 돋우는 다른 것은 조금도 주지 않고 부인을 급행열차에 밀어넣고는 다시 코크타운으로 데리고 갔는데, 스파싯 부인은 살았다기보다 죽은 상태에 가까웠다.

여행의 종착지에 도착한 스파싯 부인은 고전적인 폐허로 여겨질 만큼 재미있는 모습이었다. 그러나 다른 각도에서 보면, 그 부인이 그때까지 견뎌낸 손상은 너무 과도해서 존경을 요구할 수 없게 만드는 것이었다. 바운더비 씨는 부인의 옷과 몸이 해어진 상태에 전혀 개의치 않고, 또한 애처로운 재채기에도 굴하지 않고 스파싯 부인을 바로 마차에 몰아넣어 스톤 로지로 태우고 갔다.

"자, 톰 그래드그라인드," 바운더비는 밤늦게 장인의 방에 뛰어들면서 말했다. "자네의 말문을 막을 얘깃거리가 있는 부인이 — 스파싯 부인이 — 스파싯 부인은 자네도 알겠지 — 여기 왔네."

"내 편지를 받지 못했겠군!" 그래드그라인드 씨는 유령 같은 모습에 놀라서 말했다.

"편지를 못 받았느냐고, 선생!" 바운더비가 큰 소리로 외쳤다. "지금은 편지 얘길 할 때가 아니야. 지금 같은 상태에 있는 코크타운의 조사이아 바운더비에게 누구든 편지 얘길 하도록 놔두지는 않겠어."

"바운더비," 그래드그라인드 씨는 부드럽게 타이르는 투로 말했다. "나는 루이자에 관해서 자네에게 보낸 매우 특별한 편지를 얘기하는 거네."

"톰 그래드그라인드," 바운더비는 손바닥으로 책상을 여러차례 심하게 내리치며 응수했다. "나도 루이자에 대한 소식을 갖고 나를 찾아온 매우 특별한 사람 이야기를 하는 거야. 스파싯 부인, 앞쪽으로 나오시오!"

불행한 그 부인이 목에 염증이 생겨 아무 소리도 하지 못하면서 고통스러운 몸짓으로 증언하려다가 고통이 더욱 악화되어 얼굴을 심하게 찡그리자 참을성 없는 바운더비가 부인의 팔을 잡고 흔들었다.

"부인이 말할 수 없다면 나한테 맡기시오." 바운더비가 나섰다. "지금은 아무리 지체 높은 친척을 두었어도 구슬을 삼킨 것처럼 조금도 알아들을 수 없게 얘기하는 귀부인이 나설 때가 아니오. 톰 그래드그라인드, 스파싯 부인이 최근에 자네 딸과 자네의 귀중한 신사 친구 제임스 하트하우스 씨가 야외에서 나누는 이야기를 우연히 엿들었네."

"정말인가?" 그래드그라인드 씨가 말했다.

"아! 정말이지!" 바운더비가 외쳤다. "그리고 그 이야기에서 —"

"이야기의 개요를 되풀이할 필요는 없네, 바운더비. 나도 알고 있으니까."

"자네가 안다고?" 바운더비는 침착하게 달래는 장인을 온 힘을 다해 노려보며 말했다. "그러면 자네는 자네 딸이 지금 어디 있는지도 알겠군."

"물론 알지. 여기에 있네."

"여기 있다고?"

"이보게 바운더비, 이렇게 시끄럽게 소란 떨지 말고 제발 좀 진정하게나. 루이자는 여기 있네. 그 애는 자네가 말하는 사람이자 내가 자네에게 소개한 것을 몹시 후회하는 사람과 이야기를 끝내자마자 보호를 받고자 서둘러 여기로 왔네. 내가 그 애를 — 여기, 이 방에서 만났을 땐 나도 집에 도착한 지 몇시간밖에 되지 않았었네. 기차를 타고 급하게 시내로 온 후에, 시내에서 집까지 사나운 폭풍우를 맞으며 달려와서 미친 듯한 모습으로 내 앞에 나타났더군. 그 뒤로는 물론 계속해서 집에만 있었네. 자네와 딸애를 위해 부탁하는 거네만 제발 조용히 하게."

바운더비 씨는 잠시 스파싯 부인 쪽을 제외한 사방을 말없이 둘러보다가 갑자기 스캐저스 부인의 조카딸 쪽으로 시선을 돌리고 그 가엾은 부인에게 말했다.

"자, 부인! 당신의 황당무계한 이야기 때문에 급행으로 시골길을 달려온 데 대해 부인이 적절하다고 여기는 사소한 변명이나마 들었으면 좋겠소!"

"선생님," 스파싯 부인이 작은 소리로 속삭였다. "당신께 봉사하느라 내 신경이 지금 너무나 약해졌고 건강이 너무 상했기 때문에 눈물을 흘려서 피하는 것밖에 다른 도리가 없겠네요."

(스파싯 부인은 정말로 눈물을 흘렸다.)

"글쎄요, 부인," 바운더비가 말했다. "상당한 가문 태생인 부인에게 결례하지 않는 범위에서 말하더라도, 당신이 피할 수 있을 듯한 것이 달리 또 있다고, 즉 마차가 있다고 덧붙여야겠소. 우리가 여기까지 타고 온 마차가 문에 대기하고 있으니까, 내가 당신을 그리로 인도해서 은행에 있는 집으로 쫓아내도 되겠지요. 은행에서 당신이 할 수 있는 최선의 행동은 견딜 수 있는 한 가장 따뜻한 물에 두 발을 담그는 일이고, 잠자리에 든 후에는 버터 탄 뜨거운 럼주를 한잔 마시는 일일 거요." 이런 말을 하며 바운더비 씨는 흐느끼는 부인에게 오른손을 내밀어 그 마차까지 인도했는데, 도중에 그 부인은 애처로운 재채기를 수도 없이 했다. 잠시 후 그가 홀로 돌아왔다.

"자, 톰 그래드그라인드, 자네 얼굴에 나와 이야기하고 싶다고 씌어 있군." 그가 말을 이었다. "내가 여기 있네. 하지만 솔직하게 말하면 기분이 별로 좋지 않아. 이번 일은 지금 상태로도 불쾌하고, 코크타운의 조사이아 바운더비가 마누라에게 의당 받아야 하는 만큼 자네 딸이 나를 충실하고 고분고분하게 대접한 적도 없다고 생각하기 때문이야. 아마 자네는 자네 나름의 의견이 있을 테고 나는 나 나름의 의견이 있는 거겠지. 이런 솔직한 이야기와 배치되는 이야기를 오늘밤에 할 작정이면 관두는 게 나을 걸세."

그래드그라인드 씨가 많이 부드러워지자 바운더비 씨가 모든 면에서 딱딱해지려고 각별하게 애쓴다는 사실을 쉽게 눈치챌 수 있었다. 그런 점이 호감을 주는 그의 성질이었다.

"이보게 바운더비." 그래드그라인드 씨가 대답을 시작했다.

"한데, 용서하게," 바운더비가 말했다. "하지만 나는 자네와 너무 친하고 싶지는 않네. 우선은 그래. 내가 어떤 사람과 친해지기 시작하면 그의 의도는 대개가 나를 속이고자 하는 거더군. 지금 내가 점잖게 얘기하는 건 아닌데 자네도 알다시피 나야 예의 바른 사람은 아니지. 예의 바른 걸 좋아한다면 어디에서 찾아야 할지는 자네가 알 걸세. 신사 친구들이 있지 않은가, 그들이 자네가 원하는 만큼 예의 바르게 대해줄 걸세. 나야 예의 바른 것과는 거리가 멀지."

"바운더비, 누구나 잘못할 수 있는 걸세—"그래드그라인드 씨가 강조했다.

"자네는 잘못할 줄 모르는 사람이라고 생각했는데." 바운더비가 말을 가로막았다.

"나도 그렇게 생각했었지. 그러나 내 얘긴 누구나 잘못할 수 있다는 것일세. 하트하우스에 대해 얘기해도 괜찮다면 자네의 자상한 마음씨를 느끼고 그 점을 고맙게 여기겠네. 이야기 중에 그를 자네와의 친밀함이나 자네의 격려와 연결시키지는 않을 걸세, 그러니 나와도 연결시키지 말아주게."

"나는 그의 이름을 언급하지도 않았어!" 바운더비가 말했다.

"그래, 그래!" 그래드그라인드 씨는 참을성 있게, 심지어는 순종조로 말을 받은 뒤 잠시 생각에 잠겼다. "바운더비, 우리가 루이자를 제대로 이해하기나 했었는지 의심해볼 만한 이유가 있네."

"우리라니 누굴 말하는 건가?"

"그렇다면 나라고 말하지." 거칠게 불쑥 튀어나온 질문에 그가 대답했다. "내가 루이자를 이해하고 있었는지 의심스럽네. 그 애를 교육시키는 문제에서 내가 절대적으로 옳았는지에 대해 회의적이란 말일세."

"드디어 바로 말하시는군." 바운더비가 응수했다. "그 점에선 나도 동감이야. 자네도 마침내 발견한 게로군? 교육이라! 교육이 뭔지 내가 말해주지 ― 다짜고짜 대문에서 쫓겨나고 주먹질 이외에 다른 것은 거의 받지 못하는 것. 나는 그런 것을 교육이라고 부르네."

"그런 제도의 장점이 무엇이든 간에 여자아이에게 일반적으로 적용하기는 어렵다는 사실을 자네의 양식이면 알 거라고 생각하네." 그래드그라인드 씨가 아주 겸손하게 이의를 제기했다.

"모르겠는데요, 선생." 바운더비가 고집 세게 대꾸했다.

"이거 참," 그래드그라인드 씨가 한숨지었다. "지금 문제를 만들자는 게 아니네. 분명히 말하지만 말싸움할 생각은 추호도 없으니까. 할 수만 있다면 잘못된 부분을 고치고자 할 뿐이야. 그리고 바운더비, 내가 지독하게 괴로우니까 자네가 기분 좋게 나를 도와줬으면 좋겠네."

"아직 무슨 말인지 모르겠어서 약속할 수가 없네." 바운더비가 완강하게 고집을 부리며 말했다.

354

"이보게 바운더비, 루이자의 성격에 대해 이전 몇해보다 불과 몇 시간 사이에 훨씬 잘 알게 된 것 같아." 그래드그라인드 씨는 내내 침울해하면서도 달래는 투로 말을 이었다. "고통스럽게 억지로 깨우쳤으니 내 스스로 깨달은 거라고는 할 수 없겠지. 내 생각엔 ― 바운더비, 자네도 들으면 놀랄 걸세 ― 내 생각엔 ― 가혹할 정도로 무시되어왔고 ― 약간은 비뚤어진 자질이 루이자에게 존재하는 듯싶네. 그리고 ― 자네에게 제의하고 싶은데 ― 그 애를 잠시 그 애의 착한 본성에 맡겨두고 ― 그 본성이 스스로 친절과 이해로 자라나도록 격려하는 시의적절한 노력에 자네가 친절히 동의해준다면 ― 그것이 ― 그게 우리 모두의 행복을 위해 나을 성싶네. 루이자는," 그래드그라인드 씨는 손으로 얼굴을 가리며 말했다. "항상 내가 가장 아끼던 아이였어."

이 말을 듣자마자 바운더비는 고함을 치고 얼굴이 붉어지고 감정이 북받쳐서 금세 발작을 일으킬 것 같았다. 어쩌면 발작을 일으켰는지도 모른다. 두 귀마저 진홍색이 섞인 자줏빛으로 물들었지만 그는 분노를 삭이며 말했다.

"루이자를 잠시 데리고 있고 싶다고 했나?"

"이보게 바운더비, 나는 ― 나는 루이자가 여기를 찾아온 김에 그냥 머무르면서 시시(물론 세실리아 주프를 말하는 거지)의 간호를 받도록 자네가 허락해야 한다고 권할 작정이었네. 시시는 루이자를 이해할 뿐 아니라 루이자도 그 애를 믿고 있네."

"톰 그래드그라인드, 자네 말을 듣자니 자네 역시 루 바운더비와 나 사이에 사람들이 말하는 모종의 부조화가 존재한다고 생각하는 것으로 추측할 수밖에 없군." 바운더비가 주머니에 양손을 넣은 채 일어서며 말했다.

"내가 두려운 것은 지금 루이자와 ― 그리고 ― 그리고 내가 관계를 맺도록 한 거의 모든 사람들 사이에 전반적인 부조화가 존재하는 것 같다는 점일세." 루이자의 아버지가 슬프게 대답했다.

"자, 잘 듣게, 톰 그래드그라인드." 얼굴이 붉어진 바운더비가 두 발을 넓게 벌리고, 두 손은 주머니에 더 깊게 찌르고, 머리는 격한 분노가 사납게 불어오는 건초밭같이 한 채로 그와 마주서서 말했다. "자네가 자네 할 말을 했으니 나도 내 할 말을 해야겠네. 코크타운의 대장부요, 코크타운의 조사이아 바운더비인 나는 이 도시의 모든 벽돌과 공장, 모든 굴뚝과 연기, 그리고 모든 일손들에 대해 두루 훤하네. 그 모두를 매우 잘 아는데 그것들은 분명히 실재하는 거지. 나에게 상상적인 자질에 대해 뭐든 말하는 사람이 있으면 나는 그가 누구든 무슨 말을 하는 건지 이미 알고 있다고 대꾸하네. 그가 의미하는 바는 황금수저로 자라수프와 사슴고기를 먹고 싶다는 것이고, 여섯필의 말이 끄는 마차를 타고 싶다는 것이지. 자네 딸이 원하는 것도 바로 그걸세. 딸이 원하는 것을 가져야 한다는 게 자네 생각이니까 딸에게 그것을 주라고 내 권하겠네. 왜냐하면 톰 그래드그라인드, 루이자는 나한테선 결코 그것을 얻지 못할 테니까."

"바운더비," 그래드그라인드 씨가 말했다. "내가 호소하면 자네가 다르게 얘기할 줄 알았는데."

"잠시 기다려." 바운더비가 응수했다. "자네 얘기는 다 끝난 걸로 아네. 자네 말을 다 들어주었으니, 내 말도 좀 들으시게. 톰 그래드그라인드가 이런 처지에 빠진 것을 보니 유감이네만 자네가 이처럼 몰락한 것을 보는 건 이중으로 유감이니까, 스스로를 비일관성과 부정직의 구경거리로 만들지는 말게. 자네 딸과 나 사이에 이러저러한 부조화가 존재한다는 이야기를 자네에게 들었네. 그 말에 대한 답으로 나도 자네에게 이야기할 게 있네. 중대한 부조화가 의심할 여지 없이 존재하는데 ─ 요약하자면 ─ 자네 딸은 남편의 가치를 제대로 알지 못하며, 이런 남편과 결혼하게 된 것을 정말이지! 영광으로 여겨야 맞는데 그렇지 못하다는 점이네. 솔직히 말하면 사실이 그렇네."

"바운더비," 그래드그라인드 씨가 역설했다. "그런 말은 비합리적이야."

"그래?" 바운더비가 대꾸했다. "자네가 그렇게 말하는 소리를 들으니 기분 좋은데. 새로운 생각을 하게 된 톰 그래드그라인드가 내 말이 비합리적이라고 주장하니 내가 대단히 합리적인 말을 한 게 분명하다는 확신을 곧바로 갖게 되는군. 괜찮다면 계속 말하겠네. 자네야 내 출신을 알잖나. 또한 구두 한짝 없었으므로 오랫동안 구둣주걱 하나 필요 없었다는 사실도 알 거고. 하지만 내가 지니고 있는 입장을 거의 숭배하는 귀부인들도 ─ 뼈대 있는 집안 출신의 ─ 명가라네! ─ 타고난 귀부인들도 있다는 사실은, 믿거나 말거나 자네 좋을 대로 하게."

그는 이런 말을 로켓 기관차[58]같이 장인의 머리에다 발사했다.

"그 반면에 자네 딸은 알다시피 타고난 귀부인과는 거리가 멀어." 바운더비가 말을 이었다. "나는 그런 문제에 조금도 신경쓰지 않네. 자네도 그 점은 잘 알겠지. 그러나 그것이 사실은 사실이니까, 톰 그래드그라인드, 자네라도 그걸 바꿀 순 없네. 어째서 내가 이런 이야기를 하는지 알겠나?"

---

58 1829년 경주에서 우승한 스티븐슨의 기관차.

"나에게 자비를 베풀려는 건 아니겠지." 그래드그라인드 씨가 작은 소리로 말했다.

"내 이야기를 끝까지 듣고 자네 차례가 돌아올 때까지는 끼어들지 말게." 바운더비가 말했다. "내가 이런 말을 하는 까닭은 자네 딸의 행동방식과 무감각을 목격하고 지체 높은 친척을 둔 부인들이 깜짝 놀랐기 때문이네. 내가 어떻게 참고 견디는지 의아하게 여기더군. 이제는 스스로 생각해도 이상해서 앞으로는 더이상 참지 않겠네."

"바운더비," 그래드그라인드 씨가 일어나면서 대꾸했다. "오늘 밤엔 피차 적게 말할수록 좋으리라는 생각이네."

"톰 그래드그라인드, 내 생각은 그 반대야. 오늘밤엔 이야기를 많이 나눌수록 좋다는 거지. 즉," 생각을 하느라고 그가 말을 멈췄다. "내가 하고자 하는 얘기를 다 마쳐야 하는데 그다음엔 이야기를 중단해도 개의치 않겠네. 일을 줄일 수 있는 질문이 생각났어. 방금 했던 제안이 무슨 뜻인가?"

"제안이라니 무슨 얘긴가, 바운더비?"

"머무르게 하자는 제안이 무슨 뜻이냐는 거지." 바운더비는 건초밭 같은 머리를 단호하게 움직이며 말했다.

"내 말은 루이자가 여기서 쉬며 생각해볼 시간을 갖도록, 자네가 호의적으로 허락해주었으면 좋겠다는 거야. 그러면 여러 면에서 점차 더 나은 방향으로 변할 수 있을 걸세."

"부조화에 대한 자네 생각을 완화시키는 쪽으로 말인가?" 바운더비가 물었다.

"자네가 그런 식으로 표현한다면 그렇지."

"어째서 그런 생각이 들었나?" 바운더비가 물었다.

"이미 말한 대로 루이자를 제대로 이해하지 못했었다는 두려움 때문이네. 훨씬 연장자인 자네가 그 애를 바로잡는 일에 조력해야 한다는 게 지나친 요구인가, 바운더비? 자네야 그 애를 책임지기로 했지 않나, 좋을 때나 궂을 때나, 그리고 —"

바운더비 씨는 자신이 스티븐 블랙풀에게 했던 이야기를 거꾸로 듣게 되어서 화가 났는지 모르지만 펄쩍 뛰며 이야기를 가로막았다.

"이봐!" 그가 말했다. "그런 얘기라면 듣고 싶지 않네. 루이자를 어떻게 아내로 맞이했는지 자네만큼은 나도 알아. 내가 어떻게 맞이했는지 자네는 신경쓰지 말게. 내가 알아서 할 일이니까."

"나는 그저 우리 모두가, 자네도 예외는 아닌데, 다소 틀릴 수도 있다는 얘기를 하려는 것이네, 바운더비. 또한 자네가 수락했던 책임을 상기해볼 때, 자네가 조금 양보하는 것이 진짜 친절한 행위일뿐 아니라 어쩌면 루이자에게 진 빚일지도 모른다는 얘기를 하려던 걸세."

"내 생각은 달라." 바운더비가 소리쳤다. "이번 일은 내 생각에 따라 마무리할 작정이네. 이 일 때문에 톰 그래드그라인드, 자네와 말다툼을 벌일 생각은 없네. 솔직하게 말하면 이런 문제 때문에 싸우는 것은 내 명성에 어울리지 않는다고 생각하니까. 자네의 신사 친구야 그가 원하는 곳 아무 곳으로나 가면 되겠지. 그가 나를 방해하면 내 생각을 솔직하게 말할 것이고, 방해하지 않으면 그럴 필요가 없으니까 말할 것도 없는 거지. 나와 결혼해서 루 바운더비가 되었지만 루 그래드그라인드로 그냥 두는 게 나았을 자네 딸에 대해서라면, 그녀가 내일 정오까지 돌아오지 않으면 바깥에서 지내는 걸 더 좋아하는 것으로 이해하고 의복 등속을 이리로 보내겠네. 그러면 앞으로 자네가 그녀를 책임져야겠지. 그런 규칙을 정하게끔 유도한 부조화에 대해 내가 보통사람들에게 말할 내용은 다음과 같네. 조사이아 바운더비인 나는 나 나름의 교육을 받았고 톰 그래드그라인드의 딸인 그녀는 그 나름의 교육을 받았는데, 두 말이 협력하여 일하려 하지 않았다고 말이야. 나야 다소 특이한 사람으로 잘 알려져 있다고 생각하네. 그러니 결국 내가 표시한 곳으로 와야 하는 건 비범하더라도 여자 쪽이어야 한다고 사람들이 굳게 생각할 걸세."

"자네가 그런 결정을 내리기 전에 다시 한번 생각해주기를 진지하게 간청하네, 바운더비." 그래드그라인드 씨가 설득했다.

"내 결정은 항상 마찬가지야." 바운더비는 모자를 던져서 쓰며 말했다. "그리고 어떤 일을 하건 나는 즉시 실행하는 편이지. 나에 대해 잘 알리라고 생각하는 톰 그래드그라인드가 코크타운의 조사이아 바운더비에게 그런 말을 늘어놓다니 정말 놀랍군. 톰 그래드그라인드가 감상적인 사기꾼과 한패가 된 후에도 내가 그의 행동 때문에 새삼스레 놀랄 수 있다면 말이네. 자네에게 이미 내 결심을 알렸으니 더이상 할 말은 없네. 잘 자게!"

바운더비 씨는 시내에 있는 집에 가서 잤다. 다음날 열두시에서 오분이 지나자 그는 바운더비 부인의 짐을 조심스레 싸서 톰 그래드그라인드의 집에 보내라고 지시했다. 그는 또한 시골 별장을 수의계약으로 팔겠다고 광고한 다음 다시 독신생활을 시작했다.

4장
실종

　은행이 털린 일은 아직 시들해지지 않았고 여전히 은행 책임자의 지대한 관심을 끌고 있었다. 놀랄 만한 사람으로서, 자수성가한 사람으로서, 그리고 바다로부터 생명을 얻은 비너스보다도 훌륭하게 진흙탕에서부터 상업적으로 성공을 거둔 경이로운 사람으로서, 바운더비는 자신의 기민함과 활동력을 자랑스레 증명하고자 가정적 불행이 사업적 열정을 그다지 약화시키지 않았다는 사실을 과시하고 싶었다. 그래서 독신생활을 시작한 처음 몇주 동안은 평상시의 소동에다 매일매일 은행이 털린 일을 새로 조사하는 법석을 덧붙이는 바람에, 그 일을 책임진 경찰이 그런 일이 벌어지지 않았기를 바랄 정도였다.

　경찰 역시 어찌할 바를 모르고 단서조차 잡지 못하고 있었다. 처음 사건이 벌어진 이후로 경찰이 너무 조용해서 가망 없는 사건이라고 포기한 것으로 받아들인 사람들이 많았으나 어쨌든 새로운 일이 일어나지는 않았다. 그 일에 관련된 남자든 여자든 불시에 용기를 발휘하거나 자신을 폭로하는 조치를 취한 사람은 아무도 없었다. 그러나 더욱 놀라운 일은 스티븐 블랙풀에 대한 어떤 소식도 들을 수 없었고, 이상한 노파도 여전히 수수께끼로 남아 있다는 점이었다.

사태가 이런 지경에 이르러서 더이상 진척될 기미가 보이지 않자, 온갖 조사를 다 해본 바운더비 씨는 대담한 모험을 하기로 작정했다. 그는 포스터를 작성해 그날 밤에 코크타운 은행을 터는 데 연루되었다는 혐의를 받고 있는 스티븐 블랙풀을 체포하면 이십 파운드의 보상금을 주겠다고 제안하고, 전술한 스티븐 블랙풀의 옷차림과 용모, 대략의 키와 습관을 가능한 한 상세히 기술해놓았다. 그리고 그가 시내를 어떻게 떠났으며 마지막으로 어느 방향으로 가는 것이 목격되었는지도 적어놓았다. 이런 모든 사항을 눈에 잘 띄는 대판지大版紙에 커다랗고 검은 글자로 인쇄해서, 일거에 모든 사람들의 눈에 띌 수 있게끔 한밤중에 벽마다 붙이도록 조치했다.

그날 아침에 공장의 종은, 늦은 새벽에 포스터 주변에 몰려들어 그것을 열심히 바라보는 노동자 무리를 흩뜨리기 위해 최고로 시끄럽게 울릴 필요가 있었다. 모인 사람들 중에서 글을 읽을 줄 모르는 사람들도 시선은 적잖이 열심이었다. 이런 사람들은 큰 소리로 글을 읽어주는 다정한 목소리를 ─ 이들을 이처럼 기꺼이 도와주려는 사람들이 항상 있었다 ─ 주의 깊게 들으며 많은 것을 의미하는 글자를 바라보았는데, 그 시선에는, 대중이 무지하다는 사실이 위협적이거나 악한 것이 아닐 수 있다면 약간은 우스꽝스러울 수도 있는 막연한 경외와 존경이 섞여 있었다. 방추가 돌고 직조기가 덜컹거리고 바퀴가 윙윙대는 가운데서도 이 포스터 문제를 상상하느라 이후 몇시간 동안 많은 귀와 눈이 바빴고, 일손들이 다시 거리로 나갔을 때에도 포스터를 읽고 있는 사람들은 여전히 많았다.

대표자인 슬랙브리지 역시 그날 밤에 청중을 모아놓고 연설을 해야만 했다. 그는 인쇄업자로부터 깨끗한 포스터를 얻어서 주머니에 넣어 가지고 왔다. 아, 나의 친구이자 동포들이여, 코크타운의 짓밟힌 노동자들이여, 아, 나의 동료 형제이자 동료 노동자들이여, 동료 시민이자 동료 인간들이여, 슬랙브리지가 '그 빌어먹을 서류'라고 칭하는 것을 펼쳐서 노동자 집단이 보고 저주하도록 치켜들었을 때 얼마나 법석이 일었는가! "아, 나의 동료들이여, 정의와 조합의 신성한 명부에 오른 위대한 사람들의 진영에서 배반자가 제 꼴에 맞게 무엇을 할 수 있는지 보시오! 폭군의 괴로운 멍에를 목덜미에 찬 채 쓰러져 압제의 강철 같은 발굽에 몸통이 흙먼지로 변할 때까지 짓밟히고, 에덴동산의 뱀처럼 평생을 배로 기어다니는 모습을 보게 되면 압제자들이 몹시 좋아할, 아, 나의 엎어져 있는 친구들이여—아, 나의 형제들이여, 그리고 덧붙여 나의 자매들이여, 이 불명예스럽고 구역질나는 서류, 이 빌어먹을 포스터, 이 사악한 벽보, 이 지긋지긋한 전단에 기술된바 등이 약간 굽고 키가 대략 오 피트 칠 인치인 스티븐 블랙풀에 대해 여러분은 이제 뭐라고 하겠습니까! 다행스럽게 그를 영원히 추방한 거룩한 종족에게 이런 얼룩과 치욕을 안겨준 살무사를 어떤 장엄한 비난으로 뭉개겠습니까! 그렇습니다, 동포 여러분, 그를 추방하고 내쫓은 것은 다행스러운 일입니다! 여러분도 그가 이 연단 위에서 여러분 앞에 섰던 사실을 기억할 테고, 내가 그와 얼굴과 발을 마주한 채 어떻게 그의 얽히고설킨 사정을 파헤쳤는지 기억할 겁니다. 또한 매달릴 땅이 한조각도 없어 쫓겨날 때까지 그가 어떻게 몰래 움직이고 도망치려 했으며, 옆걸음질치고 지푸라기라도 쪼개려 했는지 잘 기억할 테지요. 그야말로 영원히 경멸하는 손가락으로 지적할 대상이고, 자유를 생각하는 모든 사람들의 복수하는 불길로 태워서 그슬릴 대상입니다! 그리고 내 친구들이여 — 이런 낙인을 갖고 성공했으니, 나의 노동자 친구들이여 — 힘들지만 성실하게 수고해서 잠자리를 마련하고, 어려움 속에서도 불충분하지만 자기 힘으로 음식을 장만하는 친구들이여, 그 비열한 겁쟁이가 가면을 벗어던지고 타고난 일그러진 모습 그대로 우리 앞에 서서 스스로를 뭐라고 불렀던가요? 뭐라고요? 도둑입니다! 약탈자고요! 현상금이 붙은 채 추방당한 도망자이지요! 코크타운 노동자의 고상한 인격에 붙은 화농이자 상처입니다! 그러므로 여러분의 자식들과 아직 태어나지도 않은 자식의 자식들이 고사리 같은 손으로 날인한 성스러운 유대로 묶인 나의 형제들이여, 나는 여러분의 복지와 이익에 항상 촉각을 곤두세우고 있는 노동자총연맹을 대신하여 오늘 모임에서 다음과 같이 결정하기를 제안하는 바입니다. 즉 이 포스터에 언급된 직공 스티븐 블랙풀은 코크타운 일손들 집단이 벌써 엄숙하게 제명했으므로 동 집단은 그의 수치스러운 비행과는 무관하며, 그의 부정한 행위 때문에 계급 전체가 욕을 먹을 순 없다고 결정하자는 겁니다!"

　이렇게 굉장한 연설을 한 뒤 슬랙브리지는 이를 갈고 땀을 흘렸다. "안돼!" 하고 단호하게 외치는 사람이 몇명 있었고, "옳소, 옳소!" 하고 동의조로 고함을 지르는 사람들이 몇십명 있었으며, "슬랙브리지, 당신은 너무 화를 내고 지나치게 서두르고 있어!" 하고 경고하는 사람도 한명 있었다. 그러나 이들은 전체에 비하면 보잘것없었으며 대부분의 청중은 슬랙브리지의 복음에 찬동했다. 그리

고 그가 노골적으로 만세삼창을 갈망하며 앉자 그를 위해 만세삼
창을 해주었다.

이 노동자들이 거리를 지나서 조용히 집으로 가고 있을 때, 방문
객이 불러 몇분 전에 루이자를 떠났던 시시가 다시 돌아왔다.

"누구야?" 루이자가 물었다.

"바운더비 씨예요." 그 이름에 겁먹은 듯 시시가 말했다. "그리
고 당신의 동생 톰 씨하고, 자기 이름이 레이첼이며 당신이 자기를
알고 있다고 말하는 젊은 여자도 함께 왔어요."

"그들이 원하는 게 뭐지, 시시?"

"당신을 보고자 해요. 레이첼은 울고 있었고 화가 난 듯도 했어
요."

"아버지," 아버지가 같이 있었으므로 루이자가 말했다. "잠시 후
면 저절로 밝혀지겠지만 그들과 만나는 것을 거부할 수 없는 까닭
이 있어요. 그들을 들어오게 할까요?"

그가 긍정적으로 답변했기 때문에 시시는 그들을 부르러 나가
그들과 함께 곧바로 다시 왔다. 톰은 가장 나중에 들어와서 문 가
까이, 방에서 가장 어두운 곳에 섰다.

"부인," 그녀의 남편이 쌀쌀맞게 인사하며 들어와서 말했다. "방
해가 되지 않았으면 좋겠소. 찾아오기에 부적당한 시간이지만 여
기 있는 이 여자의 얘기가 나의 방문을 필요하게 만들었소. 톰 그
래드그라인드, 자네 아들 젊은 톰이 이 여자의 이야기에 대해 옳다
그르다 이야기하기를 이런저런 이유로 완강하게 거부하므로, 나로
서는 이 여자를 자네 딸과 대질시킬 수밖에 없네."

"전에 한번 저를 만난 적이 있지요, 부인." 레이첼이 루이자 앞에
서서 말했다.

톰이 헛기침을 했다.

"전에 한번 본 적이 있잖아요, 부인." 루이자가 대답을 않자 레이첼이 다시 말했다.

톰이 다시 헛기침을 했다.

"그래요."

레이첼은 바운더비 씨를 당당하게 바라보며 "어디에서, 그리고 누가 함께 있었는지 말씀해주시겠습니까, 부인?" 하고 요청했다.

"스티븐 블랙풀이 해고된 날 밤에 그가 사는 집에 갔었는데 거기서 당신을 봤지요. 물론 그가 있었고, 어두워서 제대로 보이지 않는 노파가 아무 말도 않고 구석에 서 있었어요. 동생은 나와 같이 갔고요."

"어이 톰, 어째서 그 말을 안 했나?" 바운더비가 물었다.

"말하지 않기로 누나와 약속했었어요." 그런 약속이 있었다는 사실을 루이자가 서둘러 확인해주었다. "그밖에도 누나가 자기 이야기를 아주 잘 — 그리고 아주 충분하게 — 하는데 그 이야기를 누나에게서 빼앗을 필요가 있나요!" 건달이 씁쓸하게 말했다.

"부인, 죄송합니다만, 어째서 그날 밤에 불행하게도 스티븐의 집에 왔었는지 말씀해주세요." 레이첼이 계속해서 말했다.

"그에 대해 동정심을 느꼈고, 그가 어떻게 하려는지 알아봐서 도와주고 싶었어요." 루이자가 안색을 붉히며 대답했다.

"고맙소, 부인," 바운더비가 말했다. "아주 기쁘고 고맙군."

"부인이 그에게 지폐를 주셨죠?" 레이첼이 물었다.

"그래요. 하지만 그는 거절하고 이 파운드만 금화로 받았어요."

레이첼은 바운더비 씨를 다시 바라보았다.

"오, 알았소!" 바운더비가 말했다. "자네의 우스꽝스럽고 있을

성싶지도 않은 이야기가 사실인지의 여부를 묻는다면, 이미 확인되었다고 말할 수밖에 없겠군."

"부인," 레이첼이 말했다. "스티븐 블랙풀을 도둑이라고 명명한 공공 인쇄물이 시내 전체와 인근 사방에 붙어 있습니다! 오늘밤에 집회가 있었는데 거기서도 마찬가지로 수치스럽게 이야기됐어요. 스티븐이! 가장 정직하고 가장 진실하고 가장 착한 사람이 말이에요!" 분노가 말문을 막아서 그녀는 말을 중단하고 흐느꼈다.

"정말, 정말 유감이군요." 루이자가 말했다.

"오, 부인, 부인," 레이첼이 말을 받았다. "부인이 유감으로 여기리라 예상했지만 잘 모르겠어요! 부인이 무슨 일을 하려 했었는지도 기억이 없으니까요! 부인 같은 분들은 우리를 알지도 못하고 신경쓰지도 않을 뿐더러 우리와 같은 계급도 아니지요. 그날 밤에 부인이 왜 왔었는지 잘 모르겠어요. 불쌍한 스티븐에게 어떤 문제를 안겨주게 될지 신경쓰지 않으면서 그저 부인 나름의 목적으로 왔으리라 짐작할 뿐이지요. 그때 와주셔서 감사합니다,라고 제가 말했지요. 부인이 그를 정말 가엾게 여기는 듯했기 때문에 진심으로 했던 말입니다. 하지만 지금은 모르겠어요, 도통 모르겠어요!"

루이자는 레이첼이 부당한 의심을 한다고 비난할 수 없었는데, 레이첼이 스티븐에 대한 생각에 너무나 충실하고 심하게 마음 아파했기 때문이었다.

레이첼은 흐느끼며 말을 이었다. "불쌍한 스티븐이 부인이 너무 잘해준다고 생각해서 감사하게 여겼었다는 생각을 하니 — 그가 부인이 불러일으킨 눈물을 감추기 위해 열심히 일하는 얼굴을 손으로 가렸었다는 생각을 하니 — 오, 저로선 부인이 유감으로 여겨도 그럴 만한 나쁜 까닭은 없기를 바랍니다. 하지만 모르겠어요, 잘 모르겠어요!"

"이처럼 굉장한 비난을 하러 여기까지 오다니 정말로 대단하군!" 건달이 어두운 구석에서 불안하게 움직이다가 투덜거렸다. "당신은 얌전하게 굴 줄 모르니 쫓겨나 마땅해. 그리고 그러는 것이 당연하고."

레이첼은 아무 대답도 하지 않았다. 그리고 바운더비 씨가 말할 때까지 그녀가 낮게 흐느끼는 소리만 들렸다.

"이봐!" 그가 말했다. "약속했던 내용은 스스로 잘 알겠지. 이 문제 말고 그 문제에 신경쓰는 게 좋을 거야."

"여기 있는 사람들이 이런 제 모습을 보는 게 정말 싫어요." 레이첼이 눈물을 닦으며 대답했다. "이런 모습을 또다시 보이지는 않을 겁니다. 부인, 스티븐에 대해 인쇄된 바를 ─부인에 대해 인쇄된 것처럼 진실은 하나도 담고 있지 않은 내용을─ 읽고 나서 스티븐이 있는 곳을 안다는 얘기를 하러, 그리고 그가 이틀 내에 분명히 돌아올 것이라는 약속을 하기 위해 은행에 곧장 갔습니다. 바운더비 씨를 만날 수 없었고, 부인의 동생이 저를 돌려보낸데다, 부인을 찾으려 했지만 찾을 수가 없었기 때문에 공장으로 되돌아갔습니다. 오늘밤 공장에서 나오자마자 스티븐에 대한 이야기를 듣기 위해 서두르다가 ─그가 돌아와서 그런 이야기를 부끄럽게 만들거라는 자신이 있었기 때문에─ 다시 바운더비 씨를 찾아나섰고, 그분을 만나 제가 아는 사실을 전부 이야기했던 거예요. 그런데도 그분은 제 이야기를 하나도 믿지 않고 저를 이리로 데려온 겁니다."

"지금까지 한 이야기는 전부 사실이야." 바운더비 씨는 주머니에 양손을 찌르고 모자를 쓴 채로 동의했다. "하지만 이전부터 나는 자네 같은 일손들을 잘 알고 있으며, 자네들이 말할 게 없어서 죽지는 않으리라는 점도 알고 있어. 그러니 이제는 이야기 말고 행동에 신경쓰란 말일세. 벌써 무엇인가를 시도한 적이 있으니까, 이 순간에 내가 말할 것은, 실행하란 거지!"

"스티븐이 떠난 뒤 전에도 한차례 편지를 쓴 적이 있고, 오늘 오후에 출발한 우편으로 편지를 또 보냈어요." 레이첼이 말했다. "그러니 늦어도 이틀 후면 그가 돌아올 거예요."

"그렇다면 내가 말할 게 있어." 바운더비 씨가 응수했다. "대부분의 사람들은 사귀는 친구를 보면 판단할 수 있기 때문에, 이번 사건에서 어느정도 의심받고 있는 자네 역시 가끔씩 감시받았다는 사실을 자네는 모르나보군. 우체국도 소홀히하진 않았어. 내가 말하려는 것은, 스티븐 블랙풀에게 보내는 편지가 우체국에 도착하지도 않았다는 거지. 그러니 자네 편지가 어떻게 됐을지는 추측에 맡기겠네. 자네가 착각해서 편지를 쓰지 않았는지도 모르지."

"부인, 스티븐이 여기를 떠난 지 일주일도 채 지나지 않아서 편지를 하나 보내왔는데, 제가 받은 유일한 편지예요. 다른 이름으로 일자리를 구할 수밖에 없다는 내용이었습니다." 레이첼은 호소하듯 루이자 쪽을 바라보며 말했다.

"이런, 제기랄!" 바운더비는 휘파람을 불고 머리를 가로저으며 소리쳤다. "그가 이름을 바꿨어, 바꿨다고! 그것 역시 그처럼 깨끗한 친구에겐 불행한 일이야. 결백한 자가 여러 이름을 사용하면 법원에서 수상하다고 여길 걸세."

"그러면 불쌍한 그 사람이 할 수 있는 일이 대체 뭔가요, 부인!" 레이첼이 다시 눈물을 글썽이며 말했다. "그는 단지 평화롭게 열심히 일하면서 자신이 옳다고 여기는 대로 행하고자 할 뿐인데, 한편에선 사용주들이 그를 적대하고 또 한편에선 동료들이 그를 적대합니다. 노동자는 자기 나름의 영혼이나 생각을 가지면 안되나요? 사용주나 노동자 한쪽 편으로 길을 잘못 들어야만 하고, 그렇지 않을 경우에는 토끼처럼 몰이를 당해야 하나요?"

"정말, 정말 진심으로 그를 동정하고 그의 결백이 밝혀지기를 바랍니다." 루이자가 말했다.

"그 점을 걱정할 필요는 없어요, 부인. 그는 분명 결백하니까요!"

"그가 있는 곳을 말하지 않는 걸 보니 한결 더 분명한 것 같은데? 응?" 바운더비 씨가 말했다.

"그가 내 행동 때문에 끌려온다는 부당한 치욕을 안고 돌아오도록 하지는 않을 겁니다. 스스로 돌아와서 결백을 밝히고, 명예를 지킬 본인이 없는 자리에서 그의 명예에 상처 입힌 사람들을 모두 창피하게 만들도록 하겠습니다. 그에게 불리하게 진행된 일들을 모두 알렸으니 늦어도 이틀 후면 돌아올 겁니다." 바위가 바닷물을 벗어던지듯 모든 불신을 벗어던지며 레이첼이 말했다.

"그럼에도 불구하고 그가 일찍 잡히면 잡힐수록 스스로의 결백을 입증할 기회를 그만큼 빨리 갖게 되겠지." 바운더비 씨가 덧붙였다. "자네에 대해 나쁘게 생각하는 바는 전혀 없네. 자네가 찾아와서 말한 것이 사실임이 입증되었고 그것을 증명할 방법을 내가 제공했으니까, 그걸로 일단락된 셈이지. 여러분 모두 편안히 주무시오! 나는 이 문제를 좀더 조사하기 위해 가봐야겠소."

바운더비 씨가 움직이자 톰이 구석에서 나와 그의 곁에 바짝 붙어서 함께 나갔다. 그가 작별인사로 유일하게 남긴 말은 뚱하게 "아버지, 안녕히 주무세요!"라고 한 것뿐이었다. 이런 인사를 짤막하게 하고 누나에게 한차례 인상을 쓰고는 그는 집을 나갔다.

그래드그라인드 씨는 최후의 희망인 루이자가 집에 돌아온 이후로 말수가 줄었다. 루이자가 레이첼에게 부드럽게 말할 때도 그는 잠자코 있었다.

"나를 좀더 알게 되면 레이첼, 당신이 나를 불신하지는 않을 거예요."

"누군가를 불신한다는 것은 제 성격에 맞지 않는 일입니다." 레이첼이 한결 부드럽게 대답했다. "하지만 제가 불신을 당하면 — 사람은 누구나 마찬가지일 텐데 — 그 일을 완전히 잊을 수는 없습니다. 부인을 모욕한 데 대해서는 용서를 빕니다. 아까 했던 이야기를 지금 생각하지는 않지만, 불쌍한 스티븐이 오해를 받고 있으니 다시 생각하게 될지도 모르겠습니다."

"밤에 은행 근처에서 목격되었기 때문에 의심받는 것 같다는 이야기를 편지에 적었나요?" 시시가 물었다. "그러면 그가 돌아오자마자 무엇을 해명해야 할지 미리 알고 준비할 수 있을 텐데요."

"물론 썼어요." 레이첼이 대답했다. "하지만 그가 도대체 무엇 때문에 거기에 갔었는지 짐작할 수가 없어요. 거기에 자주 갔었던 것도 아니고 집에 가는 길도 아닌데 말이에요. 집은 저와 같은 쪽인데 거기완 거리가 멀어요."

시시는 벌써 레이첼 옆에 다가가서 사는 집을 확인하고, 그에 대한 소식이 있는지 알아보러 내일 밤에 가도 되는지 물었다.

"그가 내일까지 도착할 수 있을 것 같지는 않아요." 레이첼이 말했다.

"그러면 다음날 밤에 또 가지요." 시시가 말했다.

레이첼이 동의하고 떠나자 그래드그라인드 씨는 머리를 들고 딸에게 물었다.

"루이자야, 내가 아는 바로는 나는 그 사내를 본 적도 없다. 너는 그가 관련되었으리라고 생각하니?"

"겨우겨우 믿었던 거긴 하지만 전에는 그렇게 믿었다고 생각해요, 아버지. 하지만 이제는 그렇게 생각하지 않아요."

"말하자면 전에는 그가 의심받고 있기 때문에 그가 관련됐다고 믿기로 했었다는 거구나. 그의 외모나 태도는, 그건 그토록 정직하던?"

"대단히 정직했어요."

"그 여자의 신뢰는 조금도 흔들리지 않더구나!" 그래드그라인드 씨는 뭔가를 생각하며 중얼거렸다. "진짜 범인은 남에게 죄가 씌워졌다는 것을 알까? 진범은 어디에 있을까? 누구일까?"

최근 들어 그의 머리가 세기 시작했다. 머리가 희끗희끗하고 늙어 보이는 그가 손을 괴고 있는 것을 보고 루이자는 두려움과 연민에 찬 얼굴로 서둘러 가서 그 옆에 바싹 다가앉았다. 그 순간 루이자의 눈이 우연히 시시의 눈과 마주쳤다. 시시가 얼굴을 붉히며 깜짝 놀라자 루이자는 입술에 손가락을 가져다댔다.

다음날 밤 시시는 집에 돌아와서 스티븐이 아직 오지 않았다는 이야기를 루이자에게 작은 소리로 속삭였다. 그 다음날 밤에도 시시는 같은 소식에다 그에 대한 소문도 듣지 못했다는 이야기를 작고 겁에 질린 목소리로 전했다. 시선을 서로 교환한 순간부터 그들은 스티븐의 이름이나 그에 대한 이야기를 큰 소리로 하지 않았던 것이다. 그리고 그래드그라인드 씨가 은행이 털린 이야기를 꺼내도 그 사건에 대한 이야기를 계속하지 않았다.

약속했던 이틀이 지나고 사흘째 낮과 밤이 지나도 스티븐 블랙풀은 나타나지 않았을 뿐 아니라 그에 대한 소문도 들리지 않았다. 나흘째 되는 날, 믿음은 줄어들지 않았지만 전보가 잘못 배달된 것으로 여긴 레이첼이 은행에 찾아가서는, 간선도로상이 아니라 육십 마일 떨어진 곳에 있는 공장 마을 중 한군데라는 주소가 적힌 그의 편지를 내밀었다. 그곳으로 심부름꾼들이 달려갔고, 코크타운 사람들은 다음날이면 스티븐이 오리라 기대했다.

그동안 내내 건달은 바운더비 씨에게 그림자처럼 붙어다니며 모든 일처리를 도왔다. 건달은 몹시 흥분하고 들떠서 생살이 나올 때까지 손톱을 물어뜯었고, 심하게 떨리는 소리로 말하는 입술은 검게 타 있었다. 용의자가 오리라고 예상되는 시간에 건달은 역에 나갔다. 건달은 스티븐을 찾아오도록 보낸 사람들이 도착하기도 전에, 그가 도망쳤으니 나타나지 않을 것이라고 보증했다.

건달의 말이 옳았다. 심부름꾼들은 그냥 왔다. 레이첼의 편지가 발송되고 배달되긴 했지만 스티븐 블랙풀은 편지를 받자마자 급히 떠났고 아무도 그에 대해 더이상은 모른다는 것이었다. 코크타운 사람들의 유일한 의심은 그가 정말로 돌아오리라고 믿고 레이첼이 선의로 편지를 쓴 것이냐, 아니면 도망가라고 경고한 것이냐 하는 점이었다. 그 점에 대해 사람들의 의견이 갈렸다.

엿새, 이레가 지나 그다음 주로 접어들었다. 비열한 건달은 소름끼치게 용기를 내어 점점 도전적이 되었다. "용의자가 도둑이냐고? 좋은 질문이야! 도둑이 아니라면 그 남자는 어디에 있고 어째서 돌아오지 않는 거지?"

그 사내는 어디에 있고 어째서 돌아오지 않는 것인가? 낮에 얼마나 멀리까지 울려퍼졌는지 모를 건달의 말이, 한밤중에는 메아리로 되돌아와서 아침까지 그의 옆에 있었다.

5장
발견

다시 낮과 밤이 지나가고 또다시 낮과 밤이 지나갔다. 스티븐 블랙풀은 나타나지 않았다. 그 남자는 어디에 있고 어째서 돌아오지 않는 것인가?

시시는 매일 밤 레이첼의 집에 가서 작지만 깔끔한 그녀의 방에 함께 있었다. 레이첼은 하루종일 일을 했는데, 그런 사람들은 무슨 근심거리가 있든 일을 해야만 했던 것이다. 연기의 뱀은 누가 실종되든 발견되든, 누가 악하든 착하든 무관심했으며, 우울한 광증에 사로잡힌 코끼리는 엄연한 사실의 인간들처럼 어떤 일이 벌어지든 이미 정해진 대로 판에 박은 동작을 되풀이할 뿐이었다. 낮과 밤이 또 지나고 낮과 밤이 또 지났으나 단조로움은 깨지지 않았다. 스티븐 블랙풀이 실종되었다는 사실조차 일반적인 일이 되어 코크타운의 기계장치처럼 지루한 경이로 여겨지게 되었다.

"불쌍한 스티븐을 약간이라도 믿는 사람은 도시 전체를 통틀어도 스무명이 채 안될 것 같아요." 레이첼이 말했다.

레이첼은 거리 모퉁이에 있는 가로등 불빛만이 비치는 방에서 시시에게 이런 이야기를 했다. 시시는 어두워진 뒤에 그곳에 와서 레이첼이 공장에서 돌아오기를 기다렸다. 둘은 레이첼이 시시를 알아본 창가에 함께 앉았는데, 슬픈 대화를 비추기 위해 더 밝은 불빛이 필요하지는 않았다.

"내게 다행히 당신이라는 이야기 상대가 없었다면 정신이 이상해졌을지 모른다는 생각이 가끔씩 들어요." 레이첼이 말을 계속했다. "하지만 당신 덕분에 희망과 용기를 얻고 있어요. 형세가 그에게 불리해도 그의 결백이 입증될 날이 올 거라는 사실을 믿는 거지요?"

"진심으로 믿어요." 시시가 대답했다. "레이첼, 당신이 온갖 실망에도 불구하고 간직하고 있는 신뢰가 잘못될 리 없다는 점을 확신하기 때문에, 내가 당신처럼 오랜 시련을 거치면서 그를 알았다 해도 지금 이상으로 그를 신뢰할 수는 없을 거예요."

"시시," 레이첼이 떨리는 목소리로 말했다. "오랜 시련을 겪어오면서 그가 그 나름의 조용한 방식으로 정직하고 선한 일에 충실했다는 점을 알기 때문에, 내가 그에 대한 소식을 영영 듣지 못하고 백살이 되도록 산다 해도, 마지막 숨을 거두면서 하느님 제 마음을 아시죠,라고 말할 수 있을 거예요. 스티븐 블랙풀을 믿지 않은 적은 한번도 없다고 말이에요!"

"스톤 로지에 사는 사람들은 그가 조만간에 혐의를 벗으리라고 모두 믿고 있어요, 레이첼."

"시시," 레이첼이 말했다. "그 집에 사는 양반들이 그렇게 믿는다는 사실을 알게 될수록, 또한 당신이 나를 위로하고 같이 지내기 위해 그리고 혐의를 벗지 못한 나와 함께 있는 모습을 남들에게 보이기 위해 일부러 이렇게 찾아오는 것이 친절한 마음 씀씀이라고 느낄수록, 그 부인을 불신하는 말을 했던 것이 더욱더 가슴 아파요. 그러나 ─ ”

“지금도 루이자를 믿지 못하는 건 아니겠죠, 레이첼?”

“당신이 우리를 좀더 가깝게 해놓았으니 이제는 아니에요. 그러나 마음에서 떨쳐낼 수가 없어요 ─ ”

레이첼의 목소리가 차츰차츰 작고 느리게 혼자 속삭이는 듯해져서 시시는 옆에 앉아 있으면서도 잔뜩 주의를 기울여 들어야만 했다.

“나로선 누군가에 대한 의심을 마음에서 떨쳐낼 수가 없어요. 그게 누군지, 어떻게 그리고 어째서 그런 짓을 했는지 짐작할 순 없지만, 누군가 스티븐을 제거해버린 게 아닌가 하는 생각이 들어요. 스티븐이 자발적으로 돌아와서 사람들에게 자신의 무죄를 입증하면 당황하게 될 누군가가 ─ 그것을 막기 위해 ─ 그의 길을 막고 그를 죽였다는 의혹을 떨칠 수가 없어요.”

“끔찍한 생각이군요.” 얼굴이 창백해지며 시시가 말했다.

“그가 살해당했을 수도 있다고 생각하면 정말 끔찍해요.”

시시는 진저리를 쳤고 더욱 창백해졌다.

“시시, 그런 생각이 한번 들면,” 레이첼이 말했다. “일하면서 큰 수까지 세거나 어릴 때 알던 작품을 자꾸 암송하면서 그 생각을 떨쳐내기 위해 갖은 수를 다 쓰지만 ─ 앞으로도 가끔씩 생각날 텐데 ─ 나로서는 제어할 수 없는 강렬한 격정에 사로잡혀서 아무리 피곤해도 몇 마일이고 빨리 걷고 싶어져요. 잠자기 전에 이 기분을 떨쳐내야겠어요. 집까지 바래다줄게요.”

“그가 돌아오다가 병이 들었을 수도 있잖아요.” 시시가 닳아빠진 희망의 쪼가리를 힘없이 내밀며 말했다. "그리고 그런 경우라면 오는 도중에라도 머물 수 있는 숙소는 얼마든지 있고요."

"하지만 그런 장소 어디에도 그는 없어요. 백방으로 찾았지만 아무 데도 없었어요."

"그건 그래요." 시시가 마지못해 그 사실을 인정했다.

"그 정도의 여정이면 이틀이면 걸어요. 발이 아파 걸을 수 없을지 몰라서 그에게 편지를 보내면서 마찻삯을 동봉했어요. 그에게 돈이 없을지 모르니까."

"내일이 되면 더 좋은 일이 생기리라 기대하기로 해요, 레이첼. 밖으로 나가죠!"

시시는 레이첼이 보통 때 하는 대로 그녀의 빛나는 검은 머리에 숄을 다정히 둘러주고 함께 거리로 나왔다. 밤은 맑았고, 일손들은 작게 무리를 지어 모퉁이 여기저기서 서성이고 있었다. 그러나 대부분의 일손들은 저녁을 먹을 시간이어서 거리에는 사람이 거의 없었다.

"레이첼, 이제는 허둥대지 않고 손도 식었군요."

"걸으면서 시원한 공기를 조금 마시기만 해도 좋아지지요. 그럴 수 없을 때는 쇠약해져서 쩔쩔매고요."

"하지만 레이첼, 당신이 언제 스티븐을 도와야 할지 모르니 약해지면 안돼요. 내일이 토요일인데 내일도 소식이 없으면 일요일 아침에 시골을 산책하며 다음 한 주를 위해 기운을 차리도록 해요. 가는 거예요?"

"그럴게요."

그들은 바운더비 씨의 집이 있는 거리까지 왔다. 시시가 사는 집은 그 집을 지난 곳에 있으므로 그들은 곧장 그리로 걸었다. 방금 전에 기차가 도착해서 많은 마차가 움직이는 바람에 시내는 대단히 북적거렸다. 그들이 바운더비 씨의 집 가까이 가는데 앞뒤로 여러 대의 마차가 덜컹거리며 지나갔다. 그 집을 막 지나치려는데 뒤를 지나가던 마차 한대가 경쾌하게 멈춰서는 바람에 그들은 무심결에 주위를 둘러보았다. 바운더비 씨 집 충계 위에 있는 밝은 가스등 불빛에, 마차에 타고 있던 스파싯 부인이 매우 흥분한 상태에서 차 문을 열려고 애쓰는 모습이 비쳤다. 같은 순간에 그들을 본 스파싯 부인이 그 자리에서 움직이지 말라고 소리를 질렀다.

"우연의 일치고 신의 섭리군! 나와요, 할멈!" 스파싯 부인은 마부의 도움을 받아 마차에서 내리면서 외쳤다. 그러면서 안에 있는 누군가에게 "나오라니까, 그러지 않으면 강제로 끌어내겠어!" 하고 말했다.

그 즉시 바로 그 수수께끼의 노파가 내렸다. 스파싯 부인은 참지 못하고 노파의 멱살을 잡았다.

"내버려둬, 모두들!" 스파싯 부인이 기운차게 소리쳤다. "아무도 건드리지 마. 할멈은 내가 데리고 온 거야. 들어가요, 할멈!" 그러고 나서 스파싯 부인은 앞서 했던 명령조의 말을 뒤바꾸어 했다. "들어가라니까, 할멈. 그러지 않으면 강제로 끌어넣겠어!"

고전적인 풍모를 지닌 부인이 어떤 노파의 멱살을 잡고 집 안으로 끌고 가는 광경은, 그 광경을 운좋게 본 진짜 영국 한량에게는 어떤 상황이건 그 집에 억지로라도 들어가서 어떻게 돌아가는 건지 살펴볼 마음이 들게 하기에 충분했다. 더구나 이즈음에는 은행이 털린 사건과 연결된 악명과 수수께끼가 시내 전체에 이런 현상을 부추겨서, 지붕이 머리 위로 내려앉으리라고 예상되어도 한량들은 저항할 수 없는 유혹을 느끼며 안으로 들어갔을 것이다. 그래서 시시와 레이첼이 스파싯 부인과 부인의 노획물을 따라 안으로 들어가자, 남의 일에 나서기 좋아하며 우연히 현장을 목격한 스물 다섯명가량의 이웃들이 그들을 따라서 들어갔다. 그들은 바운더비 씨의 식당으로 무질서하게 몰려들어갔고, 뒤에 있는 사람들은 앞에 있는 사람들보다 잘 보기 위해 지체 없이 의자 위에 올라섰다.

"바운더비 씨를 아래로 모셔와!" 스파싯 부인이 소리쳤다. "이봐, 레이첼, 이 할머니가 누군지 알겠지?"

"페글러 부인이네요." 레이첼이 대꾸했다.

"나도 그렇게 생각해!" 스파싯 부인은 의기양양해서 말했다. "바운더비 씨를 모셔오라니까. 모두들, 물러서요!" 그러자 천을 뒤집어쓴 채 남의 눈에 띄는 것을 두려워하던 페글러 노파가 애원조로 무어라 속삭였다. "나한테 말하지 마요." 스파싯 부인이 큰 소리로 말했다. "내 손으로 당신을 그에게 넘길 때까진 그냥 보내지 않겠노라고 오면서도 스무번은 말했어."

바운더비 씨가 나타났고, 위층에서 얘기를 나누던 그래드그라인드 씨와 건달도 뒤따라왔다. 바운더비 씨는 식당에 불청객이 잔뜩 있는 모습을 보고는 환영한다기보다 놀란 표정을 지었다.

"아니, 이게 무슨 일이야!" 그가 말했다. "스파싯 부인?"

"선생님," 그 훌륭한 부인이 설명했다. "선생님이 그렇게도 찾기를 원하던 사람을 데려온 것을 행운이라고 생각합니다. 선생님의 걱정을 덜어드리고 싶은 마음에, 그리고 때맞춰 확인해주고자 지금 이 자리에 참석한 레이첼이 저 노파가 사는 곳으로 추정되는 지역에 관해 제공한 불완전한 단서들을 서로 꿰맞춰서, 나는 운좋게도 성공했고 저 노파를 데려온 겁니다 ─ 노파로서는 아주 내켜하지 않았다는 얘기를 할 필요는 없겠지요. 이번 일을 하는 데 약간의 어려움이 없었던 것은 아니지만, 선생님을 섬기느라 겪는 어려움은 나에게 즐거움이며, 또한 선생님께 봉사하느라 생기는 굶주림과 목마름과 추위는 진정한 희열입니다."

바운더비 씨가 페글러 노파를 보고는 당황하여 온갖 안색과 표정이 뒤섞인 이상한 얼굴을 했기 때문에 스파싯 부인은 여기서 이야기를 중단했다.

"아니, 어쩌자는 거야?" 바운더비 씨가 몹시 흥분해서 전혀 뜻밖에도 이렇게 물었다. "어쩌자는 거냐고 내가 묻잖소, 스파싯 부인?"

"선생님!" 스파싯 부인이 힘없이 외쳤다.

"왜 자신의 직분을 지키지 않는 거요, 부인?" 바운더비가 고함쳤다. "부인이 어째서 내 가정사에 주제넘은 코를 내미는 거요?"[59]

가장 자신 있는 부분이 주제넘은 코라고 불리자 스파싯 부인은 힘이 빠졌다. 부인은 얼어붙은 듯 의자에 뻣뻣하게 앉아 바운더비 씨를 뚫어져라 쳐다보다가, 장갑마저 얼어붙는 듯해서 두짝을 천천히 서로 문질렀다.

"조사이아, 얘야!" 페글러 부인이 온몸을 떨면서 소리쳤다. "아들아! 나를 비난하진 마라. 내 잘못이 아니다, 조사이아. 네가 좋아하지 않을 일을 하는 거라고 여러차례 말했는데도 이 부인이 고집을 부리더구나."

"이 부인이 당신을 끌고 오도록 어째서 내버려뒀나요? 모자를 벗겨버리거나 이를 뽑거나 할퀴거나, 그도 아니면 이런저런 행동을 할 수 없었나요?" 바운더비가 물었다.

"아들아! 만약 내가 저항하면 경관이 끌고 올 거니까 이처럼 ―

59 주제넘게 간섭한다는 뜻.

이처럼 훌륭한 집에서 소동을 피우느니 잠자코 따라오는 게 나을 거라고 위협하더구나." 페글러 부인은 겁먹은 표정으로, 그러나 자랑스럽게 사방의 벽을 둘러보았다. "정말로, 정말로 내 잘못이 아니란다! 사랑하고 훌륭하고 당당한 아들아! 나는 항상 조용하고 은밀하게 지내왔단다, 조사이아. 한번도 조건을 어기거나 내가 너의 어머니라는 사실을 발설한 적이 없단다. 멀리 떨어져서 흠모했고, 너를 자랑스레 보기 위해 긴 사이를 두고 가끔씩 시내에 올 때도, 애야, 나는 아무도 몰래 왔다가 다시 가곤 했다."

바운더비 씨는 주머니에 양손을 찌른 채 참을 수 없는 수치심을 느끼며 긴 식탁 옆을 왔다갔다 했다. 구경꾼들은 페글러 부인이 호소하는 말 한마디 한마디를 열심히 들었고 이야기가 계속될 때마다 눈이 점점 동그래졌다. 페글러 부인의 말이 끝났는데도 바운더비 씨가 여전히 왔다갔다만 하자 그래드그라인드 씨가 비난받고 있는 노파에게 말했다.

"잔인하고 비인간적으로 자식을 버리고 나서, 이처럼 나이를 먹고서 뻔뻔스럽게 바운더비 씨를 아들이라고 주장하다니, 놀랍군요, 할머니." 그가 가혹하게 말했다.

"내가 잔인했다고!" 불쌍한 페글러 노파가 소리질렀다. "내가 비인간적이었다고! 사랑하는 내 자식에게?"

"사랑이라고요!" 그래드그라인드 씨가 그 말을 되풀이했다. "그래요, 자수성가해서 부자가 되었으니 아마 사랑하겠지요. 하지만 당신이 어린 그를 버리고 잔인한 술주정뱅이 할머니에게 맡겼을 때는 사랑하지 않았습니다."

"내가 조사이아를 버렸다고!" 페글러 부인은 양손을 마주잡으며 소리쳤다. "맙소사, 선생의 사악한 상상을, 그리고 조사이아가 태어나기도 전에 내 품에 안겨서 돌아가신 불쌍한 내 어머니에 대한 기억을 더럽히는 선생의 험담을, 주여 용서하소서. 선생이 참회하고 사태를 똑바로 알았으면 좋겠군요!"

노파가 진정으로 기분 나빠했기 때문에 갑자기 떠오른 다른 가능성에 충격을 받은 그래드그라인드 씨는 한결 부드러운 어조로 말했다.

"그렇다면 할머니는 아들을 팽개쳐서 ― 길가 도랑에서 자라도록 했다는 사실을 부인하십니까?"

"조사이아가 길가 도랑에서 자랐다고!" 페글러 부인이 비명을 질렀다. "그런 일은 없었어요, 선생. 절대로 없었어! 창피한 줄 아시오! 비록 하찮은 부모에게서 태어났지만 그들이 어느 훌륭한 부모 못지않게 그를 사랑했고, 자식이 훌륭하게 글을 쓰고 계산할 수 있게 하기 위해 다소 쪼들리며 지내는 것을 고통으로 여기지 않았다는 점은 이 애가 알고 있으니 언젠가는 당신에게도 알려줄 거요. 그 사실을 증명할 수 있는 이 애의 책들이 집에 있소! 그럼, 있고말고!" 페글러 부인은 분개조로 자부심을 느끼며 말했다. "그리고 여덟살 때 아버지가 죽은 후에는, 그의 학습을 뒷바라지하고 그를 돕고 그가 도제가 되어 기술을 배우도록 하는 것이 어머니의 의무이자 즐거움이고 자랑거리인 양 그의 어머니 역시 살림을 줄여나갔다는 사실은 이 애가 알고 있으니 장차 당신에게도 알려줄 거요. 이 애는 착실했고, 이 애를 도와주는 장인도 친절한 분이었고, 이 애는 스스로 앞길을 개척해서 부자가 되고 성공한 거요. 한가지 더 알려주면, 선생 ― 이 애는 알리지 않으려 할 거요 ― 내가 시골에 작은 가게를 하나 갖고 있긴 하지만, 이 애는 어머니를 잊지 않고 일년에 삼십 파운드씩을 ― 그중 일부분을 저축하고 있으니 내겐 과다

한 액수요 ─ 보내준다오. 내가 고향에 계속 머물고 그에 대해 뽐내거나 그를 괴롭히지 않는다는 조건으로 말이오. 이 애는 몰랐겠지만 나는 일년에 한번 그를 보러 오는 것 외에는 올라오지도 않았다오. 내가 고향에 있어야 한다는 것은 맞는 말이지." 불쌍한 페글러 노파는 자애롭게 옹호하는 투로 말했다. "여기에 있으면 내가 부적절한 행동을 많이 하게 될 게 분명하니, 불만은 없어요. 조사이아에 대한 자부심이야 혼자 간직하면 되는 거고, 사랑 자체를 위해 그를 사랑할 수 있으니까! 선생이 그런 중상을 하고 의심을 품다니, 부끄러운 일이군요." 페글러 부인이 마지막으로 말했다. "또한 전에는 이 집에 와본 적도 없고, 자식이 그러지 말라는데 와보고 싶지도 않았다오. 억지로 끌려오지 않았다면 지금 여기에 있지도 않았을 거요. 사실대로 말할 자식이 멀쩡히 옆에 있는데 내가 아들에게 못된 엄마였다고 비난하다니, 창피한 줄 알아요, 오, 창피한 줄!"

식당 의자에 앉기도 하고 서 있기도 하던 구경꾼들이 페글러 부인을 동정하는 소리를 중얼거리고 그래드그라인드 씨가 자신이 순진하게도 매우 곤란한 궁지에 빠졌음을 직감할 때, 계속해서 방 안을 왔다갔다 하며 점점 감정이 북받쳐서 얼굴이 붉어지던 바운더비 씨가 갑자기 발걸음을 멈추었다.

"어쩌다가 이처럼 구경꾼이 몰려오게 되었는지 정확히는 모르겠지만 따지진 않겠소." 바운더비 씨가 말했다. "만족했으면 아마 스스로 흩어질 만큼 양식이 있을 테고, 만족 여부와는 상관없이 흩어질 정도로 양식이 있을지도 모르니 말이지. 나는 내 가정사에 대해 장황하게 이야기할 의무가 없을 뿐더러 이제까지 한 적도 없고 앞으로도 하지 않을 작정이오. 따라서 그 문제에 대해 어떠한 설명이든 기대하는 사람들은 실망하겠지 ─ 특히 톰 그래드그라인드

가. 그리고 그야 이 사실을 빨리 인식할수록 좋은 거지. 은행이 털린 사건에 대해 말하면, 내 어머니에 대해서는 잘못 생각했던 거요. 지나친 참견만 없었다면 그런 실수는 하지 않았을 텐데. 아무튼 나는 지나친 참견을 항상 싫어해. 모두들, 잘 가시오!"

바운더비 씨는 이런 식의 말로 시치미를 떼면서 모여든 사람들이 나가도록 문을 열었지만, 극단적으로 풀이 죽고 최고로 우스꽝스럽게 되어 당황해하는 기미가 역력했다. 거짓에 기초해서 공허한 명성을 쌓았으며, 마치 비열하게 자신이 명가 출신이라고 주장하는 것처럼 (더이상 비열한 주장은 할 수도 없는데) 스스로를 자랑하느라 솔직한 진실에서 멀리 벗어나버린 겸손의 폭한임이 드러나자, 그는 아주 우스꽝스러운 꼴이 되고 말았다. 그가 잡고 있는 문으로 줄지어 나가는 사람들이 방금 벌어진 일을 시내 전역에 사방팔방으로 퍼뜨리리라는 사실을 생각하면, 귀 끝이 잘려나갔다 해도[60] 지금의 그보다 더 잘려나가고 더 비참한 폭한으로 보일 수는 없을 것 같았다. 환희의 절정에서 절망의 수렁으로 떨어진 불행한 여인 스파싯 부인도 이 놀랄 만한 인간이자 자수성가했다는 사기꾼 코크타운의 조사이아 바운더비만큼 나쁜 처지에 빠진 것은 아니었다.

레이첼과 시시는 페글러 부인이 그날 밤은 아들 집에서 그냥 자도록 남겨두고 스톤 로지의 문 앞까지 함께 갔다가 거기서 헤어졌다. 그들이 얼마 가지 않았을 때 그래드그라인드 씨가 합류해서 스티븐 블랙풀에 대해 많은 관심을 가지고 이야기했다. 그의 생각에 따르면, 페글러 부인에게 씌워졌던 혐의가 분명하게 벗겨진 것은

---

60 싸움에서 진 패배자이거나 죄인임을 표시하기 위해 귀 끝을 자르는 풍습이 있었음.

스티븐에게 유리한 방향으로 작용할 가능성이 많다고 했다.

건달은 어떤가 하면, 최근에 있었던 다른 일에서와 마찬가지로 이번에도 바운더비에게 바짝 붙어다녔다. 바운더비가 자기 모르게 알아내는 것이 없다면 자신은 그만큼 안전하다고 여기는 듯했다. 그는 누나를 찾아가지 않았고 루이자가 집에 온 이래 단 한번 만났을 뿐이었다. 즉 앞서 말한 대로 그가 바운더비에게 여전히 바짝 붙어다닌 그날 밤 한번뿐이었다.

버릇없고 은혜를 모르는 동생이 끔찍한 불가사의로 여겨지는 어렴풋하고 형태도 없는 두려움이 루이자에게 감돌았지만 그녀는 그 두려움을 입 밖에 내어 말하지는 않았다. 시시 역시 스티븐이 돌아오면 당황하게 될 누군가가 그를 죽였을지도 모른다는 얘기를 레이첼에게서 들은 날, 똑같은 음울한 가능성이 똑같이 형태도 없이 떠올랐다. 루이자는 은행이 털린 일에 대해 동생에게 약간의 혐의라도 두는 이야기는 입 밖에도 내지 않았으며, 아버지가 무의식중에 희끗희끗한 머리를 손에 괴었을 때 시시와 시선을 서로 교환했던 것 외에는 둘이 그 문제에 대해 마음을 터놓고 얘기한 적도 없었다. 하지만 그들은 그럴 가능성을 짐작했고, 서로 잘 알고 있었다. 이 두려움은 아주 끔찍한 것이어서 유령의 그림자같이 그들 각자를 맴돌았으며, 그 그림자가 상대방보다 자신에게 더 가까이 있다고는 어느 쪽도 생각하지 않았다.

건달은 여전히 억지로 용기를 내어 호기를 부렸다. 만약 스티븐 블랙풀이 도둑이 아니라면 스스로 증명해야지 어째서 증명하지 않느냐는 것이었다.

또다시 밤이 지나고 낮과 밤이 또 지나도 스티븐 블랙풀은 나타나지 않았다. 그 남자는 어디에 있고 어째서 돌아오지 않는 것인가?

6장
별빛

그 주 일요일은 가을 날씨가 청명하고 맑고 시원했다. 시시와 레이첼은 아침 일찍 만나서 시골을 산책했다.

코크타운은 재를 자기 머리뿐 아니라 이웃의 머리에도 버렸기 때문에 — 남을 참회시켜서 자신의 죄를 속죄하는 그 경건한 사람들의 방식대로 — 때때로 깨끗한 공기를 원하는 사람들은, 그것이 인생의 허영 중에서 최고로 고약한 것은 절대 아닌데, 기차를 타고 몇 마일 나가서 들판을 걷거나 산책하는 것이 상례였다. 시시와 레이첼은 통상적인 방법으로 연기에서 벗어나 시내와 바운더비 씨의 시골 저택 중간쯤에 위치한 역에서 내렸다.

초록색 풍경 여기저기가 석탄더미로 얼룩져 있었지만 석탄이 쌓여 있지 않은 곳은 모두 초록색이었다. 볼 만한 나무와 (일요일이었지만) 지저귀는 종달새가 있었고, 대기에서는 쾌적한 냄새가 났으며, 맑고 푸른 하늘이 아치 모양으로 걸쳐 있었다. 멀리 한쪽으로는 코크타운이 검은 안개로 보였다. 다른 쪽으로는 구릉이 펼쳐져 있었으며, 또다른 쪽으로는 먼 바다에 비치는 수평선의 색깔이 약간 달리 보였다. 발밑의 풀은 싱싱하고 나뭇가지의 아름다운 그림자가 풀 위에 어른거려 얼룩덜룩한 그늘을 만들었으며, 관목숲이 무성하고 사방이 평화로웠다. 탄갱 입구에 세워둔 기계들과 하루분의 노동으로 녹초가 된 여위고 노쇠한 말들도 마찬가지로 조용했다. 바퀴들은 잠시 동안 돌기를 멈추었는데, 지구라는 커다란 바퀴는 평일의 충격이나 소음이 없어도 여전히 회전하는 듯했다.

그들은 들판을 가로질러 그늘진 오솔길로 내려가면서 너무 썩어 발로 건드리기만 해도 무너져내리는 울타리 쪼가리를 넘기도 하고, 버려진 공장 터임을 나타내는 벽돌과 들보의 흔적 위로 풀이 무성히 자라난 곳 근처를 지나기도 했다. 그들은 모든 길과 오솔길은 아무리 작아도 다 훑어나갔다. 그러나 풀이 무성히 높게 자란 흙무더기나 가시나무와 잡초 그리고 그같은 식물이 어지럽게 엉켜 있는 흙무더기는 항상 피해다녔다. 그 지방에는 그런 표시 밑에 숨겨져 있는 폐광에 대한 무시무시한 이야기가 전해져오기 때문이었다.

그들이 쉬려고 앉았을 때 해는 중천에 있었다. 오랫동안 가까이서나 멀리서나 아무도 보지 못했고 정적이 깨어지지도 않았다. "사방이 조용하고 아무도 밟은 흔적이 없는 걸 보면, 우리가 여름 이후에 여기 처음 온 사람들 같아요, 레이첼!"

시시는 이런 말을 하다가 땅바닥에 있는 썩은 울타리 쪼가리에 시선이 갔다. 시시가 일어서서 그것을 살펴보았다. "하지만 모르겠어요. 부서진 지 얼마 되지 않았네요. 부서진 부분의 나무는 새것인걸요. 여기 발자국도 있어요 — 오, 레이첼!"

시시는 급히 돌아와서 상대방의 목을 끌어안았다. 레이첼은 벌써 일어나 있었다.

"무슨 일이에요?"

"잘 모르겠어요. 풀 속에 모자가 하나 있어요."

그들은 함께 가보았다. 레이첼은 모자를 집어 들고 온몸을 떨면서 격정적인 눈물과 비탄의 소리를 터뜨렸다. 모자 안쪽에 스티븐 블랙풀이라는 이름이 자필로 씌어 있었다.

"오, 불쌍한 스티븐, 불쌍한 스티븐! 그는 이미 살해되었어. 살해된 채 여기 쓰러져 있는 거야!"

"거기에 ─ 모자에 핏자국이 조금이라도 있나요?" 시시가 말을 더듬었다.

그들은 두려웠지만 모자를 살펴보았는데, 안쪽에서나 바깥쪽에서나 폭력의 흔적은 찾지 못했다. 빗방울과 이슬이 얼룩져 있고 모자가 놓였던 풀 위에 자국이 나 있는 걸 보면, 모자는 며칠 동안 거기에 있었던 것이다. 그들은 겁에 질려서 움직이지 않고 주위를 둘러보았지만 다른 것은 발견할 수 없었다. "레이첼," 시시가 속삭였다. "내가 혼자서 앞쪽으로 좀더 가볼게요."

시시가 모자를 놓고 앞으로 막 움직이려 할 때, 레이첼이 시시를 양팔로 잡으며 온 들판에 울려퍼지게 비명을 질렀다. 그들 앞, 바로 발치에, 검고 울퉁불퉁한 구렁의 아가리가 무성한 풀에 가려져 있었던 것이다. 그들은 뒤로 주춤 물러나 상대방의 목에 자신의 얼굴을 가린 채 무릎을 꿇었다.

"오, 맙소사! 그가 저 밑에 있어! 저 밑에 있는 거야!" 아무리 눈물로 호소하고 간청하고 설명하고 별의별 수단을 다 써도 처음에 레이첼은 이런 외마디와 소름끼치는 비명만 지를 뿐이었다. 레이첼을 진정시킬 수가 없어서 시시는 그녀를 꼭 붙잡을 수밖에 없었다. 붙잡지 않으면 레이첼이 갱 속으로 몸을 던질 것만 같았다.

"레이첼, 레이첼, 레이첼, 제발 무시무시한 비명 좀 지르지 마세요! 스티븐을 생각해요, 스티븐을요, 스티븐을 생각하라니까요!"

시시는 그 순간의 고통이란 고통은 다 맛보며 이런 호소를 진지하게 계속해 마침내 레이첼을 진정시키고는 돌멩이같이 눈물 한방울 흘리지 않는 자신의 얼굴을 보도록 했다.

"레이첼, 스티븐은 살아 있을지도 몰라요. 그를 도울 수만 있다면, 그가 상처를 입은 채 이 끔찍한 갱 밑바닥에 쓰러진 채로 잠시라도 방치하고 싶은 건 아니죠!"

"물론이에요, 그럼, 그렇고말고요!"

"그를 위해 여기서 한발짝도 움직이지 마세요! 내가 가서 들어볼게요."

시시는 탄갱에 가까이 가려니 진저리가 났다. 그러나 두 손과 두 발로 엉금엉금 그쪽으로 기어가서 할 수 있는 한 큰 소리로 스티븐을 불렀다. 귀를 기울였지만 아무 소리도 들리지 않았다. 다시 부르고 귀를 기울였다. 답하는 소리는 여전히 없었다. 스무번, 서른번 반복해서 이름을 부르고 귀를 기울였다. 스티븐이 넘어졌던 울퉁불퉁한 땅에서 약간의 흙덩이를 집어 밑으로 던져보았지만 떨어지는 소리도 들을 수 없었다.

일어나서 사방을 둘러보아도 도움을 청할 데가 보이지 않자, 몇 분 전까지는 정적 속에서 그토록 아름답게 보이던 넓은 들판이 용감한 시시에게 거의 절망을 안겨주었다. "레이첼, 잠시라도 지체하면 안되겠어요. 도움을 청하러 각기 다른 방향으로 가야 해요. 우리가 온 길을 거슬러 가요, 나는 길을 따라 계속 갈 테니까요. 누구든 만나면 그 사람에게 벌어진 일을 전하도록 하세요. 스티븐을 생각해요, 스티븐을!"

레이첼의 얼굴을 보니 이제는 믿어도 되겠다는 생각이 들었다. 레이첼이 두 주먹을 쥐고 뛰어가는 모습을 잠시 지켜보다가 시시도 몸을 돌려 도움을 찾아 나섰다. 그녀는 그 장소임을 알리는 표지로 숄을 울타리에 매어두기 위해 잠시 멈추었다가, 보닛도 옆에 내려놓고 이전 어느 때보다도 빨리 뛰었다.

달려 시시, 달려, 제발! 숨을 쉬려고 멈추지도 마. 달려, 달려! 시시는 이런 호소를 상기해서 스스로를 다그치며 들판과 오솔길과 이곳저곳을 이전 어느 때보다도 빨리 달렸다. 마침내 엔진실 옆의 창고에 도착했는데, 그곳에서는 두 남자가 그늘에 짚을 깔고 잠들어 있었다.

몹시 흥분하고 숨이 찼기 때문에 처음에는 그들을 깨우는 것이, 다음에는 무슨 이유로 그녀가 거기까지 왔는지를 말하기가 어려웠다. 그러나 시시의 말을 알아듣자마자 그들도 시시 못지않게 흥분했다. 그중 한명은 술에 취해서 자고 있었지만, 다른 동료가 지옥의 갱에 사람이 빠졌다고 소리치자 더러운 물이 고여 있는 웅덩이로 뛰어가서 머리를 담가 정신을 차리고 돌아왔다.

두 남자와 함께 시시는 반 마일을 더 달려서 한사람을 새로 만났고, 그 사람과 함께 앞의 두 남자가 뛰어가는 방향과는 다른 방향으로 뛰어갔다. 말이 눈에 띄자, 시시는 그 사람을 시켜 전속력으로 기차역까지 가서 자신이 써준 소식을 루이자에게 보내도록 했다. 이때쯤 마을사람 전체가 일어나서 지옥의 갱으로 보낼 권양기와 밧줄, 장대, 초, 랜턴 따위의 필요한 물건들을 재빨리 한곳에 모았다.

실종된 사람을 그가 산 채로 묻혀 있는 무덤에 남겨놓고 온 지

벌써 여러시간이 지난 듯했다. 그곳에서 떨어져 있는 걸 더이상 견딜 수 없어서 ─ 떨어져 있는 게 그를 버리는 것 같아서 ─ 시시는 여섯명의 일꾼과 함께 서둘러 돌아왔다. 그중에는 그 소식을 듣고 술에서 깨어난 사람도 있었는데, 그가 가장 훌륭한 일꾼이었다. 지옥의 갱에 와보니 떠날 때와 마찬가지로 주위는 쓸쓸했다. 시시가 했던 대로 사람들도 이름을 부르고 귀를 기울이고, 구렁의 가장자리를 조사하고, 일이 벌어진 과정을 추측해보았다. 그러고 나서 땅바닥에 앉아 필요한 도구들이 도착할 때까지 기다렸다.

공중에서 곤충이 내는 소리, 나뭇잎이 흔들리는 소리, 모여 있는 일꾼들이 속삭이는 소리 하나하나가 시시를 떨게 만들었는데, 왜냐하면 갱 바닥에서 스티븐이 지르는 비명이 바로 그 소리일지 모른다고 생각했기 때문이었다. 하지만 바람은 한가하게 불었고 어떤 소리도 지표면까지 들려오지 않았으며 일꾼들은 풀밭에 앉아서 기다리고 기다렸다. 어느 정도 기다리자 사고 소식을 들은 사람들이 하나둘씩 모여들기 시작했고 고대하던 도구들도 차츰 도착했다. 이런 와중에 레이첼이 도착했는데, 그 일행 중에는 술과 의약품을 가지고 온 의사도 한명 있었다. 그러나 스티븐이 살아서 구조되리라는 기대를 가진 사람은 사실 별로 없었다.

일을 방해할 정도로 사람들이 충분히 모이자, 자청인지 추천인지는 모르겠으나 술이 깬 남자가 앞장서서 사람들이 지옥의 갱 주위를 크게 에워싸고 그 자리를 지키도록 했다. 일을 하기 위해 입장이 허용된 지원자들 외에 처음엔 시시와 레이첼만이 원 안에 들어오도록 허락되었지만, 소식을 받고 코크타운을 출발한 급행열차가 오후 늦게 도착했을 때는 그래드그라인드 씨와 루이자, 바운더비 씨와 건달도 원 안에 있었다.

시시와 레이첼이 처음 풀밭에 앉은 지 네시간이 지나서야 장대와 밧줄을 이용해 안전하게 두 사람을 내려보낼 방책이 마련되었다. 간단한 장치였지만 이 장치를 만드는 데 많은 어려움이 있었다. 필요한 물품들이 없어서 전갈이 오고가야 했다. 화창한 가을의 일요일 오후 다섯시가 되어서야 공기를 점검하기 위해 초 하나가 밑으로 내려보내졌다. 그동안 서너명의 투박한 얼굴들이 빽빽하게 서서 촛불을 주시했다. 권양기를 잡고 있는 사내들이 지시에 따라 밧줄을 내렸다. 약하게 타고 있는 초가 다시 끌어올려지자 물을 조금 부어서 껐다. 그런 다음 물통을 고정시키고는 술이 깬 사내와 또 한 사내가 횃불을 들고 타서 지시했다. "더 아래로 내려!"

밧줄이 팽팽하게 당겨진 채 풀려나가고 권양기가 삐걱거리자 지켜보던 일이백명의 사람들 중 평상시같이 숨을 쉬는 사람은 아무도 없었다. 신호가 와서 권양기가 멈췄을 때 남아 있는 밧줄은 충분했다. 권양기를 잡고 있는 사람들이 가만히 있고 아주 오랜 시간이 흘러간 듯해서 사건이 또 일어났어! 하고 비명을 지르는 여자들이 있었다. 하지만 시계를 보고 있던 의사가 아직 오분도 지나지 않았다며 조용히 하라고 엄중하게 주의를 주었다. 의사의 말이 미처 끝나기도 전에 권양기가 반대방향으로 움직이기 시작했다. 두 사람이 올라오는 것처럼 무겁게 작동하지는 않았으므로, 숙련된 사람이라면 한명만 올라온다는 사실을 금방 알 수 있었다.

밧줄이 팽팽하게 당겨지면서 권양기 몸통에 감기기 시작하자 모든 시선이 탄갱 입구에 고정되었다. 술이 깬 사내가 올라와서 풀밭으로 날쌔게 뛰어내렸다. 모든 사람이 "살았어요, 죽었어요?" 하고 물었고, 그다음에는 깊은 침묵이 흘렀다.

그 사내가 "살아 있어요!"라고 말하자 커다란 함성이 일었고 눈물을 글썽이는 사람도 많았다.

"하지만 심하게 다쳤어요." 사람들이 자기 말을 다시 들을 수 있게 되자 사내가 덧붙였다. "의사 선생님이 어디 계신가요? 하도 심하게 다쳐서 어떻게 그를 끌어올려야 할지 모르겠네요."

사람들이 함께 상의했는데, 의사가 몇가지 질문을 한 뒤 대답을 듣고 고개를 젓자 모두들 걱정스레 의사를 바라보았다. 해가 지고 있었고, 저녁 하늘의 빨간 노을이 그곳에 모인 사람들 얼굴에 비쳐 걱정에 싸인 각자의 얼굴을 뚜렷하게 보여주었다.

상의가 끝나 사람들이 권양기에 매달렸고, 그 사내는 포도주와 다른 자잘한 물품들을 가지고 다시 내려갔다. 잠시 후 다른 사내가 올라왔다. 그사이 의사의 지시에 따라 몇몇 사람들이 울타리를 가져오고 다른 사람들이 그 위에 여분의 옷을 깔고 짚을 성기게 덮어 두꺼운 침대를 만들었고, 의사 자신은 숄과 손수건으로 약간의 붕대와 삼각건을 그럭저럭 준비했다. 이것들이 다 만들어지자 방금 올라온 사내가 사용법을 배운 뒤 그것들을 한쪽 팔에 걸었다. 그가 비어 있는 강한 한쪽 손으로 장대에 의지한 채 때로는 구덩이를 때로는 주위 사람을 둘러보는 모습이 그가 들고 있는 횃불에 비쳤을 때, 그의 모습은 아주 뚜렷하게 보였다. 이제 사방이 어두워져서 횃불이 밝혀졌다.

그 사내가 자기 주위에 있는 사람들에게 말해서 모인 사람 모두에게 곧바로 전달된 얼마 안되는 이야기를 종합해보면, 실종된 사내는 탄갱을 반쯤 채운 부서진 쓰레기더미 위에 추락했는데 갱도 측면에 삐죽삐죽 튀어나온 흙덩이 때문에 추락하다가 더 심하게 뼈가 부러진 것 같았다. 그는 한쪽 팔이 몸 아래 접힌 채 하늘을 향해 누워 있는데, 자신의 생각에 따르면 추락한 이후에 거의 움직이지 못한 것 같다고 했다. 자유로운 한쪽 손을 약간의 빵과 고기가 들어 있는 옆 주머니에 집어넣어서 부스러기를 조금씩 뜯어먹고, 주머니에 고인 소량의 물을 가끔씩 떠먹은 것이 그가 움직인 전부인 듯했다. 편지를 받고 바로 작업장을 떠나 내내 걸어왔는데, 어두워진 다음 바운더비 씨의 시골 저택으로 가는 도중에 탄갱에 빠진 것이었다. 그는 자신에게 씌워진 혐의에 대해 결백했고, 자신의 무죄를 입증하기 위해 지름길을 단념할 수가 없었기 때문에 그 위험한 시각에 그 위험한 지역을 가로지른 것이었다. 탄갱에서 올라온 사내는 저주받은 지옥의 갱이 마지막까지 악명을 떨친다고 했다. 스티븐이 아직은 말을 할 수 있지만 지옥의 갱이 곧 그의 숨을 거두어가리라고 생각했기 때문이었다.

모든 것이 준비되었고, 권양기가 그를 아래로 내려보내기 시작한 다음에도 동료들과 의사로부터 허둥지둥 마지막 지시를 받던 그 사내가 탄갱 밑으로 사라졌다. 밧줄이 전처럼 풀려나갔고 신호가 전처럼 오자 권양기가 멈췄다. 권양기에서 손을 떼는 사람은 아무도 없었다. 모두들 권양기를 잡고 몸을 구부린 채 거꾸로 감아올릴 준비를 하고 기다렸다. 마침내 신호가 오자 탄갱을 에워싼 모든 사람들이 앞으로 몸을 숙였다.

밧줄이 최대로 팽팽히 당겨진 듯했다. 사람들이 힘에 겨운 듯 권양기를 돌리자 삐걱대는 소리가 났다. 밧줄을 보고 그것이 끊어질지 모른다고 생각하니 견디기가 힘들었다. 하지만 밧줄은 권양기 몸통에 조금씩 안전하게 감겼고 연결 사슬도 보였다. 마침내 두 사내가 양 옆을 붙잡고 있는 물통이 올라왔는데 — 현기증을 일으키고 가슴을 무겁게 만드는 광경이었다 — 불쌍하도록 으깨어진 사람을 그 안에 매달고 묶어서 조심스레 받치고 있었다.

모습을 거의 알아볼 수 없는 스티븐이 철제 물통에서 서서히 옮겨져 짚으로 만든 침대에 눕혀지자 가엾다고 중얼거리는 소리가 사람들 사이에 낮게 일었고 큰 소리로 흐느끼는 여자들도 있었다. 처음에는 의사만 다가갔다. 그가 침대를 매만졌지만 그가 최대로 할 수 있는 일이란 침대를 덮어주는 정도가 고작이었다. 조심스레 침대를 덮은 다음 의사는 레이첼과 시시를 불렀다. 그 순간 하늘을 향하고 있는 창백하고 수척하며 참을성 있는 얼굴이 보였는데, 부러진 오른팔이 다른 사람이 붙잡아주기를 기다리는 듯이 덮고 있는 옷가지 바깥으로 나와 있었다.

그들은 그에게 마실 것을 주고, 얼굴을 물로 적시고, 코디얼주 몇방울과 포도주를 들게 했다. 그는 하늘을 보면서 꼼짝도 못하고 누워 있었지만 미소를 지으며 "레이첼"이라고 말했다.

레이첼은 스티븐 옆의 풀밭에 서서 허리를 굽히고 자신의 얼굴이 스티븐의 두 눈 바로 위에 오도록 몸을 수그렸다. 그가 그녀를 보기 위해 눈조차 돌릴 수 없었으므로.

"레이첼, 내 사랑."

레이첼이 그의 손을 잡았다. 그는 다시 미소지으며 말했다. "손을 놓지 마요."

"많이 아프죠, 내 사랑 스티븐?"

"아팠지만 지금은 괜찮소. 무섭고 외롭고 지루했지만 ─ 이젠 괜찮소. 아, 레이첼, 모두가 엉망이오! 처음부터 끝까지 엉망이야!"

스티븐이 말을 하는 동안 옛날의 표정이 유령처럼 스쳐가는 듯했다.

"살아 있는 노인들이 아는 한에서도 수만명의 목숨을 ─ 수백만명의 사람들에게 소중한, 그들을 굶주림과 궁핍에서 지켜주던 부모와 자식들, 그리고 형제들의 목숨을 —— 앗아간 탄갱에 내가 빠졌던 거요. 전쟁보다도 더 무자비한 폭발성 메탄가스가 들어찬 탄갱에 빠졌던 거지. 누구든 읽을 수 있는 공개진정서에서 그런 내용을 읽은 적이 있소. 탄갱에서 일하는 갱부들이 작성한 것인데, 신사 양반들이 자기 처자를 사랑하는 것처럼 자기들도 사랑하는 처자가 있으니 일이 자기네를 죽이게 하지 말고 자기들을 살려달라고 입법자에게 거듭거듭 호소했소. 탄갱은 채굴 중일 때도 필요 없이 사람을 잡더니 내버려두어도 필요 없이 사람을 잡는군. 우리들이 이러저러한 방식으로 어떻게 매일 —— 혼란 속에서 —— 필요 없이 죽어가는지 잘 봐둬요!"

그는 누구에게도 화를 내지 않으면서 힘없이 말했다. 단지 객관적인 사실로서.

"당신 누이동생을 잊지 않았지요, 레이첼. 동생과 그리고 동생 가까이 있는 나를 잊지 않겠지요. 불쌍하고 참을성 있고 고생만 하는 당신은 —— 창가에 있는 동생의 작은 의자에 앉아서 하루종일 동생을 간호했던 일과, 존재할 필요도 없는 나쁜 공기와 노동자들의 비참한 숙소 때문에 동생이 어린 나이에 보기 흉하게 죽어갔던 사실을 기억하겠지요. 엉망이오! 모든 게 엉망이야!"

루이자가 가까이 갔지만 스티븐은 밤하늘을 보고 있었기 때문에 그녀를 볼 수 없었다.

"우리와 관계된 모든 일들이 그토록 엉망이 아니었다면 내가 여기에 올 필요도 없었을 거요, 레이첼. 우리 모두가 엉망이 된 게 아니라면 동료 직공이나 노동자들이 나를 그렇게 오해하지도 않았겠지요. 바운더비 씨가 나를 제대로 알았다면 —— 조금이라도 알았다면 —— 나한테 화내지는 않았을 텐데. 나를 의심하지 않았을 텐데 말이오. 하지만 저 위를 봐요, 레이첼! 하늘을 봐요!"

레이첼은 그의 눈길을 좇아서 그가 별을 보고 있다는 것을 알았다.

"내가 탄갱 밑바닥에서 고통과 괴로움을 겪을 때 저 별이 나를 비춰주었소." 그가 숭배하는 투로 말했다. "마음속까지 비춰주었지요. 저 별을 보면서 레이첼, 당신을 생각하노라니 마음속의 혼란이 조금은 가시더군요. 누군가 나를 제대로 이해하지 못했다면 나 역시 그들을 제대로 이해하지 못했던 거요. 당신 편지를 받고 나서, 젊은 부인이 나를 찾아와서 했던 말과 행동은 그 동생이 했던 말과 행동과 똑같은 거고, 그들이 악한 음모를 꾸몄던 거라고 단정했소. 탄갱에 빠졌을 때, 나는 그 부인에게 화가 나서 다른 사람들이 내게 했듯이 나도 그 부인에게 부당하게 대해야겠다고 생각하고 서둘러 가던 길이었소. 그러나 행동할 때와 마찬가지로 판단을 내릴 때도 우리는 참고 또 참아야 하는 법이오. 고통과 괴로움을 맛보며 밤하늘을 보다가 — 별빛이 나를 비춰주는 가운데 — 나 자신이 세상에서 허약한 존재로 지냈던 때보다는 세상 사람들이 좀더 사이좋게 지내고 상대방을 더욱 잘 이해하면 좋겠다고 훨씬 분명히 깨달았고, 죽어가면서 그것을 위해 기도했소."

루이자는 그의 이야기를 듣느라 레이첼과 반대편에서 그의 몸 위로 허리를 구부렸다. 그래서 그가 루이자를 알아볼 수 있었다.

"부인도 들었나요?" 그는 잠시 침묵을 지키다가 말했다. "한시도 부인을 잊은 적이 없습니다."

"그래요, 스티븐. 잘 들었어요. 기도하는 내용이 서로 같군요."

"부친이 계시지요. 그분에게 말씀 좀 전해주시겠습니까?"

"여기 계세요." 루이자가 두려워하며 대꾸했다. "아버지를 이리로 모셔올까요?”

“부탁합니다.”

루이자가 아버지를 모시고 왔다. 부녀가 손을 잡고 서서 엄숙한 표정의 스티븐을 바라보았다.

“선생님, 저의 누명을 벗겨주시고 모든 사람들에게 제 명성을 입증해주십시오. 이 일을 선생님께 부탁드리겠습니다.”

그래드그라인드 씨는 당황해서 어떻게? 하고 물었다.

“선생님, 아드님이 방법을 말해줄 겁니다.” 그가 대답했다. “그에게 물어보세요. 제가 비난하는 건 아니며 숨기는 것도 없습니다, 한마디라도. 어느 밤엔가 아드님을 만나서 이야기를 나눈 적이 있습니다. 선생님께 저의 결백을 밝혀줄 것 이상을 요구하는 것은 아닙니다 — 선생님께서 그 일을 해주시리라 믿습니다.”

스티븐을 운반할 준비가 다 되었고 의사가 어서 옮기라고 재촉해서, 횃불이나 랜턴을 든 사람들이 들것 앞에서 갈 채비를 갖추었다. 사람들이 들것을 들어올리기 전에 어떻게 갈지 상의하는 동안 스티븐은 별을 올려다보면서 레이첼에게 말했다.

“의식이 돌아와서, 탄갱 밑에서 고통을 겪는 나를 저 별이 비추고 있구나, 하고 생각할 때마다 저 별이 구세주의 집으로 안내하는 별일지 모른다고 생각했소. 저 별이 바로 그 별인 듯하오!”

사람들이 그를 들어올렸다. 스티븐은 사람들이 자신을 별이 인도하는 듯한 방향으로 데려가려 한다는 사실을 알고 매우 기뻐했다.

“레이첼, 내 사랑! 내 손을 놓지 마오. 오늘밤엔 같이 걸어도 될 거요, 내 사랑!”

“내내 당신 손을 잡고 당신 곁에 있겠어요, 스티븐.”

“고맙소! 누군가 내 얼굴을 기꺼이 덮어주기를!”

사람들은 풀밭을 지나고 오솔길을 내려가서 넓은 들판으로 조심스럽게 그를 운반했다. 레이첼은 그의 손을 계속 쥐고 있었다. 슬픈 정적을 깨뜨리는 속삭임은 거의 들리지 않았다. 그 행렬은 오래지 않아 장례행렬이 되었다. 별은 그에게 가난한 자들의 하느님을 찾을 장소를 비춰주었고, 그는 굴욕과 슬픔과 용서를 통해서 마침내 구세주의 품에 안기게 되었다. ·

7장
건달 추적

지옥의 갱 주위를 에워쌌던 사람들이 흩어지기 전에 거기에서 빠져나가는 사람이 하나 있었다. 바운더비 씨와 그의 그림자는 아버지의 손을 잡고 있는 루이자와 떨어져서 따로 후미진 자리에 서 있었다. 그래드그라인드 씨가 들것 쪽으로 불려갔을 때 벌어지는 일들을 주의 깊게 지켜보던 시시는 슬며시 그 사악한 그림자—그를 바라보는 사람이 달리 또 있었다면 공포에 질린 그의 얼굴이 가관이었을 것이다—뒤로 가서 그의 귀에다 대고 속삭였다. 고개를 돌리지 않고 잠시 동안 그녀와 이야기를 주고받던 건달은 그 자리를 떠났다. 건달은 사람들이 움직이기 전에 그렇게 무리에서 빠져나갔던 것이다.

아버지는 집에 도착하자 아들이 곧바로 왔으면 좋겠다는 전갈을 바운더비 씨에게 보냈다. 답장이 왔는데 바운더비 씨도 군중 속에서 톰과 헤어져 그후 그를 보지 못했기 때문에 톰이 스톤 로지에 있는 줄 알았다는 요지였다.

"오늘밤에 톰이 시내로 돌아올 것 같지는 않아요, 아버지." 루이자가 말했다. 그래드그라인드 씨는 얼굴을 돌리고 아무런 말도 하지 않았다.

그래드그라인드 씨는 아침에 은행 문이 열리자마자 직접 가서 아들 자리가 빈 것을 확인한 뒤(처음에는 들여다볼 용기도 없었다), 바운더비 씨를 만나러 그의 집으로 가던 도중에 그를 만났다. 그는 바운더비 씨에게 조만간 까닭을 설명하겠지만 그때까지는 물어보지 말라고 청하면서, 사정이 생겨 잠시 동안 아들을 먼 곳에 심부름 보내야겠다고 말했다. 또한 자기가 스티븐 블랙풀의 혐의를 벗기고 도둑을 밝힐 의무도 지고 있다는 이야기를 했다. 장인이 간 후에 몹시 당황한 바운더비 씨는, 볼품없이 거대하기만 한 비누 거품처럼 감정이 북받쳐서 꼼짝않고 길에 서 있었다.

그래드그라인드 씨는 집에 돌아와서 자기 방 문을 잠그고 하루 종일 안에 틀어박혀 있었다. 시시와 루이자가 문을 두드려도 열지 않고 "지금은 안돼, 얘들아. 저녁때 보자"라고 했다. 저녁때 그들이 다시 두드리자 그는 "아직은 안되겠구나 — 내일 보자"라고 말했다. 그는 하루종일 아무것도 먹지 않았고 어두워진 뒤에도 촛불조차 켜지 않았다. 그들은 그가 밤늦게까지 방 안을 왔다갔다 하는 소리를 들었다.

그러나 아침이 되자 그는 평상시와 같은 시각에 식사하러 와서 평상시와 같은 자리에 앉았다. 하룻밤 사이에 늙고 등이 굽고 몹시 풀이 죽은 듯했지만, 살아가는 데는 사실만이 필요하다던 때에 비하면 훨씬 현명하고 훌륭해 보였다. 그는 식당을 나서기 전에 시시와 루이자에게 와도 되는 시간을 정해주고는 희끗희끗한 머리를 숙인 채 걸어나갔다.

"아버지," 약속한 시간에 시시와 함께 온 루이자가 말했다. "어린 자식이 아직 셋이나 있잖아요. 걔들은 달라질 테고 하늘이 도우면 저도 바뀌겠지요."

루이자는 도움을 기대한다는 듯 시시에게 손을 내밀었다.

"네 비열한 동생이," 그래드그라인드 씨가 말했다. "그 애가 너와 함께 그 집에 갈 때부터 은행을 털 계획이었다고 생각하니?"

"그런 것 같아요, 아버지. 제가 알기로는 동생에게 돈이 몹시 필요했고 돈을 많이 썼으니까요."

"불쌍한 그 사람이 곧 도시를 떠날 테니까 그에게 혐의를 씌우자는 사악한 생각을 하게 된 걸까?"

"그 집에 있는 동안 그런 생각이 갑자기 스친 것이 분명해요, 아버지. 같이 가자고 부탁한 건 저였으니까요. 찾아가자는 얘기를 동생이 먼저 꺼내지는 않았어요."

"톰이 불쌍한 그 사람과 모종의 얘기를 나눴을 텐데, 그를 한쪽으로 데리고 가던?"

"방 바깥으로 데리고 갔어요. 나중에 왜 그랬느냐고 물으니까 그럴듯하게 구실을 댔고요. 하지만 지난밤 이후로 그때 상황을 생각해보니 그들이 주고받은 이야기를 정확하게 짐작할 수 있을 것 같아요, 아버지."

"나처럼 너도 동생이 죄를 지었을 거라고 비관적으로 생각하는지 어떤지 알려다오." 아버지가 말했다.

"톰이 스티븐 블랙풀에게—어쩌면 제 이름을 걸고, 어쩌면 자기 이름을 걸고—어떤 말을 해서, 그가 전에는 한번도 해본 적이 없는 일을 성실하고 진지하게 수행하도록 권했고, 또한 스티븐이

402

도시를 떠나기 전에 이틀 내지 사흘 밤을 은행 근처에서 기다리도록 권했을 거라고 생각해요, 아버지." 루이자가 주저하며 말했다.

"너무 분명하지!" 아버지가 말을 받았다. "너무나 분명해!"

그래드그라인드 씨는 어두운 얼굴을 하고 잠시 가만히 있다가 냉정을 되찾고 입을 열었다.

"그런데 톰을 어떻게 찾아내지? 어떻게 처벌을 피하도록 하지? 진실을 공표하기 전에 이용할 수 있는 몇시간 내에 우리가, 다른 사람 말고 우리가 어떻게 톰을 찾아내지? 일만 파운드를 들여도 그걸 해낼 순 없겠지."

"시시가 이미 해냈어요, 아버지."

그는 눈길을 들어서 자기 집의 착한 요정처럼 서 있는 시시 쪽을 보았다. 그러고는 감사와 애정이 섞인 부드러운 어조로 "항상 신세를 지는구나, 얘야!"라고 말했다.

"어제 전부터도 아가씨와 저는 나름대로 걱정을 하고 있었습니다." 시시가 루이자를 흘긋 보며 설명했다. "어젯밤에 선생님이 들것 옆으로 불려가시는 것을 보고, 주고받는 이야기를 들은 후에 (내내 레이첼 옆에 있었으니까요) 아무도 보지 않을 때 제가 그에게 다가가서 말했지요. '나를 쳐다보지 말고 당신 아버지가 계신 곳을 보세요. 아버지와 당신 자신을 위해 어서 도망가세요!' 그는 제가 속삭이기 전부터 떨고 있었는데, 그때는 움찔하고 더 심하게 떨면서 '어디로 가지? 돈도 별로 없고 누가 나를 숨겨줄지도 모르는데!'라고 하더군요. 저는 아버지의 옛날 곡마단이 생각났어요. 이때쯤이면 슬리어리 씨가 어디에 있는지 잊지 않았을 뿐 아니라 바로 그 전날 신문에서 그에 대한 기사를 읽었으니까요. 그래서 그곳으로 서둘러 가서 자신의 이름을 말하고 슬리어리 씨에게 제가 갈 때까지 숨겨달라고 부탁하라 했습니다. '아침이 되기 전에 그에게 가 있겠어'라고 그가 말했어요. 그러고는 그가 사람들 사이를 빠져나가는 모습을 지켜보았습니다."

"하느님 감사합니다!" 톰의 아버지가 소리를 질렀다. "아직 외국으로 보낼 수 있겠군."

시시가 톰에게 일러준 곳이 그를 세상 어디로든지 재빨리 보낼 수 있는 리버풀에서 세시간 거리에 있는 곳이어서 한층 더 희망적이었다. 그러나 그와 접촉하는 데는 주의가 필요했기 때문에 — 이제는 톰이 의심받고 있을 위험이 상존할 뿐 아니라, 바운더비 씨가 공적인 열정과 약자를 괴롭히는 성질이 합해져서 로마인 역할을 하지 않는다고[61] 누구도 확신할 수 없었기 때문에 — 시시와 루이자 둘이서만 에움길로 해서 그곳으로 가고, 불행한 아버지는 다른 시각에 반대방향으로 코크타운을 출발하여 더 멀리 다른 길로 에둘러서 같은 목적지에 가는 것으로 계획을 세웠다. 그리고 그의 의도가 오해받으면 안되므로, 또한 아버지가 왔다는 소식을 듣고 톰이 다시 도망가면 안되므로 그래드그라인드 씨가 슬리어리 씨 앞에 직접 나타나지 않고 시시와 루이자에게 접촉을 맡겨서, 굉장한 비참함과 불명예를 불러일으킨 원인을 말하고 아버지가 가까운 곳에 와 있다는 사실, 그리고 그들이 찾아온 목적을 전하기로 했다. 이런 계획을 세 사람 모두 충분히 숙고하여 완전히 이해했고 이제는 실행할 시간이 되었다. 이른 오후에 그래드그라인드 씨는 집에서 곧장 시골로 걸어가서 기차를 탔다. 밤이 되자 나머지 두 사람은 다른 방향으로 출발했는데 아는 사람을 만나지 않아서 용기를

_____

61 로마의 브루투스는 두 아들이 반역의 음모를 꾸몄다는 사실을 확인하자 사형에 처했다. 이 맥락에서는 톰을 경찰에 넘기지 않는다고,라는 의미임.

얻었다.

시시와 루이자는 갈아타는 역에서 잠깐씩 내려 끝없는 계단을 오르거나 통로를 내려간 것 — 역마다 겪은 유일한 변화가 이것이었다 — 외에는 밤새 여행을 해서 아침 일찍이 목적지인 읍내에서 일이 마일 떨어진 소택지에 나타났다. 그들은 이 음산한 곳에서, 우연스레 일찍 일어나 한필의 말이 끄는 전세마차를 재촉하여 몰고 나온 촌스러운 늙은 마부를 만나 그 마차에 탔다. 그들은 돼지가 살고 있는 온갖 뒷길을 다 거쳐 읍내에 숨어들었는데, 멋진 길도, 심지어 흥취가 있는 접근로도 아니었지만 그런 경우에 으레 그러하듯이 이치에 맞는 큰길이었다.

읍내에 들어가자마자 가장 먼저 눈에 띈 것은 슬리어리 곡마단의 골조였다. 곡마단은 이십 마일 이상 떨어진 다른 읍으로 벌써 이동해서 어젯밤에 거기서 공연을 한 것이었다. 두 지역을 왕래하는 방법은 가파른 유료도로를 이용하는 것뿐이며 그 길로 이동하는 것은 매우 더뎠다. 그들은 아침을 서둘러 먹은 후에 휴식을 취하지도 않고 출발했지만 (이같이 근심스러운 상황에서 휴식을 취하려 한다면 헛수고일 것이다) 헛간과 담장에 붙은 슬리어리 곡마단의 광고 포스터가 보이기 시작한 것은 정오가 지나서였고, 마차가 시장에 멈춘 것은 한시나 되어서였다.

그들이 마차에서 내려 포석에 발을 내디뎠을 때, 선전꾼은 기수 騎手가 부리는 멋진 아침 공연[62]이 막 시작된다고 알리고 있었다. 읍내 사람들에게 질문하거나 그들의 관심을 끄는 것을 피하기 위해서는 입구에서 입장료를 내고 들어가야 한다고 시시가 권했다. 슬

---

[62] 당시 극장의 어법에서 아침 공연은 실제로 오후 공연을 의미함.

리어리 씨가 입장료를 받고 있다면 분명히 자신을 알아보고 신중히 처리할 것이라고 했다. 만약 그렇지 않아도 극장 안에서 그가 자기들을 반드시 알아볼 것이고, 도망자를 어떻게 했는지 알고 있으니 역시 신중하게 행동할 거라고 설명했다.

그래서 그들은 두근거리는 가슴을 안고 익히 기억하고 있는 가건물로 갔다. 슬리어리 곡마단이라는 글자가 씌어진 깃발과 고딕풍의 벽감은 있었지만 슬리어리 씨는 거기에 없었다. 너무 세속적으로 성숙하여, 터무니없이 잘 믿는 사람이라도 더이상 큐피드라고는 생각할 수 없게 된 마스터 키더민스터가 극복할 수 없는 상황 (그리고 그의 턱수염)의 힘에 굴복해서, 자신이 대체적으로 쓸모있는 인간이라는 자격으로—남는 시간과 여분의 힘을 쏟을 드럼을 옆에 준비해놓은 채—이때 매표소 일을 총괄하고 있었다. 가짜 동전을 가려내기 위해 신경을 곤두세워야 하는 위치에 놓인 키더민스터 씨는 돈 이외에 어떠한 것도 보지 못했다. 그래서 시시는 그를 그냥 지나쳐서 루이자와 함께 안으로 들어갔다.

형판으로 검은 점들을 찍어놓은 늙은 백마에 안정적으로 올라탄 일본 황제가 자기가 가장 좋아하는 오락이라는 듯 다섯개의 세숫대야를 동시에 돌리고 있었다. 시시는 왕의 역할을 하는 사람들을 잘 알았지만 지금 황제는 모르는 사람이었다. 하여간 그는 자기 역을 무사히 마쳤다. 조지핀 슬리어리 양이 티롤 지방에서 하는 그 유명하고 우아한 마술의 꽃 같은 묘기를 보여줄 것이라고 새 광대가 소개하자(그는 꽃양배추 같은 묘기라고 재미있게 말했다) 슬리어리 씨가 딸을 데리고 나타났다.

슬리어리 씨가 긴 채찍 끝으로 광대를 한번 때리는 척하고 광대가 "당신이 또 그러면 당신한테 말을 집어던질 테야"라고 막 응수하는 순간에, 그들 부녀는 시시를 알아보았다. 그러나 슬리어리 부녀는 아주 침착하게 묘기를 마쳤고, 슬리어리 씨는 처음 순간 외에는 고정된 눈에나 움직이는 눈에나 감정을 나타내지 않았다. 시시와 루이자에게 묘기는 다소 지루하게 여겨졌는데, 특히 묘기 중간에 광대가 슬리어리 씨에게 이야기할 때는(광대가 말할 때마다 슬리어리 씨는 관객 쪽을 보면서 "정말요, 션생!"이라고 아주 침착하게 덧붙였다) 더욱 그러했다. 광대는 슬리어리 씨에게 두 다리가 한 다리를 보며 세 다리 위에 앉아 있을 때 네 다리가 들어와서 한 다리를 물자 두 다리가 일어나서 한 다리를 물고 도망가는 네 다리에게 세 다리를 집어던진 이야기를 했다. 푸주한과 다리가 셋 달린 걸상, 개 한마리, 그리고 양고기 다리 한쪽에 대한 재치 있는 우화였지만 이야기가 시간을 너무 잡아먹었기 때문에 시시와 루이자는 몹시 불안했다. 그러나 마침내 작은 금발의 조지핀이 굉장한 박수를 받으며 인사를 했다. 무대에 혼자 남은 광대가 막 힘을 내서 "이제 제 차례입니다!"라고 말했을 때 누군가 시시의 어깨를 쳐서 시시는 밖으로 불려나갔다.

시시는 루이자와 함께 슬리어리 씨의 아주 작은 사실私室로 안내받았다. 네 벽을 범포帆布로 둘러치고 풀이 자란 맨바닥에 나무로 경사지게 천장을 만든 방이었는데, 천장 위의 특등석에 자리잡은 관객들이 찬동하며 발을 구를 때마다 천장을 뚫고 내려올 것 같았다. "쉬쉴리아," 물 탄 브랜디를 손에 든 슬리어리 씨가 말했다. "너를 만나니 기분이 좋구나. 너는 항상 우리가 가장 귀여워하는 아이였고 옛날부터 분명히 우리의 자랑이었다. 애야, 용무를 보기 전에 친구들부터 만나도록 하자. 그렇지 않으면 그들이 ── 특히 여자들이 몹시 실망할 거다. 조지핀은 E.W.B. 칠더스와 결혼해서 샤내아이를 하나 낳았는데, 겨우 세살인데도 어떤 조랑말이든 잘 탄다. 그 아이는 쉬콜라식 승마의 어린 천재라고 불리는데 네가 애스틀리 곡마단[63]에서 쇼문을 듣지 못했다 해도 앞으로는 파리까지 유명해질 거란다. 샤람들이 네게 빠졌다고 하던 키더민스터가 생각나니? 음, 그도 결혼했어. 결혼했는데 자기 어머니가 될 정도로 나이 많은 과부와 결혼했지. 팽팽한 줄을 타는 곡예를 했었는데 이제는 뚱뚱해져서 — 못 탄단다. 아이는 둘 낳았고. 그래서 우리는 요정 같은 곡예뿐 아니라 아이 돌보는 데도 명수지. 말을 타던 부모가 둘 다 죽어서 — 말을 타고 나무딸기를 따러 다니는 아이들을 — 말을 타는 샴촌이 피후견인으로 삼았는데 — 울새들이 나뭇잎으로 그들을 덮어주기 위해 말을 타고 오는 내용인 —「숲의 아이들」이라는 극을 네가 보게 되면 — 이제까지 본 것 중에서 가장 완벽하다고 말할 게다! 너한테는 거의 어머니같이 대해주던 에마 고든을 기억하겠지? 물론 기억할 거야, 물어볼 필요도 없지. 이거 참! 에마의 남편이 죽었단다. 코끼리 등에 인도의 슐탄같이 높이 타고 있다가 쿵 하고 뒤로 떨어졌는데 끝내 회복하지 못했어. 에마는 재혼했지 —구경왔다가 객석에서 그녀를 샤랑하게 된 치즈장슈와 결혼한 거야 —그 남편은 감독관이고 돈을 많이 번단다."

이런 여러 변화를 슬리어리 씨는 몹시 숨가빠하면서도, 그가 눈은 흐려지고 물 탄 브랜디나 즐겨 마시는 노병이라는 점을 고려하면, 아주 열심히 그리고 놀랄 정도로 순진하게 설명했다. 그런 다음 그는 조지핀과 E.W.B. 칠더스(햇빛에 보니 입부분에 주름이 다소 깊게 패어 있었다)와 스콜라식 승마의 어린 천재 등, 간단히 말해서 모든 단원들을 불러들였다. 루이자가 보기에 그들은 놀라운 사람들이었으니, 얼굴은 흰색과 핑크색으로 칠하고 복장은 빈약했으며 다리를 드러내고 있었다. 하지만 그들이 시시 주위에 몰려드는 모습을 보자니 매우 유쾌했고 시시가 눈물을 참지 못하는 것도 아주 당연해 보였다.

"자! 쉬쥘리아가 이제 모든 아이들에게 키스했고 모든 여성들과 포옹했으며 모든 남성들과 골고루 악수를 나눴으니, 자네들은 모두 물러가고 2부로 공연할 패거리나 무대에 들여보내도록!"

사람들이 나가자마자 슬리어리 씨는 작은 소리로 말을 이었다. "쉬쥘리아, 비밀을 알고자 하는 것은 아니지만 내 짐작엔 이분이 그래드그라인드 양 같은데."

"이분이 톰의 누나예요. 맞아요."

"그리고 그 션생님의 딸이 아니냐는 게 내 말이란다. 안녕하세요, 아가씨. 션생님도 안녕하시죠?"

"아버지가 곧 오실 거예요." 루이자는 요점으로 들어가기를 열망하며 말했다. "동생은 안전한가요?"

"안전하고 건강합니다!" 그가 대답했다. "아가씨가 이쪽을 통해 무대를 한번 봤으면 좋겠군요. 쉬쥘리아, 너는 쉭임수를 알 테니까 들여다보는 구멍을 찾아보렴."

시시와 루이자는 널빤지에 난 틈새를 통해 각각 안을 들여다보았다.

"「거인을 죽인 잭」인데 — 재미있는 아동용 극이야." 슬리어리가 말했다. "잭이 숨는 쇼도구실이 보이지. 잭의 하인으로 스튜 냄비 뚜껑과 꼬챙이를 든 광대가 있고, 멋진 갑옷을 걸쳐입은 어린 잭이 보일 테고. 또 쇼도구실보다 두배나 덩치가 큰 흑인 하인이 둘 있는데 재미있게 생겼지. 그들은 쇼도구실 옆에 서 있다가 그것을 끌고 나오고 나중에 깨끗하게 치우는 일을 한단다. 그리고 거인은 (엄청나게 돈을 들여서 바구니로 만들었는데) 무대에 아직 등장하지 않았지. 자, 모두 보았니?"

"예." 시시와 루이자가 대답했다.

"그들을 다시 살펴보렴." 슬리어리가 말했다. "잘 살펴봐. 모두 보았니? 됐다. 자, 아가씨," 그는 걸터앉을 물건을 그들에게 권했다. "나는 나 나름의 생각이 있는 것이고, 아가씨의 부친인 션생님은 또 그 나름의 생각이 있는 것이죠. 아가씨의 동생이 무슨 일을 꾀했는지 나로선 알고 싶지도 않습니다. 모르는 편이 더 낫겠죠. 내가 할 얘기는 션생님이 쉬췰리아를 도와주었으니 이번에는 내가 션생님을 도와드리겠다는 것뿐입니다. 저기 있는 흑인 하인 중 한 명이 아가씨의 동생입니다."

한편으로는 괴롭고 다른 한편으로는 만족스러워서 루이자가 탄성을 질렀다.

"샤실입니다." 슬리어리가 말했다. "샤실을 알았어도 그에게 손을 대면 안됩니다. 션생님이 오셔야지요. 공연이 끝나면 아가씨의 동생을 여기로 데려오겠습니다. 그의 의상을 벗기거나 분장을 지우지는 않을 겁니다. 공연이 끝난 다음에 션생님이 이리로 오시면 됩니다. 아니면 공연 후에 아가씨가 와서 동생을 만나고 단둘이서 이야기를 나누면 되는 겁니다. 그가 잘 숨어 있는 한 겉모양에는 쉰경쓰지 마세요."

한시름 놓은 루이자는 감사하다는 말을 여러차례 한 뒤 슬리어리 씨의 손을 놓아주었다. 눈물을 글썽이면서 동생에게 전할 안부의 말을 남기고 루이자와 시시는 오후 늦게 다시 오기로 했다.

그래드그라인드 씨는 한시간 후에 도착했다. 그 역시 아는 사람을 아무도 만나지 않았으며 슬리어리의 도움을 받아 불명예스러운 자식을 밤중에 리버풀로 보낼 수 있다는 희망을 품고 있었다. 셋 중에 누구든 동행하면 아무리 분장을 해도 톰의 신분이 들통나기 때문에, 편지를 갖고 가는 사람을 북미나 남미, 아니면 최고로 빠르고 은밀하게 보낼 수 있는 곳으로, 지구상의 아무리 먼 곳이라도 좋으니 비용에 상관없이 보내달라고 부탁하는 내용으로 그래드그라인드 씨는 믿을 수 있는 사람에게 보내는 편지를 썼다. 그러고 나서 그들은 구경꾼뿐 아니라 곡마단원들과 말들까지 극장에서 완전히 나오기를 기다리며 이리저리 돌아다녔다. 극장을 살핀 지 오랜 시간이 흘러서야, 그들은 와도 좋다는 신호인 듯 슬리어리 씨가 의자를 갖고 나와서 옆문 있는 곳에 걸터앉아 담배 피우는 것을 보았다.

그들이 극장 안으로 들어갈 때 그는 조심스레 "접니다, 선생님"이라고 인사했다. "제가 필요하면 이리로 오셰요. 아드님이 우스꽝스러운 복장을 하고 있는 것에 쉰경쓰면 안됩니다."

셋이 모두 함께 들어갔다. 그래드그라인드 씨는 곡마장 한가운데에 놓인, 광대가 공연하는 의자에 쓸쓸하게 앉았다. 약해진 빛과 장소의 생소함 때문에 멀리 떨어져 보이는 극장 뒤쪽 의자에, 그래드그라인드 씨로서는 고통스럽더라도 아들이라고 부를 수밖에 없는 악한 건달이 끝까지 뚱하게 앉아 있었다.

교구 하급관리의 외투같이 소맷부리와 호주머니 뚜껑이 말할 수 없이 과장된 비상식적인 외투에다 아주 큰 조끼, 무릎 밑에서 홀친 반바지, 죔쇠가 달린 신발, 그리고 무분별한 정장용 삼각모 차림이었는데, 몸에 맞는 건 하나도 없고 온통 좀이 슬어서 구멍투성

이인 조잡한 천으로 만든 것들이었고, 기름투성이 물감 사이로 공
포와 흥분이 배어나오는 검은 얼굴에는 갈라진 선들이 잔뜩 있었
으니, 그래드그라인드 씨는 우스꽝스러운 차림을 하고 있는 이 건
달만큼 불쾌하고 혐오스럽고 웃기게 수치스러운 녀석이 이 세상에
존재한다는 것을, 무게를 달 수 있고 치수를 잴 수 있는 분명한 사
실임에도 불구하고, 도무지 믿을 수 없었을 것이다. 그의 모범적인
자식들 중 하나가 이런 지경이 되다니!

　처음에 건달은 좀더 다가오지 않고 그 위에 혼자 있겠다고 고집
을 부렸다. 그는 시시의 거듭되는 간청에, 그토록 뚱하게 동의한 것
도 응한 거라고 할 수 있다면, 마침내 응해서 ─ 루이자와는 완전
히 의절했기 때문에 ─ 한단씩 내려와서는 아버지가 앉아 있는 곳
에서 최대한 멀리 떨어져 둥근 무대 가장자리에 톱밥을 밟고 섰다.

　"어찌된 일이냐?" 아버지가 물었다.

　"뭐가 어찌된 일입니까?" 아들이 뚱하게 대꾸했다.

　"은행을 턴 일 말이다." 그 얘기를 할 때 아버지는 목소리를 높
였다.

　"밤에 금고를 억지로 열고는 나오기 전에 약간 열어둔 채로 닫
았지요. 발견된 열쇠는 오래전에 만든 겁니다. 열쇠는 사용한 것으
로 추측하게끔 그날 아침에 일부러 떨어뜨린 거고요. 돈을 한꺼번
에 다 갖고 간 건 아니에요. 매일 밤 잔액을 넣어두는 척했지만 그
렇게 하지 않았던 거지요. 지금까지 말한 게 전부입니다."

　"벼락을 맞아도 이보다는 덜 놀라겠다!" 아버지가 말했다.

　"까닭을 모르겠네요." 자식이 투덜거렸다. "책임 있는 위치에 고
용되는 사람은 많고, 그 많은 사람 중에서 부정직한 사람도 그만큼
많기 마련이잖아요. 그것이 관례라고 아버지가 말씀하시는 걸 수백

번은 들었습니다. 관례를 제가 어떻게 피하겠어요? 그런 말로 다른 사람들을 위로하셨잖아요, 아버지. 그렇게 스스로를 위로하세요!"

아버지는 얼굴을 양손에 파묻었고, 자식은 짚을 물어뜯으며 수치스럽고 괴상한 몰골로 서 있었다. 손바닥 쪽의 검은 칠이 부분적으로 벗겨진 그의 두 손은 원숭이 같았다. 어둠이 빠르게 밀려오고 있었다. 그는 초조하고 불안해서 흰자위를 이따금씩 아버지 쪽으로 돌렸다. 물감을 두껍게 칠한 얼굴에서는 두 눈이 생명이나 표정을 나타내는 유일한 부분이었다.

"너는 리버풀로 가서 외국으로 가야만 한다."

"그래야겠지요. 어느 곳에 가든 제가 기억할 수 있는 한 여기에서 지낸 것보다 비참하지는 않을 겁니다." 건달이 슬픈 듯 말했다. "내내 같은 거니까요."

그래드그라인드 씨는 문으로 갔다가 슬리어리와 함께 돌아와서 그에게 이 통탄할 놈을 어떻게 보내야 하겠느냐고 물었다.

"글쎄요, 저도 그 문제를 생각해보았습니다, 션생님. 쉬간이 별로 없으니 가부간에 빨리 결정해야 합니다. 기차역까지는 이십 마일이 조금 넘습니다. 우편열차 쉬간에 대기 위해 반 쉬간 후에 마차가 역으로 출발합니다. 그 열차가 그를 리버풀까지 바로 데려다줄 수 있습니다."

"하지만 저 애를 보게." 그래드그라인드 씨가 신음소리를 냈다. "어떤 마차가 ─"

"그가 우스꽝스러운 차림을 하고 가야 한다는 얘기는 아닙니다." 슬리어리가 말했다. "가부간에 결정만 하쉽시오, 그러면 의상을 가지고 오분 내에 그를 쉬골뜨기로 만들 테니까요."

"이해가 안되는데." 그래드그라인드 씨가 말했다.

"쉬골뜨기 — 마차꾼으로 만들겠단 얘깁니다. 빨리 결정하세요, 선생님. 맥주를 가져와야 하니까요. 우스꽝스럽게 흑인으로 분장한 것을 지우는 데는 맥주 이상 가는 게 없습니다."

그래드그라인드 씨가 바로 동의하자, 슬리어리 씨는 급히 상자 있는 데로 가서 작업복과 펠트모자와 다른 필요한 물건들을 꺼내 왔다. 건달은 녹색 모직 천으로 만든 칸막이 뒤에서 서둘러 옷을 갈아입었고, 슬리어리 씨는 급히 맥주를 가져와서 건달을 다시 하얗게 씻어냈다.

"자," 슬리어리가 말했다. "마차로 가서 뒤에 올라타게. 내가 역까지 동행하지. 그러면 사람들은 자네를 곡마단원 중 하나로 여길 거야. 가족에게 작별을 고하게, 빨리빨리!" 그 말을 한 뒤 그는 자상하게도 자리를 비켜주었다.

"여기 편지가 있다." 그래드그라인드 씨가 말했다. "필요한 모든 것이 제공될 거다. 네가 저지른 놀라운 행동과 그것이 낳은 끔찍한 결과에 대해 참회와 선행으로 속죄하거라. 손 좀 내밀어라, 애야, 내가 용서한 것같이 하느님이 너를 용서하셨으면 좋겠다!"

범죄자는 이런 이야기와 애처로운 어조 때문에 마음이 흔들려 몇방울의 눈물을 비참하게 흘렸다. 그러나 루이자가 팔을 내밀자 그는 또다시 뿌리쳤다.

"누나와는 싫어. 누나하고는 얘기하고 싶지 않아!"

"오, 톰, 톰, 내가 그토록 사랑했는데 이렇게 끝나는 거니!"

"누나가 사랑했다고!" 그가 고집 세게 말을 받았다. "훌륭한 사랑이군! 내가 최고로 위험에 처했던 바로 그 순간에, 바운더비 영감을 혼자 남겨두고, 나의 가장 친한 친구였던 하트하우스 씨는 떠나보내고, 친정에 가고도 말이지. 그건 훌륭한 사랑이야! 올가미가 점점 조여오는 것을 보고도, 우리가 거기에 갔던 사실에 대해 모조리 자백하고도 말이지. 그것도 훌륭한 사랑이야! 누나는 철저히 나를 버린 거야. 나에 대해서 조금도 신경쓰지 않은 거지."

"서두르게!" 슬리어리가 문가에서 소리쳤다.

그들은 모두 어찌할 바를 몰라하며 밖으로 나갔다. 루이자는 자신이 그를 용서했고, 여전히 사랑하며, 이런 식으로 누나를 떠난 데 대해 그가 언젠가는 후회할 것이고, 이러한 누나의 마지막 말을 생각하면 멀리서라도 기뻐할 것이라고 울부짖었다. 그때 누군가 그들에게 달려들었다. 루이자가 톰의 어깨에 여전히 매달려 있는 동안 그보다 앞에 서 있던 그래드그라인드 씨와 시시가 걸음을 멈추고 뒤로 주춤했다.

왜냐하면 비처가 숨을 헐떡이고 얇은 입술을 벌리고 작은 콧구멍을 부풀리고 하얀 속눈썹을 떨며, 마치 다른 사람들은 달리면 얼굴이 빨갛게 달아오르는데 그는 하얗게 열이 나는 것처럼, 창백한 얼굴이 한층 더 창백해진 채로 나타났기 때문이었다. 비처는 그들의 뒤를 밟아온 어젯밤 이래, 오래전의 일 같은데, 한번도 쉰 적이 없는 듯 숨을 헐떡이고 가빠하며 그들 앞에 서 있었다.

"당신네 계획을 방해해서 미안하지만 곡마단원이 나를 속이도록 둘 수는 없습니다." 비처가 도리질을 하며 말했다. "젊은 톰 씨를 체포해야겠어요. 곡마단원이 그를 도망치게 해서는 안됩니다. 작업복을 입고 여기 있군요. 그를 잡아야겠어요!"

먹살을 잡겠다는 듯했다. 실제로 그는 톰의 먹살을 잡았다.

8장
철학적인 생각

그들은 가건물 안으로 돌아갔고 슬리어리는 침입자들을 막기 위해 문을 닫았다. 비처는 여전히 얼어붙은 범죄자의 멱살을 잡은 채로 곡마장에 서서 황혼녘의 어둠을 뚫고 눈을 깜박이며 옛 은사를 바라보았다.

"비처," 그래드그라인드 씨가 좌절하여 비참할 정도로 고분고분한 태도로 말했다. "자네에게도 심장이 있나?"

"심장이 없으면 피가 순환하지 못하지요, 선생님." 비처는 이상한 질문을 받자 웃으며 대답했다. "혈액순환에 관해서 하비[64]가 입증한 사실을 아는 사람이라면 저에게 심장이 있다는 사실을 의심할 수 없을 겁니다."

"자네 심장이 동정심의 영향을 조금이라도 받을 수 있겠나?" 그

---

64 William Harvey, 1578~1657, 심장의 기능과 혈액순환에 대해 밝힌 영국의 의사.

래드그라인드 씨가 소리쳤다.

"이성의 영향은 받지만 다른 것의 영향은 받지 않습니다, 선생님." 그 훌륭한 젊은이가 대꾸했다.

그들은 상대방을 마주보며 서 있었는데 그래드그라인드 씨의 얼굴도 추적자의 얼굴 못지않게 창백했다.

"이 가엾은 아이가 탈출하는 것을 막아서 불쌍한 아버지의 희망을 꺾을 만한 동기가 ─ 합리적인 동기라 하더라도 ─ 도대체 무엇인가?" 그래드그라인드 씨가 물었다. "여기 그 애의 누나를 보게. 우리에게 동정을 베풀게!"

"선생님," 비처가 매우 사무적이고 논리적으로 말을 받았다. "젊은 톰 씨를 코크타운으로 끌고 갈 어떤 합리적인 동기가 제게 있는지 물으시니까, 선생님께 그것을 말씀드리는 게 합리적이겠군요. 처음부터 저는 젊은 톰 씨에게 이번 은행 도난 사건의 혐의를 두었습니다. 그의 버릇을 알고 있어서 그전부터 그를 감시했었습니다. 관찰한 사실들을 남에게 알리지는 않았지만 계속해서 살폈지요. 그가 도망가려 했다는 사실과 때맞춰 엿들은 그의 고백 외에도 그에게 불리한 증거가 제게는 충분합니다. 어제 아침에 선생님의 집을 감시하다가 기쁘게 여기까지 따라온 겁니다. 젊은 톰 씨를 코크타운으로 데려가서 바운더비 씨에게 인도할 작정입니다. 그러면 바운더비 씨가 젊은 톰 씨의 지위로 저를 승진시킬 거라는 사실은 아주 분명하지요. 또한 저 자신도 그것이 출세이자 제게 이익이 되는 거니까 그의 지위를 차지하고 싶고요, 선생님."

"이것이 단지 이해관계의 문제라면 ─" 그래드그라인드 씨가 이야기를 시작했다.

"말씀을 가로막아서 죄송합니다, 선생님." 비처가 대꾸했다. "그러나 사회체계 전체가 이해관계의 문제라는 것은 잘 아시리라 확신합니다. 선생님은 항상 개인의 이해관계에 호소해야 하는 겁니다. 선생님이 잡을 것은 그것뿐입니다. 우리는 그렇게 만들어진 겁니다. 선생님도 아시다시피 저는 아주 어릴 때부터 그런 문답을 하며 자랐지요."

"얼마를 받으면 자네가 기대하는 승진과 균형이 맞겠나?" 그래드그라인드 씨가 물었다.

"그런 제안을 비치시다니 감사합니다, 선생님." 비처가 대답했다. "하지만 돈을 아무리 받아도 균형을 맞출 수는 없습니다. 명석한 두뇌로 그런 대안을 제시하시리라고 짐작해서 제가 이미 속으로 따져보았거든요. 그래서 아무리 좋은 조건이더라도 중죄를 사화私和하는 것은 은행에서 승진할 가망성보다 안전하지도 않고, 유리하지도 않다는 결론에 도달했습니다."

"비처," 그래드그라인드 씨는 내가 얼마나 불행한지 보게! 하고 말하는 듯 양손을 뻗으며 말했다. "비처, 자네의 결심을 누그러뜨릴 가능성은 하나밖에 남지 않았군. 자네는 오랫동안 내 학교에 다녔네. 거기서 자네에게 들인 수고를 기억해서 자네가 지금의 이익을 무시하고 내 자식을 놔주기로 작정할 수만 있다면, 그런 기억의 혜택을 톰에게 베풀어달라고 내 부탁하고 간청하겠네."

"선생님이 이토록 지지할 수 없는 생각을 가지고 계시다니 정말 놀랐습니다." 옛 학생이 논쟁하는 투로 대꾸했다. "돈을 내고 배웠으니 그건 거래였고, 졸업을 했으니 거래는 끝난 겁니다."

모든 것에 대가를 지불해야 한다는 것이 그래드그라인드 철학의 기본원칙이었다. 누구에게도 공짜로 무엇을 주거나 도움을 제공해서는 절대로 안되었다. 감사하는 마음은 제거되어야 하고 그로부터 생겨나는 미덕은 존재해서는 안되는 것이었다. 태어나서 죽을 때까지 사람살이의 모든 면면은 계산대 위로 주고받는 거래여야 했다. 그리고 그런 식으로 해서 천당에 갈 수 없다면, 그곳은 정치경제학적인 장소가 아니므로 거기에서 볼 용무는 없는 것이었다.

"학비가 쌌다는 건 부정하지 않습니다." 비처가 덧붙여 말했다. "그러나 그것도 제대로 된 것입니다, 선생님. 저는 가장 싼 시장에서 만들어서 가장 비싼 시장에서 처분해야 하니까요."

이때 루이자와 시시가 흐느끼는 바람에 비처는 약간 난처해졌다.

"제발 울지 마세요." 그가 말했다. "울어도 소용없어요, 속만 타는 거죠. 여러분은 내가 젊은 톰 씨에 대해 약간의 적개심을 갖고 있는 걸로 생각하는 것 같은데, 그런 건 전혀 없습니다. 앞에서 말한 합리적인 이유로 그를 코크타운으로 데려가려고 할 뿐입니다. 그가 반항하면, 서라, 도둑놈아! 하고 큰 소리로 외칠 겁니다. 그러나 그가 반항하지야 않겠지요, 분명히."

입을 벌린 채, 움직일 수 있는 눈도 고정된 눈같이 움직이지 않으며 이런 학설을 주의 깊게 듣고 있던 슬리어리 씨가 이때 한발짝 앞으로 나섰다.

"션생님, 션생님의 아들이 어떤 잘못을 저질렀는지 저로서는 모르는 일이고, 알고 싶어하지도 않는다는 점은 션생님도 알 테고, 따님도 알겠지요(따님께는 직접 이야기를 했으니 션생님보다도 잘 알 겁니다) —그때는 약간 장난친 정도일 거라고 생각해서 모르는 게 낫다고 말씀드렸던 겁니다. 그러나 이 젊은이가 은행을 턴 일이라고 말하니, 글쎄요, 쉼각한 일이군요. 이 젊은이가 적절하게 말한 대로 제가 샤화하기에는 너무 쉼각한 일이란 말입니다. 그러니 제가 이 젊은이 편을 들어서, 그가 옳을 뿐 아니라 어쩔 수 없는 일이라고 말해도 션생님이 저와 다투어서는 안됩니다. 어떻게 할 생각인지 말씀드리지요, 션생님. 아드님과 이 젊은이를 역까지 태우고 가서, 이곳에서 발각되는 건 막도록 하겠습니다. 그 이상을 할 슈는 없지만 그 정도는 하겠습니다."

마지막 친구마저 자신들을 버리자 루이자는 새로이 한숨을 지었고 그래드그라인드 씨는 한층 심한 고통을 느꼈다. 그러나 시시는 매우 주의 깊게 그를 흘긋 보고는 그의 의도를 제대로 파악했다. 그들이 모두 다시 나가려 할 때 슬리어리 씨는 움직일 수 있는 눈을 약간 움직여서 시시에게 뒤로 처지라고 신호했다. 방문을 잠근 후 그가 흥분해서 말했다.

"션생님이 쉬월리아, 너를 도와주었으니 이번엔 내가 션생님을 도와야겠다. 뿐만 아니라 이 녀석은 지독한 악당인데다가 단원들이 창밖으로 집어던질 뻔했던 으스대는 작자를 위해 일하는구나. 오늘밤은 어두울 거다. 내게는 말하는 것 외에는 뭐든 할 줄 아는 말 한필과, 칠더스가 몰면 한 쉬간에 쉽오 마일을 달리는 조랑말 한필, 그리고 샤람을 이쉽샤 쉬간이라도 같은 장소에 붙잡아둘 슈 있는 개 한마리가 있단다. 젊은 쉰사에게 전해라. 말이 춤추기 쉬작하면 내동댕이쳐질까 두려워 말고, 조랑말이 끄는 마차가 오는지 잘 살피라고 해라. 마차가 가까이 오면 거기로 뛰어내리라고 해, 그러면 그를 태우고 빠른 속도로 떠날 거다. 내 개가 이 녀석을 한발짝이라도 움직이게 한다면 그에게 가도 좋다는 허락을 하겠어. 내 말이 춤추기 쉬작한 곳에서 아침이 되기 전에 한발짝이라도 움직인다면 ― 그 말은 내 말이 아니지! ― 빨리 전하거라!"

소식이 재빨리 전해져서 십분이 지나자 칠더스 씨는 슬리퍼를 신고 시장터에서 서성이며 신호를 기다렸고, 슬리어리 씨의 마차도 준비되었다. 훈련받은 개가 마차 주위에서 짖는 모습과, 슬리어리 씨가 비처를 특별히 주목하라고 움직일 수 있는 눈으로 개에게 지시하는 모습은 멋진 광경이었다. 어두워지자 슬리어리와 비처, 톰이 마차에 올라타고 출발했다. 벌써 비처를 점찍은 훈련받은 개는 (무시무시하게 생겼는데) 비처 쪽에 있는 바퀴에 바싹 붙어 따라오면서 그가 내릴 기색을 조금이라도 보이면 덤벼들 준비를 하고 있었다.

그래드그라인드 씨와 루이자, 시시는 몹시 걱정하며 밤새 여관에 앉아서 기다렸다. 아침 여덟시가 되자 슬리어리 씨와 개가 기분 좋은 모습으로 돌아왔다.

"잘됐습니다, 선생님!" 슬리어리 씨가 말했다. "지금쯤 아드님은 배를 타고 있을 겁니다. 어젯밤에 여기를 떠난 지 한 쉬간 반가량 지나서 칠더스가 그를 태우고 떠났습니다. 말은 완전히 지칠 때까지 폴카를 추었고, (마구를 차고 있지 않았더라면 왈츠를 추었을지도 모르지요) 제가 됐다는 말을 하니 그제야 편하게 자러 가더군요. 지독한 젊은 악당이 걸어서라도 가겠다고 하니까, 개가 공중에 떠서 네 발로 그의 목도리에 매달려 쓰러뜨린 다음에 그자를 굴렸지요. 그래서 그는 마차에 다시 탔고, 제가 아침 여섯시 삼십분에 말머리를 돌릴 때까지 그냥 앉아 있었습니다."

그래드그라인드 씨가 감사하다는 말을 거듭해서 그를 당황하게 만든 것은 당연한 일이었다. 그리고 그는 상당한 돈으로 사례하겠노라고 최대한 섬세하게 암시했다.

"저 자신은 돈이 필요없습니다, 선생님. 하지만 칠더스는 가족이 있으니까 그에게 오 파운드 지폐를 주고 싶으시다면 못 받을 거야 없겠지요. 또 개목걸이 하나와 말방울 한짝을 사주신다면 매우 기쁘게 받겠습니다. 물 탄 브랜디야 항상 마쉬지요." 그는 벌써 한잔 청해 마시고 두잔째를 청했다. "슐은 합계에서 제외하고 일인당 삼 쉴링 육 펜스 정도로 해서 단원들에게 쉭사를 대접하는 게 지나치다고 생각하지 않으쉰다면 샤람들이 기쁘게 먹을 겁니다, 션생님."

그래드그라인드 씨는 이번 일에 대해 너무 보잘것없는 보답이라고 말하면서, 이 모든 작은 감사 표시들을 기꺼이 하겠노라고 약속했다.

"좋습니다, 션생님. 그렇다면 가능할 때마다 곡마단에 와주시면 빚을 갚는 이샹이겠습니다. 따님만 괜찮다면 헤어지기 전에 션생님과 할 이야기가 있습니다."

루이자와 시시는 옆방으로 갔다. 슬리어리 씨는 선 채로 물 탄 브랜디를 흔들어 마시며 말을 계속했다.

"션생님, 개가 굉장한 동물이라는 얘기를 새삼스레 할 필요는 없겠지요."

"개의 본능은 놀랍군요." 그래드그라인드 씨가 말했다.

"션생님이 뭐라 부르든 ─ 그것을 뭐라고 불러야 할지 제가 어찌 알겠습니까마는 ─ 그건 놀라운 일입니다." 슬리어리가 말했다. "개가 주인을 찾아서 ─ 먼 거리를 용케 오는 게 말입니다!"

"후각이 아주 뛰어나니까요." 그래드그라인드 씨가 말했다.

"그것을 뭐라고 불러야 할지 제가 어찌 알겠습니까마는," 슬리어리가 고개를 저으며 같은 말을 반복했다. "하지만 션생님, 전에 개한마리가 저를 찾아온 적이 있습니다. 그 개가 다른 개에게 가서 '슐리어리라는 샤람을 모르니? 곡마단을 하고 ─ 뚱뚱하고 ─ 한쪽 눈이 불구인 슬리어리라는 샤람을 몰라?' 하고 물은 게 아닐까 궁금해하도록 만드는 개가 찾아왔었습니다. 그러자 샹대편 개가

'글쎄, 나는 그런 샤람을 모르지만 그를 알 듯한 친구를 내가 알지'라고 말했는지, 아니면 바로 그 개가 곰곰 생각하다가 '슐리어리라, 슐리어리! 오 맞아, 분명해! 한 친구가 전에 그런 이름을 말한 적이 있어. 그 샤람 주쇼를 지금 당장이라도 알려줄 슈 있어'라고 대꾸했는지 어쨌는지 알고 싶게 만드는 개가 찾아왔었단 말입니다. 제가 샤람들 눈앞에서 많이 돌아다녔기 때문에, 션생님도 아시다시피, 저는 모르지만 저를 아는 개는 많을 슈밖에 없는 거지요!"

이런 추리를 듣고 그래드그라인드 씨는 무척 당황하는 듯했다.

"아무튼, 열네달 전에 션생님, 우리는 체스터 지방에 있었습니다." 슬리어리는 물 탄 브랜디에 입술을 적시고 나서 말했다. "하루는 아침에 「숲의 아이들」을 준비하고 있는데 무대에 난 문을 통해서 개 한마리가 들어왔습니다. 먼 거리를 달려와서 몸이 몹쉬 나쁜 상태였으며 다리는 절고 눈은 거의 멀었더군요. 아는 아이를 찾는 것처럼 우리 아이들한테 차례로 갔다가, 저에게 와서는 몸이 허약한데도 엉덩이를 번쩍 들어 인샤하더니 앞발로 지탱하고 셔셔 꼬리를 흔들다가 죽었습니다. 션생님, 그 개가 메리렉즈였어요."

"시시 아버지의 개잖소!"

"쉬쉴리아 아버지의 늙은 개지요. 션생님, 그 개에 대해 아는 바를 가지고 단언컨대, 그 개가 제게 돌아오기 전에 그 샤람은 죽어서 땅에 묻힌 겁니다. 그 아이에게 편지를 써서 샤실을 알릴지에 대해 조지펀, 칠더스와 함께 오랫동안 생각해보았습니다. 하지만 '알릴 필요가 없어. 이야기해셔 좋을 게 없는데 뭐 하러 그 애의 마음을 어지럽히고 불행하게 만들겠어?'라고 의견의 일치를 보았습니다. 그러니 그 아이의 아버지가 비열하게 자쇡을 버리고 떠났는지, 아니면 자기 때문에 아이를 비참하게 만드느니 혼자셔 슬프게 지내기로 작정했는지는 이제 절대 알 수 없을 겁니다, 선생님 —
그 개가 우리를 어떻게 찾아왔는지 알 때까지는 말이죠!"

"그 아이는 아버지가 사오라고 시켰던 약병을 아직까지 갖고 있
어요. 그리고 죽는 마지막 순간까지도 아버지의 사랑을 믿을 테지
요." 그래드그라인드 씨가 말했다.

"이걸 보니 두가지 생각이 드는 것 같습니다, 그렇지 않습니까,
선생님?" 슬리어리 씨가 물 탄 브랜디 잔을 들여다보며 생각에 잠
겼다가 말했다. "하나는 이 세상에 이해관계가 아니라 그것과는 전
혀 다른 무엇인 사랑이 존재한다는 생각이고, 다른 하나는 최소한
개들의 습성만큼이나 이름 붙이기가 어렵지만, 그 사랑도 그 나름
대로 계산하거나 계산하지 않는 방석을 지니고 있다는 생각 말입
니다."

그래드그라인드 씨는 창밖을 내다보며 대답하지 않았다. 슬리어
리 씨는 잔을 비우고 루이자와 시시를 다시 불렀다.

"쉬쉴리아야, 키스해주고 잘 가거라! 아가씨, 아가씨가 자매같
이, 그것도 진심으로 믿고 존경하는 자매같이 이 아이를 대해주니
제겐 참으로 보기 좋군요. 남동생이 살아서 아가씨에게 좀더 어울
리는 사람이 되고, 아가씨게 위안을 줄 수 있기를 바랍니다. 선생
님, 처음이자 마지막으로 악수나 하십시다! 우리같이 가난한 방랑
자들을 언짢아 마십시오. 사람들은 즐기기도 해야 하니까요. 항상
공부만 하거나 일만 할 수는 없습니다. 그러도록 태어난 것이 아니
니까요. 선생님께도 우리들이 있어야만 합니다. 현명하고 친절하게
행동하셔서 우리를 잘 활용하십시오, 나쁘게 생각하지 마시고요!"

"제가 이토록 쉴한 수다쟁이인 줄은 미처 몰랐습니다!" 슬리어
리 씨는 이 말을 하기 위해 문 안으로 머리를 다시 들이밀었다.

9장
종장

허영심으로 떠벌리는 사람이 직접 확인하기 전에 어떤 것이든 그의 영역에 속하는 걸로 이해하는 것은 위험한 일이다. 바운더비 씨는 스파싯 부인이 무엄하게 자신을 앞질러서 자기보다 똑똑한 체했다고 여겼다. 그 부인이 의기양양하게 페글러 부인을 찾아온 데 대해 누를 수 없는 분노를 느낀 그는, 자기에게 의존하는 위치에 있는 그 부인의 외람된 행동을 마음속에서 자꾸 굴려보았는데, 그것은 자꾸 굴러가서 커다란 눈덩이같이 커지게 되었다. 바운더비 씨는 지체 높은 친척을 둔 이 부인을 해고하는 것이 ─ "그녀는 뼈대 있는 가문 출신이고 계속 있기를 원하지만 내가 싫으니 해고해야겠어"라고 마음대로 말하는 것이 ─ 그 관계에서 최고의 영예를 가능한 최대치로 얻어내는 것이며, 또한 동시에 스파싯 부인에게 상응하는 벌을 주는 것이라는 사실을 마침내 깨달았다.

이전 어느 때보다도 이런 멋진 생각으로 가득 찬 바운더비 씨는 점심을 먹으러 와서 자기 초상화가 걸려 있는 예전의 식당에 앉았다. 스파싯 부인은 무명으로 만든 등자에 발을 집어넣고 자신이 어디로 전출될지 꿈에도 모른 채 난롯가에 앉아 있었다.

페글러 부인 사건 이후 이 훌륭한 부인은 조용히 우울과 뉘우침을 가장해서 바운더비 씨에 대한 동정심을 감추었다. 그 덕에 슬픈 표정을 짓는 것이 그녀의 습관이 되었으며 지금도 그녀는 후원자를 향해 그런 표정을 지었다.

"무슨 일이오, 부인?" 바운더비 씨가 아주 무뚝뚝하고 거칠게 말했다.

"제발, 선생님," 스파싯 부인이 대답했다. "퉁명스레 대하지 마세요."

"퉁명스레 대한다고요, 부인!" 바운더비 씨가 따라했다. '당신의 코를!'[65]이라고 말한 의미는, 스파싯 부인이 눈치챈 대로, 그러기에는 너무 크게 발달된 코라는 얘기였다. 이러한 모욕적인 의미를 넌지시 비친 다음 바운더비 씨는 빵조각을 자르고 칼을 소리나게 내려놓았다.

스파싯 부인이 등자에서 발을 빼며 말했다. "바운더비 선생님!"

"왜요, 부인?" 바운더비 씨가 대꾸했다. "뭘 보고 있는 거요?"

"오늘 아침에 화나는 일이 있었는지 물어도 될까요, 선생님?" 스파싯 부인이 말했다.

"있었소, 부인."

"내가 선생님을 화나게 만든 불행한 장본인인지 물어도 될까요?" 감정이 상한 부인이 말했다.

---

65 '퉁명스레 대하다'에 해당하는 영어를 직역하면 '코를 물어뜯다'란 의미임.

"자, 말할 게 있소." 바운더비가 입을 열었다. "내가 협박이나 받으려고 여기 온 게 아니오. 어떤 여성이 지체 높은 친척을 두었을 수는 있지만 그녀가 나 같은 지위에 있는 남자를 괴롭히고 귀찮게 하도록 내버려둘 수는 없소. 또한 그걸 참지도 않을 거요."(상세히 들어갈 여지를 남겨두면 자신이 지리라고 예상한 바운더비 씨는 서둘러야겠다고 생각했다.)

스파싯 부인은 코리올레이너스 같은 눈썹을 치켜세웠다가 찌푸렸다. 그러고 나서 일거리를 원래의 바구니에 주워 담고 일어섰다.

"선생님," 부인이 당당하게 말했다. "지금은 내가 방해가 된다는 게 분명하군요. 내 방으로 가겠습니다."

"내가 방문을 열어주겠소, 부인."

"감사합니다만 선생님, 나도 할 수 있습니다."

"부인이 나가기 전에 한마디 할 기회가 될 수도 있으니 내가 방문을 열도록 놔두는 게 좋을 거요." 바운더비는 스파싯 부인을 지나쳐 손잡이를 잡으며 말했다. "스파싯 부인, 부인이 아무래도 여기에서 답답하게 지낼 거라고 내가 생각한다는 사실을 아시오? 누추한 집이라서, 부인처럼 다른 사람 일에 간섭하는 재능이 뛰어난 귀부인에게는 틈이 충분치 않은 것 같소."

스파싯 부인은 아주 애매하게 경멸하는 시선을 던졌다가 대단히 정중하게 물었다. "정말입니까, 선생님?"

"부인도 알다시피 지난번에 벌어진 일 이후로 그 문제에 대해 곰곰이 생각해봤소." 바운더비가 말했다. "그리고 내 부족한 판단력에 따르면 —"

"저런! 제발, 선생님, 선생님의 판단력을 헐뜯지 마세요." 스파싯 부인은 명랑하고 쾌활하게 그의 말을 가로챘다. "바운더비 씨의 판단이 얼마나 정확한지는 모두가 알아요. 최근 들어 그 증거도 여럿 갖게 되었고요. 사람들이 대개 이야깃거리로 삼는 화제가 바로 그런 사실입니다. 선생님이 가진 것 중에서 판단력만은 흠잡지 마세요." 스파싯 부인은 웃음을 터뜨리며 말했다.

얼굴이 몹시 붉어지고 기분을 잡친 바운더비 씨가 다시 말했다.

"내 말은, 완전히 다른 종류의 집이라야 부인 같은 사람의 능력을 발휘할 수 있을 것 같다는 거요. 부인의 친척 되는 스캐저스 부인네 집 같은 데 말이오. 거기라면 간섭할 거리를 찾을 수 있겠다는 생각이 들지 않나요, 부인?"

"전에는 그런 생각을 해본 적이 없지만 선생님이 얘기하니 정말 그럴 것 같다는 생각이 드는군요." 스파싯 부인이 대꾸했다.

"그러면 한번 해보시지요, 부인." 수표가 든 봉투를 그녀의 작은 바구니에 넣으며 바운더비가 말했다. "천천히 가도 됩니다만, 그 사이에도 당신같이 간섭하는 능력이 뛰어난 부인은 간섭받지 않고 혼자 식사하는 걸 더 좋아하겠지요. 오랫동안 불빛을 가리고 서 있어서 ― 고작 코크타운의 조사이아 바운더비인 주제에 ― 정말 죄송합니다."

"그렇게 부르지 마세요, 선생님." 스파싯 부인이 대꾸했다. "저 초상화가 말을 할 줄 안다면 ― 그러나 당사자에 비해서 초상화가 갖고 있는 미덕은 말을 해서 남을 구역질나게 만드는 힘이 없다는 거지요 ― 저 그림이 바보의 초상화라고 내가 오래전부터 늘 말했다는 사실을 증명할 텐데요. 바보가 하는 짓이 놀라게 하거나 화나게 하는 건 아니지요. 바보가 하는 행동은 경멸을 불러일으킬 뿐이니까요."

스파싯 부인은 그렇게 말을 마친 후, 바운더비 씨에 대한 경멸을 기념하기 위해 찍어낸 메달에 새겨진 것 같은 로마인의 얼굴을 하고 그를 머리에서 발끝까지 빤히 훑어보고는 거드름을 피우며 그 옆을 휙 지나서 계단을 올라갔다. 바운더비 씨는 문을 닫고 난로 앞에 서서 으레 그러듯이 격정적으로 자신의 초상화에 ─ 그리고 미래에 ─ 스스로를 투사해보았다.

어느 정도로 미래를 내다보았는가? 그는 인색하고 남을 괴롭히고 성마르고 남을 못살게 굴 뿐 아니라 이상하게 한쪽 다리를 아직도 침대에 넣은 채 지내는 스캐저스 부인과 스파싯 부인이 여성의 무기고에 있는 모든 무기를 들이대고 매일 싸우는 모습을, 그리고 한사람이 지내기에는 찬장 같고 둘이 지내기에는 유아용 침대 같은 초라하고 통풍도 안되는 작은 방에서, 불충분한 수입을 매분기의 절반쯤 지나면 게걸스레 먹어치우면서 살아가는 모습을 내다보았다. 그가 그밖에 다른 것도 내다보았는가? 주인의 장점에 헌신적이며, 여러 악당들의 도움으로 젊은 톰이 도망갔을 때 그를 거의 체포할 뻔했고, 마침내 톰의 자리를 차지한 유망한 젊은이라고 낯선 사람들에게 비처를 자랑하는 자신의 모습을 흘긋이라도 내다보았는가? 그가 허영심으로 가득한 유서를 작성해서, 그 덕에 55세가 넘은 스물다섯명가량의 허풍선이들이 각자 코크타운의 조사이아 바운더비라는 이름을 가지고, 항상 바운더비 홀에서 식사하고, 항상 바운더비 건물에서 살고, 항상 바운더비 예배당에 다니고, 항상 바운더비 목사 덕에 잠을 자고, 항상 바운더비 재산으로 원조를 받고, 항상 막대한 양의 바운더비다운 헛소리와 허세로 건강한 위장을 구역질나게 하리라는 사실을 흐릿하게라도 내다보았는가? 오년 후에 코크타운의 조사이아 바운더비가 코크타운 거리에서 발작을 일으켜 죽을 것이고, 그러면 바로 이 귀중한 유서가 평계와 약탈, 거짓주장과 사악한 본보기, 헛수고와 많은 소송을 거치는 장구한 과정을 시작할 것이라는 사실을 미리 내다보았는가? 아마도 아닐 것이다. 그러나 그의 초상화는 이런 모든 사실을 끝까지 지켜볼 것이다.

그래드그라인드 씨는 같은 날, 같은 시각에 자기 방에서 생각에 잠겨 앉아 있었다. 그는 미래를 얼마나 내다보았는가? 머리가 하얗게 센 늙은 그가 이제까지의 완고한 이론을 주어진 상황에 맞추어 꺾고, 사실과 숫자가 믿음과 소망과 사랑에 복종하도록 하고, 그의 먼지나는 작은 공장에서 그 거룩한 삼총사를 갈아대고자 더이상 애쓰지 않는 모습을 내다보았는가? 그 이유 때문에 최근에 사귄 정치적 동료들에게 엄청나게 멸시받는 자신의 모습을 보았는가? 국립 쓰레기청소부들은 상호간에만 관계가 있고 국민이라고 불리는 추상체에 대해서는 책임이 전혀 없다고 완전히 결정된 시기에, 동료들이 이러저러한 이유로 일주일에 닷새씩 새벽까지 '국회의원인 자신을 조롱하리라'고 내다보았는가? 동료들을 알고 있으니, 그가 그만한 짐작은 충분히 했을지도 모르겠다.

같은 날 밤에 루이자도 옛날처럼 난롯불을 보고 있었는데, 그 얼굴은 옛날보다 부드럽고 겸손해져 있었다. 그녀가 미래를 얼마나 내다볼 수 있었을까? 아버지가 죽은 직공 스티븐 블랙풀에게 잘못 씌워졌던 혐의를 벗기고 톰의 나이와 유혹이(차마 교육을 덧붙일 수는 없었다) 청할 수 있는 정상참작을 부탁하며 아들이 범인임을 공표하는 내용을 대판지에 인쇄해서 기명날인한 후에 거리마다 붙인 것은 현재의 일이었다. 그녀의 아버지가 스티븐 블랙풀의 묘비에 그의 죽음을 기록했다는 것 역시, 그러리라는 것을 알고 있었기에 거의 현재의 일이었다. 이런 것들은 분명히 볼 수 있었다. 그러나 미래에 대해서는 루이자가 얼마나 내다보았는가?

레이첼이라는 세례명을 지닌 여성 노동자가 오랫동안 아팠다가 공장의 종이 울리자 코크타운 일손들 속에 다시 나타나서 정해진 시간에 출퇴근하는 모습은? 수심에 잠긴 그 미인이 항상 검은 옷을 입지만 마음씨가 곱고 차분하며 쾌활하기도 한 모습은? 그녀가 코크타운에 사는 모든 사람 중에서 타락한 술주정뱅이 여자에게 동정심을 느끼는 유일한 사람인데, 그 여자가 남몰래 그녀에게 구걸하고 울부짖는 모습을 시내에서 가끔씩 볼 수 있었다는 사실은? 그녀가 늙어서 더이상 일할 수 없을 때까지 항상 열심히 일했으며 만족해서 일했고 타고난 운명인 양 좋아서 일했다는 사실은? 레이첼의 이런 모습을 루이자가 내다보았는가? 이는 장차 일어날 일이었다.

수천 마일 떨어져 있는 외로운 동생이 눈물 자국이 점점이 난 종이에다가 누나의 말이 너무도 빨리 실현되었으며 세상의 모든 보물을 다 주어도 사랑하는 누나를 보는 값으로는 싼 셈이라고 생각한다는 편지를 보내리라는 사실은? 결국 동생이 누나를 볼 희망으로 집 가까이까지 왔다가 병에 걸려서 지체되었고, 낯선 글씨로 "그가 모일에 열병으로 병원에서 죽었는데, 참회와 당신에 대한 사랑 속에서 죽었음. 마지막 말은 당신의 이름이었음"이라고 쓴 편지를 그녀가 받으리라는 사실은? 루이자가 이것들을 내다보았는가? 이는 장차 일어날 일이었다.

그녀 자신이 재혼을 해서 —어머니가 되어서— 자식들을 사랑스레 돌보고, 자식들이 아이답게 크는 것이 한층 아름다운 일이고 재산이며, 그런 재산을 조금이라도 갖는 것이 지극히 현명한 자에게 축복이고 행복이라는 사실을 알기 때문에, 아이들이 육체뿐 아니라 정신도 아이답게 크도록 항상 신경쓰는 모습은? 루이자가 이것을 내다보았는가? 이는 앞으로도 일어나지 않을 일이었다.

그러나 그녀를 사랑하는 행복한 시시의 행복한 아이들은? 그녀를 사랑하는 모든 아이들은? 그녀가 어른이 되어서 아이 같은 지식을 익히게 되었다는 사실은? 그녀가 순진하고 아름다운 상상을 경멸해선 절대 안된다고 생각하는 모습은? 자기보다 낮은 신분의 사람들을 이해하고, 상상력의 은총과 기쁨을 통해 기계장치와 현실에 억눌린 그들의 삶을 아름답게 꾸미려고 열심히 노력하며, 그것이 없으면 아이의 마음은 시들 것이고 아무리 강건한 육체를 지닌 어른이라도 정신적으로는 완전히 죽은 것이며 아무리 분명한 국가의 번영 수치라 하더라도 벽 위의 글자[66]를 보여주는 것이고 또 앞으로도 그러할 것이라고 생각하는 모습은? ── 이것을 환상적인 기원, 약속, 형제애, 자매애, 맹세, 서약, 멋있는 옷, 자선시慈善市의 일부로 여기는 것이 아니라 그저 해야 하는 의무로 여기는 모습은? 루이자가 자신의 이런 모습을 내다보았는가? 이는 장차 일어날 일이었다.

독자 여러분! 여러분과 나의 인생에서 유사한 일이 벌어질지 안 벌어질지는 여러분과 나에게 달렸습니다. 그런 일이 우리 인생에서 일어나도록 합시다! 그러면 우리는 좀더 가벼운 마음으로 난롯가에 앉아서 재가 하얗게 식어가는 광경을 지켜볼 것입니다.

─────────────

66 다니엘서 5장에서 벨사살 왕의 잔치 때 하느님이 왕궁 벽에 글자를 써서 파멸을 예언한 것을 말함.

작품해설

영국의 빅토리아 시대를 대표하는 소설가 중 한명인 디킨스
(Charles Dickens, 1812~70)의 활동무대는 소설창작에 국한되는 것이
아니었다. 독학으로 속기를 배워 의회 출입기자로 본격적인 사회
활동의 첫발을 내디딘 그는 이후 신문, 잡지에 글을 기고하는 저널
리스트로서 입지를 굳히고 각종 사회문제에 대한 나름의 생각을
활발하게 개진하였으며, 힘없는 사람들의 편에 서서 사회개혁을
촉구했다. 그의 개혁성은 사회문제에 대한 발언에서만 엿보이는
것이 아니다. 그는 소설 출판 방식에서도 획기적인 변화를 주도하
여, 집필 중인 작품을 열아홉달에 걸쳐 한달에 한회씩 독자에게 선
보이는 분할출판 방식(serial publication)을 개척하였다. 이러한 출판

방식 덕에 독자들은 저렴한 가격으로 책을 구입할 수 있었으며, 이는 독자 수의 폭발적인 증가를 낳았다. 보다 많은 대중과 소통하려는 디킨스의 노력은 후에 자신의 작품을 대중 앞에서 낭송하는 것으로 이어진다.

디킨스가 당대의 베스트셀러 작가였을 뿐 아니라 오늘날에도 수많은 독자를 지니고 있으며, 원작에 뿌리를 둔 연극, 영화, 뮤지컬 등이 세계 도처에서 수없이 공연 내지 상영되고 있다는 사실은 디킨스의 대중성을 보여주는 좋은 증거이다. 디킨스가 대중성을 잃지 않으면서도 일급의 작가로 문명을 떨칠 수 있었던 것은 일차적으로 빅토리아 시대의 대중이 지녔던 높은 수준의 예술적 활력 덕분으로 설명할 수 있다. (이 작품에서도 코크타운의 노동자들은 "열다섯시간을 일한 후에도" 지적 허기를 채우기 위해 도서관에 가고, "여러해에 걸쳐 자투리 여가시간을 이어붙여 어려운 학문을 습득하고" 있는 "비범한 일손"으로 묘사된다.) 이는 근대의 진행에 따라 대중들의 지적 수준과 활력이 저하되면서 디킨스 이후의 작가들은 누리기가 어렵게 된 행운이기도 하다. 그러나 디킨스가 보여주는 대중성과 예술성의 '통합'은 그가 '좋은' 시대를 살았다는 이유만으로 설명되는 것이 아니다. 당대에 디킨스 이상으로 많이 읽히던 작가들이 있었지만 오늘날 이들을 기억하는 사람이 거의 없는 현실은 디킨스의 작품이 전달하는 감동과 재미가 통속적인 것과는 다른 종류라는 사실을 보여준다. 디킨스의 대중적 호소력을 한두 마디로 설명하기는 어렵겠지만, 디킨스가 보여주는 문제의식의 현재성과 문제를 탐구하고 형상화하는 빼어난 솜씨가 그것을 뒷받침하는 광의의 민중성과 무관하지 않다는 사실은 기억할 필요가 있겠다.

소설 『어려운 시절』(Hard Times, 1854)은 월간분할출판 방식을 통해 독자들에게 선보인 디킨스의 대다수 작품들과는 달리 그가 편집자로 있던 주간잡지 『매일 쓰는 말들』(Household Words, 1850~59)에 매주 연재되었던 작품이다. 이 작품이 보여주는 압축미와 간결미, 그리고 디킨스의 다른 작품에 비해 상대적으로 부족한 방대함과 풍성함은 모두 잡지 연재소설이었다는 태생적 조건을 빼놓고는 설명하기 어려울 것이다. 그러나 작품이 보여주는 주제의식의 강렬함과 현재성, 그리고 높은 예술성은 『어려운 시절』을 디킨스 작품 세계의 중심에 놓기에 손색이 없게 한다.

빅토리아 시대의 영국 사회에 대한 디킨스의 문제의식은 오늘날의 시대에 어떠한 현재성을 지니는가. 우선은 이 작품에서 핵심적으로 비판하는 그래드그라인드의 공리주의에 주목할 필요가 있겠다. 공리주의의 실증적 방법론을 인문사회분야에 적용하여 체계화한 사람은 주지하는 대로 벤담(Jeremy Bentham, 1748~1832)이다. 공동체를 구성하는 개개 성원의 이익의 총계가 바로 공동체의 이익이며 따라서 각 개인의 이익을 최대화하면 사회 전체의 이익은 저절로 극대화된다는 생각에서 드러나듯, 그의 방법은 사회를 개인이라는 최소 단위로 분해해서 철저히 원자화하는 원리에 근거하고 있다. 그러나 『어려운 시절』에서 드러나는 디킨스의 생각은, 대상의 총체적 연결이나 수치로 계량화할 수 없는 가치에 적대적이게 마련인 이런 식의 계산법으로는 — 그것이 그 나름의 관찰과 계산에 근거해 각 부분체계의 합리성을 아무리 달성한다 해도 — 실질적인 행복과 진정한 합리성을 보장할 수 없다는 것이다. 공리주의 원칙에서 보았을 때는 가장 환상적인 형태의 결합이지만 결국엔 파국으로 끝나는 루이자와 바운더비의 결혼이나, 말(馬)에 대한 사전적 정의가 그 생명체의 습성을 가르치는 일과는 무관하다는 점이 극적으로 밝혀지는 방식 등은 모두가 공리주의의 기본원칙이 지닌 문제점을 극명하게 보여주는 예들이다. 산술과 추상의 정신에 기초한 그래드그라인드의 원칙은 크게 보아 근대적 산업기술과 자본제 생산양식의 핵심원리에 닿아 있다고 할 수 있다. 그렇지 않다면 많은 개혁이 이루어진 지금에까지 그래드그라인드와 같은 이들이 겉모습만 달리한 채 여전히 번창하고 있는 현실을 어떻게 설명할 것인가. 난롯불이나 코크타운의 굴뚝을 보며 인생에 대한 공허감과 허전함을 곱씹는 루이자의 모습은, 어찌 생각하면 그래드그라인드의 세계에서 반복되는 일상에 지쳐 있는 현대인의 모습일지 모른다.

역사적으로 볼 때 공리주의는 전근대적 악습과 폐해에 시달리던 영국 사회에 이성의 빛을 비추어 근대사회로 개혁하고자 하는 운동이었다고 할 수 있다. 그러나 그것이 어린아이들을 사실을 받아들여야 하는 '작은 그릇'으로, 노동자들을 '일손'으로 추상화하는 원리인 한, 아이들과 노동자들의 능동적인 에너지와 가능성은 부정되게 마련인 것이다. 서구 역사에서 계몽주의 운동은 이성과 합리성에 기초하여 지식과 사회조직의 탈신비화와 탈신성화를 추구하려는 노력이었다. (공리주의도 계몽주의 운동의 일환으로 볼 수 있다.) 그러나 계몽주의의 일방적인 합리성 뒤에 숨어 있는 지배와 억압의 논리는 프랑크푸르트학파 이후 수많은 지성인들에 의해 지적된 대로이다. 디킨스는 일찍이 1854년에 발표한 『어려운 시절』에서 그래드그라인드의 체제가 지닌 일면적이고 형식적인 합리성을 비판함으로써, 유대인 수용소와 양차 세계대전, 그리고 핵전쟁의 위협을 목격한 이후에야 본격적으로 거론되기 시작한 계몽주의 기획에 대한 비판을 선취하는 성과를 보여준 것이다.

인물을 제시하는 디킨스의 솜씨에 주목하는 것도 재미있을 듯하다. 등장인물에 부여한 이름부터가 시사적인데, 그래드그라인드의 학교에서 학생들에게 사실을 기계적으로 주입하여 아이들의 생기와 상상력을 죽여 없애는 맥초컴차일드(M'Choakumchild) 선생은 이름부터가 아이를 질식시킨다는 뜻이며, 자본가와 노동자 양측에 의해 희생되는 스티븐의 이름은 기독교 최초의 순교자 이름에서 따온 것이다. 그렇다고 해서 디킨스가 인물을 제시할 때 누구에게나 뻔히 보이는 알레고리적 수법에만 의존한 것은 아니다. 오히려 언어 하나하나가 쓰이는 방식이나 그것이 전달하는 감각에 주목해야 디킨스의 본령을 제대로 이해할 수 있을 것이다. 사소하다면 사소한 부분이지만 예컨대, 바운더비와 그래드그라인드의 머리숱에 대한 묘사를 보자. 둘 다 공리주의자이고 막역한 친구 사이여서인지 숱이 똑같이 적다. 그러나 항상 허풍선이 사기꾼의 이미지로 그려지는 바운더비의 경우는 떠벌리는 입김에 머리숱이 빠졌고 남아 있는 머리카락이 헝클어진 것도 허풍 섞인 자랑에 끊임없이 흩날려서 그런 모양이 되었다는 식으로 묘사되는 반면, 공리주의의 타당성과 효용성을 굳게 믿는 '확신범'인 그래드그라인드는 남은 머리카락이 대머리 가장자리에 뻣뻣하게 나 있는 것으로 제시된다. 이외에도 사실의 세력이 지닌 문제점을 상상적이고 비유적인 언어로써 설득해내는 솜씨, 공리주의 세계에서 설 자리가 전혀 없는 곡마단이 가건물 널빤지에 뚫린 구멍의 이중적 의미를 통해 그 의미를 처음 확보하고 이후 그 의미가 차츰 확대되는 방식 등은 모두 디킨스 예술의 시적이고 극적인 성격을 보여주는 예들이라고 할 수 있다.

말이 나온 김에 얘기하자면 곡마단의 의미나 비중을 따져보는 일도 소홀히 할 수 없다. 곡마단은 일차적으로 공리주의 세력과 대립하면서 그 세력이 부정하는 생명력과 창조력을 대표하는 시시의 존재에 현실적 근거를 제공한다. (시시의 덕성은 추상화된 것이 아니라 작품의 극적인 맥락 속에서 구체적인 힘을 발휘하는 것으로서 드러난다.) 이러한 '근거'가 없었다면 시시라는 인물은 지나치게 가공적인 인물로 비쳤을지 모르고 그녀의 활약 역시 공허한 것으로 비치기 쉬웠을 것이다. 뿐만 아니라 곡마단은 그래드그라인드의 자식들과 코크타운 노동자들의 삶에서 체계적으로 억눌려지고 있는 것이 무엇인지를 역으로 두드러지게 하는 역할을 한다. 작품에서 곡마단이 이러한 비중을 지닐 수 있는 것은, 직접 등장하는 부분은 많지 않아도 —총 37장 중 4장에 불과하다 — 곡마단과 관련된 이미지가 작품 도처에 편재해 있어서, 독자들이 이들의 가치를 항상 의식하는 가운데 코크타운의 세계를 곡마단의 의미에 견주어 평가하기 때문이다. 바운더비는 자신이 뜨내기였을 때 줄타기 곡예조차 할 수가 없어서 맨땅에서 춤을 추곤 했지만 굳은 의지로 노력해서 성공의 사다리를 올라갔다고 자신의 성장기를 자랑할 뿐 아니라, 오십대가 되어서도 동양의 댄서처럼 모자를 탬버린 삼아 자기 머리를 두드린다. 곡마단에서 유래하는 비유는 이외에도 교실 장면에 등장하는 제3의 신사나 하트하우스 일파를 묘사할 때, 그리고 심지어는 코크타운 자체를 묘사할 때도 빈번하게 사용된다. '사실의 세력'이 예의 이분법에 근거해서 '상상의 세계'를 아무리 억눌러도 상상의 힘은 결코 멸절될 수 없고 어떻게든 자기의 존재를 입증한다는 듯이.

이 작품의 제목부터가 산업화의 충격을 노래하는 대중들의 민요에 많이 등장하는 표현이라는 사실에 주목하면, 동화나 동요, 대중극 속에서 그 원형을 찾을 수 있는 인물이나 사건에 대한 언급이 수없이 많은 것도 우연한 일은 아니다. 예를 들면 바운더비는 성채의 거인으로, 그의 공장은 요정의 궁궐로, 그래드그라인드의 자식들이 어릴 때 배우던 선생은 도깨비로 비유된다. 시시에게는 신데렐라 주제가, 스파싯 부인에게는 매부리코를 한 마녀의 주제가 담겨 있다. 모르지나, 뒤틀린 뿔을 지닌 소, 「피터 파이퍼」 동요, 빗자루를 타고 날아오는 노파 등은 모두 동화나 동요에 나오는 예이고 슬리어리 곡마단의 공연물인 「숲의 아이들」이나 「거인을 죽인 잭」도 마찬가지 예이다. 이러한 요소들은 곡마단의 의미가 부각될 수 있는 분위기 내지 공간을 작품 속에 마련하는 역할을 할 뿐 아니라 공리주의를 비판하는 작가의 생각이 민중적 가치관에 기초해 있음을 이해할 수 있는 중요한 근거가 된다.

이십여년 전에 초역을 하고 십오년 전에 개역을 한 이 작품의 번역을 부족하나마 이 정도로 손보기까지는 역자가 속해 있는 영미문학연구회 여러 회원들의 자극과 격려가 많았다. 특히 원고의 오류를 바로잡아준 성은애 교수의 도움이 컸는데, 이 자리를 빌려서 그 수고에 다시 한번 끝없는 고마움을 전한다. 그럼에도 불구하고 여전히 남아 있을 번역상의 잘못은 어디까지나 역자의 책임이며, 그에 대해서는 독자 여러분의 질정을 기대한다. 마지막으로 기존 번역본의 오류를 수정하여 출판할 기회를 준 창비에 감사드린다.

2009년 2월
장남수

작가연보

공장 일을 그만두고 학교에 다니게 된다.

1827년 집세 미납으로 온 가족이 쫓겨나는 등 사정이 다시 악화되자 디킨스는 학업을 중단하고 변호사 사무원으로 취직한다. 이때 속기를 배우기 시작한다.

1829년 디킨스는 머라이아 빗넬(Maria Beadnell)이란 아가씨와 첫사랑에 빠지게 되며 독학으로 부지런히 자기발전을 도모한다.

1832년 속기술을 연마한 디킨스는 제1차선거법 개정으로 한창 시끄럽던 의회에서 출입기자로 일하게 된다.

1833년 첫사랑인 빗넬과의 관계가 끝날 무렵, 그는 런던 풍속을 스케치하여 잡지에 게재하기 시작한다.

1834년 디킨스는 '보즈'(Boz)라는 필명의 스케치 작가로, 또한 속기 기자로 왕성한 활동을 한다.

1835년 디킨스는 자신의 스케치를 게재해주는 잡지 편집인의 딸, 캐서린 호가스(Catherine Hogarth)와 사랑에 빠져서 그해에 약혼한다.

1836년 캐서린 호가스와 결혼한다.『보즈의 스케치』(*Sketches by Boz*)가 단행본으로 출판된다. 또한 후에 그의 소설을 많이 출판한 채프맨과 홀(Chapman and Hall) 출판사와『피크윅 문서』(*Pickwick Papers*) 계약을 하고 집필을 시작하여 첫호가 나온다. 그해 중반부에 이르러『피크윅 문서』는 베스트셀러가 된다. 연말에는『보즈의 스케치』추가분이 출판된다.

1837년 디킨스가 편집하는『벤틀리의 잡지』(*Bentley's Miscellany*)에『올리버 트위스트』(*Oliver Twist*)를 연재한다. 첫아들을 낳고,『피크윅 문서』의 연재를 종료한다.

1838년 세번째 장편『니콜라스 니클비』(*Nicholas Nickleby*)를 연재하기 시작하고 연말에는『올리버 트위스트』를 단행본으로 출간한다.

1839년	출판업자 벤틀리와 『바나비 럿지』(*Barnaby Rudge*)를 쓰기로 계약하는데, 나중에 이 계약으로 곤욕을 치른다.
1840년	채프맨과 홀 출판사와 계약한 『험프리님의 시계』(*Master Humphrey's Clock*)라는 주간지를 편집·출판한다. 여기에 『오래된 골동품가게』(*The Old Curiosity Shop*)를 연재한다. 『바나비 럿지』를 탈고한다.
1842년	부부동반으로 미국을 여행한다. 이 경험을 『미국 여행 노트』(*American Notes*)로 출판한다.
1843년	『마틴 처즐윗』(*Martin Chuzzlewit*)의 연재를 시작한다. 이 소설의 판매가 부진하자 그해 겨울 『크리스마스 캐럴』(*A Christmas Carol*)을 출판한다.
1844년	채프맨과 홀 출판사와 손을 끊고 브래드버리와 에번스(Bradbury and Evans)사와 손잡는다.
1845년	부인과 함께 이탈리아 여행을 한다.
1846년	『이탈리아에서 보낸 그림들』(*Pictures from Italy*)을 출판한다. 『돔비 부자』(*Dombey and Son*)의 연재를 시작한다.
1848년	『돔비 부자』 연재를 종료한다.
1849년	『데이비드 코퍼필드』(*David Copperfield*) 연재를 시작한다.
1850년	자신이 편집하고 소유한 잡지인 『매일 쓰는 말들』(*Household Words*)의 발행을 시작한다. 『데이비드 코퍼필드』를 탈고한다.
1852년	『블리크 하우스』(*Bleak House*) 연재를 시작한다.
1853년	『블리크 하우스』 연재를 종료한다. 버밍엄에서 『크리스마스 캐럴』 공개 독회를 개최하여 큰 호응을 얻는다. 이후 디킨스는 이렇게 자신의 작품을 대중들 앞에서 자주 공개적으로 읽는다.
1854년	자신의 잡지에 『어려운 시절』(*Hard Times*)을 연재한다.

1855년	『막내 도릿』(*Little Dorrit*)의 연재를 시작하여 1857년에 마무리한다.
1858년	여배우 엘런 터넌(Ellen Ternan)과의 관계로 구설수에 오른다. 부인과의 불화 등으로 가정생활에 위기가 온다.
1859년	새로운 잡지 『일년 내내』(*All the Year Around*)의 발행을 시작한다. 여기에 『두 도시 이야기』(*A Tale of Two Cities*)를 연재한다.
1860년	같은 잡지에 『막대한 유산』(*Great Expectations*) 연재를 시작한다.
1861년	『막대한 유산』 연재를 종료한다.
1864년	『우리 둘 다 아는 친구』(*Our Mutual Friend*) 연재를 시작한다.
1865년	『우리 둘 다 아는 친구』 연재를 종료한다.
1867년	제2차 미국 여행을 한다.
1869년	『올리버 트위스트』에서 낸시가 죽는 장면을 선정적으로 각색한 「사익스와 낸시」를 공개독회에서 처음으로 공연한다. 『에드윈 드루드의 미스터리』(*The Mystery of Edwin Drood*) 집필을 시작한다.
1870년	『에드윈 드루드의 미스터리』를 집필하는 도중 쓰러져서 그 다음날 사망한다.

고전의 새로운 기준, 창비세계문학

오늘날 우리는 인간의 존엄과 개성이 매몰되어가는 시대를 살고 있다. 물질만능과 승자독식을 강요하는 자본주의가 전지구적으로 확산되면서 현대사회는 더 황폐해지고 삶의 질은 크게 훼손되었다. 경제성장만이 최고의 선으로 인정되고 상업주의에 물든 문화소비가 삶을 지배할수록 문학은 점점 더 변방으로 밀려나고 있다. 삶의 본질을 성찰하는 문학의 자리가 위축되는 세계에서는 가진 자와 못 가진 자 할 것 없이 모두가 불행할 수밖에 없다.

이 시대야말로 인간답게 산다는 것의 의미가 무엇인지 근본적인 화두를 다시 던지고 사유의 모험을 떠나야 할 때다. 우리는 그 여정에 반드시 필요한 벗과 스승이 다름 아닌 세계문학의 고전이라는 점을 강조한다. 고전에는 다양한 전통과 문화를 쌓아올린 공동체의 경험이 녹아들어 있고, 세계와 존재에 대한 탁월한 개인들의 치열한 탐색이 기록되어 있으며, 새로운 세상을 꿈꾸는 아름다운 도전과 눈물이 아로새겨 있기 때문이다. 이 무궁무진한 상상력의 보고이자 살아 있는 문화유산을 되새길 때만 개인의 일상에서 참다운 인간적 가치를 실현하고 근대적 삶의 의미와 한계를 성찰하는 지혜를 얻을 수 있을 것이다.

'창비세계문학'은 이러한 문제의식에서 출발한다. 세계문학의 참의미를 되새겨 '지금 여기'의 관점으로 우리의 정전을 재구성해야 할 필요성이 그 어느 때보다 절실하다. '정전'이란 본디 고정된 목록으로 존재하는 것이 아니라 그때그때 주어진 처소에서 새롭게 재구성됨으로써 생명을 이어가는 것이다. 우리는 먼저 전세계 문학들의 다양성과 차이를 존중하면서 국가와 민족, 언어의 경계를 넘어 보편적 가치에 기여할 수 있는 가능성에 주목하고자 한다. 근대를 깊이 성찰한 서양문학뿐 아니라 아시아와 라틴아메리카, 중동과 아프리카 등 비서구권 문학의 성취를 발굴하고 재평가하는 것 역시 세계문학의 지형도를 다시 그리려는 창비의 필수적인 작업이 될 것이다.

여러 전집들이 나와 있는 세계문학 시장에서 '창비세계문학'은 세계문학 독서의 새로운 기준이 되고자 한다. 참신하고 폭넓으면서도 엄정한 기획, 원작의 의도와 문체를 살려내는 적확하고 충실한 번역, 그리고 완성도 높은 책의 품질이 그 기초이다. 독서시장을 왜곡하는 값싼 유행과 상업주의에 맞서 문학정신을 굳건히 세우며, 안팎의 조언과 비판에 귀 기울이고 독자들과 꾸준히 소통하면서 진정 이 시대가 요구하는 세계문학이 무엇인지 되묻고 갱신해 나갈 것이다.

1966년 계간『창작과비평』을 창간한 이래 한국문학을 풍성하게 하고 민족문학과 세계문학 담론을 주도해온 창비가 오직 좋은 책으로 독자와 함께해왔듯, '창비세계문학' 역시 그러한 항심을 지켜나갈 것이다. '창비세계문학'이 다른 시공간에서 우리와 닮은 삶을 만나게 해주고, 가보지 못한 길을 걷게 하며, 그 길 끝에서 새로운 길을 열어주기를 소망한다. 또한 무한경쟁에 내몰린 젊은이와 청소년들에게 삶의 소중함과 기쁨을 일깨워주기를 바란다. 목록을 쌓아갈수록 '창비세계문학'이 독자들의 사랑으로 무르익고 그 감동이 세대를 넘나들며 이어진다면 더없는 보람이겠다.

2012년 가을
창비세계문학 기획위원회
김현균 서은혜 석영중 이욱연 임홍배 정혜용 한기욱

창비세계문학 95

어려운 시절

초판 1쇄 발행/2009년 3월 2일
개정판 1쇄 발행/2024년 2월 8일

지은이/찰스 디킨스
옮긴이/장남수
펴낸이/염종선
책임편집/이주원
조판/박지현
펴낸곳/(주)창비
등록/1986년 8월 5일 제85호
주소/10881 경기도 파주시 회동길 184
전화/031-955-3333
팩시밀리/영업 031-955-3399 편집 031-955-3400
홈페이지/www.changbi.com
전자우편/lit@changbi.com

한국어판 ⓒ (주)창비 2024
ISBN 978-89-364-6492-9 03840